BASTEI
LÜBBE

Von Kerstin Gier sind in der Verlagsgruppe Lübbe außerdem erschienen:

16152 Männer und andere Katastrophen
16172 Fisherman's Friend in meiner Koje
14407 Ehebrecher und andere Unschuldslämmer
16236 Lügen, die von Herzen kommen
16255 Ein unmoralisches Sonderangebot
15296 Die Mütter-Mafia
15462 Die Patin

Über die Autorin:

Kerstin Gier hat als mehr oder weniger arbeitslose Diplompädagogin 1995 mit dem Schreiben von Frauenromanen begonnen. Mit Erfolg: Ihr Erstling *Männer und andere Katastrophen* wurde mit Heike Makatsch in der Hauptrolle verfilmt, und auch die nachfolgenden Romane erfreuen sich großer Beliebtheit. *Das unmoralische Sonderangebot* wurde mit der „DeLiA" für den besten deutschsprachigen Liebesroman 2005 ausgezeichnet. Heute lebt Kerstin Gier, Jahrgang 1966, als freie Autorin mit Mann, Sohn, zwei Katzen und drei Hühnern in einem Dorf in der Nähe von Bergisch Gladbach.

Kerstin Gier

Die Laufmasche

Die Braut sagt leider nein

Zwei Romane
in einem Band

BASTEI LÜBBE TASCHENBUCH
Band 15523

Erste Auflage: Juli 2006

Vollständige Taschenbuchausgabe
der 1997 und 1998 bei Bastei Lübbe erschienenen Titel

Bastei Lübbe Taschenbuch in der Verlagsgruppe Lübbe

Umschlaggestaltung: Bianca Sebastian
Titelbild: getty-images/Horst Neumann
Satz: hanseatenSatz-bremen, Bremen
Druck und Verarbeitung: Nørhaven Paperback A. S./Viborg
Printed in Denmark
ISBN-13: 978-3-404-15523-1 (ab 01.01.2007)
ISBN-10: 3-404-15523-8

Sie finden uns im Internet unter
www.luebbe.de

Der Preis dieses Bandes versteht sich einschließlich
der gesetzlichen Mehrwertsteuer.

Kerstin Gier

Die Laufmasche

Roman

Handlung und Personen
in diesem Roman
sind von vorne bis hinten
erstunken und erlogen.

Für Frank und Heidi
und ihre blühende Fantasie

Die erste Gelegenheit

DEN NACHMITTAG, BEVOR ich meinen Traummann das erste Mal haarscharf verpasste, verbrachte ich in der Badewanne. Wahrscheinlich wäre ich ein paar Stunden darin sitzen geblieben, um zu beobachten, wie meine Haut immer schrumpeliger wurde, wenn es nicht an der Tür geklingelt hätte. Es war meine Freundin Nina.

»Du bist wenigstens schon geduscht!«, sagte sie, als ich im Bademantel öffnete. »Ich bin wieder mal zu nichts gekommen. Ich konnte Kristin erst vor einer halben Stunde zu ihrer Großmutter bringen, weil die Freitagnachmittag zur Kosmetikerin geht, und zwar immer von drei bis vier, geschehe, was da will. So was von unflexibel!«

Ich rieb mir müde die Augen. »Waren wir verabredet?«

»Hast du geschlafen?« Nina ging vor mir her in die Küche. »Ich weiß nicht mehr, wann *ich* mich das letzte Mal nachmittags hinlegen konnte.«

Ich lehnte mich an den Türrahmen. »Das Klassentreffen, stimmt's? Das hatte ich völlig vergessen.«

Nina schüttelte ärgerlich den Kopf. »Felicitas! Wir haben doch noch Montag miteinander telefoniert! Du bist hoffentlich nicht anderweitig verabredet?«

Ich antwortete nicht.

»Was für eine Frage«, murmelte Nina. »Natürlich nicht. Hast du was zu trinken?«

»Mineralwasser«, sagte ich. »Oder Apfelsaft.«

»Ich habe nicht vor, nüchtern zu dem Klassentreffen zu gehen, du vielleicht?«

»Wie wär's mit Sekt?«

»Schon besser. Ich hatte einen grauenhaften Tag.«

Nina ließ sich in einen meiner Korbsessel fallen, streckte ihre Beine aus und musterte mich kritisch.

»Was ziehst du an?«

Ich zuckte mit den Schultern. »Weiß nicht. Ist doch auch egal!«

»Egal?«, wiederholte Nina und sah mich vorwurfsvoll an. »Wenn *ich* das sagen würde, wäre es etwas anderes! Ich bin ja schließlich schon mit einem Mann gesegnet. Aber du als Single kannst es dir wirklich nicht leisten, dich gehen zu lassen.«

»Ich bin kein Single«, sagte ich matt.

»Aber so gut wie«, beharrte Nina. »Till ist kein richtiger Mann, und ihr habt keine richtige Beziehung!«

Ich fragte nicht, was Nina sich unter einer richtigen Beziehung und einem richtigen Mann vorstellte, weil ich ihre Antwort längst kannte. Ein richtiger Mann studierte nicht achtzehn Semester lang, ohne nicht wenigstens in einem Fach das Vordiplom zu schaffen. Für Nina gab es nur eine einzige Sorte richtiger Männer, und das waren die, die eine Frau spätestens drei Wochen nach dem Kennenlernen von der Bürde befreiten, ihr eigenes Geld verdienen zu müssen. Richtige Männer konnten ein Einkommen aufweisen, das für zwei reichte, inklusive repräsentativer Doppelhaushälfte, gehobenem Mittelklassewagen, parkplatzfreundlichem Zweitwagen und einer Fernreise pro Jahr. Ninas Ansichten waren nicht mal exzentrisch, meine Mutter zum Beispiel dachte ganz genauso. Sie hielt Till genauso wenig für geeignet, ihr Schwiegersohn zu werden, wie er selber.

›Wenn du deine besten Jahre an einen Versager verschwendest, wirst du niemals die Gelegenheit haben, einen richtigen Mann kennen zu lernen‹, pflegte sie zu sagen.

Nina sagte jetzt etwas ganz Ähnliches. »Mach dich schön! Du weißt niemals, ob dir nicht doch irgendwann ein Traummann über den Weg laufen wird. In den ersten drei Sekunden einer Begegnung macht man sich ein unrevidierbares Bild von seinem Gegenüber, haben die Psychologen herausgefunden. Mit fettigen Haaren und einem ausgeleierten T-Shirt hast du dann keine Chance!«

»Meine Haare sind nass, nicht fettig«, sagte ich beleidigt. »Und ich hatte nicht vor, ein ausgeleiertes T-Shirt anzuziehen.«

»Gut«, sagte Nina. »Denn denk nur mal an heute Abend: fünfzig Männer am Beginn ihrer Karriere, im besten Alter, um eine Familie zu gründen. Die Gelegenheit bekommst du so schnell nicht wieder. Zieh dieses scharfe rote Kleid an, das seit Monaten ungetragen in deinem Schrank herumhängt.«

»Woher weißt du das?«

»Dass du es noch nie getragen hast?« Nina grinste tückisch. »Weil ich dich kenne.«

»Ich hatte eben bisher noch nie die richtige Gelegenheit«, sagte ich lahm. Das Kleid hatte meine Wohnung tatsächlich niemals verlassen. Dabei war es mit raffinierten Schlitzen ausgestattet und war sündhaft teuer gewesen. Zusammen mit Seidenstrümpfen, Pumps und meinem geerbten Rubincollier war ich darin schlicht overdressed zu jedem, aber auch jedem Anlass, der mich seit dem Kauf des Kleides aus der Wohnung getrieben hatte.

»Passende Anlässe muss man sich oftmals selber schaffen«, sagte Nina, als habe sie meine Gedanken gelesen. »Heute Abend ist die Gelegenheit für dich und das Kleid! Trink noch ein Glas Sekt!«

Der Sekt und vor allem die Tatsache, dass Nina selber sich in einen schwarzen Cocktailfummel mit Strassborte warf, dazu Netzstrümpfe und eine dreireihige Perlenkette auspackte, brachten mich tatsächlich dazu, das geschlitzte Kleid anzuziehen. Ich fand sogar, dass ich darin gegen Nina geradezu underdressed wirkte, zumal sie auch mit dem Make-up nicht sparsam umging und ihre Haare eine halbe Stunde lang mit meinem Lockenstab quälte.

Zum Schluss, nach einer Überdosis »Obsession« aus dem Zerstäuber, warf sie ihre Mähne in den Nacken und lächelte mich im Spiegel an: »Sehe ich jetzt noch so aus, als würde ich einen Arzt mit Gewichtsproblemen, eine Tochter im Kindergartenalter und eine Doppelhaushälfte in der Vorstadt haben?«

Ich war ganz fasziniert von meinem eigenen Spiegelbild. Die Investition in das Kleid hatte sich vielleicht doch gelohnt. »Ja«, sagte ich zerstreut. »Du siehst ganz toll aus.«

Nina stieß mich ärgerlich in die Rippen. »Das war die falsche Antwort. Wenn ich nicht so aussehe, als würde ich einen Oberarzt, ein Landhaus mit Swimmingpool sowie ein BMW-Cabrio mein Eigen nennen und als wäre ich noch viel zu jung für eine fünfjährige Tochter, hat sich die Mühe nicht gelohnt.«

»So wirst du dann aussehen, wenn wir zwanzig Jahre Abitur feiern«, sagte ich. »Fürs Zehnjährige reichen die Doppelhaushälfte und der Arztgatte allemal.«

»Du machst aber auch was her«, sagte sie befriedigt.

»Du weißt schon, die Sache mit den ersten drei Sekunden! Heute hast du wirklich gute Karten.«

Wir mussten – wegen des Sekts – ein Taxi rufen, das uns zu dem Klassentreffen chauffierte. Nina hatte bedeutend mehr Sekt getrunken als ich.

»It's raining, men, halleluja«, sang sie gutgelaunt. »Ich bin gespannt, was aus den Jüngelchen von damals geworden ist, du nicht?«

»Nein«, sagte ich ehrlich. Nina betrachtete mich kopfschüttelnd von der Seite. »Du wirst nächstes Jahr schon dreißig«, sagte sie. »Und jeder ist seines Glückes Schmied. Womit ich sagen will, dass die Gelegenheiten immer seltener werden und du heute eine dieser seltenen Gelegenheiten hast!«

Ich antwortete nicht. Seien wir doch mal ehrlich: Es gibt weitaus mehr Gelegenheiten, den Traummann zu verpassen, als ihm zu begegnen. Letzteres liegt rein statistisch betrachtet gefährlich nahe bei Null. Diese Erkenntnis ist es meiner Ansicht nach, die ein Mädchen zur Frau macht. Wir arrangieren uns mit diesem Sachverhalt, so gut wir können. Dabei gibt es im Wesentlichen zwei Möglichkeiten: Man konnte es machen wie Nina und schon in frühen Jahren den Begriff »Traummann« neu definieren – Hauptsache, er bringt genug Geld nach Hause und die Bereitschaft, es mit einer Frau zu teilen –, oder man machte es wie ich und hoffte hartnäckig darauf, irgendwann doch noch einmal dem Traummann vor die Füße zu laufen. Wenn man also davon ausgeht, dass ich, rein rechnerisch betrachtet, seit zwölf Jahren auf diese Gelegenheit wartete – wenn man mal von den zwei Wochen absieht, in denen ich Till für meinen Traummann hielt –, ist es um so verwunderlicher, dass ich die Gelegenheit nicht nutzte. Aber so ist das mit guten Gelegenheiten: Nichts und niemand bereitet uns jemals darauf vor.

Das Klassentreffen sollte sich in einem Ausflugslokal in der Vorstadt ereignen, nicht weit von unserer alten Schule entfernt. Haus »Waidmannsheil«, mit trüben Butzenscheiben, jägergrün gekachelten Außenwänden, Kegelbahn und einem eigens für Reisebusse dimensionierten Parkplatz.

»Wer hat denn das ausgesucht?«, fragte ich leicht schockiert.

Nina faltete die Einladung auseinander. »Gaby von der Dries«, las sie vor.

Ich hatte keine Ahnung, wer das war. »Sie muss früher anders geheißen haben.« Es hatte außerdem sieben Gabys in unserer Stufe gegeben.

»Immerhin hat diese einen Adeligen geheiratet«, sagte ich neidisch und bezahlte den Taxifahrer.

»Pah«, schnaufte Nina. »Von der Dries! Das hört sich nicht nach einem Adeligen an, sondern nach einem Holländer mit eigener Klärgrube.«

Ich musste lachen. Wir waren beide nicht so ganz sicher auf den Beinen, Nina wegen des Sekts, ich wegen der hohen Absätze. Arm in Arm stolperten wir in den Eingang. Dort lauerte eine lächelnde, blendend blonde Frau in einem Lodenkostüm Marke Waidmannsdank. Ich erkannte sie sofort an ihren großen, braunen Augen, obwohl sie früher dunkelblond gewesen und – Ehrenwort! – Senkbeil mit Nachnamen geheißen hatte.

»Nein«, rief sie froh. »Felicitas! Toll, dass du gekommen bist.«

Nina und ich starrten sie an. Gaby Senkbeil. Das zweitblödeste Mädchen der Stufe.

›What would you do if you get a Million Dollar?‹ hatte unser Englischlehrer gefragt, als wir den »Großen Gatsby« durchnahmen.

Und wer hatte sich gemeldet und mit engelhaftem Lächeln geantwortet ›I would give it all to the poor‹? Richtig, Gaby Kuhauge. Jetzt hatte sie einen Holländer mit eigener Fäkalverwertung geheiratet und dazu passend Frau-Antje-blondes Haar.

»Und das ist doch nicht etwa Nina, Nina Herberger?«, schrie sie.

»Ich heiße jetzt Hempel«, sagte Nina so hoheitsvoll, wie es bei diesem Namen gerade noch möglich war.

»So heißt unser Hausarzt auch«, sagte Gaby prompt. »In der Ahornstraße.«

»Das ist mein Mann«, sagte Nina und schob mich weiter, bevor Gaby ihr Entzücken kundtun konnte. »Jetzt wird sie allen schon an der Türe erzählen, dass ich einen Arzt geheiratet habe«, raunte sie zufrieden.

Auch im Inneren hielt die Gaststätte, was sie von außen versprach. Dunkle Holzpaneele an den Wänden, dekoriert mit rustikalen Wagenrädern, Plastikmohnblumen und Weizenhalmen in Zinnkrügen mit eingravierten Jagdszenen. An der Theke, vor sich eine Stange Kölsch, standen ein paar Männer und fachsimpelten über den neuen Tormann vom FC Weidenpesch. Sie unterbrachen sich nur kurz, als wir reinkamen, um anerkennend durch die Zähne zu pfeifen.

»Ihr müsst nach hinten durchgehen«, rief Gaby von der Tür aus. »In den Festsaal.«

Gerade wollten wir ihren Worten Folge leisten, als ein weiterer Mann den düsteren Raum betrat. Als sein

Blick flüchtig den meinen kreuzte, war es, als würde in mir ein verborgener Schalter umgelegt. Es fühlte sich an, als fließe das Blut plötzlich rückwärts durch meine Adern, und das, bevor ich überhaupt registriert hatte, dass der Neuankömmling wirklich brennend gut aussah. Die beeindruckende Körpergröße, die breiten Schultern, die dunklen Locken, die edle Hakennase, alles das bemerkte ich erst viel später, als mein Blut zwar wieder in die richtige Richtung floss, nur schneller als sonst. Es war eindeutig etwas anderes als das Äußere, was mich an diesem Mann magisch anzog, etwas, das ich nicht in Worte fassen konnte.

»Eins, zwei, drei«, hörte ich Nina neben mir im Flüsterton die Sekunden zählen. Der Blick des Mannes streifte uns noch einmal flüchtig. Dabei sah ich, dass er dunkelgrüne Augen hatte, von dichten schwarzen Wimpern umrahmt. Ich seufzte unwillkürlich. Der Grünäugige lehnte sich über die Theke und sprach mit dem Wirt.

Nina stieß mich unsanft in die Rippen. »Mach den Mund zu, das ist unvorteilhaft. Obwohl ich dich ja verstehe. Sieht wirklich nicht übel aus. War der bei uns in der Klasse?«

»Nie im Leben«, sagte ich. Ich hatte Recht. Der Mann hatte sich hierher verlaufen. Sein Auto sei verreckt, erklärte er dem Wirt, ob er von hier den Pannendienst anrufen dürfe? Beim Klang seiner Stimme, einer reizvollen Mischung aus Tom Waits und der Synchronstimme von Tom Hanks, wurden meine Knie ganz weich. Ich musste ihn einfach weiter anstarren.

»Los, sag was!«, forderte mich Nina auf und stieß mich wieder in die Rippen. Ich wünschte sie mindestens auf den Mond.

Der Mann telefonierte kurz mit dem Pannendienst.

Danach lehnte er sich lässig an die Theke und bestellte beim Wirt ein Kölsch.

»Mach schon!« Nina trat mir auf den Fuß, auf meinen gerade von einer Nagelbettentzündung genesenden großen Zeh. Der Schmerz durchzuckte mich wie ein tückischer Blitzschlag, nur von unten nach oben. Aber was sollte ich sagen? Was, um Himmels willen, *konnte* ich sagen? Was *musste* ich sagen, damit er mich sympathisch fand?

»Steh nicht da wie eine Salzsäule! Sag *irgendwas*«, zischte Nina am Ende ihrer Geduld. »Sag wenigstens ›hallo‹, sonst ist er wieder weg!«

Aber wer in diesem Augenblick »Hallo« sagte, war nicht ich, sondern Natalie Hoppe, meine beste Feindin, die ausgerechnet jetzt das schummerige Szenario betreten musste.

Natalie Hoppe war in derselben Straße groß geworden wie Nina und ich, und sie hatte auch dieselbe Klasse besucht. Sie gehörte zu der Sorte Mädchen, die immer ihre Hausaufgaben machen, niemals jemanden abschreiben lassen und dem Lehrer verraten, bei wem man stattdessen abgeschrieben hat. Natterlie die Schlange hatten wir sie genannt. Einmal, im sechsten Schuljahr, hatte sie in einer Mathearbeit restlos alles bei mir abgeschrieben. Sie war damals schon bösartig, hinterhältig und tückisch gewesen, aber noch nicht besonders schlau, denn sonst hätte sie von einem anderen abgeschrieben. Natalie und ich hatten also dreizehn höchst skurrile Fehler in der Arbeit, und als der Lehrer wissen wollte, wer von wem abgeschrieben hatte, sagte Natalie doch wahrhaftig, *ich* sei der Übeltäter gewesen. Der Lehrer glaubte ihr, zumal sie in den nächsten Arbeiten von besseren Schülern abschrieb. Dabei lag es auf der Hand, dass Natalie abgeschrieben hatte, denn sie war der geborene Nachmacher. Alles machte sie nach. Sie kopierte meine Frisuren, meine Klamotten, meine Sprechweise, meine Gestik, meine Mimik, einfach alles. Unsere Eltern gehörten dem gleichen Tennisclub an, und wenn Natalie nicht von mir herausbekam, wo ich meine wirklich originelle Latzhose herhatte, dann kitzelte ihre Mama es aus meiner Mama heraus. Es dauerte nie länger als zwei Tage, da tauchte Natalie mit dem gleichen Stück in der Schule auf und warf mir triumphierende Blicke zu.

Wenn ich eine neue Freundin hatte, setzte Natalie alles daran, dass es ihre Freundin wurde. Sie beschenkte die Betreffende großzügig, lud sie zu sich nach Hause ein und setzte die schrecklichsten Gerüchte über mich in die Welt; diesbezüglich waren ihrer sonst spärlich ausgebildeten Fantasie keine Grenzen gesetzt. Eine Zeit lang war die ganze Klasse davon überzeugt, dass bei uns zu Hause das Lendenstück meines Ponys Clarabella als Weihnachtsbraten verzehrt worden war, dass mein Vater wegen Ladendiebstahls im Gefängnis gesessen hatte und dass meine Mutter eine Affäre mit dem achtzehnjährigen Tennistrainer unterhielt. Ganz gleich, was ich tat, Natalie wollte es auch tun, und natürlich immer eine Spur besser, schöner und teurer. Was bei mir ein kleines, dickes Pony war, wurde bei Natalie ein großes, schlankes Rassepferd, ein kleines Pony wurde eigens angeschafft, um dem Rassepferd Gesellschaft zu leisten. Mein Schüleraustauschprogramm nach London wurde von Natalie durch ein Highschool-Semester in Kalifornien übertrumpft. Clerasil hieß das Mittel gegen meine Pubertätspickel, bei Natalie war es ein vierwöchiger Aufenthalt auf einer Schönheitsfarm am Mittelmeer. Obwohl die Bemühungen, Natalie pickelfrei, schlank und gebildet zu gestalten, erfolgreich waren, gab es nicht einen Jungen in der ganzen Schule, der Natalie mochte. In der Abizeitung stand über sie: »… Aufsehen erregenden Gerüchten zufolge soll Natterlie in Gesellschaft eines männlichen Objekts gesichtet worden sein, das aus verständlichen Gründen anonym bleiben wollte.«

Aber Natalie hatte niemals unter ihrer Unbeliebtheit gelitten. Im Gegenteil, sie schien alles zu tun, um die Antipathie ihrer Umgebung zu kultivieren. Auch jetzt erfasste sie das einzige Objekt in diesem Raum, um das es sich lohnte, in Konkurrenz zu treten: meinen grünäugigen Pannenmann an der Theke! Er lehnte jetzt mit dem Rücken zur Wand, trank sein Bier und konnte jeden Atemzug hören, den wir taten. Natalie lächelte strahlend.

»Hallo Felicitas, hallo Nina! Habt ihr etwa auf mich gewartet?«

»Guter Witz«, antwortete Nina.

Natalie musterte uns von oben bis unten. »Gottogottogott, habt ihr euch aufgekratzt.«

Sie selber hatte sich den Räumlichkeiten perfekt angepasst. Sie trug eine schlammfarbene Bluse mit aufgesetzten Brusttaschen, auf denen ein teures Markenlogo prangte. Ihre Hose hatte die gleiche Farbe wie die Resopalplatten ringsrum.

Nina warf die Locken in den Nacken. »Wir sind heute noch zu einer Cocktailparty eingeladen«, log sie.

Jetzt lächelte der Mann an der Theke mir zu. Ich lächelte wieselflink zurück.

»Du hast eine Laufmasche«, sagte Natalie und zeigte mit den Fingern auf meine Strumpfhosen.

Alle schauten auf meine Beine, auch der Typ mit den

grünen Augen. Tatsächlich, durch die neuen Strümpfe lief eine Laufmasche, vom Knöchel bis hoch zum Hintern, wo der raffinierte Schlitz im Kleid aufhörte.

»Oooooh«, stöhnte ich mit niedergeschlagenen Augen.

Natalie zupfte ungefragt an meinem Knie herum und löste eine weitere Laufmasche aus. »Billige Strümpfe«, sagte sie naserümpfend.

»Oh, ein Fall für ›Wetten dass‹«, spottete Nina. »Wetten, dass Natalie Hoppe es schafft, am Zupfen einer Strumpfhose den Preis zu erraten?«

Ich schaute wieder zu dem Grünäugigen hinüber, aber er schaute in sein Bierglas. Jetzt hatte ich meine Chance verspielt. Nur Schlampen tragen billige Strümpfe mit Laufmaschen. Ich seufzte verzweifelt, und da blickte er von seinem Bierglas auf und lächelte mir erneut zu. Ich lächelte auch. Scheiß auf die Laufmasche! Auf diese Weise hatte er wenigstens auf meine Beine gesehen!

»Kommt dein Till heute Abend eigentlich auch?«, unterbrach Natalie unseren Blickflirt.

»Welcher Till?«, fragte ich erschrocken zurück.

»Du weißt schon, der Typ, der dich auf der Klassenfahrt in Bingerbrück auf dem Damenklo der Jugendherberge entjungfert hat«, sagte sie, diabolisch grinsend.

Mir stockte der Atem. Dem Grünäugigen, schien es, ebenfalls.

»Ach, *der* Till«, erwiderte Nina an meiner Stelle. »Der, den du Felicitas mit allen Tricks ausspannen wolltest. Ich weiß noch, wie du ihn mit einer Jahreskarte für die Kölner Haie bestechen wolltest. Du hast erst aufgegeben, als Till ›Natterlie Hoppe ist eine widerliche Ziege mit platten Titten‹ an die Schulwand gesprüht hat.«

»Damals waren wir noch Kinder«, sagte Natalie zu

dem Grünäugigen und warf sich demonstrativ in die schlammfarbene Brust.

»Und es gab noch keine Wonderbras«, ergänzte Nina. Wenn es um Natalie ging, hatte sie schon immer zu mir gehalten. »Komm, Felicitas, wir gehen zu den anderen. Sicher ist auch jemand Nettes gekommen.«

Der magische Moment war vorüber. Der Grünäugige drehte sich um und bestellte noch ein Bier. Natalie folgte uns federnden Schrittes in den Festsaal des Hauses.

Hier hingen hunderte und aberhunderte von stattlichen Jagdtrophäen an den Wänden, und in der Mitte luden steiflehnige Stühle mit jägergrünen Plastikpolstern um in Hufeisenform gestellte Resopaltische zum gemütlichen Zusammensein ein. Die ganze Pracht wurde von meterlangen Neonröhren bis in den allerletzten Krähenfuß ausgeleuchtet. Ich war geblendet und auf der Stelle wieder stocknüchtern.

»Wirklich tolle Beleuchtung«, raunte ich Nina zu. Ihr Lippenstift strahlte wie eine rote Ampel. »Und wie passend wir gekleidet sind!«

Nina zupfte nervös an ihrem Strassbesatz. »Wo ist hier ein Kellner? Ich möchte um nichts in der Welt nüchtern werden.«

»Felicitas! Nina!« Das war Caroline Kreuzer, in Jeans und naturweißem Schlabberpulli. Zu dritt hatten wir Biologie-Leistungskurs geschwänzt und stattdessen Skat im Café gegenüber gespielt. Caroline hatte sich zumindest äußerlich nicht viel verändert.

Dankbar setzte ich mich neben sie auf ein grünes Plastikpolster, das sofort eine chemische Verbindung mit meiner Seidenstrumpfhose einzugehen begann. Unter dem Tisch konnte man meine Laufmaschen wenigstens nicht sehen.

Zu meiner Linken ließ sich ein seriöser bebrillter Herr mit Übergewicht nieder, den ich nie zuvor gesehen hatte. Nina ließ mich einfach im Stich. Sie machte sich auf die Suche nach einem Kellner.

»Felicitas Trost?«, fragte der seriöse Herr zu meiner Linken.

Ich nickte unsicher.

»Ulrich Schulze-Reimpel«, sagte er. »Früher Schulze.«

Ulrich. Drahtig, verwegen, unangepasst, frech, der Albtraum aller Lehrer. Heute verheiratet, zwei Kinder und Beigeordneter im Stadtrat.

»Du hast dich aber verändert«, sagte ich.

»Das will ich doch meinen«, sagte Ulrich. »Im Augenblick bauen wir ein Haus in Pesch. Mit Wintergarten und Indoor-Swimmingpool.«

Ich musste mich abwenden. Caroline auf der anderen Seite war nach der Schule als Au-pair nach Dublin gegangen, hatte einen Iren mit Landgut kennen gelernt und geheiratet.

»Du Glückliche!«, entfuhr es mir.

»Ja! Ich habe das Glück festgehalten, als es sich mir bot«, sagte Caroline.

»Wie meinst du das?«

»Dem Schicksal«, sagte Caroline doch wahrhaftig, »muss man manches zäh abringen.« Sie senkte die Stimme. »Das Schicksal präsentiert einem niemals eine endgültige Lösung, sondern öffnet lediglich Tore und Türen für uns. Ob wir diese Wege betreten oder nicht, liegt dann ganz bei uns.« Caroline machte eine kleine Pause und sah mich mit weit aufgerissenen Augen an. »Ich habe die Chance genutzt, als ich sie bekam, weißt du. In Form eines Briefes. Möchtest du ihn sehen?«

»Es ist wohl sehr einsam da, wo ihr wohnt?«, sagte ich

mitleidig, und da bekam Caroline wieder einen beinahe normalen Gesichtsausdruck.

»Ja, aber wunderschön«, schwärmte sie. »Wir haben vierzehn Pferde, zwei Hunde und jede Menge Katzen.« Sie legte die Hände auf ihren Schlabberpulli. »Und bald auch ein Kind, in fünf Monaten. Ich bin ja so glücklich. Und alles wegen dieses Briefes. Soll ich ihn dir zeigen? Ich trage ihn immer bei mir!«

»Gratuliere.« Ich musste mich wieder abwenden. Zurück zu Ulrich Schulze-Reimpel.

»Und was machst du so?«, wollte er wissen.

»Ich arbeite in einem Verlag in der Presse- und Öffentlichkeitsarbeit«, sagte ich, aber niemand hier war an meiner Karriere interessiert.

»Und dein Mann?«, fragten Caroline und Ulrich gleichzeitig.

»Ich bin nicht verheiratet«, sagte ich, und mir war, als hörten im Umkreis von zehn Metern alle zu sprechen auf und schauten mich an.

»Oh«, sagte Caroline betroffen und machte sich an ihrer Handtasche zu schaffen.

»Ich bin immer noch mit Till zusammen«, sagte ich schnell.

»Mit Till Meyer?«, erkundigte sich Ulrich. »Der hat mich und meine Familie neulich mit dem Taxi zum Flughafen gefahren.«

»Oh«, sagte Caroline wieder. Sie hielt mir einen mehrfach zusammengefalteten Zettel hin. »Das ist der Brief, von dem ich dir erzählt habe, lies mal.«

»Später.« Ich erhob mich, um mich für ein Weilchen auf dem Klo zu verbarrikadieren. Ich kam nicht weit. Gleich hinter dem Stuhl fingen mich mehrere ehemalige Mitschüler ab und wollten wissen, was ich so machte.

»Und selbst?«, fragte ich zurück. Überflüssig zu sagen, dass sie alle verheiratet waren, unheimlich erfolgreich und stolze Besitzer von Eigenheimen sowie geborenen oder noch ungeborenen Kindern.

»Und du?« Mir wurde mitleidig auf die Schultern geschlagen. »Man hat uns gerade erzählt, dass du deinen Führerschein los bist, wegen Trunkenheit am Steuer.«

Ich schüttelte milde den Kopf. »Da hat euch Natalie einen Bären aufgebunden.«

Auf dem Weg zum Klo dementierte ich noch drei weitere Gerüchte, eines davon bezüglich meiner Liebschaft mit unserem gichtgebeugten, graubärtigen ehemaligen Erdkundelehrer. Natalie hatte ihr Gift gründlich verspritzt. Schließlich traf ich auf Till, umringt von ehemaligen Mitschülern, die ihm staunend lauschten.

»Als Schauspieler kommt man unheimlich viel herum«, sagte er. »Heute kleines Fernsehspiel in Hamburg, morgen Theater in München.«

Seine Zuhörer schienen beeindruckt.

»Jeder hier weiß, dass du ein Taxifahrer im neunzehnten Semester bist, der sich ab und zu als Komparse verpflichtet«, flüsterte ich in sein Ohr. »Kleines Fernsehspiel in Hamburg, dass ich nicht lache.«

Till drehte sich zu mir um. »Kann alles noch kommen«, meinte er und grinste. »Na, kleine Zuckerfee, lass dich umarmen.«

»Hier sind alle verheiratet, vom Glück verwöhnt und unheimlich erfolgreich. Nur ich nicht«, murmelte ich in seine Jacke.

»Warum hast du auch allen erzählt, dass ich Taxi fahre?«

»Das war nicht ich«, sagte ich. »Das war Natalie Hoppe. Sie hat mein Leben zerstört.«

»Nur weil sie mich als Taxifahrer geoutet hat?«

»Ach, nein«, sagte ich mit einer wegwerfenden Handbewegung. »Doch nicht deinetwegen. Da war ein ganz toller Mann draußen an der Bar. Und weißt du, was Natalie dem erzählt hat?«

»Die Geschichte, wie du eine Kartoffel in den Auspuff ihres ersten schicken Cabriolets gesteckt hast?«

»Viel schlimmer. Sie hat behauptet, du hättest mich auf dem Damenklo in Bingerbrück in der Jugendherberge entjungfert!« Ich wurde nachträglich noch einmal rot. »Kannst du dir vorstellen, was der jetzt von mir denkt?«

Till lachte. »Haha, von wegen entjungfert. Hast du denn nicht gesagt, dass du auf diesem Gebiet beinahe krankhaft zurückgeblieben warst? Selbst mit achtzehn wusstest du nicht mal, wo genau du den Tampon reinschieben musstest!«

»Ich glaube nicht, dass das weniger peinlich gewesen wäre«, sagte ich.

Tills Freund Ollie stellte sich zu uns. »Hast du noch Urlaub in diesem Jahr?«, fragte er mich.

Ich bejahte.

»Dann könntest du mit uns in Skiurlaub fahren. Saas Fee, sensationell günstig, erster Novemberschnee.«

Das klang in der Tat verlockend. »Wie günstig?«, erkundigte ich mich.

»Fünfhundert die Woche, einschließlich Skipass, Verpflegung und Fahrtkosten«, erklärte Ollie stolz.

»Wahnsinn!«, sagte ich beeindruckt. »Wie kann das sein?«

»Vorsaisonpreise«, sagte Ollie. »Wir teilen uns zu mehreren ein schnuckliges Chalet. Till fährt auch mit.«

»Ach ja?« Till und ich wussten längst nicht alles voneinander. »Und wer noch?«

Ollie lachte etwas verlegen. »Ein Kollege von mir mit seiner Frau und ein alter Schulfreund von diesem Kollegen. Auch mit Frau und –«

»Potthässlich«, fiel Till rasch ein. »Deshalb wäre es schön, wenn du mitkämst.«

»Ja«, sagte ich. »Ich könnte wirklich mal wieder Urlaub gebrauchen.«

»Fein!« Ollie strahlte. »Dann sag' ich morgen auf dem Treffen, dass das letzte Bett auch noch vergeben ist.«

»Morgen trefft ihr euch?«

»Ja, aber da brauchst du wirklich nicht zu kommen«, sagte Till wieder schnell. »Da geht es bloß um den organisatorischen Kram. Total langweilig.«

Ich sah ihn misstrauisch an. Irgendwas stimmte doch da nicht. Aber ehe ich der Sache auf den Grund gehen konnte, stieß Nina zu uns.

»Komm, wir fahren«, sagte sie. »Ich habe alle befragt, die in die engere Wahl kämen, aber von denen ist keiner mehr solo.«

»*Ich* bin solo«, sagte Ollie, aber Nina schenkte ihm keinen Blick. Sie wusste, dass er höchstens zweitausend netto verdiente.

»Suchst du einen neuen Mann, Nina?«, fragte Till.

»Ja«, erwiderte Nina. »Aber für Felicitas. Sie soll endlich auch ein schönes Leben haben.«

»Sie hat doch mich.«

Nina schnaubte verächtlich. »Dich zum Mann zu haben und ein schönes Leben zu führen schließt einander zwingend aus.«

Till war nicht mal beleidigt. Ich strebte hinter Nina dem Ausgang zu. Den frühen Abgang bedauerte ich keineswegs, im Gegenteil, wer weiß was für Gerüchte Natalie noch alles in die Welt gesetzt hatte.

Als wir den schummrigen Thekenraum betraten und ich hoffnungsvoll nach dem Grünäugigen Ausschau hielt, hörten wir eilige Schritte hinter uns.

»Halt! Felicitas!« Es war Caroline. Sie war völlig außer Atem.

»Der Brief«, keuchte sie. »Du wolltest doch den Brief lesen, der mir damals Glück gebracht hat.«

»Äh, ja«, stotterte ich. »Aber unser Taxi wartet.«

»Das macht nichts«, sagte Caroline. »Du kannst ihn mitnehmen, ich schenke ihn dir einfach. Er wird dir Glück bringen, so wie mir. Du kannst es gebrauchen.« Sie drückte mir den zusammengefalteten Zettel in die Hand.

»Danke«, sagte ich. Caroline lächelte und kehrte zu den anderen zurück. »Sie kann einem Leid tun«, sagte ich zu Nina. »Sie ist völlig durchgeknallt!«

Der Grünäugige war längst nach Hause gegangen.

Die zweite Gelegenheit

SO EINE PLEITE, schimpfte Nina im Taxi. »Du hättest den Typ wenigstens nach seiner Telefonnummer fragen können! Das war *die* Gelegenheit!«

Ich seufzte und faltete Carolines Brief auseinander. Es war eine blasse, abgegriffene Kopie, der Maschine geschriebene Text ziemlich erstaunlich.

»Hör doch mal«, sagte ich. »Das ist ein Kettenbrief! Caroline hat mir einen Kettenbrief gegeben!«

»Lauter Nieten, die Männer«, meinte Nina. »Aber wenigstens sind die Frauen alle vor Neid erblasst, als ich gesagt habe, dass ich eine Kinderfrau habe. Ganztags! Die können ja nicht wissen, dass ich damit meine grauenhafte Schwiegermutter meine!«

Ich hörte ihr nicht mehr zu. Der Brief, dem Caroline den irischen Mann mit Landgut, vierzehn Pferde und baldiges Kindesglück zu verdanken hatte, war wirklich skurril. *»Lieber Empfänger«*, stand dort in schlechter Schreibmaschinenschrift und noch schlechterem Deutsch. *»Dieser Brief wurde vor zehn Jahren von einem Priester auf Haiti begonnen und soll dir Glück bringen. Du musst inerhalb von zehn Tage zehn Kopien anfertigen und diese an zehn Menschen weiterleiten, die dir am Herzen liegen. Harry Peterson aus Philadelphia gewann zwei Tage, nach dem er seine Kopien weg geschickt hatte, zwei Millionen Dollar in der Lotterie. Heather Matthews aus Maryland wurde noch am gleichen*

Tag, an dem sie die Kopien verteilt hatte, von ihrem Knochenmarxkrebs geheilt. Dies soll nur als Beispiel dienen um zu zeigen, wie viel Macht dieser Brief hat. Wenn du es wagst, die Kette zu unterbrechen, wirst du großes Unglück auf dieh lenken. So hat Daryl Jones in Texas den Brief erhalten und einfach vergessen. Inerhalb der nächsten zehn Tage verlor er zuerst seine Arbeit, dann verunglückten Frau und Kinder tötlich mit dem Auto. Glücklicher weise erinnerte er sich an den Brief und schickte doch noch zehn Kopien ab. Gleich am nächsten Tag fand er eine neue Arbeit. Dieses Beispiel soll nur als Beispiel dienen, um zu zeigen, was passiert wenn man die Kette unter bricht. Viel Glück.«

Ich musste lachen. »Was hältst du davon?«, fragte ich Nina.

»Man muss schon sehr verzweifelt sein, um an so was zu glauben«, erwiderte sie. »Aber bei Caroline hat es gewirkt. Sie hat mir ein Foto von ihrem Gutshof gezeigt. Traumhaft, sage ich dir. Und der Mann konnte sich auch sehen lassen. Ich hatte wohlweislich alle Bilder von Robert aus meiner Brieftasche entfernt. Auf Fotos sieht er noch dicker aus als in Wirklichkeit.«

In meiner Wohnung – Nina war mit dem Taxi weitergefahren, zurück in ihre Doppelhaushälfte zu Mann und Kind – las ich mich noch einmal durch die abenteuerliche Orthografie von Carolines Brief. Ich hatte gedacht, Kettenbriefe seien seit Hermann völlig aus der Mode gekommen. Hermann war ein kleiner Klumpen Teig, und er kam auch mit einem Kettenbrief. Man musste Hermann in den Kühlschrank stellen und mit Mehl und Milch füttern. Innerhalb von zehn Tagen wuchs er auf weit mehr als den doppelten Umfang heran. Dann, so schrieb der Kettenbrief vor, sollte man Hermann in drei

Stücke teilen. Ein Drittel schenkte man mit besagtem Kettenbrief an einen Freund weiter, aus einem Drittel buk man einen leckeren Kuchen, und das letzte Drittel musste man im Kühlschrank weiterfüttern, bis es wieder teilbar war. Eine Zeit lang hatte auf diese Weise jeder einen Hermann im Kühlschrank gehabt, und eigentlich war das ganz nett gewesen. Das Schlimmste, was einem passieren konnte, wenn man Hermann vergaß, war ein verschimmelter Kühlschrank. Harmlos, wenn man es mit den Folgen verglich, die das Ignorieren *dieses* Kettenbriefes hatte.

Wenn Caroline mich besser gekannt hätte, hätte sie wissen müssen, dass ich den Brief irgendwo hinlegen, vergessen und damit den Fluch des Priesters auf mich ziehen würde. Ich legte den Brief also irgendwo hin und vergaß ihn. Die Strümpfe mit den Laufmaschen dagegen rollte ich sorgfältig zusammen und legte sie in meine Wäscheschublade. Zur Erinnerung an meine erste Begegnung mit einem wirklichen Traummann.

Das Telefon klingelte direkt neben meinem Ohr.

»Felicitas Trost.«

»Ja, guten Tag, hier ist Simone. Ist Ihr Sohn da?«

Ich kannte keine Simone. Mein Sohn war auch nicht zu Hause. Ich hatte überhaupt keinen.

»Kann es sein, dass du dich verwählt hast?«

»Eigentlich nicht.« Das klang beleidigt und selbstsicher zugleich.

Ich sah auf die Uhr. Viertel vor acht. Samstagmorgen. Ein freier Tag. Einer, an dem ich hatte ausschlafen wollen. Und jetzt hatte ich über Nacht einen Sohn bekommen.

»Wie soll mein Sohn denn heißen?«, fragte ich, um sicherzugehen, dass ich nicht fünfzehn Jahre später aufgewacht war.

»Mike«, antwortete Simone ungeduldig.

»Mike? Ausgeschlossen. Du musst dich verwählt haben.«

Das Gör legte auf, ohne sich zu entschuldigen. Ich ließ mich zurück ins Bett fallen. Mike! So würde ich meinen Sohn nie nennen. Meiner würde David heißen oder vielleicht Jeremie. Ich konnte unmöglich klingen wie eine, die einen Sohn namens Mike hat. Mikes Mutter hatte unter Garantie Dauerwellen und war mindestens sechsunddreißig. Sie hatte Mike mit zwanzig bekommen und Manfred, genannt Manni, geheiratet, als sie im fünften Monat war. In Weiß. Mit einer dieser gelockten Kunstseidenschleifen im Haar. Ich zuckte zusammen. Jetzt fing das schon wieder an. Ich malte mir das Schicksal wildfremder Leute aus, von denen ich noch nicht mal wusste, ob es sie überhaupt gab.

Ich beschloss aufzustehen, den Kater zu füttern und die Fenster zu putzen.

»Rothenberger!«, rief ich, aber Rothenberger kam nicht.

Er war ein sehr hübscher Kater, der aussah wie ein Luchs, mit sandfarbenem, grau getupftem Fell, buschigem Schwanz und lustigen Fellbüscheln auf den Ohrspitzen. Seine gelben Augen schielten ziemlich, und deshalb war er nach Anneliese Rothenberger benannt. Rothenberger war ein rücksichtsvoller Kater. Samstags, wenn ich ausschlafen konnte, kam er nie vor neun Uhr von seinen Streifzügen zurück. Er tauchte auch nicht auf, als ich die Lauge für die Fenster anrührte. Er konnte über den Balkon auf das nächste Garagendach und von da auf ein verwildertes Grundstück springen. Was er dort tat, konnte ich nur vermuten.

Meine Fenster hatten es wirklich nötig. Ich pflegte sie in so großen Abständen zu putzen, dass das Saubermachen ein echtes Erfolgserlebnis bot. Dummerweise regnete es. Aber da ich mir nun einmal vorgenommen hatte, Fenster zu putzen, tat ich es auch. Zumal es draußen so aussah, als würde es überhaupt nie wieder aufhören zu regnen. Von wegen goldener Oktober.

Als ich beim vorletzten Fenster angelangt war, klingelte das Telefon. Diesmal ließ ich den Anrufbeantworter rangehen.

»Hallo, hallo! Und hier ist wieder ›Der Preis ist Scheiß‹ mit Felicitas Trost. Ich bin im Moment nicht zu Hause, aber unter den ersten zehn Anrufern verlose ich auch heute wieder wunderbare Preise. Wer wagt, gewinnt eine formschöne, verchromte Nagelschere, garantiert rostfrei! Sprechen Sie – jetzt!«

Ich wischte zufrieden die Vogelkacke von der Fensterbank. Immer wieder komisch, mein Anrufbeantworter. Nach dem Piepton sprach meine Arbeitskollegin aus der Presseabteilung von Jorge und Kriechbaum auf Band. Sie sagte, dass sie aus zuverlässiger Quelle erfahren habe, dass der Verlag in den nächsten Tagen Konkurs anmelden und wir alle unsere Jobs verlieren würden. Ich wusste, dass die Quelle sehr zuverlässig war, denn die Arbeitskollegin unterhielt ein streng geheimes Verhältnis mit einem der Geschäftsführer. Trotzdem bewegte ich mich nicht von meiner Trittleiter herunter.

»Vielleicht«, fuhr die Kollegin mit unverkennbar hysterischem Unterton fort, »vielleicht können die nicht mal mehr die laufenden Gehälter auszahlen.« Dann fing sie an, mein Band voll zu schniefen und zu schluchzen. Erst als das Schluchzen verstummt war und die synthetische Frauenstimme des Apparats Datum und Uhrzeit ergänzte, begriff ich die Ungeheuerlichkeit der Nachricht. Aber ich putzte dennoch gelassen zu Ende. Wenn es tatsächlich so war, dass ich in nächster Zeit arbeitslos würde, dann konnte ich ohnehin nichts daran ändern. Jedenfalls würde es nichts nützen, mir das Wochenende damit zu verderben. Es war ganz gegen meine Gewohnheit, sich über ungelegte Eier aufzuregen.

Vogel-Strauß-Politik, Problemnegierung und Realitätsflucht nannte Nina das, aber sie hatte schließlich Architektur studiert und nicht Psychologie. Ich hielt mich besser an die weisen Ratschläge aus dem Volksmund. Du sollst erst schreien, wenn es wehtut, gieße das Kind nicht mit dem Bade aus, ein Unglück kommt selten allein, und wenn der Hahn kräht auf dem Mist, ändert sich's Wetter, oder es bleibt, wie es ist.

Später klingelte das Telefon erneut. Diesmal war es Till. Er müsse den ganzen Tag Taxi fahren, sagte er mit weinerlicher Stimme, und ob ich ihm einen Gefallen tun könnte.

»Nee«, sagte ich sicherheitshalber.

»Es ist aber wichtig!«, flehte Till. Im Kaufhof gäbe es nämlich ein Supersonderangebot, Markenskihandschuhe mit Neoprenoberflächen und extralangen Stulpen, und das Angebot sei so sensationell günstig, dass die Menschen sich darauf stürzen würden wie die Geier. Und da er den ganzen Tag im Taxi festsitze, solle ich mich doch bitte, bitte unter die Geier mischen und ein Paar für ihn ergattern, in Blau, wenn's ginge.

»Du hast dann auch einen Gefallen bei mir gut«, setzte er hinzu.

»Das wäre dann der Zweihundertundzehnte«, sagte ich.

»Ja, und wer hat dir neulich das Regal angedübelt?«

»Und wer hat dich dafür zum Essen eingeladen, deine Hemdenknöpfe angenäht und das Referat abgetippt?«, fragte ich zurück. »Aber gut, ich hol' dir die verdammten Handschuhe, ich muss sowieso noch zum Einkaufen, wenn ich nicht verhungern will.«

In der Innenstadt war trotz des miesen Wetters die Hölle los, als habe das Weihnachtsgeschäft bereits begonnen. Erst in der obersten Etage meines Stammparkhauses fand ich eine Lücke. Tills Handschuhe lagen, entgegen seiner Prophezeiung, in großen Haufen in einer völlig menschenleeren Ecke der Sportabteilung, und dort würden sie vermutlich auch bis zum Winterschlussverkauf vollzählig liegen bleiben, bis auf das eine Paar, das ich für Till kaufte. In Anbetracht meiner bevorstehenden Arbeitslosigkeit verzichtete ich darauf, mir noch andere Sachen anzuschauen oder gar zu kaufen, und stand zehn Minuten später wieder vor dem Parkscheinautomaten. Unmittelbar hinter mir kam noch jemand ins Parkhaus, stellte sich vor den zweiten Automaten und begann, synchron mit mir, Karte und Münzen einzuschieben.

Ein Seitenblick verschaffte mir eine sensationelle, atemberaubende Erkenntnis: Mein Parkautomatennachbar war der grünäugige Pannenmann von gestern Abend!

Und wie gut er im Neonlicht des grauen Parkhauses aussah! Vor lauter Überraschung und Freude ließ ich einen Groschen auf den Boden fallen. Da wandte er sich zur Seite und sah auch mich an. Allerdings schien er sich nicht an mich zu erinnern, denn er drehte sich sofort wieder um und begann, seine Münzen noch schneller einzuwerfen. Ich hob meinen Groschen auf, und stumm traten wir in eine Art Wettbewerb ein. Wer zuerst die Parkkarte erhielt, wer zuerst die Tür öffnete, wer zuerst oben war. Schulter an Schulter hasteten wir die Treppe hinauf, Stockwerk für Stockwerk. Er hatte wohl offenbar ebenfalls in der sechsten Etage geparkt. Hier oben gab es zwei Türen auf das Parkdeck hinaus, ich entschied mich für die linke, mein Gegner für die rechte. Gleichzeitig packten wir den Türgriff, aber hier hatte Grünauge Pech. Seine Tür klemmte, er musste noch mal nachrucken und stand so mindestens zwei Zehntelsekunden nach mir auf dem Parkdeck.

»Gewonnen«, sagte ich atemlos.

Der Grünäugige lachte. »Ich hatte aber schwerer zu tragen«, sagte er und deutete auf seinen Rucksack. Dann wurde er ernst und musterte mich gründlich. Ich spürte, wie ich rot wurde, denn sicher würde ihm gleich einfallen, dass ich die mit der Laufmasche war.

»Kennen wir uns nicht irgendwoher?«, fragte er jetzt und wurde ebenfalls rot. Das war aber auch ein blöder Satz.

Ich war kurz davor, ihm zu erklären, dass Natalies Geschichte von meiner Entjungferung auf dem Damenklo pure Erfindung war, aber ich hatte Angst, die ganze Sache noch peinlicher zu machen, als sie ohnehin schon war. Stattdessen schüttelte ich den Kopf. Immerhin brachte ich dabei ein Lächeln zu Stande.

Der Grünäugige war immer noch rot. »Ich dachte nur«, sagte er und stotterte ein bisschen dabei.

Ich sagte nichts. Da war sie also, die zweite Begegnung mit meinem Traummann, statistisch schon fast im Bereich der Wunder, und ich – ich tat nichts. Er auch nicht.

Auf der Fahrt zum Supermarkt war ich den Tränen nahe. Wenigstens nach seinem Namen hätte ich fragen können, wenn ich schon sonst nichts tat. Dann wüsste ich jetzt, ob er tatsächlich David hieß, denn so hatte ich ihn in Gedanken getauft. Ich wusste bereits alles über David. Er war natürlich unverheiratet, von Beruf Bildhauer oder Journalist, und er wohnte in einem alten Haus mit Garten. Auch das kannte mein inneres Auge, als wär's mein eigener Grund und Boden. Ein riesenhafter Kirschbaum stand dort, an seinen Zweigen hing eine Schaukel an extra langen Seilen. Weiter hinten, umrankt von Rosen und Jasmin, befand sich eine uralte, leicht lädierte Gartenlaube, gleich neben einem Teich, in dem Rothenberger nach Goldfischen angeln konnte. David liebte Katzen über alles, und er spielte Gitarre. Oder Cello. Er konnte seine Hemden selber bügeln und war nicht schwul. Auf gar keinen Fall.

Als ich zurückkam, war wieder mal kein Parkplatz frei, in der ganzen verfluchten Straße nicht. Ich musste auf dem Bürgersteig parken und meine Einkäufe fünfzig Meter weit durch den fiesen Herbstregen tragen: einen 20-Liter-Sack Katzenstreu, den überquellenden Einkaufskorb und einen Zehnerpack Klopapier in einem einzigartigen Kraft- und Balanceakt.

Vor der Haustür stieß ich auf unseren schnauzbärtigen Hausmeister. »Kann isch helfen?«

»O ja«, ächzte ich erleichtert und lächelte ihn dankbar an.

Aber ich hatte mich zu früh gefreut. Der gute Mann nahm mir lediglich die Klopapierrollen ab, die ich mir unter den linken Arm geklemmt hatte. Dann wartete er geduldig, bis ich die Haustür aufgeschlossen und Korb und Katzenstreu wieder richtig im Griff hatte, um den Aufstieg in den ersten Stock anzutreten.

»Für so wat sin wir Männer doch da«, meinte er, während er mit seiner Last leichtfüßig vor mir her die Treppe hinaufschritt. Seine ausgeleierte gelbe Jogginghose hing wie üblich ziemlich tief, sodass ich den oberen Teil seiner Pobacken sehen konnte. »'sch mein', wozu sin denn sonst unsere janzen Muskeln jut?«

Ich dachte eine Sekunde ernsthaft über eine Antwort nach. Oberflächlich betrachtet konnte man bei meinem Klopapierkavalier eigentlich nichts Muskelähnliches erkennen. Aber was, wenn nicht ein im Verborgenen arbeitender Muskel, bewahrte die ausgeleierte Jogginghose vor dem endgültigen Absturz? Ein Muskel übrigens, für dessen Existenz ich aus tiefstem Herzen dankbar war.

Vor meiner Wohnungstüre ließ der Hausmeister das Paket sachte abwärts gleiten.

»Vielen Dank für Ihre große Hilfe«, konnte ich mir nicht verkneifen zu sagen.

»Keine Ursache«, sagte der Hausmeister bescheiden und klingelte an seiner eigenen Wohnungstüre. »So wat is doch sälpsverständlisch unter Nachbarn.«

Rothenberger war von seinem Streifzug zurückgekehrt, empfing mich mit ungeduldigem Maunzen und schob seinen dicken Kopf in den Einkaufskorb. Nach seinem Mittagessen – Katzengalamenü mit Krabben – rollte er sich auf meinem Schoß zusammen und zwang mich so, zwei Stunden in meinem Korbsessel sitzen zu bleiben und über das Leben nachzudenken. Jetzt war ich meinem David schon zweimal begegnet und kannte immer noch nicht seinen richtigen Namen. Ich konnte nur auf eine dritte Gelegenheit warten und mich so lange mit Tagträumen über Wasser halten. Aber ich ahnte, dass bis dahin einige Zeit vergehen würde, und so versuchte ich, noch am selben Nachmittag klare Verhältnisse in mein Leben zu bringen.

»Ich liebe dich nicht mehr«, sagte ich zu Till, als er kam, um seine Neoprenhandschuhe abzuholen.

»Hast du was zu essen da?«, erwiderte er. »Ich komme um vor Hunger. Und hast du die Handschuhe gekriegt?«

»Ich liebe einen anderen«, fuhr ich fort. Ich wollte ihn nicht unnötig kränken, aber ein paar Tränen in seinen Augen hätten mir an diesem Tag gut getan. Aber Till begutachtete seine neuen Handschuhe und machte keinerlei Anstalten, Tränen zu vergießen.

»Wer ist es?«, wollte er immerhin wissen.

Ich hob die Schultern. »Seinen Namen kenne ich nicht. Noch nicht. Aber das ist ja auch nicht so wichtig.«

Till sah leicht irritiert aus. »Für mich vielleicht nicht«, sagte er. »Aber du solltest ihn schon kennen, finde ich.«

»Darum geht es ja hier gar nicht. Ich möchte unsere Beziehung beenden, weil ich nicht mehr genügend Gefühle für dich aufbringen kann.«

»Muss das denn ausgerechnet heute sein?« Till seufzte. »Du freust dich vielleicht zu hören, dass ich auch schon mit dem Gedanken gespielt habe, Schluss zu machen. Nur jetzt ist wirklich kein guter Zeitpunkt dafür.«

Da wurde ich aber böse. »Du wolltest unsere Beziehung gar nicht beenden. Das sagst du nur, weil ich damit angefangen habe.«

»Nein.« Till schüttelte den Kopf. »Ich hab's satt, immer ein schlechtes Gewissen zu haben, wenn ich mich mit anderen Frauen treffe. Aber ich wollte noch den Skiurlaub abwarten. Ich weiß schließlich, was sich gehört!«

»Aber der Skiurlaub ist erst in zwei Wochen.«

»Wir sind so viele Jahre zusammen. Da kommt es auf zwei Wochen auch nicht mehr an.«

»Mit dir kann man nicht mal vernünftig Schluss machen.«

»Also gut, von mir aus machen wir jetzt Schluss. Aber nur, wenn wir das mit dem Skiurlaub noch durchziehen«, sagte Till.

»Kannst du nicht ein bisschen weinen?«

»Wieso? Ich wollte doch zuerst Schluss machen!«

»Ich habe es aber zuerst gesagt«, trumpfte ich auf. »Und ich bin in einen anderen verliebt.«

»Dessen Namen du nicht mal kennst!«, höhnte Till und sah auf die Uhr. »Ich muss jetzt zu diesem Skiurlaubstreffen und danach die ganze Nacht Taxi fahren. Scheißtag.«

»Und warum soll ich nicht mitkommen zu diesem Skiurlaubstreffen?«, fragte ich. »Ich bin ja schließlich auch dabei!«

»Ach was«, sagte Till schnell. »Da geht es bloß um die Einkäufe. Wer was mitbringt und so. Da brauchst du nicht dabei zu sein.«

»Ich würde die Leute aber auch gerne mal kennen lernen.«

»Ist doch nicht nötig«, sagte Till und blickte an mir vorbei auf einen Nagel in der Wand. »Die anderen Frauen sind auch nicht dabei.«

»Aha«, sagte ich. Ich Doofi schöpfte nicht mal den Verdacht, da könne was faul sein.

Die dritte Gelegenheit

ICH SAH DEN Skiurlaub als willkommene Abwechslung, dem Regen und meinen Problemen zu entkommen und ein paar nette neue Leute kennen zu lernen.

Probleme hatte ich wirklich genug. Jorge und Kriechbaum, der Verlag, bei dem ich arbeitete, hatte tatsächlich Konkurs angemeldet, eine Tatsache, die mich von heute auf morgen arbeitslos machte. Man hatte uns versprochen, die Gehälter für November und Dezember in jedem Fall noch aus der Konkursmasse zu bezahlen. Von der Geschäftsführung wurde den Mitarbeitern freigestellt, bis Ende November weiterzuarbeiten. Ich fand es zwar dramatisch, ohne Job dazustehen, aber *so* schrecklich würde es nicht sein, ein paar Wochen lang auszuschlafen und nichts zu tun. Wie der Volksmund sagt: Müßiggang ist aller Laster Anfang, ein gutes Gewissen ist ein sanftes Ruhekissen, und am Abend werden die Faulen fleißig. Ich nahm meinen Resturlaub, packte meine Sachen zusammen und verließ das sinkende Schiff. Der Freitag, an dem Till und Ollie mich zu unserem Skiurlaub abholten, war gleichzeitig mein letzter Arbeitstag.

Als ich den beiden von meinem Unglück erzählte, reagierten sie weit mitfühlender, als ich es erwartet hätte. Ja, ich fand sogar, sie reagierten ein kleines bisschen *zu* mitfühlend.

»Auch das noch«, jammerten sie.

»Erst mal habe ich ja jetzt Ferien«, versuchte ich sie aufzumuntern. »Ihr werdet sehen, nach ein paar Tagen im Schnee geht es mir schon viel besser.«

Ollie und Till tauschten besorgte Blicke. Ich schenkte ihnen keine Beachtung, sondern tat, was ich auf längeren Autofahrten immer tat: Ich rollte mich zusammen und schlief.

Als ich aufwachte, waren wir schon in der Schweiz, das konnte ich riechen, ohne die Augen zu öffnen.

»Warum hast du es ihr denn nicht gesagt?«, hörte ich Ollie fragen.

Und Till antwortete: »Weil sie sonst nicht mitgefahren wäre. Und was dich das gekostet hätte, wenn jemand so kurzfristig abgesprungen wäre, brauche ich dir ja nicht vorzurechnen.«

»Wenn du dich um meine Ausgaben sorgst, wieso lässt du mich dann deinen Mietanteil zahlen und die Hälfte von deinem Skipass?«, knurrte Ollie.

»Ja, warum wohl!«, höhnte Till.

Ich setzte mich mit einem Ruck auf. »Das möchte ich auch mal wissen«, sagte ich klopfenden Herzens. Ollie und Till machten Gesichter wie ertappte Sünder.

»Sag es ihr«, forderte Ollie Till auf.

»Nein, du, es sind schließlich deine Freunde. Du hast uns diesen verdammten Heinz-Peter eingebrockt.«

Ich hätte gleich wissen sollen, dass da was faul war. Deshalb hatte ich auch nicht zu den Vortreffen kommen dürfen! »Ihr habt mich reingelegt!«

Ollie drehte sich zu mir um. »So schlimm sind die alle gar nicht«, sagte er. »Ehrlich, eigentlich sogar richtig nett.«

Till lachte wieder höhnisch.

»Aber, ähm, also«, stotterte Ollie.

»Was ist jetzt mit denen?«, brüllte ich.

»Weil Till gesagt hat, du würdest sonst nicht mitkommen, haben wir gedacht, es ist das Beste, wenn du es erst erfährst, wenn …«, flüsterte Ollie.

Ich griff mit meiner Hand nach seiner Kehle und quetschte seinen Adamsapfel zusammen.

»Wir haben dir nur nicht gesagt«, krächzte Ollie, »dass Heinz-Peter seine Kinder mitgebracht hat!«

Ich ließ seinen Adamsapfel los. Kinder also! Nach dem Theater hatte ich mit Schlimmerem gerechnet. So kinderfeindlich war ich doch gar nicht, dass man mit mir nicht darüber hätte reden können.

»Und wegen der Kinder musst du Tills Mietanteil und die Hälfte seines Skipasses bezahlen?«, fragte ich ungläubig.

Ollie nickte unglücklich. »Ja, und weil Till nicht so gut mit Jörg und Heinz-Peter klarkommt, deswegen. Aber die sind echt okay, ehrlich.«

Ich ließ mich halbwegs beruhigt in den Sitz zurückfallen und hielt für den Rest der Fahrt hartnäckig an dem Glauben fest, dies würde ein schöner und erholsamer Urlaub werden. Bis ich Heinz-Peter sah. Dass der Typ Heinz-Peter hieß, konnte man sofort sehen. Er hatte so ein freundliches, sauberes Gesicht wie einer, der in seiner Jugend CVJM-Gruppenleiter gewesen und garantiert jungfräulich in die Ehe gegangen ist. Er schlidderte quer über den vereisten Parkplatz auf uns zu in einem Skianzug, eine halbe Nummer zu klein, und einer gefütterten Daunenmütze mit Schirm und wehenden Ohrenklappen.

Till und Ollie wandten betreten ihren Blick ab.

»Hallöle, da seids ihr jaha«, schrie Heinz-Peter aufgeregt.

»Sieht doch nett aus«, raunte ich noch, aber keiner stimmte mir zu.

Heinz-Peter schüttelte uns nacheinander die Hand. »Ihr kommts aber spähäät«, sagte er vorwurfsvoll. Meine Hand schüttelte er zuletzt. »Heinz-Päätär heiß ich. Und du bischt sichär die Fälitschitas?«

»So ähnlich«, murmelte ich.

»Jätscht habä mär abär scho gässä«, fuhr Heinz-Peter besorgt fort. »Eigentlich wärt ihr auch heut abänd mit däm Spüldienscht dran'gwäsä, aber jätscht häbt ihr jo ach kää Assäh kriegt.«

»Was hat er gesagt?«, flüsterte ich Till zu.

»Irgendwas mit Essen«, meinte der und lud eine Palette Orangensaft und Kisten mit Jogurt aus dem Kofferraum. »Ar hat ärnsthaftä Problämä mit däm Ä. Wie Kermit der Frosch.«

Zu Heinz-Peter sagte er, er solle sich keine Sorgen machen. »Ich esse ein paar Jogurts und Butterbrote, das reicht mir für heute Abend.«

Heinz-Peter machte ein beunruhigtes Gesicht. »Brote kannst du dir gerne machen. Aber die Jogurts sind abgezählt.«

Till guckte mich an. Ich guckte Ollie an. Ollie guckte unglücklich auf den Boden. Nur Heinz-Peter guckte freundlich von einem zum anderen. Beim Tragen erwies er sich als sehr hilfsbereit. Wir schafften Skier, Stöcke, Gepäck und Lebensmittel mit einem Gang ins Chalet. Jörg, Ollies Kollege, empfing uns im Flur.

»Ich heiße Jörg Hansen«, sagte er akzentfrei und schüttelte meine Hand. »Und Ihr werter Name ist?«

»Felicitas Trost«, antwortete ich perplex.

»Freut mich«, sagte Ollies Kollege. »Aber ich schlage vor, dass wir uns duzen. Sonst wird das alles so förmlich.«

Ich nickte stumm. Wie gut, dass dieser Jörg so locker

drauf war. Wir hätten einander sonst mit Herr und Frau angesprochen! ›Herr Hansen, brauchen Sie noch lange auf dem Klo? Ich muss nämlich mal, und Herr Meier will sich die Zähne putzen.‹ Meine Angst vor Frau Hansen und Heinz-Peters Frau, ganz zu schweigen von seinen Kindern, wuchs ins Unermessliche. Bevor ich die nächste Tür öffnete, holte ich tief Luft.

Im Wohnzimmer war es heiß und stickig. Es roch auch nicht gut. Ein Säugling, den ich sofort im Verdacht hatte, die Quelle des schlechten Geruchs zu sein, quengelte auf einer Decke mitten im Raum. In einem riesigen Legohaufen saß das zweite Kind und lutschte an den Plastikklötzchen.

Neben der Decke lagerten zwei blasse Frauengestalten. Eine von ihnen strickte etwas in Gelb.

»Hallo!«, sagte ich und lächelte, so freundlich ich eben konnte. »Ich bin die Felicitas.«

»Ich bin die Frauke«, sagte die Strickliesel mürrisch. »Jörgs Frau.«

Frau Hansen, aha. Sie sah irgendwie schwanger aus.

»Uff die Idää, die Dür zuzemache, kommscht du wohl net«, sagte die andere Frau. Sie kam ganz offensichtlich aus dem gleichen Landstrich wie Heinz-Peter. »Es zieht.«

»Und wie heißt du?«, fragte ich, während ich eilfertig zur Tür zurückging.

»Es zieht!«

Ich verzog mich wieder in den Flur.

»Im Wohnzimmer sitzen zwei Drachen«, sagte ich zu Till und Ollie. »Der eine heißt Frauke und der andere Eszieht.«

»Erst bringt ihr jetzt mal euer Gepäck nach oben«, befahl Heinz-Peter freundlich. »Und dann gehen wir die Lebensmittelliste durch, ob nichts fehlt.«

Till zuckte müde mit den Schultern und hielt Ollie unsere Taschen hin. Der trug sie widerstandslos die Treppe hinauf.

Das Zimmer war so klein, dass man die Tür nur nach außen öffnen konnte. Ein französisches Bett und ein paar Haken an der Seite waren das ganze Mobiliar.

»Sind die anderen Zimmer auch so winzig?«, fragte ich.

»Nein«, gab Ollie zu. »Aber weil wir so spät gekommen sind … – Ich schlafe im Wohnzimmer auf der Couch. Das ist noch schlechter.«

Vielleicht hatte er recht. In dem Mief da unten hätte ich jedenfalls auch nicht nächtigen wollen. Ich ließ mich auf das Bett plumpsen. Die Matratze gab beinahe bis zum Boden nach.

»Zahlst du meinen Skipass auch?«, fragte ich Ollie.

Um halb acht gingen Frauke und Eszieht mit den Kindern zu Bett. Die feuchten Legoklötzchen und die Decke mit Spielzeug ließen sie im Wohnzimmer zurück, ebenso den Gestank. Ich öffnete ein Fenster. Jörg und Heinz-Peter wollten die Läbänsmittällischtä kontrollieren und einen Benutzungsplan für das einzige Badezimmer aufstellen. Till und ich stapelten die Einkäufe in der Küche auf, während Heinz-Peter die einzelnen Posten von vier computergeschriebenen Seiten ablas und Jörg mit Ollie nebenan darüber abstimmten, wer wann sein großes Geschäft zu erledigen hatte.

Ich hörte Heinz-Peters und Tills Dialog zu und kicherte albern vor mich hin.

»Sahnejogurt, Kirsche, sechsmal?«

»Hier.«

»Sahnejogurt, Erdbeer, sechsmal? Sahnejoghurt, Pfirsich, sechsmal.«

»Ja.«

»Toilettenpapier, drei mal acht Rollen?«

»Hier.«

»Was ist *das*?«, schrie Heinz-Peter entsetzt und zeigte auf das Klopapier.

Ich zuckte zusammen. Jörg und Ollie kamen ebenfalls erschrocken herbeigelaufen.

»Was ist los?«

Heinz-Peter zeigte stumm auf die Klopapierrollen.

»Oh, mein Gott«, stöhnte Jörg. »Ich wusste, dass etwas schief gehen würde. Wenn man sich *einmal* auf andere verlässt!«

Ollie und ich schauten Till Hilfe suchend an. »Was hast du getan?«

Till zuckte mit den Schultern. »Ich hab' keine Ahnung.«

Heinz-Peter sah ihn vorwurfsvoll an. »Du solltest dreilagiges, holzfreies Papier besorgen. Und das hier ist bloß zweilagig! Und recycelt!«

Ein hysterisches Kichern schüttelte mich. »Und ich dachte schon, es wäre was Ernstes.«

»Das *ist* ernst.« Jörg betrachtete das Klopapier angewidert. »Wir haben nicht umsonst eine detaillierte Einkaufsliste erstellt.«

Er und Heinz-Peter weigerten sich kurzerhand, derartig umweltfreundliches Material mit ihren Hintern in Berührung zu bringen. Sie zogen sich zu einer Krisensitzung an den Esstisch zurück. Wir durften in der Zwischenzeit die Sahnejogurts in den Kühlschrank räumen. Ich kicherte immer noch.

Nach einer knappen halben Stunde hatten Jörg und

Heinz-Peter das Klopapierproblem gelöst. Till musste das Geld für sein minderwertiges Klopapier zurück in die Kasse geben. Ebenso die Differenz zwischen der Summe, die das gewünschte Klopapier in Deutschland gekostet hätte, und dem, was es hier in der Schweiz kostete. Dabei waren sich Jörg und Heinz-Peter zuerst nicht einig, ob man bei der Berechnung in Rappen und Pfennig den Wechselkurs berücksichtigen sollte, der zu dem Zeitpunkt vorgelegen hat, zu dem Till das zweilagige Klopapier gekauft hatte, oder den, der im Augenblick vorlag. Till schuldete der Kasse am Ende noch einundvierzig Rappen. Da es in der Schweiz keine Ein-Rappen-Stücke gibt, waren sich Jörg und Heinz-Peter unschlüssig, ob sie auf fünfundvierzig Rappen aufrunden sollten oder nicht. Zuletzt siegte ihre Großherzigkeit, und Till wurde der eine Rappen erlassen.

Über dieser Diskussion war es halb neun geworden. Höchste Zeit für Jörg und Heinz-Peter, die Ehebetten im ersten Stock aufzusuchen.

»Ich hoffe, dass uns dieser Zwischenfall nicht den Urlaub verderben wird«, sagte Heinz-Peter zum Abschied versöhnlich in Tills Richtung. »So was kann ja jedem mal passieren.«

Till sah Ollie vorwurfsvoll an.

»Denk doch mal, wie viel Spaß wir alle haben werden«, flüsterte Ollie flehend.

»Spaß? Du hast sie wohl nicht mehr alle!« Till machte sich vier Schnitten Brot mit Schinken zum Abendessen. Anschließend aß er drei von den abgezählten Sahnejogurts. Ollie zählte ängstlich mit.

»Für jeden ist nur ein Jogurt von jeder Sorte vorgesehen«, sagte er, als Till den dritten Jogurt öffnete. »Das weißt du doch. Ich will keinen Streit.«

»Dann ist das hier *dein* Pfirsichjogurt«, bestimmte Till. »Und deinen Kirschjogurt esse ich auch noch.«

Ollie sagte nichts mehr. Ich fand drei Bananen in der Küche. Eine davon wollte ich aufessen.

»Also, ich weiß nicht, ob die auf Heinz-Peters Liste steht«, meinte Ollie vorsichtig. »Wenn nicht, dann ist sie sozusagen Privatbesitz.«

Ich wollte die Banane zurücklegen. Aber Till bestand darauf, dass ich sie essen sollte.

»Und wenn jemand meckert, dann muss Ollie sagen, dass er sie gegessen hat. Strafe muss sein.«

Ollie machte ein betretenes Gesicht. »In Ordnung«, sagte er zerknirscht.

Ich aß die Banane auf. Dann wollte ich ins Bett.

»Guck mal in deinem Badezimmerbenutzungsplan nach, ob ich mir um diese Uhrzeit die Zähne putzen darf«, sagte ich zu Ollie.

Er winkte uns müde nach.

Im Bett stellten wir fest, dass wir uns nicht nur die schmale Matratze teilen mussten, sondern auch die einzige Bettdecke. Wenn wir beide nebeneinander auf dem Rücken lagen, hatte zwangsläufig einer zu wenig Decke. Der eine war ich. Mir war kalt.

»Ich wäre für die Löffelchenstellung«, schlug ich flüsternd vor.

»Mir ist jede Stellung recht«, flüsterte Till lüstern zurück und öffnete den obersten Knopf meines Schlafanzugoberteils.

Nebenan hustete jemand. Ungefähr so: »Ächä ächä ächä.«

»Das ist Heinz-Peter«, flüsterte Till, und seine Hand tastete sich vom Hals abwärts. »Är hat auch beim Hustän ein ächtäs Probläm mit däm Ä.«

»Ächä ächä ächä chä«, hustete es wieder von nebenan. Es klang, als stünde Heinz-Peter direkt neben unserem Bett.

»Lass das.« Halbherzig schob ich Tills Hand zur Seite. »Das Haus ist zu hellhörig.«

»Du kannst ja ausnahmsweise mal dabei leise sein«, raunte Till und ließ seine Hand einfach weiterwandern. »Ich weiß gar nicht mehr, wie das ist, mit dir zu schlafen.«

Das wusste ich auch nicht mehr. Das letzte Mal war mindestens zwei Monate her.

»Ich versuche, leise zu sein«, flüsterte ich. Anschließend fror ich nicht mehr.

Am nächsten Morgen wurden wir von Babygeschrei geweckt.

»Ich hatte gerade so was Schönes geträumt«, murrte Till und versuchte, sich die Decke über den Kopf zu ziehen.

Es klopfte ungeduldig von außen an unsere Tür. »Das Bad ist frei. Jeder hat zehn Minuten!«

Ich kletterte aus dem Bett und bückte mich nach dem Schlafanzug. Till sah mir dabei zu.

»Schön siehst du aus, Kuschel«, sagte er zärtlich.

Ich zog mich an und seufzte dabei.

»Weißt du, was ich so an dir mag?«, fragte Till.

Wieder Bummern an der Tür. »Hallöle! Ihr seid dran mit Waschen! Jetzt nur noch fünfzehn Minuten!«

»Nein«, sagte ich zu Till. »Was ist es?«

»Dass du Sex von Beziehung trennen kannst«, erklärte Till. »Keine andere Frau kann das.«

Ich konnte nicht finden, dass das ein Kompliment war. »Heute Nacht war eine Ausnahme«, sagte ich bestimmt. »Tut mir Leid.«

Till zog verärgert seine Augenbrauen hoch. »Wir verstehen uns doch so super wie noch nie. Wir haben endlich die gleiche Wellenlänge, auch im Bett. Und nur weil wir keine offizielle Beziehung mehr haben wie andere Spießer, willst du nicht mehr mit mir schlafen?«

Ich überlegte eine Weile. »Das ist nicht der Grund«, sagte ich dann ehrlich.

»Nein? Ist es wegen diesem Typ, dessen Namen du nicht kennst?«

»Nein. Es ist nur so, dass ›es‹ es mir einfach nicht wert ist.«

Es klopfte wieder. »Was ischt jätscht mit däm Badäzimmär?«

»Verpiss dich«, rief Till und setzte sich auf. »Was meinst du mit ›es‹ ist es dir nicht wert? Das ist überhaupt kein richtiger Satz.«

»Sex«, sagte ich. »Sex mit dir.«

»Sex mit mir ist dir nichts wert?«

»Nein«, erklärte ich und fand selber, dass das furchtbar klang. »Sex ist mir den Aufwand nicht wert.«

Tills Gesichtsausdruck nötigte mich zu weiteren Erklärungen. Ich nahm seine Hand. »Vielleicht stimmt ja was mit mir nicht. Aber es ist einfach so, dass ich mehr möchte als ein nettes halbes Stündchen. Ich möchte Romantik, große Gefühle, Leidenschaft, Spannung, Drama, Liebe, Aufregung. Verstehst du?«

»Und ich hätte schwören können, dass du einen Orgasmus hattest«, murmelte Till zerknirscht.

Er hatte nichts verstanden.

»Ja, ja, hatte ich«, seufzte ich ungeduldig. »Ich bin ja keine Anfängerin mehr. Und warme Füße hatte ich hinterher auch. Aber das war auch schon alles. Und mir nicht genug. Tut mir Leid.«

Beim Frühstück war Till sehr wortkarg. Er grinste noch nicht mal als Eszieht die Bananen nachzählte und nach dem Verbleib der fehlenden fragte.

»Die habe ich total gegessen«, sagte Ollie vereinbarungsgemäß. »Ich kaufe heute Nachmittag gleich neue.«

»Das find' ich aber nicht richtig«, murrte Eszieht. »Da kann man doch vorher fragen.«

»Apropos, seid ihr eigentlich miteinander verlobt, Felicitas?«, fragte Heinz-Peter.

Till verschluckte sich vor Schreck an seinem Brötchen. Ich schaute Heinz-Peter verwirrt an.

»Apropos was?«, fragte ich.

Heinz-Peter lächelte verlegen. Apropos nichts, eigentlich. Aber er wollte es unbedingt wissen. »Seid ihr verlobt?«

»Nein«, antwortete ich.

Heinz-Peter sagte ein Weilchen gar nichts. Dann setzte er einen väterlich-verständnisvollen Gesichtsausdruck auf.

»Heutzutage muss man ja auch nicht mehr *unbedingt* verlobt sein«, meinte er nachsichtig. »Man kann auch so heiraten.«

Till verschluckte sich wieder, diesmal noch heftiger. Ich lachte freundlich, weil ich immer noch nicht bemerkt hatte, dass Heinz-Peter keinen Scherz machte, sondern alles so meinte, wie er es sagte.

»Ich habe gedacht, weil ihr doch in einem Zimmer schlaft«, sagte er. Da verstand ich langsam, dass ihm die Sache wirklich am Herzen lag.

»Ich kann ja nicht jeden heiraten, mit dem ich in einem Zimmer schlafe«, sagte ich vorsichtig. »Till und ich sind gute Freunde, weiter nichts.«

Heinz-Peter schluckte. »Nur gute Freunde?«, wiederholte er und wurde ein bisschen rot.

Hatte er womöglich gestern Nacht etwas gehört? Vermutlich ja. Ich wurde auch ein bisschen rot und überlegte, wie ich ihm erklären sollte, dass man auch mit guten Freunden Sex haben kann, wenn man Lust dazu hat.

Heinz-Peter verstand die Welt nicht mehr. »Warum fahrt ihr dann zusammen in Urlaub?«, fragte er gekränkt.

»Zum Skilaufen – hauptsächlich.«

Heinz-Peter sah erschüttert aus. Er stand schnell auf, um seine Eszieht und die Kinder zu suchen.

»Sicher betet er heute Nacht für uns«, flüsterte Till hinter ihm her.

Wir waren ungerecht. Heinz-Peter war so ein freundlicher, argloser Mensch. Uns hatte er – trotz der Sache mit dem Klopapier – auch in sein Herz geschlossen. Manchmal, wenn wir morgens an den Frühstückstisch kamen, hatte er schon fürsorglich ein Müsli für uns angerührt.

»Ihr Sportler braucht morgens eine ordentliche Grundlage«, sagte er. Für ihn war jeder ein Sportler, der besser Ski fuhr als er. Also eigentlich alle.

Tagsüber sahen wir ihn und Jörg höchstens von weitem. Aber da die Lifte von halb fünf Uhr nachmittags bis acht Uhr morgens geschlossen hatten, waren wir gezwungen, in der Zwischenzeit im Chalet vor der Kälte Schutz zu suchen.

Eszieht und Frauke blieben dagegen den ganzen Tag bei den Kindern im Tal. Frauke war im vierten Monat schwanger – hatte ich doch gleich gesehen! – und wollte eigentlich gern Skifahren, aber Jörg hatte ihr strengstens untersagt, auch nur auf dem Idiotenhügel nebenan herumzukraxeln, aus Rücksicht auf seinen ungeborenen Sohn. Also rührte Frauke den ganzen Tag in der Haferkleie herum, die ihr der Arzt gegen Verdauungsbeschwerden verschrieben hatte, betrachtete Heinz-Peters und Eszichts Kinder mit düsteren Vorahnungen und fragte sich, warum zum Teufel sie nicht besser aufgepasst hatte.

Oben auf dem Berg zogen Jörg und Heinz-Peter indessen ordentliche Spuren durch den Schnee, mehr schlecht als recht. Sie gehörten zu der Sorte Männer, die in ein paar Jahren die ganze Familie in Partnerlook einkleideten und auf der Piste kleine Kolonnen bildeten. Vorneweg der Vater, langsame Stemmbögen über die gesamte Pistenbreite vorfahrend, dahinter zwei bis drei Kinder, in warme Anzüge verpackt, und zum Schluss die Mutter, die die Kinder laufend ermahnt, Papas dilettantische Fahrweise auch genau nachzuahmen und bloß nicht zu überholen.

Manchmal schämte ich mich für meine hässlichen Gedanken und versuchte nett zu Heinz-Peter zu sein. Obwohl – wenn er sich dann bei den Mahlzeiten bemüßigt fühlte, uns en detail über die Beschaffenheit des Windelinhaltes seines Säuglings zu informieren …

Diesen überkam in der vorletzten Urlaubsnacht tiefer Weltschmerz, als hätte er begriffen, was es bedeutet, Heinz-Peters Kind zu sein. Klein-Lena, so heißt der Säugling, schrie von Mitternacht bis drei Uhr morgens wie eine Kreissäge. An Schlaf war im Umkreis von einem Kilometer nicht mehr zu denken.

»Ich kann sowieso nicht schlafen«, meinte Till schlecht gelaunt. »Das macht mich ganz fertig, jede Nacht so nah neben dir zu liegen und dich nicht berühren zu dürfen.«

»Du darfst mich berühren«, widersprach ich. »Ich mag es, wenn du meinen Rücken kraulst.«

»Du weißt genau, was ich meine.«

»Ich finde es gemütlich.«

Klein-Lena nebenan schrie.

»Früher hattest du nichts gegen Sex. Im Gegenteil«, sagte Till anklagend.

»Ich dachte, wir hätten das geklärt. Unter diesen Bedingungen habe ich einfach keine Lust auf Sex.«

Klein-Lena schrie. Till seufzte wieder und holte sein Schachspiel unter dem Bett hervor. Ich bekam seine Dame und einen Turm geschenkt.

»Aber warum unterdrückst du deinen Sexualtrieb?«, fragte er. »Es ist nicht gesund, Lustgefühle zu ignorieren.«

»Ich verspüre keinerlei Lustgefühle, wenn ich neben dir liege«, sagte ich. Das war die Wahrheit. Dummerweise.

»Um so schlimmer.« Till schüttelte beleidigt den Kopf.

Wir spielten eine Weile schweigend. Nachdem ich zweimal verloren hatte, schenkte Till mir noch seine beiden Läufer. Klein-Lena schrie.

»Warum, meinst du, wollen Leute Kinder haben?«, fragte ich abgelenkt.

Till wusste es nicht. »Schach. Wolltest du nicht eigentlich auch mal welche haben?«

Nebenan stimmte Heinz-Peter ein Schlaflied an. »Schlaf mein Kindchen, schlaf ein Stündchen«, sang er mit klarer Stimme.

»Nur, wenn ich einen Mann wie Heinz-Peter finde«, sagte ich.

»Da kannst du lange suchen.«

Klein-Lena mochte nicht, wie Heinz-Peter sang. Sie schrie lauter. Es klang jetzt wie eine defekte Kreissäge. Heinz-Peters Gesang brach unvermittelt ab. Wir hörten, wie Eszieht Klein-Lena in den Kinderwagen packte und

Heinz-Peter das Ding die Treppe hinunterwuchtete. Klein-Lena brüllte dabei wie am Spieß. Heinz-Peter fuhr mit ihr die Dorfstraße auf und ab. Sollten die anderen Urlauber ruhig auch merken, dass Klein-Lena Zähnchen bekam!

»Ich könnte hinterherschleichen und alle beide meuchelmorden«, sagte Till sehnsüchtig.

Unten auf der Straße sang Heinz-Peter arglos ein Kinderlied. »Aa, Bä, Cä, die Katzä läuft im Schnääh«, sang er. Er war sicher auch mal im Kirchenchor gewesen. Im Sopran.

Klein-Lena brüllte.

»Schachmatt«, sagte Till.

Am Morgen erschienen wir übernächtigt und mit vorwurfsvollen Blicken am Frühstückstisch. Über Nacht war ein halber Meter Neuschnee gefallen, und nur wegen Klein-Lenas Gebrüll waren wir jetzt nicht fit für den Tiefschnee.

Die anderen sahen auch nicht gerade gut gelaunt aus. Eszieht zwängte Klein-Lenas Brüderchen gewaltsam in eine wasserdichte Latzhose, Ollie hatte dunkle Ringe unter den Augen, und Jörg war nirgendwo zu sehen. Frauke saß in einer Ecke und rührte mürrisch in ihrer verdauungsfördernden Haferkleie herum. Mir fiel jetzt erst auf, dass sie seit Tagen kein Wort mehr mit Jörg gesprochen hatte.

Nur Heinz-Peter sah trotz seines nächtlichen Ausflugs so frisch und adrett aus wie immer. Er hatte uns bereits ein Müsli gerichtet.

»Habts ihr die Lena heut Nacht auch gehört?«, fragte er.

Wir hielten es für müßig, darauf zu antworten.

»Sie bekommt Zähnchen«, erklärte uns Heinz-Peter und sprach plötzlich eine ganze Oktave höher. »Dleine

Zähnchen betommt die dleine Lena, nicht wahr, die dleine Lena betommt dleine Zähnchen.«

»Kann sie die nicht tagsüber bekommen?« Ollie knirschte vernehmlich mit seinen dleinen Zähnchen.

»Wenn ihr wie wir früh ins Bett gegangen wärt«, sagte Heinz-Peter, und sein Gesicht strahlte förmlich vor Logik, »dann wärt ihr um Mitternacht auch schon wieder ausgeschlafen gewesen.«

Heinz-Peter wusste es nicht, aber niemals war er näher daran, in Müsli ertränkt zu werden, als jetzt.

»Die Lena ist müde«, meinte er heiter. »Ihr Stuhlgang ist heute Morgen ganz orange und faserig gewesen. Das kommt von den Möhrchen gestern Abend. Und gerochen hat es wie Zimt. Wie Zimt und ein bisschen wie Pflaumenmus, so süßlich.«

Till schob seinen Teller so heftig von sich, dass das Müsli auf beiden Seiten überschwappte. Heinz-Peter legte mir Klein-Lena ungefragt in die Arme, um Tills Geschlabbertes mit einem feuchten Lappen aufzuwischen.

Klein-Lena roch nach Zimt und Pflaumenmus. Ich hielt sie etwas weiter von mir ab.

»Du kannst schon mal üben, wie das ist, ein Baby auf dem Arm zu halten«, sagte Heinz-Peter begeistert.

Klein-Lena lächelte mich an. Sie sah ihrem Vater frappierend ähnlich. Man konnte nur hoffen, dass sich das noch gab.

»Kinder«, meinte Heinz-Peter warm und ging mit dem nassen Lappen in die Küche. »Kinder sind das Schönste und Wichtigste auf der Welt.«

»Ich finde«, sagte Till und krempelte seine Ärmel hoch, »Heinz-Peter eins in die Fresse zu schlagen, wäre das Schönste und Wichtigste auf der Welt.«

Die vierte Gelegenheit

TILL PARKTE VOR der Haustüre im absoluten Halteverbot.

»Das war's«, sagte er und lächelte mich sehr lieb an. »Jetzt hast du wieder ein Bett ganz für dich allein.«

»Und ich darf aufs Klo gehen, wann immer ich möchte. Ich finde, das war ein unvergesslicher Urlaub.«

»Und preiswert«, sagte Till und küsste mich. »Weißt du, dass du von allen Frauen die bist, die ich am liebsten habe?«

Da ich nichts Vergleichbares erwidern konnte, schwieg ich geschmeichelt.

»Wenn ich jemals soweit bin, mich auf eine feste Beziehung einzulassen«, meinte Till ernst, »dann bist du die Frau, mit der ich alt werden will.«

»Wenn du soweit bist, dich auf eine feste Beziehung einzulassen, dann bist du bereits alt«, sagte ich, und so lange würde ich jedenfalls nicht warten können.

In meiner Wohnung erwartete mich neben dem leidenschaftlich schnurrenden Rothenberger, dem stinkenden, offenbar nie geleerten Katzenklo und der vertrockneten Palme (– ich würde mal ein ernstes Wort mit Frau Kellermann aus dem obersten Stock reden müssen. Wenn sie sich weiter als so unzuverlässig erwies, würde ich bei ihrem nächsten Mallorca-Urlaub die Usambaraveilchen ertränken und den Kanarienvogel fliegen lassen. –) ein Schreiben des Wohnungseigentümers. Mit kurzen, lapidaren Sätzen teilte man mir mit, dass mein Dreijahresvertrag zum 31. 12. diesen Jahres ausliefe und nicht mehr verlängert würde.

Ich ließ mich perplex in meinen Korbstuhl fallen. Erst der Job weg, dann der Mann und jetzt auch noch die Wohnung. Ich sah schwere Zeiten auf mich zukommen.

Die Wohnung war nett, klein, nicht ideal vielleicht, aber bezahlbar. Gut, sie lag nicht unbedingt in der besten Gegend, vorne heraus eine Hauptverkehrsstraße, hinten das Lager eines Sanitärfachhandels, wo schon ab sechs Uhr morgens Toilettenbecken aus- und eingeladen wurden. Weit und breit wuchs kein Baum, und das Raumangebot – ein Zimmer, Küche, Diele, Bad – war bescheiden. Aber ich hatte alles darin untergebracht, was ich besaß. Das eine Zimmer wurde von meinem Bett beherrscht, einem prächtigen Himmelbett von gigantischen Ausmaßen mit üppigen cremefarbenen Vorhängen, neben dem jedes andere Möbelstück schäbig und mickrig wirkte. Alle meine Bücher, ein paar Aktenordner, der Fernseher, die Stereoanlage und meine Gipsengelsammlung befanden sich in einem deckenhohen Regal an der Längsseite des Raumes, das sich über die gesamte Wandbreite erstreckte. Eine Wohnung wie diese würde genau so schwer zu finden sein wie ein neuer Job.

Ich ließ die Taschen unausgepackt im Flur liegen und nahm ein heißes Bad. Dabei kam mir zum ersten Mal der Gedanke, dass diese Kette von unglücklichen Ereignissen unmöglich dem Zufall zuzuschreiben war. Mir fiel auch der eigenartige Kettenbrief wieder ein, den Caroline mir auf dem Klassentreffen geradezu aufgedrängt hatte. Wenn man die Kette unterbräche, zöge man großes Unglück auf sich, hatte dort gestanden. Die zehn Tage Galgenfrist waren längst um, ich hatte mit meinem Freund Schluss gemacht, zweimal meinen Traummann verpasst, meinen Job sowie meine Wohnung verloren.

Das konnte kein Zufall sein. Ich wickelte mich in mein Handtuch und machte mich auf die Suche nach dem Brief. Ich suchte überall, aber ich fand ihn nicht. Schließlich rollte ich mich mit dem laut brummenden Kater auf dem Bett zusammen und fürchtete mich vor der Zukunft, bis mir die Augen zufielen.

Das Telefon schrillte.

»Felicitas Trost?«

»Guten Tag, hier ist Simone. Ist Mike da?«

Ich seufzte und blickte auf die Uhr. Halb acht. Natürlich, es war ja auch wieder Samstag, Ausschlaftag.

»Och nö, Simone«, sagte ich. »Mike und ich schlafen noch. Das heißt, jetzt schläft nur noch Mike. Und er sieht so süß aus, wenn er schläft.«

»Wie bitte?« Simone war etwas schwerfällig im Verstehen.

»Lass meinen Mike in Ruhe!« Ich knallte den Hörer auf und plumpste zurück in die Kissen. Rothenberger kam vom Fußende des Bettes heraufgetapst, legte sich schwergewichtig und laut brummend auf meine Brust und schaute mir unverwandt ins Angesicht.

Das Zimmer war nur spärlich erhellt. Draußen am Fenster lief der Regen hinab. Es goss immer noch wie aus Eimern.

»Ich hab' so ein alleines Gefühl«, flüsterte ich Rothenberger zu.

Rothenberger schnurrte nur. Katzenschnurren ist eines der tröstlichsten Geräusche, die ich kenne. Dass es mich an diesem Morgen kein bisschen tröstete, sprach für die Gewichtigkeit meiner Probleme.

»Man hat mich verflucht«, klagte ich so laut, dass der Kater vom Bett sprang und nach seinem Frühstück verlangte. Ich suchte noch einmal nach dem ominösen Kettenbrief, diesmal an den unmöglichsten Orten, aber er war unauffindbar. Sicher war er längst im Altpapier gelandet.

Mittags fuhr ich zu meinen Eltern, um etwas gegen mein alleines Gefühl zu unternehmen. Ein Besuch bei den Eltern ist immer eine todsichere Gelegenheit, dem Traummann aus dem Weg zu gehen. Aber davon mal abgesehen, hat es auch Vorteile. Einer davon war eine warme Mahlzeit mit Kartoffeln, von denen die Schale und diese kleinen dunklen Stellen entfernt worden waren, die wie Astlöcher aussehen. Meine Eltern lebten in einem netten weißen Haus neben dem netten weißen Haus von Ninas Eltern. In der Straße standen lauter nette weiße Häuser. Nina und ich hatten hier Rollschuh laufen und Rad fahren gelernt, Hüpfekästchen und Gummitwist gespielt und Natalie Hoppe in die Brennnesseln geschubst. Das waren schöne, sorglose Zeiten gewesen.

Schon im Flur roch es verheißungsvoll nach Sonntagsbraten, der Spezialität meines Vaters, mir zuliebe schon am Samstag.

»Das Essen ist gleich fertig«, kündigte mein Vater an. »Du kannst Oma schon mal Bescheid sagen!«

Meine Oma lebte in der kleinen Wohnung im Souterrain. Sie war vierundneunzig, verlegte mehrmals täglich ihren Hausschlüssel und vergaß ab und zu, den Herd auszuschalten. Ansonsten war sie noch ziemlich gut dabei.

»Hallo, Oma!«, brüllte ich an der Türe. Seit einigen Jahren hörte Oma nicht mehr so gut. Dafür absolvierte sie täglich ein Gymnastikprogramm, das ihr so leicht keiner nachmachte. Die ganze Wohnung roch nach Zimt und frisch Gebackenem.

»Ich bin in der Küche!« Oma hatte Teig ausgerollt und stach mit kleinen Förmchen Plätzchen aus.

»Hallo, Liebes«, sagte sie, »ich hab' Mehl an den Händen, sonst würde ich dich in den Arm nehmen.«

Ich küsste sie auf die runzlige Wange. »Sind das etwa schon Zimtsterne?«

»Ja«, antwortete Oma. »Mir war so danach, und in meinem Alter weiß man nie, ob man das nächste Weihnachten noch erlebt.«

Ich nahm mir einen fertigen Zimtstern. Er schmeckte gut. Backen konnte sie, das musste man ihr lassen. »Lecker!«

»Ich pack' dir welche zum Mitnehmen ein«, sagte Oma. »Weißt du schon das Neueste? Dieses Weib macht jetzt vor nichts mehr halt.«

Ich wusste, was jetzt kam. »Dieses Weib« war unsere langjährige Putzfrau. Wenn Oma einen Gegenstand verschusselt hatte, behauptete sie kurzerhand, die Dietrich habe ihn gestohlen. Und wenn er wieder auftauchte, hatte die Dietrich ihn eben wieder dorthin gelegt. Das machte »dieses Weib« aus reiner Schikane. Obwohl es der armen Frau Dietrich gegenüber ziemlich ungerecht war, hatten wir es längst aufgegeben, Oma von ihrer eigenen Senilität zu überzeugen.

»Was hat sie denn diesmal gestohlen?«, fragte ich neugierig. Die Dietrich konnte alles gebrauchen, Dosenöffner, Unterwäsche, Schlüssel aller Art, sogar Schrankbretter.

»Meine Zähne!«, schnaubte Oma. »Stell dir das mal vor.«

Ich lachte. »Ist ja nicht möglich! Wahrscheinlich haben ihr deine Beißer so gut gefallen, dass sie nicht widerstehen konnte.«

»Aus dem Glas auf meinem Nachtschränkchen. Ich sag' dir, die wird immer dreister.« Oma öffnete den Mund und klopfte gegen ihren Schneidezahn. »Wahrscheinlich hat sie sich darauf gefreut, wie ich ohne Zähne sprechen würde. Aber da hab' ich ihr einen Strich durch die Rechnung gemacht. Ich hab' einfach mein altes Gebiss angezogen und sie damit gestern den ganzen Tag angegrinst. Du hättest mal sehen sollen, wie enttäuscht dieses Weib war.«

»Das kann ich mir vorstellen«, sagte ich. »Komm jetzt essen, Oma. Papa hat gekocht.«

Das Essen war vorzüglich wie immer. Um mir einen Großteil der Butterbohnen zu sichern, versuchte ich meinen Eltern den Appetit zu verderben, indem ich ihnen das Kündigungsschreiben des Vermieters neben den Teller legte.

»O nein«, stöhnte meine Mutter und legte tatsächlich das Besteck zur Seite. »Als wärst du vom Schicksal nicht schon gestraft genug.«

Mein Vater stöhnte ebenfalls sorgenvoll, aber er schritt gleich zur Tat. »Akademikerin mit Katze sucht kleine Wohnung mit Balkon«, lautete der Text der Anzeige, die er an den Stadtanzeiger faxte, noch ehe der Braten kalt war.

»Wenn ich euch nicht hätte«, sagte ich, als ich genug grüne Bohnen in mich hineingestopft hatte. Und weil ich so dankbar war, machte ich meinen Eltern eine große Freude, indem ich das Ende meiner Beziehung zu Till verkündete.

»Ein Lichtstrahl in diesen düsteren Tagen«, sagte meine Mutter, und ihr Appetit kehrte zurück.

Als wir beim Nachtisch-Vanillepudding mit Schokoladensoße angekommen waren, klingelte Frau Hoppe, Natterlies Mutter, an der Haustür. Hoppes bewohnten das mit Abstand stattlichste Haus der Straße. Es machte deshalb so viel her, weil es dreimal so groß war wie die anderen Häuser. Die Hoppeschen Autos waren ebenfalls ein paar Nummern größer, weswegen auch ein Großteil ihres Gartens Garagen hatte weichen müssen.

Wie ihre Tochter hatte auch Frau Hoppe keinen eigenen Stil. Sie kopierte mit Erfolg den Stil der in den Hochglanzmagazinen abgebildeten Nobelhandtaschenboutiquebesitzerinnen, die Haare straff nach hinten im Nacken zusammengebunden, schweren Marken-Schmuck an den Handgelenken und unbequeme Buchstabengürtel um die Hüften, die das rätselhafte Wort MOSCHINO bildeten.

Als meine Oma ihre Stimme draußen im Flur hörte, legte sie angewidert den Löffel auf die Seite. »Dieses Fraumensch wieder«, sagte sie. Fraumensch war das schlimmste Schimpfwort, das sie kannte. Nicht mal die diebische Dietrich nannte sie so. Nein, Oma hatte keine gute Meinung von den Hoppes. ›Der Mann ist ja ein armer Kerl‹, pflegte sie zu sagen. ›So dumm, dass es einem in den Augen wehtut. Aber die Tochter ist ein falsches Luder. Wie die dich immer schikaniert hat früher …‹ ›Das war doch eher umgekehrt‹, widersprachen dann meine Eltern und führten die alte Geschichte an, in der Nina und ich mit Natalie Indianer gespielt, sie an einen Marterpfahl gebunden, mit Seife gefüttert und anschließend dort vergessen hatten. Erst ein Spaziergänger hatte die aus dem Mund schäumende Natalie befreit,

Stunden später. Für meine Eltern war die Geschichte ein Musterbeispiel kindlicher Grausamkeit. Aber Oma war immer noch der Meinung, dass Natalie diese kleine Marter verdient hatte.

›Falsche Kröte, das Mädchen‹, sagte sie etwa. ›Und dann diese fiesen, kläffenden Köter. Pissen immer an unsere Hecke. Aber die Mutter ist die Allerschlimmste von der Sippe.‹ Sie war heute von Kopf bis Fuß in leuchtendes Hellgrün gekleidet. Irgendjemand musste ihr mal gesagt haben, dass ihr diese Farbe besonders gut stünde. Wer immer es gewesen war, er hatte gelogen.

»Hoppala, da störe ich wohl beim Essen?«

»Ja«, sagte Oma, aber meine Mutter beteuerte: »Nein, du störst überhaupt nicht, Roswitha.«

Frau Hoppe hätte lieber Sybill Gräfin von mit Vornamen geheißen, aber das Schicksal hatte ihr einen Namen gegeben, der perfekt zu ihrer Tünnesnase passte. Eine Zeit lang hatte sie versucht, Freunde, Verwandte und Bekannte dazu zu bringen, sie Patrizia zu nennen. Patrizia sei ihr geheimer zweiter Vorname, hatte sie behauptet. Der Name war so geheim, dass er nicht mal auf ihrer Geburtsurkunde stand. Aber gegen Roswitha hatte sich Patrizia nicht durchsetzen können.

Mein Vater rückte ihr einen Stuhl zurecht und bot ihr Sonntagsbraten mit Butterböhnchen und Kartoffeln an. Vielen Dank, aber bei Hoppes aß man mittags niemals warm. Und wenn, dann Trennkost.

»Das ist ja schön, dass du deine Eltern mal wieder besuchst, Felicitas«, sagte Frau Hoppe zu mir. »Unsere Natalie und ihr Freund kommen heute Abend auch zum Essen.«

Natalie-in-den-Brennnesseln hatte einen Freund? Oma und ich zogen erstaunt die Augenbrauen in die Höhe.

Mit neunundzwanzig schon Doktor und Sozius in einer noblen Rechtsanwaltskanzlei. Die Eltern besaßen Haus und Segeljacht auf Ibiza und eine Villa mit Hauspersonal in Wuppertal, ließ uns Frau Hoppe ungefragt wissen. Oma rülpste respektlos.

»Wolf und ich sind sehr von ihm angetan«, meinte Frau Hoppe abschließend. »Deine Mutter sagt, dass du immer noch ganz *verzweifelt* auf der Suche bist, Felicitas?«

Ich wusste auf Anhieb keine schlagfertige Antwort. Mein Vater versuchte mir zu helfen.

»Ja, Felicitas ist immer noch auf der Suche nach einem guten Job«, meinte er. »Der Verlag, bei dem sie bisher gearbeitet hat, hat leider Konkurs angemeldet.«

»Du suchst auch noch einen Job?«, rief das Frauensch aus, und jetzt glaubte ich, echtes Mitleid in ihren Augen zu erkennen. »Unsere Natalie macht uns da Gott sei Dank keine Sorgen. Ein Überflieger, das Kind.«

»Und so schön *schlank*«, ergänzte meine Mutter, mühsam ein paar Neidtränen zurückhaltend.

Die Hoppe legte ihr die Hand auf den Arm. »Warum kommst du nicht mal in unseren Betrieb, Felicitas?«, schlug sie spontan vor. »Vielleicht hat der Wolf ja was für dich.«

Hoppe und Partner GmbH stellte alles her, was Reiter- und Pferdeherz begehren, von Mähnenkämmen über Reitgerten bis hin zu Sätteln, und vertrieb darüber hinaus allerlei Artikel, auf denen Pferde zu sehen waren, Handtücher, Aschenbecher, Radiergummis, lauter kleine Scheußlichkeiten, die die Hoppes zu gegebenen Anlässen im Bekanntenkreis zu verschenken pflegten.

»Ich habe ja was völlig anderes studiert«, sagte ich lahm, und Oma rülpste zustimmend.

Die Hoppe machte eine generöse Handbewegung. »Das macht nichts«, sagte sie. »Wir haben schon öfter Studienabbrechern eine Chance gegeben.«

»Ich habe meinen Magister in Judaistik, Philosophie und Pädagogik«, sagte ich würdevoll. Von wegen Studienabbrecher. »Reiterbedarf hat wirklich überhaupt nichts damit zu tun.«

»Das wäre aber doch sehr schön, wenn du bei Hoppes unterkommen würdest«, mischte sich meine Mutter ein, und auch mein Vater fiel mir in den Rücken: »Öffentlichkeitsarbeit braucht man in jeder Branche und in jedem Betrieb.«

»Du kannst dich ja einfach mal bei Wolf vorstellen«, sagte die Hoppe. »In so einem großen Betrieb gibt es immer etwas zu tun.«

Ich schluckte trocken. Eigentlich war das ja ein freundliches Angebot. Auch wenn Hoppes nicht gerade zu den Menschen gehörten, von denen man gern freundliche Angebote bekommt.

»Vielen Dank«, sagte ich wohlerzogen.

»In einer Notlage helfen wir immer gern«, sagte die Hoppe huldvoll lächelnd. Sie sei eigentlich wegen des Efeus gekommen, mit dem meine Eltern die Hoppesche Megagaragenwand begrünt hatten, die unsere Einfahrt beschattete. »Wenn wir nächste Woche das Haus frisch verputzen lassen, wollen wir die Garage natürlich nicht aussparen.« Und bei der Gelegenheit müsse dann gleich der störende Efeu entfernt werden.

»Nicht jeder ist ein Pflanzenfreund«, meinte Oma, aber meine Eltern versprachen selbstverständlich, das Grünzeug von der Wand zu reißen. Womöglich würden die Hoppes am Ende noch die zukünftigen Arbeitgeber ihrer einzigen Tochter sein.

»Eva?«, fragte meine Oma und machte einen auf schwerhörig. »Ach, Kind, das habe ich dir ja noch gar nicht erzählt. Eva ist tot.«

»Efeu, nicht Eva, Oma«, sagte ich.

»Die Eva, Kind, aus deiner Klasse, die hier immer zum Spielen war«, behauptete Oma. »Die ist tot.«

»Was? Oma, ist das wahr?« Eva war nicht auf dem Klassentreffen erschienen. Ich hatte sie schon eine Ewigkeit nicht mehr gesehen, aber Nina machte von Zeit zu Zeit mal was mit ihr. Hatte sie nicht gesagt, Eva sei krank?

»Natürlich ist das wahr. Sonst würde ich dir das ja wohl kaum erzählen, oder?«

»Woher weißt du das denn, Oma? Und woran ist sie gestorben?«

»Das weiß ich auch nicht. Die Großeltern sind bei mir im Altenclub. Sehr nette Leute. Besonders der Alte. Ich hab' noch nie so große Ohren bei einem Mann gesehen.«

Ich war zutiefst bestürzt. Erst gestern noch sozusagen hatte ich im Schulbus Evas Mathehausaufgaben abgeschrieben, und heute war sie tot. Kein Wunder, dass sie nicht auf dem Klassentreffen gewesen war.

Die Hoppe erhob sich zum Gehen.

»Schön, dass wir das geklärt haben. Ich meine, es ist unsere Wand, und wir können damit machen, was wir wollen, aber wir wollten doch lieber euer Einverständnis haben. Und du, Felicitas, meldest dich nächste Woche bei Wolf im Betrieb. Ich werde ihm deine Lage schildern.«

Gleich heute Abend beim Essen. Mit Natalie und dem Millionärssohn mit Doktortitel am Tisch. Ich konnte es mir lebhaft vorstellen.

»Das war aber wirklich nett von Roswitha«, fanden meine Eltern einhellig. Ich fühlte mich sehr allein.

Als ich nach Hause kam, glaubte ich, im Treppenhaus Stimmen zu hören, die meinen Namen riefen. – Tatsächlich hatte sich vor meiner Wohnungstüre die gesamte Nachbarschaft versammelt. Der Hausmeister in Unterhosen und Rippenunterhemd. Wo, Grundgütiger, war seine Jogginghose?

»Frau Trost!«, schrie Frau Kellermann aus dem obersten Stock. »Wir kommen jetzt rein!«

Dä! Der Fluch hatte wieder zugeschlagen. Die Waschmaschine, dachte ich. Jetzt war es also passiert.

»Guten Abend«, sagte ich leise und erklomm tapfer die letzten Stufen.

Alle Köpfe fuhren herum.

»Gott sei Lob und Dank!«, schrie der Hausmeister und drückte mich an sein Unterhemd. »Wir dachten schon, Sie wären … hm, Sie wissen schon!«

Ertrunken? Ich schauderte. Aber nirgendwo war ein Tropfen Wasser durch die Ritze gedrungen. Nein, die Waschmaschine konnte es nicht sein. Hatte ich den Herd angelassen und die Wohnung in Brand gesetzt? Ich sah ratlos in die Runde.

»Dat wor 'ne furschbare Krach!«, erklärte mir die Hausmeistersgattin.

»Hörte gar nicht auf!«, ergänzte Frau Kellermann. »Wollen wir nicht mal nachsehen?«

Ich nickte ängstlich und schloss mit zittrigen Händen die Türe auf. Hinter mir drängte sich die Nachbarschaft in den Flur. Dort herrschte gespenstische Ruhe. Ein Blick nach links ins Bettzimmer, und ich sah die

Katastrophe. Die Bücherregale waren in voller Länge und Höhe von der Wand gekommen. Die langen Bretter und alle meine Bücher hatten sich im Raum verteilt. Die vielen schönen Gipsengelchen waren zu weißem Staub zermahlen, der Fußboden, das Bett, der Teppich, selbst die Fensterbank, fünf Meter entfernt, alles war mit Büchern bedeckt. Wenn ich mich in diesem Raum aufgehalten hätte, wäre ich vermutlich erschlagen worden. Oder der Kater –

»Rothenberger!«, brüllte ich erschrocken.

»Die Katz sitzt op däm Tisch do«, sagte der Hausmeister in gemessenem Tonfall.

Er stand mit den anderen Nachbarn im Türrahmen, und ich sah deutlich das Entzücken in ihren Gesichtern. Rothenberger schnurrte und stupste seinen Kopf in meine Hand, als ich ihn streichelte.

»Ach du je!«, ließ sich Frau Kellermann jetzt vernehmen, und Herr Kellermann zückte seine Pocketkamera.

»Ich habe noch nie so viele Bücher gesehen«, sagte er entschuldigend zu mir. »Ich mache Ihnen aber gern Abzüge. Für die Versicherung. Oder für Ihr Album zur Erinnerung.«

Ich blieb stumm. Der Fernseher lag mit dem Gesicht nach unten auf der Gesamtausgabe von Jules Verne. Ein Wunder, dass er nicht implodiert war oder was Fernseher sonst bei solchen Gelegenheiten tun.

Der Hausmeister betrachtete derweil die faustgroßen Löcher in der Wand, wo die Dübel gesessen hatten.

»Wat sind denn dat für Dübel jewesen?« Er hob einen vom Boden auf. »Sechser!«, jauchzte er und kratzte sich triumphierend an der Unterhose. »Sechser für 'n Büscherrejal! Wat wor dat dann für 'ne Experte?«

Seine Worte rissen mich aus meiner Schocklethargie.

Der Experte war Till gewesen, mein damals noch nicht Ex-Freund. Der würde was zu hören bekommen! Nachdem sich die Nachbarn widerwillig zurückgezogen hatten – »da werd isch meinen Kindern noch von erzählen, dat können Se mir jlauben« –, schaufelte, baggerte und grub ich mir den Weg zum Telefon frei und wählte Tills Nummer.

Ich erinnerte ihn an jenen schönen Frühlingsnachmittag, an dem er mir etwas über die Tragkraft von Dübeln im Allgemeinen und Besonderen erzählt hatte und darüber, was man in mein Regal nun alles stellen könnte. Anschließend versuchte ich eine ungefähre Beschreibung des jetzigen Zustands von Regal, Inhalt und Wand zu liefern.

Till lachte herzlich.

»So was passiert auch nur dir«, japste er, und ich konnte förmlich sehen, wie er sich die Lachtränen von der Backe putzte.

Ich forderte ihn auf, sofort herzukommen und das Chaos zu beseitigen. Aber Till sagte, das ginge nicht. Er würde aber bei der nächsten Gelegenheit vorbeikommen und das Regal wieder andübeln. Ehrenwort. Ich warf stinkesauer den Hörer auf die Gabel.

Mitten in der Suche nach eventuell überlebenden Gipsengeln rief Nina an. Als ich ihre Stimme hörte, fiel mir wieder ein, was Oma von Eva Märker erzählt hatte. Ich versuchte, es Nina schonend beizubringen.

»Stell dir mal vor, wer gestorben ist«, sagte ich mit Grabesstimme.

»Keine Ahnung«, antwortete Nina. »Aber mir ist jeder recht.«

»Eva. Eva Märker!«

»Eva? Unsere Eva? So ein Blödsinn.«

»Doch, es ist wahr. Meine Oma hat es gesagt. Und die ist mit Evas Großeltern im Altenclub.«

»Felicitas, das ist ausgeschlossen. Ich habe Eva erst letzte Woche zu meinem Geburtstag eingeladen.«

»Jetzt ist sie auf jeden Fall tot.«

»Das glaube ich einfach nicht.«

»So was geht manchmal schneller, als einem lieb ist.«

»Tatsächlich hat sie gesagt, dass sie krank gewesen ist. Rippenfellentzündung oder so was«, erinnerte sich Nina unsicher. »Aber sie war schon wieder gesund.«

»Vielleicht hatte sie einen Rückfall«, mutmaßte ich. »Denn jetzt ist sie auf jeden Fall tot.«

»Ich glaub' das immer noch nicht«, rief Nina. »O Gott, ich muss Almut anrufen. Oder Peter. Vielleicht wissen die mehr.«

»Ja, tu das«, sagte ich. »Und frag, wann die Beerdigung ist.«

»Eva ist drei Monate jünger als ich«, meinte Nina. Sie war ehrlich betroffen. »Und wir wollten am Samstag ins Kino gehen.«

»Du kannst mit mir gehen«, schlug ich vor, aber da hatte Nina schon aufgelegt.

Die fünfte Gelegenheit

MEINE MUTTER WECKTE mich an meinem ersten offiziell arbeitslosen Tag, um mich daran zu erinnern, dass es nun an der Zeit wäre, die Ärmel hochzukrempeln und sich dem Leben zu stellen. Mit derselben Botschaft weckte sie mich auch an meinem zweiten arbeitslosen Tag, und weil ich mir leicht ausmalen konnte, dass das jetzt so weitergehen würde bis zu meinem Jüngsten Tag, überwand ich meine Abneigung und rief bei Hoppes Reiterbedarf an. Roswitha hatte mein Schicksal offensichtlich in bewegenden Worten geschildert, denn ihr Gatte war überaus freundlich und bat mich, am besten doch gleich selber vorbeizukommen, um die Situation in einem persönlichen Gespräch zu erörtern.

Ich überlegte lange, was ich zu einem solchen Vorstellungsgespräch anziehen sollte, und entschied mich schließlich für meinen braunen Blazer mit schwarzem Samtkragen, einen sportlichen Pferdeschwanz und derbe, aber wohlgeputzte Schuhe. Als ich mich abschließend im Spiegel betrachtete, sah ich aus wie Nicole Uphoff-Dingenskirchen. Na bitte.

Die Firma Hoppe und Partner GmbH hatte ihren Sitz in einem Industriegebiet weit im Norden der Stadt, mit der Bahn eine knappe halbe Stunde von meiner Wohnung entfernt. Schon an der Gestaltung der kleinen Eingangshalle erkannte ich, dass ich mit meinem Outfit goldrichtig lag. Man hatte einige ausgewählte Reitgerten, Stiefel, Sättel und Huffettdosen zu einem kunstvollen Arrangement getürmt, in dessen Mittelpunkt ein lebensgroßes Kunststoffpferd thronte.

Hinter einem Tresen aus Kunststoff stand eine Dame, die mir pantomimisch den Weg zum Chef wies, ohne ihr Telefonat zu unterbrechen. Wolf Hoppes Büro lag im ersten Stock und wurde von einer Sekretärin bewacht, die für mich an die mit dunkelgrünem Leder beschlagene Türe klopfte.

Wolf Hoppe empfing mich hinter einem antiken englischen Schreibtisch von solch imponierender Tiefe, dass ich seine ausgestreckte Hand nicht schütteln konnte, ohne mit den Goldknöpfen meines Blazers auf der ledernen Schreibunterlage entlangzuschaben.

Er kam gleich zur Sache. »Meine Frau hat mir deine, hchm, sagen wir mal so, deine missliche Lage auseinander gesetzt. Und unsere Natalie sagt, dir ginge es auch privat gar nicht gut. Die haben ein weiches Herz, meine beiden Frauen, und ich würde dir, hchm, dir daher gerne, hchm, sehr gerne helfen.«

Die Angewohnheit, sich zwischen zwei Silben zu räuspern und Worte oder ganze Satzteile zu wiederholen, hatte er schon früher gehabt. Was war das immer komisch gewesen, wenn er an der Haustür geschellt hatte, um sich über mich zu beschweren. Ich hatte dann bäuchlings auf dem Treppenabsatz gelegen und den Kopf über die oberste Treppenstufe baumeln lassen, um ja keine Silbe zu verpassen. ›Wir haben‹ – räusper –, ›wir haben Grund zu dem Verdacht‹ – räusper –, ›dass eure Felicitas‹ – räusper –, ›dass eure Felicitas unserer Natalie Regenwürmer in die Butterbrotdose getan hat.‹ Hatte sie auch.

»Es ist sehr nett, dass Sie mir helfen wollen.« Ich lächelte original wie Nicole Uphoff.

»Nun ja.« Wolf zog seine Stirn in kummervolle Falten. »Wir sind zwar ein florierendes Unternehmen, sogar das führende in der Branche, ein Unternehmen, das, sagen wir mal so, ständig expandiert, aber ich bin doch etwas vorsichtig, wenn es um die Einstellung neuen Personals geht.«

Ich nickte verständnisvoll. Wie sollte man einer trauen, die der eigenen Tochter Regenwürmer in die Butterbrotdose getan hatte?

»Dieses Unternehmen existiert seit über hundert Jahren«, fuhr Wolf flüssig fort, »und in der ganzen Zeit hat noch kein Mitarbeiter gekündigt.«

Ich riss verblüfft die Augen auf. Ich hatte auf meinem Weg nach oben nicht viele Mitarbeiter zu Gesicht bekommen, aber so alt hatten die jetzt auch wieder nicht ausgesehen! Wolf erklärte mir, dass alle Mitarbeiter, die in den letzten hundert Jahren ausgeschieden seien, dies erst im Rentenalter und darüber hinaus immer sehr widerwillig getan hätten, wenn sie nicht vorher eines natürlichen Todes gestorben seien.

»Wir sind hier alle« – räusper, räusper –, »sagen wir so, eine große Familie. Und es ist bei uns Usus, dass wir ein neues Familienmitglied, hahaha, sozusagen erst mal gründlich prüfen.«

Ich tat, als sei ich schrecklich beeindruckt. Wolf musterte mich wohlgefällig. »Das heißt aber nicht, dass wir hier keinen Platz für dich haben. Sagen wir mal so«, hub er wieder an, »aus den genannten Gründen kann ich dir leider keine feste Stelle anbieten. Aber zu tun gibt es in einer Firma wie dieser, sagen wir mal so, in einer Firma wie dieser gibt es immer etwas zu tun.«

Ich wartete.

»Das heißt, dass ich dir, wenn du das möchtest, erst mal eine Arbeit auf Zeit anbieten könnte.«

»Und was wäre das für eine Arbeit?« Leider war Wolf kein Kassettenrecorder, sonst hätte ich ihn spätestens jetzt vorgespult. Geduld war noch nie meine Stärke gewesen.

»Nun« – räusper –, »da geht es um einen englischsprachigen Katalog«, erklärte er. »Den wollen wir, sagen wir mal so, neu für unsere englischsprachigen Kunden erstellen.«

Ein englischsprachiger Katalog für englischsprachige Kunden. Wer hätte das gedacht? »Und was würde ich dabei zu tun haben?«

»Es geht um die Eingabe der englischen Artikelbezeichnungen in den Computer. Sagen wir mal so, das ist bei über viertausend Artikeln, hahaha, schon Arbeit für ein paar Wochen. Und dann können wir ja weitersehen. Wenn du uns zusagst.«

Ich sagte zu. Weil eine Arbeit auf Zeit, räusper, sagen wir mal so, immer noch besser war als überhaupt keine Arbeit.

»Wann kannst du anfangen?«, fragte Wolf.

»Übermorgen«, sagte ich. Einen Tag Pause wollte ich mir noch gönnen.

Am nächsten Morgen rief meine Mutter an, um mich wieder daran zu erinnern, dass es nun an der Zeit sei, die Ärmel hochzukrempeln und mich dem Leben zu stellen. Als sie hörte, dass ich gleich morgen bei Hoppe und Partner hinter dem Computer sitzen würde, war sie hocherfreut.

»Es ist nur ein Aushilfsjob«, versuchte ich ihr zu erklären. »So was kann jeder Depp!«

»Aber es kann was Richtiges daraus werden«, antwortete meine Mutter froh. »Jeder fängt mal klein an.«

»Der Krug geht so lange zum Brunnen, bis er bricht«, entgegnete ich. Meine Mutter verstand nicht, was ich und der Krug gemeinsam hatten.

»Lass dich nicht so hängen«, meinte sie. »Von jetzt an geht es aufwärts.«

Und siehe da, sie hatte recht: Im Briefkasten war tatsächlich Post vom Stadtanzeiger wegen meiner Wohnungsannonce. Ein einziger handgeschriebener Brief eines älteren Herrn, der mir eine kleine Wohnung mit Gartennutzung im Kölner Norden anbot. Aber immerhin! Ich krempelte die Ärmel hoch und stellte mich dem Leben, indem ich sofort die angegebene Nummer wählte.

Der ältere Herr klang sehr väterlich, und die Wohnung mit Gartennutzung schien das reinste Paradies zu sein. Vierzig Quadratmeter, nur fünfhundert warm! Ich fragte, ob ich am frühen Abend zu einer Besichtigung vorbeikommen dürfe. Ich durfte.

Begeistert rief ich Nina an, um sie zu fragen, ob sie mich dorthin begleiten könne. Weil man bei älteren Herren ja nie wissen kann.

Nina hörte sich ausgesprochen kühl an.

»Ist was?«, fragte ich sie.

»Es ist wegen Eva«, antwortete Nina.

»Ja, das ist traurig. So jung zu sterben! Ich muss die ganze Zeit daran denken.«

Nina schwieg ein paar Sekunden. »Wenn das so ist«, meinte sie schließlich, »wird es dich sicher freuen zu hören, dass Eva überhaupt gar nicht tot ist.«

»Was?«

»Ja, du hast richtig gehört. Sie ist vollkommen lebendig.«

»Wie ist das möglich?«

»Sie war überhaupt nicht tot, du Idiotin«, sagte Nina ärgerlich.

Aber Oma hatte doch …! Oh, mein Gott.

»Wie peinlich«, flüsterte ich.

»Was meinst du, wie peinlich mir das erst ist. Ich habe überall angerufen und es allen schonend beigebracht. Peter hat sogar schon an einem Nachruf gearbeitet. Und dann hat Eva bei mir angerufen und gefragt, warum ich allen Leuten erzähle, dass sie gestorben sei.«

»Es tut mir ja so Leid«, beteuerte ich. »Kannst du mir verzeihen?«

»Nein«, sagte Nina grimmig. »Kannst du dir vorstellen, was in mir vorging, als ich auf einmal Evas Stimme aus dem Jenseits hörte?«

»Ja. Es muss furchtbar gewesen sein.«

»Das war es.« Nina schwieg wieder.

»Sei mir nicht mehr böse, ja? Meine Oma hat es wirklich steif und fest behauptet.«

»Deine Oma hat letztes Jahr auch Hannelore Kohl beim Bäcker gesehen, weißt du noch?« Nina kicherte los.

Ich kicherte ebenfalls erleichtert. »Kommst du trotzdem mit zur Wohnungsbesichtigung?«

»Ich komme, wenn Robert sich um Kristins Abendessen kümmert«, sagte Nina.

Das tat Robert natürlich. Er gehörte zu dieser Sorte Mann.

Die angegebene Adresse lag in einer ruhigen Straße mit vielen Bäumen. Nina parkte den Wagen vor Hausnummer 33. Ich hatte mich, um einen seriösen Eindruck zu erwecken, in mein tags zuvor bewährtes Dressurreiterinnen-Outfit geworfen. Dem älteren Herrn, der uns die Tür öffnete, schien es auf Anhieb zu gefallen. Seine Augen leuchteten richtig auf.

»Sie sind das Fräulein Trost, nehme ich an«, sagte er freundlich und schüttelte mir die Hand. »Mein Name ist Peters.«

»Das ist meine Freundin Nina Hempel«, sagte ich händeschüttelnd. »Sie ist mir bei der Wohnungsauswahl behilflich.«

Herr Peters schüttelte auch Ninas Hand. »Eine Freundin, wie schön. Meine Frau und ich hatten allerdings gehofft, dass Sie mit Ihren Eltern kommen. Dann hätten wir diese gleich kennen gelernt. Aber bitte, kommen Sie doch durch, in unsere gute Stube.« In der guten Stube, ganz in imitierter Eiche rustikal, wartete eine adrette dauergewellte Dame auf dem Sofa. Neben ihr ruhte ein altersschwacher Langhaardackel auf einer separaten Dackeldecke.

»Das Fräulein hat eine Freundin mitgebracht, Mutti«, sagte Herr Peters.

»Waren Ihre Eltern verhindert?«, wollte die Dame wissen, die dem Alter nach unmöglich Herrn Peters' Mutti sein konnte.

»Ja, ich, nein, eigentlich«, stotterte ich verwirrt.

»Ihre Eltern wohnen sehr weit weg«, erklärte Nina an meiner Stelle. »Im Norddeutschen.«

»Das ist ja interessant«, meinte Herr Peters und ließ sich neben Frau und Dackel auf dem Sofa nieder. Nina und ich nahmen auf den beiden freien Sesseln Platz. »Wo denn in Norddeutschland?«

»Ja, ich, nein, eigentlich«, stotterte ich wieder, aber Nina wählte den nördlichsten Punkt, der ihr einfiel: »Auf Sylt.«

»Das ist wirklich sehr weit weg, nicht wahr, Mutti«,

meinte Herr Peters. »Darf ich denn fragen, was Ihr Herr Vater von Beruf ist?«

»Lehrer«, sagte ich wahrheitsgemäß, aber Nina fügte hinzu: »Ihr Herr Vater ist Oberstudiendirektor am Gymnasium von Westerland.«

Das freute Herrn Peters und seine Mutti irrsinnig.

»Oberstudiendirektor«, wiederholten sie im Chor. »Oberstudiendirektor an einem Gymnasium.«

Ich trat Nina auf den Fuß. Nina trat fröhlich zurück. Für sie war das alles nur ein lustiges Spiel.

»Und was haben Sie studiert, liebes Fräulein Trost?«, wollte Herr Peters wissen.

Meine Antwort freute die beiden wieder über alle Maßen.

»Können wir Ihre Zeugnisse sehen?«, bat Herr Peters und setzte erklärend hinzu: »Da kann man sich immer das beste Bild von einem Menschen machen, finde ich.«

»Ich, ja, nein, eigentlich«, sagte ich einfallslos, aber Nina erklärte: »Wie dumm von uns! Wir haben gar nicht daran gedacht, Felicitas' Zeugnisse einzupacken. Dabei können sie sich wirklich sehen lassen.«

»Das macht ja auch nichts«, meinte Herr Peters gütig. »Es reicht, wenn Sie sie uns später noch einmal vorlegen. Sie müssen verstehen, dass wir uns unsere zukünftige Mieterin auch ganz genau anschauen wollen. Wenn man so eng aufeinander wohnt, dann muss das Niveau schon stimmen. Dafür bieten wir schließlich auch einiges.«

Richtig, die Wohnung. Vierzig Quadratmeter mit Gartennutzung für fünfhundert warm. Dafür konnte man auch schon mal seine Zeugnisse herzeigen. Ich riss mich zusammen. »Vielleicht dürfen wir die Wohnung jetzt mal besichtigen?«, schlug ich vor. »Wir können dann nachher noch weiterreden.«

Herr Peters erhob sich sofort. »Das ist eine gute Idee«, fand er. »Wenn Sie mir bitte folgen wollen.«

Er führte uns in den Flur zurück, dann die Kellertreppe hinab, durch einen schmalen, dunklen Gang. Wir schritten im Gänsemarsch hintereinander her. Vorneweg Herr Peters, dahinter Nina, dann ich. Mutti und der Dackel folgten mit etwas Abstand. Mir war gar nicht wohl bei der Sache, so als ob uns hier unten eine Sadomaso-Höhle mit vielen furchtbaren, metallisch glitzernden Folterwerkzeugen erwarten würde und das Ehepaar Peters und der sadistische Dackel nur darauf gewartet hätten, uns in ihre Gewalt zu bekommen.

Herr Peters schloss eine schwere, quietschende Eisentüre auf. Ich packte Ninas Arm.

»Und das könnte Ihr neues Zuhause werden«, sagte Herr Peters stolz lächelnd.

Nina und ich schoben uns hinter ihm her in das, was mein neues Zuhause werden könnte. Zwei Neonröhren erleuchteten einen riesigen Raum, der vollkommen – das heißt, deckenhoch! – mit ländlich gemustertem PVC ausgelegt worden war. Auf Boden und Wänden reichten in Trachten gewandete Buben rüschenbeschürzten Mägdelein die Hand zum Tanze, soweit das Auge reichte.

Die ganze Pracht war auch noch möbliert. An der Stirnseite stand eine Kochzeile in vanillegelbem Kunststoff. Weiß-rot geblümte Plastikschalensessel aus den frühen Siebzigern gruppierten sich um einen runden Esstisch, der mit einer bunten Gummidecke geschont wurde. Der Plunder füllte lediglich knapp ein Drittel des Raumes. Der mittlere Teil war als Schlafzimmer gedacht, wie man unschwer an dem dunkelgrün lackierten Holzbett mit der dazu passenden Kommode erkennen konnte, in deren dreigeteiltem, zusammenklappbarem Spiegelaufsatz die Trachtenmännlein und -weiblein in unendlicher Vielfalt tanzten. An der hinteren Wand beleidigten eine ockerfarbene Veloursledercouchgarnitur und ein mit Prilblumen beklebter Schrank das Auge. Eine Sadomaso-Höhle hätte mich nicht mehr erschrecken können.

Auch das Raumklima war erstaunlich. Man fühlte sich wie in einen großen Duschvorhang gewickelt und auf die Heizung gelegt. Ich war keines Wortes fähig.

»Möbliert, aha«, sagte Nina köstlich amüsiert. »Und wo ist das Badezimmer?«

Herr Peters nickte, als habe er die Frage erwartet.

»Wir haben oben zwei Bäder. Das Bad im Erdgeschoss ist für das Fräulein vorgesehen. Sie müsste es mit niemandem teilen, außer wenn wir Besuch haben. Aber das kommt selten vor.«

»Aha«, meinte Nina wieder und drehte sich zu mir um, um zu schauen, ob ich das Ganze nicht auch zum Brüllen komisch fand.

Tat ich aber nicht. Nicht die Spur.

»Sehr schön«, sagte Nina trotzdem heiter. »Obwohl es ein Keller ist. Ohne Fenster.«

»Das ist nicht ganz richtig«, widersprach Herr Peters und deutete auf den Lichtschacht hinter einem Gitter an der Trachtenwand, in dem Spinnen und vermutlich auch Kröten in modrigem Laub ihr Dasein fristeten. »Aber im Prinzip haben Sie Recht. Deshalb ist die Miete ja auch so günstig. Wir haben es so behaglich wie möglich eingerichtet. Boden und Wände sind ganz neu gemacht, und die Möbel sind in einwandfreiem Zustand, und alles Sammlerstücke. Wir möchten daher auch nicht, dass etwas daran geändert wird. Allerdings, wenn Sie eigene Bilder haben, dürfen Sie diese selbstverständlich mitbringen und aufhängen, Fräulein Trost.«

Ich war immer noch sprachlos. Herr Peters lächelte wohlwollend auf mich nieder.

»Wenn wir uns für Sie entscheiden«, sagte er warm, »dann möchten wir Sie als unsere Haustochter bei uns willkommen heißen. Sie könnten dann selbstverständlich den Garten mitbenutzen, und meine Frau wird Ihnen mit Vergnügen das eine oder andere Rezept verraten, nicht wahr, Mutti?«

Mutti nickte strahlend. »Rheinischer Sauerbraten ist meine Spezialität.«

Der PVC-Geruch ringsrum hatte mein Gehirn benebelt. »Ja, nein, ich, eigentlich«, murmelte ich benommen und wollte ganz schnell nach Hause.

Aber Nina machte die Sache hier richtig Spaß. Sie war durch den Raum gewandert und hatte sich an der Vielfalt der Muster und Farben gelabt.

»So viel, so groß«, sagte sie und zwinkerte mir zu. »Ich denke, wir haben uns jetzt einen bleibenden Eindruck verschafft.«

Herr Peters nickte zufrieden. »Das war früher mal mein Hobbykeller. Vierzig Quadratmeter sind das. Da habe ich meine Tiere präpariert. Ich bin nämlich Jäger, müssen Sie wissen, staatlich geprüft.«

Er schloss die schwere Feuerschutztüre zu, und wir schlurften wieder im Gänsemarsch durch den dunklen Gang nach oben. Ich öffnete die Haustür und schnappte nach Luft.

»Ich melde mich dann bei Ihnen«, stammelte ich undeutlich und taumelte die Eingangsstufen hinab. Aber Nina wollte noch nicht gehen.

»Wie kamen Sie denn auf die Idee, Ihren Hobbykeller für eine Haustochter zu opfern?«, fragte sie.

Herr Peters setzte eine pietätvolle Miene auf. »Nun, sehen Sie, wir sehen jeden Tag die schlimmen Nachrichten im Fernsehen über die allgemeine Wohnungsnot, und da dachten wir, warum sollen wir nicht ein bisschen von unserem Platz opfern und einer anständigen, jungen, deutschen Frau mit guter Erziehung ein Heim geben.«

»Wenn Felicitas bei Ihnen wohnen darf, kann sie sich wirklich glücklich schätzen«, sagte Nina scheinheilig.

Ich zog sie gewaltsam Richtung Auto.

»Obwohl sie genau genommen keine Deutsche ist. Ihre Mutter ist Chinesin«, schrie Nina über ihre Schulter und gluckste albern. »Aber die kann einen rheinischen Sauerbraten machen, da legen Sie die Ohren an. Besser als jede Peking-Ente.«

Ich sah nicht, was Herr Peters für ein Gesicht machte, sondern beeilte mich, die Wagentüre aufzureißen, bevor er seinen sadistisch veranlagten Dackel auf uns hetzen konnte. Nina brüllte vor Lachen.

»Danke, dass du mich mitgenommen hast«, keuchte sie schließlich. »Ich hatte ja so eine triste Woche.«

»Gern geschehen«, sagte ich deprimiert.

»Kopf hoch, Felicitas.« Nina gackerte immer noch. »Einen Job hast du ja jetzt schon. Es wird sich bestimmt auch noch eine Wohnung finden.«

Ich glaubte nicht mehr daran. Rothenberger hatte mir eine tote Maus aufs Kopfkissen gelegt, als ich nach Hause kam. Ich musste das Bett frisch beziehen und ihn ausgiebig loben. Anschließend rief ich bei Oma an.

»Ich bin's, Oma. Hast du schon geschlafen?«

»Nein, da ist ein Krimi im Fernsehen, Kind. Und ich will wissen, wer die alte Dame vom Balkon gestoßen hat.«

»Sind deine Zähne wieder aufgetaucht?«

»Ja, stell dir mal vor. Ich musste die Dietrich nur lange genug mit den alten Zähnen angrinsen, und da hat dieses Weib den Spaß verloren und das Gebiss wieder hingelegt.«

»Wohin, Oma?«

»Ich fand es unter der Fernsehzeitung.« Oma schnaubte. »Deine Mutter wollte mir einreden, dass ich es selber dahin gelegt habe, aber kannst du mir mal bitte verraten, wieso ich so was Dämliches tun sollte?«

»Nein, Oma. Was ganz anderes. Du hast doch gesagt, die Eva Märker sei gestorben.«

»Ach, ja, Kind«, sagte Oma fröhlich. »Aber weißt du was? Die hat sich wieder erholt.«

»Das weiß ich jetzt auch«, sagte ich vorwurfsvoll.

»Die Großeltern von dem Mädchen sind doch in meinem Altenclub, das weißt du doch? Der Opa hat so riesige Ohren. Wie diese runden neumodischen Dinger, die jetzt jeder auf dem Dach hat. Jedenfalls haben die mir gesagt, dass die Eva krank ist. Nette Leute sind das. Die fragen auch immer nach dir.«

»Aber krank ist doch nicht gleich tot!«

»Nein, das nicht«, sagte Oma. »Aber eine Woche später habe ich die alte Dame beim Bäcker gesehen. Ganz in Schwarz. Da *musste* ich doch denken, dass die Enkeltochter gestorben ist. Verstehst du?«

»Ach, so war das«, seufzte ich. »Schlaf schön, Oma.«

»Du auch. Es war übrigens der Schwiegersohn.«

»Was?«

»Der Schwiegersohn hat die Alte vom Balkon gestoßen. Gute Nacht, mein Kind.«

»Gute Nacht, Oma.«

Die sechste Gelegenheit

DIE COMPUTER DER Firma Hoppe und Partner stammten noch aus der Pionierzeit der elektronischen Datenverarbeitung. Jedenfalls sahen sie so aus.

»Wir arbeiten mit einem eigens für uns entwickelten Warenwirtschaftsprogramm«, erklärte mir Wolfs Vorzimmerdame, die mich in meine Arbeit am englischsprachigen Katalog einweisen sollte. »Jeder PC-Platz ist mit separaten Kennworten ausgerüstet, die nur beschränkten Zugang zu den einzelnen Datenbänken gewähren.«

»Aha«, sagte ich und sah mich verstohlen um.

Der Raum, in dem ich die nächsten zwei Wochen arbeiten sollte, war mehr ein Verlies als ein Büro. Es gab kein Fenster nach draußen, aber dafür eine Glaswand zu Wolfs Vorzimmer, sodass ich bei der Arbeit immer Blickkontakt zu Wolfs Sekretärin haben würde. Es war die gleiche, die mich schon zwei Tage vorher beim Vorstellungsgespräch begrüßt hatte.

»Mein Name ist Müller-Seitz«, sagte sie. Sie war ungefähr Mitte Vierzig und hatte jenen platten, schmucklosen Pagenkopf in Aschblond, den wir bei uns zu Hause gemeinhin als »evangelischen Haarschnitt« bezeichneten, weil über fünfzig Prozent der weiblichen Mitglieder des Kirchenchors die gleiche Frisur hatten. Eigentlich war Frau Müller-Seitz mehr der Typ ältliche Jungfer, aber der Doppelname ließ darauf schließen, dass sie entweder einen Herrn Müller oder einen Herrn Seitz geehelicht hatte.

Frau Müller-Seitz hatte bei Hoppe und Partner eine Menge zu sagen. Sie war eine der wenigen Eingeweihten, die eine Computerschulung hatten mitmachen dürfen, als das neue Warenwirtschaftsprogramm eingeführt worden war. Alle anderen, erklärte sie mir nicht ohne Stolz in der Stimme, wüssten nur die nötigsten Grundlagen, um ihre Arbeit erledigen zu können. Auf diese Weise bliebe gewährleistet, dass niemand außer den Eingeweihten Änderungen in den Dateien vornehmen könne.

Das leuchtete mir ein. Die nötigsten Grundlagen, die man zur Erfassung der englischen Artikelbezeichnungen benötigte, hatte Frau Müller-Seitz mir dann auch in zwei Minuten erklärt. Und schon konnte ich die erste Artikelnummer eingeben. Jemand – Frau Müller-Seitz nannte nicht seinen Namen – hatte in mühevoller Kleinarbeit jede Artikelnummer der Reihe nach auf Listen erfasst und Bezeichnung und Kurzbeschreibung in die englische Sprache übersetzt. Diese Listen lagen auf einem Stapel zu meinen Füßen. Der Stapel war über einen Meter hoch.

»Mein Gott«, sagte ich.

»Wir haben viertausendachthundertundzehn verschiedene Artikel im Sortiment«, entgegnete Frau Müller-Seitz stolz.

»Warum hat jemand sich die Mühe gemacht, diese Listen zu schreiben?«, fragte ich. »Dann hätte man sie doch auch direkt in den Computer eingeben können.«

Frau Müller-Seitz schaute eine Weile ehrlich erstaunt drein.

»Das wäre viel zu kompliziert gewesen«, sagte sie

dann. »Außerdem hätten wir sonst keine Arbeit für Sie.«

Damit hatte sie natürlich recht. Ich nahm das erste Blatt vom Stapel. Artikelnummer 100201, jumping saddle special, leather, brown, 18 Zoll, enter, tippte ich ein und hatte keine Ahnung, was ich da eigentlich tat.

»Das klappt ja«, sagte Frau Müller-Seitz dennoch. »Dann kann ich Sie jetzt in Ruhe arbeiten lassen. Ich bin nebenan, wenn Sie mich brauchen sollten.«

100502, jumping saddle special, leather, black, 18 Zoll, enter, 102303 jumping saddle special, leather, brown, 17 Zoll, enter, und das nächste Blatt. Ich arbeitete schweigend vor mich hin. Die Zahlen gingen mir zunehmend schneller von der Hand, obwohl kein System zu erkennen war, ganz gleich, wie ich auch versuchte, meine grauen Zellen anzustrengen. Ab und zu blickte ich seitlich durch das Fenster in Frau Müller-Seitz' Büro. Wenn sie zurückblickte, lächelte ich ihr zu. Das zweite Blatt, das dritte Blatt, das vierte Blatt – nach einer Stunde, ich war gerade bei den elastic bandages, white/blue/yellow angelangt, geschah etwas Unvorhergesehenes: Der Computer begann zu piepsen, und auf dem Bildschirm erschien ein kleines blinkendes Feld: »ACHTUNG! Fehlfunktion! Bitte Kennwort eingeben.«

Ich rief Frau Müller-Seitz herbei.

»Was haben Sie denn getan?«

»Gar nichts«, beteuerte ich.

»Dann waren Sie zu schnell«, diagnostizierte Frau Müller-Seitz. »Wenn Sie die Enter-Taste zu schnell drücken, stürzt das Programm nämlich ab. Ich muss nun ein geheimes Codewort eingeben. Schauen Sie schnell mal weg.«

Ich blickte diskret auf Seite. Es klickte geheimnisvoll.

»So«, sagte Frau Müller-Seitz, »dann können Sie jetzt weitermachen.«

Ich gab mir im Folgenden große Mühe, die Enter-Taste nicht zu schnell zu betätigen. Dabei verkrampfte sich meine Nackenmuskulatur schmerzlich. Eine Weile ging alles gut. Als ich mich aber den einzelnen Teilen der modischen Satteltaschenkollektion Olympia 2000 widmete, merkte ich, dass ich statt »back pack« aus Versehen »pack back« eingegeben hatte. Beim Versuch, diesen bedauerlichen Irrtum zu korrigieren, stürzte der Computer wieder ab.

»Funktion nicht gestattet«, stand in einem blinkenden Feld auf dem Bildschirm. »Bitte Kennwort eingeben.«

Kleinlaut rief ich nach Frau Müller-Seitz.

»Was haben Sie getan?«, wollte sie wissen. Ich erklärte es ihr.

»Da müssen wir ein geheimes Kennwort eingeben«, sagte Frau Müller-Seitz. »Ein anderes.«

Diesmal war es mir zu blöd wegzugucken. »Hören Sie«, sagte ich. »Es wird sicher noch öfter vorkommen, dass ich mich verschreibe. Wäre es nicht besser, ich lernte, wie man solche Korrekturen durchführen kann? Dann muss ich Sie nicht jedes Mal rufen.«

»Das geht nicht«, erklärte Frau Müller-Seitz fest. »Die geheimen Codewörter kennen nur Herr Hoppe, Herr Kernig, sein Partner, Frau Stattelmann in der Buchhaltung und ich.«

»Dann müssen Sie ja ständig wegen jeder Kleinigkeit von einem Arbeitsplatz zum anderen rennen«, sagte ich verständnislos.

»Ja«, seufzte Frau Müller-Seitz. »Aber anders geht es nicht. Schauen Sie doch bitte mal weg.«

Das tat ich, aber nicht ganz so schnell, wie ich sollte.

Ich sah immerhin noch, dass das geheime Kennwort mit K anfing und hörte, dass es insgesamt sechs Buchstaben hatte.

»So«, sagte Frau Müller-Seitz. »Das wäre geschafft.«

Seufzend setzte ich mich wieder hinter den Schreibtisch. Was war das für ein albernes System, das einem Mitarbeiter nicht mal eine selbstständige Korrektur erlaubte? Ich bemühte mich nach Kräften, mich nicht mehr zu verschreiben, und meine Nackenmuskulatur verhärtete sich immer mehr. Aber obwohl ich mir so große Mühe gab oder gerade deswegen vertippte ich mich schon zehn Artikelnummern weiter ein zweites Mal. Ich war gerade bei so genannten Weymouth-bridles angelangt, die es in siebenfacher Ausführung gab und deren Funktion ich nicht mal erahnen konnte. Ich rief Frau Müller-Seitz herbei und beschloss für mich, mir dieses Mal keinen Buchstaben des geheimen Codewortes entgehen zu lassen.

Frau Müller-Seitz kam leicht genervt zu mir. Sicher fand sie, dass ich mich zu oft vertun würde.

»Sehen Sie bitte weg«, sagte sie, aber ich heftete meinen Blick gierig auf ihre Finger. »K-E-S-S-I-E«, lautete das Kennwort, das konnte ich deutlich sehen, bevor ich unschuldig auf den Boden glotzte. Als Frau Müller-Seitz wieder nebenan an ihrem Schreibtisch saß, arbeitete ich entspannter weiter. Kessie war der Name von einem der Hunde, die die Familie Hoppe besaß. Insgesamt hatten sie drei, alles steifbeinige, kniehohe, kurzhaarige Tiere einer Rasse, die ich nicht benennen konnte, die aber sehr teuer war und gut zu braunen Kordjacken mit kariertem Innenfutter passte. Die anderen beiden Kläffer hießen Tessie und Jessie, und ich wäre jede Wette eingegangen, dass sich auch ihre Namen als Kennworte in diesem mitarbeiterfreundlichen Computerprogramm wiederfinden ließen. Mutig leistete ich mir einen weiteren Verschreiber, aus reinem Luxus. Und diesmal konnte ich ihn selbstständig wieder rückgängig machen.

Mein Nacken entspannte sich merklich. Geradezu beschwingt arbeitete ich weiter. Nebenan bei Frau Müller-Seitz tat sich nicht viel. Ab und zu verschwand sie für ein paar Minuten, vermutlich um in einem anderen Büro den abgestürzten Computer mit Kennworten zu füttern, und gelegentlich klingelte auch das Telefon. Einmal sah ich Wolf Hoppe durch die ledergepolsterte Türe treten, die zu seinem altenglischen Heiligtum führte. Er nickte mir freundlich zu.

Der Tag verging erstaunlich schnell. Als Frau Müller-Seitz am Abend die Haube über ihre Schreibmaschine stülpte, war ich bei Artikelnummer 189900 angekommen, rubber covered reins, black, was immer das sein mochte.

»Ich muss Ihnen noch zeigen, wie Sie sich wieder ausloggen«, sagte sie zu mir. »Wenn Sie da was falsch machen, stürzt der Computer ab.«

Das konnte mich jetzt auch nicht mehr erschrecken. Tessie, Kessie und Jessie würden mich vor jeder tückischen Computerfalle bewahren, da war ich sicher. Ich legte die Blätter mit den bereits erledigten Artikeln neben die noch zu erfassenden und schätzte, dass ich gerade mal ein Zwanzigstel hinter mich gebracht hatte. Das bedeutete noch neunzehn ähnlich eintönige Arbeitstage. Ich konnte nur hoffen, dass ich bis dahin eine richtige Stelle gefunden hatte. Müde stiefelte ich mit Frau Müller-Seitz die Treppe hinab.

»Bis morgen dann«, sagte sie.

»Bis morgen«, sagte ich. Noch neunzehn Mal.

Triste Tage waren angebrochen. Abwechslung bot nur der jährliche Besuch mit Rothenberger beim Tierarzt. Das undankbare Vieh hasste es, in seinem hübschen, komfortablen Katzenkörbchen transportiert zu werden, und ich hasste sein Gejaule, wenn ich es dennoch tat. Wir hatten eine Lösung gefunden, die uns beide zufrieden stellte. Der eigensinnige Kater pflegte sich nämlich bereitwillig schnurrend in eine enge Baumwolleinkaufstasche zu legen, in der ich ihn problemlos in die Praxis tragen konnte. Obwohl er es in seinem Körbchen viel gemütlicher gehabt hätte. Seine schrullige Vorliebe für diese schlichte Tasche mit dem Aufdruck »Schont unsere Umwelt« brachte mir jedes Mal heiße Diskussionen ein, vorzugsweise mit vornehm ergrauten Damen, deren Pelztiere einen Stammbaum hatten und allesamt »Mischuh« hießen.

Heute war es ziemlich leer im Wartezimmer. Ein Mann kniete auf dem Fußboden und versuchte, eine fauchende Katze hinter den Stühlen hervorzuziehen, und zwischen die stützbestrumpften Beine eines älteren Ehepaars hatte sich ein magerer Windhund gequetscht, zitternd und laut hechelnd. Ich setzte mich möglichst weit weg von ihnen, denn Rothenberger mochte keine Hunde.

»Komm, Serafine«, flehte der kniende Mann seine Katze an. »Wir sind doch gleich dran.«

Serafine fauchte. Ich beugte mich neugierig hinab. Die Katze hatte sich mit gesträubtem Fell in die äußerste Ecke gequetscht.

»Wir könnten sie mit einem Schnürriemen locken«, schlug ich vor. »Rothenberger versucht immer, in das Ende zu beißen.«

Der Mann drehte sich zu mir um. Dunkle Locken

über breiten Schultern, mir stockte der Atem. Es war – Sie werden es schon ahnen – mein grünäugiger David! Beinahe hätte ich die Tasche mit Rothenberger fallen gelassen.

»Ich kenne dich doch«, sagte David und runzelte die Stirn. Ich tat nichts, um ihm auf die Sprünge zu helfen, sonst würde ihm gleich wieder einfallen, dass er mich völlig overdressed im scheußlichsten Lokal der Stadt mit einer Laufmasche getroffen hatte. Besser, wir fingen hier und heute ganz von vorne an. Ich lächelte geheimnisvoll.

»Jetzt weiß ich es!«, rief er trotzdem.

Ich erschrak. »Das mit meiner Entjungferung auf dem Damenklo war gelogen!«, sagte ich. Es war mir einfach herausgerutscht.

David, das Stützstrumpfehepaar und der zitternde Windhund starrten mich mit großen Augen an. Sogar die Katze unter dem Stuhl wagte sich weiter vor, als ob sie einen Blick auf mich werfen wollte.

Es war fürchterlich.

Aber noch bevor sich der Boden auftat, um mich zu verschlingen, öffnete eine Sprechstundenhilfe die Tür.

»Der Nächste bitte«, sagte sie.

»Das sind wir!« David zerrte seine wütend fauchende Katze unter dem Stuhl hervor und folgte der Sprechstundenhilfe hinaus in den Flur. Ich hielt den Blick angestrengt auf den Boden gesenkt.

»Dat die sisch nit schämen tut«, flüsterte die Frau mit dem Windhund ihrem Mann zu. »Auf dem Damenklo.«

Die Sprechstundenhilfe öffnete erneut die Türe und teilte uns mit, dass das Sprechzimmer der Assistenzärztin jetzt frei sei. Herr und Frau Stützstrumpf wollten aber lieber auf den richtigen Doktor warten. Also trug ich Rothenberger ins Sprechzimmer. Dort ließ er sich widerstandslos die jährliche Dreifachimpfung verpassen, bevor er wieder in die Tasche kroch und sich dort zusammenrollte, so gut es ging.

Im Flur und im Wartezimmer war keine Spur mehr von David und seiner Katze zu sehen, als wir herauskamen. Er war mir wieder durch die Lappen gegangen, doch diesmal hatte ich eine echte Chance, wenigstens seinen richtigen Namen zu erfahren. Ich beschloss, mich an die Sprechstundenhilfe zu wenden.

»Der Mann eben, der mit der schwarzen Katze und den grünen Augen«, sagte ich, »ich brauche seinen Namen und seine Adresse.«

»Wie bitte?« Die Sprechstundenhilfe hob den Kopf und musterte mich kühl über den Tresen.

»Sie müssen mir den Namen und die Adresse des Mannes verraten, der eben mit seiner schwarzen Katze hier war«, wiederholte ich. »Die Katze hieß Serafine.«

»Sie wollen die Anschrift eines *Tierhalters*?«, fragte die Sprechstundenhilfe mit zusammengekniffenen Augen hinter den Brillengläsern. Ich freute mich, weil sie endlich kapiert hatte, was ich von ihr wollte. »Genau«, sagte ich und setzte noch ein freundliches »Bitte« hinzu.

Vor Empörung beschlugen der Sprechstundenhilfe die Brillengläser. »Haben Sie noch nie etwas von der ärztlichen Schweigepflicht gehört?«, fragte sie.

Mir entfuhr ein hysterisches Kichern. Aber der Sprechstundenhilfe war es bitterer Ernst. Ich hörte auf zu kichern und setzte eine verzweifelte Miene auf. Ich wollte schließlich nicht wissen, woran die Katze krankte, ich wollte nur den Namen ihres Herrchens.

»Bitte!«, flehte ich. »Es ist – lebenswichtig!«

Rothenberger in seiner Tasche maunzte ungeduldig.

Er war es nicht gewöhnt, dass wir nach der Impfprozedur nicht sofort ins Auto stiegen.

Die Augen hinter Glas blieben unerbittlich. »Das geht nicht! Hat Ihnen denn noch niemand gesagt, dass das Tierquälerei ist, ein Tier in einem Einkaufsbeutel zu transportieren?«

Einen kurzen Augenblick lang war ich versucht, einfach über den Tresen zu langen und die Karteikarten zu entwenden. Aber die Bebrillte sah aus wie jemand, der den Kampf mit um sich schnappenden Bulldoggen auf der Behandlungsbank jedes Mal zu seinen Gunsten entscheidet. Ich seufzte und suchte mit Rothenberger das Weite. Kaum saßen wir im Auto, begann das Vieh zufrieden zu schnurren.

Die siebte Gelegenheit

DER MIT ABSTAND sicherste Ort, um den Traummann zu verpassen, ist die eigene Wohnung. Nina sagt zwar, sie habe eine Freundin, die wiederum eine Frau kenne, deren Traummann an der Tür geklingelt habe in Form eines Pizzadienstes, aber ich halte diese Geschichte für erfunden. Jeder, der sich schon mal eine Pizza nach Hause hat kommen lassen, wird mir hierin beipflichten.

Nach dem verpatzten Rendezvous beim Tierarzt hatte mich das letzte bisschen Optimismus verlassen, und mein liebster Aufenthaltsort war, ungeachtet der obigen Erkenntnis, meine trotz des umgekippten Regals gemütliche Wohnung, die mir in wenigen Tagen genommen werden sollte.

Die nächsten zwei Wochen verliefen absolut gleichförmig. Wenn ich abends den Computer ausgeschaltet hatte, fuhr ich durch den Regen nach Hause, mit nur einem kleinen Zwischenstopp am Supermarkt, wo ich mich mit Unmengen fettreduzierter Chips und Tiefkühlgemüse versorgte.

Jeden Morgen fuhr ich vor Morgengrauen zu Hoppe und Partner und hackte weiter Artikelnummern in den Computer. Der riesengroße Stapel mit den Vorlagen schmolz dahin. Schneller als erwartet wurde der Haufen mit den erfassten Artikelnummern größer als der mit den unerledigten.

Das Programm stürzte nach wie vor noch jede Stunde einmal ab, aber dank meiner illegalen Kenntnis über die geheimen Codewörter merkte niemand etwas davon. Trotzdem ließ ich Frau Müller-Seitz hin und wieder kommen, nur so zur Tarnung.

Ansonsten vegetierte ich völlig isoliert in meinem Glaskasten dahin. Mit Ausnahme von Frau Müller-Seitz und Wolf, der mir von Zeit zu Zeit durch die Scheibe zunickte, hatte ich tagelang keinerlei Kontakt zu anderen Menschen. Auch abends nicht. Ich hängte das Telefon aus und rührte mich nicht aus der Wohnung. Manche Tage vergingen, an denen ich über viele Stunden kein einziges Wort von mir gab. Wenn ich mich dann abends an der Supermarktkasse für mein Wechselgeld bedankte, erschrak ich über den Klang meiner eigenen Stimme.

So troff der Monat dahin, ein Tag wie der andere. Das einzige Highlight im Sumpf dieser verregneten Novembertage war ein Besuch von Till. Ich lag wieder einmal völlig antriebslos auf dem Bett, in einer Wüste von fettreduzierten Chipskrümeln, und hörte zum vierundzwanzigsten Mal hintereinander *Time in a bottle* von Jim Croce, als er klingelte. Till, nicht Croce. Ich ließ ihn herein, obwohl ich ungekämmt war und beutelige Jogginghosen mit Strickflicken am Hintern trug.

»Was machst du gerade?«, fragte er.

Ich hob meine Arme zu einer vielsagenden Geste. Er musterte mich, das zerlegene Bett samt Chipskrümeln und Jim-Croce-CD-Hülle mit Kennerblick. »Winterdepression, hm?«

»Ich fürchte, diesmal ist es von der Jahreszeit unabhängig«, seufzte ich. »Ich bin verflucht worden.«

Till wollte nichts davon hören.

»Was dir fehlt, ist – Sex«, behauptete er. Er sei gerne bereit, diesen Mangel auszugleichen.

Ich winkte müde ab.

»Ich glaube, das wäre Daria auch gar nicht recht«, meinte Till und kraulte Rothenbergers Luchsohren.

»Wer ist Daria?«

»Meine aktuelle Freundin«, sagte Till. »Du würdest sie mögen.«

»Wie sieht sie aus? Wie alt ist sie? Was macht sie so? Hat sie reiche Eltern?« Ich ließ mich zurück in die Chipskrümel fallen und schloss die Augen.

Till legte sich neben mich.

»Sie ist ein echter Schuss«, sagte er mit Stolz in der Stimme und streichelte sanft über meinen Scheitel. Blonde Locken, lange Beine, Körbchengröße fünfundsiebzig B und dazu eine Taille wie Scarlett O'Hara. Klar, dass so was nebenher als Model jobbte und trotzdem was in der Birne hatte. Sie studierte jetzt Jura im vierten Semester und war zweiundzwanzig Jahre alt. Zu alledem machte sie eine spitzenmäßige Lasagne *und* hörte, wie gesagt, auf den schönen Namen Daria.

Ich hielt mir die Ohren zu. Wenn das Leben nicht ungerecht war! Till streichelte weiter über meinen Scheitel.

Nach einer Weile nahm ich die Hände von den Ohren und öffnete die Augen.

»Bist du so richtig verliebt?«, fragte ich neidisch. Man musste sich wunderbar fühlen mit Frühlingsgefühlen mitten im November. Für eine Person, die man beim richtigen Namen nennen und – Himmel! – berühren konnte.

Till schüttelte den Kopf.

»Nö«, sagte er. »Man ist ja schließlich keine achtzehn mehr.«

»Willst du damit sagen, der Grad der Verliebtheit nimmt mit zunehmendem Alter ab?«

»Ja«, antwortete Till.

Ich machte betroffen die Augen wieder zu. Wenn diese These zutraf, war ich so gut wie tot. Bisher hatte ich immer noch angenommen, dies hier sei nur ein vorübergehendes Zwischentief, und eines Tages würde es aufhören zu regnen, ich würde einen wirklich guten Job angeboten bekommen, meinem David begegnen – und mein Leben würde endlich beginnen.

»Geh weg«, sagte ich zu Till.

Als nur noch vierundzwanzig Artikelnummern zur Bearbeitung ausstanden, kam Frau Müller-Seitz in meinen Glaskasten, um mir mitzuteilen, dass Wolf nebenan ein persönliches Gespräch mit mir wünsche.

»Gut«, sagte ich und hoffte inständig, dass man bei Hoppe und Partner nicht auch noch vorhatte, einen französischen Katalog zu erstellen. Für die französischsprachigen Kunden.

Wolf saß hinter seinem altenglischen Schreibtisch und rauchte eine Zigarette. Eine zweite Zigarette qualmte in einem Aschenbecher vor sich hin. Der Aschenbecher gehörte zur Produktpalette der Firma, wie ich mittlerweile wusste, Artikelnummer 799567, origineller Aschenbecher mit lustigen Reitermotiven, das ideale Geschenk für den rauchenden Pferdefreund.

»Da bin ich«, sagte ich und klopfte an die offene Tür.

»Ja, Felicitas«, Wolf räusperte sich ausführlich. »Du kommst wie gerufen.«

»Ich *wurde* gerufen«, antwortete ich. »Von Frau Müller-Seitz.«

Wolf legte die halb aufgerauchte Zigarette zu der anderen in den Aschenbecher und zündete sich eine neue an.

»Setz dich doch«, sagte er etwas gönnerhaft.

Das tat ich. Der Qualm der beiden Zigaretten im Aschenbecher waberte genau auf meine Nase zu. Unauffällig versuchte ich den Stuhl zur Seite zu rücken, damit der Rauch an mir vorbeiziehen konnte. Vergeblich. Der Qualm änderte ebenfalls seine Richtung.

»Ich habe dir doch von den Gepflogenheiten unserer Firma erzählt«, sagte Wolf. »Wie wir das mit Neueinstellungen handhaben.«

Ich nickte und hoffte inständig, der Kelch würde an mir vorübergehen. Andererseits war mir bewusst, dass ich mir diese Art Hoffnung in meiner derzeitigen Lage gar nicht erlauben konnte.

»So, wie es aussieht«, sagte Wolf, »können wir bei dir da eine Ausnahme machen. Heute ist nämlich eine Stelle frei geworden.«

»Oh«, sagte ich erzitternd.

»Eine sehr, sagen wir mal so, sehr interessante Stelle, von der ich denke, dass sie genau das Richtige für dich wäre. Meine Frau und unsere Natalie meinen das auch. Ich solle dir wenigstens eine Chance geben, sagen sie.« Wolf drückte die Zigarette halbherzig im Aschenbecher aus und zündete sich eine neue an. Ich sah ihn nur noch durch einen blau-grauen Schleier hindurch. »Sie sind ja alle beide sehr sozial eingestellt, aktiv im Tierschutz«, setzte er hinzu. »Du kennst sie ja, das Herz am rechten Fleck.«

Mir wurde schlecht.

»Die bisherige Stelleninhaberin hat uns gestern Morgen mitgeteilt, dass sie doch noch mal studieren möchte«, fuhr Wolf fort. »Das finden wir zwar sehr bedauerlich, aber wir können es natürlich verstehen. Und ich habe auch sofort an dich gedacht, wo du doch bisher wirklich gute Leistungen gezeigt hast.«

Ich räusperte mich ungläubig.

»Es wäre die Stelle der persönlichen Assistentin meines Partners. Du müsstest dabei den Verkauf ins Ausland managen.« Wolf sah mich erwartungsvoll an.

Ich konnte nicht umhin, von dieser Beschreibung beeindruckt zu sein. Persönliche Assistentin der Geschäftsleitung, managen des Exports, und das ich, Wahnsinn. Selbst, wenn es sich dabei um Reitgerten und Huffett handelte.

»Ja«, murmelte ich. »Und wie …?«

»Du würdest unsere Auslandskunden betreuen. Du müsstest mit auf unsere Messestände in der ganzen Welt reisen – und was die, hchm, was die Bezahlung angeht: Die Stelle ist eine der« – räusper –, »der, sagen wir mal so, bestbesoldetsten im Hause. Und wenn du dich entsprechend engagierst, ich sage immer, sagen wir mal so, bei uns gibt es nach oben hin keine Grenzen, was den Verdienst angeht.«

»Aha«, sagte ich schwer beeindruckt. Messen in aller Welt, nach oben offenes Gehalt – vielleicht lag es auch am Nikotin in der Luft, jedenfalls wurde mir ganz schwindelig.

Wolf erhob sich. »Also, wenn du Interesse hast, dann führe ich dich am besten gleich mal zu Herrn Kernig, meinem Partner. Der kann dir das alles viel besser erklären.«

Ich folgte ihm mit weichen Knien. Herr Kernig, erklärte mir Wolf auf dem Weg zu dessen Büro, heiße eigentlich Kernig-Hufenschlag, und Agatha Hufenschlag, die Tochter des bekannten Gestütbesitzers Wilhelm Hufenschlag, eines guten Freundes von Wolf, nicht nur über den Golfclub übrigens, sei seine Gattin. Herr Kernig-Hufenschlag fände aber Doppelnamen affig, weshalb er nur Kernig genannt werden wolle, und er besäße auch nur zehn Prozent von Hoppe und Partner, weswegen er nicht namentlich in der Firmenbezeichnung aufgeführt worden sei, obwohl sein Name doch so passend gewesen wäre, hahaha. Ich lachte höflich mit.

Herr Kernig saß in einem kleinen, hellen Eckbüro, das ausgesprochen karg und unenglisch möbliert war. Auch er rauchte in den Aschenbecher Artikelnummer 799567 und machte einen nervösen Eindruck.

»Das hier ist die junge Dame, von der ich dir erzählt habe«, sagte Wolf. »Sie ist mit unserer Natalie zur Schule gegangen, aber in letzter Zeit hatte sie etwas Pech. Natalie hat dafür gesorgt, dass wir Felicitas bei uns aufnehmen, denn sonst wäre sie nun arbeitslos. Sie hat bis jetzt an der Erfassung der Artikel für den englischen Katalog gearbeitet, und das hat sie wirklich gut gemacht.«

»Und was haben Sie davor gemacht?«, wollte Herr Kernig wissen. Er war ein kleiner, zart gebauter Mann von ungefähr achtunddreißig, mit schütterem rötlichen Haar und blasser Kopfhaut. Ich fragte mich ganz kurz, was die betuchte Gutsherrentochter Agatha Hufenschlag wohl an ihm gefunden haben mochte.

»Vorher habe ich in einem Verlag gearbeitet. Ich habe dort die Öffentlichkeitsarbeit gemacht, Pressetexte verfasst, PR-Kampagnen geleitet, eben so was«, sagte ich.

»Und davor?«, fragte Herr Kernig.

»Davor habe ich studiert. Judaistik, Philosophie und Pädagogik.«

Herr Kernig lachte schallend.

»Lieber Gott«, sagte er. »Judaistik, Philosophie und Pädagogik!«

Wolf erhob sich.

»Ich habe einen Termin«, sagte er zu Herrn Kernig. »Du kannst alles Weitere mit ihr besprechen, und du, Felicitas, kannst mir dann Montag deinen Entschluss mitteilen.«

Ich nickte.

»Setzen Sie sich doch«, sagte Herr Kernig und zeigte auf einen Stahlrohrstuhl an der Wand. Ich setzte mich. Kernig betrachtete mich eine Weile schweigend mit zusammengekniffenen Augen.

»So rein äußerlich könnte ich Sie mir durchaus als meine Assistentin vorstellen«, sagte er dann.

Das machte sicher der Nicole-Uphoff-Look. Ich lächelte. Herr Kernig lächelte zurück.

»Reiten Sie?«, wollte er wissen.

»Nein«, sagte ich bedauernd.

Herr Kernig fand das aber gut. »Wissen Sie, das ist manchmal ganz schön lästig, wenn die Mitarbeiter begeisterte Reiter sind und unsere Produkte selber ausprobieren. Sie teilen dann den Kunden ihre persönlichen Vorlieben und Abneigungen mit, was sich nicht gerade verkaufsfördernd auswirkt. Sie hingegen werden sich auf die Produktinformation beschränken, die für den Kunden gedacht ist. Sprechen Sie Englisch?«

»Ja«, sagte ich zögernd.

»Wie gut?«, wollte Herr Kernig wissen.

»Ich hatte Englisch-Leistungskurs in der Oberstufe.« Das war allerdings schon ziemlich lange her.

»Wunderbar«, fand Herr Kernig und drückte seine Zigarette aus. »Dann sind Sie für diesen Job im Grunde optimal präpariert. Am besten gehen wir gleich mal nach nebenan, da können Sie die Dame kennen lernen, die uns leider verlassen wird, und meine Sekretärin, Frau Berghoff. Sie würden sich mit ihr ein Büro teilen.«

Ich erhob mich und folgte Herrn Kernig hustend in den Flur hinaus. Dabei hoffte ich inständig, Frau Berghoff möge Nichtraucherin sein. Wolfs Partner öffnete die nächste Tür.

»Hallo, die Damen«, sagte er aufgeräumt. »Hier bringe ich Ihnen vielleicht die Nachfolgerin unserer Frau Schmidt, Frau äh ...«

»Trost«, ergänzte ich und blickte über Herrn Kernigs spärlich behaartes Haupt hinweg in den kleinen Raum, in dem sich zwei Frauen gegenübersaßen.

»Das ging aber schnell«, sagte eine von ihnen, ein junges Mädchen in Kordhosen und Sweatshirt, das ich für Frau Schmidt hielt.

Als sie aufstand, überragte sie Herrn Kernig um Hauptеslänge und sah auch sonst aus, als würde sie in ihrer Freizeit nichts lieber tun als reiten und Ställe ausmisten.

Nebenan klingelte das Telefon.

»Ich bin gleich wieder hier«, sagte Herr Kernig und eilte in sein Büro zurück. »Sie können sich ja selber vorstellen.«

Ich lächelte die beiden Frauen schüchtern an.

»Wo hat er Sie denn so schnell ausgegraben?«, fragte Frau Berghoff. Sie war eine gut aussehende, schlanke Person um die Vierzig mit tizianrotem Pagenkopf und wunderschönen, großen blauen Augen.

»Ich habe ein paar Wochen neben Frau Müller-Seitz in einem Ver-... einem kleinen Raum am Computer gearbeitet«, erklärte ich ihr.

»Ach, Sie waren das«, meinte Frau Berghoff. »Was haben Sie denn vorher gemacht?«

Ich erzählte von meinem Studium und der Arbeit im Verlag.

»Und da wollen Sie wirklich *hier* anfangen?«, rief Frau Berghoff aus.

Ich nickte verunsichert.

Frau Schmidt lächelte. »Ich bin ja noch bis Ende der Woche hier, um Sie einzuarbeiten.«

»Warum denn nur noch so kurz?«, fragte ich. »Das Semester beginnt doch erst im April oder so.«

»Sehr scharfsinnig beobachtet«, sagte Frau Berghoff, aber Frau Schmidt zuckte nur mit den Achseln.

Frau Berghoff zwinkerte mir zu. Sie gefiel mir. Auch der Raum wirkte irgendwie anheimelnd. Er war sehr klein, aber hell. Auf der Fensterbank dudelte ein Radio vor sich hin, die Sicht auf das unschöne Hallendach war mit einer Menge wild wuchernder Pflanzen verdeckt. Und das Allerbeste: Nirgendwo sah ich einen Aschenbecher stehen.

An der Wand hinter Frau Schmidts Platz hingen ein Kalender mit Bildern von Michael Schumacher und seinem Rennwagen sowie gerahmte Fotos von einem kleinen, plumpen Pferd mit weißer Mähne. Frau Schmidt war meinem Blick gefolgt und lächelte.

»Das ist mein Shetty«, sagte sie. »Mögen Sie Shetlandponys?«

»Das kann ich nicht sagen«, meinte ich ehrlich. »Ich kenne nur Shetlandpullover.«

Frau Berghoff lachte laut. Ich lachte mit, das erste Mal seit Wochen. Da kam leider Herr Kernig schon zurück.

»Ich schlage vor, dass wir die Damen jetzt weiterarbeiten lassen, und Frau äh kann sich übers Wochenende überlegen, ob sie den Job will«, sagte er, fasste mich am Ellenbogen und zog mich aus dem Raum.

»Ich denke schon«, sagte ich und lächelte euphorisch. Ich mochte das Büro und die Frau, mit der ich darin arbeiten würde. Der Job klang erstaunlich interessant, und ganz besonders lockte mich natürlich das von Wolf angepriesene, überdurchschnittlich hohe Gehalt, bei dem es nach oben hin keine Grenzen gab.

»Auf Wiedersehen«, sagte ich zu Frau Berghoff und Frau Schmidt.

Ganz benommen begab ich mich zurück in mein gläsernes Gelass, um die letzten englischen Artikelbezeichnungen zu erfassen. Ich konnte mich nur sehr schwer konzentrieren. Die Aussicht, bald als hoch bezahlte Exportmanagerin und persönliche Assistentin der Geschäftsleitung auf internationalen Messen zu arbeiten, verlangte nach einem Gedankenaustausch mit einem liebenden Menschen. Frau Müller-Seitz nebenan hatte das Büro wegen eines Zahnarzttermins verlassen, und so wagte ich es, von ihrem Telefon bei meinen Eltern anzurufen. Sie waren ganz begeistert von meinem beruflichen Aufstieg.

»Das ist aber wirklich nett von Wolf«, sagte meine Mutter. »Und alles, weil sich Roswitha so für dich eingesetzt hat. Du solltest ihr einen Blumenstrauß vorbeibringen. Ich kaufe ihr auch eine Kleinigkeit.«

»Siehst du, es geht aufwärts, mein Kind«, sagte mein Vater. »Und wie sieht es mit einer Wohnung aus? Schon irgendwas in Sicht?«

»Nichts«, sagte ich betrübt. »Gar nichts.«

»Dann kommst du eben einfach nach Hause zurück, wie wir es besprochen haben. Dein Zimmer ist ja frei«, sagte mein Vater tröstend. »Bei uns kannst du so lange wohnen, wie du willst. Und es kostet ja auch nichts. Denk nur mal, wie viel Geld du in Zukunft sparen kannst, für Reisen oder eine kleine Eigentumswohnung.«

»Ja«, sagte ich, und meine Euphorie war mit einem Schlag verflogen. Der verdammte Fluch lastete ja immer noch auf mir, wie hatte ich das nur vergessen können? Jetzt trieb er mich sogar zurück in mein Kinderzimmer.

Ich rief bei Nina an, um ihr zu sagen, dass ich gezwungen sei, in mein Elternhaus zurückzuziehen. Mit neunundzwanzig Jahren!

»Und wenn schon«, sagte Nina. »Ich wünsche mir das jeden Tag mindestens einmal. Es gibt Schlimmeres.«

»Vielleicht«, gab ich zu. »Außerdem geht es aufwärts. Rate, wer demnächst als Exportmanagerin für Reitgerten saumäßig Kohle macht?«

Nina erriet es auf Anhieb. »Klingt toll«, sagte sie. »Ich freue mich für dich. Auch wenn Natalie dich empfohlen hat.«

»Ja«, sagte ich. »Das stimmt mich natürlich auch etwas misstrauisch. Ich kann mir nicht vorstellen, dass sie mir etwas Gutes tun will.«

»Freu dich trotzdem«, verlangte Nina. »Wenigstens machst du jetzt Karriere.«

Ja, und das war auch gut so, denn sonst gab es in meinem Leben eigentlich nichts mehr, worauf ich mich freuen konnte.

»Du kannst dich auf meinen Geburtstag freuen«, meinte Nina herzlos. »Machst du mir für Samstag deine berühmte rote Grütze? Es kommen jede Menge interessante Menschen.«

»Mir ist im Moment nicht nach fremden Menschen.«

»Männer«, verbesserte Nina. »Interessante *Männer*!«

Ich sagte nichts. Wo war der Unterschied?

»Einer ist dabei, der würde genau zu dir passen. Roberts Badmintonpartner. Der wünscht sich ein Haus mit einem Kirschbaum im Garten und lauter liebe Kinder. Ihm fehlt nur noch die Frau dazu. Ist das nicht ein komischer Zufall?«

»Warum hat er bis jetzt noch keine gefunden?«, fragte ich misstrauisch.

»Vielleicht hat er sein ganzes Leben lang nur auf dich gewartet«, sagte Nina barsch. »Zieh dein rotes Kleid an. Und vergiss die Grütze nicht.«

Die achte Gelegenheit

EINE DER UNANGENEHMSTEN Gelegenheiten, den Traummann zu verpassen, bietet sich auf der Party Ihrer besten Freundin. Ganz sicher hat sie einen Bekannten eingeladen, nur für Sie, einen von der Sorte, die bis zu ihrem zwanzigsten Lebensjahr von pubertärer Akne an der beglückenden Erfahrung des ersten Kusses gehindert werden und danach aus Gründen, die sie selber nicht verstehen können. Natürlich ist dieser Mensch geneigt, seiner Mutter zu glauben, die ihm immer und immer wieder versichert, dass es nicht an seinen abstehenden Ohren liegt, sondern daran, dass er einfach noch nicht die Richtige getroffen hat. Und jetzt, mit Mitte Dreißig, einer Halbglatze und in von seiner Mutter ausgesuchten gebügelten und gestärkten Hemden steigen seine Chancen, auf eine Frau zu treffen, die den Makel der Jungfräulichkeit von ihm nimmt. Genauso rapide sinken Ihre Chancen, jemals dem Traummann zu begegnen.

Der Samstag fing wie gewohnt an. Zwei Stunden vor dem Wecker klingelte das Telefon.

»Felicitas Trost.«

»Ja, guten Tag, hier ist Simone. Kann ich bitte den Mike sprechen?« Halb acht. Simone war pünktlich. Insgeheim hatte ich mit ihrem Anruf gerechnet.

»Tut mit Leid«, sagte ich. »Seit wir Mike neulich mit falschen Wimpern, Netzstrümpfen und meinen guten

Pumps erwischt haben, ist er nicht mehr hier gewesen. Eine Nachbarin hat uns aber gesagt, dass er jetzt eine blonde Lockenperücke trägt und im Plus-Markt an der Kasse sitzt. Vielleicht versuchst du es da mal.«

Und klick.

Für Ninas Party zog ich natürlich nicht das rote Kleid an. Erstens hatte ich das Gefühl, die allabendlichen Frustchips hätten sich, obwohl fettarm, rund um meine Taille abgelagert, und zweitens dachte ich nicht daran, mich so aufzubrezeln, nur weil Nina behauptet hatte, dass Roberts Badmintonpartner noch zu haben sei. Außerdem war zu befürchten, dass sie dem Badmintonpartner gesagt hatte, dass ich exakt die Richtige für ihn sei und überdies ganz verzweifelt auf der Suche nach einem Mann wie ihm. Derart vorbereitete Zusammentreffen sind von vorneherein zum Scheitern verurteilt. Ich zog meinen wasserblauen Blazer an, dazu schwarze Jeans und einen schwarzen Body. Zur Feier des Tages zupfte ich meine Augenbrauen. Sie zeigten in letzter Zeit eine fatale Neigung, in der Mitte zusammenzuwachsen, und das wollte ich dann doch verhindern. Die Haare straff nach hinten im Nacken zu einem Knoten gesteckt, ein bisschen getönte Tagescreme, Wimperntusche, und das war's auch schon. Im Spiegel fand ich mich trotzdem gar nicht so übel. Auf jeden Fall sah ich immer noch weit besser aus, als ich mich fühlte.

Bei Nina hatten sich die üblichen Gäste bereits eingefunden, als ich ankam. Die Mütter aus ihrem Mutter-Kind-Kontaktkreis samt Ehemännern, Freunde von Robert mit ihren Ehefrauen, Ninas Schwiegermutter und eine alte Schulfreundin, die von den Toten auferstandene Eva Märker.

»Du siehst gut aus, Felicitas«, sagte sie. »Das Dicke

steht dir.« Sie hatte mir immer noch nicht verziehen. Aber warum war ihre Großmutter auch ganz in Schwarz gekleidet zum Bäcker gegangen?

»Ich finde, eine Frau muss weibliche Rundungen haben«, mischte sich Ninas Schwiegermutter ein, die selber Rundungen von Medizinballformat aufzuweisen hatte. »Wenn die Knochen so hervorstehen wie bei der Nina, ist das doch nicht mehr schön. Ein Mann muss doch was zum Anfassen haben.«

»Da hörst du's«, sagte ich zu Eva.

»Ich habe gehört, du und Till, ihr seid nicht mehr zusammen?«, erkundigte sich Eva mit hämischem Grinsen.

»Wir Frauen von heute nehmen eben nicht den Ersten, sondern den Besten«, erwiderte ich.

Eva schaute sich übertrieben auffällig um. »Oh, so ist das. Aber heute Abend bist du noch alleine gekommen, oder?«

Nina wollte mir auf der Stelle Roberts Badmintonpartner vorstellen.

»Der Ralf ist schon ganz gespannt auf dich«, sagte sie.

»Der Ralf?«, wiederholte Eva und grinste noch hämischer. »*Der* Ralf?«

»Ja, genau, *der* Ralf«, fauchte Nina.

Eva legte den Kopf in den Nacken und lachte aus vollem Hals. »Wir Frauen von heute nehmen nicht den Ersten, sondern den Besten«, stieß sie zwischen zwei Lachsalven hervor. »Das ist wirklich komisch.«

Nina zog mich weg und ließ Eva einfach stehen. »Sie ist nur neidisch«, behauptete sie. »Ich hatte ihr Ralf nämlich auch schon mal vorgestellt, aber sie war einfach nicht sein Typ. Das hat sie ihm nicht verziehen.«

Ich stöhnte. »Ich möchte ihn mir erst mal von weitem angucken, wenn das geht.«

Nina zuckte unwillig mit den Schultern, zeigte dann aber mit großartiger Geste auf einen Mann, der sich gerade Roberts CD-Sammlung anschaute. Schon der ausrasierte Nacken missfiel mir über alle Maßen. Und dann der Name: *Ralf!* So hieß doch der Junge in dem Lied von LSE, der in der Feinkostabteilung des Kaufhauses im Hummerbecken herumschwamm, mit nichts als einem gelben Gießkännchen bekleidet.

»Das ist er. Groß, sportlich, studiert, *ohne* Schnurrbart«, flüsterte Nina begeistert. »Besser hätte ich ihn dir gar nicht malen können.«

Ralf drehte sich um. Er war eine unscheinbare Gestalt in einem gießkännchengrünen Sakko, eher spärlich behaart, mit gut durchbluteten Lippen, die er jetzt zu einem Lächeln in unsere Richtung verzog.

»Er sieht aus, als spiele er Posaune in einer Big-Band«, sagte ich und fand mich selber gemein. Ralf machte einen halben Schritt auf uns zu, verharrte dann aber und drehte sich unsicher um die eigene Achse.

»Los, komm jetzt«, befahl Nina.

»Mir wäre es aber lieber, ich könnte ihn für den Rest des Abends von weitem betrachten.«

Nina zerrte ungehalten an meinem Ärmel. »Dass du Menschen einfach nach ihrem Äußeren aburteilst, sieht dir gar nicht ähnlich. Außerdem ist es ihm gegenüber nicht fair. Er ist ganz alleine hier. Und er ist ziemlich schüchtern. Ich kenne mindestens ein Dutzend Frauen, die sich alle zehn Finger nach ihm lecken würden. Und du hast nun wirklich überhaupt keinen Grund, so wählerisch zu sein.«

Ich schwieg beleidigt. Nina nutzte die Gelegenheit, Ralf herbeizulächeln. Er kam sofort.

»Das ist meine Freundin Felicitas Trost«, stellte Nina

vor und guckte wie eine Schlange. »Und das ist Ralf Schläger.«

»Du bist also die Felicitas. Freut mich«, sagte Ralf und hielt mir seine Hand hin. »Nina und Robert haben mir schon viel von dir erzählt.«

»Nächstes Jahr komme ich überhaupt nicht zu deinem Geburtstag«, sagte ich zu Nina.

Sie lächelte nur und ließ mich mit Ralf stehen.

»Du bist also die Felicitas«, wiederholte Ralf und musterte mich sehr gründlich von oben bis unten. »Du bist fast noch hübscher, als Robert dich beschrieben hat. Er hat mich allerdings auch vorgewarnt, dass du blond bist. Ich fahre nämlich eigentlich mehr auf Brünette ab.«

»Da kann man ja noch hoffen«, meinte ich ärgerlich. »Mir hat man gesagt, du wärst schüchtern.«

Ralf lachte dröhnend. »Das ist wirklich nicht zutreffend. Schüchternheit kann ich mir schon von Berufs wegen gar nicht leisten. Ich bin Immobilienmakler. Bei einer sehr großen Firma.«

»Aha.«

»Studiert habe ich Betriebswirtschaft«, fuhr Ralf ungefragt fort. »Zehn Semester, mit dem Schwerpunkt Steuerrecht. Man kann also sagen, dass ich auf diesem Gebiet auch ein Fachmann bin. Aber die Immobilien haben mich dann doch mehr gereizt. Deshalb habe ich alles noch mal über den Haufen geworfen.«

Ich guckte betont desinteressiert in eine andere Richtung. Manche Menschen gehen weg und lassen einen in Ruhe, wenn sie den Eindruck haben, man hört ihnen nicht zu.

Ralf gehörte nicht zu diesen Menschen. Er setzte zu einem längeren Monolog über die derzeitige Immobilienmarktlage an, während ich zum kalten Büfett hinüberwanderte. Ralf folgte mir.

»Eine Immobilie ist vielleicht nicht die rentabelste Kapitalanlage, du«, sagte er. »Aber es bietet doch eine Menge Sicherheit, schon früh Eigentum zu besitzen.«

Ich schaufelte mir einen Teller voll mit dem matschigen Kartoffelsalat, den eine der Mütter aus Ninas Eltern-Kind-Kontaktkreis mitgebracht hatte. Ich konnte mir genau vorstellen, welche Mutter. Im Laufe der Zeit hatte ich die Theorie entwickelt, dass die Menschen genauso aussehen wie ihre Salate, so wie man auch sagt, dass Hunde Abbilder ihrer Halter seien.

»Ich habe vor zwei Jahren ein Grundstück erworben und bebaut«, erzählte Ralf. »Ein absolutes Traumhaus, sage ich dir. Rundum verglast, offener Kamin, Galerie, Dachstudio. Ein echter Architektentraum. Das ist ganz witzig, du: Alle, die das Haus sehen, denken, das hat irgendein berühmter Architekt entworfen. Dabei war alles meine eigene Idee, bis in die letzte Ecke. War zwar eine Sauarbeit, du, aber jetzt kann ich mich als echten Fachmann bezeichnen, was die Bauerei angeht. Du musst dir das Haus unbedingt mal angucken.«

»Wo steht es denn?«, fragte ich.

»In Hückeswagen-Bickenbach, gegenüber von meinem Elternhaus«, sagte Ralf. »Ein echtes Schmuckstück. Vier Schlafzimmer, drei Bäder – es wird dich sicher beeindrucken.«

»Wozu brauchst du vier Schlafzimmer und drei Bäder?«, wollte ich wissen. In Hückeswagen-Bickenbach, lieber Himmel!

Ralf erklärte, dass er beim Bau an die Zukunft gedacht habe.

»Drei Kinder sind das Minimum«, sagte er. »Mir fehlt nur noch die richtige Frau dafür.«

»Aha.« Ich stopfte den pappigen Kartoffelsalat in mich hinein.

»Aber das ist gar nicht so einfach mit der richtigen Frau, du«, fuhr Ralf fort. »Was meinst du, wie viele Tussies ich allein in den letzten zwei Jahren habe abblitzen lassen?«

Ich schob eine weitere Gabel voll in meinen Mund und tippte stumm auf eine Zahl irgendwo unter Null.

»Ich habe sie nicht gezählt«, meinte Ralf mit einer wegwerfenden Handbewegung. »Aber nun lass uns doch mal von dir reden.«

Das war jetzt wieder nett. Ich kaute eifrig.

»Robert sagt, dass du studiert hast. Was Exotisches.«

»Wie man's nimmt«, sagte ich mit vollem Mund.

»Ich habe nichts gegen studierte Frauen«, ließ mich Ralf wissen. »Aber die Frau, die ich mal heirate, die sollte eigentlich was Vernünftiges gelernt haben. Damit es nicht irgendwann heißt, ich will mich selbst verwirklichen. Aber machen wir mal weiter. Was machst du denn so in deiner Freizeit?«

Ich wusste nicht recht, was ich darauf antworten sollte, nahm deshalb einen Happen Kartoffelsalat und murmelte undeutlich: »Mit vollem Mund spricht man nicht.«

»Treibst du eine Sportart?«

»Rollerskating. In-line-Skates.« Ich beeilte mich, Ralf zu erzählen, dass ich früher mit den Dingern immer zur Arbeit gerollert war. Hin und zurück sieben Kilometer! Das war Klasse gewesen, und mir fehlte die Bewegung richtig. Aber zu Hoppes Reiterbedarf war es zu weit, und bei dem derzeitigen Sauwetter würde es auch keinen Spaß machen.

»Ich dachte mehr an richtigen Sport«, erklärte Ralf. »Golf, Polo, Tennis.«

Ich schüttelte bedauernd den Kopf. Ralf sah enttäuscht aus. Er selbst sei nämlich ein ausgesprochen leidenschaftlicher Golffan und stünde daher schon seit drei Jahren auf der Warteliste vom Golfclub in Hückeswagen-Bickenbach. Und er habe extra eine Satellitenschüssel auf seinem Hausdach in Hückeswagen-Bickenbach installieren lassen, damit er den speziellen Sportkanal empfangen könne, in dem die Polospiele immer live aus England übertragen würden.

»Aha«, sagte ich zum wiederholten Mal.

Ralf verfiel in spürbar gedämpftere Stimmung. Ich sah eine reelle Chance, ihn loszuwerden, indem ich versuchte, möglichst ehrlich auf seine Fragen zu antworten. Die routinierte Art und Weise, mit der er sein Verhör fortsetzte, ließ in mir den Verdacht aufkeimen, dass er das nicht zum ersten Mal machte.

»Kannst du Krawattenknoten binden? Welche CDs stehen in deinem CD-Ständer? Trägst du Einlagen? Was hältst du von unserem Helmut? Wann hast du Abitur gemacht? Wer ist dein Lieblings-Talkmaster? Wie viele Fahrstunden hast du bis zur Führerscheinprüfung gebraucht? Bestellst du gelegentlich bei Bofrost?«

Ralf stand die Enttäuschung immer deutlicher ins Gesicht geschrieben. Besonders traurig schien ihn zu machen, dass ich keinen CD-Ständer besaß, nicht wusste, wer mit »unser Helmut« gemeint war, und dass mein Abitur schon neun Jahre her war. Eine Weile schwieg er tatsächlich. Ich nutzte die Pause, um ihn zu fragen, ob er ein Instrument spielen würde. Wenn es tatsächlich Posaune war, würde ich mich auf den Rücken fallen lassen und mit den Beinen in der Luft herumstrampeln.

Ralf spielte aber überhaupt kein Instrument. Er wollte auch lieber weiter über sein Verhältnis zu Frauen sprechen.

»Seit ich das Haus habe, rennen sie mir echt die Türe ein«, sagte er. »Aber ich bin nun mal sehr, sehr wählerisch, was Frauen angeht, du. Man gibt sich schließlich nicht mit jeder ab. Da sind schon unzählige Anwärterinnen auf der Strecke geblieben.«

Ich fand es relativ unhöflich, dass er sich keine Mühe machte zu verbergen, dass auch ich seinen Ansprüchen nicht genügte. Deshalb setzte ich eine möglichst höhnische Miene auf.

Ralf störte das nicht. »Ganz klar, die wenigsten haben bei mir eine Chance. Die meisten scheitern schon mal an meinem Schönheitsideal. Meine Traumfrau sollte, wie gesagt, brünett sein, langhaarig, sehr schlank, Typ Demi Moore, wenn du die kennst. Tja, und Emanzen kriegen sowieso keine Schnitte bei mir.«

»Felicitas ist keine Emanze«, mischte sich Nina ein, die lautlos hinter uns getreten war und den letzten Satz mitbekommen hatte. »Sie will nichts als ein Haus, Mann und Kinder, die sie den lieben langen Tag umsorgen kann.«

»Aber da sind schon unzählige Anwärter auf der Strecke geblieben«, zitierte ich. »Und dich streiche ich aus der Liste meiner Freundinnen.«

Nina tat, als habe sie nichts gehört. Sie setzte ein mildes Lächeln auf. »Und – versteht ihr beiden euch gut?«

»Ja, sehr«, antwortete Ralf und verzog die wulstigen Posaunenengellippen ebenfalls zu einem Lächeln. »Wir beschnuppern uns aber noch.«

»Dann will ich nicht länger stören«, sagte Nina und ging wieder davon.

»Wo waren wir stehen geblieben?«, wollte Ralf wissen.

»Vor dem Büfett«, seufzte ich.

»Ach ja, bei Demi Moore. Meine Traumfrau sollte natürlich jung sein, weil man ja noch länger was von ihr haben will. Und gesunde Kinder möchte man schließlich auch bekommen, wenn du verstehst, was ich meine.«

»Vielleicht versuchst du es mal über eine dieser Agenturen, die Frauen aus Fernost verkaufen«, sagte ich und gähnte herzhaft. »Ich muss jetzt nach Hause. War nett, dich kennen gelernt zu haben.«

Ralf folgte mir in den Flur. »Es ist gerade mal neun Uhr«, erklärte er. »Da kannst du doch noch nicht gehen.«

Ich zog meinen Mantel an. »Ich bin mit der Bahn hier. Und da ist es nach neun immer gefährlich, als Frau so ganz allein. Außerdem sind hier lauter Langweiler.«

Ralf sagte, er fände die Party auch ziemlich langweilig.

»Ich hätte nichts dagegen, mich woanders zu amüsieren, du«, sagte er. »Wenn du möchtest, fahre ich dich mit dem Auto nach Hause.«

»Nein, bloß keine Umstände meinetwegen«, sagte ich und klopfte Nina, die mit Eva Märker und einer anderen Frau zusammenstand, von hinten auf die Schulter.

»Warum hast du deinen Mantel an?«, fragte sie.

»Weil ich jetzt nach Hause fahre.«

»Allein?«, erkundigte sich Eva.

»Ich bringe die Felicitas«, tönte Ralfs Stimme hinter mir. »So als Frau ganz alleine ist das doch zu gefährlich mit der Bahn.«

Eva sah mich mitleidig an, aber Nina lächelte viel sagend.

»Ich verstehe«, sagte sie. »Viel Vergnügen.«

Draußen stieg ich widerspruchslos in Ralfs schickes Auto ein. So würde ich auf jeden Fall schneller zu Hause sein, bei meinen fettreduzierten Chips und dem brummenden Kater.

Man brauchte um diese Uhrzeit – wenn man die grüne Ampelphase erwischte – knapp zwanzig Minuten bis zu mir. Das waren knapp zwanzig Minuten zu viel.

Obwohl Ralf doch offensichtlich längst beschlossen hatte, dass ich nicht die Richtige war, um seine Kinder zu gebären und die Designer-CD-Ständer im rundum verglasten Haus in Hückeswagen-Bickenbach abzustauben, fuhr er mit seinem Check-up fort, als wären wir nie unterbrochen worden.

»Und was für Bücher stehen so in deinem Bücherregal?«

Ich gähnte. Im Augenblick gar keine. Sie lagen immer noch auf dem Boden, zusammen mit dem Fernseher und dem Gipsengelstaub. Daran würde sich auch bis zum Umzug nichts ändern. Aber das brauchte Ralf nicht zu wissen.

»Hauptsächlich Märchenbücher«, erzählte ich ihm. »Ich sammle Märchenbücher.«

Ralf sagte, dass er Märchen auch sehr möge. Ja, er sei geradezu ein Märchenfachmann, wenn man das so sagen dürfe.

»Die transportieren alle eine pädagogische Botschaft. Und Märchen sind immer gerecht.«

»Und welche pädagogische Botschaft transportiert deiner Meinung nach Andersens kleines Mädchen mit den Schwefelhölzern?«, fragte ich. Über irgendetwas mussten wir ja schließlich reden. Das ist das traurige, traurige Märchen, in dem ein armes Waisenkind den Heiligen Abend auf der Straße verbringen muss mit nichts als einer Packung Streichhölzern bekleidet, an denen es seine kleinen kalten Händchen wärmt. Und am ersten Weihnachtstag liegt es erfroren neben der Kirche. »Na?«

»Du sollst nicht mit Feuer spielen«, sagte Ralf.

Ich brach in schallendes Gelächter aus. So viel makabren Humor hätte ich ihm gar nicht zugetraut.

»Das ist lustig«, sagte ich anerkennend.

»Die Moral, die Märchen transportieren, ist zwar oft brutal«, belehrte mich Ralf, der dies keinesfalls als Witz gedacht hatte. »Aber immer gerecht.«

Ich gackerte noch lauter. Dass Ralf im Ernst meinte, kleine Mädchen dürften nicht mit Schwefelhölzern spielen, ohne am nächsten Tag zur Strafe erfroren vor der Kirche zu liegen, war ja noch viel komischer, als wenn er es nur im Spaß gesagt hätte.

»Da vorne wohne ich«, japste ich.

Direkt vor dem Haus war ein Parkplatz frei. Dies kam statistisch gesehen höchstens null Komma zwei Mal im Jahr vor, weshalb ich nicht an einen Zufall glauben konnte. Ich schob es auf den Fluch, mit dem ich behaftet war. Ralf kurvte das Auto mit drei zackigen Zügen in die Lücke.

»Vielen Dank fürs Bringen«, sagte ich artig und öffnete schnell die Beifahrertür. Nicht schnell genug!

»Einen Kaffee würde ich schon noch gerne trinken«, ließ sich Ralf vernehmen. Er lächelte, als wäre er der Weihnachtsmann persönlich und habe mir gerade einen Herzenswunsch erfüllt.

»Ich habe keinen Kaffee da«, sagte ich verzweifelt. Was wollte er denn? Ich war zu alt, hatte weder die richtige Körbchengröße noch die richtige Haarfarbe und besaß nicht mal ein Regal für meine CDs. Aber Ralf war ja nicht so. Für eine Nacht konnte er diese Mängel schon in Kauf nehmen.

»Ein Mineralwasser tut's auch«, sagte er lächelnd.

»Ich trinke nur Leitungswasser«, behauptete ich stur. »Tut mir Leid. Aber an der Ecke ist eine Tankstelle, die hat die ganze Nacht geöffnet. Da kriegst du sicher was zu trinken.«

Ralf legte die Hand auf meinen Oberschenkel.

»Na, hör mal«, sagte er väterlich. »Dass du jetzt kneifst, hätte ich aber nicht von dir gedacht. Den ganzen Abend lang hast du versucht, mich anzubaggern, und jetzt hast du plötzlich Schiss vor deiner eigenen Courage.«

Mir klappte der Unterkiefer hinab.

»Gib dir einen Ruck«, fuhr er fort. »Hinterher ärgerst du dich, denn die Gelegenheit bekommst du so schnell nicht wieder.«

»Das macht nichts.« Das war doch wohl nicht wahr! Warum fiel mir wieder mal keine passende Antwort ein? Kopfschüttelnd stieg ich aus dem Wagen. Ralf stieg an der anderen Seite aus. Im Licht der Straßenlaterne sah er mehr denn je aus, als spiele er Posaune in einer Big-Band.

»Dass Frauen immer nein sagen müssen, wenn sie ja meinen«, tönte er nachsichtig.

Ich sah mich gezwungen, einen deutlichen Satz zu sprechen.

»Ralf«, sagte ich und sah ihm fest in das Blechbläsergesicht. »Ich hab' auch so meine Maßstäbe. Du fährst leider kein Cabrio, Hückeswagen fehlt das Weltstadtflair, volles Haar wäre Grundvoraussetzung, allerdings egal in welcher Farbe. Du verstehst hoffentlich, dass ich nur echte Sportler in mein kostbares Louis-Seize-Himmelbett lasse und keine Golfclubanwärter.«

Natürlich verstand er das nicht. Er setzte sich zwar mit beleidigter Miene hinters Steuer und gab Gas, aber ich wusste, dass es keine fünf Minuten dauern würde, bis er fest davon überzeugt war, dass er wieder mal eine Tussi hatte abblitzen lassen. Ich meine, man gibt sich schließlich nicht mit jeder ab, du.

Als ich mich in meiner Wohnung aufs Bett warf, fielen mir dann auch prompt all die anderen Dinge ein, die ich Ralf noch hätte sagen sollen. Aber in einem hatte Ralf recht: Die Gelegenheit würde ich niemals wieder bekommen!

Die neunte Gelegenheit

MONTAG MORGEN LIEF ich als erstes zu Wolf ins Büro und sagte ihm, dass ich bereit sei, den Vertrag zu unterschreiben. Wolf schien erfreut.

»Aber einen Vertrag gibt es bei uns nicht«, sagte er. »Hier vertraut jeder jedem. Wie in einer großen Familie. Bei uns kann auch aus dir noch was werden.« Er reichte mir seine schlaffe Hand über den Schreibtisch.

Mir war ein wenig flau im Magen, als ich danach griff. Eine Möglichkeit, den Job doch nicht zu bekommen, gab es allerdings noch.

»Das war jetzt alles so kurzfristig«, sagte ich, »dass ich meinen Urlaub schon eingeplant hatte. Über Weihnachten fahren wir mit der ganzen Familie in die Schweiz. Da würde ich natürlich ungern drauf verzichten.«

»In drei Wochen schon? Ja, das ist natürlich nicht Usus bei uns, schon während der Probezeit Urlaub zu nehmen.«

»Also, wenn es nicht anders geht, könnte ich auch erst im Januar anfangen. Oder im Februar.«

Wolf machte eine generöse Handbewegung. »Ach, was«, sagte er. »Das kriegen wir schon hin. In dieser Firma kann man über alles reden. Bei uns ist jeder für jeden da.«

Voller Tatendrang verließ ich sein Büro. Ich würde mir nicht länger einreden, mit einem Fluch belegt zu sein. Jetzt begann eine neue Lebensphase. Als erfolgsverwöhnte Karrierefrau mit nach oben offenem Gehalt würde ich mir meinen Traum vom Haus mit Kirschbaum und Schaukel eben selber erfüllen.

Frau Schmidt, meine Vorgängerin, hatte telefonisch verkündet, dass sie leider für die Einarbeitungszeit nicht mehr zur Verfügung stünde. Sie hatte eine dicke Erkältung erwischt. Herr Kernig meinte aber, dass ich durchaus in der Lage sein müsste, mich selber einzuarbeiten.

Frau Berghoff, seine nette Sekretärin, führte mich durch die einzelnen Büroräume, um mich den anderen Mitarbeitern vorzustellen. Bei einer Tasse Kaffee hatte sie mir bereits das Du angeboten. Sie hieß Beate.

»Hier oben im ersten Stock sind Vertriebs- und Einkaufsabteilung und die Buchhaltung untergebracht«, erklärte sie. »Den Oberboss kennst du ja bereits, und Frau Müller-Seitz, seine Sekretärin. Mit der musst du dich immer gut stellen, weil sie die Kennworte für den Computer kennt. Außer ihr kennt die nämlich nur noch die Stattelmann, die Chefbuchhalterin, und mit der ist nicht gut Kirschen essen.«

Frau Stattelmann war eine schlanke Person mit langen, blondierten Haaren und einem braungebrannten, ledrigen Gesicht, das sie älter machte, als sie vermutlich war. Aus irgendeinem Grund schien sie mich nicht zu mögen. Als ich ihr vorgestellt wurde, übersah sie meine ausgestreckte Hand geflissentlich.

»Ich habe gehört, Sie haben studiert«, sagte sie stattdessen.

Ich nickte überrascht. Diese Information konnte nur von Herrn Kernig stammen oder von Wolf selber.

»Ich sag' Ihnen lieber gleich, dass ich nichts von Akaziern halte, die sich wer weiß was auf ihre Fähigkeiten einbilden«, sagte Frau Stattelmann.

Ich lachte höflich. Akazier? Nie gehört. »Wie bitte?«, fragte ich verwirrt, aber Beate Berghoff zerrte mich aus dem Büro, ohne mich die Antwort abwarten zu lassen.

»Die hat etwas Probleme mit Fremdwörtern«, erklärte sie draußen. »Aber wehe, man lacht darüber.«

Ich klappte den Mund zu.

»Niemand kann sie leiden, außer dem kleinen Arschloch und dem Ekelpaket unten im Lager.«

»Wer ist das kleine Arschloch?«, wollte ich wissen.

»Das wirst du schnell merken«, sagte sie und führte mich zum nächsten Büro, zu Frau Daubenbüschel und Frau Saalbach, die laut Beates Auskunft eindeutig zu der aussterbenden Gattung der ewigen Jungfrauen zu zählen war und, obwohl erst Anfang Dreißig, als solche auch in die ewigen Jagdgründe eingehen würde.

Auch hier war nicht das Geringste des von Wolf wiederholt angepriesenen entspannten, vertraulichen und familiären Betriebsklimas zu merken. Frau Saalbach saß in geduckter Haltung auf ihrem Schreibtischstuhl, und obwohl sie mich weder ansah noch mein Lächeln erwiderte, tat sie mir irgendwie Leid.

»Ich langweile mich noch zu Tode mit der«, seufzte Frau Daubenbüschel völlig ungeniert. »Die kriegt einfach den Mund nicht auf. Seit die hier sitzt, freue ich mich sogar, wenn ich mit Kunden telefonieren darf. Das muss man sich mal vorstellen.«

Frau Saalbach warf ihr einen giftigen Blick zu, aber sie schwieg.

»So was!«, meinte ich zu ihr, nur um etwas Nettes zu sagen. »Ich habe genau den gleichen Ohrring wie Sie. Sehen Sie mal! Ist das nicht ein komischer Zufall?«

Frau Saalbach musterte meinen Ohrring finster und schwieg hartnäckig.

»Das habe ich am Anfang auch versucht«, sagte Frau Daubenbüschel höhnisch. »Können Sie jeden fragen. Ich war so nett zu der! Aber das ist vergebliche Liebesmüh. Die will hier keine Freundschaften schließen. Außer mit der Müller-Seitz.«

»Halten Sie ihr Schandmaul«, fauchte Frau Saalbach aufgebracht.

Wir verließen hastig das Schlachtfeld. »Die waren aber merkwürdig«, sagte ich.

»Die Daubenbüschel ist ganz in Ordnung«, erklärte Beate Berghoff. »Sie macht wenigstens den Mund auf, wenn ihr was nicht passt. Sie soll sogar dem kleinen Arschloch schon mal gesagt haben, dass er eins ist.«

»Ja, das hat sie«, sagte ein junges Mädchen, das lautlos neben uns aufgetaucht war und einen Berg von Aktenordnern auf den Armen balancierte. »Ich war dabei.«

»Frau Reisdorf«, stellte Beate vor. »Sie macht bei uns die Ablage.«

»Macht das nicht jeder für sich?«, fragte ich erstaunt.

»Nein, hier nicht«, erklärte Frau Reisdorf. »Hier mache ich die Ablage für jedes Büro. Das ist eine Erfindung vom kleinen Arschloch. Er meint, für alles andere sei ich zu dämlich.« Sie lachte fröhlich.

»Ich schlage vor, dass wir uns duzen. Du wirst zwar vermutlich auch nicht lange bleiben, aber so ist es einfach netter. Ich bin die Anja.«

»Felicitas«, sagte ich erfreut. Endlich mal wieder jemand Nettes.

»Willkommen im Irrenhaus«, sagte Anja Reisdorf. »Und lass dich nicht unterkriegen.«

Beate führte mich die Treppe hinunter ins Erdgeschoss und öffnete eine schwere Doppeltüre aus Metall. »Unser Lager!«

Das Lager war ein beeindruckender Ort. Eine riesige Halle, vier Meter hohe Wände, bis unter die Decke mit Regalen zugestellt, zwischen denen Mitarbeiter mit Einkaufswagen herumfuhren, beladen mit all den herrlichen Artikeln, die im Katalog aufgeführt waren, Longierbrillen, Halfter, Sättel, Reitstiefel, Wetterjäckchen aus Polyäthylen und eine Menge Dinge, die schon bald beim Namen nennen zu können ich mir fest vornahm. Beate grüßte freundlich nach links und rechts, blieb aber nirgendwo stehen, um mich vorzustellen. Ziemlich zielstrebig näherte sie sich einer Ecke, aus der lautes Gebrüll erscholl.

»Bin isch hier denn nur von Arschwichsern umgeben!«, schallte es durch die Halle. »Muss isch denn alles hundertmal erklären, bis du Schwachkopf dat kapierst?«

Wir bogen um ein Regal voller eingeschweißter Bandagen und standen direkt vor einem großen, mittelalten Mann. Der blaue Lageristenkittel spannte sich so fest über den gewaltigen Bauch, dass man fürchten musste, jeden Augenblick einen der Knöpfe ins Auge geflitscht zu bekommen. Oberhalb des Kragens ging der Bauch unmittelbar in ein feuerrotes Gesicht über. Vor ihm guckte ein kleiner, junger Mann angestrengt auf den Boden.

»Noch mal so 'ne Scheiße, und du kannst dir 'nen Arschtritt und deine Papiere aus dem Personalbüro holen«, brüllte der andere. »Und heute jehste hier nischt eher raus, bis dat dat widder in Ordnung jebracht iss, klar? Und wennde mir in nächster Zeit irgendwie mit Überstundenausgleisch oder so 'nem Scheiß kommen willst, dann kriegste den Tritt in den Arsch kostenlos dazu, kapiert?«

Der junge Mann nickte und schlurfte, den Blick auf den Boden gesenkt, an uns vorbei.

»Guten Tag, Herr Simmel«, sagte Beate.

Herrn Simmels Haifischmund lächelte. »Dat kleine Frolleinschen vom kleinen Scheff. Wo brennt's denn?«

»Ich wollte Ihnen Frau Schmidts Nachfolgerin vorstellen«, sagte Beate und zeigte auf mich.

Herrn Simmels Lächeln wurde breiter. »Junge, Junge«, sagte er anerkennend. »Dat Frollein Nachfolgerin kann sisch aber auch sehen lassen.«

Er streckte mir seine Hand hin. »Isch bin hier der Lagerleiter. Kein Honigschlecken, die faulen Kerls hier am Arbeiten zu halten.«

»Felicitas Trost«, sagte ich und ergriff seine ausgestreckte Hand.

»Simmel«, sagte Herr Simmel und lachte. »Simmel ohne P. Ohne P, wenn Se verstehen, wie isch dat meine.«

Tatsächlich brauchte ich ein Weilchen, um zu verstehen, wie er das meinte. Erst dachte ich, Simmel mit P hieße *Simpel*.

Beate zupfte mich am Ärmel. »Wir müssen weiter.«

»Wir sehen uns ja noch«, sagte Herr Simmel ohne P zu mir. »Auf jute Zusammenarbeit denn.«

»War das das kleine Arschloch?«, fragte ich auf dem Weg zurück nach oben.

»Der Simmel? Ach was. Der ist einfach ein blöder Sack, der seine Mitarbeiter fertig macht«, sagte Beate. »Das kleine Arschloch macht das auch, aber auf subtilere Weise. Den Unterschied wirst du sehr schnell merken.«

Sie sah auf die Uhr. »Jetzt müssen wir leider an den Computer. Das blöde Ding ist mir heute schon dreimal abgestürzt, und die Müller-Seitz wurde bei jedem Mal unfreundlicher. Beim dritten Mal habe ich mich nicht mehr getraut, sie herzubitten.«

»Man könnte doch auch die andere fragen, die Blonde aus der Buchhaltung«, schlug ich vor.

Beate grinste. »Eher würde ich ohne Schuhe nach Hause gehen«, sagte sie.

Oben im Büro schaute ich auf ihren Bildschirm. »Der Eintrag konnte nicht bearbeitet werden, weil Fehler 1 aufgetreten ist«, stand dort in einem blinkenden Feld.

»Das kenne ich«, sagte ich. Diesen speziellen »Fehler« konnte man problemlos mit Jessie, Kessie und Tessie beseitigen. Es dauerte keine vier Sekunden. Beate war vollkommen verblüfft. »Wie hast du das gemacht?«

Ich lächelte stolz. »Ich habe ein bisschen herumprobiert in den letzten Wochen, weil mir der Computer so oft abgestürzt ist.«

»Du meinst, du kannst das immer selber beheben, wenn das verfluchte Ding abstürzt?«

»Ja«, sagte ich bescheiden. »Meistens.«

»Wunderbar«, rief Beate. »Ich kann dir ja gar nicht sagen, wie ich mich freue, mit dir in einem Büro zu sitzen.«

Am Abend war ich müder denn je. Ich kannte jetzt den Unterschied zwischen einem Dressur- und einem Springsattel und wusste auch, dass Sehnenschoner und Softgamaschen nicht das Gleiche waren, auch wenn sie in meinen Augen vollkommen identisch aussahen. Mit einigem Schrecken hatte ich Kernigs Telefonate mit Kunden im Ausland verfolgt und dabei festgestellt, dass ich weit über die Hälfte der Worte, die er benutzte, nicht kannte.

Ich aß einen Teller Erbsen ohne alles und eine halbe Tüte fettreduzierter Chips, bevor ich mich mit Langenscheidts Taschenwörterbuch Englisch aufs Bett warf und nach Vokabeln suchte, die ich in nächster Zeit gebrauchen konnte. Schließlich war meine Karriere als Exportmanagerin alles, was ich im Augenblick hatte. Ich war fest entschlossen, das Beste draus zu machen. Direkt unter A fand ich eine Menge nützlicher Vokabeln: Abbestellung, Abbuchungsauftrag, Abnehmer, Absatzsteigerung – lauter wichtige Substantive, die mir bis dahin völlig unbekannt gewesen waren. Außerdem fand ich einige Adjektive, die sicher sehr bald auf mich zutreffen würden: abgearbeitet, aber auch abgebrüht und abgehärtet. Als ich beim Buchstaben B angelangt war, klingelte das Telefon. Es war Nina.

»Na?«, fragte sie. »Wie geht es dir so? Als Karrierefrau.«

»Wie definierst du Karriere?«

»Karriere ist das, was einem wichtig sein sollte, wenn man beschlossen hat, ohne Mann zu leben«, sagte Nina.

»Das habe ich keineswegs beschlossen«, entgegnete ich.

»Ach ja, und warum warst du dann so zickig zu Ralf?«

»Lieber Gott, ich war nicht zickig, ich habe mich nur ein kleines bisschen gewehrt.«

Nina seufzte. »Du bist wirklich komisch. Da redest du ununterbrochen davon, dass du versorgt sein und in einem Haus im Grünen leben willst, und wenn dir der passende Kandidat über den Weg läuft, tust du so, als seist du nicht interessiert.«

»Nina, ich hab' nicht so *getan!* Der Typ ist einfach unmöglich.«

»Ralf fand dich im Übrigen gar nicht so übel. Er hat gestern mit Robert Badminton gespielt und gesagt, dass er dich sogar richtig süß fand. Allerdings meint er, dass man es dir einfach zu stark anmerkt, wie sehr du auf der Suche bist.«

»Das hat er nicht gesagt!« Doch, das hatte er gesagt, es passte zu ihm.

»Jedenfalls war er bereit, sich noch mal mit dir zu treffen.«

»Nur über meine Leiche«, sagte ich.

»Felicitas, kann ich dich mal was fragen? Warum hast du es nicht wenigstens mal mit ihm versucht? Du hättest ihn ja nicht gleich heiraten müssen.«

»Der Typ ist völlig indiskutabel, Nina«, sagte ich wütend. »Ich empfinde es als eine Beleidigung, dass du überhaupt in Erwägung gezogen hast, dass er für mich infrage kommt.«

»Ja, worauf wartest du denn?«

»Darauf, dass ich ganz einfach einen normalen, netten Typen kennen lerne, der mich genauso interessant findet wie ich ihn. Jemand, der Katzen mag und dem es nichts ausmacht, in ungebügelter Bettwäsche zu schlafen, jemand, mit dem es Spaß macht, ins Bett zu gehen, weil es gut ist, und nicht, weil es was Neues ist.«

Nina schwieg eine Weile. »Du wartest auf ein Wunder«, sagte sie dann und legte auf.

Zum ersten Mal seit zwanzig Jahren war ich ernsthaft böse auf sie.

Es regnete weiterhin vierundzwanzig Stunden täglich. Am zehnten Dezember wurde es sogar den ganzen Tag über nicht hell. Es war der Tag, an dem ich meine Karriere bei Hoppe und Partner wirklich begann.

Als Exportmanagerin mit nach oben offenem Gehalt im Hause Hoppe hatte ich leider keine Mitarbeiter, die ich managen konnte. Zu meinen Hauptaufgaben gehörte das Erfassen der Bestellungen von Kunden aus dem Ausland. Sie kamen mit der Post, per Fax oder übers Telefon. Frau Hellmann von der Pforte konnte kein einziges fremdländisches Wort, und sobald sie ein solches von einem Anrufer hörte, stellte sie ihn zu meinem Apparat durch, ganz egal, was eigentlich sein Anliegen war. Nach dem vierten Anruf in Folge war ich schweißgebadet und bekam Herzrasen, wenn das Telefon nur schellte. Dabei war ich selber verblüfft, wie viele Worte mir während des Sprechens einfielen, von denen ich gedacht hatte, dass ich sie nie gekannt hätte! Und nicht nur in Englisch. Ich fand, dass ich meine Sache wirklich gut machte.

»Wenn es dir zu viel wird, leg einfach den Hörer eine Weile daneben«, riet Beate. »Sonst schaffst du es niemals, den ganzen Stapel Bestellscheine bis heute Abend in den Computer zu hacken.«

Das war ein kluger Rat. Legte man den Hörer daneben, konnte man fünf Minuten an einem Stück arbeiten und schaffte es vielleicht, ein Dokument abzuspeichern, bevor der Computer wieder abstürzte. Ich brauchte zwar dank meiner Kenntnis über die geheimen Kennworte nicht nach Frau Müller-Seitz zu rufen, musste aber oft genug die ganze Arbeit noch einmal machen, wenn ich das Programm wieder gestartet hatte.

»Das ist das albernste Computersystem, das ich jemals gesehen habe«, sagte ich zu Beate, die mich ebenfalls alle zwei Stunden benötigte, um den Apparat mit Tessie, Kessie oder Jessie zu füttern.

»Die Stattelmann und die alte Müller-Seitz würden platzen, wenn die wüssten, was du hier tust«, sagte Beate fröhlich.

»Ich verrate dir auch die Kennwörter.«

Aber Beate hob abwehrend die Hände. »Ich will sie nicht wissen. Ich könnte sie niemals für mich behalten! Und wenn herauskommt, dass wir sie kennen, werden sie geändert, und wir sind wieder von der Müller-Seitz und der Stattelmann abhängig.«

Wenn das Telefon nicht klingelte, konnte man immer noch über das Stentofon angerufen werden. Das Stentofon war eine Sprechanlage, die in jedem Büro installiert war und in die man nach Knopfdruck hineinschreien konnte. Das war sehr nützlich, wenn man zum Beispiel einen Kunden am Telefon hatte, der die Lieferzeit der Bogenpeitschen, Katalogseite 31, erfragte. Dann konnte man die Nummer des Lagers wählen und in das Stentofon brüllen: »Hallo! Hallo! Hört mich jemand? Sind die Bogenpeitschen, Artikelnummer 234517, am Lager?« Und wer immer dort unten zuhörte, eilte zu dem Regal, in welchem besagter Artikel lagerte, eilte zurück zur Sprechanlage und brüllte zurück: »Jawohl, die sind am Lager!« oder »Nein, die verdammten Dinger kriegen wir erst in vier Wochen wieder rein!«

»Danke«, konnte man dann brüllen und dem Kunden die brühwarme Neuigkeit gleich mitteilen, wenn er sie nicht sowieso schon mitgehört hatte. Das Stentofon war ebenfalls praktisch, um einen Mitarbeiter ausfindig zu machen, der sich nicht an seinem Platz befand. Beim Druck einer bestimmten Taste erscholl der Appell dann aus sämtlichen Stentofonen in allen Büroräumen gleichzeitig. Selbst auf den Toiletten waren Lautsprecher installiert.

Immer, wenn ich auf dem Klo war und ein fremdsprachiger Anrufer in der Zentrale landete, holte mich der Ruf »Frau Trost, bitte dringend Telefon!« von der Schüssel. Auf diese Weise gewöhnte ich es mir an, derartige

Aktivitäten auf den frühen Morgen oder den Abend zu verlegen, was meiner Darmflora nicht unbedingt zugute kam.

Meine erste wirklich anspruchsvolle Aufgabe wurde mir dann von Herrn Kernig zugeteilt.

»Diese Pferdebälle«, sagte er. »Ich möchte, dass Sie unsere Kunden im Ausland darüber informieren.«

»Was für Pferdebälle?«, fragte ich und dachte spontan an Tanzveranstaltungen für ausgewählte Jungtiere.

Herr Kernig zog seine Augenbrauen hoch.

»Über neue Produkte unseres Hauses sollten Sie sich selbstverständlich informieren, ohne extra darauf hingewiesen werden zu müssen«, meinte er vorwurfsvoll.

Ich nahm mir seine Kritik sehr zu Herzen und wagte nicht mehr zu fragen, auf welche Weise ich unsere ausländischen Kunden über die Pferdebälle informieren sollte.

»Und dann sollten wir uns dieser Tage mal wegen der Videos zusammensetzen«, sagte Herr Kernig. »Das ist immer am Jahresende fällig. Ich erkläre Ihnen das ganz genau, und dann können Sie sich den Kram in der Zeit zwischen Weihnachten und Neujahr in Ruhe vornehmen. Dann ist hier sowieso nicht viel los.«

»Zwischen Weihnachten und Neujahr bin ich doch im Urlaub«, sagte ich. »Das müsste schon vorher oder nachher erledigt werden.«

»Wie bitte?«, fragte Kernig.

»Ich hatte das mit Herrn Hoppe so abgesprochen«, sagte ich ängstlich.

Kernig zog ein fast angewidertes Gesicht.

»Herr Hoppe weiß ganz genau, dass Sie in dieser Zeit keinen Urlaub nehmen können, weil ich dann auch nicht hier bin«, sagte er. »Außerdem sind Sie meine Mitarbeiterin, und Herr Hoppe würde niemals in meine Urlaubsplanung pfuschen.«

»Aber er hat mir fest zugesagt, dass ich den Urlaub nehmen kann. Und, schauen Sie, ich habe ihn sofort in den Kalender dort an der Türe eingetragen!« Das war sozusagen meine erste offizielle Amtshandlung gewesen.

»Es ist sicher alles ein Missverständnis Ihrerseits«, meinte Kernig nach einem Blick auf den Urlaubskalender und wandte sich zum Gehen. »Aber ich werde das jetzt gleich abklären.«

»Ich komme mit«, sagte ich eifrig.

Kernig drehte sich um. »Haben Sie denn nichts zu tun?«

»Doch«, sagte ich. »Jede Menge.«

»Dann tun Sie bitte auch, wofür Sie bezahlt werden.«

»Aber – …« Herr Kernig hatte mich einfach stehen lassen.

»So ein Arschloch«, entfuhr es mir.

»Wir nennen ihn *kleines* Arschloch«, sagte Beate, die natürlich zugehört hatte.

»*Er* ist das kleine Arschloch?«

»Ja«, sagte Beate. »Klaus Kernig, das kleine Arschloch. So haben die ihn schon genannt, als er hier noch Azubi war!«

»Hier?«

Beate nickte. »Als Großhandelskaufmann, der kleine Scheißer. Von da bis heute, wo sein Name immerhin auf dem Briefpapier der Firma steht, war es ein weiter Weg. Er hat eine reiche, siebzehn Jahre ältere Frau geheiratet. Mit ihrem Kapital konnte er sich in die Firma einkaufen. Damit ist für den Guten ein Traum wahr geworden: Geschäftsführer, Chef von lauter abhängigen Untergebenen.«

»Geschäftsführer eines Reiterbedarfgroßhandels. Es ist schon merkwürdig, wie unterschiedlich die Träume der einzelnen Menschen aussehen«, sagte ich nachdenklich.

»Wovon träumst denn du?«

»Jedenfalls nicht von einer Karriere in einem Geschäft für Reitstiefel und Aschenbecher mit Pferdeköpfen«, seufzte ich und dachte an David mit den grünen Augen. »Eigentlich träume ich überhaupt nicht von Karriere. Am liebsten hätte ich eine Familie.«

Spontan vertraute ich Beate meine Vision vom Haus im Grünen mit Kirschbaum und Schaukel an, Gartenteich, Rosenlaube und liebem, erotischem und fantasievollem Mann inklusive. »Spießig, hm?«

Beate schüttelte den Kopf. »Nicht unbedingt«, sagte sie. »Für mich persönlich ist eine Ehe nicht unbedingt erstrebenswert, ich habe ja auch schon eine hinter mir. Mein Traum war es auch niemals, den ganzen Tag hinter dem Schreibtisch zu sitzen und Briefe für ein kleines Arschloch zu schreiben. Aber als ich vor einem Jahr aus dem Osten gekommen bin, war ich erst mal froh, überhaupt einen Job zu kriegen. Irgendwann habe ich meinen eigenen Laden. Alles zu seiner Zeit, sag' ich immer.«

»Was für einen Laden?«, fragte ich neugierig.

»Einen – ähm – einen Laden für alles Mögliche. Erzähle ich dir später mal von.«

»Aber dafür braucht man Geld«, wandte ich ein.

»Ja, und Mut«, meinte Beate. »Im Augenblick sammle ich noch beides! Wie lange warst du arbeitslos?«

Ich dachte kurz nach. »Eigentlich gar nicht«, sagte ich dann. »Das war ein fließender Übergang.«

»Das heißt, dieser Job war überhaupt gar nicht dein letzter Ausweg?«

»Irgendwie doch«, flüsterte ich. Und dann brach die ganze Geschichte aus mir heraus. Die verhängnisvolle Kette von unglückseligen Ereignissen, aufgrund derer ich jetzt hier saß, angefangen mit dem Ende von Jorge und Kriechbaum und meiner Beziehung zu Till bis hin zu meiner bevorstehenden Obdachlosigkeit.

»Eigentlich bin ich nicht abergläubisch oder so was, aber diesmal glaube ich wirklich, dass ich verhext worden bin«, schloss ich, den Tränen nahe. »Aber keiner würde mir das glauben.«

Beate hatte aufmerksam zugehört. Sie öffnete eine Schublade in ihrem Schreibtisch, nahm etwas heraus und kam auf meine Seite herüber.

»Ich muss dir mal was zeigen«, sagte sie und hielt mir ein Foto hin. Es war das Bild einer dicken, blonden Frau mit herabhängenden Mundwinkeln.

»Wer ist das?«, fragte ich verwundert.

»Das bin ich«, antwortete Beate. »Das heißt, das *war* ich. Vor genau einem Jahr, drei Monaten und siebzehn Tagen.«

»Du?« Ich starrte die dicke, blonde Frau auf dem Foto verblüfft an. Ganz allmählich erst schien sie eine entfernte Ähnlichkeit mit der schlanken, pfiffigen Rothaarigen anzunehmen, die hier neben mir stand.

»Ja, das war ich«, wiederholte Beate.

»Bevor du mit Slim-Fraß fünfzig Kilo abgenommen hast?«

»Bevor ich den Fluch gelöst habe, der auf mir lastete.«

»Du warst auch verflucht?« Ja, gab's denn so was?

»O ja«, sagte Beate. »Der Fluch hatte mein Leben beinahe zerstört, bevor ich mir endlich eingestanden habe, dass er nicht nur in meiner Einbildung existiert. Ich war völlig am Ende.«

»Und was hast du getan?«

»Zuerst habe ich meinen Mann verlassen und wurde wieder schön und schlank. Dann habe ich mit meinem Ersparten eine Weltreise gemacht, drei Monate lang. Und als das Geld alle war, bin ich hierher gekommen, habe mir eine Wohnung und einen Job gesucht. Und jetzt bereite ich mich auf meine nächste Lebensphase vor.«

»Die Selbständigkeit«, meinte ich beeindruckt.

»Genau. Obwohl man bei dem Gehalt hier nicht unbedingt viel auf die hohe Kante legen kann. Aber den Fluch bin ich los. Und wenn du deinen Fluch auch loswerden willst, kann ich dir helfen.«

Ich sah sie überrascht an. Beate blickte ernst zurück. Einen Augenblick lang herrschte vollkommene Stille um uns herum.

In diesem Moment klingelte das Telefon. Gleichzeitig erscholl Kernigs Stimme aus dem Stentofon. »Frau Trost, kommen Sie bitte mal zu mir.«

»Ich wüsste auch schon, wen wir stattdessen verhexen können«, meinte Beate.

Kernig lächelte mir entspannt entgegen, als ich sein Büro betrat.

»Ich habe mit Herrn Hoppe über Ihren Urlaub geredet«, sagte er aufgeräumt.

»Dann ist es ja gut«, seufzte ich erleichtert.

»Er meint, es wäre kein Problem, wenn Sie sofort in der zweiten Januarwoche Urlaub nehmen würden.«

Ich schluckte schwer. »In der zweiten Januarwoche? Da brauch' ich keinen Urlaub, ich brauche den über Weihnachten und Neujahr, weil für diese Zeit alles gebucht ist.«

»Nun ja, da geht es nicht, das hatte ich Ihnen ja schon

gesagt«, entgegnete Kernig ungerührt. »Wie weit sind Sie denn mit der Pferdebällegeschichte?«

»Dieser Urlaub ist für mich sehr wichtig«, sagte ich, den Tränen nah. »Genau genommen habe ich die Stelle nur unter der Voraussetzung angenommen, dass ich diesen Urlaub bekomme. Herr Hoppe hatte es mir fest versprochen!«

»Tja«, sagte Kernig nur lapidar.

Ich hasste ihn. Ich hasste ihn so sehr, dass ich kein Wort mehr sagen konnte. Sprachlos verließ ich sein Büro.

»Geh zum alten Hoppe«, riet mir Beate, als ich mich bei ihr ausgeheult hatte. »Der hat dir den Urlaub ja schließlich versprochen.«

Das war eine sehr gute Idee. Dass mir das nicht selbst eingefallen war! Wolf würde mir natürlich helfen.

»Guten Tag«, sagte ich zu Frau Müller-Seitz. »Ist Herr Hoppe da? Ich möchte schnell mal rein, um ihn was zu fragen.«

»Das geht jetzt nicht«, sagte die Müller-Seitz streng.

»Es dauert nicht lange.« Ich hatte die Türklinke zum altenglischen Heiligtum schon in der Hand.

»Stop!«, rief die Müller-Seitz so scharf, dass ich den Türgriff wieder losließ.

»Sie können gerne einen Gesprächstermin mit Herrn Hoppe vereinbaren«, setzte sie etwas leiser hinzu und blätterte ihren Tischkalender auf. »Mal sehen, diese Woche ist ganz schlecht. Und nächste Woche würde nur der Mittwoch gehen, da kann ich Sie für zehn Uhr eintragen.«

»Mittwoch ist zu spät«, jammerte ich. »Bitte –«

»Falls Herr Hoppe den Termin nicht wünscht, sage ich Ihnen selbstverständlich noch Bescheid«, fuhr die

Müller-Seitz unbeirrt fort. »Sie sind ja jetzt hier im Hause erreichbar, hahaha.«

Sehr komisch. »Hören Sie, ich möchte nur ganz schnell etwas mit ihm abklären. Wenn er da ist, hat er sicher nichts dagegen.«

»Ganz sicher doch!« Die Müller-Seitz strich sich mit der Hand durch ihren evangelischen Haarschnitt und sah sehr sicher aus. »Mittwoch um zehn dann?«

Ich zog kurz in Erwägung, die Alte einfach zu ignorieren und Wolfs Büro zu stürmen oder sogar auf meiner ganz privaten Beziehung zu unserem Chef als Vater meiner alten Schulfeindin herumzupochen, aber ich hatte das sichere Gefühl, dass ich der Verlierer sein würde. Mit hängenden Schultern verließ ich das Vorzimmer. Als ich an Klaus Kernigs offener Bürotüre vorbeikam, lächelte er mir zu.

»Die Pferdebälle, Frau Trost«, erinnerte er mich. »Wie weit sind Sie denn?«

Er hatte gesiegt.

Die zehnte Gelegenheit

OBWOHL ICH WEGEN der Ralf-Geschichte ehrlich sauer auf Nina war, legte ich nicht gleich auf, als sie mich das nächste Mal anrief.

Sie sagte, sie habe eine Wohnung für mich. Und ehe ich mich darüber freuen konnte, setzte sie hinzu: »Genauer gesagt, ein Zimmer in einer Wohngemeinschaft.«

»Vergiss es!«, sagte ich.

»Ich habe lange darüber nachgedacht«, rechtfertigte sich Nina. »Aber ich glaube, dass es das Richtige für dich ist, solange du keinen Mann hast. In der WG wohnt eine Mutter aus meinem Eltern-Kind-Kontaktkreis, von der weiß ich das mit dem Zimmer. Sie ist allein erziehend und sagt, die WG ist ein fast vollkommener Familienersatz.«

»Vergiss es«, sagte ich noch einmal, aber Nina sprach unbeirrt weiter: »Die wohnen zu viert plus Kind und Katze in einer alten Jugendstilvilla mit Garten. Das Zimmer, das frei wird, liegt in einem Turm und ist wie eine Maisonettewohnung geschnitten. Du hättest sogar ein eigenes Bad.«

Als ich nichts erwiderte, fuhr sie rasch fort: »Die Leute sind echt total witzig. Einer ist Bildhauer, der andere Schreiner, und Wiebke wird mal Schriftstellerin, wenn ihre Kleine aus dem Gröbsten raus ist. Sie haben auch nichts gegen eine zweite Katze im Haus.«

»Und wo soll das alles sein?«

Nina lachte zufrieden. »Du kannst gleich heute Nachmittag vorbeikommen, ich hab' dich schon angekündigt. Es liegt im Dornröschenweg.«

Der Straßenname war echt die Krönung. Nina wusste genau, wie sehr er mein romantisches Herz erfreute. Da ich dachte, es könne nichts schaden, sich die Sache wenigstens mal anzuschauen, fuhr ich gleich nach der Arbeit dorthin. Das Haus stand in einer Reihe mit stuckverzierten Bauten der gleichen Epoche, die mit Hecken und kleinen Vorgärten gegen die ohnehin ziemlich verkehrsarme Straße abgeschirmt wurden, jedes in einer anderen Farbe gestrichen. Dies war blassrosa, die Fenster waren cremeweiß. Es erinnerte an eine köstliche Erdbeersahnetorte und passte farblich auf frappierende Weise zum Straßennamen. Im Vorgarten streckte eine riesige Magnolie ihre kahlen Äste aus. Es gehörte nicht viel Fantasie dazu, sich auszumalen, wie zauberhaft es hier im Frühling aussehen würde. Ich liebte das Haus auf Anhieb.

Eine Frau mit Fransenschnitt öffnete mir die Tür.

»Jürgen ist nicht da«, sagte sie.

»Ich wollte nicht zu Jürgen, jedenfalls glaube ich das«, sagte ich. »Meine Freundin Nina hat ...«

Aus dem Hausflur ertönte lautes Gebrüll. »Aa!«, schrie eine helle Kinderstimme.

»Ich bin ja hier, Sara«, sagte die Frau mit dem Fransenschnitt. Sie musste die Mutter aus Ninas Gruppe sein.

»Hallo«, fing ich noch einmal an. »Ich ...«

»Aa!«, brüllte das Kind.

Die Frau ließ mich in den düsteren Flur eintreten. Hier schlug mir ein unangenehmer Geruch entgegen. Das ungefähr zweijährige Mädchen, das auf dem Fußboden hockte, machte sich sehr verdächtig. »Aa!«, sagte es wieder.

»Mama ist hier, Sara.«

»Ich glaube, sie meint, sie hat in die Hose gemacht«, sagte ich verlegen.

Die Frau hielt eine beigefarbene Windel hoch. »Was meinst du denn wohl, was ich hier habe?«

Sie legte das Kind an Ort und Stelle auf den Fußboden und begann, die Hose auszuziehen. Ich schaute angelegentlich auf die Flurwand. Hier hatte jemand passenderweise »Scheiße« hingesprüht, nicht nur einmal, sondern unzählige Male, in allen Farben und Größen. Darunter, in einem alten Wäschekorb, lagerten gelbbräunliche Gegenstände, die aussahen wie die Windel, die die Frau mir gezeigt hatte. Diese hier waren benutzt und schon etwas älter.

»Das sind Biowindeln, keine Pampers«, sagte die Frau auf dem Boden. »Die sind kompostierbar. Wen suchst 'n du?«

»Du bist sicher Wiebke«, sagte ich. »Nina Hempel ist eine Freundin von mir, und sie schickt mich her.«

»Ah«, sagte Wiebke. »Die Arztfrau, ich weiß schon.«

»Puh, das riecht aber gar nicht gut.« Hinter Wiebkes Rücken war ein schlankes, großes Mädchen aufgetaucht. »Musst du das denn hier draußen machen, Wiebke?«

Wiebke gab keine Antwort.

»Hi«, sagte ich. »Ich bin Felicitas. Meine Freundin Nina hat mir gesagt, dass hier ein Zimmer frei wird.«

»Meins«, sagte das Mädchen. Sie war bildschön mit schulterlangen roten Locken und einem blassen, feinen Teint. Ihre Augen waren selbst im trüben Flurlicht leuchtend blau. »Ich heiße Britt, hallo. Ich ziehe in ein Apartment zu meinem Freund. Er ist Professor für Jura. Ich schreibe meine Doktorarbeit bei ihm. Über Sachrecht.«

»Sie zieht in das Apartment *von* ihrem Freund«, verbesserte Wiebke. »Der wohnt selber woanders. Er ist nämlich verheiratet.«

»Noch«, sagte Britt.

»So schnell verlässt ein Mann nicht seine Frau«, sagte Wiebke und warf Saras Windel auf den Haufen zu den anderen. »Nicht, wenn Kinder da sind.«

»Das sieht man ja an dir«, höhnte Britt. »Außerdem sind Bertolds Kinder erwachsen.« Sie drehte sich zu mir um. »Wenn du willst, zeig' ich dir mein Zimmer, damit du dir ein Bild machen kannst.«

Ich folgte ihr neugierig die Treppe hinauf in den zweiten Stock, vorbei an einem weiteren Dutzend Scheiße-Graffitis. Britts Zimmer war davon verschont geblieben. Es war aber nicht nur deshalb wirklich schön. Der Turm hatte acht Ecken, innen lag das Gebälk frei, eine Wendeltreppe führte auf einen Spitzboden unter dem Dach. Hohe Sprossenfenster ermöglichten bei Tag einen Blick über den Garten und den ganzen Dornröschenweg. Aber das Zimmer allein machte die anderen Makel auch nicht mehr wett. Britt hatte es mit altmodischen Holzmöbeln eingerichtet, ein Bett mit geschwungenem Kopfteil, dazu passend Frisierkommode, Schrank und Schreibtisch. Alle Teile trugen eine Schnitzerei mit den Buchstaben BB.

»Meine Initialen«, sagte die mitteilsame Britt. »Mein Ex-Freund hat die Sachen geschreinert. Erik. Er wohnt im Zimmer gegenüber. Ihm gehört das Haus. Er hat es geerbt.«

»Hat er die Graffitis gemacht?«

»Nein, das war Jürgen. Jürgen ist Künstler, Bildhauer, um genau zu sein. Erik ist nur Handwerker. Das ist ein großer Unterschied. Jürgen wohnt im ersten Stock.«

»Aha«, sagte ich. Der Scheiße-Sprayer wohnte also auch im Haus.

»Die Möbel müsstest du schon übernehmen, ich lass sie nämlich hier.« Britt seufzte. »Zu viele schmerzliche Erinnerungen. Und außerdem ist das neue Apartment teilmöbliert. Bertold hat ein Futon mit Wasserbett angeschafft. Willst du mal sehen?«

Mein Interesse an Wasserbetten hielt sich in Grenzen, aber Britt hielt mir das Foto eines bebrillten Mannes mit faltigem Hals unter die Nase.

»Das ist Bertold, mein Professor.«

»Alt«, sagte ich schockiert.

»Erik sieht natürlich besser aus, er ist ja auch dreißig Jahre jünger und verbringt seine Freizeit mit Sport statt mit Bildung. Bertold ist auf eine andere Weise erotisch, weißt du, weniger über das Körperliche.«

»Aha«, sagte ich.

»Mit Erik war alles so – durchschnittlich. Na ja, er ist Schreiner, und als Handwerker eben intellektuell minderbemittelt. Wir haben uns auseinander gelebt.«

Zum Glück für Erik, dachte ich.

»Zweitausend für die Möbel«, sagte Britt auf dem Weg nach unten. »Erik könnte die Initialen sicher herausschleifen.«

Ich sagte nicht, dass sie sich ihre Möbel sonst wohin schieben konnte. Erst wollte ich die unteren Räume sehen. Auch die Wohnzimmerwände waren mit den »Scheiße«-Graffitis verziert, nicht mal der ursprünglich weiße stuckverzierte Kaminsims war davon verschont geblieben. Auf einem durchgesessenen Sofa lag eine schwarze Katze und schlief. Britt bot mir noch eine Tasse Kaffee an.

»Bertolds Apartment ist auch nur eine Übergangslösung«, erzählte sie mir. »Sobald er seine Frau verlässt, suchen wir uns was Größeres.«

Wiebke und ein rundlicher Typ mit Brille und Flusenbart unterbrachen sie.

»Bitte, Jürgen, es wär' ja nur ein einziges Bild. Du musst bloß zwei Dübel in die Wand bohren.«

»Nee, du«, sagte der Flusenbärtige. »Immer dreht sich alles um dich. Ich muss auch mal an mich denken.«

Wiebke sah ihn wütend an. »Du und dein Gerede von Solidarität. Wenn man dich mal braucht!«

»Das ist Jürgen, der Bildhauer«, stellte Britt vor. »Und das ist Felicitas, die interessiert sich für mein Zimmer.«

»Hallo«, sagte Jürgen. »Bist du mit dem Auto hier?«

Ich nickte.

»Apropos Auto«, sagte Britt. »An meinem Auto ist was nicht in Ordnung. Könntest du wohl mal danach gucken?«

»Klar, mach' ich.«

»Ach, Scheiße!«, rief Wiebke. »Aber wenn ich dich um was bitte, kannst du nicht. Du Arschloch.«

Sie knallte die Tür hinter sich zu.

Jürgen goss sich seelenruhig eine Tasse Kaffee ein.

»Das ist Kaffee aus einer Kleinbauerninitiative in Peru«, erklärte er mir. »Der kostet was mehr als Kaffee, mit dem nur die Großgrundbesitzer reich werden. Aber das ist es uns wert.«

Ich nickte.

»Hat sie Geld in die Kasse getan?«, fragte er Britt.

Britt schüttelte den Kopf und hielt mir eine Porzellandose in Form eines nackten Hinterns hin. Der Geldschlitz lag exakt zwischen den beiden Pobacken. »Das ist unsere Kaffeekasse, hat Jürgen eingeführt. Alle, die können, sollen hier einen kleinen Beitrag zum Kostenausgleich reinstecken.«

Ich holte mein Portemonnaie aus der Tasche. »Wie viel?«

Jürgen zuckte mit den Schultern. »Was sind dir die Bauern in Peru denn wert?«

Ich schob der Spardose einen Heiermann in den Hintern.

»Aus paritätischen Gründen wollte ich ja eigentlich einen Mann als Britts Nachfolger«, sagte Jürgen. Er zählte offenbar Wiebkes Tochter und die Katze mit. »Aber aus Erfahrung komme ich mit Frauen besser klar. Also hätte ich nichts gegen dich einzuwenden.«

»Wie teuer wär' denn das Zimmer überhaupt?«, fragte ich.

Jürgen sagte, das hinge davon ab.

»Wovon?«

»Zum Beispiel vom Verdienst. Du fährst ein Auto und hast vermutlich einen richtigen Spießerjob, genau wie Britt und Erik. Also zahlt ihr auch mehr Miete als die Wiebke und ich. Das ist nur gerecht. Wiebke als allein erziehende Mutter ist sowieso total benachteiligt in diesem Staat. Und ich bin Künstler und habe andere Aufgaben in unserer Gesellschaft. Eine Arbeit nur zum Geldverdienen würde mich zerbrechen.«

»Aha!« Ich erhob mich und strebte unauffällig der Haustür zu. Britt und Jürgen folgten mir. Im Flur stand auch Wiebke und machte ein stinksaures Gesicht.

»Und wovon bezahlst du dann deine Miete?«, wollte ich noch von Jürgen wissen.

»Du, der Erik ist zwar ein Kapitalist, aber kein Unmensch«, antwortete Jürgen. »Der weiß schon, dass ich zu diesem Haushalt beisteuere, was ich kann. Und meine Graffitis hier sind sowieso unbezahlbar.«

Dieser Erik schien mir ein kompletter Idiot zu sein.

»Da kommt er ja«, sagte Wiebke. In der Einfahrt hörte man eine Autotüre zuschlagen.

»Tja, ich überleg' es mir und rufe dann wieder an«, sagte ich.

»Wir diskutieren, ob das klargeht, und rufen dich an«, sagte Wiebke und nahm einen Zettel von der Pinnwand. »Sag mir mal deine Nummer.«

Ich gab ihr geistesgegenwärtig meine alte Telefonnummer vom Verlag, dann konnten sie mit der Frau diskutieren, die immer »Kein Anschluss unter dieser Nummer« sagte.

Ein großer Mann schob sich in den düsteren Flur. Als er an dem Haufen mit kompostierbaren Windeln vorbeikam, stieg eine frische Geruchswolke auf.

»Scheiße, die liegen ja immer noch hier!«

»David!«, entfuhr es mir. Das war doch nicht möglich!

»Erik«, verbesserte Wiebke. »Du bist diese Woche dran mit dem Biomüll!«

»Die liegen aber schon seit letzter Woche hier«, sagte David-Erik und raufte sich die dunklen Locken. Er war es tatsächlich. *Er* war der Kapitalist, der intellektuell minderbemittelte Ex-Freund dieser eingebildeten Britt und der Idiot, der seine zauberhafte Villa mit diesen drei Nervensägen teilte.

Mir egal. Endlich erfuhr ich seinen richtigen Namen.

»Felicitas Trost«, sagte ich glücklich, als er mich fragend ansah.

»Sie hätte eventuell Interesse an meinem Zimmer«, erklärte ihm Britt.

Eventuell?! Mein Interesse war brennend. Ich drehte mich zu Wiebke um, rupfte ihr den Zettel aus der Hand und knüllte ihn zusammen.

»Ich glaube, ich habe die falsche Telefonnummer aufgeschrieben«, rief ich. Hastig riss ich ein Blatt aus meinem Taschenkalender, auf das ich die echte Nummer schrieb.

»Ich habe gesagt, zweitausend Mark für die Übernahme der Möbel wär' okay«, sagte Britt zu David-Erik.

»Wie bitte?«, fragte er zurück. »Spinnst du jetzt vollkommen?« Er wandte sich an mich. »Hast du denn keine eigenen Möbel?«

»Doch«, sagte ich.

»Dann räumen wir Britts Möbel in die Scheune, bis wir eine andere Verwendung dafür haben«, sagte er.

»Es sind aber meine Möbel«, rief Britt.

»Dann nimm sie halt mit und verkauf sie wem anders«, sagte Erik. Er war vielleicht doch kein so großer Idiot.

Britt zog einen beleidigten Flunsch. »Und wo, bitte, soll ich die unterstellen?«

»In meiner Scheune«, sagte Erik und lächelte liebenswürdig.

»Ich könnte mir schon vorstellen, hier einzuziehen«, sagte ich.

»Also, wenn du keine Bedenkzeit mehr brauchst, komm doch morgen Abend zu einem Probeessen«, meinte Jürgen. »Dann lernen wir dich ein bisschen näher kennen.«

»Das ist aber nett«, sagte ich erfreut.

»Toll, ausgerechnet, wenn ich mit Kochen dran bin«, murrte Wiebke.

»Die Dings, die Felicitas kann ja was früher kommen und helfen«, schlug Jürgen vor. »Ich fänd' das jedenfalls wichtig, dass wir uns vorher mal kennen lernen.«

Erik sagte nichts. Er betrachtete mich nur nachdenklich. Bei Gelegenheit würde ich ihm sagen müssen, woher wir uns kannten.

»Um wie viel Uhr soll ich hier sein?«, fragte ich.

»Weißt du was über diese Pferdebälle?«, fragte ich Beate. Mir schien es das Beste, mich zwischenzeitlich auf meine Karriere zu konzentrieren.

»Das sind so 'ne Art Gymnastikbälle für die Pferde zum Spielen«, erklärte Beate. »Frag mich aber nicht, wie die funktionieren. Wenn ich du wäre, würde ich zu der Saalbach und der Daubenbüschel gehen. Die beiden müssen solche Info-Aktionen fürs Inland machen.«

Frau Saalbach war allein im Büro. Sie stand vor dem Aktenschrank und kehrte mir den Rücken zu.

»Hallo«, sagte ich fröhlich.

Frau Saalbach drehte sich zu mir um. Ich fand, dass sie heute sehr schick aussah. Sie trug Make-up und eine feine, dunkelrote Bluse, die zu der Farbe ihres Lippenstifts passte.

»Das ist aber eine schöne Bluse«, sagte ich.

»Verarschen kann ich mich selber«, fauchte die Saalbach, wobei ihr Tränen in die Augen schossen. Ich war ehrlich erschrocken. Glücklicherweise kam in diesem Augenblick Frau Daubenbüschel ins Zimmer.

»Mahlzeit«, sagte sie zu mir.

»Hallo«, sagte ich verstört. »Ich wollte nur –«

Frau Daubenbüschels Blick wanderte von mir zu Frau Saalbach hinüber. Sie grinste.

»Kümmern Sie sich nicht um die«, sagte sie. »Die hat nicht alle Tassen im Schrank.«

Ich warf noch einen letzten Blick auf Frau Saalbach, die finster zurückstarrte, und beschloss dann, Frau Daubenbüschels Rat zu folgen und mich nicht mehr um sie zu kümmern.

»Es geht um die Pferdebälle«, sagte ich. »Wissen Sie was darüber?«

»Aber ja«, sagte Frau Daubenbüschel. »Wir arbeiten gerade an unserer Infoaktion. Das heißt, *ich* arbeite. Frau Saalbach hat zu viel damit zu tun, sich über mich zu beschweren.«

»Halten Sie Ihr verfluchtes Schandmaul«, fauchte die Saalbach.

Frau Daubenbüschel reichte mir einen Stapel mit Kopien. »Das hier sind die Pressetexte über die Bälle und eine englischsprachige Produktinformation. Ich habe sie noch nicht übersetzt, sonst würde ich es Ihnen geben.«

»Vielen Dank«, sagte ich. Die englische Produktinformation war sowieso besser für meine ausländischen Kunden geeignet.

»Bei Frau Müller-Seitz können Sie ein Video einsehen, das die Pferde im Spiel mit den Bällen zeigt«, erklärte mir Frau Daubenbüschel noch. »Wenn Sie sie ganz untertänigst darum bitten, heißt das.«

Ich sah mich außer Stande, Frau Müller-Seitz noch einmal aufzusuchen und sie untertänigst um etwas zu bitten. Es würde auch ohne Video gehen. Schließlich habe ich eine blühende Fantasie.

Abends machte ich mich sorgfältig für das Probeessen in Eriks WG zurecht. Ich zog einen ungebleichten Pullover aus ökologischem Baumwollanbau an, obwohl der für diese Jahreszeit viel zu dünn war, und dazu eine Jeans mit Loch überm Knie. Auf Lippenstift und größeres Make-up verzichtete ich, weil ich nicht wusste, ob diese Produkte ohne Tierversuche auf Hautverträglichkeit geprüft worden waren. Der Naturlook stand mir aber ganz gut.

Jürgen kam mir mit einem großen Koffer auf dem Gartenweg entgegen. Es war ein feiner Koffer aus honigfarbenem Leder mit Metallecken, sehr elegant. Er gehörte Britt. Sie war schon dabei, das Turmzimmer für mich zu räumen. Ich traf sie im Wohnzimmer, wo sie das einzig schöne Bild abhängte, eine Fotografie von Mapplethorpe mit einem lebensgroßen, männlichen Arm.

»Das hab' ich Erik mal geschenkt«, sagte sie. »Ich denke, es ist gut, wenn ich es mitnehme.« Sie lächelte mich an. »Eine schmerzliche Erinnerung weniger.«

Ich lächelte säuerlich zurück. Wenn ich erst mal hier wohnte, würde Erik froh sein, dass er Britt so einfach losgeworden war.

Wiebke stand in der Küche und bereitete die Mahlzeit vor. »Gut, dass du kommst«, sagte sie. »Du kannst die Zwiebeln schneiden, ich hasse das!«

Wer tat das nicht! Aber die Tränen konnten meiner dezent aufgetragenen wasserfesten Wimperntusche nichts anhaben. Es sollte Frikadellen, Pellkartoffeln und Salat geben.

»Zur Feier des Tages«, sagte Wiebke. »Denk nicht, dass es hier jeden Tag ein Festessen gibt. Die Gästeumlage beträgt elf achtundsiebzig.«

Ich schob zwölf Mark in den Hintern der Kaffeekasse und durfte dann die Kartoffeln abschrubben und den Salat waschen. Anschließend deckte ich den Tisch.

»Für mich nicht«, sagte Britt, die dabei war, die einzigen schönen Sektgläser aus der Vitrine in einen Karton zu räumen. »Ich bin auf Diät.«

»Sind das nicht meine Gläser?«, erkundigte sich Erik, der eben zur Tür hereinkam. »Hallo, Felicitas. Schön, dass du gekommen bist.«

»Aber wir haben die zusammen ausgesucht! Und wo, bitte, soll ich draus trinken?«, sagte Britt.

Erik zuckte nur mit den Achseln. Vielleicht war er froh, dass Britt alle schmerzlichen Erinnerungen mitnahm. Aber Britt machte da feine Unterschiede.

»Vergiss nicht, die komische Stehlampe mitzunehmen«, sagte Erik, und da sah ihn Britt empört an.

»Das scheußliche Ding? Und wo, bitte, soll ich die hinstellen?«

Das Gleiche galt für den Satz dunkelgrüner Handtücher, den sie Erik wenig später in den Schoß legte.

»Mein neues Bad ist weiß mit Königsblau«, sagte Britt. »Wie meinst du, dass das zu den Handtüchern aussieht?«

»Aber Britt, du kannst doch nicht alles hier lassen, was dir nicht gefällt«, erwiderte Erik sanft.

Britt verdrehte die Augen. »Du bist immer so supergenau. Wenn es dich stört, kannst du es auf dem Flohmarkt verkaufen und mir das Geld geben.«

Aus der Küche roch es angekokelt. »Das Essen ist fertig«, sagte Wiebke. »Wo steckt denn Jürgen?«

»Er macht noch einen Ölwechsel an meinem Auto«, sagte Britt. »Oder willst du, dass ich gleich stehen bleibe?«

»Er ist heute mit Spülen dran«, sagte Wiebke, und da verließ Britt das Zimmer.

Beim Essen sprachen wir dann endlich über meinen und Rothenbergers Einzug. Jürgen und Wiebke hatten sich zusammengesetzt und ein paar Punkte schriftlich aufgelistet, die unbedingt vorher abgeklärt werden mussten. Es war klar, dass ich in Zukunft Britts Aufgaben zu übernehmen hatte. Voller Vorfreude bemerkte ich, dass Wiebke schon Britts Namen aus dem Geschirrspül-, dem Putz- und dem Küchenplan gestrichen und meinen Namen darüber geschrieben hatte. Außerdem sollte ich die Betreuung ihrer Tochter an den Dienstagabenden übernehmen und sonntags, sofern Wiebke etwas anderes vorhatte. Ich erklärte mich damit einverstanden. Ich würde Sara mit zu meinen Eltern nehmen oder mit ihr in den Zoo gehen. Es würde uns schon was Lustiges einfallen.

»Wegen der zweiten Katze möchten wir eine Änderung im Müllplan vornehmen«, sagte Jürgen. »Da die Katzenfutterdosen den größten Teil des Gelben-Sack-Mülls ausmachen, haben wir beschlossen, dass Erik und du als die Katzenbesitzer daher allein für den gelben Müll zuständig seid. Wiebke und ich werden uns darum nicht mehr kümmern.«

»Einverstanden«, sagte ich.

Britt erschien mit einer schwarzen Kiste in der Wohnzimmertür. »Könnte mir vielleicht mal jemand helfen? Ich schaff' das nicht allein ins Auto.«

»Das ist aber doch mein CD-Player«, sagte Erik.

»Der ist echt sauschwer«, meinte Britt.

»Dann lass ihn hier. Es ist sowieso meiner.«

»Ach, und wie, bitte, soll ich dann meine CDs hören?«, fragte Britt. Jürgen stand auf und nahm ihr die Kiste ab. Erik sagte nichts mehr.

»Brauchst du den denn nicht selber?«, erkundigte ich mich flüsternd.

»Ich will mich nicht über solche Kleinigkeiten aufregen«, antwortete Erik, und da sagte ich auch nichts mehr.

Als Jürgen wiederkam, sagte er, dass jetzt nur noch die Sache mit meinem Auto abzuklären sei. Dieses müsste ich an den Tagen, an denen ich es definitiv nicht bräuchte, der Wohngemeinschaft zur Verfügung stellen.

»Ich finde, das geht jetzt zu weit«, sagte Erik. »Außerdem benutzt ihr schon mein Auto ständig.«

Aber Jürgen sah das nicht so. Er und Wiebke, sagte er, verzichteten aus Umweltschutzgründen auf die Vorteile eines eigenen Autos. Da sie aber dennoch die Nachteile wie Abgase und Lärm in Kauf nehmen müssten und letzten Endes auch über die Solidaritätsgemeinschaft unseres so genannten Staates für Eriks Auto und meines zur Kasse gebeten würden, sei es nur recht und billig, dass sie eben diese mitbenützen könnten.

»Nein«, sagte Erik, aber mir war es im Grunde egal, ob jemand mit meinem Auto fuhr, wenn ich es nicht brauchte. Ich erklärte mich einverstanden.

»Gut«, sagte Jürgen. »Dann können wir übers Wochenende den Mietvertrag aufsetzen, und du kannst Montag zur Unterschrift kommen.«

»Tatsächlich?«

Wiebke nickte gnädig, und Erik lächelte mich an. Ich konnte es noch gar nicht fassen! Bald würden er und ich unter einem Dach leben! In der Aufregung hatte ich beinahe das Essen vergessen. Mein Teller war immer noch dreiviertel voll, als Sara wach wurde und ins Wohnzimmer kam.

Wieselflink kletterte sie auf den freien Platz neben mir. Sie reichte mit der Nase gerade eben über die Tischplatte.

»Lichtige Tuhl«, erklärte sie mir ernsthaft.

Ich erriet sofort, was sie meinte. »Du sitzt auf einem richtigen Stuhl, toll! Wie alt bist du denn?«

»Halb zwei!«

Ich lachte laut.

»Sie meint zweieinhalb«, erläuterte Wiebke überflüssigerweise. »Aber du solltest nicht über sie lachen.«

Ich stoppte meinen Heiterkeitsausbruch abrupt.

»Feisch!«, sagte Sara und trommelte mit der Gabel auf den Tisch.

Wiebke zerkleinerte ihr die letzte Frikadelle.

»Mehr Feisch!«, verlangte Sara.

»Es ist aber kein Fleisch mehr da«, sagte Wiebke. »Siehst du, alle haben schon aufgegessen, weil es ihnen so gut geschmeckt hat.« Ihr Blick blieb an meinem vollen Teller kleben. Ich beeilte mich, ihr zwei von meinen Frikadellen abzugeben. Wiebke zerkleinerte sie wortlos.

Als Sara satt war, streckte sie mir ihre Hände entgegen.

»Arm«, sagte sie.

»Mama ist hier«, sagte Wiebke. »Und Sara muss jetzt wieder ins Bett.«

»Ich hab' jetzt soweit alles im Auto«, ließ sich Britt von der Tür vernehmen. »Aber ich weiß echt nicht, wie ich das Zeug nachher in die Wohnung schleppen soll. Die liegt ja im vierten Stock!«

»O weia«, sagte Jürgen. »Ich könnte ja mit dir fahren und dir beim Tragen helfen.«

»Du bist heute mit Spülen dran«, erinnerte ihn Wiebke.

»Ja, toll«, sagte Britt. »Und wie soll ich das bitte ganz allein machen?«

Wiebke verdrehte die Augen.

»Jürgen kann mit dir fahren«, schlug Erik vor. »Ich mache den Spül für ihn.«

»Ich helfe dir«, erbot ich mich, und damit war der schöne Teil des Abends angebrochen. Britt und Jürgen fuhren zu Britts neuem Apartment, und Wiebke verschwand, leise vor sich hin murrend, mit Sara in ihrem Zimmer. Erik und ich waren ganz alleine in der Küche. Wir spülten in schönster Harmonie.

»Meinst du, es wird dir hier gefallen?«, fragte Erik. »Manchmal braucht man schon ein dickes Fell.«

»Ich habe ein dickes Fell«, sagte ich. »Aber deshalb würde ich mir nicht alles gefallen lassen.«

»Ich will eben nicht so egoistisch sein«, sagte Erik. »Obwohl die mir manchmal auch ganz schön auf den Wecker gehen.«

»Ja, es ist schon ziemlich selbstlos, der Ex-Freundin den CD-Player zu schenken, wenn sie in die Wohnung ihres Liebhabers zieht. Man könnte auch sagen, dämlich.«

»Meinst du? Ich mache mir wegen Britt ganz andere Sorgen. Sie hofft doch so, dass dieser Professor seine Frau und seine Familie verlässt. Aber daran glaube ich natürlich nicht. Am Ende wird Britt mit einem gebrochenen Herzen dastehen.«

Ich kannte Britt nicht besonders gut, aber meiner Einschätzung nach war das mit dem gebrochenen Herzen ziemlich unwahrscheinlich. Erik war der mit dem gebrochenen Herzen, denn es war ihm offenbar ein Bedürfnis, über Britt zu sprechen. Ich ließ ihn reden, obwohl das meiste viel zu positiv klang in meinen Ohren. Ich würde Geduld mit ihm haben müssen. Irgendwann würde er schon einsehen, dass ich viel besser zu ihm passte.

Schon vor dem Abtrocknen kam Erik dann auch auf ein anderes Thema zu sprechen. Er wollte wissen, was ich so machte, und ich erzählte ihm ein paar Geschichten aus der Firma. Er lachte so schallend darüber, dass ich die Theorie vom gebrochenen Herzen wieder verwarf.

»Du bist wirklich komisch«, sagte er und sah mich zum ersten Mal an diesem Abend richtig an. Ich wurde sofort ernst.

Das Telefon beendete unsere Romanze, bevor sie begonnen hatte. Es war Jürgen. Er hatte Britts Sachen in ihre Wohnung getragen und wollte nun von Erik abgeholt werden.

»Tja, schade«, sagte Erik zu mir. »Jetzt war es gerade so schön!«

»Warum fährt Jürgen denn nicht mit der Bahn?«, fragte ich. »Das wäre doch viel umweltfreundlicher.«

Aber Erik lachte nur. In diesem Augenblick war ich mir nicht sicher, ob er nur besonders tolerant und großzügig war – oder einfach ein riesengroßer Idiot.

Die elfte Gelegenheit

GEGEN VIERTEL VOR neun kam Klaus Kernig in unser Büro. Ich wollte ihn heute unbedingt noch einmal auf den versprochenen Urlaub zwischen Weihnachten und Neujahr ansprechen. Am Sonntag hatte ich nämlich meine Eltern besucht und war dabei rein zufällig auf Wolf Hoppe beim Ausführen seiner Codewort-Hunde gestoßen. Natürlich hatte ich ihn prompt wegen des Urlaubsproblems angehauen. Zwar hatte er mir nicht versprochen, so autoritär in diese Angelegenheit einzugreifen, wie ich es erhofft hatte, aber immerhin war er auch nicht auf Kernigs Seite.

›Felicitas, chhm‹, hatte er auf seine freundliche Art und Weise geäußert. ›Ich bin sicher, dass du und Herr Kernig, sagen wir mal so, dass ihr beiden euch da einig werdet.‹ Und das würden wir. Jetzt, auf der Stelle!

»Herr Kernig?«, sagte ich, aber Kernig sah mich nicht an.

»Ich brauche die Verträge mit Reiterfreund in Benrath«, sagte er zu Beate, ohne sie dabei anzugucken. »Und was ist mit den Faxen zu Jonassy nach Arizona? Haben Sie die endlich fertig?«

»Guten Morgen«, sagte Beate in ebenso unfreundlichem Tonfall, ohne den Blick vom Bildschirm zu lösen. »Die Reiterfreund-Verträge finden Sie in Ihrem Aktenschrank oben links, in einem gelben Ordner unter R, und die Faxe liegen bereits seit einer Stunde in der Unterschriftsmappe auf Ihrem Schreibtisch.«

»Aha«, sagte Klausi völlig ungeniert. »Frau Trost, heute kommt gegen Mittag ein Kunde aus den Vereinigten Emiraten ins Haus, den Sie während der Dauer seines Besuches bitte persönlich betreuen. Ich werde gleich an der Pforte Bescheid sagen, dass Sie sofort nach unten gerufen werden, wenn der Kunde eintrifft. Ich bin dann ab elf außer Haus!«

»Oh«, rief ich aufgeschreckt. »Ich soll ganz allein ein Verkaufsgespräch führen? Wenn es so ein wichtiger Kunde ist, wieso bleiben Sie dann nicht dabei, Herr Kernig?«

»Ich habe noch andere wichtige Kunden«, antwortete Klausi. »Und Sie sind schließlich zu meiner Entlastung eingestellt worden. Nabadidi ist ein sehr wichtiger Kunde.«

»Ach, und – Herr Kernig, noch mal zu meinem Urlaub. Ich …«

Kernig hob abwehrend die Hände und ging rückwärts zur Tür. »Urlaub? Ist das alles, woran Sie denken können? Sie haben in wenigen Stunden ein wichtiges Verkaufsgespräch. Da sollten Sie sich jetzt drauf konzentrieren, und auf sonst gar nichts!«

»Da ist doch was faul«, sagte Beate, als er verschwunden war.

»Wie meinst du das?« Ich suchte die Nabadidi-Akten aus dem Schrank.

»Wenn der Kunde käme, um hier im großen Stil einzukaufen, würde Kernig das mit Vergnügen selbst in die Hand nehmen. Seine Angestellten lässt er nur die unangenehmen Sachen regeln.«

»Wirklich?« Ängstlich überflog ich die Umsatzliste für

Nabadidi. Allein im letzten Jahr hatte er Bestellungen im Wert von achtzigtausend Mark bei Hoppe und Partner aufgegeben.

»Viertausend mal 1423/11«, sagte ich. »Was will jemand mit so vielen gummibeschichteten Reitgerten in Gelb?«

»Ich sage dir, da stimmt was nicht«, wiederholte Beate. »So einen dicken Fisch betreut der Typ immer persönlich, das kannst du mir glauben.«

Nun, dann war das eben jetzt meine Chance, den dicken Fisch zu angeln und damit zu beweisen, was ich alles drauf hatte. Ich vertiefte mich in die Nabadidi-Akten, bis ich sie beinahe auswendig konnte. Als die Dame von der Pforte mittags endlich »Frau Frost, hier unten sind Kunden für Sie« in das Stentofon schnauzte, war ich bestmöglich vorbereitet. Ich zog meinen dunkelblauen Zopfpullover über den Hintern, strich mir den Nicole-Uphoff-Zopf glatt und atmete tief durch.

»Viel Glück«, sagte Beate mitleidig. »Und denk daran: Was immer auch passieren mag, es ist auf keinen Fall deine Schuld.«

Ich versprach, mir dies gut einzuprägen. An der Pforte warteten ein gut aussehender Herr mit Schnurrbart, Herr Nabadidi – leider im Anzug und nicht im Scheichkostüm, wie ich insgeheim gehofft hatte – und eine bildhübsche junge Frau von höchstens zwanzig.

»Meine Tochter«, erklärte mir der gut aussehende Herr, noch bevor ich auf andere Gedanken kommen konnte. Er sprach perfekt Deutsch. Ich schüttelte beiden die Hand und stellte mich vor.

»Wir sind wegen der Pferdedecke gekommen«, sagte das Mädchen.

Mein Gehirn funktionierte heute ausgezeichnet. Pferdedecken, Hauptkatalog, Seiten 23-27, elf verschiedene Deckentypen in insgesamt fünfundachtzig verschiedenen Ausführungen.

»Hatten Sie da eine bestimmte im Auge?«, fragte ich, während ich meine Gäste mit der Anmut einer Hotelempfangsdame hinauf in den Vorführraum geleitete.

»Die Decke, wegen der wir das Fax an Herrn Kernig geschickt hatten«, sagte das Mädchen.

Fax? Ich stutzte. Sie hatten offenbar ein Fax geschickt, von dem ich nichts wusste. Sicher hatte Kernig vergessen, mir davon zu berichten. Aber nichts ist so fatal wie zuzugeben, dass man nichts weiß. Daher nickte ich nur lächelnd und fragte, ob sie lieber Kaffee oder Tee trinken wollten.

»Wir wollten nur schnell die Decke umtauschen«, sagte der Vater. »Und dann sind wir sofort wieder weg.«

Umtauschen? Ich stutzte ein zweites Mal. Offenbar hatte in besagtem Fax etwas darüber gestanden. Ich räusperte mich beherzt.

»Ja, dann wollen wir das auch sofort in die Wege leiten«, sagte ich. »Haben Sie vielleicht den Bestellschein zur Hand? Oder den Lieferschein?«

Das Mädchen überreichte mir beides und zerrte eine blaue Pferdedecke aus ihrem Rucksack. »Die hat Laurence überhaupt nicht gepasst, obwohl er die gleiche Decke schon einmal hat. Zuerst habe ich gedacht, es sei die falsche Größe, aber dann habe ich ganz genau verglichen: Es steht eine ganz andere Marke auf dem angenähten Etikett. Und dann habe ich im Katalog nachgesehen, aber da ist die Decke abgebildet, die ich beim ersten Mal geliefert bekommen habe.«

Ich identifizierte die Pferdedecke blitzschnell als Artikelnummer 324567 blau gesteppt mit roter Einfassung, atmungsaktives Material. Da hatte ich wochenlang nichts anderes gehört, als dass dies ein Großhandel sei und daher nur Waren in größeren Mengen abgegeben werden konnten, und jetzt hatte ein einziges Mädchen eine einzige Pferdedecke für ihr einziges Pferd bestellt. Aber sicher war dies eine logisch erklärbare Ausnahme, weil der Vater ja eine Firma besaß, die im letzten Jahr viele, viele gelbe Reitgerten gekauft hatte. Bei so einem guten Kunden musste man gewisse Ausnahmen machen. Das war Firmenpolitik, das sah ich auch sofort ein.

Resolut nahm ich dem Mädchen die Decke aus der Hand und sagte: »Am besten gehen wir gleich hinunter ins Lager und schauen nach, ob die richtige Pferdedecke dort vorrätig ist. Dann regeln wir das ganz unkompliziert, und Sie können gleich mal sehen, wie es bei uns im Lager zugeht.«

Wie erwartet waren meine Gäste von den riesigen vier Meter hohen Regalen, voll gestopft mit Reitstiefeln und Trensen, sehr beeindruckt. Sie legten sofort ihre Köpfe in den Nacken und staunten.

»Schauen Sie sich ruhig um«, sagte ich aufgeräumt. »Dort hinten ist etwas ganz Neues zu sehen, nämlich unsere Pferdebälle. Wir sind die ersten Anbieter auf dem deutschen Markt. Ich bin gleich wieder da und erkläre Ihnen, was es damit auf sich hat.«

Die Araber bedankten sich mit einem Lächeln. Nach Herrn Simmel ohne P musste ich nicht lange suchen. Ich hörte ihn schon von weitem brüllen.

»Wat iss denn dat widder für ’ne Bockmist?«, schrie er aufgebracht.

Ich beeilte mich, dem Klang seiner Stimme nachzugehen. Da stand er rotbackig und feist in seinem blauen

Kittel, und vor ihm eine dunkeläugige Frau, die sich ängstlich duckte.

»Ich nicht wissen«, sagte sie.

»Du nischt wissen, du nischt wissen«, brüllte Herr Simmel und schlug mit der Faust auf in Plastikfolie eingeschweißte Bandagen. »Du gar nischts wissen! Vier verschiedene Farben in eine Tüte zu packen! So wat Dämlisches! Wenn du zu doof bist für den Job, geh doch wieder hin, wo du hergekommen bist.«

»Ich nicht wissen«, beteuerte die Frau verschüchtert und zeigte auf die Bandagen. »Mir niemand sagen, wie verpacken!«

»Dat muss man ja auch nischt extra noch sagen«, brüllte Herr Simmel. »Iss doch ganz klar. Wenn du auch nur für zwei Pfennige Verstand in der Ausländerbirne hättest, wüsstestе, dat immer vier gleische Farben in eine Tüte jehören. Ein Pferd hat ja wohl vier Beine, oder nischt?«

»Ich nicht wissen«, sagte die Frau.

»Alles noch mal machen«, schrie Herr Simmel.

»Wenn dat heute Abend nischt rischtisch iss, dann kannste deine Sachen packen und zurück nach Istambul, iss dat klar?«

Die Frau begann, leise vor sich hin schluchzend, die eingeschweißten Bandagen wieder auszupacken.

»Herr Simmel?« Das Empfangsdamenlächeln war in meinem Gesicht leicht festgefroren.

»Ach, nee, dat kleine Frolleinschen vom kleinen Chef.« Herr Simmel schien sich zu freuen. »Ich hab' hier so einen Ärger mit den Ausländern, schlimm. Aber andere kriegste ja nicht für so wat. Die wollen dann alle immer gleich so viel Jälld sehn, ne!«

»Es geht um diese Pferdedecke«, sagte ich kühl und hielt ihm das gute Stück unter die Nase. »Die Kundin sagt, das wäre eine ganz andere als die, die sie vor einem Jahr bestellt hat.«

Herr Simmel fand das nicht weiter erstaunlich.

»Ja, und?«, fragte er.

»Ja und, das ist die falsche Decke«, sagte ich. »Die Kundin hätte gern wieder die, die sie beim ersten Mal auch hatte. Diese hier passt dem Pferd gar nicht.«

Herr Simmel ohne P zog die Decke auseinander. Ich berichtete Herrn Simmel, was ich über Laurence von Arabien und das Herstelleretikett wusste. »Ist ja auch ein ganz anderes Etikett dran als im Katalog abgebildet.«

»Jaja«, sagte Herr Simmel ohne P. »Das ist aber die gleiche Decke, nur von einem anderen Hersteller. Deshalb hat sie ja auch die gleiche Artikelnummer.«

Ich erkannte, dass ich so nicht weiterkam. »Und wenn Sie mal nachschauen, ob die andere Decke noch auf Lager ist, die vom ersten Hersteller? Die, die dem Pferd passte?«

»Nee, da brauch' ich nicht nachzugucken«, sagte Herr Simmel ohne P. »Die andere haben wir nicht mehr. Das sind aber die gleichen.«

Ich seufzte. »Aber wenn die Decke dem Pferd doch nicht passt! Das sind so wichtige Kunden, wirklich. Die haben im letzten Jahr tausende gelber Reitgerten bestellt.«

Genau in diesem Augenblick kamen meine Araber um die Ecke.

»Haben Sie die Decke?«, fragte Herr Nabadidi.

Ich schüttelte bedauernd den Kopf.

»Also, das ist etwas kompliziert«, begann ich, aber Herr Simmel ohne P nahm mir das Wort ab.

»Das habe ich gerade schon erklärt. Das ist genau die gleiche Decke«, sagte er. »Genau die gleiche.«

»Nein, das ist es nicht.« Das Mädchen erzählte noch einmal ausführlich von ihrem Pferd und der anderen Decke und listete sehr präzise sechs Punkte auf, in denen sich die eine Decke von der anderen unterschied. Ich glaubte es ihr mittlerweile aufs Wort.

»Dat iss genau die gleische Decke«, wiederholte Herr Simmel jedoch unbelehrbar. »Entweder Sie nehmen die, oder Sie lassen's sein.«

Ich erlitt einen kurzen Atemstillstand.

»Dann lassen wir es eben sein«, sagte das Mädchen eisig. »So geht das ja nicht. Ich weiß, dass Sie eine völlig andere, minderwertige Decke unter der gleichen Bezeichnung verkaufen, und das nenne ich Betrug. Oder, Papa?«

Der Vater nickte finster.

»Ich glaub', ich werd' nicht mehr«, sagte Herr Simmel sehr laut. Gleich würde er sicher wieder zu brüllen anfangen. Ich konnte ihn im Geiste schon hören: ›Dat iss die gleische Decke, geht dat nischt in Ihre Ausländerbirne? Wenn Se zu doof sind, um 'ne Decke zu kaufen, dann gehn Se doch zurück nach Arabien oder wat!‹ »Ich verstehe, dass Sie die Decke nicht kaufen wollen«, plapperte ich schnell los. »Wenn sie Ihrem Pferd nicht passt, was sollen Sie dann damit, nicht wahr? Wir werden die einfach zurücknehmen. Das ist zwar sehr schade, dass genau die Decke, mit der Sie so gut zurechtkommen, aus dem Programm genommen wurde, aber das kommt manchmal vor, dass man den Hersteller wechselt. In der Regel sind wir natürlich darauf bedacht, dadurch eine Verbesserung der Qualität zu erreichen. Ich werde daher Ihre völlig korrekten Reklamationen an unsere Einkaufsabteilung weiterleiten.«

Herr Simmel sah mich an, als hätte ich den Verstand

verloren, aber Herr Nabadidi nickte grimmig. Er sah aus, als habe er soeben den Entschluss gefasst, nie wieder auch nur eine einzige gelbe Reitgerte bei uns zu bestellen.

»Ja, dann werden wir die Decke wohl umtauschen.«

»Die lassen wir gleich hier unten bei Herrn Simmel«, sagte ich und setzte mein Empfangsdamenlächeln wieder auf. »Und oben regeln wir die Formalitäten bei einer guten Tasse Tee. Ich finde, die haben Sie sich nach dem Durcheinander wirklich verdient.«

»He«, rief Herr Simmel hinter uns her. »Das geht aber nicht so einfach. Da müssen Sie mir erst mal den Lieferschein zeigen und bei der Buchhaltung einen Beleg holen, dass die Decke überhaupt bezahlt war. Da kann ja sonst jeder kommen. Ich brauche auch die Auftragsnummer, bevor ich die Ware zurücknehme!«

»Herr Simmel«, zischte ich über meine Schulter. »Ich komme in spätestens einer halben Stunde zurück, und dann regeln wir das ganz in Ruhe, ja?«

»So geht das aber nicht«, brüllte Herr Simmel, aber da waren wir glücklicherweise schon durch die Tür. Oben im Vorführraum goss ich meinen guten Earl Grey Tee in die Tassen und nahm selber drei kräftige Schlucke.

»Ein sehr unhöflicher Mann«, sagte Herr Nabadidi und meinte Herrn Simmel ohne P.

»Ja«, stimmte ich zu. »Aber im Grunde eine herzensgute Seele.« Gott, was für einen Blödsinn ich redete! Herr Simmel hatte weder Herz noch Seele. Aber was tat man nicht alles zum Wohle der Firma! »Diese Pferdebälle, die haben mir sehr gefallen«, sagte das Mädchen versöhnlich.

»Ja, nicht wahr?« Ich strahlte. »Das sind ganz wunderbare Bälle. Ich habe ein Video dazu gesehen, das hätte Ihnen sicher auch gefallen. Alle Welt möchte diese

Bälle kaufen. Die sind in der nächsten Saison *der* Verkaufsschlager.«

»Ich würde gerne einen für Laurence kaufen«, sagte das Mädchen.

»Bei unserer nächsten Bestellung«, ergänzte der Vater.

Halleluja!

»Ach ja«, meinte das Mädchen. »Ich bräuchte noch einen Führstrick für Laurence. Könnte ich den sofort mitnehmen?«

Aber selbstverständlich. »Welche Farbe? Und welche Qualität?«

»Den blauen«, sagte das Mädchen. »Mit Karabinerhaken.«

»Artikelnummer 698465«, hauchte ich. »Eine Sekunde, ich bin gleich wieder da.« Ich rauschte noch ganz empfangsdamenmäßig aus dem Zimmer, um dann den Gang entlangzurennen, die Treppe hinab und runter ins Lager in rekordverdächtiger Zeit. Aus Zeitgründen beschloss ich, das gewünschte Objekt einfach zu entwenden und Herrn Simmel den Sachverhalt später ausführlich auseinander zu setzen. Durch eine glückliche Fügung des Schicksals war exakt der gewünschte Führstrick, Kaufpreis sieben Mark fünfundneunzig inklusive Mehrwertsteuer, vorrätig.

»Wunderbar«, sagte das Mädchen, als ich ihr den Führstrick überreichte.

»Ja, Sie sind wirklich sehr flink und kompetent«, lobte mich auch der Vater und erhob sich. »Wenn Sie nicht wären, hätte ich jetzt keine gute Meinung mehr von Ihrem Hause. In den nächsten vierzehn Tagen können Sie mit unserem Auftrag rechnen. Vierhundert Paar Reitstiefel.«

»Die zweihundertzehn Mark für die Decke verrechnen wir dann mit dem Führstrick«, sagte ich atemlos.

»Aber wenn Sie statt einer Gutschrift lieber möchten, dass wir die Summe mit der nächsten Bestellung verrechnen, müssen Sie es mir nur sagen.«

»Sie werden das schon richtig machen«, sagte Herr Nabadidi vertrauensvoll.

Im Triumphzug geleitete ich die beiden an die Pforte zurück. Auf dem Gang aber stand uns Frau Stattelmann im Weg.

»Ist das hier eine Prozedur?«, fragte sie.

Ich nahm an, dass sie »Prozession« meinte, war mir aber nicht ganz sicher. Vielleicht meinte Frau Stattelmann mit Prozession ja so etwas wie eine lustige Polonaise und wollte gerne mitspielen? Von mir aus gern. Ich lächelte ihr aufmunternd zu.

»Sind das die Kunden mit der Pferdedecke?«, fragte sie mich, als wären die Leute taubstumm.

»Ja«, antwortete ich. »Sie wollen gerade gehen.«

»Herr Simmel hat mich darüber informiert«, erklärte die Stattelmann. »Das geht aber nicht so einfach mit der Umtauscherei hier, hat Ihnen das denn keiner erklärt?«

»Das regeln wir gleich, wenn ich die Herrschaften an die Pforte gebracht habe«, sagte ich verzweifelt lächelnd. »Ich habe die betreffenden Rechnungen, Liefer- und Auftragsscheine nebenan im Ordner.«

»Ja, aber so geht das nicht mit einem Umtausch, Frau – äh – Trost. Auch wenn Sie neu sind: Dafür können Sie nicht einfach neue Regeln aufstellen.«

»Nicht jetzt, Frau Stattelmann«, sagte ich flehend. »Ich bin gleich wieder da.«

»Da kann ja am Ende jeder kommen«, sagte die Stattelmann und musterte meine beiden Araber, als habe sie ihren Steckbrief bereits an jeder Litfaßsäule hängen sehen.

Ihr Blick blieb an dem blauen Führstrick haften.

»Was ist *das*?«, rief sie empört.

»Ein Führstrick«, erklärte ich. »Den verrechnen wir einfach mit der Gutschrift für die Decke. Aber das machen wir gleich, ja?«

»Ein Führstrick? Einfach so, ohne Rechnung? Ja, glauben Sie denn, Sie könnten unsere Waren hier verschenken, wie Sie gerade lustig sind?«

Es war hoffnungslos. Mir blieb nichts anderes übrig, als die Stattelmann bis auf weiteres zu ignorieren, denn ich sah ganz deutlich, dass Herrn Nabadidis Schnurrbart unheilvoll zu beben begann. Kurz entschlossen schob ich ihn und seine Tochter weiter vorwärts.

»So geht das nicht!«, rief die Stattelmann hinter uns her. »So nicht!«

»Sehr unhöfliche Person«, sagte Herr Nabadidi mit bebendem Schnurrbart.

»Ihr Mann ist vor einem Monat verstorben«, log ich spontan. »Seitdem ist sie nicht mehr die alte.«

»Vielen Dank für Ihre freundliche Betreuung«, meinte Herr Nabadidi und schüttelte mir die Hand. »Sie sind wirklich eine Bereicherung für dieses Unternehmen.«

Leider war nur Frau Hellmann von der Pforte Zeuge dieser Worte. Ich war trotzdem glücklich. Als die Araber durch die Drehtüre verschwunden waren, lächelte ich Frau Hellmann an.

»Das habe ich gut gemacht«, sagte ich zu ihr, mich ganz an Beates Rat haltend, dass man sich in dieser Firma immer selber loben musste. Ohne eine Bestätigung abzuwarten, rannte ich wieder die Treppe hinauf, kopierte in Windeseile die entsprechenden Lieferscheine, Rechnungen und Auftragsformulare, die unglückselige Decke betreffend, und eilte damit in Frau Stattelmanns Büro.

Sie musterte mich sehr kühl von oben bis unten, so wie eine erboste Lehrerin einen unartigen Schüler mustert.

»Ich glaubte, ich hätte Hazinullationen«, sagte sie, und ich wusste sofort, dass sie damit keine verschärften Niesanfälle meinte. »Verschenken hier einfach Waren. Ich glaube es Ihnen wohl.«

»Das ist alles ein wenig kompliziert«, sagte ich, immer noch glücklich lächelnd. Und dann setzte ich ihr den ganzen Sachverhalt auseinander. Wie diese Pferdedecke, die Laurence dem Araber nicht gepasst hatte, beinahe die hervorragenden Geschäftsverbindungen der Firma Hoppe mit Nabadidi Inc. zerstört hatte und dass nun die sieben Mark fünfundneunzig, die der Führstrick kostete, einfach mit den zweihundertundzehn Mark, die wir dem Kunden wegen der Pferdedecke schuldeten, verrechnet werden könnten. Oder aber mit der nächsten Bestellung, die in allernächster Zeit einträfe.

»Über *vierhundert* Paar Stiefel!«, jubilierte ich.

»Sind wir hier ein türkischer Bazar?«, fragte Frau Stattelmann und sah mich sehr streng an.

Ich hielt die Frage für rein rhetorisch und legte Frau Stattelmann die Kopien auf den Tisch.

»Ob das hier ein türkischer Bazar ist, hatte ich Sie gefragt«, wiederholte die Stattelmann beinahe schreiend.

»Nein«, antwortete ich eingeschüchtert.

»Dann frage ich Sie, was Ihnen denn einfällt, hier einfach so herumzumaniküren! Das ist doch wirklich die Höhe!«

»Wenn ich die Leute jetzt noch mit solchen Formalitäten belästigt hätte, dann hätten wir jetzt einen Kunden weniger«, wagte ich zu meiner Verteidigung vorzubringen. »Verstehen Sie das denn nicht?«

»*Ich* verstehe alles«, behauptete die Stattelmann. »Sie sind es, die hier noch viel lernen muss.«

»Ja«, sagte ich, empört über so viel Ungerechtigkeit. »Offensichtlich, dass Teamwork für Sie ein Fremdwort ist.« Und nicht nur Teamwork, setzte ich in Gedanken hinzu, als ich den Raum verließ.

Die übrigen Kopien brachte ich hinab ins Lager zu Herrn Simmel ohne P. Die kleine dunkeläugige Frau war dabei, die Bandagen wieder in Folie einzuschweißen, diesmal nach Farben sortiert. Sie weinte noch immer.

»Ich nicht wissen«, sagte sie zu mir. »Niemand mich erklären.«

»Woher sollten Sie auch?«, sagte ich mitleidig. »Wenn es Ihnen doch niemand erklärt hat.«

»Mann schreit immer«, erklärte mir die Frau. »Immer mir. Jeden Tag.«

»Der ist doch ein Prolet«, sagte ich zu ihr.

Die Frau kannte das Wort nicht.

»Ein minderbemittelter Blödmann«, ergänzte ich. »Herr Simmel ist ein richtiger Blödmann.«

Da lächelte die Frau. »Und impotentes Sackgesicht«, sagte sie.

Ich fand das Sackgesicht in der anderen Ecke des Lagers.

»Isch habbet schon jehört«, sagte er schadenfroh. »Da hat man Ihnen ganz schön den hübschen Kopf gewaschen, wat?«

»Nicht, dass ich wüsste«, entgegnete ich kühl und reichte ihm die Kopien. »Im Gegenteil: Ich habe soeben einen Auftrag über vierhundert Paar Reitstiefel gerettet.« Das konnte man gar nicht oft genug sagen!

Aber Herr Simmel ohne P schenkte meinen Worten

keine Beachtung. »Da müssen Sie noch viel lernen, Frolleinschen, wat? So wat bringen die einem beim Studieren nischt bei, nur, wie man seine Nase schön hoch träscht, wat?«

Die zwölfte Gelegenheit

Durch die Pferdedeckengeschichte war so viel Arbeit liegen geblieben, dass ich zwei Überstunden machen musste, um mit den Bestellungen nachzukommen. Anschließend fuhr ich gleich in den Dornröschenweg, um den Mietvertrag zu unterschreiben.

Die Haustüre war nur angelehnt. Ich klopfte an, bevor ich eintrat, aber niemand antwortete. Im Flur empfing mich die mittlerweile vertraute Geruchsmischung aus Knoblauch, Kaffee und kompostierbaren Windeln – und Wiebke.

»Ach, du bist das«, sagte sie. »Sei bitte leise, Sara schläft schon.«

»Wo sind denn die anderen?«

Wiebke zeigte auf die Wohnzimmertüre. »Sie kümmern sich wieder mal nur um Britt. Vielleicht kommst du besser später noch mal wieder.«

Hinter ihr öffnete sich die Tür und Sara stand auf der Schwelle.

»Arm!«, sagte sie zu mir.

»Ach, Scheiße, jetzt hast du sie geweckt«, sagte Wiebke, schob Sara zurück ins Zimmer und schloss die Tür von innen.

Ich wartete einen Augenblick, aber sie kam nicht wieder. Im Dämmerlicht sah ich jetzt einen Koffer stehen, daneben einen kamelfarbenen Mantel und einen Plüschbären, achtlos auf den Boden geworfen. Es war ein feiner lederner Koffer mit Metallbeschlägen, den ich schon einmal gesehen hatte. Britts Koffer.

Mir schwante Böses. Dennoch wagte ich mich weiter vor, öffnete die Tür zum Wohnzimmer und sagte laut: »Hallo!«

Auf dem Sofa vor dem Kamin unter einem besonders groß dimensionierten Scheiße-Graffiti saß Britt. Sie hatte sich in die Embryostellung gerollt und hielt ein Kissen an die Brust gedrückt. Ihre Haare waren zerzaust, das Gesicht tränenüberströmt. Sie sah trotzdem reizend aus. Zu ihren Füßen hockten Jürgen und Erik, beiden stand Mitleid und Sorge ins Gesicht geschrieben. Jürgen streichelte Britts linke Seite, Erik ihre rechte.

»Ach, du bist das!«, sagte Jürgen, als er meiner ansichtig wurde.

»Felicitas!« Erik sah mich an, als käme ich von einem anderen Stern. Immerhin wusste er noch meinen Namen.

»Britt ist wieder eingezogen«, erklärte mir Jürgen überflüssigerweise.

»Nur vorübergehend«, schniefte Britt. »Bis Bertold mir eine neue Wohnung gesucht hat.«

»Der Sohn von ihrem Professor hat hier einen Studienplatz gekriegt«, ergänzte Erik. »Und jetzt möchte die Frau vom Professor, dass er das Apartment kriegt.«

»Die ist ja so gemein! Immer muss er tun, was sie will«, schluchzte Britt. »Wo ist mein Teddy? Ich brauche meinen Teddy.«

Erik und Jürgen sprangen beide auf.

»Erik soll ihn holen«, bestimmte Britt schniefend.

Jürgen fügte sich sofort. »Ein heißer Tee würde dir jetzt auch gut tun«, sagte er und eilte in die Küche.

»Mir auch«, murmelte ich.

Britt betrachtete mich unwillig. »Es gibt Leute, die merken einfach nicht, wenn sie stören«, sagte sie.

Erik legte ihr den Teddy in die Arme. »Felicitas ist gekommen, um den Mietvertrag zu unterschreiben. Wir konnten ja nicht wissen, dass das mit dem Apartment nicht klappt.«

»Oh«, seufzte Britt, und ihre Tränen begannen wieder zu fließen. »Das konnte ich ja auch nicht wissen. Könnt ihr euch eigentlich vorstellen, wie ich mich fühle?«

»Es ist besser, wir bringen sie nach oben in ihr Bett«, meinte Jürgen, zurück aus der Küche. »Sie ist ja völlig fertig.«

Britt hängte sich bereitwillig schluchzend an seinen Arm.

»Du kannst den Tee nachbringen, Erik«, sagte Jürgen und führte Britt aus dem Zimmer. An der Tür drehte sie sich noch einmal um.

»Du hättest sowieso nicht hierher gepasst«, sagte sie zu mir.

Erik lächelte mich verlegen an. »Ich finde das nicht«, meinte er. »Ich hatte mich schon auf deinen Einzug gefreut, ehrlich. Aber wir konnten Britt schließlich nicht einfach vor die Tür setzen.«

Ich sagte nichts, mich wieder mal ganz an die weisen Ratschläge aus dem Volksmund haltend: Ein Blick sagt mehr als tausend Worte, Reden ist Silber, Schweigen ist Gold, und Dummheit und Stolz sitzen auf einem Holz.

»Weißt du«, fuhr Erik fort, »ich finde das hier alles auch nicht immer gut. Aber ich kann ja schlecht alle rausschmeißen.«

Warum eigentlich nicht? Ich an seiner Stelle hätte es jedenfalls längst getan. Unaufgefordert strebte ich der Haustür zu. Erik folgte mir.

»Du bist uns doch nicht böse, oder?«

»Nö«, sagte ich. Britt hatte ja Recht, ich hätte ohnehin nicht hierher gepasst. Der einzige Grund, der für einen Einzug gesprochen hatte, war Erik gewesen. Aber der war, ehrlich gesagt, von himmelschreiender Einfältigkeit. Ich betrachtete Britts Besitztümer an der Flurwand. Sie schienen mir nicht ganz vollzählig.

»Wo ist denn dein CD-Player?«, erkundigte ich mich.

»Er ist noch in dem Apartment. Britt sagt, der Professor sagt, sein Sohn könne ihn sicher gut gebrauchen. Von mir aus kann er ihn vorerst behalten. Ich habe sowieso kaum Zeit zum Musikhören.«

»Bist du bescheuert?«, entfuhr es mir.

»Es tut mir echt Leid«, sagte Erik.

Mir tat es auch Leid. So wie es aussah, stand meinem Rückzug ins Kinderzimmer nun nichts mehr entgegen.

Ich brachte dennoch ein Lächeln zu Stande. »Dann fahr' ich jetzt mal. Wiedersehen.«

»Wiedersehen.« Erik öffnete mir die Tür. Dann räusperte er sich.

»Ähm, Felicitas.«

Hoffnungsvoll blieb ich stehen.

»Erik!«, schrie Britt von oben. »Mir geht es soooo schlecht. Ich brauch' dich jetzt. Lass mich nicht allein! Bitte!«

»Ich komme!«, rief Erik. Schon halb auf dem Weg nach oben, drehte er sich noch einmal zu mir um. »Ich ruf' dich an«, sagte er, und es klang beinahe fröhlich.

Am nächsten Morgen kam Kernig zeitig in unser Büro gestürzt, grußlos wie immer.

»Guten Morgen, Herr Kernig«, rief ich. Ich brannte nur

so darauf, ihm zu erzählen, wie wunderbar ich die Sache mit den stinkreichen Arabern und der Pferdedecke gemanagt hatte. Die Karriere war alles, was mir geblieben war.

Aber Kernig war furchtbar in Eile.

»Wo ist der Ordner mit den ganzen Dings?«, fragte er.

Ich zog hilflos die Achseln hoch. »Mit was?«

Kernig öffnete den Aktenschrank und murmelte: »Der Dings-Ordner, Sie wissen schon. Es ist dringend, ich habe den Mann nebenan an der Strippe.«

»Welchen Mann?«, fragte ich und warf Beate einen verzweifelten Blick zu. Sie verdrehte bloß die Augen. Kernig fand, was er gesucht hatte. Er klemmte sich einen blauen Ordner unter den Arm und verließ den Raum, ohne die Türe hinter sich zu schließen.

»Wirklich«, murmelte er dabei säuerlich vor sich hin. »Alles muss man selber machen.«

»Schönen guten Morgen auch«, rief Beate hinter ihm her.

»Ich wollte ihm so gerne erzählen, wie ich gestern den dicken Auftrag gerettet habe«, sagte ich zu ihr.

»Vergiss es«, meinte Beate. »Der wird dich niemals für irgendetwas loben. Wenn du Lob brauchst, lob dich selber, hab' ich doch schon mal gesagt!«

Ich war geknickt. Aber es sollte noch schlimmer kommen.

Am frühen Nachmittag quäkte Kernigs Stimme durch das Stentofon. »Frau Trost, kommen Sie mal zu mir.«

Ich ließ sofort alles stehen und liegen und sprang auf.

»Wenigstens bitte könnte er ja sagen«, murrte Beate.

Ich rannte nach nebenan.

»Hier bin ich«, sagte ich und lächelte Kernig an.

»Das sehe ich«, entgegnete er mürrisch. »Ich habe da was mit Ihnen zu besprechen, wegen der Kunden, die Sie gestern betreut haben.«

Also doch. Das hatte ich so gut geregelt, da kam selbst Kernig an einem Lob nicht vorbei! Da er mir keinen Platz anbot, blieb ich erwartungsfroh vor seinem Schreibtisch stehen.

»Ich habe gehört, da hat es Probleme gegeben«, sagte Kernig und kramte in seinen Papieren herum.

»Ja, aber die habe ich alle gelöst, Herr Kernig«, trompetete ich unbescheiden. »Der Kunde hat einen dicken Auftrag für nächsten Monat angekündigt.« Und das ist alles mein Verdienst, Klausi-Mausi, ist das nicht toll?

Kernig hob kurz den Blick.

»Man hat sich über Sie beschwert«, bemerkte er tonlos.

Ich war völlig überrascht. »Worüber? Wer? In welchem Zusammenhang?«

»Ich will keine Namen nennen«, meinte Kernig. »Aber es heißt ganz allgemein, dass Sie Ihre Kompetenzen überschreiten und sich nicht an die Regeln des Hauses halten.«

»Ich? Aber wobei denn?«

»Ich möchte da gar nicht lange draufrumreiten«, erklärte Kernig. »Halten Sie sich zukünftig einfach an Ihre Anweisungen. Das war es auch schon.«

Er drückte die Tasten seines Stentofons nieder. »Reisdorf! Ich brauche die Akten von Pferdeglück in Karlsruhe.«

»Aber –« Ich war völlig perplex. »Ich hatte die Aufgabe, uns den Kunden zu erhalten – und der war echt sauer, das können Sie mir glauben. Ich musste sehr, sehr diplomatisch sein, um ihn überhaupt bei der Stange zu halten. Der nächste Auftrag wäre sonst an die Konkurrenz gegangen. Wer hat sich über mich beschwert? Und warum?«

»Nun, jetzt lassen Sie es doch gut sein«, sagte Kernig. »Jeder macht mal einen Fehler, besonders als Anfänger. Hauptsache, Sie lernen daraus.«

»Ich kann nur aus einem Fehler lernen, wenn ich weiß, was ich überhaupt falsch gemacht habe«, erklärte ich zunehmend wütend.

Die nette Anja Reisdorf, die die Ablage machte, kam mit zwei Aktenordnern zur Tür herein. »Hier sind die Unterlagen von Pferdeglück Karlsruhe«, sagte sie und lächelte mir zu.

Kernig knurrte etwas Unverständliches zum Dank. Hastig schlug er einen der Ordner auf. »Da können wir ein anderes Mal drüber reden, Frau Trost.«

Anja Reisdorf verschwand so lautlos, wie sie gekommen war. Aber ich wollte noch nicht gehen.

»Wer hat gesagt, ich überschreite meine Kompetenzen? Und in welchem Zusammenhang?«, fragte ich laut.

»Wenn Sie es denn unbedingt wissen müssen«, seufzte Kernig. »Es war Frau Stattelmann, die sich über Ihr eigenmächtiges Vorgehen beschwert hat. Aber ich habe ihr auch gleich erklärt, dass Sie sich noch nicht so gut mit den Gepflogenheiten des Hauses auskennen.«

Ich platzte beinahe vor Wut.

»Hat Frau Stattelmann Ihnen den Sachverhalt denn auch genau auseinander gesetzt?«, wollte ich wissen. »Das war nämlich so –«

Kernig hob abwehrend seine Hände.

»Bitte«, unterbrach er mich. »Das ist doch wirklich kindisch. Haben Sie denn nichts zu tun?«

»Haben Sie das auch zu der Stattelmann gesagt?«, rief

ich. »Wenn Sie mich kritisieren, müssen Sie mir auch die Gelegenheit geben, meine Sicht der Dinge darzulegen. Ich bin nämlich absolut im Recht. Ich habe nur zum Vorteil der Firma gehandelt. Wenn es nach Frau Stattelmann gegangen wäre, hätten wir den Kunden verloren.«

Kernig stöhnte. Er presste seine Finger auf die Tasten seines Stentofons.

»Reisdorf«, fauchte er hinein. »Sie haben mir die falschen Akten gebracht.«

»Vielleicht sollten wir die Angelegenheit gemeinsam mit Frau Stattelmann aus dem Weg schaffen«, schlug ich vor. Ich war fest entschlossen, nicht zu wanken und zu weichen, bevor die Sache ein für allemal geregelt war.

Kernig stöhnte wieder. »Nun machen Sie aus einer Mücke doch keinen Elefanten, Frau Trost.«

Ich starrte ihn wütend an, aber er hielt seinen Blick stur auf die Papiere vor sich gerichtet. Es fehlte nicht viel, und ich hätte mit der Lochzange auf ihn eingedroschen. Zum Glück für ihn klopfte in diesem Augenblick Anja Reisdorf wieder an die offene Türe.

»Ich sollte Ihnen die Unterlagen von Pferdeglück in Karlsruhe bringen«, sagte sie sehr höflich. »Und das habe ich getan. Da liegen sie.«

Kernig gab den Ordnern vor sich einen heftigen Schubs.

»Das haben Sie nicht. Das hier sind die Unterlagen von Nageler Sport in Karlsruhe.«

»Nageler Sport und Pferdeglück sind identisch«, erklärte Anja ruhig. »Ich dachte, Sie wüssten, dass der Firmeninhaber Nageler heißt.«

Da hatte er's, der Dummkopf!

»Sie sind hier nicht zum Denken angestellt, sondern

für die Ablage«, schnauzte Kernig. »Und jetzt seien Sie bitte alle beide so gut, und gehen Sie an Ihre Arbeit. Dafür werden Sie schließlich bezahlt.«

Ich knallte die Tür hinter mir zu.

»Kleines Arschloch«, sagte ich draußen und zitterte immer noch vor Wut. »Sie sind hier nicht zum Denken angestellt … – Was würde der wohl machen, wenn die anderen nicht für ihn mitdenken würden?«

Anja zuckte mit den Schultern. »Wenn man ihn lange genug kennt, tut er einem nur noch Leid.«

Ich bewunderte ihre Gelassenheit. »Wie machst du das nur?«

»Kickboxen«, erklärte Anja. »Nach Feierabend. Fünfmal die Woche. Da baue ich im Nu alle meine Aggressionen ab.«

»Ich müsste Tag und Nacht Kickboxen, um meine Aggressionen abzubauen«, seufzte ich.

»Die Stattelmann sagt, ich überschreite meine Kompetenzen«, erklärte ich Beate, als ich mich wieder in meinen Bürostuhl hatte fallen lassen.

»Ach, was. Die kennt so ein schweres Wort überhaupt nicht. Die hat höchstens gesagt: Die Trost überschreitet ihre Komponenten. Oder Konferenzen.« Beate lachte. »Oder Koniphäen! Haha. Die Trost überschreitet ihre Koniphäen, das hat sie gesagt, ich kann es mir lebhaft vorstellen.«

Mir war nicht nach Lachen zumute. Beate versuchte, mich abzulenken.

»Bist du an Silvester in Köln?«, fragte sie.

»Leider ja«, knurrte ich. »Normalerweise sind wir über Weihnachten und Neujahr immer in der Schweiz. Aber ich bekomme ja keinen Urlaub.«

»Nee«, sagte Beate, »und nächstes Jahr bekommst du

auch keinen, und wenn sie's dir auf die Bibel schwören. Zwischen Weihnachten und Neujahr wirst du hier niemals Urlaub nehmen können, weil da immer das kleine Arschloch Urlaub macht.«

»Dann bin ich Weihnachten ganz alleine. Zwei Wochen lang«, sagte ich selbstmitleidig.

»Prima«, sagte Beate und freute sich, »dann kannst du ja zu meiner Silvesterparty kommen.«

»Ja, vielleicht.« Ich hatte Ninas Party noch nicht verdaut.

»Dieses Jahr möchte ich, dass alle kostümiert kommen«, teilte Beate mir mit. »Das wird bestimmt lustiger.«

Ich begann trübselig, die liegen gebliebenen Bestellungen in den Computer zu hacken. Kundennummer 241194, Pferdeglück in Karlsruhe, aha, Artikelnummer 134267/PON, Sattelschnurengurt Nylon, weiß, elfmal.

»Hör mal, wenn wir nicht bald was gegen den Fluch unternehmen, mit dem man dich belegt hat, könnte es zu spät sein.«

»Wie meinst du das?«

»Ja, merkst du denn nicht, wie sich das Ganze langsam zuspitzt? Es wird doch immer schlimmer mit dir. Wenn du mich ließest, würde ich endlich Maßnahmen für einen wirksamen Gegenzauber ergreifen.«

»Also gut«, sagte ich lustlos. »Dann tu was.«

Beate lächelte leicht. Einen winzigen Augenblick lang schien es mir, als schielten ihre Augen plötzlich, und ihre Nase wurde lang und spitz. Ich blinzelte irritiert, und Beate sah wieder aus wie vorher.

Während ich mich erneut meinen Bestellungen widmete, vertiefte sie sich in die Tageszeitung.

»Jetzt hör mal, was hier steht: Schnepper Kostümverleih, ganzjährig Braut- und Festtagsmoden, über 2000 verschiedene historische Kostüme, große Auswahl. Wie findest du das?«

Artikelnummer 113515/52, Damenreithosen mit verstärkter Seitennaht, olivgrün, Größe 52. Das arme Pferd!

»Das ist doch *die* Idee. Wir beide in historischen Kostümen auf meinem Silvesterball«, sagte Beate begeistert. »Da gehen wir gleich nach Feierabend hin!«

Schnepper Kostümverleih war ein großer Laden mit bräutlich verschleierten Blondinen und Mädchenpuppen in Kommunionkleidern im Schaufenster. Freiwillig wäre ich dort nicht hineingegangen, aber Beate zog mich mit Gewalt durch die Eingangstür.

Im Erdgeschoss wurden Braut- und Festmoden verliehen. Die Kostüme waren im Keller untergebracht. Eine ältere Verkäuferin schritt vor uns her die Treppe hinunter und knipste das Licht an. Die Kostüme hingen auf langen Kleiderstangen in Reihen. Es roch ziemlich muffig.

»Jetzt ist einfach noch keine Saison für Kostüme«, sagte die Verkäuferin entschuldigend. »Das hier sind die Nonnen und Mönche. Die werden sehr gern von Gruppen genommen.«

»Und passen auch noch im neunten Monat«, raunte Beate. »Wir wollen was Figurbetontes.«

»Hier sind unsere Musketiere, die Flickenclowns und die Funkenmariechen«, fuhr die Verkäuferin fort. »Die historischen Kostüme hängen dort drüben.«

Wir stürzten sofort nach dort drüben. Auf dem bezeichneten Kleiderständer hingen eine Menge dunkler Lappen.

»Was ist das?«, fragte Beate, und die Enttäuschung stand ihr ins Gesicht geschrieben.

»Das sind unsere historischen Kostüme«, wiederholte die Verkäuferin. »Burgfräuleins für die Dame, Ritter für den Herrn.«

Ich holte ein Burgfräuleinkostüm vom Kleiderbügel. Es bestand aus einem formlosen braunen Filzmieder über einer weißen Dirndlbluse und einem schlaffen schwarzen Baumwollrock. Ganz klar mehr Burgstallmelkmagd als Burgfräulein. Unter historischen Kostümen hatte ich mir etwas anderes vorgestellt. Kleider wie aus dem Opernfundus, schwere, raschelnde Seidenröcke, bestickter Brokat und authentisch geschnürte Mieder, die tiefe Einblicke gewährten wie zu Zeiten Ludwigs XIV.

»Ist das alles?«, fragte ich.

»Dazu kommt natürlich noch eine Kopfbedeckung.«

Die Verkäuferin hielt mir eine Haube hin, die aussah wie die Schlafzimmerlampe meiner Oma.

»Nein«, sagte ich und schüttelte den Kopf. »Ich hatte mir etwas anderes vorgestellt.«

Die Verkäuferin führte uns wortlos ein Kellergewölbe weiter. Auch hier wieder Kleiderstangen, soweit das Auge reichte.

»Das hier sind unsere Rokokokostüme«, erklärte sie stolz. Rokoko, na bitte! Das war auch historisch. Ich sah mich schon in einem Marie-Antoinette-Kleid mit Schönheitspflästerchen und weiß gepuderten Haaren an einem Fächer aus Elfenbein knabbern.

Aber bei näherer Betrachtung entpuppten sich die Rokokokleider als nicht mal annähernd Marie-Antoinettemäßig. Es waren ganz einfach umgearbeitete ausgediente Brautkleider von der Etage drüber, nach Größen sortiert und über viele Brautkleidgenerationen hinweg gesammelt. Sie waren lediglich mit buntem Tüll und glitzernden Litzen etwas verfremdet und sahen genauso aus wie die Prinzessinnenkleider kleiner Mädchen. Trotzdem – ich fühlte mich magisch von ihnen angezogen. Beate schien es genauso zu gehen.

»Ich wollte immer mal so ein richtiges Hochzeitskleid anprobieren«, sagte sie und fügte entschuldigend hinzu: »Ich habe in Mini geheiratet. Das war damals modern.«

»Oh«, sagte ich und holte ein Brautkleid mit himmelblauem Tüll und Schleifen von der Stange. Es hatte eine lang verdrängte Erinnerung in mir geweckt. An Karneval hatte ich immer eine Prinzessin sein wollen. Alle Mädchen in meiner Klasse wurden wenigstens einmal im Leben Prinzessin. Sie trugen so hübsche kleine Krönchen auf dem Kopf. Und wenn sie umhergingen, raschelten und schwangen ihre langen Kleider um sie herum. Natalie Hoppe war immer Prinzessin geworden. Karneval war die einzige Zeit, in der ich vor ihrer Nachmacherei Ruhe hatte. Ich wurde von meiner Mutter als zünftiger Clown oder Schornsteinfeger kostümiert, und weder Natalie noch ihre Mutter fanden eine solche Verkleidung für Natalie angemessen. Ihre Prinzessinnenkleider wurden jedes Jahr neu von einer Schneiderin gefertigt. Das Brautkleid in meiner Hand sah ganz genauso aus wie das Kleid, das Natalie als Schneekönigin getragen hatte.

»Wenigstens *eins* könnten wir ja mal anprobieren«, schlug ich vor. »Die sind so scheußlich, dass sie schon fast wieder schön sind.«

Ich schlüpfte zuerst in das Schneeköniginnenkleid. Die Verkäuferin zog mir den Reißverschluss zu und band eine riesige Tüllschleife auf meinem Rücken. Ich eilte vor den Spiegel.

»So doch nicht.« Die Verkäuferin lächelte nachsichtig. »Da gehören noch die Reifröcke dazu.« Die Reifröcke lagen in Haufen auf dem Fußboden. Ich nahm den mit dem allergrößten Reifen.

»Wie sehe ich aus?«, fragte ich Beate, die sich in ein primelgelbes Volantkleid zwängte.

Beate lachte sich halb tot.

»Das können Sie tragen, mit der Taille«, meinte die Verkäuferin. »Aber der Ausschnitt sitzt nicht so, wie es sein sollte. Probieren Sie mal was in sechsunddreißig.«

Sie half mir aus der himmelblauen Wolke und reichte mir eine reich verzierte Geschmacksverirrung in Weiß-Gold. Größe 36 spannte um Brust und Taille. Trotzdem gefiel ich mir darin ungemein.

»Jibbet dat Teil auch in achtunddreißig?«, fragte ich die Verkäuferin.

»Das sind alles Unikate.« Ja, klar. Das leuchtete ein. Ich betrachtete mich begeistert im Spiegel. Wenn ich bis Silvester ein, zwei Kilo abnahm, würde es schon gehen. Allein das Dekolletee war's wert. Dem Pfarrer musste es in der Kirche bei der Erstnutzung ganz schön schwer gefallen sein, sich auf seinen Text zu konzentrieren, damals, als das Kleid noch reinweiß gewesen war. Beate stellte sich mit dem Primelgelben neben mich vor den Spiegel.

»Na? Wie findest du mich?«

»Du siehst aus wie eine überfahrene Telefonzelle«, antwortete ich und kicherte. »Ich nehm' das hier.«

»Das ist eine gute Wahl«, fand die Verkäuferin. »Wenn Sie bis zum Fest noch ein bisschen Diät halten.« Sie hatte es also auch gesehen.

Beate nahm ein rüschiges Gebilde in Rosa von der Stange. Die Verkäuferin eilte herbei, um ihr den Reißverschluss zu schließen.

»Wie Dornröschen«, flüsterte ich hingerissen. »Fehlt nur noch ein Krönchen!«

»Sieht gut aus, oder?«, fragte Beate. »Vielleicht sollte ich es auch für den Medizinerball im Februar ausleihen.«

Bei dem Wort »Medizinerball« veränderte sich der Gesichtsausdruck der Verkäuferin merklich. Wo vorher eher genervte Langeweile zu lesen gewesen war, standen jetzt Dienstbeflissenheit und Respekt geschrieben. Beate schien es nicht zu bemerken.

»Die Kronen sind da drüben«, sagte die Verkäuferin und wies mit der Hand ans andere Ende des Gewölbes. »Und auch die Hütchen und die Schleier. Die Leute vom Hildegardiskrankenhaus kommen ja auch jedes Jahr für den Medizinerball. Diese Saison gehen alle geschlossen als Mönche und Nonnen.«

»Wie interessant«, murmelte Beate irritiert.

Wir rafften unsere weiten Röcke und folgten der Verkäuferin zu den Kronen. Die Kopfbedeckungen füllten Regale über die gesamte Wandbreite, und allein die Kronen beanspruchten zwei Quadratmeter für sich. Es gab kleine verschnörkelte, die man auf dem Scheitel trug, oder zackige Reifen, die man wie einen Hut aufsetzte. Ich raffte nach einer goldenen mit falschen Rubinen und seufzte begeistert.

Die Verkäuferin hustete. »Das geht jetzt seit drei Wochen so«, sagte sie zu Beate. »Ich habe ja Antibiotikas dagegen verschrieben gekriegt. Aber heute hatte ich solche Kopfschmerzen, dass ich zwei Aspirine genommen habe. Könnte es sein, dass sich die nicht mit dem Antibiotika vertragen?«

»Antibiotikum, Singular«, verbesserte Beate zerstreut. Sie hatte immer noch nicht gemerkt, dass die Verkäuferin sie für eine Ärztin hielt, seit sie die Bemerkung über den Medizinerball gemacht hatte.

»Antibiotikum«, wiederholte die Verkäuferin artig. »Man trägt auch gern die Feenhüte zu den Rokokokleidern.«

Sie reichte Beate eine spitze, glitterbesetzte Schultüte mit einem Tüllschleier. Genauso eine hatte Natalie Hoppe als Königin der Nacht getragen. Ich war hin und her gerissen. Hütchen oder Krönchen, das war hier die Frage. Die Verkäuferin trat noch näher an Beate heran und öffnete den Mund weit.

»Da«, sagte sie und zeigte mit dem Finger in ihre Mundhöhle. »Letztes Jahr hatte ich was ganz Seltenes. Da hab' ich in der Uniklinik mit gelegen. Speiseröhrenentzündung. Das war was, sag' ich Ihnen. Dabei hat es ganz harmlos mit Sodbrennen angefangen.«

Beate glotzte hilflos in den Verkäuferinnenschlund.

»Aha, aha«, meinte sie. Es klang ganz ärztinnenhaft.

Ich blickte abwechselnd auf die Krone und das reizende Hütchen und konnte mich immer noch nicht entscheiden.

»Was soll ich nehmen?«

Beate löste ihren Blick von der Speiseröhre der Verkäuferin und betrachtete mich. »Kein Mensch wird das komisch finden«, meinte sie. »Jeder wird merken, wie ernst uns die Sache im Grunde ist.«

»Mir egal«, sagte ich und drückte die Rubinkrone an meine Brust. »Was nimmst du, Hut oder Krone?«

Die Verkäuferin besann sich auf ihre Aufgabe, klappte den Mund zu und verpasste Beate ein Glitzerhütchen mit einem pinkfarbenen Schleier.

»Perfekt«, behauptete sie, aber Beate war noch nicht überzeugt.

Während ich mich vor dem Spiegel mit meiner Krone

drehte und wendete, schritt sie mit raschelnden Röcken die Regale ab.

»Meine Schwester wäre ja bei der Geburt ihrer Tochter beinahe gestorben«, erzählte ihr die Verkäuferin. »Das ist jetzt vier Jahre her. In der Uniklinik. Ein Doktor Würger oder Würfel oder so. Was der sich da geleistet hat, das grenzt an ein Wunder, sage ich immer.«

»Das ist es!«, schrie Beate und hielt triumphierend einen Goldhelm mit zwei riesigen Hörnern in die Höhe.

»Das ist ein Wikingerhelm«, erklärte die Verkäuferin leicht pikiert. »Die Barbarenkostüme hängen nebenan.«

Beate setzte sich den Helm auf den Kopf. »Das ist komisch«, rief sie. »Den nehme ich.«

Die Verkäuferin guckte befremdet. Ich lachte. Beate hatte recht. Das war komisch. Ich warf meine Krone auf den Haufen zu ihresgleichen und wollte auch den Helm anprobieren. Bei mir sah er noch besser aus, weil er wie das Kleid ganz in Gold und Weiß gehalten war. Ich strahlte mein Spiegelbild beglückt an. Mit der kriegerischen Kopfbedeckung, den zwei Kuhhörnern und dem stramm sitzenden Kleid sah ich aus wie eine germanische Prinzessin. Eine sehr wehrhafte germanische Prinzessin.

»Brunhilde!«, schrie ich. »Ich bin Brunhilde!«

»Das ist mein Helm«, quengelte Beate. »Ich habe ihn zuerst gesehen.«

»Der ist auch nur einmal da«, sagte die Verkäuferin streng. »Aber wenn Sie denn unbedingt einen Helm wollen, wie wäre es mit dem hier?«

Sie hielt uns einen Helm mit weißen Flügelchen und dünnen, roten Zöpfchen hin. Da sie Beate für eine Ärztin hielt, hatte sie sich wohl entschlossen, großzügig über deren Marotten hinwegzusehen.

»*Der* ist komisch«, rief ich eifrig. »Nimm den.«

Beate setzte das Ding auf und schaute in den Spiegel. »Nein«, meinte sie. »Der andere stand mir besser.«

»Aber darauf kommt es doch nicht an«, sagte ich flehentlich. »Hauptsache, es ist komisch.«

»Dann tauschen wir«, schlug Beate vor und hielt mir den Geflügelten hin. Aber den wollte ich nicht. Der Kuhhelm war wie für mich gemacht. Die Verkäuferin suchte fieberhaft nach einem ähnlichen Helm für die Frau Doktor. Schließlich fand sie den gleichen noch einmal. Aber mit nur einem Horn. Wo das andere gesessen hatte, war ein rundes Loch.

»Leider«, sagte sie bedauernd und wollte ihn wieder weglegen.

»Warten Sie«, rief Beate und riss ihr das Ding aus der Hand. »Her mit dem Einhorn!« Sie schob sich das Horn in die Stirn und stopfte ihre Haare durch das Loch auf dem Hinterkopf. Es sah so richtig schön bescheuert aus.

»Lustig«, rief ich und überlegte, ob ich vielleicht doch den Brunhildenhelm gegen den Einhörnigen tauschen sollte. Aber Beate wollte den Helm behalten.

»HORNröschen«, schrie sie. »Ich bin Hornröschen!«

Ich lachte. Die Verkäuferin nickte zufrieden.

»Was meinen Sie denn jetzt?«, fragte sie. »Kann ich das Aspirin ruhig zusammen mit den Antibiotikums nehmen?«

»Nein«, sagte Beate streng. »Das Antibiotikum müssen sie mindestens sechs Tage regelmäßig durchnehmen. Bei frühzeitiger Absetzung kann es zu schlimmen Rückfällen kommen!«

Die Verkäuferin lächelte dankbar. Na bitte, Antibiotikums, Brunhilde und Hornröschen, für jeden etwas!

Die dreizehnte Gelegenheit

WEIL MEINE ELTERN pünktlich am zwanzigsten Dezember mit Oma in die Schweiz aufbrechen wollten, war mein Umzug auf das Wochenende davor verlegt worden. Am letzten Abend in der Wohnung leerte ich ganz allein eine Flasche Sekt, die in keiner der Umzugskisten mehr Platz gefunden hatte. Als die Flasche leer war, trat ich hinaus auf den Balkon und rätselte, ob es gelingen könnte, sich von hier in den Tod zu stürzen. Da ich im ersten Stock wohnte, kam ich zu dem Schluss, dass ich schon kopfüber springen müsste, um erfolgreich zu sein. Und auch dann konnte es bei meiner derzeitigen Glückssträhne passieren, dass ich bis zum Hals in aufgeweichter Erde steckte, völlig unverletzt. Ich überlegte, ob Frau Kellermann aus dem obersten Stock mir wohl erlauben würde, mich von ihrem Balkon zu stürzen, als das Telefon klingelte.

Es war Erik.

»Ich wollte nur mal hören, wie es dir geht«, sagte er. »Gut, und selbst?«, fragte ich zurück.

»Hier ist wieder alles beim Alten«, sagte Erik, was immer das auch heißen mochte. »Es könnte gut sein, dass der Sohn von Britts Professor sich für ein Studiensemester an der California University entscheidet, und dann kann Britt doch in das Apartment ziehen. Jedenfalls für ein Jahr. Du könntest also wieder …«

»Nein, danke«, entgegnete ich kühl. »Ich suche keine

Bleibe für ein Jahr. Außerdem habe ich bereits eine bessere Wohnung in Aussicht.«

Erik machte eine kleine Pause. »Tja«, meinte er dann. »Das ist schade, aber ich kann es verstehen. Ich wollte dir auch noch sagen, dass ich mir meinen CD-Player zurückgeholt habe. Du hattest Recht, ich war wirklich bescheuert.«

»Ja«, sagte ich. Wenn's nur der CD-Player gewesen wäre.

»Vielleicht hast du ja Lust ...«

»Erik!« hörte ich eine empörte weibliche Stimme im Hintergrund rufen. »Es ist nach neun.«

»Tatsächlich? Ich hatte gar nicht auf die Uhr gesehen«, sagte Erik. »Entschuldige, Felicitas, aber Freitagabend zwischen neun und elf muss die Leitung immer frei sein. Falls Britts Professor anruft. Ich melde mich in den nächsten Tagen noch mal bei dir, einverstanden?«

»Okay«, sagte ich, aber als er aufgelegt hatte, fiel mir ein, dass ich ab morgen ja nicht mehr unter dieser Nummer zu erreichen war. Der Arme würde sich die Finger wund wählen.

Ich rief sofort zurück, um das zu verhindern.

»Ja, hallo«, hauchte jemand in den Hörer. Wenn ich es nicht besser gewusst hätte, wäre ich der Vermutung erlegen, bei einer Telefonsexgesellschaft gelandet zu sein.

»Hallo, Felicitas Trost hier. Ich hätte gern kurz mal mit Erik gesprochen.«

»Das geht jetzt nicht«, sagte Britt kurz angebunden. »Ich erwarte einen wichtigen Anruf.«

Und damit legte sie einfach auf. Als ich es später noch einmal versuchte, war besetzt.

Mein Vater hatte einen Lastwagen gemietet, in den meine Habseligkeiten viermal hineingepasst hätten. Mit dem Ding stand er um halb neun morgens vor der Haustüre. Ich war längst wach und bereit. Das Telefon hatte mich rechtzeitig geweckt.

»Ja, guten Tag, hier ist Simone. Ist Ihr Sohn da?«

Simone. Samstagmorgen. Pünktlich um halb acht. Zum letzten Mal.

»Guten Morgen, Simone«, sagte ich freundlich.

»Kann ich bitte den Mike sprechen?«

»Sofort. Aber bitte sag mir vorher noch, wie ich aussehe. Bin ich dick? Braun oder blond? Habe ich Dauerwellen? Trage ich Steghosen und Lurexpullover? Benutze ich türkisfarbenen Lidschatten?«

»Was?«

»Bitte leg jetzt nicht auf, Simone. Es ist wirklich wichtig für mich. Heißt mein Mann Manni? Sitzt er im Unterhemd vor der Sportschau und trinkt Bier aus der Dose? Haben wir einen Schäferhund? Simone?« Aber Simone hatte aufgelegt. Einfach so. Jetzt würde ich nie erfahren, wie mein Schäferhund hieß.

Till, Robert und Nina kamen ebenfalls zum Helfen, und bis elf Uhr vormittags war die Wohnung leergeräumt. Mein Vater fuhr mit dem Lastwagen und Robert nach Hause, und Nina musste Kristin bei ihrer Schwiegermutter abholen.

Till blieb mit mir, Rothenberger und dem Katzenklo in der leeren Wohnung zurück. Er spachtelte die Krater in der Bettzimmerwand zu, die beim Herunterbrechen des Regals entstanden waren.

»Wie gut, dass ich das Regal nicht wieder angedübelt hab'«, meinte er zufrieden. »Das wäre doch wirklich umsonst gewesen.«

»Wie geht es deiner Freundin?«, fragte ich.

»Welcher?«, fragte Till zurück.

»Der zweiundzwanzigjährigen Jurastudentin mit den langen blonden Locken und der wundervollen Lasagne.«

»Ach der«, sagte Till leichthin. »Die ist nicht mehr aktuell.«

»Das tut mir aber Leid«, meinte ich. »Sie hatte so einen schönen Namen.«

»Ach, die wird das schon verschmerzen, so jung wie die ist.«

»*Du* hast Schluss gemacht, nicht die?«, fragte ich ungläubig. »Aber warum?«

»Sie wollte, dass ich endlich mit meiner Diplomarbeit anfange«, erklärte Till.

»Eine Zumutung! Wo du doch erst im neunzehnten Semester bist. Mit der hätte ich auch Schluss gemacht.«

»Und dann hat sie gesagt, dass sie mich liebt!«

»Das wird ja immer schlimmer. Wie kann man nur so was Widerliches zu seinem Freund sagen? Du Armer!«

»Außerdem gibt es da noch eine andere«, fügte Till hinzu. »Viel reifer als Daria.«

»Wie reif?«

»Dreiundzwanzig. Und echt süß.«

»Ich hasse dich«, sagte ich.

Meine Eltern feierten meine Heimkehr mit einer Maraschinotorte, meinem Lieblingskuchen. Sie taten so, als wäre ich für immer nach Hause gekommen.

»Wenn du möchtest, kannst du im Flur neben deinem Zimmer eine kleine Kochzeile installieren«, teilte mir meine Mutter mit. »Dein Vater hat gesagt, dafür muss nur ein Starkstromanschluss gelegt werden.«

»Das lohnt sich doch nicht«, sagte ich. »In ein paar Wochen werde ich eine andere Wohnung gefunden haben.«

»Ja, natürlich, Schätzchen«, sagte meine Mutter so nachgiebig und sanft, als würde sie mit einer Geisteskranken sprechen.

»Ich möchte auch einen anderen Job«, erklärte ich. »Ich halte das einfach nicht mehr aus bei Hoppe.«

Meine Eltern tauschten einen besorgten Blick.

»Du arbeitest gerade mal zwei Wochen da«, sagte mein Vater vorsichtig. »Meinst du nicht, du bist ein bisschen voreilig?«

»Nein«, sagte ich. »Ich will einen anderen Job. Einen richtigen. Einen mit einem netten, normalen Chef, der meine Arbeit wertschätzt.«

»Das verstehen wir ja«, meinte meine Mutter. »Aber wenn er dich nur lange genug kennt, wird er schon merken, was er an dir hat. Und dann macht dir die Arbeit auch Spaß.«

»Nein«, sagte ich. »Ich wäre in spätestens einem halben Jahr reif für die geschlossene Anstalt. Artikelnummer 111390, Steigbügelriemen, enorm reißfest, mit verstärkten Dornlöchern, formbeständig und pflegeleicht in Braun und Schwarz, und Artikelnummer 674532, der Torgriff mit Feder und Haken aus unserem Weidezaunprogramm. So was den ganzen Tag lang zu hören, macht krank, versteht ihr das denn nicht?«

Meine Eltern schüttelten verständnislos die Köpfe.

»Wo willst du dich denn bewerben?«, fragte mein Vater.

Ich zuckte mit den Schultern.

»Da kommst du nur vom Regen in die Traufe«, meinte mein Vater mit pädagogisch gerunzelten Augenbrauen. »Vielleicht versuchst du einfach mal herauszufinden, was du am allerliebsten tun würdest.«

»Du meinst, wenn ich freie Jobauswahl hätte?« Ich

dachte darüber nach. Sofort hatte ich wieder ein bestimmtes Bild vor Augen: Haus mit Kirschbaum und Schaukel im Garten – und einer rosenumrankten Gartenlaube, in der ich sitzen und über das Leben nachdenken würde.

»Na?«, fragte mein Vater.

»Nichts«, seufzte ich. »Am allerliebsten würde ich *nichts* tun.«

Meine Eltern tauschten wieder besorgte Blicke. »Wenn du dich bewerben willst, dann musst du das natürlich systematisch angehen«, sagte mein Vater schließlich. »Als erstes: Sind deine Bewerbungsunterlagen vollständig? Und wenn ja, was kann man daran verbessern?«

»Oh, eine Menge«, meinte ich. »Ich brauche neue Bewerbungsfotos. Auf denen, die ich habe, sehe ich aus wie ein beleidigtes Kommunionskind.«

»Siehst du«, sagte mein Vater. »Mit den Fotos machst du den Anfang!«

Tills alter Kumpel Ollie, der die Saas Fee-Skireise organisiert hatte, betätigte sich als Fotograf, zwar nur hobbymäßig, aber das Ergebnis war in der Regel sehr ansehnlich. Ich beschloss, ihn wegen der Fotos anzurufen.

Ollie war nach dem ersten Klingeln am Telefon.

»Anette? Wir können auch nur kuscheln, wenn du willst.«

»Felicitas«, verbesserte ich. »Und eigentlich wollte ich nicht kuscheln.«

Ollie schwieg zwei Sekunden. Dann hustete er verlegen.

»Ich dachte, du wärst jemand anders«, sagte er.

»Ist Anette deine Freundin?«, erkundigte ich mich neugierig.

»So gut wie«, erwiderte Ollie. »Sagen wir mal, ich arbeite daran. Aber schön, dass du anrufst.«

»Wenn ich dir ungefähr fünfzig Mark gebe, könntest du dann Schwarzweiß-Portraits von mir machen, bis nächste Woche entwickeln und Abzüge in Passbildformat herstellen?«, fragte ich in einem Anfall von Geiz.

»Ja, klar«, sagte Ollie begeistert. »Ich habe mir gerade eine neue Fotoleuchte gekauft. Wann kommst du her?«

»Von mir aus jetzt gleich«, schlug ich vor und biss mir im selben Augenblick erschrocken auf die Lippen. Schlimm genug, wenn man an einem Samstagabend nichts Besseres vorhat als Bewerbungsfotos machen zu lassen, noch schlimmer ist es aber wohl, das auch noch offen zuzugeben. Doch Ollie hatte wohl auch nichts Besseres vor. Offenbar rechnete er heute Abend nicht mehr mit Anette.

»Prima!« Er freute sich offensichtlich. »So um sieben?«

»In Ordnung«, sagte ich erleichtert.

Ich wusch mir die Haare und brachte sie mit Mamas Heißluftlockenwicklern richtig in Schwung. Mit dem Make-up ging ich ebenfalls nicht sparsam um, schließlich kann man für Schwarzweiß-Fotos ruhig ein bisschen dicker auftragen.

»Wie schön, dass du wieder mal unter Leute gehst«, meinte meine Mutter, als ich mich verabschiedete. »Komm aber nicht zu spät nach –« Sie stockte.

Mein Vater lachte etwas gezwungen. »Das wird uns sicher noch öfter passieren«, sagte er. »So schnell gewöhnt man sich nicht daran, plötzlich eine erwachsene Tochter im Haus zu haben.«

»Ja«, sagte ich. Ich würde mich auch niemals daran gewöhnen. »Ich komme trotzdem nicht zu spät.«

Ollie wohnte in der Innenstadt, und ich musste mindestens fünfmal um den Block fahren, bevor ich eine Parklücke fand.

»Ich habe den ganzen Nachmittag aufgeräumt«, behauptete Ollie, als er mir die Tür öffnete. »Aber vielleicht wirst du es immer noch etwas unordentlich finden.«

Da hatte er Recht. Angesichts der herumliegenden Klamottenberge und leer gegessenen Joghurtbecher, in denen noch diverse Löffel voll bröckligem Joghurt steckten, mochte man sich kaum vorstellen, wie es vorher ausgesehen hatte.

Ollie kam gleich zur Sache. Er stellte mich vor eine weiße Leinwand und tauchte den Raum mithilfe beschirmter Lampen in gleißend helles Licht.

»Ich habe neulich assistiert, bei dem Fotografen, der unseren Kanzler für die Wahlkampagnen ablichtet«, berichtete er beiläufig. »Ich durfte unserem Kanzler den Belichtungsmesser an die Backe halten.«

»Das war sicher toll«, sagte ich und zog unauffällig die Haut an meinen Wangen ein, als Ollie mir den Belichtungsmesser ans Gesicht hielt.

»Wir brauchen Puder«, sagte er.

»Ich bin so dick gepudert wie noch nie in meinem Leben«, erklärte ich, aber Ollie holte trotzdem eine vergammelte Dose und einen staubigen Pinsel aus seinem Fotoköfferchen.

Ich hatte ein wenig Bedenken, als er mich damit bestäubte – man konnte schließlich nicht wissen, an wessen Wange Pinsel und Puder schon geklebt hatten –, beruhigte mich aber mit der Tatsache, dass keine Bakterie die dicke Make-up-Schicht zu durchdringen in der Lage war, mit der ich mein Gesicht bereits bedeckt hatte.

Ollie stakte durch die Müllberge ans andere Ende des Raumes. Dort stand seine Kamera auf einem Stativ. Es war ein angenehmes Gefühl, das Objektiv und den

Fotografen so weit weg zu wissen. Man war irgendwie ungehemmter auf diese Distanz.

»Und jetzt guck mal so, wie du auf den Personalchef wirken willst«, verlangte Ollie.

Ich versuchte also, gleichzeitig kompetent und kreativ, teamfähig und zuverlässig, ehrlich und loyal zu gucken. Ollie betätigte den Auslöser.

Als der Film ungefähr zur Hälfte voll war, wagte ich auch mal ein Lächeln.

»Gut«, fand Ollie. »Das wirkt irgendwie optimistisch.«

Dass ich derzeit optimistisch wirken könnte, hielt ich zwar für ausgeschlossen, aber ich lächelte dennoch tapfer weiter. Nach sechs Minuten war der Film voll.

»Sollen wir noch einen verschießen?«, fragte Ollie.

»Was meinst du denn? Waren die bis jetzt gut?«

»Ich denke doch«, sagte Ollie.

»Dann lassen wir das mit dem zweiten Film«, meinte ich. »Es wird schon ein Foto dabei sein, was sich eignet.«

»Ja, dann«, sagte Ollie und schaltete die Lampen wieder aus. Übrig blieb nur eine kleine verstaubte Funzel in der Ecke, deren spärliches Licht den Raum irgendwie verschönte.

»Du hast nicht zufällig noch Lust, ein Glas Wein zu trinken?«

Doch, hatte ich, und Zeit ohne Ende. Ich schob ein paar Jacken und Hosen zur Seite und setzte mich auf Ollies Sofa. Ollie holte den Wein und zwei Gläser. Dann schob er seine Klamotten noch ein Stückchen weiter und setzte sich neben mich.

»Erzähl mal«, sagte er. »Was gibt's Neues?«

»Im Wesentlichen nichts«, sagte ich. »Und bei dir? Hast du noch mal was von Heinz-Peter und Konsorten gehört?«

Ollie sagte, dass er die aus seinem Gedächtnis gestrichen habe. »Ich weiß nicht mal mehr Heinz-Peters Nachnamen«, erklärte er.

»Sicher irgendwas mit A«, meinte ich, und da lachte Ollie und legte seinen Arm um meine Schulter.

»Mit dir kann man so unheimlich viel Spaß haben«, sagte er. »Hölle, bist du aber verspannt.«

»Ja«, gab ich zu und hob meine Schultern. »Das kommt vom ewigen Sitzen vor dem Computer.«

Ollie begann, meinen Nacken zu massieren. Ich fand das sehr nett von ihm. Aber nach einer Weile fand ich, dass es jetzt genug sei.

»Das tut gut«, sagte ich. »Jetzt werde ich viel gelöster nach Hause fahren.«

»Erst bin ich aber dran«, meinte Ollie, und ehe ich mich's versah, streifte er sein Sweatshirt ab, klappte die Rücklehne des Sofas herab und warf sich bäuchlings auf das Polster.

»Bei mir ist es auch der Nacken«, murmelte er in die Matratze. »Total verspannt.«

Ich knetete ein paar Minuten seine Nackenmuskulatur durch. Ollie stöhnte wohlig.

»Und weiter unten ist es auch total verspannt«, meinte er nach einer Weile. Ich knetete widerwillig etwas weiter unten. Da griffen seine Hände hinter sich und begannen, an meinen Oberschenkeln auf und ab zu fahren.

»He«, sagte ich und brach die Massage ab.

Ollie drehte sich auf den Rücken. »He, was?«, fragte er.

»He, lass deine Finger bei dir.«

»Und warum? Sag mir einen Grund, der dagegen spricht, dass wir beide uns ein bisschen miteinander amüsieren!«

Ich bohrte meinen Zeigefinger in Ollies Bauchnabel. »Sag mir einen Grund, der dafür spricht«, forderte ich.

»Wir sind eben einfach hier«, sagte Ollie. »Wir sind hier und haben Zeit für Sex miteinander.«

»Ich finde, dafür braucht man ein bisschen mehr als Zeit.«

»Was denn?« Ollie setzte sich auf. »Jetzt komm mir nicht mit Liebe und so was. Von dir hätte ich nicht gedacht, dass du so spießige Ansichten hast.«

»Ich meinte nicht Liebe«, verteidigte ich mich. »Obwohl die nicht schaden kann. Ich spreche von Leidenschaft. Vom berühmten Kribbeln im Magen. Von diesem schwer kontrollierbaren Gefühl irgendwo hier.« Ich stieß meinen Zeigefinger noch tiefer in seinen Bauchnabel. »Ich meine, dieses Gefühl, das einem sagt: Jetzt muss es einfach sein.«

»Genau das Gefühl habe ich jetzt«, behauptete Ollie und streichelte wieder über meinen Oberschenkel. »Ehrlich.«

Ich nahm meinen Zeigefinger aus seinem Bauchnabel.

»Aber ich nicht«, sagte ich und erhob mich.

Ollie ließ sich nach hinten fallen.

»Scheiße«, sagte er. »Till hat nie gesagt, dass du so prüde bist. Liegt es vielleicht an mir?«

»Ach, Ollie, jetzt kapier doch mal. Sex ist nicht einfach abrufbar, so auf Zeit. Das spielt sich doch viel mehr im Kopf ab. Und ich habe einfach keine Lust auf einen – ähm – Partner, von dem ich genau weiß, dass nicht ich der Auslöser des – ähm – des Bedürfnisses bin, das er verspürt, sondern die Tatsache, dass er seit – seit wie vielen Wochen? – keinen Sex mehr hatte.«

Ollie schloss seine Augen. »Was denkst denn du? Ich

hatte noch letzte Woche Sex. Ich kann jederzeit Sex haben, wenn ich will.«

Ja, ja, wer's glaubt. Ich zog meinen Mantel an.

»Wir können auch nur kuscheln!«, rief Ollie mir hinterher.

Meine Eltern saßen noch vor dem Fernseher, als ich nach Hause kam.

»Da hat eine Beate für dich angerufen, Kind«, sagte meine Mutter »Du sollst sie zurückrufen.«

Ich fröstelte. »Dann mach' ich das jetzt gleich, wenn es geht.«

»Natürlich geht das«, rief mein Vater hastig. »Du wohnst ja schließlich jetzt hier.«

Seufzend wählte ich Beates Nummer.

»Ich habe heute in meinen Büchern geblättert«, sagte sie.

»In was für Büchern?«

»Du weißt schon, den Hexenbüchern. Ich war auf der Suche nach einem Gegenzauber für deinen Fluch.«

»Ach ja, der Fluch. Der ist sicher auch für den heutigen gelungenen Abend zuständig.«

Beate lachte, als sie hörte, was mir widerfahren war.

»Ich glaube nicht, dass daran der Fluch schuld war«, meinte sie. »Das ist einfach typisch Mann.«

»Ich finde das nicht komisch.«

»*Daran* ist der Fluch schuld, an deiner Humorlosigkeit! Jetzt hör doch mal, was ich gefunden habe: ein todsicheres Mittel, einen Fluch von sich abzuwenden. Man braucht dafür diverse Zutaten und die Ursache des Fluchs.«

»Tja«, sagte ich. »Daran wird es dann wohl scheitern. Ich weiß nicht, wer oder was mich verflucht hat.«

»Manchmal können es scheinbar ganz unbedeutende Kleinigkeiten sein, die einem Unglück bringen. Geschenke von vermeintlichen Freunden zum Beispiel. Wusstest du, dass ein geschenktes Feuerzeug sieben Jahre Unglück bringt? Oder ein Schmuckstück mit Onyx? Oder ein Geduldsspiel? Ein Taschenspiegel? Eine Sense, ein Reif aus Menschenhaar, ein leerer Bilderrahmen?«

»Niemand hat mir in letzter Zeit eine Sense geschenkt«, sagte ich humorlos. »Und auch nichts von dem anderen Kram. Das kann es also nicht gewesen sein.«

»Dann eben etwas anderes«, fuhr Beate hartnäckig fort. »Denk nach!«

»Da war nichts«, sagte ich. »Außer vielleicht ...–« Carolines Kettenbrief fiel mir wieder ein. Damit hatte alles Unheil seinen Anfang genommen.

»Das ist es«, rief Beate aufgeregt. »Du musst den Brief finden und mitbringen. Den ganzen Rest, die Zutaten und das alles, das werde ich besorgen. Irgendwo in der Nähe gibt es so einen Voodoo-Laden, in dem man das Zeug kaufen kann. Genau so einen Laden, wie ich auch aufmachen will.«

»Kauf nichts ein, bevor ich den blöden Brief nicht gefunden habe. Vermutlich ist er beim Umzug weggekommen oder längst vorher im Altpapier gelandet.«

»Du musst ihn finden«, beschwor mich Beate. »Wenn man einen Fluch mit ins neue Jahr nimmt, wird es noch viel schwerer, ihn loszuwerden.«

»Ich werde danach suchen«, versprach ich und legte auf.

Die vierzehnte Gelegenheit

SOGAR DER WEIHNACHTSEINKAUF war mir in diesem Jahr verleidet. Das lag nicht zuletzt daran, dass meine Eltern mir nahe gelegt hatten, für Roswitha und Wolf Hoppe ein Geschenk zu besorgen. Und für Natalie auch, das sei eine nette Geste, wo sie mir doch so geholfen hätten.

»Ich fürchte, mein Budget wird dieses Jahr für solche Extravaganzen nicht ausreichen«, sagte ich und putzte meine rote Schnupfennase. Ein Wintervirus hatte mich gepackt und mit rot triefenden Augen und einem dick geschwollenen Riechorgan gesegnet.

»Nur eine Kleinigkeit«, beharrte meine Mutter. »Damit sie deinen guten Willen erkennen. Und deine gute Erziehung.«

»Ich denke nicht daran, mein hart verdientes Geld für Natalie zum Fenster rauszuschmeißen.«

Meine Eltern schüttelten wieder mal bekümmert die Köpfe. Sie konnten und wollten meine Meinung über die Hoppes und ihre vermeintliche Großmut einfach nicht teilen. Zur Strafe kaufte ich ihnen eine ledergebundene Gesamtausgabe von Dostojewski zu Weihnachten. Da alle Bände zusammen über acht Kilogramm wogen und man sie schlecht mit in den Skiurlaub schleppen konnte, verpackte ich nur ein Buch zum Mitnehmen. Es hieß »Der Idiot«, und sie konnten sich aussuchen, wen von beiden ich damit meinte.

Im modernen Antiquariat, wo es den Dostojewski gab, fand ich auch ein hübsch bebildertes Kochbuch über Trennkost. Es war dramatisch reduziert, statt neununddreißig neunzig nur noch vier fünfundneunzig. Es war das ideale Geschenk für Wolf und Roswitha, gerade eben noch zu verkraften. Hübsch verpackt konnte es richtig was hermachen. Ein Geschenk für Natalie würde es aber nicht geben, es sei denn, ich fände zufällig eine Sense.

Als ich meine Dostojewskis und das Trennkostbuch aus dem Laden schleppte, vier Kilos auf jeder Seite, in reißfeste Baumwolltaschen verpackt, hätte ich um ein Haar Erik gerammt. Er stand vor dem Tisch mit dramatisch reduzierten Reiseführern und trug eine grüne Wollmütze, passend zu seinen Augen.

»Möchtest du verreisen?«

Erik lächelte mich überrascht an. »Am liebsten ja.«

»Ich auch«, stimmte ich aus vollem Herzen zu. »Von mir aus auf eine Bohrinsel in der Nordsee.«

»Ich habe ein paar Mal bei dir angerufen«, sagte Erik. »Aber die Nummer gehört jetzt jemand anderem. Ich schätze, du hast eine schöne neue Wohnung gefunden?«

Ich dachte an mein Kinderzimmer und musste niesen. »Wie man's nimmt.«

»Da gibt es doch hoffentlich eine Heizung?«, fragte Erik. »Du siehst erkältet aus.«

Ich fasste an meine rote Nase und ärgerte mich. Auch wenn wir die Sache mit den ersten drei Sekunden jetzt schon ein paar Mal hinter uns gebracht hatten, förderlich waren Tränensäcke wie die von Derrick sicher auch nicht bei der zehnten Begegnung.

»Ich hatte so ein schlechtes Gewissen, weil das mit

dem Zimmer dann doch nicht geklappt hat«, sagte Erik. »Ich wollte dich zum Trost wenigstens mal zum Essen einladen. In ein Restaurant, nicht nach Hause«, setzte er hinzu.

»Du brauchst meinetwegen kein schlechtes Gewissen zu haben, wirklich nicht«, erwiderte ich etwas unwirsch. »Es war ja nicht deine Schuld.«

Aber das mit dem Essen können wir trotzdem gern mal nachholen, wollte ich noch hinzufügen, als sich von hinten eine schlanke Hand auf Eriks Schulter legte. Sie steckte in cognacfarbenen Wildlederhandschuhen und gehörte Britt.

»Hier bist du«, sagte sie zu Erik. »Ich suche dich schon überall.« Sie trug die gleiche Mütze wie er, nur in Braun. Mir drängte sich der schreckliche Verdacht auf, dass sie möglicherweise beide Mützen selber gestrickt hatte.

»Du kennst doch noch Felicitas«, sagte Erik.

Britts Augen schweiften gleichgültig über meine Gestalt und blieben an der rot geschwollenen Nase hängen. »Sicher.«

Sie schmiegte sich an Eriks Arm und hielt ihm ein Buch hin. »Guck mal, was ich entdeckt habe.«

Da die Schrift von mir aus gesehen Kopf stand, brauchte ich etwas länger, um den Titel zu entziffern. Aber dann schnappte ich nach Luft. »Treuebrüche – die kreative Aufarbeitung des Seitensprungs.« Das durfte doch nicht wahr sein!

Ich zog es vor, mich zu verabschieden.

»Warte doch mal«, sagte Erik, aber ich tat, als hörte ich ihn nicht mehr. Man darf der eigenen Fantasie nicht zu viel Realität zumuten. Erik und Britt und die Aufarbeitung eines Seitensprungs waren mehr, als meine Fantasie vertragen konnte. Auf dem Weg zur S-Bahn ließ ich meinen Tränen freien Lauf. Niemandem fiel das unangenehm auf. Ein Erkältungsgesicht unterscheidet sich nicht wesentlich von einem Liebeskummergesicht. Schniefend beschloss ich, Erik ein für allemal aus meinem Herzen zu reißen.

Am Bahnhof verspürte ich unbändigen Hunger auf Eis am Stil. Ich musste dazu meinen letzten Zwanzig-Mark-Schein anbrechen, aber der war aus der Innentasche meines Mantels verschwunden. Seinen Weg durch das halbe Innenfutter verfolgend, fand ich stattdessen Carolines Kettenbrief wieder. Er hatte die ganze Zeit dort geruht, so was Komisches. Ich durfte nicht vergessen, Beate anzurufen, damit sie dem Fluch ein Ende bereiten konnte.

Über Weihnachten war ich ganz allein. Meine Eltern waren mit meiner Oma und dem »Idioten« im Gepäck in St. Moritz, Nina verreiste mit Mann, Tochter und Schwiegermutter nach Tirol, Till war mit dem Skiclub und seiner neuen Freundin in Frankreich unterwegs, Beate fuhr über die Feiertage zu ihrer Familie nach Erfurt, und sonst kannte ich keinen, mit dem ich gern Weihnachten gefeiert hätte. Mir war auch ganz und gar nicht weihnachtlich zumute.

Bei Hoppe und Partner hatte jemand mit Sinn für Humor im Gemeinschaftsraum einen Tannenbaum aufgestellt und mit den Produkten der Firma geschmückt. Bunte Sattelschnurengurte statt Lametta, Perlonkardätschen und Steigbügel statt Kugeln, Stirnbänder aus der Diamantkollektion und Perlonlongierbrillen anstelle von Goldpapierketten. Und statt eines Weihnachtsengels an der Spitze der Military-Reithelm, Artikelnummer 2345/54.

Bei der Weihnachtsfeier am Tag vor Heiligabend setzte ich mich so hin, dass ich dem Baum den Rücken zuwenden konnte. Dafür saß mir Kernig gegenüber. Er war auffallend gut gelaunt und zwinkerte mir von Zeit zu Zeit verschwörerisch zu.

Die gesamte Vertriebsabteilung war per Rundschreiben zur heutigen Feier gebeten worden. Von den Mitarbeitern aus dem Lager hatte man nur Herrn Simmel als Leiter eingeladen. Die anderen durften sich getrennt von uns amüsieren. Auf dem Tisch hatten Frau Müller-Seitz und Frau Saalbach-kann-sich-selbst-verarschen allerlei Süßigkeiten angerichtet, und für die entsprechende Hintergrundmusik sorgte eine Kassette mit Weihnachtsliedern, gesungen von einem Knabenchor.

Das war mehr, als ein normaler Mensch ertragen konnte.

Ich stopfte mich mit den Aldi-Marzipankartoffeln voll, die unser Oberboss Wolf zur festlichen Verpflegung beigesteuert hatte. Er selber war nicht erschienen.

»Wer weiß denn, warum eine Blondine einen dreieckigen Sarg braucht?«, fragte Kernig.

»Weil sie – hahaha – weil sie im Liegen immer die Beine breit macht«, wusste Herr Simmel ohne P.

Er und Kernig lachten sich einen Ast.

»Was ist eine Blondine, die auf dem Kopf steht?«

Herr Simmel wusste auch das. Es schien allerdings etwas besonders Geschmackloses zu sein, denn er flüsterte Kernig des Rätsels Lösung ins Ohr.

»Jaja«, kicherte Kernig vergnügt. »Und was ist der Unterschied zwischen einem Gewehr und einer Blondine?«

Herr Simmel war wirklich preisverdächtig gut auf

dem Gebiet der Blondinenwitze. »Gar keiner.« Vor Lachen konnte er nicht mehr weitersprechen. »Beide kann man – hahahaha – beide kann man knicken und – hahahaha, ich geh' kaputt – von hinten laden!«

Kernig und er lachten sich schlapp, der Rest grinste nicht mal müde. Dabei war außer mir und Frau Stattelmann keiner blond. Beate versuchte zum wiederholten Mal, ein normales Gespräch in Gang zu bringen.

»Und der Unterschied zwischen einer Blondine und Tetra-Pack?«, blökte Klausi vergnügt dazwischen.

Die Marzipankartoffeln waren alle, und ich musste mich wohl oder übel über die gefüllten Lebkuchenherzen hermachen.

»Ich fürchte, unseren Damen gefallen meine Witze nicht«, sagte Kernig und lachte saublöd. »Ob das an der Haarfarbe liegt?«

»Ich fühle mich nicht angesprochen«, beeilte sich die Stattelmann zu sagen. »In echt bin ich so mittelbraun. Da mach' ich kein Myom draus, um das ich groß herummaniküren müsste.«

Was sie nicht sagte.

»Ich kenn' da noch 'nen Witz«, kündigte Kernig an und zwinkerte mir zu. »Geht eine Blondine zum Frauenarzt – ...«

»Ich kenne auch einen guten«, unterbrach ich ihn und würgte hastig ein Lebkuchenherz hinunter. »Sagt ein Rothaariger zu einem Glatzköpfigen: Bei dir hatte der liebe Gott wohl auch keine Haare mehr zum Verteilen, was? Doch, sagt der Glatzköpfige, aber nur rote, und die wollte ich nicht.«

Diesmal lachten alle. Richtig herzlich.

»Haha«, sagte Kernig. Er strich sich unschlüssig über sein schütteres Haar. Er war sich wohl nicht ganz im

Klaren, ob er sich zu den Glatzköpfigen oder den Rothaarigen zählen sollte.

»'s ist, als ob Engelein siiiingen wieder von Frieden und Freud'«, jubelte der Knabenchor.

In meinem Herzen verspürte ich weder Frieden noch Freud'. Ich drehte mich zu dem beknackten Weihnachtsbaum um und wünschte mich weit weg.

An Heiligabend regnete es immer noch. Ich lag in meiner geflickten Jogginghose auf dem Sofa und starrte auf die herunterbrennenden Kerzen. Meine Eltern hatten mir, bevor sie gefahren waren, einen Weihnachtsbaum besorgt, bereits in den Ständer gezwängt und auf dem Balkon zwischengelagert. Meine Mutter hatte eine Schachtel mit Baumschmuck bereitgestellt und mir das Versprechen abgerungen, das Bäumchen zu Heiligabend ins Wohnzimmer zu tragen. Sie hatte ein bisschen dabei geweint, und so hatte ich ihr tatsächlich versprochen, es mir an Weihnachten so richtig schön gemütlich zu machen. Die Hallelujastaude stand in der üblichen Ecke und war, ganz im Sinne der Familientradition, mit schlichten Strohsternen und roten Kerzen geschmückt, die den Raum in melancholisches Licht tauchten. Dazu hatte ich das »Weihnachtsoratorium« von Bach aufgelegt.

Meine Mutter hatte einen halben Puter für mich tiefgefroren, aber auf den hatte ich keinen Appetit. Ich nagte deprimiert an einer Aachener Printe. Um halb acht fiel mir immerhin ein, dass ich meine Geschenke ja noch auspacken musste.

Von meinen Eltern bekam ich ein Paar neue Skier. Sie hatten nur die Bindung eingepackt, auf dass ich das

Geschenk nicht sofort erriete. »Die Skier stehen in der Waschküche. Wir konnten ja nicht wissen, dass du dieses Jahr nicht bei uns im Schnee sein würdest«, stand in ihrem Weihnachtsbrief. Nein, das hatte niemand wissen können.

Von Nina und Robert bekam ich eine Maschine geschenkt, mit der man Leitungswasser in Sprudelwasser verwandeln konnte. »Damit du in Zukunft nicht immer die schweren Wasserkästen schleppen musst«, stand auf der beiliegenden Karte. Beide schienen davon auszugehen, dass es auch in Zukunft niemanden in meinem Leben geben würde, der mir diese Arbeit abnehmen konnte.

Tills Geschenk hatte schon Tradition. Er schenkte mir jedes Mal an Weihnachten einen Taschenkalender für das nächste Jahr. Eine kleine Kladde mit zarten Blumenaquarellen, auf der *Lady's Kalender* stand. In diesem Jahr fiel – Überraschung! – ein lackschwarzes Etwas aus dem Papier. BAD WOMAN stand darauf, und eine pfiffig aussehende Emanze streckte mir die Zunge heraus.

»Irgendwie fand ich diesen Kalender passender«, hatte Till auf die erste Seite geschrieben.

Ich blätterte mich durch das »Jahr der Power-Frau«. Direkt im Januar stand ein Zitat von Shere Hite: »Die Männer hatten die Welt 2000 Jahre in ihrer Obhut. Jetzt sind wir an der Reihe. Nachher können wir wieder teilen.«

Das fand ich nur gerecht. Mir gefiel der Bad-Woman-Kalender letztlich besser als der pastellige für die Lady. Nur fürchtete ich, dass er ebenso wenig zu mir passte. Das letzte Geschenk passte hingegen ausgezeichnet. Es war ein rot-grün karierter Regenschirm von meiner Oma. Dazu eine Karte, auf der stand, dass ich den sicher gut gebrauchen könne. Es war eine lustige Karte, auf der ein fesches vollbusiges Mädel mit Lotti-Krekel-Zöpfchen und Schulranzen abgebildet war. Darunter stand: »Endlich achtzehn! Wir gratulieren!« Oma kaufte ihre Karten immer selber ein. Ich hatte schon Weihnachtskarten bekommen, mit denen sie mir zum Führerschein gratulierte oder zum fünfzigsten Hochzeitstag.

Ich betrachtete meine Geschenke – die Skier, die ich nicht benutzen konnte, die Wassermaschine für den ewigen Single, der ich nicht sein wollte, den Kalender für die Power-Frau, die ich nicht war – und fand sie allesamt deprimierend.

Ablenkung suchend, zappte ich mich durch sämtliche Fernsehkanäle. Was ich brauchte, war ein knallharter Krimi, möglichst blutig. Aber so was wurde an Heiligabend natürlich nicht gesendet. Stattdessen sah ich mir noch einmal »Vom Winde verweht« an. Dabei las ich in dem Bad-Woman-Kalender und leerte eine Flasche Champagner, die mein Vater von seinen Schülern geschenkt bekommen hatte.

Gegen zehn brach Scarlett O'Hara weinend auf den Stufen ihres Hauses zusammen, und da brauchte ich auch dringend frische Luft. Ich zog meinen Mantel an, nahm meinen neuen Schirm und machte einen Spaziergang durch die Heilige Nacht. Rothenberger begleitete mich in einiger Entfernung durch die mit Lichterketten erleuchteten Vorgärten. Außer uns war niemand unterwegs. Ich versuchte, durch die kahlen Hecken in die weihnachtlichen Wohnzimmer zu spähen, und sah überall Menschen, die in trauter Runde unter dem Weihnachtsbaum die gefüllte Gans verdauten. Niemand schien an diesem Abend allein zu sein.

Niemand außer mir.

Bei Hoppes stand ein metallic-grünes Golf Cabrio

in der Einfahrt, um das eine gigantische pinkfarbene Schleife gebunden war, die, obwohl vollgesogen mit Regen, immer noch einen prächtigen Anblick bot. Das war Wolfs und Roswithas Geschenk an Natterlie, das sechste Cabrio, seit Natalie den Führerschein gemacht hatte. Der promovierte Zukünftige hatte sicher einen vierkarätigen Verlobungsring dazugelegt. Und der Baum war in diesem Jahr ganz in der Trendfarbe »Champagner« gehalten, darauf hätte ich wetten können.

Das Hoppesche Anwesen war so von Garagen abgeschirmt, dass es unmöglich war, diese Vermutung von der Straße her zu bestätigen. Ich wusste aber aus Erfahrung, dass man von unserem Garagendach völlig freie Sicht in das nachbarliche Wohnzimmer hatte. Nicht, dass es mir so wichtig gewesen wäre, einen Blick auf den Hoppeschen Weihnachtsbaum zu erhaschen, aber ich hatte plötzlich einfach Lust auszuprobieren, ob ich noch in der Lage war, auf das Garagendach zu klettern. Früher hatte ich das oft getan. Über das Clematisspalier und mit einem Klimmzug an der Dachrinne ging das ruckzuck. Ich schaffte es sogar mit Schirm. Toll. Das hätte ich längst mal wieder machen sollen.

Von hier oben hatte man einen wunderbaren Rundumblick. Und den Weihnachtsbaum der Hoppes konnte ich in allen Einzelheiten erkennen. Er war tatsächlich deckenhoch, eine weißliche Edeltanne, ganz in Blau und Gold geschmückt. Ehrlich gesagt, scheußlich.

Mein Oberboss saß keine fünf Meter Luftlinie entfernt stieren Blicks vor dem Kamin, und ich konnte deutlich sehen, dass seine Kordhosen weit offen standen. Ja, ja, so eine gefüllte Gans konnte einem ganz schön zu schaffen machen.

Kessie, Jessie und Tessie balgten sich vor dem Kamin

um eine alte Socke. Dass sie dabei so schrill kläfften, wie Spitze – oder was immer Kessie, Jessie und Tessie auch sein mochten – eben kläffen, konnte ich zwar nicht hören, mir aber lebhaft vorstellen.

Roswitha Hoppe schließlich war in ein Strickensemble mit dicken goldenen Knöpfen gehüllt und sah aus, als hätte sie an der Gans höchstens mal geleckt. Sie saß neben Wolf, las in einem Buch mit dem Titel »Die Superzauberfrau« und lächelte leicht vor sich hin. Sicher hieß die Superzauberfrau auch Roswitha.

Natterlie und ihr Lover waren nicht zu sehen. Auch sah ich nirgendwo den Vierkaräter hervorblinken. Alles in allem ein ziemlich trostloser Anblick.

Ich drehte ihnen den Rücken zu, blickte in den nassen Garten hinab und ließ in Gedanken die letzten zwölf Monate Revue passieren. Dieses Jahr hatte es wirklich in sich gehabt. Das aufregendste Erlebnis, von den wenig befriedigenden Begegnungen mit Erik mal abgesehen, war die Ummeldung meines Autos beim Straßenverkehrsamt gewesen, die aufregendste Männergeschichte ein Kinobesuch in einem Film, in dem Keanu Reeves mitgespielt hatte. Der Regen prasselte unbeirrt auf meinen neuen Schirm nieder.

Ich fing an zu weinen.

Frau Hoppe weckte mich am nächsten Morgen telefonisch und fragte, ob ich für den Abend schon etwas vorhätte.

»Warum?«, fragte ich misstrauisch.

»Nun, wir haben uns kurzfristig entschlossen, die Eltern von Natalies Zukünftigem zum Weihnachtsessen einzuladen«, sagte Frau Hoppe, und ehe ich auf den Gedanken verfallen konnte, dass sie mich, die bedauernswerte, vorübergehend verwaiste Nachbarin, dazubitten wollte, fuhr sie fort: »Jetzt bräuchte ich jemanden, der mir in der Küche und beim Servieren hilft. Und so kurzfristig und am Feiertag bekommt man ja kein Personal.«

Ich verstand. »Ich glaube nicht, dass ich die Richtige dafür bin«, sagte ich.

»Felicitas! Ich erwähne das wirklich nur ungern, aber nach allem, was wir für dich getan haben, wäre es wirklich mehr als selbstverständlich, dass du uns diesen kleinen Gefallen tust.«

Meine Mutter sagte das Gleiche, als sie später anrief. Dabei würde mir kein Zacken aus der Krone brechen, sagte sie, und es sei eine gute Möglichkeit zu beweisen, dass ich Wolfs und Roswithas Bemühungen zu schätzen wisse.

Da ich ohnehin nichts Besseres vorhatte, stand ich pünktlich um sieben bei Hoppes vor der Tür. Ich hatte mich echt in Schale geschmissen, um den Hoppes keine Schande zu bereiten. In Mamas schwarzem Kaschmirkleid, dem geerbten Diamantkollier und einem locker geflochtenen Zopf im Nacken würde ich Natalie in jedem Fall ausstechen, ganz gleich, was sie trug. Frau Hoppe zog mich gleich in die Küche und erklärte mir die Menüabfolge. Es war soweit alles vorbereitet, ein Feinkostservice hatte die Speisen geliefert. Meine Aufgabe war es, die einzelnen Gänge, wenn nötig, in der Mikrowelle zu erhitzen, auf den Tellern anzurichten und zu servieren.

»Den Champagner anfangs bitte unbedingt in der Küche ausschenken«, sagte Frau Hoppe, »und sei so lieb und binde dir diese Schürze um.«

Sie hielt mir ein weißes Rüschenungetüm hin. Es

passte zu dem engen Kaschmirkleid wie die Faust aufs Auge.

»Nein«, sagte ich. »Niemals.«

»Bitte«, beharrte Frau Hoppe. »Das sieht einfach hygienischer aus. Und ich möchte, dass Natalies zukünftige Schwiegereltern einen guten Eindruck von uns bekommen.«

Ich schüttelte weiter den Kopf. Als die Hoppe einsah, dass alle Bemühungen, mich in ein hygienisches Küchenmädchen zu verwandeln, vergeblich sein würden, fügte sie sich widerwillig. Es ist ja heutzutage so schwer, gutes Hauspersonal zu bekommen.

Natalie kam in einem nachtblauen Samtkleid im Empirestil und einem neuen Haarschnitt nach unten. Beides sah gut aus. Ich fragte mich, wem sie es nachgeäfft hatte.

»Hast du Felicitas schon mein Verlobungsgeschenk gezeigt?«, fragte sie.

Ich verneinte neugierig, und Mutter und Tochter führten mich ins Wohnzimmer unter den blau-goldenen Baum. Dort reichten sie mir ein lederüberzogenes Kästchen.

»Ein Erbstück seiner Großmutter«, sagte Frau Hoppe. »Jetzt sind die beiden offiziell verlobt.«

Das Verlobungsgeschenk war ein Saphirkollier, so geschmackvoll, dass ich einen entzückten Seufzer ausstieß.

»Wahnsinn, oder?«, fragte Natalie.

»Stimmt«, gab ich zu. »Es würde wunderbar zu deinem Kleid passen, warum ziehst du es nicht an?«

»Ja, warum nicht?«, fragte auch Frau Hoppe.

Aber in diesem Augenblick klingelte der Besuch an der Haustüre, und Natalie schob das Kästchen zurück unter den Baum. Frau Hoppe schob mich eilig in die Küche.

»Den Champagner!«, sagte sie, und ich machte mich an die Arbeit. Wie geheißen trug ich das Tablett mit den gefüllten Gläsern anschließend ins Esszimmer.

Natalies Verlobter hieß Mark und sah nicht mal übel aus. Allerdings eine Spur zu jung für meinen Geschmack, und eine Spur zu viel Gel in den Haaren. Natalie hatte sich an seinen Arm gehängt und übte sich im Dauergrinsen. Seine Eltern sahen nett aus. Sie hatten Blumen mitgebracht und schüttelten allen die Hand. Mir wollten sie auch die Hand schütteln.

»Natalies kleine Schwester?«, tippte Marks Vater, und Natalie und ich ärgerten uns gleichermaßen über diese Unterstellung.

»Gott bewahre!«, sagte Natalie, und Frau Hoppe ergänzte: »Das ist nur unsere Hilfe.«

Ich beschloss, die Form zu wahren und lächelte. »Felicitas Trost, die Nachbarstochter. Möchten Sie ein Glas Champagner zur Begrüßung?«

»Sehr feiner Tropfen«, lobte Marks Vater.

»Von Aldi«, informierte ich ihn bereitwillig. »Fünfzehn fünfundneunzig die Flasche.«

Frau Hoppe lief feuerrot an. »In der *Gourmet heute* wurde der so gelobt, dass ich den auch mal ausprobieren wollte«, sagte sie schnell. Jetzt wusste ich, warum ich den Champagner in der Küche einschenken musste. »Wir kaufen sonst nicht bei Aldi.«

Sie fasste sich an die schamgeröteten Wangen und sah aus, als würde sie gleich im Boden versinken.

»Das ist aber ein wunderschönes Schmuckstück, das Sie da tragen«, meinte Marks Vater ablenkend zu mir. »Sicher sehr alt.«

»Von meiner Großtante. Aber Natalies Kollier ist auch sehr schön«, sagte ich charmant und deutete unter den Weihnachtsbaum.

»Es geht doch nichts über alten Familienschmuck!«, sagte Frau Hoppe, die sich wieder gefasst hatte.

»Also, in unserer Familie gibt es da leider nichts zu erben«, sagte Marks Mutter. »Meine Verwandtschaft kommt aus einer Zechensiedlung im Ruhrpott und besaß keinen Pfennig, und mein Mann hat seine Eltern leider nie gekannt.«

»Aber ich dachte, Natalies Verlobungsgeschenk sei alter Familienschmuck«, sagte ich.

»Familienschmuck?«, wiederholten Marks Eltern wie aus einem Mund, und Mark fragte: »Verlobung?«

Natalie war knallrot geworden. »Da hast du wohl was missverstanden, Felicitas«, sagte sie gereizt.

»Natalie!«, entfuhr es Frau Hoppe. Sie sah entsetzt aus.

Eine Weile herrschte betretenes Schweigen.

»Ja, dann.« Wolf räusperte sich ausgiebig. »Dann setzen wir uns doch, hchm, zum Essen, würde ich vorschlagen.«

Frau Hoppe winkte mich ungeduldig in die Küche. Ich war dann während des Essens die meiste Zeit damit beschäftigt, die Speisen gefällig anzurichten. Immer wenn ich den nächsten Gang hineinbrachte, hörte ich, wie Frau Hoppe Marks Eltern lauter schöne Sachen über Natalie erzählte, während Natalie alles bescheiden von sich wies. Marks Eltern hingegen äußerten sich vor allem lobend über Marks Brüder. Das, sagten sie, seien wirklich talentierte, patente Jungs. Mark hingegen sei immer ihr Sorgenkind gewesen. Häufig krank, gegen so vieles allergisch und dadurch ständig Probleme in der Schule.

»Was wir in den alles an Nachhilfestunden investiert

haben«, sagte Marks Mutter. »Ich sag' immer, das wäre ein zweites Einfamilienhaus geworden.«

Mark und Wolf beteiligten sich, von gelegentlichen Räuspergeräuschen mal abgesehen, nicht am Gespräch. Dafür sprachen sie eifrig den Weinen zu, die ich ausschenkte. Ihre Gesichter wurden immer röter und ihre Augen immer glänzender.

Zwischen dem letzten Gang und der Nachspeise ordnete Frau Hoppe eine längere Pause an. Ich ließ mir daher viel Zeit mit der Dekoration der Dessertteller und verfütterte die Reste der gefüllten Wachteln an Tessie, Jessie und Kessie, die bettelnd zwischen meinen Füßen herumliefen. Als ich endlich servieren wollte, saßen nur noch Natalie und Frau Hoppe sowie Marks Eltern am Tisch. Wolf und Mark hatten es sich auf der Ledercouch vor dem Fernseher bequem gemacht. Es lief »Sissi« mit Romy Schneider, wie immer an Weihnachten, und keiner von beiden machte Anstalten umzuschalten.

»Du kannst uns noch einen Espresso bringen«, sagte Frau Hoppe zu mir. »Und auf der Anrichte steht ein Fläschchen Armagnac, das wir zur Feier des Tages dekantieren werden.«

Der Armagnac sei *sehr* wertvoll, informierte sie ihre Gäste, um die Schlappe mit dem Champagner wieder gutzumachen. Wolfs Jahrgang, ein Geschenk seines Geschäftspartners, aus der exklusivsten Brennerei in Frankreich. Marks Vater wollte aber trotzdem lieber beim Wein bleiben, und Marks Mutter musste noch fahren. Ich brachte ihr ein Mineralwasser. Wolf und Mark aber ließen sich den wertvollen Armagnac schmecken, dazu genossen sie den Nachtisch und »Sissi«. Ich hätte mich am liebsten zu ihnen auf die Couch gesetzt. Es gibt Filme, die kann man immer wieder sehen.

Als ich später abräumte, starrten Wolf und Mark immer noch fasziniert auf den Bildschirm, vor ihnen auf dem Tisch die Flasche Armagnac. Sie war fast leer.

»Der Arsch mach' mich ganss swach«, nuschelte Mark.

Wolf schlug ihm freundschaftlich auf die Schulter. »Ja, im Vertrauen, die Romy war auch schon immer mein Typ.«

»Ich sprech' nich' von Romy, ich mein' den Kerl, den Kaiser Franz Joseph«, korrigierte ihn Mark. »Ich steh' auf Ärsche in Uniform.«

Die fünfzehnte Gelegenheit

UNSERE PRINZESSINNENKOSTÜME HINGEN gebügelt und gestärkt an der Tür von Beates Kleiderschrank, als ich am Silvesternachmittag bei ihr eintraf. Die albernen Helme baumelten in einer Plastikfolie daneben.

»Irgendwie blöd«, sagte ich.

»Sie sind toll«, rief Beate. »Wir werden bildschön aussehen und trotzdem komisch!«

»Ist ja auch egal«, sagte ich schlecht gelaunt. »Hier kennt mich sowieso keiner. Eigentlich bin ich nur gekommen, um dir zu helfen.«

Beate warf mir einen scharfen Blick zu. »Erst kümmern wir uns um deinen Fluch. Hast du den Brief dabei?«

Ich nickte.

»Wunderbar«, sagte Beate. »Wir müssen ihn verbrennen und seine Asche unter die Zutaten mischen, die ich besorgt habe.« Sie zog eine braune Papiertüte aus ihrem Regal und kippte den Inhalt, lauter kleine Papiertütchen und winzige Fläschchen, auf den Tisch. »Die Frau in dem Voodoo-Laden hat mich wirklich nicht gut beraten. Und schlecht sortiert war die auch, du meine Güte. Das wird es in meinem Laden nicht geben. Immerhin, statt einer lebendigen Kröte kann man ohne weiteres Krötenpulver nehmen, und wir brauchen auch nicht dein Blut. Fingernagelschnipsel tun es genauso.«

»Aber du glaubst doch nicht wirklich an so was!«

Beates Augen bekamen sekundenlang wieder jenen unheimlichen Silberblick, den ich neulich schon beobachtet hatte.

»Ach, was«, sagte sie dann. »Aber du solltest daran glauben, wenn du deinen Fluch endlich loswerden willst.« Sie begann, die einzelnen Tütchen aufzureißen und den Inhalt in ein leeres Marmeladenglas zu schütten.

»Schwanzhaare einer schwarzen Katze, Pulver vom Amethyst, getrocknete Veilchen und Eibenbeeren, ein Teelöffel Krötenpulver, in dem Fläschchen hier ist echter Tau, zehn Tropfen, das gelbe Zeug ist Schwefel, und das hier sind Klettenwurzeln.«

Die geheimen Zutaten hatten gerade mal den Boden des Marmeladenglases bedeckt.

»So ein Schwachsinn«, murmelte ich. »Wie geht es weiter?«

»Jetzt trinken wir erst mal ein Glas Sekt«, sagte Beate. »Du bist ja ekelhaft schlecht gelaunt.«

Der Sekt tat mir gut. Ich goss mir ein zweites Glas ein und lächelte Beate an. »Und jetzt?«

»Jetzt feilst du deine Fingernägel direkt über dem Glas«, befahl Beate und holte mir ihre Nagelfeile aus dem Badezimmer.

Ich betrachtete meine Hände und fand, dass eine Maniküre an dieser Stelle wirklich nicht schaden konnte. Der weißliche Staub rieselte sanft hinab ins Marmeladenglas.

»Hast du einen Nagelweißstift?«, fragte ich Beate, als ich fertig war.

»Schscht.« Beate mischte die Zauberingredienzien mit einer Kuchenschaufel. »Man braucht echtes Silber zum Rühren«, erklärte sie ernsthaft. »Der Tortenheber ist der einzige echt silberne Gegenstand in meinem Haushalt. Er ist noch von meiner Großmutter.«

»Aha«, sagte ich und grinste ein bisschen.

»Jetzt haben wir alles zusammen. Wenn wir die Asche des Briefes unter diese Zutaten mischen, ist der Fluch darin gefangen. Und wenn wir mit dem Vermischen der letzten Zutat einen Namen aussprechen, und zwar dreimal hintereinander, dann geht der Fluch automatisch auf denjenigen über, dessen Namen wir genannt haben. Und du bist ihn für immer los. Den Fluch, meine ich.«

»Warum kann man den Fluch nicht einfach aufheben? In Luft auflösen?«

»Das geht eben nicht«, sagte Beate kategorisch. »Aber es fällt dir doch sicher jemand ein, den wir verhexen können?«

Ich dachte spontan an Kernig. »Und was passiert, wenn wir die Asche von dem Kettenbrief nur in das Marmeladenglas sperren?«, fragte ich dennoch.

»Dann ist der Fluch zwar gebunden, aber jeder, der ein bisschen was von Zauberei versteht, kann ihn dir schon morgen wieder anhexen! Erst wenn jemand anders mit deinem Fluch belegt ist, bist du endgültig von ihm befreit. Das heißt, wenn es funktioniert. Denn der Zauber ist dummerweise nicht komplett. Tote Fliegen waren nämlich leider gerade aus. Aber ohne Fliege ist der Zauber vermutlich genauso wirkungsvoll.«

Ich sah sie streng an. »Vermutlich?«

»Ja. Das ist das gleiche wie mit der Kröte. Eine lebendige Kröte ist natürlich wirkungsvoller als ein Teelöffel Krötenpulver. Aber es funktioniert trotzdem.« Sie sah auf die Uhr. »Wir müssen uns beeilen. Gleich kommt mein Bruder mit den Getränken.«

Ich leerte mein Sektglas und pulte den Kettenbrief

aus meiner Hosentasche. »So wurde Heather Matthews von ihrem Knochenmarxkrebs geheilt, hahaha.« Beate lachte. »Man kann kaum glauben, dass einen so ein Briefchen so tief in die Scheiße reiten kann.«

Sie faltete ihrerseits ein kariertes Ringbuchblatt auseinander. »Das hier ist der Zauberspruch, den ich herausgesucht habe. Du musst ihn während des Verbrennens aufsagen.«

Sie reichte mir ein Feuerzeug. Ich ließ den unheilvollen Kettenbrief über dem Marmeladenglas wehen und hielt die Flamme des Feuerzeugs an eine Ecke. Der Brief brannte sofort lichterloh. Beate hielt mir den Zettel mit dem Zauberspruch unter die Nase.

Gehorsam las ich: »Ki. Ritschti, libiki, rischti la libiki, la libi, pisch, pitschti scha anzischti ...–« Die Flammen drohten mir die Finger zu verbrennen.

Ich ließ den Brief ins Marmeladenglas fallen und fing an zu lachen.

»Weiter«, zischte Beate.

»Scha anzisch, schu anzisch, anzisch«, kicherte ich. Der Brief im Glas war zu Asche zerfallen. Gleichzeitig stieg ein eigenartiger Geruch auf.

»Geschafft«, sagte Beate. »Jetzt fehlt noch der *Name*!«

»Was war das für eine Sprache?«, wollte ich wissen und lachte. »Anzisch, anzisch!«

»Das ist babylonisch«, behauptete Beate. »Los, jetzt halte beide Hände über das Glas und sage den *Namen*. Dreimal.«

Britt, dachte ich. Britt, Britt, Britt. Oder Kernig. Aber eigentlich waren die mit sich selbst schon gestraft genug. Und sonst kannte ich keinen, dem ich meinen Fluch auf den Hals wünschte.

Beate stöhnte. »Das habe ich mir fast gedacht, dass

du dabei kneifst. Wir drehen jetzt den Deckel auf das Glas, und du nimmst deinen Fluch mit nach Hause. Vielleicht fällt dir ja später noch jemand ein.«

»Möglich«, sagte ich heiter. »Vielleicht haben sie bis dahin wieder tote Fliegen in diesem Laden.«

Beate zog ihre Augenbrauen hoch.

»Ab jetzt ist alles möglich«, sagte sie ernst, und ich spürte einen wohligen Schauder über meinen Rücken rieseln. »Alles!«

Es klingelte an der Türe. »Mein Bruder! Keine Sekunde zu früh.«

Beates Bruder hatte ebenso blaue Augen wie sie. Er war ungefähr Mitte Dreißig und mir auf Anhieb sympathisch. Alles ist möglich, wiederholte ich in Gedanken, aber der Bruder war nur über Silvester in Köln. Den Rest des Jahres wohnte er in Erfurt, wo er eine gut gehende Hals-Nasen-Ohren-Arztpraxis sowie Frau und drei Kinder besaß. Ich beschloss, ihn weiterhin einfach nur sympathisch zu finden. Alles war möglich, aber es musste ja nicht sofort sein!

Zu dritt räumten wir den überwiegenden Teil von Beates Wohnzimmereinrichtung in ihr Schlafzimmer und bauten Getränke und ein kaltes Büffet in der Küche auf. Das Büffet bestand aus Tellern, Besteck, Baguette und Kräuterbutter sowie der großen Schüssel mit meiner roten Grütze, aber Beate sagte, den Rest würden die Gäste schon mitbringen.

Deshalb konnten wir uns in Ruhe der Maskierung widmen. Zu dritt quetschten wir uns in Beates kleines Badezimmer.

Marius, der Bruder, hatte kein Kostüm mitgebracht, nur eine Art Schnabel aus Pappmaché. Er wolle einfach den komischen Vogel aus dem Osten darstellen, sagte er und schlang sich eine papageienbunte Federboa von Beate um den Hals. Das restliche Gesicht malte er sich grasgrün.

Ich fand es sehr schwierig, ein Brunhilden-Make-up zu erfinden, und entschied mich für eine Kriegsbemalung in Gold und Schwarz. Meine Haare wurden aufgedreht, und nachdem Beate eine ganze Dose Goldglitter auf die Locken gesprüht hatte, fand ich, dass es die reinste Schande sei, den bescheuerten Helm aufzusetzen. Beate wiederum war sehr erfinderisch mit ihrer Maske. Damit auch der letzte Blödmann erraten konnte, dass sie *Hornröschen* darstellte, hatte sie eine Menge Rosen aus pinkfarbenem Kreppapier zu einem Kranz gewunden, den sie über ihren Hornhelm zog. Dann malte sie sich eine Rose auf die Wange, deren Stängel zwischen ihren Lippen endete, sodass es aussah, als trüge sie die Blume quer im Mund.

Ich erlebte eine böse Überraschung, als ich in mein weiß-goldenes Brunhildenkostüm steigen wollte. Statt wie geplant bis zum Fest ein, zwei Kilo abzunehmen, hatte ich zirka zwei, drei Kilo zugenommen. Daher blieb der Reißverschluss in der Taille stecken.

»Geht nicht weiter«, keuchte ich und zog noch einmal mit Gewalt.

»Ich helfe dir«, erbot sich Beate. Auch sie zerrte mit aller Kraft, aber der Speck auf meinem Rücken blieb Sieger.

»Das wäre doch gelacht.« Beate stellte sich breitbeinig hin, holte tief Luft und zog ein letztes Mal mit voller Gewalt – und plötzlich zurrte der Reißverschluss mühelos hoch bis zum Hals. Allerdings nur einseitig.

»Scheiße«, sagte sie. »Abgebrochen. Das Ding stammt noch aus den Sechzigern.«

Ich tastete panisch nach dem klaffenden Spalt an meinem Rücken.

»Und jetzt?« Ich war den Tränen nah. »Wo soll ich einen neuen Reißverschluss herbekommen?«

Beate war ebenfalls ratlos. »Keine Ahnung, wirklich. So ein Mist. Tut mir echt Leid.«

»Vielleicht gehe ich doch besser nach Hause«, sagte ich in einem Anfall meines alten Selbstmitleids. Aber davon wollte Beate nichts wissen.

»Ich könnte dir das Ding direkt auf dem Leib zunähen«, schlug Marius vor. »Es wird dann sitzen wie eine Eins.«

Da mir nichts anderes übrig blieb, stimmte ich seiner Idee zu. Beate holte dicken weißen Zwirn und eine riesige Nähnadel aus ihrem Nähkorb.

»Das ist eine Polsterernadel«, erklärte sie und kicherte vergnügt. »Genau richtig, wenn der Stoff so unter Spannung steht wie in diesem Fall.« Während sie das Kleid, so gut es ging, an meinem Rücken zusammenhielt und ich, so gut es ging, das Atmen unterließ, nähte Marius die beiden Reißverschlusshälften mit großen Stichen aneinander.

»Wie maßgeschneidert«, meinte er, als er fertig war. Ich wollte es nicht recht glauben und verlangte einen zweiten Spiegel, damit ich mich von hinten sehen konnte. Aber es stimmte: Es war kaum zu erkennen, dass der Reißverschluss kaputt war. Das Kleid saß wie angegossen, nur ein bisschen wulstiger als sonst.

»Es wird schwierig werden, es wieder auszuziehen«, meinte Beate. »Du solltest heute nicht allein nach Hause fahren.«

»Ich möchte nicht wissen, was die beim Kostümverleih dazu sagen«, meinte ich, aber Beate erklärte, es sei deren Schuld, einen solch morschen Reißverschluss mitzuverleihen. Genau genommen müsste man uns sogar Schadenersatz zahlen.

Ich setzte getröstet meinen Helm auf und malte mir noch ein paar grobe Narben ins Dekolleté. Beate und ich waren sehr zufrieden mit unserem Spiegelbild. Was wir allerdings nicht bedacht hatten, war die fehlende Bewegungsfreiheit in den Kostümen. Als es das erste Mal klingelte, trat Beate auf den Saum ihres Dornröschenkleids und fiel der Länge nach auf den Teppichboden.

»Hast du dir weh getan?«, fragte ich erschrocken.

Beate setzte sich auf und rückte ihr Einhorn wieder gerade.

»Scheiße«, sagte sie. »Da kann man nicht mal drin gehen. Geschweige denn tanzen!«

»Deins ist länger als meins«, stellte ich fest. »Wir müssen den Saum mit Sicherheitsnadeln hochraffen. Das sieht sogar gut aus.«

Und während Beate im Flur ihre Gäste begrüßte, kniete ich zu ihren Füßen und steckte das Kleid am Unterrock fest. Mein eigenes Kleid bildete dabei einen gold-weißen Hof aus Tüll und Spitze um mich herum, und die ersten Gäste traten es auf dem Weg ins Wohnzimmer mit Füßen.

»Es tut mir Leid«, sagte ein als schwangere Frau verkleideter Mann zu mir. »Aber in meinem Zustand kann ich nicht mehr so weit springen.«

Als ich die allerletzte Nadel feststeckte, klingelte es wieder. Es waren ein Meister Eder und sein Pumuckl sowie ein Hüne im Brustpanzer und mit einem Wikingerhelm mit Hörnern, doppelt so groß wie meine. Er kam mir sehr bekannt vor.

»Erik«, rief Beate und umarmte den Hünen.

Er war es tatsächlich. Unter dem Brustpanzer trug er nur eine kniekurze Tunika, und seine muskulösen goldbehaarten Beine endeten ungefähr in meiner derzeitigen Augenhöhe. Es waren sehr schöne Beine für einen Mann.

»Das ist Erik«, sagte Beate. »Er ist Schreiner und hat meinen begehbaren Kleiderschrank gebaut. Und wenn ich wieder ein bisschen was gespart habe, soll er mir ein Bett schreinern.«

Erik beugte sich zu mir herunter. Dabei rutschte ihm der riesige Kuhhelm in die Stirn.

»Wir kennen uns bereits«, sagte ich ziemlich kühl. Auch Meister Eder und sein Pumuckl waren alte Bekannte: Jürgen mit Bayernhütchen und Wiebke in Ringelshirt und roter Perücke.

»Du kennst eine Menge merkwürdiger Leute«, meinte ich zu Beate. Sie fasste es als Kompliment auf. Während Erik seine Hörner zurück in die richtige Position rückte, konnte ich wieder einmal feststellen, dass er sehr breite Schultern hatte, ein Kreuz wie Beates begehbarer Kleiderschrank. Ich fasste mir an den eigenen Kopf. Mein Helm hatte sich an der Stirn festgesaugt und saß bombensicher. Angesichts seines großen Bruders kam er mir jetzt nur noch halb so lächerlich vor. Erik lächelte mir verschwörerisch zu.

»Das ist aber mal eine originelle Kopfbedeckung«, sagte er.

»Fertig«, sagte ich zu Hornröschen. »Jetzt kannst du losgehen und wild tanzen.«

»Woher kennt ihr euch denn?«, wollte Beate wissen, aber ich hatte keine Lust auf Erklärungen.

Erik half mir auf die Füße und strahlte mich an. »Das ist ja der helle Wahnsinn, dass wir uns hier treffen!«

Beate entfernte sich unauffällig.

»Und, hat es geklappt?«, fragte ich.

»Was?« Erik sah ehrlich verwirrt aus.

»Die kreative Aufarbeitung des Seitensprungs«, half ich ihm auf die Sprünge.

»Oh, das meinst du!« Erik machte eine längere Pause. »Du musst mich ja für den letzten Trottel halten.«

Ich konnte nicht umhin, heftig zu nicken.

»Mit mir und Britt ist es doch längst aus«, sagte Erik. »Sie wohnt doch nur noch bei mir.«

»Eben«, sagte ich, ließ Erik stehen und flirtete, so heftig ich konnte, mit Beates Bruder.

Als alle Gäste da waren, spielten wir ein Kennenlernspiel. Dazu mussten wir uns im Kreis auf den Teppichboden setzen. Erik setzte sich zwischen mich und Marius.

Das Spiel war nicht besonders schwierig, jedenfalls nicht für die ersten im Kreis.

»Ich bin der Bert und bin mit meinem Badmobil gekommen«, sagte der schwangere Mann.

»Das ist der Bert, der ist mit dem Badmobil gekommen«, fuhr der Mann neben ihm fort. »Und ich heiße Hartmut und bin mit meiner Harley hier.«

Und so ging es weiter. Als ich an der Reihe war, hatte sich der Schwierigkeitsgrad schon enorm gesteigert. Aber ich bin gut in solchen Spielen.

»Das ist der Bert, der ist mit dem Badmobil gekommen, Hartmut mit seiner Harley und Marius mit dem Manta«, fasste ich flüssig zusammen. »Jürgen« – ausgerechnet! – »ist mit dem Jaguar gefahren, Wiebke mit dem Wagen, und Erik hier ist passenderweise auf einem Esel hergeritten. Und ich bin die Felicitas und mit dem Feuerwehrauto gekommen.«

Wir spielten noch andere peinliche Spiele, aber anschließend durfte getanzt werden. Ich tanzte ein paar wilde Rolling-Stones-Nummern mit Marius und Hartmut mit der Harley, und dabei verlor ich meinen Helm. Erik beobachtete von der anderen Seite des Raumes, wie ich mein glitterbesprühtes Haar schüttelte. Er schien mich überhaupt nicht mehr aus den Augen zu lassen.

»Wo ist denn Britt?«, fragte ich Wiebke interessehalber, als ich ihr aus Versehen auf den roten Pumucklschuh tanzte.

»Die findet Kostümfeste kindisch«, antwortete sie. »Außerdem ist sie heute mit Babysitten dran.«

»Aha«, sagte ich und warf mein güldenes Haar in den Nacken. Ich sah dabei mein Spiegelbild in der Fensterscheibe und konnte nicht umhin, mich wunderschön zu finden. Ein bisschen bescheuert in diesem Kostüm, aber wunderschön. Als dann passenderweise *You are so beautiful* gespielt wurde, legte Erik von hinten seine Hand auf meine Schulter.

»Jetzt wir«, sagte er, und wir schoben einen guten, alten Klammerblues aufs Parkett, wie zu besten Klassenfetenzeiten. Wahnsinnig aufregend, wenn man nicht mit einem pickligen, nach Pubertätsschweiß riechenden Jungen tanzen musste, dessen Segelohren sich früher oder später in den eigenen Haaren verfingen. Mit Erik war es toll. Er roch nach »Face à Face« und ein bisschen nach Mottenkugeln, und von seinen Ohren hatte ich nichts zu befürchten. Sein Helm lag in harmonischer Eintracht neben meinem auf der Fensterbank. Noch bevor Joe Cocker zu Ende war, hatte ich alle meine Zweifel und vagen Vorsätze bezüglich Erik über den Haufen geschmissen. Ich verharrte so lange wie möglich in seiner Umarmung. Ihn schien es nicht zu stören.

»Draußen schneit's«, sagte irgendwann später jemand neben uns.

Erik lächelte mich an. »Ich wusste, dass heute Abend etwas Besonderes geschehen würde.«

Ja, das war wirklich unfassbar! Nach all den Wochen hatte es endlich aufgehört zu regnen! Der Rest der Party ging vollständig an mir vorüber. Erik und ich stellten uns in eine Ecke und redeten und redeten. Es ist unglaublich, wie viel man zu bereden hat, wenn man sich nicht kennt.

Gegen drei Uhr registrierte ich so ganz nebenbei, dass es allmählich leerer im Zimmer geworden war. Meister Eder und sein Pumuckl beobachteten uns seit geraumer Zeit verstohlen, trauten sich aber nicht näher, solange wir so offensichtlich in ein intensives Gespräch verwickelt waren.

Erst als wir immer längere Pausen einlegten, um einander tief in die Augen zu schauen, entschloss sich Jürgen, uns zu stören.

»Erik? Wir wollten jetzt eigentlich nach Hause fahren.«

»Jetzt schon?«, fragte Erik entsetzt.

Jürgen drehte sich zu Pumuckl um. »Wiebke ist müde.«

»Müde?«, wiederholte Erik ungläubig.

»Es ist gleich vier Uhr«, sagte Jürgen. »Die meisten sind schon nach Hause gegangen. Ich bin auch müde.«

Erik seufzte. »Ihr könntet meinen Wagen nehmen und ohne mich nach Hause fahren«, schlug er dann vor.

»Damit du später mit dem Taxi fahren musst? Nicht gerade ein Beitrag zum Umweltschutz!«

»Egal«, sagte Erik.

»Ich könnte dich nachher mit meinem Auto nach Hause bringen«, schlug ich vor.

»Von mir aus.« Jürgen gähnte. »Ich nehme mir den Autoschlüssel aus deiner Jacke.«

Erik sah ihm nicht hinterher. Wir waren zwei Stunden später die Letzten, die gingen. Marius lag schlafend auf dem Sofa und sah und hörte nichts mehr. »Ihr könnt gerne noch bleiben«, sagte Beate gähnend. Sie war ohne Kostüm und abgeschminkt. Ich fragte mich, wann sie das gemacht hatte.

»Vielen Dank«, flüsterte ich in ihr Ohr. »Für alles!«

Draußen lag tatsächlich Schnee, gerade so viel, um die Stadt zu verzaubern, aber den Verkehr nicht zu behindern. Das Autofahren mit Reifrock war gar nicht so schwer, wie ich gedacht hatte, schwierig war nur gewesen, sich überhaupt ins Auto hineinzupressen.

Erik und ich sagten nicht viel. Während der Fahrt dachte ich kurz darüber nach, wie ich ihm erklären sollte, dass er mir mein Kleid vom Leib schneiden musste, aber dann verwarf ich diesen verwegenen Plan wieder. Eine leidenschaftliche Szene wie die, die mir vorschwebte, war nicht möglich unter einem Dach mit Britt, Meister Eder und seinem Pumuckl. Ich würde darauf verzichten.

Hinter der Biegung tauchte das rosafarbene Haus auf. Der Schnee hatte Dach, Zaunpfosten und Magnolie mit malerischen Häubchen bedeckt.

»Was für ein zauberhaftes Haus«, sagte ich aus vollem Herzen.

»Jedenfalls von außen«, sagte Erik. »Bitte komm noch mit rein.«

Ich schüttelte stumm den Kopf.

»Ein Kaffee könnte dir nicht schaden vor der Rückfahrt.« Erik drehte den Wikingerhelm in seinen Händen hin und her. Er hatte wunderschöne Hände.

»Nein, danke. Ich habe auch gar kein Kleingeld für eure Kasse dabei.«

»Ich könnte dir meine Werkstatt zeigen. Da ist auch eine Kaffeemaschine«, schlug Erik vor.

Die Versuchung war ziemlich groß. Aber genau in diesem Augenblick ging im Turmzimmer das Licht an. Britt begann vermutlich um diese Uhrzeit mit ihrer Morgengymnastik. Ich wollte nicht, dass sie mich als Brunhilde sah.

»Nein«, sagte ich fest und startete den Motor. »Wiedersehen.«

Energisch gab ich Gas. Erik konnte gerade noch die Autotüre zuschlagen.

Als ich eine halbe Stunde später in unsere Straße einbog, hätte ich um ein Haar Wolf Hoppe überfahren, der mit Tessie, Jessie und Kessie einen Morgenspaziergang unternahm. Ich setzte meinen Helm wieder auf, drehte die Scheibe herunter und wünschte ihm im Vorbeifahren ein frohes neues Jahr.

Wolf gaffte hinter mir her.

Die sechzehnte Gelegenheit

ALS ICH MICH auf den Weg zur Arbeit machte, hatte ich seit fünfundvierzig Stunden nicht mehr geschlafen und war trotzdem kein bisschen müde. Ich sah auch nicht so aus. Keine dunklen Ringe unter den Augen, keine Knitterfältchen um den Mund – die Haut wirkte frisch und rosig wie nach einer Quarkpackung. Ich hatte meine Haare dreimal gewaschen, aber es schien mir, als hinge immer noch ein goldener Glitterschimmer über dem Scheitel. Ich konnte mich nicht erinnern, dass er vorher schon dagewesen war, aber was nach dreimal Waschen nicht herausgeht, ist eben Natur!

Es war noch dunkel, als ich in mein Auto stieg, aber der Himmel war klar und dunkelblau. Alle Ampeln standen auf Grün, wenn ich sie erreichte, alle, bis auf eine. Am Bürgersteigrand neben der roten Ampel hing das Plakat eines Zirkus, und darauf stand mit großen Buchstaben: TRÄUME NICHT DEIN LEBEN – LEBE DEINEN TRAUM.

Ja, dachte ich spontan, genau das ist es. Ich verstand, warum ausgerechnet diese Ampel rot angezeigt hatte – an Zufälle glaubte ich nicht mehr.

Der Parkplatz der Firma Hoppe war noch ziemlich leer, als ich dort eintraf. Frau Hellmann stand allerdings schon hinter ihrem Empfangstresen und sah nicht so aus, als wäre sie in der Zwischenzeit jemals zu Hause gewesen.

»Frohes neues Jahr«, sagte ich zu ihr.

»Auch so was, Frau Trost«, brummte Frau Hellmann und nannte damit zum ersten Mal meinen richtigen Namen.

Hinter mir kam Frau Stattelmann durch die Drehtüre. Sie sah aus, als hätte sie sich über die Feiertage ordentlich besoffen.

»Frohes neues Jahr«, wünschte ich ihr.

Sie erwiderte nichts. Seit der Geschichte mit dem entwendeten Führstrick und den Arabern sprach sie nicht mehr mit mir. Schweigend schritten wir nebeneinander die Treppe hinauf. Oben auf dem Flur standen Frau Daubenbüschel und Frau Saalbach vor Frau Müller-Seitz' Bürotüre und warteten. »Ein frohes neues Jahr«, rief ich beschwingt.

»Frohes Neues«, erwiderte Frau Daubenbüschel lächelnd. »Sehr witzig«, murmelte Frau Saalbach. Die Arme hatte ihren Fluch offenbar ins neue Jahr mitgenommen.

»Wir warten auf Frau Müller-Seitz«, informierte mich Frau Daubenbüschel. »Unsere Computer sind abgestürzt.«

»Frau Müller-Seitz wird heute nicht kommen«, ließ Frau Stattelmann verlauten und setzte mit unverhohlener Schadenfreude hinzu: »Der ist der neue Schneidezahn wieder rausgebrochen.«

»Wer hilft uns denn dann mit den Computern?«

»Ich«, sagte die Stattelmann. »Wohl oder übel. Aber dass Sie das eine wissen: Ich habe keinerlei Alimente, alle fünf Minuten woanders hinzurennen. Mir persönlich steht dieses Gemecker über das angeblich untaugliche Computerprogramm nämlich schon bis hier. Warum stürzt bei mir denn der Computer nur einmal in zehn Jahren ab, haben Sie vielleicht darüber mal nachgedacht?«

Frau Daubenbüschel und ich tauschten einen verwirrten Blick. Nein, darüber hatten wir bis jetzt noch nicht nachgedacht.

»Ich will es Ihnen gerne sagen«, erbot sich die Stattelmann. »Weil ich offensichtlich einen höheren Indifferentquotienten besitze als Sie alle zusammen!«

Und mit diesen rätselhaften Worten rauschte sie in ihr eigenes Büro.

»Wusstest du, dass die Stattelmann hier als Einzige einen hohen Indifferentquotienten hat?«, fragte ich Beate.

»Das habe ich immer schon geahnt«, antwortete sie.

Ich ließ mich auf meinen Schreibtischstuhl fallen und loggte mich in den Computer ein.

»Du bist später dran als sonst«, stellte Beate fest.

»Ich bin verliebt«, sagte ich. »Aber ich Schaf habe wieder vergessen, ihm meine Telefonnummer zu geben.«

»Ich kann dir aber was Schönes sagen«, meinte Beate, und vor lauter Hoffnung begann mein Herz schneller zu schlagen.

In diesem Augenblick erschollen laute Stimmen auf dem Flur. Beate und ich tauschten einen Blick und standen dann in stillem Einverständnis auf, um nicht zu verpassen, was sich da draußen abspielte.

In Kernigs offener Bürotüre stand Frau Daubenbüschel, dahinter die Stattelmann. Beide sahen Kernig an, der vermutlich hinter seinem Schreibtisch saß.

»Das ist Behinderung meiner Arbeit«, rief Frau Daubenbüschel. »Frau Stattelmann ist verpflichtet, mir zu helfen, wenn der Scheiß-Computer abstürzt.«

»Das ist heute schon das zweite Mal, dass ich der helfen muss. Das nenne ich Behinderung *meiner* Arbeit«, sagte die Stattelmann.

»Aber, meine Damen«, ertönte Kernigs Stimme aus

dem Inneren seines Büros. »Muss das denn sein? Kaum bin ich aus dem Urlaub wieder hier, gibt es Ärger.«

»Jetzt hören Sie mal, Sie –«, sagte die Daubenbüschel, und Beate stieß mich freudig in die Rippen. »Ich will ja arbeiten, aber da hier nun mal das hirnrissige Computerprogramm installiert ist, zu dessen Kennwörtern mir der Zugang verwehrt ist, muss die beschränkte Stattelmann die Sache eben wieder in Gang bringen, ob sie das will oder nicht!«

»Ich glaub', ich werd' nicht mehr«, schrie die Stattelmann. »Soll ich Ihnen mal was sagen? Ich bin schon hier gewesen, da waren Sie noch im Kindergarten …« – diesmal stieß ich Beate in die Rippen – »… und ehe ich mir von einer wie Ihnen was sagen lasse, fließt der Rhein flussabwärts!«

»Meine Damen«, brummte Kernig aus seinem Büro. »Können Sie das denn nicht untereinander regeln? Wenn ich etwas hasse, dann sind das Weiberstreitigkeiten!«

Die Stattelmann warf ihren blonden Strohkopf in den Nacken. »*Meine* Idee war das nicht, dich zu belästigen, Klaus. Von meiner Seite aus ist alles klar. *Ich* habe noch zu arbeiten.«

»Na, also«, seufzte Kernig. »Dann darf ich Sie jetzt ebenfalls bitten, wieder an Ihre Arbeit zu gehen, Frau Daubenbüschel.«

Frau Daubenbüschel sah aus, als würde sie gleich platzen.

»Wie denn, bitte schön, Sie Blödmann?«, rief sie. »Haben Sie immer noch nicht kapiert, dass mein Computer abgestürzt ist und ich nicht arbeiten kann?«

»Sie vergreifen sich sowohl im Ton als auch in der Wortwahl«, ließ sich Kernig aus seinem Büro hören. »Ich möchte Sie jetzt ein letztes Mal bitten, wieder an Ihre

Arbeit zu gehen. Wenn Sie Probleme mit dem Computer haben, wenden Sie sich an Frau Stattelmann. Damit habe ich nichts zu tun.«

Frau Daubenbüschel ballte die Hände zu Fäusten. Die Wut raubte ihr beinahe die Stimme. Mit schier unglaublicher Anstrengung presste sie hervor: »Ich habe nicht mehr Probleme mit dem Computer als jeder andere hier. Aber ich habe Probleme mit der Stattelmann. Und es ist Ihre verdammte Aufgabe, die Alte zur Raison zu bringen.«

»Na, na, *liebe* Frau Daubenbüschel«, kam Kernigs Stimme von innen. »Jetzt beruhigen Sie sich erst mal, und dann gehen Sie zu Frau Stattelmann und bitten sie noch mal ganz freundlich, Ihnen aus der Patsche zu helfen. Sie wissen doch, der Ton macht die Musik.«

Jetzt sah die Daubenbüschel aus, als habe Kernigs letztes Stündlein geschlagen. Ich spürte, wie sich Beates Muskeln anspannten, ich war mir nicht sicher, ob sie der Daubenbüschel beistehen oder im Notfall eingreifen wollte, um Kernig zu beschützen. Aber Frau Daubenbüschel tat gar nichts. Sie ließ erschöpft die Fäuste fallen und flüsterte: »Ich glaub' es einfach nicht. Ich glaub' es einfach nicht.« Dabei sah sie aus, als würde sie jeden Augenblick in Ohnmacht fallen.

Beate und ich machten einen Schritt zu ihr hin, um sie aufzufangen. Kernig schloss uns die Tür vor der Nase.

Frau Daubenbüschel sah völlig fertig aus. Ich griff nach ihrem Ellenbogen. »Kommen Sie«, sagte ich. »Wir bringen Sie zurück.«

Frau Saalbach blickte uns mit großen Augen entgegen, als wir zur Bürotüre hereinkamen.

»Mein Computer ist abgestürzt«, sagte sie beinahe

freundlich. »Aber Frau Stattelmann hat gesagt, dass sie jetzt keine Zeit hat.«

»Haha«, machte die Daubenbüschel matt. »Dann warten Sie doch bis morgen, da ist Frau Müller-Seitz wieder da.«

»Ich muss jetzt sowieso aufhören«, teilte uns die Saalbach mit und schaltete ihren Computer einfach ab. »Ich soll Frau Müller-Seitz bei Herrn Hoppe vertreten.«

Ich warf einen Blick auf Frau Daubenbüschels Bildschirm. »Der Eintrag konnte nicht bearbeitet werden. Bitte Kennwort eingeben«, stand dort. Das war ja nun ein leichtes für mich. Nach zehn Sekunden war der Computer wieder betriebsbereit.

»Wie haben Sie das gemacht?«, wollte die Daubenbüschel wissen.

»Ich weiß das Codewort«, sagte ich.

»Und wer hat Ihnen das verraten?«

»Niemand«, gab ich zu. »Ich habe der Müller-Seitz einfach auf die Finger geguckt.«

Der verstörte Gesichtsausdruck auf Frau Daubenbüschels Gesicht wandelte sich langsam in ungläubige Freude.

»Sie kennen die Codewörter«, wiederholte sie. »Natürlich! Deshalb geht Ihnen die Stattelmann auch am Arsch vorbei. Dabei wartet die nur darauf, dass bei Ihnen der Computer abstürzt und Sie sie um Hilfe bitten müssen.«

»Da kann sie lange warten«, sagte ich fröhlich.

»Ja, das hat sie auch gesagt, die Stattelmann. Wenn bei der Trost der Computer abstürzt, da kann sie lange warten, bis ich der helfe, hat sie gesagt.«

Ich zuckte gleichgültig die Achseln und spürte einmal mehr, dass ich meinen Fluch besiegt hatte. Auf dem Rückweg in mein Büro lief ich Roswitha und Natalie Hoppe in die Arme. Sie trugen die gleichen schwarzen Wollmäntel mit Nerzfutter und Kragen.

»Da ist ja die –«, rief Natalie, als habe sie meinen Namen vergessen. »Wir sind gekommen, um deinen Chef abzuholen!«

Frau Hoppe legte mir die Hand auf die Schulter. »Ich höre, du kommst hier ganz gut zurecht«, sagte sie. »Es freut mich wirklich, dass wir uns nicht umsonst für dich eingesetzt haben. Jeder verdient eine zweite Chance, sage ich immer.«

Ich konnte nicht anders, ich musste lächeln.

»Wir holen meinen Paps zum Essen ab«, flötete Natalie. »Es gibt nämlich was zu feiern!«

»So, so«, sagte ich.

»Unsere Natalie erwartet nämlich Nachwuchs.« Frau Hoppe strahlte. »Und im Frühjahr wird geheiratet. Natalie, zeig doch mal den Verlobungsring.«

Natalie hielt mir ihren glitzernden Finger unter die Nase. »Wenn ich dir sage, wie teuer der war, fällst du in Ohnmacht.«

»Ich war dabei, als Mark ihn ihr überreicht hat«, sagte Frau Hoppe schnell, damit ich nicht auf den Gedanken kam, Natalie habe sich wieder selber ein Verlobungsgeschenk gekauft. Sie beklopfte nochmals meine Schulter. »Kopf hoch, Felicitas. Auch für dich kommt noch der Traummann. Wer weiß, ob nicht einer unserer muskelbepackten Jungs vom Lager was für dich ist.« Sie lachte verschwörerisch.

Ich dachte an Herrn Simmel ohne P und seine Mannschaft und musste auch lachen. Das Jahr fing wirklich lustig an.

Zurück in meinem Büro erwartete mich allerdings eine böse Überraschung. Anja Reisdorf hatte mit der Hauspost die Gehaltsabrechnung für Dezember gebracht.

»Kein Weihnachtsgeld«, murrte Beate. »Das ist ja wohl wieder typisch.«

Ich öffnete meine Abrechnung – und hielt die Luft an. Ich weiß nicht, was ich erwartet hatte, denn genau genommen war die Höhe des Gehalts ja niemals wirklich vereinbart worden, und da es keinen Vertrag gab, hatte ich nur eine ungefähre Summe geschätzt. Eine bescheidene Summe sogar, für den Anfang wenigstens. Aber das hier lag noch weit unter meiner bescheidensten Schätzung.

»O mein Gott«, rief ich laut.

»Eintausendsechshundertdreiundzwanzig Mark und zweiundvierzig Pfennige netto«, ergänzte Beate lässig. »Ich weiß.«

»Woher?«

»Ich bekomme das Gleiche. Vermutlich ist das das Einheitsgehalt bei Hoppe und Partner«, meinte Beate heiter. »Mehr bekommen nur die Inhaber der geheimen Kennworte.«

»Aber für das Geld hätte ich gar nicht erst angefangen«, sagte ich. »Mir hat der alte Stotterer gesagt, das Gehalt sei nach oben hin offen. Nach oben gebe es keine Grenzen, hat er gesagt!«

Beate lachte. »Ja, nach oben! Du hättest dich besser nach unten abgesichert, du Schaf!«

Ich sah immer noch fassungslos auf die Gehaltsabrechnung. Beate hatte Recht. Ich war wirklich ein Schaf. Exportmanagerin! Nach oben offenes Gehalt! Dass ich nicht lache. Kein Wunder, dass die Stattelmann mich so von oben herab behandelte. Als Buchhalterin kannte sie selbstverständlich die Höhe meines Lohnes und wusste daher auch, wie viel tiefer unten in der Firmenhierarchie ich einzustufen war.

»Ich kündige«, erklärte ich erbost und sprang auf.

»Willst du jetzt sofort gehen?«

»Jawohl«, sagte ich. »Ich will aber, dass Wolf genau versteht, warum ich kündige!«

Mit energischen Schritten betrat ich sein Vorzimmer. Frau Müller-Seitz war immer noch nicht da. An ihrem Schreibtisch saß vertretungsweise Frau Saalbach.

»Ich habe einen Termin bei Herrn Hoppe«, log ich schnell und klopfte an die ledergepolsterte Türe.

»Der ist nicht da«, sagte die Saalbach, ohne den Blick zu heben.

»Wann kommt er denn wieder?«

»Heute nicht mehr.«

»Ich brauche den Termin dann morgen«, sagte ich ihr. »Ganz früh. Es ist sehr wichtig.«

»Morgen ist Frau Müller-Seitz wieder da.« Man konnte Frau Saalbachs Stimme anmerken, wie froh sie darüber war. »Ich will nämlich zurück in mein eigenes Büro.«

»Wirklich?«, fragte ich erstaunt. »Ich dachte, Sie und Frau Daubenbüschel mögen sich nicht besonders.«

»Halten Sie Ihr verfluchtes Schandmaul!«, keifte die Saalbach. »Von Ihnen muss ich mir gar nichts sagen lassen.« Obwohl sie den Kopf weiter gesenkt hielt, schien es mir, als würde ich ihre Augen durch den dichten Pony funkeln sehen. Rückwärts schlich ich mich zur Tür.

»Scheiße«, sagte ich zu Beate. »Nicht mal kündigen kann man in dieser Firma, wann man möchte.« Mürrisch verschränkte ich die Arme vor meiner Brust.

»Rate mal, wer mich gestern Abend angerufen hat«,

sagte Beate aufmunternd. »Ich wollte es dir ja heute Morgen schon erzählen, aber es kam immer etwas dazwischen.«

Ich wagte ein hoffnungsvolles Lächeln.

»Ja, ja«, sagte Beate. »Erik der Wikinger. Er wollte deine Telefonnummer haben. Außerdem wollte er wissen, ob ich mir vorstellen könne, dass du dich über seinen Anruf freust.«

»Und was hast du gesagt?«

»Ich hab' gesagt, vorstellen könnte ich mir vieles«, brummte Beate.

Er hatte nach meiner Nummer gefragt! Er hatte nach meiner Nummer gefragt! Ich machte einfach eine halbe Stunde früher Schluss – darauf kam es ja jetzt auch nicht mehr an – und fuhr nach Hause, so schnell ich konnte. Nicht mal beim Supermarkt hielt ich, obwohl gähnende Leere im Kühlschrank herrschte. Die Angst, Eriks Anruf zu verpassen, war größer als die Angst zu verhungern. Schon in der Einfahrt hörte ich das Telefon klingeln.

»Hallo!«

»Oh, Kind, da bist du ja.« Es war meine Mutter. »Wieso bist du um diese Uhrzeit schon zu Hause? Ich dachte, du arbeitest noch.«

»Wieso rufst du an, wenn du das dachtest?«

»Wir kamen gerade an einer Telefonzelle vorbei«, sagte meine Mutter. »Ist alles in Ordnung bei dir?«

»Ja, alles bestens. Morgen werde ich kündigen.«

»Wie bitte? Hans, sie will kündigen.«

»Schätzchen?« Das war mein Vater. »Was ist denn passiert?«

»Ach, Papa, das kann man am Telefon so schlecht besprechen. Aber du kannst mir glauben, dass ich das Richtige tue.«

»Natürlich«, sagte mein Vater.

»Sag ihr, sie soll auch mal an Roswitha und Wolf Hoppe denken«, verlangte meine Mutter im Hintergrund. »Dass die sich solche Mühe gegeben haben, ihr zu helfen. Sag ihr, dass sie so nette Leute nicht so ohne weiteres vor den Kopf stoßen kann. Was sollen die denn von ihr denken, frag sie das mal!«

»Vielleicht redest du erst mal mit Herrn Hoppe«, schlug mein Vater vor. »Sicher kannst du damit einiges wieder kitten.«

»Ich werde mit ihm reden, darauf kannst du dich verlassen«, sagte ich heftig. »Aber ob danach noch was zu kitten ist, bezweifle ich stark.«

»Was sagt sie denn?«, rief meine Mutter im Hintergrund. »Sie soll nicht immer so schnell aufgeben. Das ist wie damals mit dem Klavierunterricht, sag ihr das.«

»Ich hoffe, du tust das Richtige.« Mein Vater seufzte tief.

»Bestimmt«, beteuerte ich und legte auf, damit die Leitung für Erik frei war.

Ich schrieb noch am gleichen Abend fünfundzwanzig Bewerbungen. Die ganze Zeit lag das Telefon neben mir.

Aber Erik rief nicht an.

Die siebzehnte Gelegenheit

»ER HAT NICHT angerufen«, sagte ich zu Beate.

»Vielleicht traut er sich nicht mehr«, meinte Beate. »Er muss doch denken, dass du ihn für einen Kretin hältst. Du kannst ja auch anrufen.«

Ich schüttelte den Kopf. »Vielleicht liebt er immer noch diese Britt. Ich würde es jedenfalls nicht überleben, den ersten Schritt zu tun und dann einen Korb zu bekommen.«

»Lieber Himmel«, sagte Beate. »Den ersten Schritt habt ihr doch längst hinter euch!«

Ich war den Tränen nahe.

»Vielleicht könntest du einen ganz einfachen Zauber ausprobieren«, schlug Beate vor. »Wirklich ganz einfach.«

»Und welchen?« Ich war zu allem bereit.

»Du musst den Namen des Geliebten fünfmal vor dich hinsprechen, und zwar rückwärts und mit aller Konzentration. Das machst du mehrmals am Tag. Du wirst sehen, es funktioniert. Spätestens heute Abend wird er sich bei dir melden.«

Ich schloss die Augen. »Kire, kire, kire«, sagte ich laut, »kire, kire!«

Beim letzten Kire öffnete sich die Tür. Erwartungsvoll blickte ich auf.

»Guten Morgen«, sagte Herr Kernig. Das hatte er schon ewig nicht mehr gesagt. Beate und ich waren so verblüfft, dass wir nichts erwiderten.

»Frau Trost, heute kommt ein sehr wichtiger Kunde zu uns ins Haus, um eine große Bestellung zu platzieren«, sagte Kernig. »Ich möchte, dass Sie dabei sind, als meine Assistentin.«

»Ja«, sagte ich.

»Herr Wierig kommt um elf«, fuhr Kernig fort. »Seien Sie bitte so gut und decken Sie bis dahin den Tisch im Vorführraum? Und um den Kaffee kümmern Sie sich bitte auch.« Er musterte mich – wohlwollend. »Bis elf dann! Und, ach ja – würde es Ihnen wohl etwas ausmachen, das Haar offen zu tragen? Herr Wierig ist ein echter Fan von langen blonden Haaren.« Dabei lachte er ohne jede Verlegenheit.

»Um elf dann«, wiederholte er und verschwand.

»Habe ich das jetzt geträumt oder ist das wirklich passiert?« Ich tastete nach dem Gummiband, das meinen Pferdeschwanz zusammenhielt. »Ich soll mein Haar offen tragen, weil der Kunde auf langhaarige Blondinen steht. Was haben ein Gewehr und eine Blondine gemeinsam?«

Beate blieb ungerührt. »Herr Wierig von Mit dem Pony per du, einem Riesenladen mit über dreißig Filialen in Österreich und Ungarn, der wird dir gefallen. Er tastet in diesem Haus nicht nur die Waren ab. Deine Vorgängerin war leider nicht sein Typ. Sie war ihm zu groß und zu muskulös und ihre Kordhosen nicht gefühlsecht genug. In den Monaten, wo sie hier gearbeitet hat, ist der Umsatz mit Mit dem Pony per du daher um die Hälfte zurückgegangen. Herr Wierig heißt hier im Haus nur Herr Schmierig – und wenn du dich beeilst, kannst du vor elf Uhr gekündigt haben.«

Ich eilte stehenden Fußes in Frau Müller-Seitz' Büro.

»Schön, dass Sie wieder da sind«, sagte ich ehrlich.

Die Saalbach als Vertretung war entschieden das größere Übel.

»Lassen Sie mich raten: Ihr Computer ist abgestürzt, und Frau Stattelmann wollte Ihnen nicht helfen«, sagte die Müller-Seitz säuerlich.

»Falsch«, entgegnete ich. »Mit meinem Computer ist alles in Ordnung. Ich brauche einen Termin bei Herrn Hoppe, und zwar sehr, sehr dringend.«

»Heute ist er den ganzen Tag nicht im Hause.« Die Müller-Seitz schlug den Tischkalender auf. »Den letzten Termin haben Sie übrigens auch nicht wahrgenommen.«

»Ich muss spätestens bis morgen früh mit ihm gesprochen haben!«

Die Müller-Seitz lächelte schmallippig. »Passt es Ihnen nächsten Dienstag?«

»Morgen früh, spätestens«, wiederholte ich hart.

»Ich kann Ihnen nur den Dienstag anbieten.« Die Müller-Seitz lächelte jetzt eindeutig schadenfroh.

Ich nahm den Kalender kurzerhand vom Tisch.

»Morgen früh«, korrigierte ich. »Um neun.«

»Das geht aber nicht«, sagte die Müller-Seitz und versuchte, mir den Kalender wieder zu entreißen. Obwohl ich ihn nur mit einer Hand festhielt, hatte sie keine Chance. Der Kalender wackelte nicht mal.

Jetzt war ich hier der *Terminator!*

»Um neun«, sagte ich und trug mit der freien Hand meinen Namen ein. Felicitas Trost, »wichtige Besprechung« schrieb ich, reichte der Müller-Seitz den Kalender zurück und warf meine Haare in den Nacken.

»Bis morgen dann«, sagte ich.

Herr Wierig von Mit dem Pony per du kam eine halbe Stunde zu spät. Er war schätzungsweise Mitte Sechzig, braungebrannt und glatzköpfig und trug ein Goldkettchen mit einem Sternzeichen-Anhänger um den Hals.

Kernig schüttelte ihm beide Hände. »Hattest du eine gute Fahrt, Friedhelm?«

Herr Wierig berichtete von diversen Staus von der Steiermark bis nach Köln. Dabei fiel sein Blick auf mich, die reglos mit Kaffeekanne und Pferdeschwanz im Hintergrund stand. Ein Grinsen breitete sich in seinem Gesicht aus.

»Und wen haben wir da?«

»Das ist meine neue Assistentin.« Kernig hielt es offenbar nicht für nötig, mich namentlich vorzustellen. »Die andere hat uns bedauerlicherweise verlassen.«

»Was für ein Glück«, meinte Herr Wierig. Er trat näher an mich heran und ging einmal um mich herum. Dann klopfte er mir auf die Schulter und sagte: »Wirklich nicht übel. Diesmal hast du ein gutes Händchen bewiesen, Klaus.«

Kernig lachte schallend. »Aber dafür kann sie nicht so viel wie die andere«, sagte er und zwinkerte mir zu.

»Was soll's?« Herr Wierig ließ sich auf einen Stuhl fallen. »Bei der Oberweite!«

»Kaffee?«, fragte ich.

»Bitte, Madel, nur zu.«

Nachdem ich den Kaffee serviert hatte, wollte ich gehen. Aber Kernig hielt mich zurück.

»Wir hätten Sie gerne bei dem Gespräch dabei, nicht wahr, Friedhelm?«

Herr Wierig grunzte zustimmend. Seufzend setzte ich mich an den Tisch und hörte zu, wie Kernig und Herr Wierig die Vor- und Nachteile von Kunststoffsätteln gegenüber echt ledernen diskutierten und sich darin einig waren, dass die Kinderreithelme Jennifer und Robin der Verkaufsschlager der nächsten Saison werden würden. Herr Wierig bestellte gleich viertausend Stück davon.

Erst als es um die neue Wetterjäckchenkollektion ging, war meine Hilfe wieder gefragt. Kernig bestand darauf, dass ich die Sachen am eigenen Leib vorführen und dabei beschreiben sollte, was sie für ein Tragegefühl vermittelten.

Das erste Wetterjäckchen war dunkelblau und mit einem rot-grün karierten Innenfutter versehen.

»Und wie fühlst du dich darin, Madel?«, fragte Herr Wierig.

»Mir persönlich knistert es zu viel«, sagte ich. »Und der Reißverschluss geht zu hoch hinauf. Man scheuert sich das Kinn wund.«

Herr Wierig nickte zustimmend. »Kauf ich nicht«, sagte er zu Kernig, der mir daraufhin einen bösen Blick zuwarf.

Die nächste Jacke war dunkelgrün und mit weichem braunem Kord gefüttert. Sie hatte eine Kapuze und jede Menge Taschen. Ich äußerte mich lobend zu diesem Modell, und Herr Wierig bestellte prompt fünfhundert Stück. Da lächelte Kernig mich versöhnlich an.

»Das macht es richtig professionell, das Madel«, meinte Herr Wierig nach einer Weile. »Wie ein echtes Mannequin.«

»Die haben in der Regel längere Beine«, bemerkte Kernig boshaft.

Herr Wierig grinste. »Also, ich mag das. Die mit den kürzeren Beinen sind für gewöhnlich ausdauernder, wenn du verstehst, was ich meine.«

Ich zuckte zusammen, aber Kernig lachte wieder schallend.

»Das war gut, Friedhelm, das war gut«, rief er.

Als die letzte Wetterjacke vorgeführt war, ließ er mich mit Wierig allein, um die Pferdebälle und das dazugehörige Video zu holen.

Ich goss Wierig noch eine Tasse Kaffee ein.

»Und wie gefällt Ihnen Ihr Chef?«, fragte Wierig. »Ich meine, so als Mann!«

Ich war ehrlich verwirrt.

»Als Mann?«, wiederholte ich. Unter diesem Gesichtspunkt hatte ich Kernig noch niemals betrachtet.

Herr Wierig lachte über mein Mienenspiel.

»Das war gut, Madel, das war gut«, rief er.

»Reiten Sie eigentlich selber auch, Herr Wierig?«, fragte ich ablenkend.

Herr Wierig lachte wiehernd.

»Ja, aber nur zweibeinige Stuten«, rief er. »Nur zweibeinige Stuten.«

Jetzt war es aber genug!

»Solche wie dich, Madel«, setzte Herr Wierig hinzu, holte einen Schlüssel aus seiner Jackettinnentasche und ließ ihn vor meiner Nase hin und her baumeln. »Ich logiere im ›Rex‹. Mit Whirlpool.« Er zwinkerte zweideutig.

»Und das in Ihrem hohen Alter«, sagte ich und pfiff durch die Zähne. »Donnerwetter!«

Herr Wierig tat, als habe er nichts gehört. Vermutlich litt er schon unter Altersschwerhörigkeit. Seine Hand legte sich auf meinen Hintern.

»Kannst es dir ja überlegen. Bisher hat sich noch keine beschwert.«

Ich versuchte, seine Hand von meinem Hintern zu schieben, aber sie saß dort wie festgesaugt. Ich kniff meine Fingernägel, so stark ich konnte, in die weiche Haut.

Herr Wierig zog seine Hand zurück. Genau in diesem Augenblick kam Kernig wieder.

»Na?«, fragte er und grinste süffisant. »Komme ich zu früh?«

Herr Wierig rieb sich seine Hand und grinste schief zurück.

»Ja, Herr Schmierig war so reizend, mich zu einem gemeinsamen Bad in seinem Whirlpool einzuladen.« Ich sah Kernig vorwurfsvoll an. »Aber du musst schon verstehen, Klaus, dass du bei so abstoßend senilen Kunden noch einiges mehr drauflegen musst als vorher vereinbart.«

Wütend rauschte ich aus dem Zimmer. Mein Herz klopfte wie wild. Damit hatte sich eine offizielle Kündigung wohl erledigt.

»Kire, kire, kire, kire, kire«, sagte ich eindringlich, und die Wände warfen ein leises Echo zurück.

»Das ist ein Fall für den Betriebsrat«, sagte ich zu Beate.

Sie lachte sich halb tot. »Betriebsrat! Ein Betriebsrat bei Hoppe und Partner! Das ist wirklich gut!«

»Alles kann man sich nicht gefallen lassen«, sagte Anja Reisdorf, die die Post rundbrachte.

»Jedenfalls nicht für das Gehalt«, warf ich ein. »Morgen bin ich hier weg!«

»Du wirst also wirklich gehen«, stellte Beate fest. »Glaub aber bloß nicht, dass ich alleine hier bleibe.«

»Dann kündigen wir eben gemeinsam«, sagte ich begeistert. »Etwas Besseres als das hier finden wir allemal.«

Kaum war ich abends zur Tür hereingekommen, klingelte das Telefon.

»Ja?«, schrie ich. *Kire?*

»Schätzchen?« Meine Mutter. »Hast du's getan?«

»Was denn, Mama?«

»Gott sei Dank, sie hat nicht gekündigt!«, rief meine Mutter. »Meine Gebete sind erhört worden.«

»Mama? Freut euch nicht zu früh. Ich werde morgen kündigen, wenn sie mir nicht zuvorkommen. Wolf war heute nur nicht im Büro.«

»Kind, das darfst du nicht tun. Das sind so großzügige Menschen, die darfst du nicht enttäuschen«, flehte meine Mutter.

»Heute wurde ich von einem Kunden sexuell belästigt!«, rief ich in den Hörer.

»Wie bitte?«, schrie meine Mutter.

»Ich musste meine Haare offen tragen«, sagte ich. Petze, Petze, ging in 'n Laden, wollte Schweizer Käse haben. »Weil der Kunde auf langhaarige Blondinen steht. Und dann hat er sich in meinen Hintern gekrallt.«

In der Telefonzelle fiel ein schwerer Gegenstand zu Boden – ein Skischuh? Die Stimme meiner Mutter klang jetzt wütend. »Man hat unsere Tochter sexuell belästigt, Hans. In der Firma deines sauberen Tennisfreundes!«

»Und mein Chef war dabei«, fügte ich hinzu.

Meine Mutter war ehrlich entsetzt. »Du musst sofort kündigen, hörst du? Dein Vater sagt auch, dass du kündigen musst.«

»Also gut. Wenn ihr es sagt.«

»Wir kommen morgen nach Hause«, rief mein Vater im Hintergrund. »Das musst du nicht alleine durchstehen!«

Nein, aber ich konnte es. Zuversichtlich ließ ich mir ein heißes Bad einlaufen, voll mit wundervollem, weichem Schaum, der nach Rosen und Jasmin duftete.

»Kire, Kire, Kire, Kire«, sagte ich, als ich mich darin ausstreckte. »Kire!«

Und da klingelte das Telefon noch einmal.

»Ja?«

»Felicitas? Hier ist Erik.«

Ich holte tief Luft.

»Stör' ich dich gerade bei irgendwas?«

Was für eine absurde Frage. Ich musste lachen.

»Ich hätte dich schon eher angerufen«, fuhr Erik fort. »Aber ich hatte zu viel damit zu tun, Ordnung in mein Leben zu bringen. Vielleicht interessiert es dich zu hören, dass Britt, Jürgen und Wiebke ausziehen, sobald sie eine neue Wohnung gefunden haben, und spätestens bis zum ersten März. Mit all ihrem Plunder. Ich habe ihnen gesagt, dass ich mein Haus wieder für mich haben will.«

»Die sind sicher stinkesauer«, meinte ich.

»Ziemlich«, gab Erik zu. »Aber das ist mir jetzt egal. Und was ist mit dir?«

»Mir ist es auch egal.«

»Nein, ich meinte, was machst du gerade?«

»Ach so. Ich liege in der Wanne.« Zum Beweis plätscherte ich mit dem Wasser.

»Und was tust du anschließend? Können wir uns nicht sehen?«

»Doch«, sagte ich. »Willst du herkommen?«

Etwas polterte im Hintergrund.

»Ja«, rief Erik. »Ich bin schon unterwegs. Sag mir, wo du wohnst.«

Zwanzig Minuten später klingelte er an der Türe. Er musste gefahren sein wie der Teufel. »Da bin ich«, sagte er strahlend.

Ich strahlte zurück. Draußen hatte es wieder zu schneien begonnen. Erik bückte sich, um sich den Schnee von Mantel und Haar zu schütteln. Dabei konnte ich ganz deutlich eine kahle runde Stelle auf seinem Kopf erkennen.

»Du bekommst eine *Glatze*!«, schrie ich.

Erik richtete sich betroffen auf.

»Ja«, sagte er unglücklich. »Findest du das schlimm?«

»Es gibt Schlimmeres«, sagte ich. Besser er hatte eine Glatze und hörte auf, sich wie ein Idiot zu benehmen, als umgekehrt. Ich zündete Holz im Kamin an und machte uns einen heißen Grog. Während wir ihn tranken und darüber redeten, wie Jürgen, Wiebke und Britt wohl in Zukunft leben würden, kam Rothenberger von draußen herein, legte sich nass geschneit zwischen uns aufs Sofa und begann zu schnurren.

»Ich habe auch schon eine gute Idee, was mit Britts Bett geschehen soll«, sagte Erik. »Beate sucht doch eins, und sie hat die gleichen Initialen wie Britt. Wenn es ihr gefällt, schenke ich's ihr.«

Rothenberger drehte sich auf den Rücken und streckte alle viere in die Luft. Erik kraulte ihn sehr gründlich. Irgendwann begann er auch mich zu kraulen.

»Wenn ich noch einen Grog trinke, kann ich aber nicht mehr nach Hause fahren«, sagte er schließlich und sah mich abwartend an.

Und da war sie wieder, die günstige Gelegenheit, eine Nacht voller Leidenschaft und Romantik zu verpassen. Ich hätte Erik lediglich ein Mineralwasser anbieten müssen. Sicher werden Sie sich freuen zu hören, dass ich nichts dergleichen tat. Sechzehn verpasste Gelegenheiten waren genug.

Ich goss das Glas randvoll mit Rum.

Was noch zu tun blieb

»DAS KLEINE ARSCHLOCH hat dreimal nach dir gefragt«, sagte Beate, und da fegte es auch schon zur Türe herein.

»Ich habe schon auf Sie gewartet«, sagte es zu mir. »Haben Sie mir denn nichts zu sagen?«

»Doch«, entgegnete ich. »Eine ganze Menge sogar. Aber begleiten Sie mich doch nachher zu Herrn Hoppe. Mit dem habe ich um neun einen Termin. Dann muss ich nicht alles zweimal sagen!«

Kernig fand offenbar keine Worte. Stumm suchte er das Weite.

»Ich habe die ganze Nacht nicht geschlafen«, sagte ich zu Beate.

»Ich auch nicht«, behauptete Beate. »Ich habe darüber nachgedacht, ob ich nicht auch kündigen soll. Gleich heute! Aber ich warte erst mal ab, ob dich nicht doch der Mut verlässt.«

Die Zeit bis neun Uhr verbrachten wir mit Rollenspielen. Beate war Wolf und Kernig in einer Person, und ich konnte ich selber sein und an besonders treffenden Formulierungen feilen. Ich war ziemlich gut.

»Zeig's ihnen«, sagte Beate schließlich.

Zuerst ging ich zu Kernig nach nebenan.

»Wenn Sie Lust haben, dann kommen Sie jetzt mit zu Herrn Hoppe«, sagte ich zu ihm.

Kernig erhob sich widerspruchslos. »Worum geht es denn?«, fragte er unterwegs.

Aber das wollte ich ihm dann doch noch nicht verraten. Etwas Spannung musste sein!

Wolf saß hinter seinem riesigen Schreibtisch und rauchte wie üblich mehrere Zigaretten gleichzeitig. Er bot uns zwei Stühle an.

»Ja, Felicitas«, sagte er, als wir saßen. »Was gibt es denn so Dringendes?«

»Ich möchte kündigen«, antwortete ich freundlich.

Wolf beugte sich vor. »Nein, nein«, sagte er. »Die Kündigung nehme ich nicht an.«

Ich war vorübergehend aus dem Konzept gebracht. Auf diese Idee war Beate in unserem Rollenspiel vorhin nämlich nicht gekommen.

»Heute ist mein letzter Tag«, sagte ich dennoch.

»Heute?« Kernig, der bis dahin recht lässig in seinem Stuhl gehangen hatte, setzte sich kerzengerade auf. »Das ist ja wohl eindeutig ein Vertragsbruch.«

»Welcher Vertrag denn?«, fragte ich ihn. »Und selbst wenn es einen gäbe, dann befänden wir uns noch in der Probezeit.«

»Nun, nun«, machte Wolf begütigend. »Jetzt erzähl doch« – räusper, räusper –, »erzähl uns doch erst mal, was dir auf dem Herzen liegt.«

»Oh, das ist eine ganze Menge«, sagte ich bereitwillig. Diesen Teil des Gespräches hatte ich mehrmals geübt. Ich zog ordentlich vom Leder. Zuerst sprach ich über allgemeine Missstände in der Firma, über das veraltete Computerprogramm und die ungleiche Verteilung der Codewortkenntnisse. Und dann sprach ich über Kernig im Besonderen. Das war ein ergiebiges Thema, zumal ich es mit anschaulichen Beispielen aus dem Büroalltag unterlegte. Wie unfreundlich Kernig immer sei und wie wenig kooperativ. Dass er mich als Blitzableiter für verärgerte

Kunden ausnutze und als verkaufsförderndes Sexobjekt begrabschen und beleidigen ließe. Dass er niemals zur Lösung von Konflikten beitrüge, überhaupt alle Mitarbeiter von oben herab behandele und ich daher jede weitere Zusammenarbeit mit ihm kategorisch ablehnte.

Wolf folgte meinen Ausführungen mit betroffenem Gesichtsausdruck. Ich hatte fast den Eindruck, als hörte er derartige Klagen nicht zum ersten Mal.

»Nun«, sagte Kernig giftig, als ich zwecks Luftholens eine Pause machte. »Die Kollegen teilen Ihre Meinung keineswegs. Im Gegenteil: Man beschwert sich bei mir in einem fort über Ihr Vorgehen.«

»*Wer* beschwert sich?«, fragte ich ebenso giftig zurück.

»Nun, Ihre Kollegen eben«, behauptete Kernig. »Ich will hier nicht noch zusätzlich für Missstimmung sorgen, indem ich Namen nenne.«

Wolf verfolgte unseren Wortwechsel mit bekümmerter Miene.

»Ich möchte keinen Streit, bitte«, sagte er. Aber dafür war es jetzt ja wohl zu spät.

»Frau Stattelmann ist eine langjährige, erfahrene Mitarbeiterin. Sie weiß durchaus, wovon sie spricht, wenn sie Kritik äußert.« Kernig machte ein arrogantes Gesicht.

»Frau Stattelmann gehört zu den Mitarbeitern, die dazu beitragen, das Betriebsklima erheblich zu verpesten«, sagte ich. »Stellen Sie sich bitte mal vor: Sie hat sich geweigert, mein Büro zu betreten, für den Fall, dass mein Computer abstürzt.«

»Sie wird ihre Gründe haben«, sagte Kernig.

»Klaus«, sagte Wolf mahnend. »Wir wollen die Felicitas doch nicht noch mehr vor den Kopf stoßen. Wir sind hier, um die Probleme zu lösen, und nicht, um alles noch schlimmer zu machen.«

»Ich fürchte, da gibt es keine Lösung«, sagte ich. »Hier ist zu vieles im Argen, als dass ich noch bleiben wollte. Und schon gar nicht für dieses unglaublich niedrige Gehalt«, setzte ich hinzu.

»Das ist das höchste Anfangsgehalt, das wir hier jemals bezahlt haben«, sagte Wolf ernst, ohne einen einzigen Zwischenräusper.

Ich lachte schrill. Natalies Kommunionskleid hatte ungefähr das Doppelte gekostet.

»Außerdem«, setzte Wolf hinzu. »Außerdem habe ich ja gesagt, dass es bei uns, sagen wir mal so, dass es bei uns nach oben hin keine Grenzen gibt. Aber ich denke, es ist besser, wir kündigen dir tatsächlich. Du musst nur bleiben, bis wir eine Nachfolgerin gefunden haben. Das ist das Mindeste, was der Anstand dir vorschreiben sollte.«

Ich schwieg aufgewühlt.

»Und jetzt schüttelt ihr beide euch erst mal die Hände«, fuhr Wolf hartnäckig fort. »Händeschütteln und vertragen.«

Seinen großen, bittenden Kinderaugen war schwer zu widerstehen. Kernig hielt mir seine Hand hin. Ich ergriff sie verlegen und bewegte sie auf und ab. Kernig lächelte schief.

»Dann ist das also abgemacht«, rief Wolf. »Felicitas bleibt vorerst, und Klaus regelt die Angelegenheit mit Frau Stattelmann. Ich möchte, dass die beiden Frauen sich ebenfalls vertragen, und zwar sofort.«

Kernig und ich erhoben uns gleichzeitig.

»Streitigkeiten werden in dieser Firma immer gleich aus dem Weg geräumt«, rief Wolf hinter uns her. »Damit Missstimmung gar nicht erst aufkommen kann.«

Der Mann hatte wirklich ein sonniges Gemüt. Es war

nicht auszuschließen, dass er das Betriebsklima in seiner Firma tatsächlich für entspannt und angenehm hielt und solche Dinge nicht nur äußerte, um ahnungslose Bewerber zu ködern.

Vor der Tür sah ich Kernig misstrauisch an. »Und jetzt?«

»Das wäre doch wohl geklärt«, sagte Kernig.

»Sehen Sie zu, dass Sie bald eine Nachfolgerin für mich finden«, sagte ich unzufrieden.

»Sicher, sicher«, sagte Kernig und klopfte an Frau Stattelmanns Bürotüre.

In unserem Büro lachte Beate mir entgegen.

»Du musst dich beeilen«, rief sie. »Ich habe Erik schon angerufen. Er wartet bei dir zu Hause auf dich, damit ihr deine Kündigung feiern könnt.«

»Na ja«, sagte ich. »Sofort werde ich nicht gehen können.«

»Aber du hast doch gekündigt!«

»Ich habe versprochen zu bleiben, bis sich eine Nachfolgerin gefunden hat«, sagte ich lahm.

Beate machte ein schwer enttäuschtes Gesicht.

»Ich bin mir nicht mal sicher, ob ich es war, die gekündigt hat«, verteidigte ich mich. »Nachdem ich wirklich alles gesagt hatte, was man nur sagen konnte ... Kernig ist jetzt sogar bei der Stattelmann, um uns wieder zu versöhnen.«

»Wie rührend!«, höhnte Beate.

»Ja, nicht wahr«, sagte ich unsicher.

Wir hörten Kernigs Schritte den Flur herunterkommen. Er pfiff vergnügt vor sich hin. Das Gespräch mit der Stattelmann schien einen erfreulichen Verlauf genommen zu haben. Es hatte höchstens vier Minuten gedauert. Na, bitte!

»Ich bin gespannt, ob die Stattelmann sich bei mir entschuldigt«, sagte ich zu Beate.

Da hörten wir erneut Schritte den Flur herunterkommen, und gleich darauf baute sich die Stattelmann auf unserer Türschwelle auf. Das sonst so braune Ledergesicht war ganz weiß! Ich fühlte, wie sich mir bei ihrem Anblick die Nackenhaare aufstellten.

»Frau Trossst«, zischte das Ledergesicht. »Einesssss ssollten Sssie wisssen!«

Wie von geheimnisvollen Kräften herbeigerufen, war Anja Reisdorf hinter ihr aufgetaucht, und dahinter sah ich Frau Daubenbüschel stehen.

Die Stattelmann freute sich über Zuhörer. Sie warf ihre blonden Strähnchen in den Nacken und fuhr mit Bühnenlautstärke fort: »Wenn Sie mit mir nicht klarkommen, würde ich es begrüßen, wenn Sie mit mir persönlich darüber sprechen würden und nicht hintenherum beim Chef schlecht über mich integrieren würden. Ist das klar?«

Langsam dämmerte mir, dass Kernig der Versuch, uns zu versöhnen, nicht ganz gelungen war. Im Gegenteil. Was immer er gesagt haben mochte, es hatte alles noch viel schlimmer gemacht.

»Ob das klar ist?«, wiederholte die Stattelmann streng.

Ich spürte, dass die Blicke aller voller Erwartung auf mir ruhten, dachte an Erik und an meine Eltern und riss mich zusammen.

»Liebe Frau Stattelmann«, sagte ich und versuchte meiner Stimme jenen sanften, sicheren Klang zu verleihen, der mich bei Kernig immer auf die Palme trieb. »Wir wissen doch beide, dass nicht ich mich über Sie beschwert habe, sondern Sie sich über mich. Und zwar hintenherum. *Das* nennt man in-tri-gie-ren. Sollen wir uns trotzdem nicht einfach wieder vertragen und die ganze lächerliche Geschichte vergessen?« Ich lächelte vorsichtig.

Die Stattelmann wollte aber nicht.

»Für Sie mag das lächerlich sein«, zischte sie, »aber für mich nicht. Ich lasse mir von einer wie Ihnen doch nichts vorschreiben!«

»Sie müssen sich ja auch nichts vorschreiben lassen«, sagte ich begütigend. »Ich bin sowieso bald weg hier. Aber wir könnten diese letzte Zeit einfach besser zusammenarbeiten, wenn wir die alberne Sache vergessen. Ich weiß nicht mal genau, weswegen Sie so schlecht auf mich zu sprechen sind. Trotzdem – ich bin nicht nachtragend.«

»Sie vielleicht nicht, aber ich«, erwiderte die Stattelmann kalt. »Und ich muss auch nicht mit Ihnen kondolieren. Ich bin jetzt zwanzig Jahre im Betrieb, und der Chef weiß sehr wohl, was er an mir hat. Sie brauchen nicht zu denken, dass ich mich ändere, nur weil Sie jetzt daherkommen und sich wer weiß was darauf einbilden, dass Sie studiert haben!«

»Minderwertigkeitskomplexe?«

»Ha, dass ich nicht lache!«, rief die Stattelmann. »Ich und Minderwertigkeitsdings wegen einer wie Ihnen! Ich lass mich nur nicht von Ihnen herummaniküren wie ein Hampelmann. Hier werden Sie nur über meine Leiche was ändern, das sage ich Ihnen!«

Die Stattelmann als Leiche war eine so verlockende Vorstellung, dass ich plötzlich genau wusste, dass ich hier keinen einzigen Tag länger bleiben durfte, schon in Frau Stattelmanns Interesse.

»Wissen Sie was?«, rief ich. »Sie haben Recht. Sie arbeiten seit zwanzig Jahren in diesem antiquierten Laden, schikanieren die Leute und verpesten das Betriebsklima. Und von mir aus können Sie das auch noch die nächsten zwanzig Jahre tun. Aber ich – ich gehe jetzt!«

»Richtig so«, sagte Beate erleichtert.

»Bravo!«, rief die Daubenbüschel, und »Ich gehe auch«, sagte Anja Reisdorf.

Es war besser als im Film! Ich fühlte mich wunderbar. Lässig schob ich die Stattelmann zur Seite und marschierte an ihr vorbei in Kernigs Büro. Die Türe stand wie immer offen.

»Sicher haben Sie mitbekommen, was sich soeben abgespielt hat«, sagte ich zu ihm.

Er machte einen erschreckten Eindruck, sagte aber nichts.

»Und sicher verstehen Sie auch, dass ich deshalb keine Verpflichtung mehr sehe, meine Zugeständnisse Ihnen und Herrn Hoppe gegenüber einzulösen«, fuhr ich fort. »Wenn Sie nicht in der Lage sind, sich an die Abmachungen zu halten, dann sehe ich mich dazu ebenfalls nicht gezwungen. Wie Sie eine Nachfolgerin finden und einarbeiten, ist ab jetzt Ihr Problem. Ich werde meine Sachen zusammenpacken und gehen.«

»Ich auch«, sagte Anja, die mit Beate hinter mir in der Türe stand. »Ich hab's satt, hier Ihren Knecht zu spielen und Ihre ätzenden Launen zu ertragen.«

»Ich gehe auch«, setzte Beate hinzu.

Kernig gab immer noch keinen Mucks von sich.

»Vielleicht übernimmt ja Frau Stattelmann einen Teil unserer Arbeit«, schlug ihm Beate vor. »Sie kommen doch so wunderbar mit ihr aus.«

Kernig schwieg eisern. Aber man sah deutlich, wie sich kleine Schweißtröpfchen auf seiner Stirnglatze bildeten und langsam auf die Augenbrauen zurollten.

»*Ich* gehe nicht«, rief Frau Daubenbüschel von hinten.

»Aber ich werde mir auch nichts mehr von Ihnen gefallen lassen, das können Sie mir glauben. Hier kehren jetzt andere Zeiten ein!«

Da Kernig sich offenbar nicht entschließen konnte, etwas zu der Angelegenheit zu sagen, ließen wir ihn im Schweiße seines Angesichtes sitzen.

Ich brauchte keine Minute, um meine Sachen zusammenzupacken, aber Beate benötigte etwas mehr Zeit. Sie hatte Bilder an die Wand gepinnt, um ihrer Büroecke eine persönliche Note zu geben, und die Topfpflanzen sowie das Radio gehörten ebenfalls zu ihrem Privatbesitz. Es dauerte eine Weile, bis sie jede ihrer Spuren getilgt hatte.

Dann war es endlich soweit. Von Wolf Hoppe konnte ich mich nicht mehr persönlich verabschieden, weil er laut Frau Müller-Seitz das Haus bereits verlassen hatte.

»Und das tun wir jetzt auch«, sagte Beate.

Nur eines blieb noch zu tun: Mit feierlicher Geste überreichte ich Frau Daubenbüschel zu treuen Händen einen Zettel mit den drei geheimen Codewörtern: TESSIE, KESSIE und JESSIE.

»Eine Revolution«, flüsterte Frau Daubenbüschel ehrfürchtig. »Damit werde ich diesen Laden auf Vordermann bringen!«

Beate brachte mich nach Hause. In unserer Einfahrt standen sowohl der Wagen meiner Eltern samt Skisarg auf dem Dach als auch Eriks Kleintransporter.

»Du hast es gut«, seufzte Beate.

»Komm doch mit rein«, sagte ich. »Dann feiern wir alle zusammen diesen denkwürdigen Tag.«

Aber Beate wollte das Ereignis lieber allein zu Hause in ihrer Badewanne mit einer Flasche Champagner feiern. Meine Mutter öffnete die Haustüre und umarmte mich, als sei ich drei Jahre fort gewesen.

»Du bist ja so tapfer«, schluchzte sie. »So ein tapferes Kind!«

Auch mein Vater sah gerührt aus. »Diese Hoppes sollen mir noch mal kommen, von wegen Efeu entfernen und so«, meinte er grimmig.

Hinter ihm stand Erik und lächelte breit, so als gehörte er bereits zur Familie.

»Hast du's denen ordentlich gegeben?«, fragte meine Oma aus dem Hintergrund.

»Ja, Oma«, sagte ich glücklich. »Das habe ich.«

Meine Eltern hatten Sekt kalt gestellt, und wir stießen auf meine Kündigung an wie auf eine Beförderung. Genau genommen war es ja so etwas Ähnliches.

»Das ist mal ein netter Junge«, sagte meine Mutter, als Erik gefahren war. »Verdient schon sein eigenes Geld.«

»Er ist auch sonst nicht übel«, sagte ich.

Am Abend dieses denkwürdigen Tages rief Nina an.

»Ich hatte so einen ätzenden Urlaub«, sagte sie. »Ach, du bist wirklich zu beneiden, als Single!«

Ich und Single!!! Die Gute hatte wohl auf dem Mond Urlaub gemacht! Ich beeilte mich, sie auf den neuesten Stand zu bringen.

»Das glaube ich nicht«, rief Nina.

»Es ist aber wa-hahr. Oh, was haben wir denn da?« Neben Rothenbergers Schlafkissen zwischen Papyrus und Rosmarin hatte ich das Marmeladenglas mit meinem Fluch gefunden. Ein wohliger Schauder lief mir über den Rücken.

»Sicher hat er eine grässliche Mutter, die jeden Samstag zum Kaffeetrinken kommt und seine langen Unterhosen bügelt«, sagte Nina.

»Nein«, trumpfte ich auf. »Er ist Waise, er bügelt seine Wäsche selber!«

Nina legte schwer beeindruckt auf. Kaum hatte ich auf die Aus-Taste gedrückt, klingelte es wieder.

»Hoppe hier, Felicitas, bist du's?«

»Ja. Tag, Frau Hoppe.«

»Ich habe gerade erst von meinem Mann gehört, was du getan hast«, sagte Roswitha sanft.

Ja. Und?

»Weißt du, mein Mann wollte die Sache ja einfach ruhen lassen, aber ich möchte schon, dass du wenigstens weißt, wie sehr du uns enttäuscht hast! Ganz abgesehen von den Kosten, die du verursacht hast.«

»Eintausendsechshundertdreiundzwanzig Mark und vierundvierzig Pfennige.« Ich drehte das verfluchte Marmeladenglas in meinen Händen hin und her. »Das hat die Firma sicher an den Rand des Ruins getrieben.«

»Einem neuen Mitarbeiter Vertrauen schenken, ihn einarbeiten und ihm Gehalt zahlen, das kostet immer eine Stange Geld«, sagte Frau Hoppe ungerührt. »Und wenn jemand dann einfach geht, ohne sich rentiert zu haben, hat die Firma einen Verlust erlitten.«

»Das hat sie in der Tat«, sagte ich. »Aber keineswegs finanzieller Art.«

»Mein Mann ist schwer enttäuscht«, behauptete die Hoppe, »denn das ist noch niemals vorgekommen, dass jemand sich nicht in das Betriebsklima einfügen konnte und gekündigt werden musste.«

Ich lachte dreckig. »Mit mir haben heute zwei weitere Mitarbeiterinnen gekündigt! Und was das Betriebsklima angeht: Ein feindschaftlicheres und unangenehmeres habe ich bisher nirgendwo erlebt.« –

Frau Hoppe machte eine Pause. Dann aber sprach sie weiter, als habe sie das nicht gehört. »Nun ja, Felicitas. Du sollst schon wissen, dass ich bei allem Unmut, den ich jetzt empfinde, auch Mitleid mit dir habe. Wolf sagt das auch. Leute wie du haben einfach kein Durchhaltevermögen, kein wirkliches Verhältnis zur Arbeit.«

Etwas knurrte ungehalten, ganz in meiner Nähe. Es schien mir, als käme das Geräusch direkt aus dem Glas in meiner Hand.

»Einer muss es dir schließlich mal sagen«, meinte Roswitha. »Es ist kein Zufall, dass du arbeitslos warst, mit dieser Einstellung. Und ich kann mir nicht vorstellen, dass du jemals wieder eine Stelle bekommst.«

Das ging jetzt wirklich unter die Gürtellinie. Ich schraubte das knurrende Marmeladenglas auf und schwieg.

»Aber wir wollen *bitte* nicht im Streit auseinander gehen«, fuhr die Hoppe fort. »Dafür kennen wir auch deine Eltern viel zu lange. Deine armen Eltern. Hast du überhaupt mal darüber nachgedacht, was du denen antust? Die können uns ja nicht mehr in die Augen sehen, nach dieser Geschichte.«

In diesem Augenblick sah ich *sie,* hinter dem Rosmarin am unteren Fensterrand. Es war eine große Fliege mit grünschillerndem Panzer. Sie war irgendwann im Spätsommer gestorben und hatte seitdem hier gelegen und auf mich gewartet. Auf mich und auf Frau Hoppes Wortattacke.

Vorsichtig nahm ich die morschen Flügel zwischen Daumen und Zeigefinger.

»Ich bin froh, dass unsere Natalie aus anderem Holz

geschnitzt ist«, sagte die Hoppe. »Aber du warst ja immer schon ein Sorgenkind.«

Ich ließ die tote Fliege über dem offenen Marmeladenglas baumeln.

»Wissen Sie was, Frau *Hoppe, Hoppe, Hoppe*?«, fragte ich. Die Fliege segelte sachte hinab und vermischte sich mit den anderen Zutaten. Ein zarter Duft nach Schwefel und Klettenwurzel stieg mir in die Nase. »Rutschen Sie mir den Buckel runter!«

Und damit legte ich den Hörer auf.

Epilog

FELICITAS FAND EINEN neuen Job bei einer Werbeagentur, der ihr großen Spaß machte. Sie entwickelte einen Slogan für ein neuartiges Mittel gegen Haarausfall, der mit mehreren Werbepreisen ausgezeichnet wurde. Die Firma, die das Haarwuchsmittel herstellte, machte viele Männer glücklich, expandierte und schaffte damit allein in Deutschland sechshundert neue Arbeitsplätze. Auch Erik hat heute keine kahle Stelle mehr. Er und Felicitas wohnen seit geraumer Zeit zusammen mit Rothenberger und Eriks Katze Serafine in seiner alten Villa. Als erstes haben sie Jürgens Graffitis übermalen lassen.

Beate hat ganz in der Nähe einen Laden aufgemacht, in dem man alle möglichen Hexenartikel kaufen kann. Der Laden hat so großen Zulauf, dass Beate daran denkt, demnächst eine zweite Niederlassung zu gründen. Anja Reisdorf soll die Filiale leiten.

Britt hat die Beziehung zu ihrem Professor beendet. Sie ist heute mit dem Chef der Anwaltskanzlei verbandelt, bei der sie arbeitet. Er hat ihr fest versprochen, seine Frau in Kürze zu verlassen. Jürgen und Wiebke haben eine neue WG gegründet und sind mit einem Ökowindel-Hol-und-Bring-Service ganz groß herausgekommen.

Natalie Hoppe hat eine gesunde Tochter zur Welt gebracht, Vanessa-Doreen, ein echtes Überfliegerkind, mit acht Monaten das jüngste Mitglied der Ballettschule

»Golden Steps«. Mark verließ Natalie, als er einen Mann kennen lernte, der eine fatale Ähnlichkeit mit dem jungen Karl-Heinz Böhm hatte. Die beiden Männer heirateten ein halbes Jahr später in Dänemark. Natalie wohnt heute mit Vanessa-Doreen wieder bei ihren Eltern. Mehrere Versuche, über die Zeitung einen Mann zu finden, scheiterten. Beim Verlegen eines Starkstromanschlusses in ihrem alten Kinderzimmer bohrte der Installateur aus Versehen eine Wasserleitung an. Das Wasser ruinierte das Parkett sowie die altenglische Ledergarnitur im Stockwerk darunter und war auch dafür verantwortlich, dass Roswitha Hoppe ausrutschte und mit dem Gesicht auf den marmornen Kaminsims fiel. Sie verlor dabei einen Schneidezahn. Der später eingesetzte Stiftzahn sah trotz Konsultation der besten Zahnärzte im Bundesgebiet niemals ganz echt aus.

Bei Hoppe und Partner GmbH gab es eine ungewöhnlich große Anzahl Fehllieferungen, ein Großkunde aus den Vereinigten Emiraten kaufte plötzlich bei der Konkurrenz, zwölf Mitarbeiter verließen die Firma, ohne das gesetzliche Rentenalter erreicht zu haben. Nach reiflicher Überlegung blieb Wolf nichts anderes übrig, als Klaus Kernig zum Sündenbock zu stempeln und die Partnerschaft aufzukündigen. Kernigs Nachfolgerin in der Exportabteilung wurde Frau Daubenbüschel. Ihre erste Amtshandlung war der Rausschmiss von Frau Stattelmann. Die fand aber wenig später eine Anstellung in einem Nagelstudio, wo sie nun nach Herzenslust herummaniküren kann.

Zum letzten Weihnachtsfest – Natalie bekam das erste Mal kein Cabrio geschenkt, sondern eine Karibikkreuzfahrt für Singles – erhielten die Hoppes einen anonymen Brief, in dem darauf hingewiesen wurde, dass sie möglicherweise mit einem Fluch belegt sein könnten. Beiliegend eine Visitenkarte von *»Beates Hexenlädchen«*. Roswitha zerriss Brief und Karte in kleine Fetzen und warf sie in den Abfalleimer. Als zwei Tage später der Sperrmüllwagen vorbeikam, nahm man aus Versehen Vanessa-Doreens Puppenwagen mit. Es war eine Sonderanfertigung mit abnehmbarem Verdeck und Vanessa-Doreens Initialen in Blattgold …

Kerstin Gier, Februar 1997

Kerstin Gier

Die Braut sagt leider nein

Roman

DIE MEISTEN HOCHZEITEN regen nicht zur Nachahmung an, sagt meine Freundin Hanna, und die meisten Ehen auch nicht.

Sie hat Recht, finde ich. Trotzdem gibt es auf fast jeder Hochzeit einen magischen Augenblick, in dem ich mir innig wünsche, auch eine Braut zu sein.

Für die Hochzeit von Julia mit Peter, einem Arbeitskollegen meines Freundes Alex, hatte ich mir einen teuren Hut gekauft. Er war aus cremefarbenem Panamastroh, hatte eine über der Stirn aufgebogene Krempe, und sein dunkelgrün-kariertes Band passte genau zu meinen Augen und dem Leinenkleid, das ich trug. Ich war sehr zufrieden mit meinem Aussehen, bis Julia die Kirche betrat. Ein Raunen ging durch die Gästeschar, als sie langsam zwischen den Bänken den Mittelgang entlangschritt.

Das Oberteil des schneeweißen Kleides schmiegte sich um ihre schmale Taille und ließ die zart gebräunten Schultern frei. Eine doppelreihige Perlenkette betonte ihren schlanken Hals, und der weite Rock schwang bei jedem Schritt sanft vor und zurück, lautlos wie eine Wolke.

Fotoapparate klickten, und mindestens zwei Verwandte ließen ihre Videokameras surren. Eigens zu diesem Zweck aufgebaute Leuchten tauchten die Kirche in gleißendes Licht, aber die Braut musste nicht mal blinzeln.

»Julia sieht so anders aus«, flüsterte Alex neben mir.

»Neun Wochen Diät, jeden Tag zwei Stunden Fitnessstudio und zweimal die Woche Solarium«, flüsterte ich zurück.

»Und wo kommen die Locken her?«, wollte Alex wissen. »Ist das eine Perücke?« Im wirklichen Leben hatte Julia nämlich brettglattes Haar, das sich so platt um ihren Kopf legte, dass man ihre Ohren sah. Heute war von den Ohren keine Spur zu sehen. Ein Kranz aus weißen und blauen Blüten schwebte auf wuscheligen, glänzenden Locken, und von Julias Schläfen herab kringelten sich goldene Strähnen wie feine Hobelspäne. Auch ihr Gesicht wirkte anders als sonst. Ihre Augen leuchteten veilchenblau, und der Teint schimmerte matt und rosig.

Julia blieb vor dem Altar stehen und sah mit einem glücklichen Lächeln zu Peter auf, der hier auf sie gewartet hatte. Ihr Rock schwang noch ein paar Mal sachte hin und her, bevor er zur Ruhe kam. Er bestand aus vierzehn Lagen feinstem Tüll, wie ich aus gut informierten Kreisen erfahren hatte, jede Lage vier Meter weit.

Ich fragte mich, wie ich wohl in solch einem Kleid aussehen würde. Natürlich nach neun Wochen Hunger-, Fitness- und Sonnenbankfolter. Ganz sicher hätte ich mir andere Farben für den Blütenkranz ausgesucht. Zu Julias blauen Augen und dem blonden Haar passten Weiß und Blau hervorragend, aber meine Haare sind dunkelbraun und glücklicherweise von Natur aus leicht gelockt. Meine Augen sind grün. Bei mir würde ein Kranz aus duftenden Orangenblüten gut aussehen, und dazu ein Kleid aus cremefarbener Wildseide, in dem ich den Gang zwischen den Kirchenbänken zum Altar hinaufschreiten würde.

Was für eine Vorstellung!

Aufgeregt griff ich nach Alex' Hand. Er drückte fest zurück. Vielleicht hatte er gerade das Gleiche gedacht wie ich?

Vorne beim Pastor angekommen, musste das Hochzeitspaar niederknien. Für den Bräutigam, der in seinem schlichten hellgrauen Anzug neben der Braut nicht weiter auffiel, war das kein Akt, aber Julia verhedderte sich hoffnungslos in ihren Tüllröcken. Die Brautmutter und die Trauzeugin mussten herbeispringen, um ihr behilflich zu sein. Trotzdem ging etwas schief, denn als Julia sich endlich auf die Knie niederließ, hörte man jenes stumpfe Geräusch, das Tüll macht, wenn er zerreißt.

Wieder ging ein Raunen durch die Kirche.

Alex stieß mich erneut in die Rippen und kicherte.

Mir tat Julia leid. Ich bin nur froh, dass Wildseide nicht so leicht reißt wie Tüll. Ich würde mit einer einzigen geschmeidigen Bewegung niederknien, und dabei würde sich mein Kleid wie eine schimmernde Aureole um mich legen. Ich würde aussehen wie eine von Christo verpackte Südseeinsel.

»Willst du, Julia, den hier anwesenden Peter zum Mann nehmen, ihn lieben und ehren, bis dass der Tod euch scheidet, so antworte mit Ja.«

»Ja, ich will«, sagte Julia leise und ohne auch nur den Bruchteil einer Sekunde zu zögern. Auch das Blitzlichtgewitter ringsum hatte sie nicht abgelenkt. Ihre Stimme klang zart und melodisch und ganz einfach reizend. Sicher hatte sie das zu Hause hundertmal geübt.

Dabei wäre diese Rolle durchaus noch ausbaufähig gewesen. Ein winziges Zögern vor dem Ja und ein Lächeln hinauf zum Bräutigam hätten der Sache noch ein bisschen mehr Würze gegeben.

Peter und Julia tauschten ihre Ringe. »Mit diesem Ring gelobe ich dir ewige Treue«, sagte Peter, und Julia gelobte das Gleiche.

»Was Gott zusammengefügt hat, soll der Mensch nicht trennen«, behauptete der Pastor ohne weitere Umschweife, die Orgel intonierte »Großer Gott, wir loben dich«, und die Gemeinde fiel zaghaft ein.

Ich suchte missgestimmt nach meinem Gesangbuch. Das war's doch nicht etwa schon? Kein »Sie dürfen die Braut jetzt küssen!«? Nicht mal »Wenn jemand gegen diese Verbindung Einspruch zu erheben hat, so tue er das jetzt unter den Augen Gottes oder schweige für immer«.

Enttäuschend.

Brautmutter und Trauzeugin halfen Julia wieder auf die Füße, und Peter geleitete sie durch den Mittelgang zum Portal.

»Das wäre geschafft«, seufzte Alex und stand ungeduldig auf. Er hatte Schwierigkeiten gehabt, seine langen Beine in der engen Bank unterzubringen. »Endlich.«

»Das ging alles so schnell«, maulte ich. »Also, ich an Julias Stelle würde mich beschweren.«

»Bloß nicht! Ich habe Hunger«, sagte Alex. »Hoffentlich gibt es bald was!«

Aber es dauerte eine ganze Weile, bis wir den Parkplatz der Kirche verlassen konnten, um zu dem Landgasthof zu fahren, in dem die Hochzeitsfeier stattfinden sollte. Alle wollten dem Brautpaar sofort ausführlich gratulieren – auch zu diesem herrlichen Spätsommerwetter, wie ich mehrfach vernahm – und der Braut Komplimente wegen des Kleides machen. Und dann mussten ja auch noch die Fotos geschossen werden.

Obwohl jeder zweite einen Fotoapparat um den Hals

trug, hatte man einen Fotografen engagiert, der sofort ganz professionell damit begann, die Hochzeitsgäste auf der Kirchentreppe um das Brautpaar herum zu postieren. Bis alle im Bild waren, vergingen fast zwanzig Minuten. Julias Tante Emmi wollte nämlich unbedingt in der ersten Reihe stehen, obschon sie hinter ihrem taillierten Blümchenzelt, Größe 50, die beiden Trauzeugen und eines der fotogenen kleinen Mädchen, die vorhin Blumen aus einem Spankörbchen gestreut hatten, völlig verdeckte. Als es dem Fotografen endlich mit Geduld und diplomatischem Geschick gelungen war, Tante Emmi auf einen Posten weiter außerhalb zu versetzen, die Mütter ihre Kinder wieder eingefangen hatten und alle erleichtert in die Kamera lächelten, schrie Julia plötzlich schrill auf. Dabei ruderte sie so heftig mit den Armen, dass das ganze Gruppenbild aus der Form geriet.

»Hilfe! Etwas ist unter meinem Rock!«, schrie sie mit überschnappender Stimme. »Etwas ist unter meinem Rock! Hilfe!«

Brautmutter, Trauzeugin und zwei andere hilfreiche Frauen stürzten herbei und vor Julia auf die Knie. Hastig rafften sie die Tüllröcke hoch.

»Eine Wespe«, schrie die Brautmutter, und ein Raunen ging durch die Gästeschar. »Ich höre sie summen. Halt ganz still, Kind!«

»Hilfe, eine Wespe«, kreischte Julia. »Ich will nicht, dass sie mich sticht! Macht sie tot! Macht sie tot!«

»Das haben wir gleich«, versprach die Trauzeugin in beruhigendem Tonfall, und sie und die anderen Frauen hoben nun Tülllage für Tülllage an und entblößten dabei mehr und mehr von Julias Beinen.

Der Bräutigam lockerte nervös seine Fliege, die Hochzeitsgäste verfolgten das Spektakel ebenfalls atemlos. Durch die letzten Tüllschleier hindurch sah man schon deutlich Julias halterlose Strümpfe und das Strumpfband, das ihr Glück bringen sollte. Plötzlich herrschte Mucksmäuschenstille auf der Kirchentreppe. »Da!«, schrie Julia. »Sie krabbelt auf meinem Bein herum! Sie soll mich nicht stechen! Hilfe! Macht sie doch endlich tot! Macht sie tot!«

Die Brautmutter lüftete den letzten Tüllrock, und alle Hälse ringsum reckten sich noch ein bisschen mehr. Vor allem die angeheirateten Onkel hatten auf einmal kein Doppelkinn mehr.

Alex stieß mich in die Rippen.

»Jetzt sollte der Fotograf mal Fotos machen«, flüsterte er grinsend. »Das wäre der Knüller für die Lokalpresse.«

Ich musste kichern.

»Da ist ja das Untier«, rief die Trauzeugin froh und meinte die völlig verstörte Wespe, die sogar nur eine Biene war und nun mit erleichtertem Brummen in den Septembernachmittag entwich.

Die Hochzeitsgäste klatschten ebenfalls erleichtert Beifall. Seufzend machte sich der Fotograf wieder ans Werk. Bis nun Julias Kleid in Ordnung gebracht war, ihre schreckensbleichen Wangen sich wieder zart gerötet hatten, alle zurück auf ihre Plätze dirigiert worden waren und die Kamera endlich losklickte, hatte auch ich Hunger bekommen.

Aber ich musste mich noch über anderthalb Stunden lang gedulden, denn die anwesenden Hobbyfotografen durften nun ebenfalls Gruppenbilder schießen, und anschließend führten Braut und Bräutigam die mit weißen Schleifchen an den Antennen gekennzeichnete Autokolonne mit ihrem blumengeschmückten Leih-Rolls-Royce konsequent mit Tempo 30 zu dem elf Kilometer entfernt liegenden Landgasthof. Bis dann alle vierundachtzig geladenen Gäste ihre Platzkärtchen an der riesigen, hufeisenförmigen Hochzeitstafel gefunden hatten, knurrte mein Magen wie ein gereizter Tiger.

»Ich bin schon ganz hohl«, jammerte Alex, und ich wusste genau, wie er sich fühlte.

Zunächst sah es so aus, als würde unserem Leiden bald ein Ende bereitet. An der Stirnseite des Saales war ein verlockend aussehendes Büfett aufgebaut. Hinter duftenden, dampfenden Behältern, in denen ich Unmengen von Kartoffelgratin und Engadiner Gulasch vermutete, standen bereits livrierte Kellner mit gezückten Kellen. Die Gäste scharrten ungeduldig mit den Füßen. Alles wartete nur noch auf den Startschuss.

»Erlösung naht, mein Retter lebt«, flüsterte Alex.

Aber jetzt war es erst mal Zeit für eine Rede des Brautvaters. Er klopfte, um Gehör bittend, an sein Glas und sprach dann eine geschlagene Viertelstunde über das Glück, das er an diesem heutigen Tage empfand. Das Publikum quittierte mit anerkennendem Raunen seine ganz nebenbei fallen gelassene Bemerkung über die Freude, mit der er die zigtausend Mark für die Hochzeitsfeier lockergemacht habe.

Das hätte er allerdings besser nicht erwähnt, denn nun konnte der Vater des Bräutigams mit seiner Rede unmöglich bis nach dem Hauptgang warten. Er klopfte also ebenfalls an sein Glas und hielt eine Rede, die der seines Vorredners in nichts nachstand. Besonders betonte er, mit welch großer Freude er dem jungen Brautpaar eine seiner Lebensversicherungen überschrieben habe, von der nun die gerade fertig gestellte Doppelhaushälfte der beiden finanziert würde.

Die Gäste klatschten begeistert Beifall. Erleichtert

wollte der Bräutigam nun das Zeichen zum Essenfassen geben, als eine rundliche Gestalt im weißen Nachthemd in die Mitte des Hufeisens trat. Sie trug einen Reif aus Alufolie über der Stirn und auf dem Rücken Pappflügelchen. In der Hand hielt sie einen mit Goldpapier ausgeschlagenen Marktkorb, randvoll mit kleineren Gegenständen.

Braut und Bräutigam tauschten einen besorgten Blick. Sie schienen die Dame im Nachthemd zu kennen. Ich musste zweimal hinsehen, bevor ich sie erkannte: Es war die Brautmutter.

Sie lächelte freundlich in die Runde und behauptete:

»Ich bin ein Engel, wie ihr seht,
und komme hoffentlich nicht zu spät!«

»Eher zu früh«, sagte ein hungriger Onkel vorwitzig, und alle lachten. Aber davon ließ sich der Brautmutterengel nicht beirren.

»Vom Himmel hoch, da komm ich her,
ich muss euch sagen, ich trage schwer.«

Dabei deutete sie auf ihren Marktkorb.

»Denn alle die Heiligen im Himmel oben,
die wollen das Brautpaar mit Geschenken loben.
Jeder dachte sich was Feines aus,
und dann schickten sie mich mit diesem Korb aus dem Himmelshaus.«

Sie hielt eine Tütensuppe in die Luft.

»Über dies feine Geschenk von der heiligen Jutta
geriet der ganze Himmel ins Schwärmen;
denn ob ihr es glaubt oder nicht, das Süppchen soll euch das Herze erwärmen.«

Die Zuschauer schwiegen verwirrt. Eine Heilige, die Tomatencremesuppe mit Croutons verschenkte? Hatte man so was schon mal gehört?

Der Himmelsbote im Nachthemd überreichte dem Brautpaar die Suppentüte und zog dann eine Klopapierrolle aus dem Korb.

»Dies wichtige und weiche Papier am Meter,
das gab mir der heilige Hans-Peter«,
rief sie, und da ertönte hier und da vereinzelt Gelächter. Sicher waren das diejenigen, die noch vor der Kirche warm zu Mittag gegessen hatten.

»Ich wusste gar nicht, dass es Heilige namens Jutta und Hans-Peter gibt«, raunte ich meiner Tischnachbarin, einer jungen Frau in meinem Alter, zu. Sie hatte sich zurückgelehnt und verfolgte das Tun des Engels mit bewölkter Miene.

»Nein, aber die Trauzeugin heißt Jutta«, antwortete sie. »Und Hans-Peter ist ein Cousin von Jutta. Der sitzt dort drüben.«

Ich ahnte Böses. Die Brautmutter hatte ihren himmlischen Reimen die Gästeliste zugrunde gelegt, und der Korb war noch bis oben hin voll!

»Macht die jetzt etwa alle vierundachtzig Gäste durch?«, flüsterte ich schwach.

Meine Tischnachbarin nickte grimmig. Die Brautmutter hielt derweil eine Orange in die Höhe.

»Und diese saftige Apfelsine,
die gab mir für euch die heilige Sabine«,
verkündete sie froh. Julia legte die Orange neben Klopapier und Tütensuppe auf ihren Teller und harrte ergeben der Dinge, die da noch kommen würden.

»Ein Königreich für diese Orange«, flüsterte Alex mir zu. »Meine Magenwände reiben sich schon gefährlich aneinander.«

Im gleichen Moment horchte er auf, denn soeben überreichte die Brautmutter eine Packung Heftpflaster im Auftrag des heiligen Alex, und sofort danach ein Tütchen Gummibären von der heiligen Elisabeth, die war so nett.

Elisabeth, das war ich. Elisabeth Jensen, achtundzwanzig Jahre alt und ledig. Unverheiratet, jawohl. Wenn man mal von der Sache mit dem wildseidenen Kleid, dem Orangenblütenkranz und den Einkommensteuern absah, gab es auch keinen Grund, an diesem Zustand etwas zu ändern. Nicht, wenn man dafür eine Feier wie diese in Kauf nehmen musste.

»Heiraten ist eine Strafe«, sagte meine Tischnachbarin, als habe sie meine Gedanken gelesen.

Ich nickte. Die Engelgeschichte hier war Alex' Mutter durchaus ebenfalls zuzutrauen. Ich konnte sie schon förmlich vor mir sehen, mit Nachthemd und einem Heiligenschein aus Alufolie in den blonden Strähnchen.

»Die Hochzeit ist sozusagen der Höhepunkt einer jeden Beziehung«, erklärte meine Nachbarin ernst. »Danach geht es nur noch abwärts.«

Ich nickte und warf einen Blick auf ihren Ehegatten, der einen Platz weiter saß, das Kinn auf die Brust gesenkt. Er hatte das einzig Richtige getan: Er war eingeschlafen.

»Nur noch abwärts«, wiederholte seine Frau.

Ich drehte mich zur anderen Seite.

»Hast du das gehört?«, fragte ich Alex.

Alex schüttelte den Kopf. »Ich möchte dich etwas Wichtiges fragen«, sagte er ernsthaft.

»Mich?«

»Ja.« Alex nickte. »Ich dachte, heute ist der passende Anlass für so eine Frage. Ich hätte es dich schon längst gefragt, aber ich hatte Angst, du sagst am Ende nein.«

Mein Herz begann auf einmal schneller zu schlagen,

und ich vergaß, was ich eben noch gedacht hatte. Stattdessen fragte ich mich, ob man so ohne weiteres Orangenblüten im Blumenladen bekam und wie es wohl aussähe, würde man kleine Früchte mit in dem Kranz verarbeiten.

»Ich möchte dich fragen, ob du – ob du dir vorstellen kannst –«, begann Alex stockend.

Ich lächelte ihn ermutigend an. »Ja?«

»Ob du dir vorstellen kannst, dein Leben mit mir –«, fuhr er fort. »Also, wir kennen uns jetzt drei Jahre. Ich finde, es wird Zeit, dass wir zusammenziehen.«

»Ja?«, flüsterte ich und wusste für ein paar Sekunden nicht, ob ich enttäuscht oder erleichtert sein sollte.

»Willst du?«, fragte Alex beinahe schüchtern.

Ich zögerte eine winzige Sekunde lang. Dann lächelte ich zu ihm auf und sagte, so melodisch ich konnte: »Ja, ich will.«

»Und die heilige Ulrike, ei der Daus,
die gab mir dies Taschentuch
für unsere Juliamaus«,

rief der Engel fröhlich. Der Marktkorb war fast leer. Aber immer noch lag dieser glückliche Schmelz über Julias Teint. Nichts konnte sie aus der Ruhe bringen – es war wirklich der glücklichste Tag in ihrem Leben. Der Engel überreichte ihr ein rosa Sparschwein vom heiligen Hein und gleich hinterher von der heiligen Ute mit den wilden Locken eine Packung Haferflocken. Damit war der Korb überraschend plötzlich leer, die Brautmutter verneigte sich lächelnd, und wir klatschten heftig Beifall, als wir begriffen, dass es jetzt endlich Essen geben würde.

Es wurde dann doch noch ein richtig netter Abend. Wir aßen und tranken gut, genügend Weißwein, um die

Reden von drei weiteren Verwandten sowie die Tanzmusik der Zweimannkapelle gelassen hinzunehmen. Alex und ich sprachen an diesem Tag nicht mehr über Heirat. Aber eins war klar: Wenn ich denn jemals doch heiraten sollte, dann dürfte es nur Alex sein, der mir den Ring anstecken würde. Alex oder keiner.

DER RADIOWECKER SCHALTETE sich Punkt drei Minuten nach sieben ein, und noch ehe ich richtig wach werden konnte, schob Alex mir stumm das Fieberthermometer in den Mund.

»Und nun die Wettervorhersage für heute, Dienstag, den vierzehnten November«, sagte der Nachrichtensprecher. »Ein Tief über Nordirland führt kalte Luft und dichte Bewölkung nach Deutschland. Im ganzen Land anhaltende Regenfälle, die ab vierhundert Meter in Schnee übergehen.«

Ich stöhnte mit geschlossenen Augen. Novemberregen und Dienstag, das waren gleich zwei Gründe, um im Bett zu bleiben.

Alex hatte die Nachttischlampe angeknipst und wartete auf den Piepton des Thermometers in meinem Mund. Seit ich die Pille nicht mehr nahm, musste ich immer morgens um die gleiche Zeit Temperatur messen. Er nahm die Sache mit der Verhütung ausgesprochen ernst und wusste mehr über weibliche Fruchtbarkeit als ich. *Doktor Rötzels natürliche Empfängnisplanung* hieß das Buch, das er gekauft und von der ersten bis zur letzten Seite gelesen hatte.

Sicher verhüten ohne Chemie lautete der Titel des Werkes, für das ich plädiert hatte, denn in Dr. Rötzels Buch ging es in erster Linie um Empfängnis und weniger um Verhütung. Aber Alex meinte, das mit der Empfängnis könnten wir noch früh genug gebrauchen.

Das Thermometer piepste.

Alex las die Temperatur ab, und erst dann gab er mir einen Guten-Morgen-Kuss.

»Guten Morgen, kleiner Knurrhahn«, sagte er. »Du bist siebenunddreißig Grad warm, genau vier Zehntel mehr als gestern.«

»Was bedeutet das?«, fragte ich fröstelnd.

»Dein Eisprung, Elisabeth«, antwortete Alex. »Das habe ich dir doch schon hundertmal erklärt.«

»Ach ja«, sagte ich. In keiner meiner früheren Beziehungen war das Thema Verhütung so wichtig gewesen wie in dieser. Dabei war Alex der erste Mann, von dem ein Kind zu bekommen eine richtig schöne Vorstellung war.

Außer dienstags. Dienstags betreute ich zwei Mutter-Kind-Kontaktkreise am Familienbildungswerk, für das ich als pädagogische Mitarbeiterin tätig war. Und jeden Dienstagabend war ich fest entschlossen, kinderlos zu bleiben.

»Ich würde gern im Bett bleiben«, sagte ich zu Alex. »Du nicht auch?«

Aber Alex war schon aufgesprungen. Für ihn war jeder Arbeitstag gleich. Schlechtgelaunt folgte ich ihm ins Badezimmer. Dort trug er meine Körpertemperatur in eine Tabelle ein, die an der Tür hing und Besuchern schon manches Rätsel aufgegeben hatte. In komplizierten Verschlüsselungen vermerkte er neben meiner Temperatur allerlei Vorkommnisse, deren Bedeutung auch ich nur teilweise kannte.

Es gab Zeichen für Sex ohne Geschlechtsverkehr, aber mit Samenerguss, für Geschlechtsverkehr mit Kondom und Samenerguss, für Geschlechtsverkehr ohne Kondom mit Samenerguss. Daneben gab es noch eine Reihe von anderen Symbolen, deren Bedeutung Alex mir nicht verraten wollte. Wenn ich ihn danach fragte, wurde er immer etwas verlegen. Ich vermutete, dass er Buch über die Anzahl meiner Orgasmen führte, um statistisch auszuwerten, inwieweit sie in Zusammenhang mit den anderen Zeichen zu bringen waren. Ich hoffte, dass er dem Geheimnis bald auf die Spur kommen würde.

»Ich friere«, sagte ich.

Alex nahm mich in seine Arme. Sein ganzer Körper war warm wie ein ofenfrisches Brötchen. Das einzig Kühle an ihm war der Rasierschaum im Gesicht.

»Warum frierst du nie?«, fragte ich.

»Weil ich nicht frieren will«, erklärte Alex. »Das ist alles eine Frage der Einstellung. Wenn man nicht frieren will, dann tut man es auch nicht.«

»Ich friere, weil heute Dienstag ist«, sagte ich.

»Ach ja, deine Mütterkurse sind heute«, erinnerte sich Alex und drückte mich noch enger an sich. »Du Ärmste. Aber mein Tag ist auch nicht aus Pappe.«

Die Mütter des ersten Mutter-Kind-Kontaktkreises mochten mich nicht. Ganz gleich, was ich mir ausdachte, sie fanden es immer blöd. Heute machten wir einen Handabdruck der Babys in Ton. Blöd.

Anschließend setzten wir uns im Kreis auf den Boden und sangen Kinderlieder.

»Kennt ihr das Aramsamsam-Lied?«, fragte eine Mutter schließlich. Sie hielt einen Still-Kursus in unserem Haus ab, immer donnerstags, wenn ich Spätdienst hatte.

Maike Schlöndorf, Lactationsberaterin, stand in unserem Programmheft, und niemand außer Maike wusste, was das war.

Auch das Aramsamsam-Lied kannte keiner.

»Du auch nicht?«, wollte Maike von mir wissen.

Ich schüttelte bedauernd den Kopf. Maike machte ein Gesicht, als könne sie eine solche Bildungslücke bei einer Kontaktkreis-Gruppenleiterin nur schwer verstehen, aber sie erklärte sich schließlich doch bereit, uns das Aramsamsam-Lied zu lehren. Das ging so:

»Aramsamsam, aramsamsam,
gulligulligulligulli ramsamsam,
arabi, arabi,
gulligulligulligulligulli ramsamsam.«

Das war aber noch nicht alles. Zu aramsamsam musste man sich mit den Handflächen auf die Schenkel schlagen, bei gulligulligulli mit den Fäusten auf die Brust trommeln und bei arabi eine Verneigung gen Mekka vollziehen.

Den Müttern machte das offensichtlich großen Spaß. Die Kinder schauten uns eine Weile mit erstaunten Augen zu, beschlossen dann aber jedes für sich, lieber etwas anderes zu spielen. Ich ließ eine Viertelstunde verstreichen, in der sie durch den Spieltunnel krabbelten, an Bauklötzchen herumnagten und mit Bananen gefüttert wurden.

Die letzten zwanzig Minuten wollte ich für unser wöchentliches »Blitzlicht« nutzen, bei dem alle Mütter reihum von den Erlebnissen der vergangenen Woche berichten sollten. In der ersten Gruppe waren diese Erlebnisse immer wunderschön.

»Die Marie-Antoinette hat zwei neue Zähne bekommen«, erzählte die erste Mutter. »Aber sie war dabei so goldig und lieb, dass mein Mann sie nur noch sein Engelchen nennt.«

Alle Mütter freuten sich.

»Roger isst schon alleine mit dem Löffel«, wusste die zweite Mutter zu berichten.

Das fanden alle ganz toll.

»Mein Sohn bringt meinem Mann morgens immer die Aktentasche«, erzählte die Dritte. »Ich glaube, mein Sohn kann schon die Uhr lesen.«

Darüber lachten alle Mütter herzlich.

»Unsere Woche war auch ganz superschön. Aber Juan-Carlos will seit zwei Tagen abends nicht in sein Bett«, berichtete die fünfte Mutter bekümmert, als sie an der Reihe war.

Da beugten sich alle voller Anteilnahme nach vorne.

»Schlafen kann man lernen«, rief Maike. »Hast du denn das Buch nicht?«

Mutter Nummer fünf schüttelte den Kopf. »Was für ein Buch? Bis jetzt habe ich nie eins gebraucht. Juan-Carlos hat ja immer durchgeschlafen!«

»Oje! Das Buch heißt *Schlafen kann man lernen*. Ich bringe es dir gleich morgen vorbei«, sagte Maike hilfsbereit. »Annabell braucht es im Moment nicht.«

»Schlafen kann man lernen?«, fragte ich neugierig. »Funktioniert das tatsächlich?«

Mir antwortete Maike nur ungern.

»Natürlich«, sagte sie, »aber warum interessierst du dich dafür? Du hast doch kein Kind.« Nein, aber einen Freund, der immer dann hellwach war, wenn ich schlafen wollte.

»Wie funktioniert es?«, fragte ich gelassen. Die Angriffe gegen meine Kinderlosigkeit kamen regelmäßig, aber inzwischen hatte ich sie zu ignorieren gelernt.

»Das steht alles im Buch«, antwortete Maike knapp.

Ich ärgerte mich nicht weiter. »Wer ist als nächstes an der Reihe?«

»Ich«, sagte die sechste Mutter, Gabriele. »Herr Pergerhof und ich, wir hatten auch eine ganz tolle Woche.« Herr Pergerhof war nicht etwa Gabrieles Gatte, sondern Jonas, das Baby. Die Mütter sprachen ihre Kinder der Vollständigkeit halber gerne mit den klangvollen Nachnamen an. Dabei verfielen sie nicht selten in die Höflichkeitsform. »Juan-Carlos Schmidt, würden Sie so gut sein und die Socken anlassen? Hier gibt es keine Fußbodenheizung wie bei uns zu Hause!«

Auch daran hatte ich mich längst gewöhnt. Ich lächelte milde.

»Aber wo ich schon mal an der Reihe bin«, fuhr Gabriele fort, »möchte ich auch gleich in unser aller Namen etwas loswerden.«

Mir war, als würden die Mütter ein wenig enger zusammenrücken.

»Bitte«, sagte ich.

Gabriele fixierte mich ernst durch die Gläser ihrer Brille. »Wir finden es nicht gut, wie du mit unseren Kindern umgehst.«

»Ich?«, fragte ich überrascht.

Die Mütter nickten mit dem Kopf. Besonders Maike. Sie sagte: »Du nimmst unsere Kinder nicht ernst, Elisabeth. Das stört uns.«

»Wie meinst du das?«, fragte ich.

Maike seufzte tief. »Du begibst dich ständig auf ein Niveau hinab, das du unseren Kindern einfach unterstellst, weil du selber kein Kind hast. Wir möchten aber, dass du die Kinder so ernst nimmst, wie wir das auch tun. Verstehst du?«

»Nein«, sagte ich ehrlich. »Wie sieht das denn konkret aus, wenn ich die Kinder nicht ernst nehme?«

»Ach Gott«, sagte Maike. »Das kann man jemandem, der selber nicht Mutter ist, schwer mit Worten erklären. Aber es ist die Art, wie du mit den Kindern sprichst und wie du sie anlächelst, das ist einfach so – so – na ja, eben so, als würdest du unsere Kinder ständig unterschätzen. Im Grunde hemmst du damit ihre persönliche Weiterentwicklung.«

Wieder nickten die anderen vernehmlich. Ich schwieg betroffen. War es am Ende möglich, dass ich mit den Kindern in einer Babysprache kommunizierte, ohne mir darüber bewusst zu sein?

Hastig überprüfte ich in Gedanken mein Verhalten gegenüber den Kindern während der letzten halben Stunde. Tatsächlich hatte ich eben erst meinen Kopf in den Krabbeltunnel gesteckt und zu Annabell auf der anderen Seite »Kuckuck« gesagt.

War das niveaulos? Hatte ich dem Kind damit gezeigt, dass ich es nicht ernst nahm? Hatte ich es mit dem Wort »Kuckuck« unterfordert und damit seine persönliche Entwicklung gehemmt?

»Wir möchten, dass du die Kinder genauso ernst nimmst, wie wir das tun«, wiederholte Maike. »Wir sprechen doch auch ganz normal mit den Kindern.«

»Was normal ist, ist doch wohl eher subjektiv«, widersprach ich gereizt. Ich persönlich fand es nicht normal, Babys mit »Herr« und »Frau« anzureden. Und wie – bitte! – passte das mit »gulligulligulligulligulli ramsamsam« zusammen?

»Lass dir das einfach mal von gestandenen Müttern

gesagt sein«, schloss Maike herablassend, und die gestandenen Mütter ringsum nickten alle wieder mit dem Kopf.

Was bedeutete überhaupt »gestanden«? Dass man mindestens ein Kind mit mindestens zwei Vornamen und einen Taillenumfang von mindestens hundertundfünf Zentimetern aufweisen konnte? Jedenfalls war ich dieser Argumentation gegenüber machtlos. Ich sah auf die Uhr.

»Es ist Zeit für unser Schlusslied«, sagte ich unfreundlich und klatschte in die Hände. »Und dann bitte ich darum, dass ihr diesmal die Bananenschalen in den Abfalleimer entsorgt und nicht wieder einfach auf der Fensterbank liegen lasst.«

»Ich hasse meinen Job«, sagte ich zu meiner Kollegin und besten Freundin Hanna, als ich den Kassettenrecorder für die zweite Gruppe aus unserem gemeinsamen Büro holte. Das musste sie sich jeden Dienstag anhören.

»Wenn ich dich nicht hätte, wüsste ich nicht, welchen Tag wir haben«, entgegnete Hanna. Die Glückliche organisierte den Bereich »Gesundheit und Kreatives«, und darum beneidete ich sie heftig. Ganz besonders dienstags.

»War's wieder sehr schlimm?«

»Ja«, sagte ich heftig.

»Ich glaube, Heiko betrügt mich«, sagte Hanna, ohne darauf einzugehen.

Ich nahm ihre Bemerkung nicht weiter ernst. Hanna war seit neun Jahren mit Heiko befreundet, und fast genauso lange äußerte sie etwa einmal im Jahr die Vermutung, er sei ihr untreu.

»Wer ist es denn diesmal?«, fragte ich, denn Hanna

hatte immer einen konkreten, leider nie bestätigten Verdacht. Einmal war es angeblich seine Sekretärin, das andere Mal die Desinfiziererin aus dem Sonnenstudio.

Diesmal zuckte sie die Schultern.

»Ich weiß es nicht«, sagte sie. »Ich spüre nur, dass da eine andere ist.«

»Ich denke, er hat dich erst letzte Woche gefragt, wann ihr endlich zusammenziehen werdet«, erinnerte ich sie. »Da wird er dich doch heute unmöglich schon betrügen.«

»Das eine hat mit dem anderen nichts zu tun«, meinte Hanna. »Er will nur zusammenziehen, weil er die ewige Fahrerei am Wochenende leid ist und hofft, dass ich seinen Haushalt finanzieren werde.«

Heiko arbeitete seit einem halben Jahr in einem Krankenhaus unten in Ludwigshafen, und Hanna war nicht bereit gewesen, ihren Job in Köln aufzugeben, um ihm zu folgen. Deshalb führten die beiden jetzt eine Wochenendbeziehung. Bei Alex und mir war so etwas unvorstellbar. Ich wäre ihm überallhin gefolgt.

»Er hat eine andere«, wiederholte Hanna.

»Morgen ist dein freier Tag«, sagte ich. »Warum fährst du nicht einfach nach Ludwigshafen und überraschst ihn?«

Hanna schnaubte. »Ich bin doch nicht blöd! Mittwoch ist der einzige Tag, an dem ich ausschlafen und alle die Dinge erledigen kann, die die ganze Woche über liegen bleiben. Ich weiß auch so, dass er mich betrügt.«

»Also, wenn du das wirklich weißt, verstehe ich nicht, warum du überhaupt noch mit ihm zusammen bist«, sagte ich. »Wenn Alex mich betröge, dann wollte ich ihn nicht mehr haben.«

»Wir sprechen uns in ein paar Jahren wieder, Elisabeth«, sagte Hanna, so als wäre Fremdgehen früher oder später in jeder Beziehung ein Thema.

»Du bist völlig auf dem Holzweg«, erklärte ich. »Alex und ich, wir würden einander niemals betrügen.«

»Weißt du das so sicher?«

»Ja«, sagte ich. So sicher wie das Amen in der Kirche.

Hanna schwieg. Aber selbst ihr Schweigen hatte etwas Besserwisserisches.

»Woran merkst du denn, dass Heiko dich betrügt?«, fragte ich.

»Als ich neulich spätabends angerufen habe, da war er nicht allein«, erzählte Hanna bereitwillig. »Das habe ich an seiner Stimme gemerkt. Und dann hat er auch niemals meinen Namen genannt. Überhaupt, wer zugehört hat, hätte denken können, er telefoniert mit seiner Mutter. Elisabeth, ich sage dir, da stimmt was nicht.«

»Und warum sprichst du ihn nicht einfach darauf an?«

Hanna lachte höhnisch. »Weil er mir ja doch nicht die Wahrheit sagt, deshalb. Er lügt wie gedruckt.«

Jetzt tat sie mir Leid.

»Du hast dir eben einfach den falschen Mann ausgesucht«, meinte ich.

»Was das angeht, sind alle Männer Arschlöcher«, erwiderte Hanna prompt. »Es gibt überhaupt nur zwei Sorten von Männern. Die Trottel und die Arschlöcher. Und da sind mir die Arschlöcher immer noch lieber als die Trottel. Arschlöcher betrügen ihre Frauen, aber Trottel sind zu blöde dazu oder zu feige oder zu hässlich.«

»Warum sollten alle Männer ihre Frauen betrügen wollen?«

»Weil Männer immerzu Sex brauchen und Frauen nicht. Wehe, du hast mal keine Lust – schon schaut er sich nach einer anderen um.«

»Eine Beziehung besteht doch nicht nur aus Sex«, rief ich. »Alex und ich zum Beispiel, wir verstehen uns auf einer ganz anderen Ebene.«

»Ach ja, auf welcher denn, Miss *Reizwäsche?*«

Hanna gehörte zu den Menschen, die Reizwäsche für frauenfeindlich und alles für Reizwäsche halten, was nicht aus weißem Frottee ist. Ich hatte kein einziges Teil aus weißem Frottee, das wusste und beanstandete sie.

»Was kann ich dafür, dass ich immer dann Lust habe, wenn er auch Lust hat?«, fragte ich.

Hanna schlug mit der Faust auf den Schreibtisch. »Das wird der Grund dafür sein, dass er sein richtiges Gesicht bisher vor dir verbergen konnte. Du kannst nur hoffen, dass deine Hormone weiterhin so wunderbar auf seine abgestimmt sind. Wenn du irgendwann mal keine Lust haben solltest, ich meine, das ist ja immerhin *möglich,* mach dich auf etwas gefasst.«

Ich seufzte. Hanna war wirklich ungerecht. Nur weil ihr Typ ein Lügner war, hieß das ja nicht, dass gleich alle Männer Lügner waren. Zum Beispiel Alex. Der war weder Arschloch noch Trottel.

Das sagte ich auch zu Hanna.

»Vielleicht ist Alex ja die große Ausnahme«, fügte ich noch hinzu.

»Es gibt keine Ausnahme«, beharrte Hanna stur. »Warte es nur ab.«

Die Mütter der zweiten Gruppe mochten mich, und ich mochte sie. Ihre Kinder waren ein Jahr älter als die aus der ersten Gruppe, und kein einziges von ihnen hatte einen Doppelnamen.

Heute standen Bewegungsspiele in der Turnhalle auf

dem Plan. Dort war ein riesiges Trampolin aufgebaut, auf dem die meisten Kinder auch sofort begeistert herumtobten. Die etwas zögerlichen wurden durch schmissige Flötenmusik aus dem Kassettenrecorder ebenfalls schnell dazu animiert. Wir hatten den Boden ringsum mit dicken Matten abgedeckt und konnten uns getrost auf den Boden setzen, eine Tasse Kaffee trinken und die Erlebnisse der letzten Woche durchkauen. Bei der zweiten Gruppe gab es auch mal weniger Schönes zu berichten.

»Diese Woche war bei uns total beschissen«, erklärte Sabine. »Der Robin hat jede Nacht bei uns im Bett geschlafen. Und mein Mann im Wohnzimmer auf der Couch. Er sagt, wir hätten überhaupt kein Eheleben mehr.«

»Da wird er sich schon dran gewöhnen«, meinte Sonja heiter. »Die Lena schläft bei uns im Bett, seit sie krabbeln kann. Und die Anna auch. Da ist eben nichts mehr mit Eheleben.«

»Aber ich will mich nicht daran gewöhnen«, jammerte Sabine. Sie zerkrümelte zerstreut einen fettigen Keks in Tierform, direkt unter dem Schild *Wir bitten Sie, in der Turnhalle nicht zu essen.* Ich hatte das Schild eigenhändig geschrieben und aufgehängt, wollte aber eigentlich anonym bleiben. Deshalb sagte ich nichts.

»Ich will wenigstens nachts Ruhe vor meinem Kind haben. Bin ich deshalb schon eine Rabenmutter?«

Alle Mütter schüttelten einhellig den Kopf. Ich auch. Wenigstens nachts müsste einen so ein Kind wirklich mal in Ruhe lassen.

»Und wenn du ihn einfach wieder in sein Bettchen legst?«, fragte ich. »In der ersten Gruppe, da schlafen alle Kinder durch. Und alle in ihrem eigenen Bettchen. Die haben sich ein Buch gekauft, das heißt: Schlafen –«

»– kann man lernen«, ergänzten die Mütter im Chor und brachen in höhnisches Gelächter aus. »Das haben wir auch, das Buch. Reine Geldmacherei.«

»Jeder, der sagt, sein Kind schläft jede Nacht im Kinderbett, der lügt«, behauptete Astrid.

Es erfüllte mich mit einer gewissen Genugtuung, die Mütter der ersten Gruppe als Lügnerinnen entlarvt zu sehen.

»Wenn ich das alles vorher gewusst hätte«, erklärte Karin, »hätte ich kein Kind bekommen.«

»Ich auch nicht«, sagte Sabine.

So gesehen war ich ja im Vorteil. Ich wusste es vorher. Noch war es nicht zu spät. Alex und ich würden auch ohne Kind glücklich bleiben.

»Überleg es dir gut, Elisabeth«, meinte Sabine schwesterlich.

Das versprach ich. Wir plauderten entspannt, während die Kinder vergnügt quietschend auf dem Trampolin herumkullerten. Die perfekte Harmonie. Schließlich sah ich auf die Uhr. Noch fünfzehn Minuten. Widerwillig besann ich mich auf meine pädagogischen Aufgaben.

»Wir singen jetzt noch ein bisschen zusammen mit den Kindern«, sagte ich brutal.

Die Mütter taten so, als hätten sie mich nicht gehört und klammerten sich an ihren Kaffeetassen fest. Sie mochten die Singerei nicht besonders. Aber dies war ein Eltern-Kind-Kontaktkreis, und das pädagogische Konzept des Hauses schrieb Sing- und Kreisspiele zwingend vor. Ich beschloss, mit gutem Beispiel voranzugehen, und bildete einen Kreis für mich ganz allein.

»Eins, zwei, drei im Sauseschritt«, sang ich dazu mit glockenheller Stimme, »gehen alle Kinder mit.«

Die Kinder unterbrachen ihr Trampolingehopse und eilten herbei. Sie mochten das Spiel. Da erbarmten sich auch die Mütter und stellten ihre Kaffeetassen zur Seite. Nur Sabine blieb sitzen.

»Kein Eheleben mehr«, murmelte sie. »Wenn du wüsstest, was das bedeutet.«

Ich nahm immer den gleichen Weg nach Hause. Er war objektiv etwas über zwölf Kilometer länger und hatte mehr Ampeln aufzuweisen, aber in jahrelanger Tüftelei hatte ich die Strecke ausgesucht, die nur Vorteile und – außer der längeren Fahrzeit – keinerlei Nachteile aufzuweisen hatte. Man musste nicht ein einziges Mal an einer unbeampelten großen Kreuzung links abbiegen, man kam auch nicht in die Verlegenheit, sich im Feierabendverkehr verzweifelt blinkend zwischen großen LKWs einzuordnen, immer auf die Gnade der anderen Autofahrer angewiesen. Es lag ein großer Supermarkt auf der rechten Fahrbahnseite, auf dessen weitläufigem Parkplatz immer eine Lücke frei war, in die man vorwärts einparken konnte. Hier waren auch die Einkaufswagen noch nicht aneinander gekettet, sodass man nicht verzweifelt nach einem Markstück suchen musste, das sich wieder mal garantiert in der falschen Manteltasche befand. Die Strecke führte weiter durch ruhige, breite Nebenstraßen, vorbei am Nordfriedhof und dem Schild: »ACHTUNG! TRAUERGEMEINDEN KREUZEN DIE FAHRBAHN«, und vorbei an einer Großgärtnerei, die kleine Buchsbäume für sage und schreibe drei Mark achtundneunzig anbot, von denen ich immer welche kaufte, wenn ich gerade drei Mark achtundneunzig entbehren konnte, um sie in Terrakottatöpfen auf unserer

Terrasse zu Kugeln und Kegeln zu züchten, und schließlich vorbei an meiner alten Wohnung. Ich warf jedes Mal einen wehmütigen Blick hinauf zu den abscheulichen Kaffeehausgardinen, die mein ehemaliges Küchenfenster verunzierten, und rechnete nach, wie lange ich dort schon nicht mehr wohnte.

Heute waren es genau vierundvierzig Tage.

Seit vierundvierzig Tagen wohnte ich jetzt bei Alex. Vorher hatten wir fast drei Jahre lang neunzehn Kilometer voneinander entfernt in zwei verschiedenen Wohnungen gelebt.

Aber Alex und ich waren dazu bestimmt, das ganze Leben miteinander zu verbringen. Alex war Architekt und träumte davon, in seinem eigenen, selbst entworfenen und wenn möglich preisgekrönten Haus zu wohnen. Wie es die Fügung des Schicksals wollte, hatte ich ein riesiges Baugrundstück geerbt, etwas abgelegen zwar, in einem kleinen Dorf auf dem Land, in dem es außer einer Straßenlaterne und einem Briefkasten keinerlei Infrastruktur gab, dafür aber eine bezaubernde Fernsicht und eine Schafweide nebenan. Als Alex von meinem Grundstück erfahren hatte, war er mehrere Stunden lang zu keinem anderen Satz als »Ich fass' es einfach nicht, zweitausend Quadratmeter, ich fass' es einfach nicht!« fähig gewesen. Viel später, nach dem großen Knall, sagte Hanna dann, er habe sich nur dieses Grundstücks wegen in mich verliebt, nicht mal aus Berechnung, sondern auf die gleiche Art und Weise, nach der sich zwanzigjährige Models in scheintote Millionäre verliebten – sie glaubten selber an die große Liebe für einen faltigen alten Sack.

Ich fand diesen Vergleich unverschämt, Alex war kein zwanzigjähriges Model und ich kein faltiger alter Sack.

Ich glaubte, dass wir vom Schicksal zusammengeführt worden waren, ich als Grundstücksbesitzerin und Alex als Architekt.

Er und ich wollten zusammen alt werden. In einem Traumhaus auf zweitausend Quadratmeter Grund mit Fernsicht. Weil Bauen nun mal eine kostspielige Angelegenheit ist, entschieden wir uns, zusammen in Alex' kleine und bedeutend billigere Wohnung zu ziehen. Neben Badezimmer und einem Miniaturflur bestand unser Domizil aus nur einem einzigen Zimmer, in dem wir schlafen, essen und kochen mussten. Dafür lag die Wohnung aber bedeutend schöner als meine alte. Von der Wohn-Schlaf-Küche konnte man direkt in den verwilderten Garten und auf eine große Terrasse treten, und was noch besser war: Auch das schöne, gepflegte Schwimmbad des Vermieters durften wir mitbenutzen.

Freunde und Bekannte hatten uns davor gewarnt, das Zusammenleben auf so engem Raum zu erproben.

»Das geht niemals gut«, hatten sie gesagt, »ihr fallt euch nach ein paar Tagen schrecklich auf die Nerven.«

Aber das stimmte nicht. Nichts, was Alex tat, störte mich. Er hatte keine einzige unangenehme Eigenschaft, keine seltsame Marotte, keine psychopathischen Rituale. Wir hatten die gleiche Einstellung zu Ordnung und Unordnung, keinen von uns störte es, wenn der Klodeckel aufstand, da waren wir nicht so pingelig. Es ärgerte mich auch nicht im Geringsten, dass Alex seine Klamotten da liegen ließ, wo er sie hatte fallen lassen, und dass er niemals die ausgespuckte Zahnpasta aus dem Waschbecken wischte. Dafür tolerierte er, dass ich seine Klamotten wegräumte und das Waschbecken putzte.

Er und ich kamen wunderbar miteinander aus, und wenn man sich liebt, kann man auch auf allerengstem

Raum glücklich sein. Und das waren wir jetzt schon vierundvierzig Tage lang ohne Unterbrechung.

»Na, wie war's heute mit deinen Müttern?«, fragte Alex, als ich zur Tür hereinkam.

»Frag mich nicht«, bat ich und warf meine Sachen in die Ecke. Vor nächstem Montag wollte ich keinen Gedanken mehr daran verschwenden.

»Ich bin auch gerade erst gekommen«, sagte Alex und küsste mich. »Was willst du kochen? Ich sterbe vor Hunger.«

»Ich dachte an Nudeln mit grüner Soße, ist das okay?«

Alex begann prompt, den Knoblauch und die Zwiebeln für die Soße kleinzuschnippeln. Das machte er immer, weil er es, wie er sagte, nicht ertragen konnte, mich weinen zu sehen. War das nicht süß?

Ich sang fröhlich vor mich hin.

»Was singst du da?«, fragte Alex irritiert.

»Aramsamsam«, sang ich und war selber überrascht, »gulligulligulligulligulliramsamsam.«

Alex schüttelte den Kopf.

»Du kannst einem wirklich Leid tun«, meinte er. »Nicht zu fassen, dass du für so was studieren musstest.«

»Arabi«, sang ich und neigte mich tief zu der gehackten Petersilie herab.

Die Nudeln mit der grünen Soße schmeckten vortrefflich. Wir hatten jeder zwei Glaser italienischen Rotwein dazu, Eros Ramazotti und Kerzenschein.

»Und was gibt es zum Dessert?«, fragte Alex.

»Wir könnten Vanilleeis mit heißen Pflaumen essen«, sagte ich und lächelte ihn an. »Oder einen ganz anderen Nachtisch.«

»Dann will ich den ganz anderen Nachtisch«, entschied sich Alex. Das tat er übrigens zum vierundvierzigsten Mal hintereinander. Nein, zum dreiundvierzigsten Mal, um ehrlich zu sein. An einem Abend hatte ich eine fantastische Rote Grütze mit Eierlikörsoße gemacht, und da wollte Alex zuerst die Grütze und dann den ganz anderen Nachtisch. Seit ich bei ihm wohnte, hatte ich drei Kilo abgenommen.

Ich war wirklich die glücklichste Frau des ganzen Universums. Ich hatte jeden Tag Sex, einen Mann, der für mich die Zwiebeln würfelte, und demnächst auch noch ein traumhaft schönes Haus.

Wir hatten lange gebraucht, um ein Haus zu zeichnen, das in jeder Beziehung unseren Wünschen entsprach. Die ersten vier Versionen waren mit knapp dreihundert Quadratmetern etwas zu groß geraten. Wir hatten schweren Herzens die Bibliothek, das Kaminzimmer, den Wintergarten und den Raum für Alex' Modelleisenbahn gestrichen, ebenso den Turm, unter dessen Glaskuppel unser Schlafzimmer hatte liegen sollen. Allein aus Kostengründen hatten wir uns für eine schlichtere Version von hundertvierzig Quadratmetern entschieden, in der die Räume ganz normal dimensioniert waren. Alex hatte die Pläne gezeichnet, die notwendigen Berechnungen und Bewehrungspläne hatte der firmeneigene Statiker umsonst angefertigt, und seit zwei Wochen lag der Bauantrag bereits beim Amt.

»Mit meinen Beziehungen könnten wir die Genehmigung in zwei Wochen haben«, sagte Alex. »Aber ich will erst im Frühjahr anfangen – bis dahin steht auch unsere Finanzierung.«

Bis es soweit war, wollten wir noch knapp zehntausend Mark sparen, zusammen mit Alex' fälligem Bausparvertrag und dem Geld, das Alex' Vater beisteuern wollte, hatten wir dann über hunderttausend Mark zusammen. Den Rest musste uns die Bank leihen. Ich empfand Angst und Freude zugleich, wenn ich daran dachte. Die gemeinsamen Schulden würden uns enger aneinander knüpfen, als eine Heirat das je konnte.

Aber an diesem Abend verschwendete ich keinen Gedanken daran. Der Nachtisch war besser als jemals zuvor. Alex trug gleich vier geheime Zeichen in die Tabelle an der Badezimmertüre ein. Eins davon hatte er eben erst erfunden.

IN DER NÄCHSTEN Woche war Hanna immer noch davon überzeugt, dass Heiko sie betrog.

»Er hat gesagt, dass er am Wochenende unmöglich herkommen kann«, berichtete sie. »Angeblich hat er Bereitschaftsdienst.«

»Warum fährst du dann nicht zu ihm nach Ludwigshafen?«

Hanna sah mich vorwurfsvoll an. »Weil ich schon letztes Wochenende da war. Diesmal ist er an der Reihe.«

»Aber wenn er doch Bereitschaftsdienst hat!«

»Nein«, sagte Hanna. »Das sehe ich gar nicht ein. Kein Mensch bezahlt mir das Benzin.«

Ich fand das unglaublich kleinlich. »Wenn du Heiko lieben würdest, dann würdest du es ohne ihn hier gar nicht aushalten. Und das Geld wäre dir sowieso egal.«

»Wer hat von Liebe gesprochen?«, fragte Hanna.

Verstimmt wandte ich mich meiner Arbeit zu.

»Tut mir Leid«, sagte Hanna nach einer Weile. »Du kannst ja nichts dafür.«

»Nein«, sagte ich kühl. »Ich verstehe dich auch nicht. Aber das ist ja im Grunde deine Sache.«

»Ja, das ist meine Sache«, sagte Hanna und hielt mir ein Puddingteilchen hin. »Aber deshalb müssen wir uns ja nicht auch noch streiten. Ich meine, bei diesen Männergeschichten müssen wir Frauen doch zusammenhalten, oder nicht?«

Ich nahm das Puddingteilchen an.

»Wenn Heiko dich wirklich betrügt, dann bin ich natürlich auf deiner Seite, ist doch klar«, sagte ich. »Aber ich wünschte, du würdest einsehen, dass nicht alle Männer so sind wie er.«

»Beweise mir das Gegenteil«, verlangte Hanna.

Ich seufzte. Sie war wirklich ein schwieriger Fall. Obwohl sie zwei Jahre älter war als ich, hatte sie immer noch nicht erkannt, dass man für eine intakte, aufregende Beziehung eben auch etwas tun musste. Geben und Nehmen im Gleichgewicht zu halten, das war das ganze Geheimnis. Außerdem sollte man natürlich den Faktor Sexualität niemals unterschätzen. In der Mittagspause kaufte ich mir deshalb bei H & M ein dunkelrotes Seidenhöschen und einen dazu passenden BH.

Als ich wieder im Büro war, rief ich Alex auf der Arbeit an, um ihn nach seinen Wünschen bezüglich des Abendessens zu fragen.

»Breuer, Apparat Baum«, sagte eine weibliche Stimme.

»Wie bitte?«, fragte ich irritiert.

Normalerweise meldete sich unter Alex' Durchwahl er selber oder Frau Zerneck, die Sekretärin. Frau Zerneck war eine nette Dame Anfang Fünfzig, die ich von verschiedenen Betriebsfeiern her kannte. Sie war die einzige weibliche Mitarbeiterin im Architekturbüro Berger. Neben ihr und Theo Berger, Alex' Chef, arbeiteten noch zwei angestellte Architekten und zwei Statiker dort. Von einer Mitarbeiterin namens Breuer hatte ich niemals gehört.

»Architekturbüro Berger, Breuer am Apparat«, wiederholte die Stimme freundlich.

»Elisabeth Jensen«, sagte ich. »Ich hätte gerne Herrn

Baum gesprochen. Habe ich nicht seine Durchwahl gewählt?«

»Doch«, sagte die weibliche Stimme und lachte glockenhell. »Worum geht es denn, wenn ich fragen darf?«

»Das ist privat«, sagte ich so eisig, dass Hanna, die mir gegenüber ihre mitgebrachte Rohkost verzehrte, aufmerksam den Kopf hob.

»Einen Augenblick, bitte. Alex, Telefon für dich. Etwas Privates.« Wieder das glockenhelle Lachen. Ich verzog den Mund.

Hanna sah mich besorgt an. »Ist was?«

»Baum?«

»Ich bin's, hallo.« Ich schüttelte den Kopf, damit Hanna weiter in Ruhe ihr Mittagessen genießen konnte.

»Hallo, kleiner Knurrhahn! Was gibt's?«

»Wer war das da vorhin am Telefon?«

Hanna ließ ihre Möhre wieder sinken.

»Das war Tanja«, erklärte Alex. »Unsere Praktikantin. Sie darf heute meinen Zeichentisch benutzen und soll im Gegenzug mein Telefon bedienen.«

»Seit wann habt ihr eine Praktikantin?«, fragte ich. Hanna mir gegenüber bekam einen wachsamen Gesichtsausdruck.

»Seit Anfang der Woche«, sagte Alex. »Warum?«

»Ach, nur so. Sie war nicht besonders nett.«

Alex lachte.

»Das kann ich mir gar nicht vorstellen«, sagte er. »Sie ist zu allen hier sehr nett. Warum rufst du denn an?«

Ich riss mich zusammen. Von Hannas Pessimismus durfte ich mich nicht anstecken lassen.

»Wegen heute Abend«, sagte ich betont heiter. »Hättest du mehr Lust auf Reispfanne oder auf gefüllte Omelettes?«

»Das klingt beides toll«, antwortete Alex. »Und was gibt es zum Nachtisch?«

»Das Übliche«, sagte ich. »Aber mit neuer Unterwäsche. Roter Unterwäsche.«

Alex schwieg überwältigt.

»Kannst du was früher Schluss machen?«, fragte er dann.

Ich lachte zufrieden.

»Was war denn das?«, fragte Hanna, als ich aufgelegt hatte.

»Telefonsex«, sagte ich.

»Ich meine, vorher!«

»Da war eine Praktikantin am Apparat, die ich noch nicht kannte.«

Hanna lächelte mitleidig.

»Jung?«, fragte sie.

»Ja«, gab ich zu. »Die klang sehr jung.«

»Oje, Elisabeth«, meinte Hanna. »Solche Praktikantinnen schrecken vor überhaupt nichts zurück, und junge schon gar nicht. Die haben noch nie was von Solidarität unter Frauen gehört.«

Ich lachte versuchsweise auch glockenhell. »Du bist eine alte Unke! Bei mir und Alex gibt es keine Probleme mit irgendwelchen anderen Frauen«, sagte ich jetzt.

»Na dann, schönes Wochenende«, erwiderte Hanna.

»Das haben wir sicher«, entgegnete ich. »Und vergiss die Praktikantin. Ich habe sie schon vergessen.«

Zufällig fiel sie mir abends aber wieder ein, und ich erkundigte mich bei Alex nach ihr. Nur so, ganz nebenbei.

Alex sagte, sie sei etwas zu jung, aber sehr nett.

»Wie jung?«, fragte ich. »Und zu jung für was?«

»Ich weiß nicht genau, zwei-dreiundzwanzig. Jedenfalls zu jung, um sie ernst zu nehmen.«

»Und wie sieht sie aus?«

»Nett«, sagte Alex.

»Ich will es genau wissen«, sagte ich. »Nur so zum Spaß: Ist sie groß oder klein? Dick oder dünn?«

»Sie ist mittelgroß, würde ich sagen. Gute Figur, halblange, blonde Haare«, antwortete Alex. Warum möchtest du das wissen?«

»Ich finde so was interessant«, sagte ich. »Welche Farbe haben ihre Augen?«

»Also, das weiß ich wirklich nicht.« Alex seufzte. »Aber wenn du willst, werde ich am Montag mal hineinschauen.«

Ich schmiegte mich in seine Arme.

»Nein«, sagte ich. »Lieber nicht.«

Die Sonntage mit Alex waren immer besonders schön. Wir schliefen lange, frühstückten im Bett, und manchmal zogen wir uns den ganzen Tag nicht an. Heute war so ein Sonntag. Draußen waren es minus elf Grad, und der Himmel war bleigrau – kein Wetter zum Spazierengehen.

Wir hatten ein ausgiebiges Frühstück mit Räucherlachs und Schaumomelette und Marzipankuchen, und daran aßen wir von zehn Uhr morgens bis vier Uhr nachmittags. Ich hatte endlich Zeit, den Roman auszulesen, an dem ich seit drei Wochen las, und Alex blätterte wieder einmal in Dr. Rötzels natürlicher Empfängnisverhütung.

»Das ist ja schön mit uns.« Er seufzte tief auf. »Einen ganzen Tag lang nichts tun. Diesen Luxus könnten wir uns mit Kindern nicht mehr leisten.«

»Ja«, stimmte ich zu. »Und Kinder kosten so viel, dass man sonntags dann auch noch arbeiten muss.«

»Das muss ich demnächst sowieso«, sagte Alex. »Mit den faulen Sonntagen ist es dann vorbei. Theo Berger hat mir den Kaufhausbau in Karlsruhe überlassen, mir ganz allein. Und das, obwohl eigentlich Peter an der Reihe gewesen wäre. Mein erstes Projekt über fünfzehn Millionen, weißt du, was das für meine Karriere bedeutet? Und wie viel Geld dabei fürs Haus rausspringt? Nur Zeit werde ich keine mehr haben.«

»Dann warten wir besser noch mit der Kinderzeugung.«

Alex nickte. »Trotzdem, so ein kleines Bärchen zwischen uns, das meinen Verstand und deine Grübchen oberhalb des Hinterns geerbt hat – das wär' schon schön.«

»Ja«, meinte ich gerührt und küsste ihn. »Aber noch nicht jetzt.«

»Nein.« Alex nahm mir das Buch aus der Hand. »Noch nicht jetzt.«

»Dann lass mich lieber weiterlesen.«

»Heute ist aber der vierundzwanzigste«, flüsterte Alex in mein Ohr.

»Der vierundzwanzigste was?«

»Der vierundzwanzigste Tag deines Zyklus«, raunte Alex und küsste mich.

»Und was bedeutet das?«, fragte ich nach einer Weile.

Alex streifte sich sein T-Shirt über den Kopf.

»Das bedeutet, dass wir heute kein Kondom brauchen«, sagte er froh.

Das freute mich auch. Alex hatte offensichtlich seine geheime Orgasmusstatistik ausgewertet und war dem Geheimnis schon wieder einen Schritt näher gekommen. Ich musste kurz an Hannas Worte denken, von wegen, dass unsere Beziehung nur funktionierte, solange ich immer dann Lust auf Sex verspürte, wenn auch Alex Lust hatte. Aber das Einzige, zu dem ich überhaupt keine Lust hatte, war auszuprobieren, ob Hanna mit dieser Behauptung richtig lag.

Um fünf Uhr nachmittags ließen wir uns ein duftendes Melissenschaumbad ein. Wir hatten eine riesige Badewanne, die so viel Wasser fasste, dass es schon aus ökologischen Gründen nicht anging, allein darin zu baden. Alex zündete Teelichter an und holte Sekt aus dem Kühlschrank, und ich steuerte einen Tiegel Schokoladentrüffeleis zu unserem dekadenten Badevergnügen bei. Weil uns aber in der Wanne wieder einfiel, dass heute der vierundzwanzigste Tag in meinem Zyklus war und wir noch nie Sex in der Badewanne gehabt hatten, kamen wir nicht dazu, das Eis zu essen. Das war nicht weiter schlimm. Erst nach einer halben Stunde hatte es jene cremige, zart schmelzende Konsistenz, bei der Eis am allerbesten schmeckt.

Nur mit dicken Socken bekleidet – die Bodenfliesen waren im Winter immer unangenehm kalt – fläzten wir uns aufs Sofa, tranken Sekt und aßen Schokoladentrüffeleis dazu. Ich musste seufzen vor lauter Glück.

Entspannt schaltete Alex den Fernseher ein. Es lief eine Talk-Show, in der eine Frau ihr Buch über die Wirkung des Mondes auf Natur und menschliches Wohlbefinden vorstellte. Es war erstaunlich, was der Mond im Laufe seines Zyklus alles bewirken konnte.

»Welche Tipps, welche Regeln können Sie denn unseren Zuschauern mit auf den Weg geben, die sie befolgen können, ohne direkt das ganze Buch lesen zu müssen?«, wurde die Mondkundige von der Moderatorin gefragt. Ich beugte mich gespannt nach vorne.

»Eine ganz einfache Regel, an die sich jeder halten kann, ist, bei Vollmond zu fasten«, erklärte die Mondkundige, und ich hing gebannt an ihren Lippen. »An Vollmondtagen nimmt man viel schneller zu als an anderen Tagen, und man wird diese Pfunde auch weniger gut wieder los. Deshalb sollte man bei Vollmond auf die Kalorien achten.«

Ich schob mir den allerletzten Löffel Schokoladentrüffeleis in den Mund und nickte eifrig.

»Ja«, blökte ich. »Das werde ich mir merken.«

Alex klopfte mir auf den Schenkel.

»Heute ist Vollmond«, sagte er und lachte sich kaputt.

Ich stöhnte. Hätte ich das mal früher gewusst! Aber wie auch, wenn wir seit gestern Abend die Fenster mit Rollläden verrammelt hatten?

Alex streckte seine nackten Beine auf den Couchtisch.

»Gemütlich«, seufzte er zufrieden.

Ich lächelte ihn an.

»Wir sind einfach füreinander geschaffen«, sagte er.

Das hätte jetzt Hanna hören sollen, die alte Schwarzseherin. Ich rollte den Eistopf von mir und wechselte das Programm mit der Fernbedienung.

Auf dem Bildschirm erzählte ein Mädel namens Sabrina, dass sie es sehr bereue, die Beziehung zu ihrem Freund Jens gelöst zu haben. Sie und ihr Pudel Muffy würden ihn schrecklich vermissen, sagte sie und raufte sich die missratene Dauerwelle. Ich schluckte schwer.

»Was ist das für ein Quatsch?«, wollte Alex wissen und griff nach der Fernbedienung.

»Lass mich das sehen, bitte.«

Sabrina starrte mit tränenblinden Augen in die Kamera.

»Ich weiß jetzt, dass ich mit deiner Liebe etwas sehr Kostbares verschenkt habe«, schluchzte sie, und der Moderator neben ihr nickte ernst. »Aber wenn du mir verzeihen kannst, Jens, dann komm zu mir zurück, und wir versuchen es noch einmal zusammen.«

Alex raufte sich die Haare.

»Gib mir die Fernbedienung«, befahl er. »Das ist ja widerwärtig.«

Im Fernsehen klingelte der Moderator bei Jens an der Wohnungstür. Jens, der für diese Uhrzeit erstaunlich aufgestylt war, erkannte ihn sofort, bat ihn aber trotzdem herein.

»Ich habe hier eine Videobotschaft für dich«, sagte der Moderator mit verheulter Stimme. »Könntest du dir denken, von wem?«

Jens hatte keinen Schimmer, erklärte sich aber trotzdem bereit, sich das Band zusammen mit dem Moderator anzuschauen. Während Sabrinas und Muffys eindringlichen Appells zoomte die Kamera den Ausgang von Jens' Tränenkanälen und seine Nasenschleimhäute heran. Jens weinte, kein bisschen gestellt!

»Nee«, rief Alex. »Das ist ja nicht zum Aushalten. Wegen solcher Sendungen werden Menschen zu Amokläufern.«

»Aber nein«, widersprach ich. »Solche Sendungen verbessern unsere Welt.«

Der Moderator nahm Jens mit zu Sabrina, nachdem er sich gründlich die Nase geputzt hatte.

»Ich habe jemanden mitgebracht«, sagte er an der Türe zu ihr. »Kannst du dir denken, wen?«

Sabrina hatte natürlich auch keinen Schimmer. Aber

als sie Jens sah, fing sie vor lauter Überraschung und Freude ebenfalls an zu weinen. Auch Jens und der Moderator weinten wieder. Ein bisschen weinte ich auch. Da entriss Alex mir die Fernbedienung.

»Ha!«, schrie er triumphierend und schaltete einfach um. »Jetzt gehört sie mir.«

Im anderen Programm kämpften Orcawale mit hilflosen Robbenbabys. »Hochinteressant«, behauptete Alex, als das Meerwasser sich rot färbte. Ich wollte lieber Muffys Gesicht sehen, wenn er merkte, dass Herrchen und Frauchen sich wieder versöhnt hatten.

In diesem Augenblick klingelte das Telefon.

»Ich bin nicht da«, schrie ich.

»Ich auch nicht«, schrie Alex. Das Telefon klingelte trotzdem weiter. Alex hob schließlich den Hörer ab.

»Alexander Baum? Ah – hallo, Björn, alter Kumpel!«

Ich warf mich erleichtert zurück aufs Sofa und bekam gerade noch den Abspann von »Wen die Liebe quält« zu sehen. Der Moderator, Jens, Sabrina, Muffy und eine Menge andere Leute winkten lächelnd in die Kamera.

»Wenn auch Sie die Liebe quälen sollte, dann zögern Sie nicht, uns zu schreiben«, sagte der Moderator noch.

Ich winkte dankend ab. Das war wohl mehr was für Hanna und Heiko und andere Beziehungsgeschädigte. Alex hatte den Hörer aufgelegt.

»Das war Björn. Ein alter Surfkumpel von mir.«

»Kenne ich nicht«, sagte ich träge. »Du hast so viele alte Surfkumpels.«

»Du wirst ihn gleich kennen lernen.«

Die Botschaft brauchte sehr lange, bis sie bei mir ankam.

»Wie meinst du das?«, fragte ich schließlich.

»Der kommt jetzt vorbei.«

»Jetzt? Hier? Aber warum?«

»Er hat die Dias von unserem Spanienurlaub vor vier Jahren endlich gerahmt. Und die will er mir zeigen.«

»Hier? Heute?«

Alex lachte. »Ja, die sind sicher lustig, werden dir gefallen. Damals kanntest du mich nämlich noch nicht. Sag mal, haben wir eigentlich Bier da?«

»Sag mal, spinnst du eigentlich?«

Alex sah mich verständnislos an.

»Ich liege hier splitterfasernackt auf dem Sofa und wollte vor dem Fernseher diesen Tag ausklingen lassen, zusammen mit dir«, schrie ich. »Und jetzt kommt dein alter Surfkumpel und möchte Dias anschauen? Wo soll ich denn so lange hin?«

Das war überhaupt eine gute Frage. Panisch sah ich mich nach einem Versteck um. Eigentlich gab es nur noch den Kleiderschrank und das Badezimmer, in das ich mich zurückziehen konnte. Aber was, wenn der Surfkumpel mal musste?

»Das sind sicher gute Fotos«, sagte Alex. »Ich dachte, die interessieren dich. Damals hatte ich noch einen Bart.«

»Interessieren mich!«, wiederholte ich und sprang völlig orientierungslos auf. »Sag mir lieber, wo ich jetzt hin soll. Wo soll ich nur hin?«

Alex hielt mein hysterisches Gejammer wohl für Komödie. Er lächelte sogar. »Vielleicht ziehst du dir was über. Björn kann jeden Augenblick hier sein.«

Das gab mir den Rest.

»Jeden Augenblick hier sein?«, schrie ich, und Tränen standen mir in den Augen. »Ich bin ganz nackt, meine Beine müssten dringend mal wieder rasiert werden, das Bett ist nicht gemacht, und ich kann mich nicht mal hineinlegen, weil es im selben Raum steht wie dieser Surffreak gleich. Es ist Sonntagabend halb neun – wo soll ich denn jetzt hin?«

Alex sagte nichts. Ganz offensichtlich überraschte ihn mein Ausbruch. Das machte mich noch viel wütender.

»Schließlich wohne ich auch hier!«, schrie ich, und jetzt liefen mir die Tränen über die Wangen. »Ich darf nicht mal in Socken vor dem Fernseher sitzen. Ich fühle mich bedroht!«

»Aber das ist ein lieber Freund von mir. Den stört es nicht, dass deine Beine nicht rasiert sind.«

»Aber mich!«, schrie ich. »Ich habe nichts gegen deine Freunde. Aber ich will den Zeitpunkt des Kennenlernens selber wählen können, verstehst du das nicht?« Jetzt heulte ich laut. »Heute ist der denkbar ungünstigste Zeitpunkt dafür. Und ich kann nirgendwo hin. Ich habe ja keine eigene Wohnung mehr.« Schluchzend riss ich Unterhose, Jeans und Pulli aus dem Schrank und zog mich an.

»Was soll das denn?« murmelte Alex.

»Du – du –«, schniefte ich ihn an, fand aber das richtige Wort nicht. »Deinetwegen muss ich jetzt in die Kälte hinaus.«

Ich zog Mantel und Schuhe an, raffte meine Handtasche und Autoschlüssel und öffnete die Tür. Die Zimmertemperatur sank sofort unter Null.

»Hey.« Alex griff nach meinem Arm.

Ich schüttelte ihn wild ab und stapfte zu meinem Auto.

»Halte mich bloß nicht auf!«, rief ich noch, aber Alex folgte mir nicht.

Es war schon seit Wochen richtig kalt. Auf den Bürgersteigen lag eine dicke Eiskruste, die tagsüber nicht mal antaute. Am Nachmittag hatte es ein bisschen geschneit, und der Schnee lag in einer dünnen, gefährlichen Schicht auf der Fahrbahn. Kaum eine Reifenspur durchteilte die weiße Decke. Natürlich nicht. Bei solchen Straßenverhältnissen blieb jeder vernünftige Mensch zu Hause.

Jeder, außer diesem Surffreak namens Björn, den das Schicksal dazu bestimmt hatte, unsere Beziehung zu zerstören.

Weinend ließ ich mich in mein Auto fallen. Der Motor sprang sofort an, und ich fuhr langsam die Straße hinauf. Obwohl ich Heizung und Belüftung auf Maximum stellte, fror mein Atem an der Windschutzscheibe fest, und ich konnte rein gar nichts erkennen. Etwa dreihundert Meter vom Haus weg standen die Altpapier- und Glascontainer, und dort hielt ich wieder an, um nach einem Gegenstand zu suchen, mit dem ich die Scheibe freikratzen konnte. Langsam versiegten die Tränen. Stattdessen wuchs die Wut in mir. Nicht mal Handschuhe hatte ich mitnehmen können, als man mich aus meiner eigenen Wohnung vertrieben hatte.

Ein ziemlich heruntergekommener Kombi mit Dachgepäckträger und vielen Aufklebern schlitterte in den Straßenverhältnissen unangepasster Weise an mir vorbei. Auch seine Windschutzscheibe war bis auf ein kleines Loch auf der Fahrerseite zugefroren, aber ich hätte schwören können, dass durch dieses Loch der Surffreak namens Björn geguckt hatte. Genau so ein Auto hatte ich ihm zugetraut. Wutschnaubend setzte ich mich zurück in den Wagen. Wo konnte ich denn jetzt hinfahren? Es war Sonntagabend, und überall, wo ich hinfahren konnte, würde ich genauso stören, wie dieser Björn uns gestört hatte. Außer, ich fuhr zu meiner Mutter, dort war ich immer willkommen. Aber allein der Gedanke, ihr erklären zu müssen, warum ich gekommen war, hielt mich davon ab. Sie würde ihre Stirn in kummervolle Falten legen und es mir überlassen, zu raten, was sie davon hielt.

Ratlos kratzte ich mit dem Fingernagel Eis von der Windschutzscheibeninnenseite. Wenn ich nicht erfrieren wollte, musste mir bald etwas einfallen. Da klopfte es gegen die Scheibe. Ich zuckte erschreckt zusammen.

»Huhu!«, schrie jemand draußen. Durch den Eisschleier hindurch erkannte ich Kassandra, unsere Nachbarin.

»Huhu«, erwiderte ich erleichtert.

Kassandra öffnete die Beifahrertür. »Was machst du denn um diese Zeit hier draußen?«

Ich wusste, dass die Spuren meiner Tränen auf meinen Wangen festgefroren und Augen und Nase überdies gerötet waren. Es wäre zwecklos gewesen, meinen Kummer zu leugnen.

»Ich habe mich mit Alex gestritten«, sagte ich.

Kassandra nickte gelassen. »Das habe ich mir gleich gedacht«, sagte sie. »Über eurer Wohnung lag den ganzen Tag so eine negative Aura. Möchtest du wegfahren?«

Ich schüttelte den Kopf.

»Ich weiß nicht, wohin«, sagte ich, und da lud Kassandra mich ein, mit zu ihr nach Hause zu gehen.

Sie war eine zierliche Frau Anfang Fünfzig mit auffallend türkisfarbenen Augen und silbergrauen Locken, die ihr bis zur Taille reichten. Ich hatte sie gleich am

Tag meines Einzugs kennen gelernt. Alex hatte mir gesagt, dass seine Nachbarin ein wenig seltsam sei, da sie mit Waldgeistern und Engeln spräche, aber ich fand gerade das interessant. Kassandra sagte, sie und ich würden uns aus einem früheren Leben kennen, und das sei der Grund für unsere spontane Zuneigung. Alex meinte, das sei völliger Quatsch, aber er konnte auch nicht das Gegenteil beweisen. Ich mochte Kassandra auf Anhieb, so als würde ich sie tatsächlich schon ewig kennen. Sie beschäftigte sich mit faszinierenden Dingen, und in den paar Wochen, in denen ich hier wohnte, hatte ich schon eine Menge von ihr gelernt. Seit wir zum Beispiel einen Rosenquarz neben dem Bett liegen hatten, der die Strahlung des Radioweckers absorbierte, konnte ich viel besser schlafen. Alex hielt auch das für Quatsch und reine Einbildung, aber er konnte das Gegenteil nicht beweisen.

In Wahrheit, also auf dem Pass, hieß Kassandra Gerdamarie Dahlberg, aber Kassandra war der Name, den ihre geistigen Führer ihr gegeben hatten. Im Grunde, sagte Kassandra, sei sie auf der Erde nur zu Gast, um eine bestimmte Aufgabe zu erfüllen. Sie stamme von einem Planeten weit hinter den Plejaden, auf dem die geistige Entwicklung schon viel weiter fortgeschritten sei als hier bei uns. Das erklärte vielleicht, warum sie meistens über den Dingen stand, von denen wir Irdischen so oft geplagt werden.

Ihre Wohnung kam mir an diesem Winterabend tatsächlich wie eine Zuflucht auf einem anderen Planeten vor. Sie war angenehm geheizt und auf eine gemütliche Weise unordentlich, mit vielen Möbeln und Gegenständen aus den unterschiedlichsten Epochen ausgestattet, die Regale voller Bücher und Nippes. Seufzend ließ ich mich auf dem blaugeblümten Sofa nieder, auf dem sich bereits Rudolf, Kassandras getigerter Kater, ausgestreckt hatte.

»Tee?«, fragte Kassandra, entschied aber nach einem prüfenden Blick in mein Gesicht, dass Rotwein hier eher angebracht sei.

Ehe ich mein erstes Glas getrunken hatte, kannte sie die ganze Geschichte um den Surffreak namens Björn in ihren Einzelheiten.

Kassandra fand das alles überhaupt nicht tragisch. Im Gegenteil. Sie lachte so sehr darüber, dass ihr die Tränen über die Wangen kullerten.

»Das ist nicht komisch«, sagte ich beleidigt. »Es war unser erster richtiger Streit.«

»Männer und Frauen haben ständig Missverständnisse«, meinte Kassandra. »Die Männer glauben immer noch, Eva stamme aus einer Rippe Adams. In Wirklichkeit ist es umgekehrt, deshalb müssen wir Frauen Verständnis für die Männer aufbringen, sie sind einfach noch nicht so weit in ihrer geistigen Entwicklung. Dein Alex zum Beispiel wird sich jetzt furchtbare Sorgen um dich machen.«

Diese Vorstellung tröstete mich etwas.

»Soll er doch ruhig«, meinte ich und leerte mein Rotweinglas in einem Zug.

Kassandra schaute aus dem Fenster. Ihre Wohnung lag im rechten Winkel zu unserer, und von ihrem Wohnzimmerfenster aus konnte sie eine Ecke unserer Terrassentür erkennen.

»Da ist so seltsames, buntes Licht«, sagte sie über die Schulter. Neugierig stellte ich mich neben sie. Tatsächlich, aus unserer Wohnung kam rotes und blaues Licht, das sich eigenartig zuckend im Schnee auf der Terrasse brach. Eine Weile beobachtete ich dieses Schauspiel ratlos. Dann ging mir ein Licht auf.

»Das sind Dias«, sagte ich empört. »Die schauen sich tatsächlich in aller Ruhe diese blöden Surfdias an und schwärmen von alten Zeiten, während ich hier draußen erfrieren muss.«

Tief gekränkt ließ ich mich wieder auf das weiche Sofa fallen und schenkte mir ein weiteres Glas Rotwein ein. Kassandra streckte ihre Hände in Richtung unserer Terrassentür und schloss die Augen.

»Ich spüre aber keineswegs Ruhe«, sagte sie, und ihre Arme bebten wie die Tentakel einer Wünschelrute. »Nein, ich fühle ganz deutlich die Unruhe in Alex. Er ist sehr besorgt um dich. Er will, dass du wieder nach Hause kommst.«

»Ja, aber ich kann ja schlecht nach Hause kommen, solange der Typ da rumlungert.«

»Der wird schon wieder gehen«, sagte Kassandra und zog die karierten Vorhänge vor. »Und so lange machen wir es uns hier gemütlich. Möchtest du, dass ich dir die Karten lege?«

»Au ja«, sagte ich, obwohl mir immer etwas mulmig dabei war, egal wie oft ich mir sagte, dass es nur ein Spiel sei und ich nicht daran glauben musste wie Kassandra. Sie bekäme über die Karten Botschaften aus dem All, direkt von den Plejaden, sagte sie.

Nach dem zweiten Glas Rotwein holte sie ihre abgegriffenen Tarotkarten aus einer verwitterten Anrichte. »Was möchtest du wissen?«

Ich musste nicht lange überlegen und fragte, wie es mit mir und Alex weiterginge. Kassandra mischte und ließ mich dreimal abheben. Anschließend verteilte sie sieben Karten auf dem Tisch und betrachtete sie schweigend. Ich fand, dass sie ein kritisches Gesicht machte.

»Ist es etwas Schlimmes?«, fragte ich besorgt.

»Der Stern«, murmelte sie. »Bis jetzt hat sich alles günstig entwickelt, du hast Vielversprechendes vor dir.«

»Ist doch wunderbar«, sagte ich erleichtert.

Kassandra runzelte die Stirn. »Jetzt geht es nicht darum, sich auf den anderen zu verlassen und ihm die Entscheidungen zuzuschieben.«

»Das verstehe ich nicht«, murmelte ich.

»Stattdessen ist es jetzt wichtig, sich schleunigst und verzeihend zu zeigen und sich den eigenen Ängsten zu stellen«, fuhr Kassandra fort.

Ich beugte mich gespannt vor. »Und dann?«

»Sieben Kelche – dein nächster Schritt wird dich in eine Täuschung führen, die zu einer Enttäuschung wird.«

»Auch wenn ich reumütig bin und mich den eigenen Ängsten stelle?«, fragte ich. »Das ist aber ungerecht.«

»Königin der Schwerter«, sagte Kassandra ernst. »Eine Frau, kalt und berechnend, kann eurer Beziehung schaden. Hüte dich vor dieser Frau.«

»Oh«, sagte ich.

»Eine Frau, die Einfluss auf Alex ausüben und Konflikte hervorrufen wird«, setzte Kassandra hinzu.

»Das könnte Alex' Mutter sein«, sagte ich bereitwillig. Ich hatte sie schon länger im Verdacht, unserer Beziehung zu schaden.

Kassandra warf mir einen scharfen Blick aus türkisfarbenen Augen zu. »Alex' Mutter?«, wiederholte sie. »Bist du sicher?«

»Ja«, sagte ich hastig und erhob mich. »Bestimmt ist sie damit gemeint.« Ich schob den Vorhang beiseite und sah zu unserer Terrasse hinüber. Meine ganze Wut auf Alex war über dem Kartenspiel verraucht. Jetzt war es höchste Zeit, sich reumütig und verzeihend zu zeigen.

»Ich gehe jetzt rüber«, sagte ich. »Danke fürs Aufwärmen.«

Kassandra starrte immer noch auf die Karten. »Da sind auch noch die drei Schwerter und das Rad des Schicksals. Möchtest du nicht wissen, was das bedeutet?«

»Ein anderes Mal.«

Kassandra lächelte und legte die Hände auf meine Schultern.

»Meine guten Wünsche sind bei euch«, sagte sie.

»Ich bin wieder da«, rief ich, als ich zur Tür reinkam, aber niemand antwortete mir.

Alex war nicht da. Alle Lichter, bis auf die Nachttischlampe, waren gelöscht, und auf dem Kopfkissen lag ein gelber Zettel.

»Mache mir Sorgen, fahre dich suchen«, stand da, und darunter war ein schiefes Herzchen gemalt, wie von einem kleinen Jungen. Bedrückt ging ich vors Haus und verfolgte die Reifenspuren von Alex' Wagen mit den Augen bis um die nächste Ecke. Es hatte wieder angefangen zu schneien, und ausgerechnet jetzt hatte Alex sich aufgemacht, um nach mir zu suchen. Ich war zu spät gekommen, hatte mich zu spät reumütig und verzeihend gezeigt, und die Strafe dafür würde nicht ausbleiben. Ach, Alex! Ich küsste das Herzchen auf seinem Brief und vergoss eine Reueträne. Sie rollte über meine Wange und fiel als winziger Eistropfen hinab in den Schnee. Wenn Alex doch wenigstens mein Auto bei den Altpapiercontainern fände, dann könnte er sich

den Rest schon zusammenreimen! Er würde einfach meinen Fußspuren folgen, und auf halber Strecke würden wir einander in die Arme fallen und uns küssen, während die Schneeflocken auf unseren heißen Gesichtern zu schmelzen begännen.

Ich seufzte sehnsüchtig, aber Alex musste an meinem Auto vorbeigefahren sein, ohne es bemerkt zu haben. Traurig schlurfte ich in die Wohnung zurück. Kaum hatte ich die Tür hinter mir geschlossen, klingelte das Telefon. Ich zögerte einen Augenblick, bevor ich den Hörer abhob. Immerhin war es nach elf Uhr abends, und mir war nicht unbedingt nach einem Telefonplausch zumute. Aber dann siegte die Furcht, es könne Alex sein, und meine Abwesenheit könnte ihn dazu antreiben, noch weiter in der Eiswüste nach mir zu suchen.

»Elisabeth Jensen«, sagte ich betont lässig.

»Gott sei Dank, dir ist nichts passiert«, sagte Hanna am anderen Ende.

»Warum sollte mir etwas passiert sein?«

»Alex ist sicher froh, dass du wohlbehalten wieder da bist.«

»Alex ist gar nicht da!«

»Dann ist er losgefahren, die Strecke absuchen«, sagte Hanna.

Ich schluckte. »Woher weißt du das?«

»Alex hat bei mir angerufen und mir alles erzählt!«

»Alex hat bei dir angerufen?«

»Ja, angeblich hat er sich solche Sorgen gemacht. Du wärst in so schrecklicher Verfassung gewesen, hat er gesagt.«

»Der spinnt doch wohl«, sagte ich, und meine Wut flackerte wieder auf. »Einfach anzurufen und dir von unserem ganz privaten Streit zu erzählen.«

»Er liebt dich vielleicht wirklich«, seufzte Hanna. »Heiko würde sich jedenfalls niemals solche Sorgen um mich machen und schon gar nicht hinter mir hertelefonieren. Wo warst du denn, nachdem du so hysterisch weinend die Wohnung verlassen hast?«

»Ach, Scheiße«, sagte ich. »Hat er ›hysterisch weinend‹ gesagt, der Saftsack?«

»Das muss dir doch nicht peinlich sein. Ich war die erste, die Alex angerufen hat. Weil er meint, dass du am ehesten zu mir fahren würdest.«

»Willst du damit sagen, er hat noch woanders angerufen?«

»Ja«, sagte Hanna. »Er hörte sich echt besorgt an. Er hat dein Adressbuch gefunden und wollte alle Nummern anrufen, um nach dir zu fragen.«

Ich sah mich um. Das Adressbuch lag aufgeblättert neben dem Telefon. Bei Z. »Du meinst, er hat überall angerufen und meinen Freunden von unserem Streit erzählt?«, fragte ich entsetzt.

»Ja, aber er wird dich nirgendwo erreicht haben«, sagte Hanna mit unübertroffener Logik, »denn sonst wäre er ja nicht losgefahren! Verrat doch bitte, bitte, wo du warst.«

Ich sagte es ihr. Des besseren Verständnisses wegen erzählte ich ihr die Geschichte aber noch einmal vollständig aus meiner Sicht, von dem Augenblick an, wo ich völlig unbekleidet auf dem Sofa gelegen hatte und das Telefon klingelte. Was vorher passiert war, ließ ich weg. Ich wollte Hanna nicht unnötig neidisch machen.

Hanna lachte herzlich. »Und deshalb bist du die halbe Nacht weggeblieben?«

»Was hättest du denn an meiner Stelle gemacht?«

»Ich wäre einfach nackt auf dem Sofa liegen geblieben«, meinte Hanna. »Was meinst du, wie schnell der Surffreak sich wieder verabschiedet hätte.«

»Oder auch nicht«, sagte ich. »Außerdem kann ich so was nicht. Denk doch mal, wie peinlich, nackt vor einem wildfremden Mann herumzuliegen!«

Hanna kicherte in den Hörer. »Peinlich ist, wenn dein Freund überall rumerzählt, du hättest hysterisch weinend das Haus verlassen, weil er Besuch bekommen hat.«

Ich schwieg betroffen. Sie hatte Recht, das war wirklich peinlich. Ich hatte eine Sauwut auf Alex. Genau in diesem Augenblick hörte ich seine Schritte vor der Tür.

»Da kommt er«, informierte ich Hanna und legte leise den Hörer auf.

Alex sah müde und traurig aus, als er zur Tür hereinkam. Ein bisschen so, als habe er geweint. Wenn er mich doch nur nicht bei meinen Freunden blamiert hätte, wie wunderschön könnte dann jetzt unsere Versöhnung sein. Ich seufzte.

Da erst blickte er zu mir herüber. Seine Augen wurden groß und rund, und für einen Augenblick dachte ich, er freue sich. Dann aber zog er seine Augenbrauen zusammen und knurrte: »Wo ist dein Auto?«

»Warum hast du überall herumerzählt, dass wir uns gestritten haben?« knurrte ich zurück.

»Wo warst du?«

»Das geht dich gar nichts an.«

»Du hast mir mit deinem kindischen Verhalten einen Wahnsinnsschrecken eingejagt, verdammt noch mal. Ich sah dich schon erfroren im Graben liegen.«

»Dann hättest du mich eben nicht aus dem Haus treiben sollen«, sagte ich. »Bei diesem Wetter.«

»Du hättest nicht gehen müssen. Björn ist nur ein paar Minuten geblieben.«

»Haha«, sagte ich. »Und in den paar Minuten hat er dir alle Dias vom letzten Spanienurlaub gezeigt, was?«

Alex sah mich prüfend an. »Wo warst du? Und wo ist dein verdammtes Auto?«

Ich sagte nichts.

»Du bist kindisch und boshaft«, sagte Alex. »Es hat dir Spaß gemacht, mir Angst einzujagen.«

»Ja«, sagte ich.

Alex erhob sich mit steinernem Gesicht und ging nach nebenan ins Badezimmer. Nach einer Weile hörte ich, wie er begann, sich die Zähne zu putzen. Ich blieb auf dem Bett sitzen und starrte auf das schiefe Kleine-Jungen-Herzchen, das er auf den Brief gemalt hatte. Dann sprang ich auf und rannte hinterher.

»Nein«, schrie ich.

Alex nahm die Zahnbürste aus dem Mund. »Nein, was?«

»Es macht mir keinen Spaß, dir Angst einzujagen. Das wollte ich nicht, ehrlich«, fuhr ich mit gedämpfterem Ton fort, und da ich mich reumütig und verzeihend zeigen wollte, wie es Kassandras Karten empfohlen hatten, setzte ich noch etwas hinzu. »Es tut mir Leid.«

Alex spuckte Zahnpasta ins Waschbecken und spülte sich den Mund aus. Erst dann drehte er sich zu mir um.

»Mir tut es auch Leid«, sagte er.

Vor Erleichterung kamen mir die Tränen. Ich schmiegte mich an seinen nackten Oberkörper.

»Ich war bei Kassandra«, murmelte ich in seine Brusthaare. »Und das Auto steht oben bei den Altpapiercontainern. Ich konnte nichts mehr sehen, deshalb musste ich es da stehen lassen.«

»Du Arme. Ich habe mich vielleicht wirklich blöd benommen.«

»Nein, ich habe mich blöd benommen«, sagte ich bereitwillig.

»Na gut.« Alex hielt mich ganz fest umschlungen. »Dann haben wir uns eben beide blöd benommen.«

»Ich liebe dich«, flüsterte ich.

Da nahm Alex mein Gesicht zwischen seine Hände und küsste sanft die Tränen von meinen Wangen.

»Elisabeth, du Dummerchen«, sagte er. »Möchtest du meine Frau werden?«

Und ich schrie laut und ohne auch nur den Bruchteil einer Sekunde lang zu zögern: »Ja, ich will!«

DIE ERSTE, DIE die Neuigkeit erfahren sollte, war Hanna.

»Heiko hat das ganze Wochenende nicht angerufen«, brach es aus ihr heraus, kaum dass ich mich am nächsten Morgen auf meinen Schreibtischstuhl hatte fallen lassen.

»Du hättest hinfahren sollen, wie ich es dir geraten hatte«, sagte ich. »Sicher war er nur beleidigt.«

»Ach wo! Der war doch heilfroh, dass er sich nicht um mich kümmern musste. So hatte er freie Bahn für seine Geliebte.«

»Vielleicht tust du ihm unrecht«, sagte ich. »Du hast nicht einen einzigen Beweis. Und man ist schließlich so lange unschuldig, bis das Gegenteil bewiesen ist.«

»Was soll ich denn tun?« Sie beugte sich aggressiv nach vorne. »Heimlich vor seiner Tür lauern, mit Sonnenbrille und Zeitung? Oder mich im Schrank verstecken? Seine Taschen durchsuchen? Die Kollegen ausfragen? Seinen Anrufbeantworter abhören?«

»Alles prima Ideen«, meinte ich. »Warum nicht?«

Hanna schüttelte den Kopf. »Niemals würde ich mich so weit erniedrigen, hinter einem Mann herzuspionieren. Niemals.«

Ich betrachtete sie ratlos. Was Beziehungskisten anging, hatten wir einfach nicht dieselbe Einstellung. Jede Diskussion zu diesem Thema war von vorneherein unfruchtbar. Hanna starrte eine Weile auf den Boden.

»Also gut«, sagte sie. »Dann tu ich's eben. Der Wahrheit zuliebe.«

Ich beschloss, sie von ihrem Problem abzulenken und über mein privates Glück zu reden.

»Was hältst du von Heiraten?«, fragte ich lächelnd.

Hanna tippte sich an die Stirn. »Bist du blöde? Heiraten in so einer Situation? Das wäre ja wohl das Dämlichste, was wir tun könnten. Ganz abgesehen davon, dass Heiko mich niemals fragen würde. Heiraten ist was für Idioten, sagt er immer. Nur Trottel tun so was.«

»Aha«, sagte ich. »Dann bin ich wohl in seinen Augen ein Trottel?«

Hannas Augen wurden rund. »Du?«, rief sie.

Ich nickte glücklich.

»Na so was! Das muss ja eine romantische Versöhnung gewesen sein, gestern Nacht.«

»Ja«, sagte ich. »Und wie.«

Hanna kam um den Schreibtisch herum und umarmte mich. »Glückwunsch, Elisabeth. Und alles Liebe.«

»Danke«, sagte ich. »Ich hoffe, du wirst unsere Trauzeugin sein.«

»Ja, natürlich«, sagte Hanna. »Ich werde mir dafür ein neues Kleid nähen. Wann soll das Ereignis stattfinden?«

»Das wissen wir noch nicht«, erklärte ich. »Im Frühjahr vielleicht.«

»Natürlich im Frühjahr«, seufzte Hanna. »Wenn die Kirschbäume blühen. Und wenn nichts dazwischenkommt.«

Es war seltsam, wie unterschiedlich Verwandte und Freunde auf die Neuigkeit reagierten. Vor allem die verheirateten Männer zeigten ihre Freude auf eine etwas verhaltene Weise.

»Endlich kommst du auch unters Joch«, sagten sie zu Alex, »warum solltest du es besser haben als wir?«, und lauter solche Sprüche, aus denen man schließen konnte, dass ihre Heirat jedenfalls nicht ihre Idee gewesen sei. Als müssten sie einander für eine Eheschließung bestrafen, sammelten die Männer monatelang säckeweise Kronkorken und durch den Reißwolf gedrehte Papierfetzen, um sie beim nächsten Polterabend in den Vorgarten des Brautpaares zu kippen und sich mit der dadurch entstandenen Schweinerei für eventuell bei ihrer Hochzeit erlittene Schikanen zu revanchieren.

Aber da wir noch keinen Vorgarten hatten, fürchteten wir auch die Kronkorkenflut nicht.

Auch Alex' Surfkumpel Björn meldete sich prompt. Er war wirklich ein dreister Kerl, ich konnte mich glücklich schätzen, ihn neulich Abend nicht persönlich kennen gelernt zu haben.

»Du bist also die Frau, die unseren Alex eingefangen hat«, sagte er, nachdem ich mich am Telefon gemeldet hatte. »Gratuliere.«

Ich lachte verlegen. »Es war wohl eher umgekehrt«, sagte ich.

»Ja, ja«, meinte Björn. »Du bist ja auch ein niedlicher Happen, wenn du so aussiehst wie auf den Fotos, die Alex mir gezeigt hat.«

»Ja«, sagte ich selbstbewusst. Ich war unbestreitbar ein niedlicher Happen.

»Obwohl du überhaupt nicht Alex' Typ bist, echt. The Gentlemen prefer blondes, das weiß ich aus jahrelanger Erfahrung. Für mich blieb immer die dunkelhaarige Freundin übrig.«

»Geschmäcker können sich bekanntlich ändern«, sagte ich leicht irritiert. Was fiel dem denn ein?

»Vor allem, wenn so ein Wahnsinnsgrundstück im Spiel ist«, entgegnete Björn. »Du bist eine gute Partie, mit so einem Grundstück darfst du bei Alex sogar brünett sein.«

Jetzt wurde ich ärgerlich. »Was willst du eigentlich? Zuerst versuchst du es mit jahrhundertealten Surfdias, und jetzt mit böswilligen Andeutungen. Was bist du überhaupt für ein Freund?«

»Einer, der's gut mit dir meint«, sagte Björn. »Vielleicht freut es dich zu hören, dass ich mir nichts aus Blondinen mache. Im Gegenteil, meinen Erfahrungen nach sind die Brünetten besser im –«

»Und ich«, unterbrach ich ihn, »ich mache mir nichts aus Männern, die Frauen als niedliche Happen bezeichnen und versuchen, glückliche Paare auseinander zu bringen.« Resolut knallte ich den Hörer auf. Unverschämtheit. Armer Alex, wahrscheinlich ahnte er nicht mal, was für einen falschen Freund er da besaß. Ich beschloss, Björn auf keinen Fall auf die Gästeliste zu schreiben, und Alex musste nichts von seinem Anruf wissen. Er wäre nur enttäuscht gewesen.

Alle anderen Freunde und Verwandten zeigten eitle Freude über unsere bevorstehende Eheschließung.

Meine Cousine Susanna rief mich extra aus der Pfalz an, um mir zu danken, da unsere Heiratspläne ihren Bruno endlich auch auf die Idee gebracht hätten. Gleich nachdem sie die Neuigkeit erfahren hatten, sei er vom Sofa aufgesprungen und habe gerufen, dass er's jetzt leid sei.

»Was denn?«, fragte ich und versuchte mir vorzustellen, wie Bruno seine hundertzehn Kilogramm auf eine

Art und Weise vom Sofa hochstemmte, die man als Springen bezeichnen konnte.

»Die Steuern. Als lediger Freiberufler zahlt er sich dumm und dämlich«, antwortete Susanna. »Obwohl Bruno vom Fach ist, aber dagegen kann er nichts machen.«

»Außer heiraten«, vermutete ich scharfsinnig.

»Genau«, sagte Susanna glücklich. Vor nicht allzu langer Zeit noch war sie das schwarze Schaf unserer Sippe gewesen, mit blauen Haarsträhnen und irrsinnig flippigen Klamotten, Ohrläppchen und Nase siebenfach gepierct, brachte sie Farbe in jedes Familienfoto. Auch ihre Männergeschichten, in denen langhaarige Typen mit verschlissenen Lederjacken und No Future-Aufnähern oder aber verheiratete Mittfünfziger mit Mercedes-Coupé und Siegelringen die Hauptrolle spielten, waren legendär. Von meiner Mutter und meinen Tanten, einschließlich ihrer eigenen Mutter, wurde Susanna sprichwörtlich als warnendes Beispiel angeführt, und gerade deshalb war sie mein großes Vorbild. Damit war schlagartig Schluss, als Bruno in ihr Leben trat, zugegebenermaßen zu einem für ihn äußerst günstigen Zeitpunkt. Susannas Studenten-WG hatte sich aufgelöst, und ihr war von zu Hause der Geldhahn zugedreht worden. Dieses verschärfte materielle Sicherheitsmanko führte dazu, dass Susanna noch am Tag des Kennenlernens bei Bruno einzog, sehr zur Freude der Familie, aber zum Schaden meiner Hochachtung. Bruno war weder verheiratet noch langhaarig, sondern ein mondgesichtiger Steuerberater mit hektischen Flecken und einem Kassengestell aus dem Versandhauskatalog, der in seiner Freizeit ausschließlich Leserbriefe verfasste, in denen er seine Rechte als Bürger gegen alles und jeden verteidigte. Er hatte sich bereits in jungen Jahren ein Haus gekauft, das er von nun an mit meiner Cousine teilte. Dafür schmiss sie ihr Studium, entfernte alle Ringe aus Ohren und Nase und lernte nicht nur, Brunos pflegeleichte Polyesterhemden zu bügeln, sondern auch seine Lebensweise ganz und gar zu verinnerlichen.

»Das macht fast sechshundert Mark im Monat aus, wenn ich demnächst nur noch auf Fünfhundertneunzig-Mark-Basis für die Kanzlei arbeite und Bruno mir die Differenz so gibt«, erklärte sie mir flüssig. »Außerdem bekommen wir mehr Bauförderungsgeld, wenn wir jetzt den Dachboden ausbauen. Und auch sonst stehen wir uns viel günstiger. Bruno sagt, er hat dem Staat jetzt lange genug Geld in den Hintern geschoben, jetzt wird endlich geheiratet. Ich bin ja so glücklich.«

»Das ist schön«, sagte ich mit leisem Schaudern.

»Ich bekomme ein Brautkleid von Gitti Geiger für zweitausendfünfhundert Mark«, fuhr Susanna fort. »Das hängt schon seit einem Jahr in einem Schaufenster, an dem ich jeden Tag vorbeikomme, und immer hab' ich mir gewünscht, es wär' mein Kleid. Ich werd's von meinem eigenen Geld kaufen. Es soll eine Überraschung werden, denn Bruno sagt, ich soll was holen, das man später auch noch tragen kann. Aber schließlich heiratet man nur einmal, oder was meinst du?«

Ich stimmte ihr zu. Obwohl in ihrem speziellen Fall keinmal besser gewesen wäre.

Meiner Mutter kamen die Tränen.

»Dein Vater hätte das sicher gerne miterlebt«, sagte sie, und da weinte ich auch ein bisschen. Mein Vater war vor fünf Jahren gestorben. Er hatte Alex niemals kennen gelernt.

»Aber er hätte ihn gemocht«, schluchzte ich.

»Ja, das hätte er sicher«, sagte meine Mutter und tätschelte mir den Rücken. Oberhalb der Hüfte kniff sie mir ins Fleisch. »Sieh aber zu, dass du bis zur Hochzeit noch ein, zwei Kilochen abnimmst, Kind.«

Kassandra war wie üblich nicht besonders überrascht. Ich traf sie bei den Mülleimern vor dem Haus.

»Und, habt ihr euch wieder vertragen?«, wollte sie wissen.

»Ja«, sagte ich. »Mehr als das.«

»Ich habe euch auch alle meine gute Energie rübergeschickt«, sagte sie. »Das konnte gar nicht schief gehen. Aber du solltest noch mal kommen, wegen der restlichen Karten, die ich noch nicht gedeutet habe.«

»Ach«, sagte ich verlegen. Bei Alex und mir lief alles bestens, da wollte ich mich nicht mit negativen Prophezeiungen belasten.

»Es gibt auch eine Neuigkeit«, sagte ich ablenkend.

»Das habe ich mir gleich gedacht«, erwiderte Kassandra. »Du weißt ja, was für eine starke Intuition ich habe. Es hat etwas mit deinem Job zu tun, stimmt's?«

»Nein«, sagte ich. »Viel besser. Alex und ich werden heiraten.«

»Sag' ich ja, habe ich mir gleich gedacht«, wiederholte Kassandra unbeirrt.

Alex' Mutter freute sich ebenfalls.

»Ich liebe große Feste«, sagte sie.

»Es soll kein großes Fest werden«, erklärte Alex und hielt meine Hand. »Wir wollen das Ganze im kleinen Rahmen feiern, nur mit den engsten Verwandten und Freunden. Kein Jahrhundertereignis.«

»Das ist ja eure Sache«, sagte seine Mutter und sah kein bisschen enttäuscht aus. Sie war eine gut aussehende Frau mit gepflegten blonden Strähnchen, sonnenbankgebräunter Haut und fast jugendlicher Figur. Niemand, der sie kennen lernte, hätte ihr erwachsene Kinder zugetraut, geschweige denn Enkelkinder. Alex und sein Bruder Christoph nannten sie nicht Mama oder Mutter, sondern Hilde, und das machte sie gleich noch ein paar Jahre jünger.

»Soll es denn eine Hochzeit in Weiß werden?«, fragte sie.

Ich errötete leicht. »Ja, schon. Aber etwas ganz Schlichtes.«

Hilde nickte. »Für so ein richtiges Brautkleid bist du ja auch nicht der Typ. Die Anja, die hat ja schnuckelig ausgesehen in ihrem reizenden Kleidchen. Aber die hat auch die Figur dafür.«

Ich schluckte und drückte Alex' Hand ganz fest. Anja war die Frau seines Bruders. Die beiden hatten vor drei Jahren geheiratet und im letzten Monat bereits das zweite Kind bekommen. Weder das Brautkleid noch Anjas Figur waren mir als besonders reizend in Erinnerung geblieben. Alex sah das Gott sei Dank genauso.

»Ich bin froh, dass Elisabeth nicht den gleichen Geschmack hat wie Anja«, sagte er lachend. »Und sie würde auch in einem Müllsack noch besser aussehen als Anja.«

Ich drückte wieder seine Hand, diesmal aus Dankbarkeit. Immer hielt er zu mir.

»Na«, sagte Hilde fröhlich. »Geschmäcker sind eben verschieden. Die einen mögen rauschende Feste, die anderen bescheidene Feiern. Aber so oder so wird es eine Menge Arbeit geben. Gästelisten, Räumlichkeiten, Kirche, Pfarrer, Kleid, Einladungen – egal, wie klein eine Hochzeitsfeier ist, so was macht immer Mühe. Wann, hattet ihr denn gedacht, soll sie stattfinden?«

»Im Mai«, sagte ich. »Wenn die Kirschbäume blühen.«

»Schon im Mai?«, rief Hilde aus und verlor vorübergehend die Contenance. »Das könnt ihr aber vergessen! So schnell kann man das nicht organisieren. Allein die Einladungen müssen drei Monate vorher verschickt werden. Und bis es soweit ist, müssen die Räumlichkeiten stehen, der Termin mit dem Pfarrer und dem Standesamt abgesprochen sein, und so weiter und so weiter.«

»Ich dachte, wir feiern bei meiner Mutter im Garten«, sagte ich. »Unter den Kirschbäumen am Teich, ganz unkompliziert.«

»Im Garten? Und wenn es regnet?«, rief Alex' Mutter entsetzt.

»Die paar Leute passen auch in den Wintergarten. Den könnte man sehr hübsch dekorieren.«

»Nun«, sagte Hilde und musterte mich streng. »Ich kenne den Wintergarten deiner Mutter nicht, aber ich kann mir nicht vorstellen, dass darin eine Hochzeitsfeier stattfinden kann. Wenn ich denke, wie zahlreich allein Alexanders Familie ist.«

»Nur die engsten Verwandten«, erinnerte Alex sie.

Hilde hatte sich wieder gefangen und lächelte überlegen. »Gottchen, Kinder, ich glaube, die Sache geht ihr ein wenig zu blauäugig an. Die engsten Verwandten, was soll denn das heißen? Eltern und Geschwister – und sonst niemand?«

»Genau«, sagte ich. »Und unsere Freunde, natürlich.«

»Und was ist mit Tante Selma?«, fragte Hilde und sah Alex prüfend an. »Sie ist deine Patentante.«

»Nur Eltern und Geschwister«, sagte Alex. »So hatten wir das besprochen, Elisabeth und ich.«

»Aber Selma wäre zutiefst gekränkt, das weißt du doch. Wo sie doch jetzt auch wieder so krank ist. Unterleibskrebs, schon zum dritten Mal. Diesmal sieht es gar nicht gut aus, sagt Paula.«

Alex schüttelte nur den Kopf, aber mir tat Tante Selma leid. Ich sagte: »Ja, dann soll sie halt kommen.« An einer Person mehr oder weniger sollte es nicht liegen. Und vielleicht war sie bis dahin schon verstorben.

Hilde lächelte verhalten. »Wenn Selma kommt, dann könnt ihr Paula nicht übergehen. Die wohnen ja in einem Haus. Und als Kind mochtest du deine Tanta Paula immer lieber als Selma.«

»Nee, siehst du, so fängt es an«, sagte Alex. »Wir wussten schon, warum wir das ausgemacht hatten. Erst sind es nur Tante Selma und Tante Paula, aber die bringen natürlich Onkel Heinz und Onkel Friedhelm mit, und womöglich noch diese kläffende Schlabberbacke von Boxer. Es bleibt dabei: Eltern und Geschwister, und damit hat es sich.«

Ich drückte wieder seine Hand. Er hatte so eine souveräne Art, sich durchzusetzen.

»Und was ist mit deinem Cousin Jens?« Hilde gab sich noch nicht geschlagen. »Ihr beide wart letztes Jahr auf seiner Hochzeit und habt dort im Hotel übernachtet. Für umsonst! Den Jens könnt ihr jetzt nicht übergehen.«

Alex seufzte. »Es sollte einfach eine kleine, nette Feier werden, im engsten Kreis. Ganz unspektakulär.«

»Eine Hochzeit ist niemals unspektakulär«, belehrte uns Hilde.

Dann fiel ihr etwas ein. »Weiß dein Vater schon Bescheid?«

Ich spürte, dass Alex' Hand in meiner zusammenzuckte, aber seine Stimme war ganz ruhig, als er antwortete: »Wir sind am Freitag zum Abendessen eingeladen. Dann werden wir es ihm sagen.«

»Er wird stinksauer sein, wenn ihr seinen Freund Hugo nicht einladet«, prophezeite Hilde, die sich vor zehn Jahren von Alex' Vater getrennt hatte, weil er ständig stinksauer gewesen war. »Bei Christoph hat Onkel Hugo sogar die Trauung vollzogen.«

»Aber Hugo ist katholischer Priester«, sagte Alex. »Elisabeth und ich lassen uns evangelisch trauen.«

»Wie bitte? Aber warum? Du bist nicht evangelisch!«

»Nein, aber Elisabeth ist evangelisch. Und mir ist es vollkommen egal. Ich hatte eh nie was am Hut mit Kirche, weißt du doch.«

»Ich ja auch nicht«, sagte Hilde. »Aber dein Vater wird toben, wenn er das erfährt.«

Wieder bebte Alex' Hand in meiner. Ich drückte sie beruhigend.

»Das ist uns egal«, sagte ich zu Hilde. »Es ist unsere Hochzeit, und da lassen wir uns von niemandem reinreden.« Auch nicht von dir, setzte ich in Gedanken hinzu. Ich weiß, dass du unserer Beziehung schaden willst, eiskalt und berechnend, wie du nun mal bist, das hat Kassandra in den Karten gelesen.

»Natürlich nicht«, sagte Alex' Mutter überraschend friedfertig. »Ich wäre der letzte Mensch, der sich einmischen würde.«

»Mai geht nicht«, sagte Horst, Alex' Vater. Er war ein großer, kräftiger Mann mit vollem, grauem Haar, gesunder Gesichtsfarbe und wasserblauen, sehr hellen Augen.

Zwischen seinen großen, etwas vorstehenden Zähnen zermalmte er das Schweinefilet so weit vorne, dass man sah, wie das Fleischstück zuerst in Fasern und dann in graubräunlichen Brei verwandelt wurde.

Ich starrte auf meinen Teller. Zum Schweinefilet gab es Kartoffeln und Fenchelgemüse. Ich konnte Fenchelgemüse nicht ausstehen. Nur Kartoffeln und Fleisch für mich, bitte, hatte ich gesagt, aber Horst hatte mir trotzdem Fenchel auf den Teller geschaufelt. Bei ihm musste gegessen werden, was auf den Tisch kam. Demonstrativ schob ich das Gemüse auf die Seite, penibel entfernte ich mit der Gabel einzelne blassgrüne Fasern von den Kartoffeln. Horst registrierte mein Tun mit missmutigen Blicken. Er hielt mich für schlecht erzogen.

»Im Mai geht es nicht«, wiederholte er streng. »Da wollten wir zum Golfen nach Portugal, Sylvia und ich.«

Sylvia war seine zweite Frau, mit der er in dem Haus lebte, das er zuvor fünfundzwanzig Jahre lang mit Alex' Mutter bewohnt hatte. Alex sagte, dass sich überhaupt nichts am Haus geändert habe in dieser Zeit. Dieselben Möbel, dieselben Vorhänge, dieselben Bilder an der Wand. Hilde hatte nichts davon mitgenommen, was ich gut verstehen konnte. Die neue Frau von Horst, Sylvia, hatte offenbar nicht das geringste Bedürfnis, dem Haus ein persönliches Gepräge zu verleihen. Sie begnügte sich damit, frische Blumen in Hildes alten Keramikvasen zu arrangieren. Alex' Vater war das nur recht. Ihm waren Veränderungen jeder Art zuwider.

»Wir hatten aber den Mai ins Auge gefasst«, sagte Alex.

»Unser Portugalurlaub ist jetzt schon monatelang im Gespräch«, sagte Horst. »Ihr könnt genauso gut im Juni heiraten.«

Ich schob mir die ganze Kartoffel in den Mund und drückte sie mit der Zunge an den Gaumen. Horst und Sylvia waren schon in Rente, sie hatten im Grunde das ganze Jahr über Urlaub. Wenn sie denn partout im Mai Urlaub machen wollten, dann waren sie eben bei unserer Hochzeit nicht dabei. Ich konnte mir Schlimmeres vorstellen. Gespannt sah ich zu Alex hinüber, aber er hatte auch den Mund voll.

»Als Carola geheiratet hat, da hat sie uns vorher gefragt, welcher Termin uns recht ist«, sagte Horst. Carola war Sylvias Tochter aus erster Ehe. Als ihr Name fiel, blickte Sylvia von ihrem Teller auf.

»Ja«, sagte sie. »Das war eine schöne Hochzeit. Auch im Juni.«

»Seht ihr«, sagte Horst.

Alex sagte immer noch nichts. Dann musste ich das eben übernehmen. Etwas heftig legte ich das Besteck auf meinem Teller ab.

»Im Juni geht es bei uns nicht«, sagte ich aggressiv.

Horst zog eine Augenbraue hoch und sah mich durchdringend an. Ich erwiderte seinen Blick mit leicht zusammengekniffenen Augen.

»Und warum nicht?«, fragte Horst schließlich.

»Da haben wir andere Termine«, entgegnete ich knapp.

Alex nickte immerhin. Horst faltete seine Serviette zusammen und schwieg mit zusammengepressten Lippen. Sylvia legte ihre Hand auf seinen Arm.

»Vielleicht können wir den Urlaub verschieben«, sagte sie. »Es ist ja noch nichts gebucht.«

Der Urlaub war noch nicht mal gebucht! Schade eigentlich.

»Nach Mai wird es dort unten zu heiß«, sagte Horst

mürrisch. »Da ist das letzte Wort noch nicht gesprochen.«

Mit einem leisen Seufzer begann Sylvia, den Tisch abzuräumen, und ich half ihr dabei. Alex und Horst blieben am Tisch zurück und schwiegen beide.

»Ihr habt ihn sehr gekränkt«, sagte Sylvia in der Küche. »Er ist so sensibel.«

»Er ist einfach nur schnell beleidigt, wenn etwas nicht nach seinem Willen geht«, sagte ich.

Sylvia sagte nichts mehr.

Auf dem Heimweg machte ich Alex Vorwürfe, weil er mir das Reden überlassen hatte, anstatt selber das Wort zu ergreifen.

»Aber du hast es ihm doch deutlich genug gegeben«, sagte er.

»Horst ist dein Vater, nicht meiner«, erwiderte ich.

Alex seufzte. »Eben deshalb. Du hast ihn nicht erlebt, als du klein warst. Jedes Mal, wenn er diesen vorwurfsvollen Blick draufhat und diesen ganz bestimmten Tonfall, fühle ich mich wieder wie der kleine Junge, der mit schlechten Zensuren nach Hause gekommen ist.«

»Aber du bist kein kleiner Junge«, rief ich. »Du bist ein Mann, erwachsen und erfolgreich, denk nur an dein Karlsruher Projekt. Außerdem bist du klug und sensibel, zielstrebig und so was von sexy …«

Der Wagen brach plötzlich nach links aus. Alex lenkte ihn auf einen Wanderparkplatz.

»Findest du das wirklich?«

»Ja«, sagte ich. »Ich kenne niemanden, der toller ist als du.«

Alex stellte den Motor ab. »Sag das noch mal«, forderte er.

»Ich liebe dich«, sagte ich und küsste ihn. »Weißt du, dass wir noch nie Sex im Auto hatten?«

»Ich bin auf alles vorbereitet«, erwiderte Alex. Mit seiner freien Hand griff er ins Handschuhfach und holte eine Schachtel Kondome heraus. Ich fragte mich eine Sekunde lang, warum er sie dort aufbewahrte, aber dann dachte ich an gar nichts mehr.

Erst Minuten später kam ich wieder zu Bewusstsein. Die Handbremse stach mir in den Rücken. Mein linker Fuß war eingeschlafen, der rechte hatte sich im Zigarettenanzünder verkeilt. Ein Abdruck des Sendesuchknopfes vom Autoradio würde für immer und ewig in meinen Unterarm eingraviert sein. Die Unterhose bildete eine Art Fessel zwischen meinen Knien, und ich ächzte erleichtert, als Alex sich hinüber auf den Fahrersitz hievte.

»Äh, ja«, sagte ich. »Das war schön. Obwohl, im Bett ist es irgendwie bequemer.«

Alex starrte angestrengt an sich hinab.

»Ach du Scheiße«, sagte er.

»Was denn?«

»Das Kondom ist gerissen.«

Ich schaltete die Innenbeleuchtung ein und starrte ebenfalls zwischen seine Beine.

»Oh, nein«, stöhnte ich.

»Heute ist der zehnte Tag«, sagte Alex mit Grabesstimme. »Die Wahrscheinlichkeit einer Schwangerschaft beträgt dreißig Prozent, mindestens.«

Und wenn schon! Meine Sorge galt etwas anderem.

»Was tun wir, wenn etwas von dem Kondom in mir stecken geblieben ist?«, rief ich angstvoll. »Oh, Gott, an so was kann man bestimmt sterben.«

Alex legte das zerrissene Kondom auf der Ablage sorgfältig zusammen. Ich sah nicht hin.

»Da fehlt nicht ein Fitzelchen«, beruhigte er mich. »Alles noch da.«

Ich riskierte einen Blick auf das unappetitliche Puzzle auf der Ablage und beschloss, Alex zu glauben.

HANNA HATTE ROTE Augen und dicke, geschwollene Lider.

»Den ganzen Samstag habe ich bei Heiko vor der Tür gestanden«, sagte sie. »In dem Auto meiner Schwester, mit Sonnenbrille und Zeitung.«

»Nein!«, sagte ich.

»Findest du das schäbig? Sicher findest du das. Es ist ja auch so was von erniedrigend.«

»Aber nein!«, rief ich entsetzt.

»Doch«, sagte Hanna. Sie flüsterte plötzlich. »Es war so was von erniedrigend. Von zehn bis drei Uhr nachmittags hat sich überhaupt nichts getan. Ich habe Radio gehört und meinen Proviant verzehrt. Ich kam mir so was von blöde vor.«

Sie legte ein kleines Notizbuch aufgeschlagen vor sich auf den Schreibtisch. Ihre Stimme wurde noch leiser. »Um fünfzehn Uhr dreiunddreißig betrat eine Blondine das Haus, und um fünfzehn Uhr vierundfünfzig kam sie mit Heiko am Arm wieder heraus.«

»O mein Gott«, sagte ich ebenfalls flüsternd. »Und wo sind sie hingegangen?«

»Weiß ich doch nicht«, sagte Hanna, plötzlich in normaler Lautstärke. »Meinst du, ich hätte auch noch eine Verfolgungsjagd mit dem Auto riskiert? Nein, ich habe gewartet, bis sie wiederkamen. Um siebzehn Uhr dreiundvierzig betraten sie das Haus erneut, und diesmal küssten sie sich auf dem Weg vom Auto bis zur Haustür dreimal. Dabei habe ich gesehen, dass es keine echte Blondine war. Sie hatte einen dunklen Haaransatz.«

»Und dann?«

»Dann blieben sie im Haus.« Sie blickte wieder auf ihre Aufzeichnungen. »Um siebzehn Uhr sechsundfünfzig ging das Licht in der Küche an, um achtzehn Uhr vierzig ging es wieder aus.«

»Ja und?«

»Um zweiundzwanzig Uhr drei bin ich gefahren. Es war kalt, und im Grunde wusste ich ja auch, was ich wissen wollte.«

»Warum bist du nicht in die Wohnung gestürmt und hast ihm eine Kugel in die Brust geschossen?«, fragte ich.

Hanna grinste auf. »Erstens hatte ich keinen Schlüssel und zweitens keine Pistole. Außerdem wollte ich nur nach Hause ins Bett.«

Ich beugte mich vor und streichelte ihre Hand. »Tut mir Leid, wenn ich daran gezweifelt habe. Heiko ist wirklich ein Arsch. Er hat so was Tolles wie dich gar nicht verdient.«

»Weiß ich ja auch«, sagte Hanna, und ihre Augen wurden feucht. »Aber das Schlimmste weißt du ja noch gar nicht. Ich habe das ganze Wochenende darüber nachgedacht, wie ich Heiko das heimzahlen soll. Ich meine, wirklich heimzahlen! Ich wollte die Beziehung mit Stil beenden, und zwar so, dass er es im Leben nicht vergessen und mir auf ewig nachtrauern würde. Die allerschönsten Ideen hatte ich, wirklich. Ich wollte wenigstens sagen, ich hätte einen anderen, viel tolleren Mann kennen gelernt, der all das habe, was er nicht habe. Das hätte ihm garantiert das Herz gebrochen, eitel wie er ist.«

Sie machte eine kurze Pause. »Aber dann, Sonntagnachmittag, stand er auf einmal vor der Tür. Mit sooo einem langen Gesicht. Er müsse mit mir reden, sagte er. Und ehe ich überhaupt selber aktiv werden konnte, gestand er mir, sich in eine andere Frau verliebt zu haben.«

»O nein«, sagte ich mitleidig.

»Er wolle mir nicht weh tun, hat er gesagt, aber unter diesen Umständen wäre es doch besser, unsere Beziehung zu beenden. Katrin, so heißt seine Neue, wäre für Offenheit und Ehrlichkeit, sie würde mir sicher gefallen, wenn ich sie kennen lernte. Und ich habe immer noch nichts gesagt, die ganze Zeit über nicht ein Wort.«

»Aber du hast nach der Pfanne gegriffen?«, fragte ich hoffnungsvoll.

»Nein, dazu hatte ich keine Gelegenheit mehr. Heiko hatte keine Zeit. Katrin wartete unten im Wagen, sie wollten gemeinsam zu seinen Eltern fahren. Bei Gelegenheit würde er anrufen, hat er gesagt, und dann war er auch schon aus der Tür. Ich habe vierzehn Stunden ununterbrochen geheult, wie man ja wohl sieht. Tja, so viel dazu.« Sie presste sich ein Erfrischungstuch auf die Augen. »Und wie war dein Wochenende?«

»Möglicherweise bin ich schwanger«, sagte ich.

»Wie viel Tage über die Zeit?«, wollte Hanna wissen.

»Noch keinen«, sagte ich. »Heute ist der achtundzwanzigste Tag. Aber ich fühle mich so seltsam.«

»Weil Dienstag ist«, sagte Hanna beruhigend, »und deine Mütter jeden Augenblick ihre Bälger um die Ecke schieben.«

»Das ist es nicht«, widersprach ich und dachte an das geplatzte Kondom, das Kondom des Grauens. »Stiftung Warentest sehr gut, stell' dir das mal vor.«

Hanna, die sich die Geschichte schon ein paar Mal hatte anhören müssen, kicherte ein wenig. »Ich kann das immer noch nicht glauben. Ihr müsst Unerhörtes damit angestellt haben, wenn man sich überlegt, welch unglaublich harten Tests diese Dinger unterzogen werden. Vom TÜV.«

»Und das von unseren Steuergeldern. Die kaufe ich jedenfalls nicht mehr«, sagte ich und erhob mich. Den Müttern der ersten Gruppe hatte das Klopapierrollenmobile einer anderen Kindergruppe beim letzten Mal so sehr imponiert, dass sie es nun selber basteln wollten. Ich hatte eigentlich vorgehabt, völlig ungiftige, essbare Fingerfarbe mit ihnen herzustellen und mit ätherischen Ölen zu parfümieren. Die Kinder hätten gemäß einem pädagogisch erprobten Konzept im mollig warm geheizten Raum unbekleidet, beziehungsweise aus hygienischen Gründen immerhin mit einer Windel angetan, herumlaufen können und sich völlig frei und ungehemmt den Farben widmen sollen, die nachweislich keinerlei Spuren auf der Haut hinterließen. Obwohl ich mein Vorhaben mit den wärmsten Worten angepriesen hatte, bestand die Gruppe auf dem Klopapierrollenmobile. Weil es die letzte Stunde vor den Weihnachtsferien war, wollte ich ihnen diesen Wunsch nicht verwehren. Ich stellte Klebstoff zusammen mit Bastelscheren, Wollresten und Klopapierrollen aus den unerschöpflichen Kisten mit Bastelmaterial auf dem Tisch bereit. Dabei nahm ich mir fest vor, meinem Kind so etwas Grauenhaftes niemals zuzumuten.

Nach und nach trudelten die Mütter ein. Sie stellten ihre Kinderwagen im Gang ab, schleppten Babys und Taschen voller Windeln und Bananen herein und grüßten zögernd. Ich grüßte freundlich zurück. Es war schließlich die letzte Stunde vor den Ferien.

»Heute werden wir das Blitzlicht vorziehen«, sagte ich und meinte die wöchentliche Gesprächsrunde. »Weil wir ja basteln wollen.«

Mit Schwung deutete ich hinter mich auf die Stelle, an der das Mobile von der Decke herabbaumelte. Die Mütter starrten mit offenem Mund nach oben. Ich folgte ihrem Blick – und zuckte erschreckt zusammen.

Das Klopapierrollenkunstwerk war verschwunden. Stattdessen hing jetzt dort eine Art Raupe aus Bierdeckeln. Sie war mit Wasserfarben grün angemalt und hatte viele kleine Füßchen aus roter Tonpappe.

»Wie süüüüß«, riefen die Mütter aus.

»Was für eine goldige Idee«, sagte Maike lobend. »Na, Annabell, gefällt dir die Raupe?«

Annabell sagte natürlich gar nichts.

»Die ist viel süßer als das Mobile«, antworteten die Mütter an ihrer Stelle. Ich stellte mich unauffällig so hin, dass ich die bereitgestellten Klopapierrollen mit meinem Rücken verdeckte.

Maike sah mich wohlwollend an. »Ich denke, ich spreche im Namen aller, wenn ich dir ein Kompliment ausspreche. Die Raupe ist viel kindgemäßer als das Mobile. Goldig.«

»Dachte ich's mir doch«, sagte ich. Von Bierdeckeln hatten wir ebenfalls einen unerschöpflichen Vorrat in den Kisten mit wertfreiem Material. Und rote Tonpappe hatten wir auch noch. »Wer aber trotzdem lieber mit Klopapierrollen basteln möchte, für den habe ich auch das bereitgestellt«, setzte ich raffinierterweise noch hinzu.

»Goldig«, wiederholte Maike. Auch die anderen Mütter bedachten mich mit anerkennenden Blicken.

Mir wurde ganz warm ums Herz.

»Ich bin ganz bestimmt schwanger«, sagte ich anschließend zu Hanna. »Wenn selbst diese widerwärtigen Mütter in mir keine Aggressionen mehr auslösen.«

Hanna fand das allerdings auch bedenklich.

»Vielleicht besorgen wir uns einen Schwangerschaftstest in der Apotheke«, schlug sie vor. »Ich springe gleich mal rüber, wenn du deine zweite Gruppe hast.«

Zögernd willigte ich ein.

»Ich wusste sofort, dass ich schwanger war«, sagte Angela aus der zweiten Gruppe, als wir kaffeetrinkenderweise um den Tisch herum saßen. »Im selben Augenblick.«

»Woran hast du es gemerkt?«, fragte ich schüchtern.

»Das war so ein Gefühl«, antwortete Angela vage. »Ich habe eine halbe Flasche Rotwein getrunken und heiß gebadet, aber das hat auch nichts mehr geholfen. Gott sei Dank«, setzte sie hastig hinzu und warf einen Blick hinüber zu ihrem Sohn.

Ich horchte nachdenklich in mich hinein. Da waren eine Menge Gefühle, aber ich wusste nicht so recht, was ich damit anfangen sollte.

»Sicher bin ich schwanger«, sagte ich zu Hanna, die schon viel weniger verschwollen aussah.

»Das werden wir gleich wissen«, erwiderte sie und hielt mir den Schwangerschaftstest aus der Apotheke hin. »Du musst darauf pinkeln, ein paar Minuten warten – und schon weißt du Bescheid. Und ich auch.«

Ich riss die Verpackung auf und studierte die Gebrauchsanweisung.

»Meinst du, Alex wird sich freuen?«

Hanna zuckte mit den Schultern. »Möglich«, sagte sie.

»Bestimmt wird er sich freuen«, sagte ich und rannte aufs Klo. Mit dem Teststäbchen in der Hand hockte ich mich über die Brille. Und da sah ich es: In meinem cremefarbenen Seidenhöschen war ein roter Blutfleck. Ich warf den Schwangerschaftstest in den Behälter für Damenbinden und wusste nicht, ob ich mich freuen sollte oder nicht. Es war mein allerbestes Höschen.

»Es ist besser so«, sagte Hanna. »Dann bist du bei deiner Hochzeit nicht schwanger.«

»Ja«, sagte ich. »Das wäre wirklich blöd gewesen.«

Erst kurz vor Feierabend fiel mir ein, dass Alex heute Nacht nicht nach Hause kommen konnte, um das glückliche Ereignis mit mir zu feiern. Die Bauarbeiten an seinem Großprojekt in Karlsruhe hatten gestern begonnen, und Alex überwachte jeden Spatenstich. Um morgens vor sieben vor Ort sein zu können, übernachtete er dort im Hotel.

Ich sah auf die Uhr. Um diese Zeit würde ich ihn noch im Auto über Mobilfunk erreichen. Ich wartete, bis Hanna nach Hause gegangen war, bevor ich seine Nummer wählte. Diese Gespräche waren saumäßig teuer, und nicht mal Hanna sollte wissen, dass ich sie auf Kosten des Betriebes führte.

»Hallo«, sagte eine weibliche Stimme am anderen Ende der Leitung.

»Wer ist da?«

»Tanja Breuer, hallo. Wen möchten Sie bitte sprechen?«

»Meinen – äh – Alexander Baum«, stotterte ich. Tanja Breuer, die blonde Praktikantin. Was hatte sie in Alex' Auto zu suchen?

»Ach, Sie sind das«, sagte sie. »Einen Augenblick bitte. Ich muss ihn erst suchen.«

Es dauerte mindestens dreißig Sekunden, bis Alex am Apparat war. Viel später, nach dem großen Knall, fragte mich Hanna einmal, was ich in diesen dreißig Sekunden denn gedacht habe, und ich antwortete ihr, ich habe gar nichts dabei gedacht. Und das war die reine Wahrheit.

»Alexander Baum?«

»Du kannst dich freuen.«

»Worüber?«

»Erinnerst du dich an unsere Autonummer?«, fragte ich.

»Ja, natürlich«, sagte Alex prompt. »GL-HP 310. Warum?«

Ich lachte mich halb tot. »Diese Nummer meine ich doch nicht«, gackerte ich in den Hörer. »Ich meine, die heiße Nummer auf dem Parkplatz an der Landstraße, in der Neumondnacht vor drei Wochen.«

»Oh, diese Nummer«, sagte Alex. »Ja, an die erinnere ich mich auch. Ich habe jetzt noch blaue Flecken davon.«

»Aber ansonsten ist der Abend folgenlos geblieben«, sagte ich.

Alex seufzte hörbar. »Gut.«

»Was hat eure Praktikantin eigentlich an deinem Telefon zu suchen?«

»Wir sind noch auf der Baustelle. Tanja trägt das Handy für mich und hält mir lästige Anrufer vom Leib.«

»Wie nett«, sagte ich. »Schläft sie auch im gleichen Hotel wie du?«

»Nein«, antwortete Alex. »Sie fährt heute Abend nach Hause. Obwohl ich mit ihr so nett über dich plaudern kann. Tanja weiß schon alles über dich, aber mir fällt immer noch etwas ein. Ich werd' dich heute Nacht vermissen.«

»Und ich erst«, sagte ich sehnsüchtig.

»Ich rufe dich nachher vom Hotel aus an, und wir machen wilden Telefonsex«, schlug Alex vor. »Die ganze Nacht.«

»Hier steht, dass die Frau, die ihren Mann mit dem elektrischen Fleischmesser kastriert hat, freigesprochen wurde«, sagte Hanna am nächsten Morgen und tippte mit der Hand auf eine Zeitungsnotiz. »Meinst du, die Dinger sind teuer?«

»Was für Dinger?«, fragte ich gedankenverloren und seufzte schwer. »Ach, Hanna, ich vermisse Alex so sehr. Es war schrecklich gestern Nacht so allein in dem großen Bett, obwohl wir zwei Stunden miteinander telefoniert haben. Ich weiß nicht, wie du das ausgehalten hast, die ganze Woche von Heiko getrennt zu sein. Oh, entschuldige bitte, ich wollte dich nicht daran erinnern.«

Hanna sah immer noch in die Zeitung. »Hier steht, der Ehemann hat sich das Teil wieder annähen lassen, und er behauptet, es ist wieder voll funktionsfähig. Glaubst du das? Ich schätze, das hätte er nur gern.«

Als ich nicht antwortete, schüttelte sie den Kopf. »Am besten ist, wenn man es gleich in der Toilette runterspült, dann kann es niemals wieder angenäht werden.«

»Du bist eklig«, sagte ich.

»Ich?« Hanna ärgerte sich sichtlich. »Ich leide unter gebrochenem Herzen. Neun Jahre Beziehungskiste verwindet man nicht in zwei Tagen, schon gar nicht, wenn man seine besten Jahre einem Schweinehund geopfert hat, für den Kastration noch viel zu gut wäre.«

»Entschuldigung«, sagte ich. »Ich denke immer nur an mich.«

»Du bist verliebt, romantisch und naiv«, sagte Hanna. »So war ich auch mal, bevor ich die wahre Natur des Mannes durchschaut habe.«

»Hm, hm«, räusperte sich jemand von der Seite. Hanna und ich fuhren erschreckt zusammen. In der offenen Tür stand eine junge Frau im braunen Wintermantel und lächelte verhalten. Sie musste sich hereingeschlichen haben wie eine Katze.

»Womit können wir Ihnen weiterhelfen?«, fragte Hanna.

»Sind Sie Frau Jensen?«

»Nein, das ist sie.« Hanna zeigte auf mich.

Die Frau strich sich eine glänzende blonde Haarsträhne hinters Ohr und musterte mich gründlich. Ihr Blick glitt langsam über mein Gesicht, meinen Oberkörper hinab, seitwärts über die Schreibtischplatte und wieder zurück zu meinem Gesicht.

Mir blieb nichts anderes übrig, als zurückzustarren. Sie war höchstens zweiundzwanzig, mit rosiger, glatter Gesichtshaut, babyblauen Augen und einer kleinen, an der Spitze ein wenig nach oben gebogenen Nase.

»Sie wollten zu mir?«, fragte ich schließlich.

»Ja«, antwortete das Mädchen ernst, aber dann lächelte es ganz plötzlich. Dabei kam eine Reihe winzigkleiner Perlzähnchen zum Vorschein. »Das heißt, ich komme wegen eines Kurses.«

»Um welchen Kurs handelt es sich denn?«

»Mutter und Kind. Sie machen doch Mutter-und-Kind-Kurse, oder?«

»Ja, das ist richtig. Möchten Sie sich anmelden?«

Das Mädchen zeigte wieder ihre Zähne. »Anmelden? Ja, warum nicht?«

Ich warf Hanna einen vielsagenden Blick zu. Wieder

so eine psychopathische Mutter, hieß das. Hanna zwinkerte mir zu.

Ich nahm ein Anmeldeformular aus der Schublade und legte es vor mich hin. »Unsere Kontaktkreise sind zurzeit voll belegt, aber ich werde Sie auf die Warteliste setzen. Wenn ein Platz frei wird, werden Sie angeschrieben«, erklärte ich. »Wie alt ist denn Ihr Kind?«

»Wie alt?« Sie machte eine kurze Pause, dann kicherte sie, als hätte ich einen guten Witz erzählt. »Im Grunde ist es noch nicht geboren.«

Ich warf wieder einen Blick zu Hanna hinüber. Die Frau war ganz klar verrückt. Gleich um die Ecke war eine psychotherapeutische Tagesklinik. Vermutlich war sie dort Patientin und machte gerade einen kleinen Spaziergang zwischen zwei Sitzungen. Hoffentlich war sie eine von der harmlosen Sorte.

»Dann ist es für eine Anmeldung ohnehin zu früh«, sagte ich nachsichtig lächelnd und legte das Anmeldeformular zurück in die Schublade, ganz langsam, ohne hastige Bewegungen.

»Ich weiß nicht mal, ob ich überhaupt schwanger bin«, sagte die Verrückte. »Stellen Sie sich das mal vor.«

Hanna räusperte sich. »Sie sind ja noch jung«, sagte sie. »Sie haben Zeit genug.«

»Alexander«, sagte das Mädchen. »So würde ich mein Kind nennen. Nach seinem Papa, verstehen Sie?«

»Wie gesagt, für eine Anmeldung ist es noch zu früh«, wiederholte ich.

Die Frau beugte sich vor und stützte sich mit beiden Händen auf meinem Schreibtisch ab. Dabei verschob sie das Tonschildchen mit meinem Namen, das mir ein Töpferkursus verehrt hatte.

»Elisabeth«, las sie. »Elisabeth, das ist ein altmodischer

Name. Unter Elisabeth stellt man sich eine ältere Frau vor.«

»Ja, also, wie gesagt«, murmelte ich.

»Wirklich«, fuhr die Irre fort. »Eine Elisabeth ist jemand mit breiten Hüften und strähnigem Haar. Sie haben keine breiten Hüften.« Es klang beinahe wie ein Vorwurf. »Und niemals hätte ich Sie mir mit Locken vorgestellt. Echten Locken.«

Ich bemühte mich um ein neutrales Gesicht, um sie durch nichts zum Weitersprechen zu animieren. Das Mädchen sah mich eine Weile schweigend an.

»Aber Sie haben Falten um die Augen. Das passt wieder zu Elisabeth«, sagte sie schließlich. »Und daran erkennt man Ihr wahres Alter.«

»Ja, ja«, sagte ich. »Auf Wiedersehen.«

»Wiedersehen«, sagte das Mädchen und ging auf leisen Sohlen zur Tür. Dort drehte es sich noch einmal um und kicherte wieder. »Ganz bestimmt sogar.«

»Leute gibt's.« Ich sah kopfschüttelnd hinter ihr her.

Hanna nickte. »Das war wirklich seltsam«, sagte sie. »Als würde sie dich kennen.«

»Ich kenne ja eine Menge Verrückte«, sagte ich überzeugt. »Aber diese da habe ich noch niemals gesehen.«

»Elisabeth«, sagte Hanna. »Findest du das nicht seltsam von der Frau, einfach hier aufzutauchen, nach dir zu fragen und von einem Kind zu labern, das noch nicht mal existiert?«

»Verrückt eben«, erwiderte ich.

»Und das Kind soll Alexander heißen, nach dem Lover«, fuhr Hanna nachdenklich fort.

Ich lachte. »Du bist auch verrückt, Hanna.«

Hanna sah mich besorgt an, aber sie schwieg. Viel später, nach dem großen Knall, erklärte sie, dass es zu diesem Zeitpunkt zwecklos gewesen wäre, mit mir weiter darüber zu sprechen. »Du wolltest nichts sehen, was deine Traumwelt gefährden konnte«, sagte sie. »Für dich war alles perfekt.«

Ich vergaß diese Episode einfach.

Alles war perfekt.

Pünktlich zu Heiligabend fing es an zu regnen, und der malerische Schnee auf Dächern, Zäunen und Bäumen taute im Nu weg. Zurück blieben aufgeweichter, schlammiger Boden, kahle Äste und ein trübe verhangener Himmel. Alex und ich feierten Weihnachten zum ersten Mal gemeinsam. Meine Mutter, mit der ich sonst die Feiertage verbrachte, war mit Freunden nach Österreich zum Skilaufen gefahren, und in Alex' Familie wurde Weihnachten nie besonders gefeiert. Alex' Mutter nutzte die freien Tage für eine Frischzellenkur auf einer Schönheitsfarm, und sein Vater war mit seiner zweiten Frau bei deren Tochter Carola in Wiesbaden eingeladen.

Ich freute mich, dass wir allein sein würden, und tat alles, damit uns dieses erste Weihnachten zu zweit in ganz besonderer Erinnerung bleiben würde. Tagelang war ich unterwegs, um Geschenke, Stoff, Kerzen, Tannenzweige und allerlei Dekorationsartikel zu kaufen und unsere kleine Wohnung weihnachtlich herzurichten. Ich war mit Feuereifer bei der Sache. Eine Frau ist erst dann wirklich selbständig und erwachsen, wenn sie eigenen Christbaumschmuck besitzt, hatte meine Oma immer gesagt, eine Wahrheit, die ich in diesen Tagen erst richtig verstand.

Draußen auf der Terrasse hantierte ich mit Tannengrün und Buchsbaumzweigen, Zange und Blumendraht, und mir war dabei so weihnachtlich zu Mute, dass ich die harzigen und verschrammten Hände gar nicht spürte.

»Wie schön«, lobte Kassandra, die mit Mütze und Handschuhen bekleidet im offenen Küchenfenster lehnte. »Du bist eine Frau mit Sinn für Traditionen.«

»Und mit Geschmack und Fantasie«, ergänzte ich und hielt stolz eine Girlande in die Höhe. »Ich liebe Weihnachten, du nicht auch?«

Kassandra seufzte. »Weihnachten ist kein Fest der Göttin. In unserer Meditationsgruppe feiern wir stattdessen die Wintersonnenwende auf wirklich traditionelle Weise. Wir tragen Geweihe und Masken, und wir tanzen nach Trommeln. Am zweiundzwanzigsten Dezember.«

»Und was machst du an Weihnachten?«, fragte ich mitleidig.

»Weihnachten ist ein Tag wie jeder andere auch«, sagte Kassandra, aber sie sah so einsam und verloren aus in ihrem Küchenfenster, dass ich vor Mitleid beinahe weinte. Es musste schrecklich sein, seine ganze Familie auf den Plejaden zu haben.

»Vielleicht hast du ja trotzdem Lust, bei uns vorbeizukommen«, sagte ich. »Später am Abend, auf einen Glühwein.«

»Ja«, sagte Kassandra. »Das wäre auf jeden Fall schön.«

Ich kaufte ihr den gleichen rotgrün karierten Flanell-Pyjama, den ich auch für mich und Alex gekauft hatte, mit stoffüberzogenen Knöpfchen, großen Taschen und einem niedlichen, rot eingefassten Kragen. Es gab ihn bei Beck's im Angebot, in einer weihnachtlich dekorierten Ecke, in der alles rotgrün kariert war, Stoffe, Bettwäsche, Kissenüberzüge, Christbaumschmuck, Geschenkpapier, Teddybären, Unterwäsche, Bademäntel, Handtücher und Papierkartons, Modellserie *Santa Claus*.

Da die Bauarbeiten zwischen Weihnachten und Neujahr ruhten, hatte Alex acht Tage Urlaub. Als er am Tag vor Heiligabend aus Karlsruhe heimkehrte, staunte er nicht schlecht. Unsere Schlaf-Wohn-Küche hatte durch meinen Einzug nicht wesentlich von ihrem ursprünglichen Stil eingebüßt. Mit den weißen Riesen, dem weißen Sofa, dem weißen Bettüberwurf, den hellen Holzmöbeln sowie dem völligen Mangel an Dekorationsgegenständen war sie ein eleganter, kühler Raum, nicht unangenehm, nur völlig unweihnachtlich. Das hatte sich nun grundlegend geändert.

Auf den kalten Fliesen lag ein großer, dunkelgrün eingefasster Sisalteppich, ein Schnäppchen, das ich uns beiden im Voraus zu Weihnachten schenkte, über das weiße Sofa hatte ich meterweise grün rot karierten Stoff drapiert. Auf dem Tisch stand ein selbst gebundener Adventskranz mit dicken roten Kerzen und rot-grün karierten Schleifen. Ebenfalls selbst gebunden und mit den gleichen Schleifen versehen war die Girlande, die sich um die Terrassentür wand und in deren höchstem Punkt ein goldfarbener Keramikengel schwebte, einer von der dicken, schmolllippigen Sorte. Im toten Winkel zwischen Sofa und Fenster stand der Weihnachtsbaum, den ich auf dem Markt erstanden hatte. Es war eine hohe, schlanke Nordmanntanne mit weichen, nicht pieksenden Nadeln, die, so hatte mir der Verkäufer geschworen, niemals abfallen und meinen Staubsauger verstopfen würden. Die Tanne war noch nicht geschmückt, aber rotgrün karierte Schleifen, rote Kerzen und nostalgisch bemalte Kugeln lagen schon bereit. Als Krönung des Ganzen und sozusagen als Gag hatte ich rot-grünkarierte Bettwäsche, ebenfalls aus der Modellserie *Santa Claus,* gekauft und das Bett damit überzogen. Kerzen tauchten die ganze Pracht in sanftes, goldenes Licht, und Tannengrün und selbst gemachte Pralinen – ich hatte bei Hanna den Kursus *Konfekt wie vom Konditor* belegt – verbreiteten einen heimeligen und wunderbar weihnachtlichen Duft.

»Wahnsinn«, sagte Alex überwältigt und schmiss seine Reisetasche in die Ecke.

Leider fiel ihm nicht auf, dass ich ebenfalls weihnachtlich herausgeputzt und in beinahe unheimlicher Weise auf das Interieur abgestimmt war. Ich war beim Friseur gewesen und hatte mir eine Pflanzentönung gegönnt, mit einem leichten Rotschimmer. Die Haare fielen duftig und korkenziehermäßig auf mein neues, leuchtend rotes Wollkleid aus fünfzig Prozent Kaschmiranteil. Und das Beste: Die lustige Wollstrumpfhose war aus der *Santa-Claus-Serie* und passte perfekt zu meinen roten Schnallenschuhen.

Ich fiel Alex trotzdem um den Hals.

Heiligabend regnete es den ganzen Tag. Wir schliefen aus, bereiteten den Truthahn und das restliche Festtagsmenü vor und schmückten dann gemeinsam den Weihnachtsbaum, wie eine richtige Familie. Dabei hörten wir Erik Clapton unplugged, und als alles fertig war, liebten wir uns auf dem neuen Sisalteppich, ganz zärtlich und langsam, im Takt zu »Leyla«. Am Nachmittag verschwand Alex für zwei Stunden, um etwas zu besorgen, und ich nutzte die Zeit, um ein Bad zu nehmen, meine rotgold verschnürten Päckchen malerisch unter dem Weihnachtsbaum zu platzieren und den Tisch zu decken. Auf der roten Tischdecke verteilte ich eine kleine Dose winziger, goldener Sternchen, die im Kerzenlicht funkelten, das Porzellan war schlicht und weiß, unser Alltagsgeschirr, aber ich hatte Stoffservietten aus der *Santa-Claus-Serie* und Serviettenringe mit lächelnden Engelsköpfchen.

Als Alex zurückkam, schmorte der Truthahn schon im Ofen, die Kerzen brannten, und der CD-Player gab gedämpft das Weihnachtsoratorium von Bach zum Besten.

Alex hatte etwas unter seiner Jacke versteckt. Er hatte Schwierigkeiten, es festzuhalten. Es beulte seine Jacke aus und schien sich zu bewegen.

»Ist es soweit?«, fragte er.

»Von mir aus gerne«, sagte ich, und da zog er seine Hand aus der Jacke und sagte: »Frohe Weihnachten, kleiner Knurrhahn.«

Ich schrie entzückt auf. In Alex' Hand saß ein kleines, cremefarbenes Kätzchen mit braunen Flecken an den Ohren, der Nase und der Brust. Es strampelte unwillig mit den Beinen, und Alex setzte es auf den Boden, wo es sofort begann, sich zu putzen. Begeistert kniete ich mich daneben.

»Ist die aber süß«, quiekte ich. »Ist die für mich?«

Alex nickte. »Ich habe sie von unserem Statiker. Seine Burmakatze hat sich mit dem Nachbarkater gepaart, und weil die Kätzchen keinen Stammbaum haben, wurden sie verschenkt. Unsere Kleine hier hat das puschelige Fell und die blauen Augen von der Mutter geerbt. Als ich die Fotos gesehen habe, konnte ich nicht widerstehen. Hier ist es zwar ein bisschen eng, aber bald haben wir ja einen eigenen Garten. Etwas anderes zu kaufen war bei dem notorischen Zeitmangel echt nicht drin.«

»Was für eine schöne Idee«, rief ich und fiel ihm um

den Hals. Das Kätzchen kletterte derweil an meinem Wollkleid hoch bis auf meine Schulter. Dort spielte es mit meinen Ohrringen.

»Ich habe Katzenklo und Futter im Auto«, erklärte Alex. »Keine Angst, sie ist stubenrein und geimpft.«

Die kleine Katze schnurrte in mein Ohr, und am liebsten hätte ich es ihr gleichgetan.

»Jetzt sind wir eine richtige Familie«, flüsterte ich begeistert.

Der Rest des Abends verging wie im Traum. Alex packte seine Geschenke aus, wir teilten Truthahn, Rotkohl und Kartoffeln mit dem Kätzchen, und später aßen wir Mousse au chocolat und tranken Glühwein mit Kassandra. Sie freute sich sehr über den Pyjama, erst recht, als sie sah, dass Alex und ich den gleichen hatten.

»So ein schönes Weihnachtsfest habe ich schon seit zweihundert Jahren nicht mehr gefeiert«, sagte sie strahlend. Wir nahmen es als Kompliment.

Mit Kassandras Hilfe tüftelten wir den optimalen Termin für unsere Hochzeit aus und entschieden uns schließlich für den vierundzwanzigsten Mai. Dann nämlich würde der Vollmond im Skorpion stehen, die ideale Konstellation für die gute Laune der Gäste und eine leidenschaftliche Hochzeitsnacht.

»Für Sonnenschein sorge ich«, versprach Kassandra beim Abschied, und ich wusste, dass man sich diesbezüglich auf sie verlassen konnte.

Von jetzt an waren es auf den Tag genau fünf Monate bis zu unserer Hochzeit. Aber heute stand der Mond ganz zufälligerweise auch im Skorpion, die ideale Konstellation für eine leidenschaftliche Weihnachtsnacht.

Alex' Vater weckte uns am nächsten Morgen telefonisch und teilte uns mit, dass er und Sylvia nun doch nicht im Mai nach Portugal fahren würden und deshalb in der Lage seien, zu unserer Hochzeit zu kommen. Das sei sein Weihnachtsgeschenk an uns.

»Das ist aber schön«, sagte ich verschlafen und reichte den Hörer an Alex weiter. Das Kätzchen, das die Nacht an meinen Rücken gekuschelt verbracht hatte, schärfte sich die winzigen Krallen am Sisalteppich und angelte nach der Telefonschnur.

»Ja, natürlich freuen wir uns darüber«, sagte Alex zu Horst und schnitt eine Grimasse. »Ja, und wir wissen auch euer Opfer zu schätzen. Im Juni werdet ihr in Portugal schwitzen, und das nur wegen uns. Nein, das war nicht ironisch gemeint.«

Etwas betreten legte er den Hörer auf. »Jetzt ist er doch da. Er wird uns die ganze Hochzeit verderben.«

»Das wird er nicht«, sagte ich selbstsicher. Wir waren so glücklich, dass niemand uns irgendetwas verderben konnte, nicht einmal Horst.

»Alles ist perfekt«, sagte ich zu Alex. Er saß in seinem *Santa-Claus-Pyjama* auf dem neuen Sisalteppich und sah zum Anbeißen aus. Ich stupste ihn in die Rückenlage und bedeckte sein Gesicht mit Küssen. Dabei stellte ich mir vor, ich könnte uns beide aus einer anderen Perspektive beobachten, von der Zimmerdecke herab. Den festlich dekorierten Raum, den Weihnachtsbaum, zerwühlte Bettwäsche, das Kätzchen, das in dem Geschenkpapierberg herumtapste, und das Liebespaar auf dem honigfarbenen Teppich, im rotgrün karierten Partnerlook.

Alles war perfekt.

NACH NEUJAHR WAR Alex nur noch selten zu Hause. Das Kaufhaus in Karlsruhe forderte ununterbrochen seine Aufmerksamkeit. Es war der erste Bau in dieser Größenordnung, für den er ganz allein verantwortlich sei, sagte er immer und immer wieder, und er dürfe keine Fehler machen. Damit der Zeitplan eingehalten werden konnte, ließ er den Bauunternehmer auch am Wochenende arbeiten und blieb selber ebenfalls übers Wochenende dort.

»Das ist unglaublich wichtig für meine Karriere«, sagte er. »Ich glaube, wenn ich das alles gut hinter mich bringe, bietet der Berger mir die Partnerschaft an. Und was das finanziell bedeuten würde, brauch' ich dir wohl nicht zu sagen. Alles andere muss daneben zurückstehen.«

Zurückstehen musste unter anderem der Bau unsres eigenen Hauses. Alex rechnete täglich mit dem Eintreffen der Baugenehmigung, und er hatte immerhin vom Tiefbauer bis zum Heizungsmonteur sämtliche Unternehmer in Alarmbereitschaft versetzt. Den Rest, sagte er, müsse ich übernehmen.

»Wenn es losgeht, werde ich so viel wie möglich vom Telefon aus regeln«, sagte er, »aber du musst mich auf der Baustelle ersetzen. Ich habe dreiundneunzigtausend Mark auf meinem Konto, damit kommen wie genau bis zur Erdgeschossdecke. Ich überweise das Geld auf dein

Girokonto, damit du die Leute bezahlen kannst, aber du musst ihnen ordentlich auf die Finger gucken.«

»Das kann ich doch nicht«, sagte ich, aber Alex sagte: »Du musst!«

Die Verhandlungen mit der Bank wegen unseres Kredits waren beinahe abgeschlossen. Uns fehlten zweihundertfünfzigtausend Mark Eigenkapital zur Vollendung des Baus. Die Bank hatte keinerlei Bedenken bezüglich unserer Zahlungsfähigkeit bei dieser vergleichsweise niedrigen Summe, da wir beide gut verdienten, Alex sogar sehr gut. Aber vor dem endgültigen Abschluss des Vertrages wünschte die Bank eine Änderung der Grundbucheintragung. Bisher war ich der alleinige Besitzer des Grundstücks, beim Notar sollten Alex und ich nun als gemeinsame Besitzer eingetragen werden.

»Das mit dem Notar musst du ohne mich regeln«, bestimmte Alex. »Ich habe dafür keine Zeit, unmöglich.«

»Ich kann so was nicht«, jammerte ich, aber Alex sagte: »Du musst! Wenn das mit dem Grundbuch geregelt ist, bekommst du eine Vollmacht von mir und regelst das mit dem Kreditvertrag alleine.«

Die Hochzeitsvorbereitungen blieben ebenfalls an mir hängen. Eigentlich hatte ich gedacht, dass wir damit frühestens im April beginnen müssten, wenn Alex wieder da war, aber Hilde, Alex' Mutter, belehrte mich eines Besseren. Sie hatte mir ein Buch geschenkt mit dem Titel *Ihre Traumhochzeit – perfekt geplant,* und als ich gelesen hatte, dass mindestens sechs Monate Planungsphase erforderlich seien, also zwei Monate mehr, als wir noch zur Verfügung hatten, ließ ich mich von Hildes Panik anstecken. Zumal ich zum »chaotischen Brauttyp« zählte, laut Ergebnis des Psychotests, der dem Hauptteil des Hochzeitsbuches vorangestellt war.

Das lag daran, dass ich bei den meisten Fragen im Test »weiß nicht« angekreuzt hatte.

»Habt ihr die Gästeliste schon zusammengestellt?«, fragte Hilde am Telefon. »Wart ihr beim Standesamt? Habt ihr alle Papiere zusammen? Habt ihr mit dem Pfarrer gesprochen, ob ihm der anvisierte Termin überhaupt passt? Wo wollt ihr denn jetzt wirklich feiern? Was soll es zum Essen geben? Wie sollen die Einladungen aussehen?«

»Weiß nicht«, jammerte ich.

»Ich könnte dir helfen«, bot Hilde an. »Ich könnte das erledigen, was du selber nicht schaffst.«

»Scheuen Sie sich nicht davor, Hilfe anzunehmen«, stand in dem Buch als Ratschlag für die chaotische Braut. »Nutzen Sie die verschiedenen Talente und Beziehungen Ihrer Freunde und Verwandten. Sie können jede Unterstützung gebrauchen.« Hilde hatte eine Menge Talente und Beziehungen.

»Vielleicht«, sagte ich zu ihr. »Vielleicht könntest du uns wirklich helfen.«

Hilde freute sich. »Ich komme Freitag um zehn zum Arbeitsfrühstück«, sagte sie energisch. »Dann machen wir Nägel mit Köpfen.«

Freitag war mein freier Tag. Das Kätzchen weckte mich mit zarten Bissen in die Zehen und flitzte vor mir her in die Küche, wo es laut miauend sein Futter forderte. Wir hatten es Hummel getauft, weil es so rund war und eher brummte als schnurrte.

Während ich das Frühstück für Hilde und mich zubereitete, saß Hummel in der Spüle und angelte nach den Tropfen am Wasserhahn. Sie war in den letzten Wochen gewachsen, die Zeichnung in ihrem cremefarbenen Fell war deutlicher herausgetreten, die Augen hatten ein klareres Blau angenommen. Kaum zu glauben, dass so was Schönes keinen Stammbaum hatte.

Um kurz vor zehn, gerade als der Eierkocher piepte, klingelte es an der Tür. Es war unser Vermieter, Herr Meiser. Er war ein sparsamer, um nicht zu sagen geiziger Mensch, der die Nebenkosten für die Wohnung nach meinem Einzug ordentlich erhöht hatte. Die Summe bezog sich nicht nur auf Mehrkosten für heißes und kaltes Wasser, sondern enthielt auch eine Abnutzungsgebühr für – man höre und staune – Türklinken und Wasserhähne. Überdies meinte Herr Meiser, dass zwei Personen öfter Türen und Fenster öffneten und damit kalte Luft in die Wohnung ließen als eine.

Ein Fall für den Mieterschutzbund, fand ich, aber Alex meinte, wir sollten uns nicht aufregen, da wir ja doch nicht mehr lange hier wohnen würden. Herrn Meisers Macken könnten uns kalt lassen, sagte er, aber er war ja auch freitags nie zu Hause, wenn nämlich die Müllabfuhr kam und Herr Meiser die Mülltonnen kontrollierte.

Diesmal hielt er mir gleich, nachdem ich die Tür geöffnet hatte, eine Mülltüte vor die Nase. »Ist das Ihre?«

Das ließ sich auf Anhieb schwer sagen. Es war jedenfalls eine handelsübliche, weiß-durchsichtige Mülltüte, wie wir sie auch benutzten.

»Warum möchten Sie das wissen?«, fragte ich zurück.

Herr Meiser zeigte durch die Tüte auf eine Blechdose im Inneren.

»Deswegen. Die gehört nicht in den Restmüll, sondern in den gelben Sack.«

Da hatte er Recht. Jetzt, wo ich die Blechdose sah, in der einmal Ananasringe gelegen hatten, wusste ich definitiv, dass es sich um unseren Müllsack handelte. Normalerweise nahmen Alex und ich die Sache mit der

Abfalltrennung auch sehr genau, aber die Ananasdose war ein Sammelbehälter für allerlei ekligen Restmüll gewesen. Ich hatte darin Ohrenstäbchen, einen in Klopapier gewickelten Tampon, mehrere Kaugummiklumpen, zwei gebrauchte Kondome und einen mit Farbe getränkten Schwamm gesammelt. Die Ananasdose war durch ihren Inhalt ebenfalls zum Restmüll mutiert.

Ich wusste, Herr Meiser würde diese Argumentation nicht gelten lassen.

»Wenn Sie nicht sicher sind, ob das Ihre Tüte ist, dann schauen wir doch mal hinein«, schlug er vor.

»Nicht nötig«, sagte ich hastig und nahm ihm die Tüte aus der Hand. »Ich werde die Dose umsortieren.«

»Na also.« Herr Meiser war zufrieden mit seinem pädagogischen Erfolg. »In Ihrem Alter ist man ja noch lernfähig.«

Ich nickte ihm hinterher. An der Ecke stieß er mit Hilde zusammen.

»Was willst du mit dem Müll?«, fragte Hilde. »Beeil dich, gerade eben kommt der Müllwagen.«

»Ich muss ihn erst neu sortieren«, sagte ich.

Hilde sah mich an, als habe ich den Verstand verloren. »Gib her«, sagte sie und nahm mir den Müllbeutel aus der Hand. Ich folgte ihr um die Ecke, die Treppe hinauf zu den Mülltonnen. Gerade eben war ein junger Mann im orangefarbenen Overall dabei, die Tonne zum Wagen zu rollen.

»Eine Sekunde bitte«, sagte Hilde zu ihm, öffnete den Deckel und warf meine Mülltüte zu dem anderen Müll. Meine Ananasdose verschwand im Inneren des Müllwagens, mitsamt ihrem ekligen Inhalt.

»Danke«, sagte ich nicht ohne Bewunderung. »Die Eier werden in der Zwischenzeit steinhart geworden sein.«

»Das mag ich sowieso lieber«, erwiderte Hilde. Sie hatte eine lange Checkliste dabei, unsere Hochzeit betreffend, und die las sie mir Punkt für Punkt vor. Mir wurde sofort wieder ganz schummrig im Bauch, als ich das alles hörte.

»Ich helfe euch wirklich gerne«, erklärte Hilde. »Ich habe ja mehr Zeit als ihr und vielleicht auch den nötigen Abstand.«

Ich sah sie misstrauisch an. Ich hatte nicht vergessen, was Kassandras Karten gesagt hatten über die eiskalte und berechnende Frau, die unserer Beziehung schaden wollte.

Aber ich konnte keine Arglist in Hildes Augen erkennen.

»Also gut«, sagte ich. »Das wäre uns eine große Entlastung.«

»Wunderbar«, rief Hilde. »Ihr gebt mir bis zum nächsten Wochenende eine Gästeliste mit Adressen, ich kümmere mich um die Einladungen. Ich habe da eine wunderbare Idee für die Karten, alles in Gold und Blau.« Sie unterbrach sich für ein kurzes Lächeln. »Natürlich nur, wenn es dir gefällt.«

Ich nickte. Gold und Blau war mal was anderes als rotgrün kariert.

»Du und Alex, ihr kümmert euch um die Sache mit dem Standesamt und der Kirche, da kann euch niemand helfen«, fuhr Hilde fort. »Ihr kauft die Ringe und natürlich eure Klamotten. Alles andere erledige ich.«

»Aber es wird Geld kosten«, wandte ich ein.

Hilde lächelte breit. »Das bezahlt Alex' Vater.«

»Nie im Leben«, sagte ich spontan. »Das würde der niemals tun!«

»O doch«, sagte Hilde. »Schließlich hat er Geld genug, und ihr braucht jeden Pfennig für euer Haus.«

»Horst wird das nicht so sehen.«

»Natürlich nicht, der alte Geizkragen«, sagte Hilde. »Aber er hat die Hochzeit seiner Stieftochter bezahlt, da hat er sich nicht lumpen lassen. Er wollte wohl bei Sylvias Familie Eindruck schinden.«

»Aber das hat er bei uns nicht nötig.«

Hilde lächelte noch breiter. »O doch, das hat er, wenn ich ihm damit drohe, im Tennisclub herumzuerzählen, dass er seiner Stieftochter Geld gibt, das er seinem leiblichen Sohn verweigert. Ich rufe ihn gleich nachher an. Er soll uns ein Hochzeitskonto eröffnen, von dem wir alle laufenden Kosten abbuchen können.«

»Aber das ist Erpressung, Hilde«, sagte ich.

»Ja«, erwiderte Hilde. »Pure Erpressung.«

Wir blickten einander kurz in die Augen. Dann lächelten wir beide und sahen verlegen zur Seite. Ich fing an, Hilde zu mögen, und das, obwohl sie gesagt hatte, ich sei nicht der Typ für ein richtiges Brautkleid.

»Huhu!«, rief es in diesem Augenblick vor der Tür. Das war Kassandra. Sie huhute immer statt zu klingeln, aber das war bei dem grauenhaften Geräusch, was die Klingel machte, auch angebracht.

»Komm rein«, rief ich zurück, und Kassandra betrat unsere Wohn-Schlaf-Küche. Sie war mit einem kanarienvogelgelben Sack bekleidet und hatte ein ebenso gelbes Tuch quer über die Stirn gebunden. Hilde zuckte bei ihrem Anblick leicht zusammen.

»Sie sind die Schwiegermutter?«, rief Kassandra aus.

»Noch nicht«, antwortete Hilde gefasst.

Kassandra wandte sich zu mir. »Aber das ist sie nicht«, sagte sie.

»Aber natürlich ist sie das«, sagte ich. »Hilde ist Alex' Mutter. Sieh doch, sie haben die gleiche Augenpartie.«

»Nein«, Kassandra schüttelte den Kopf. »Das ist nicht die Frau, die ich in den Karten gesehen habe.«

Ich schwieg verlegen.

»Sie legen Karten?«, fragte Hilde interessiert. »Ich gehe immer zu einer Astrologin. Als Waagegeborene habe ich ein Faible fürs Esoterische.«

»Sie sind nicht die Frau, die ich in den Karten gesehen habe«, entgegnete Kassandra. »Die Frau in den Karten war eiskalt und berechnend. Und jung.«

»Woher willst du das wissen?«, fragte ich verärgert.

Kassandra wandte mir ihre türkisblauen Augen zu. »Es gibt Dinge zwischen Himmel und Erde –«, den Rest ließ sie in der Luft hängen.

Hilde zwinkerte mir zu. Ich fing wirklich an, sie zu mögen.

»Du musst dir wirklich ein paar Tage freinehmen«, sagte ich abends am Telefon zu Alex. »Wir müssen zum Standesamt und zum Pfarrer, wir brauchen Zeit für die Gästeliste, und wir müssen Ringe und Klamotten kaufen.«

»Unmöglich«, sagte Alex. »Ich kann hier nicht weg, auf keinen Fall. Das musst du ohne mich machen. Ich gebe dir eine Vollmacht.«

»Aber das kann ich nicht.«

»Du musst«, sagte Alex. »Ich bin noch Monate an diesen Kaufhausbau gebunden. Es ist das wichtigste Projekt meines Lebens, und ich kann mich um nichts anderes kümmern. Ich werde dir Vollmachten ausstellen, und dann kannst du das alles alleine regeln.«

»Das ist viel zu viel für einen allein! Schließlich habe

ich auch noch einen Job«, beschwerte ich mich. »Außerdem gehören zu einer Hochzeit immerhin zwei. Wenigstens Ringe solltest du mit aussuchen.«

»Du, ich habe fast hunderttausend Mark auf dein Konto überwiesen, da kannst du die allerschönsten Ringe der Welt kaufen«, sagte Alex. »Allerdings mehr als tausend pro Stück wäre purer Leichtsinn.«

»Das ist nicht fair«, sagte ich zu Hanna. »Alles muss ich allein machen.«

Hanna sah neidisch auf die Summe am unteren Ende meines Kontoauszuges. »Wahnsinn, so viel Geld. Du könntest den Typ sausen lassen und dir auf seine Kosten ein schönes Leben machen.«

Ich lachte. »Das Geld ist schneller weg, als mir lieb ist. Noch lange bevor das Dach auf unserem Haus ist.«

»Wenn Heiko mir hunderttausend Mark überwiesen hätte, dann ginge es mir jetzt bedeutend besser. Du hast es gut. Obwohl ich es eine Unverschämtheit von deinem Alex finde, dich alles alleine machen zu lassen. Typisch Mann auf Ego-Trip, der Job geht vor.«

»Ja, aber er verdient damit auch viermal so viel wie ich«, sagte ich. »Außerdem ist das lediglich eine vorübergehende Phase, und Alex sagt, ich könne dabei nur lernen.«

Hanna zeigte mir einen Vogel.

Ich machte mich allein auf den Weg, stellte eine Liste mit all den Dingen auf, die zu erledigen waren, und hakte sie Punkt für Punkt ab. Mitte Februar hing unser Aufgebot im Schaukasten des Rathauses, und mit dem Pfarrer sprach ich den Termin ab. Der vierundzwanzigste Mai passte ihm ganz hervorragend, für weitere Absprachen bezüglich der Zeremonie und das Hochzeitsprotokoll sei auch später noch Zeit, sagte er.

Hilde hatte eine komplette Gästeliste von mir bekommen sowie meinen Segen für Einladungskarten und Tischordnung. Ihre Erpressung bei Horst hatte gefruchtet. Er hatte prompt ein großzügiges Konto auf ihren Namen eingerichtet, von dem sie die laufenden Kosten bezahlen konnte.

Auch das Geschenkeproblem hatten wir gelöst. Um nicht die gleichen traurigen Erfahrungen mit siebenfach geschenkten Toastern, Popcornmaschinen und silbernen Kuchenschaufeln machen zu müssen, wie schon manches Brautpaar vor uns, hatte Hilde vorgeschlagen, im schönsten Kaufhaus der Stadt einen Hochzeitstisch aufzustellen. Auf diesem Tisch durfte ich alles platzieren, was ich gern besitzen wollte, und alles, von dem ich dachte, dass Alex es gern besitzen wollte. Die Hochzeitsgäste konnten dann herkommen und sich ihr Geschenk vom Tisch aussuchen. Ich hielt das für eine wunderbare Sitte und wählte neben edlen Weingläsern mit geschwungenem Stiel, einem Frühstücksservice, einer Topfserie aus Edelstahl, Bettwäsche und Handtüchern einen tragbaren CD-Player, ein paar illustrierte Märchenbücher, mehrere CDs, handbemalte, maurische Terrakottaübertöpfe, einen echten Teppich, eine Espressomaschine, mit der man auch Milch aufschäumen konnte, und genau den feinen Füllfederhalter mit ziseliertem Silber, den ich schon immer hatte haben wollen. Das Aussuchen kostete mich einen halben Vormittag, aber am Ende hatte ich immerhin keinen einzigen Toaster, Eierkocher oder Tischstaubsauger gewählt. Und auch keine Friteuse.

Hilde begrüßte meine Auswahl.

»Du hast einen exquisiten Geschmack«, sagte sie. »Aber jetzt siehst du sicher ein, dass noch mehr Gäste kommen müssen. Sonst bliebe der Teppich am Ende liegen, und das wäre doch schade.«

Das sah ich natürlich genauso, und so ergänzten wir die Gästeliste um zwei Dutzend Verwandte und Bekannte. Alex gab sein Einverständnis dazu durchs Telefon.

»Macht, was ihr wollt«, sagte er. »Ich kann hier nicht weg.«

»Das wird eine Traumhochzeit«, sagte Hilde begeistert, als die allerletzten Einladungen verschickt worden waren. »Wir müssen an nichts sparen. Kauf dir bloß ein schönes Kleid.«

Aber der Brautkleidkauf und auch die Ringe mussten warten. Ein paar Tage vor dem Notartermin wegen der Grundbuchumschreibung bekamen wir die Baugenehmigung, und am selben Tag begann ein Bagger, die Baugrube auszuheben. Alex gab mir die telefonische Anweisung, das Tun der Tiefbauer zu überwachen, und so stand ich am Rand des Grundstücks und sah zu, wie die riesenhafte Baggerschaufel den sanften grünen Hang im Nu in eine braune Wüste mit einem tiefen Loch verwandelte. Mit mir beobachteten eine Menge kleiner Jungs samt Vätern sowie vereinzelt Frauen und Hunde das gewaltige Schauspiel. Meine neuen Nachbarn nutzten die Gelegenheit, sich vorzustellen und vorsichtig herauszufinden, mit wem sie es in Zukunft zu tun haben würden.

»Wo ist denn der Gatte?«, fragte der ältere Herr, der das Haus unterhalb meines Grundstücks bewohnte. »Übrigens, Horn ist mein Name.«

»Sehr erfreut«, sagte ich. »Mein – ähm – Gatte arbeitet zurzeit in Karlsruhe.«

Herr Horn schüttelte tadelnd den Kopf. »Aber das ist

doch Männersache hier«, sagte er und deutete auf die Baggerwüste hinter dem frisch aufgestellten Bauzaun. »Nichts für zarte Frauengemüter.«

»Du musst Urlaub nehmen«, sagte ich zu Alex am Telefon, als er mir befahl, den Vermesser für nächsten Dienstag zu bestellen. »Das ist Männersache, nichts für zarte Frauengemüter.«

»Ich kann nicht«, sagte Alex fest. »Du schaffst das schon. Du wirst dir eben ein echtes Männergemüt zulegen müssen.«

»Ich brauche dich«, klagte ich. »Ich will das nicht alles alleine regeln«. Aber Alex sagte, was er immer sagte: »Du musst!«

Am nächsten Morgen wurde ich vom Telefon geweckt.

»So geht das aber nicht, liebe gute Frau«, keifte eine schrille Stimme in mein schläfriges Ohr.

»Falsch verbunden«, murmelte ich hoffnungsvoll, aber die Stimme haspelte aufgeregt weiter: »Was haben Sie sich denn dabei gedacht, liebe gute Frau? Dachten Sie vielleicht, wir merken das nicht?«

»Ähm.« Ich räusperte mich und schüttelte den Kopf, um meine grauen Zellen in Bewegung zu setzen. Wer war das, und was wollte er?

»Unserem kleinen Klaus steht der Keller unter Wasser. Das lassen wir uns nicht gefallen, liebe gute Frau. Ich weiß nicht mal Ihren Namen.«

Keller, Wasser, kleiner Klaus – die grauen Zellen wussten leider nichts damit anzufangen.

»Ich weiß Ihren Namen auch nicht«, sagte ich mutig, aber die Stimme ging nicht darauf ein.

»Unserem kleinen Klaus steht doch der Keller unter

Wasser«, wiederholte sie. »Beim nächsten Regen. Das lassen wir uns nicht gefallen. Wir hatten ja auf gute Nachbarschaft gehofft, aber wenn das gleich so anfängt, dann kann da nichts draus werden. Nee, gegen Sie werden wir gerichtlich vorgehen.«

Die grauen Zellen setzten die einzelnen Puzzleteile endlich zusammen, und beinahe erleichtert fragte ich: »Sie sind unsere zukünftige Nachbarin, stimmt's?«

»Liebe gute Frau, so nicht«, rief die Stimme, noch ehe ich zu weiteren klärenden Fragen ansetzen konnte. »Das Ding kommt da weg, oder wir sehen uns vor Gericht wieder. Mein Mann hat ja schon versucht, den Baggerfahrer aufzuhalten, aber der hat einfach weitergemacht. Wenn Sie glauben, dass wir danach noch friedlich nebeneinander wohnen können, haben Sie sich aber getäuscht. Unserem armen kleinen Klaus läuft die Wohnung voll, und das haben ganz allein Sie zu verantworten.«

Jetzt liefen meine grauen Zellen auf Hochtouren. Ich war voll im Bilde. Unser Tiefbauer hatte offenbar soeben den Sickerschacht auf unser Grundstück gesetzt, und zwar an einer Stelle, die unseren Nachbarn nicht passte, weil sie annahmen, dass das Wasser aus unserem Sickerschacht schnurstracks in ihren Keller liefe, den offenbar ein armer und kleiner Klaus bewohnte. Ich verstand nicht viel von diesen Dingen, aber wenn das Kreisbauamt den Sickerschacht genehmigt hatte, dann hatte der arme kleine Klaus keinen Grund, eine Überschwemmung zu fürchten. Es sei denn, der Tiefbauer hatte den Sickerschacht versehentlich an eine andere Stelle gelegt.

»Wie weit ist der Schacht denn von der Grundstücksgrenze entfernt?«, erkundigte ich mich, während ich mit der freien Hand nach dem Lageplan suchte.

Die schrille Stimme schraubte sich noch eine Terz höher: »Kommen Sie mir jetzt bloß nicht mit Vorschriften«, keifte sie. »Der Schacht kommt da weg, oder Sie haben mehr Probleme am Hals, als Sie sich träumen lassen, liebe gute Frau.«

Plötzlich war die Leitung tot.

»Hallo?«, fragte ich, aber niemand antwortete mir. Zitternd legte ich den Hörer auf. »Alex«, flüsterte ich, aber Alex war in Karlsruhe, viel zu weit von mir und dem Sickerschacht entfernt. Trotzdem, mit ein paar souveränen Telefonaten würde er die Sache schon wieder in den Griff bekommen, und ich konnte getrost weiterschlafen.

Ich wählte die Nummer seines Autotelefons.

»Wir haben ein Problem, lieber guter Mann«, sagte ich.

»Ach du Scheiße«, sagte Alex, als ich ihm meine wenigen Informationen durchgegeben hatte.

Ich wartete auf einen beruhigenden Satz, etwa: »Aber mach dir mal keine Sorgen, das regle ich schon«, aber Alex sagte etwas ganz anderes:

»Wenn die Ärger machen, ist die Kacke aber am Dampfen«, sagte er.

Ich rümpfte die Nase. »Meinst du, der Tiefbauer hat den Schacht an die falsche Stelle gesetzt?«

»Nein, das wird schon alles seine Richtigkeit haben. Aber uns fehlt die endgültige wasserbehördliche Erlaubnis. Ohne die dürfen wir offiziell überhaupt noch keinen Schacht setzen.«

»Was heißt das? Wir haben doch die Baugenehmigung.«

»Ja, aber keine wasserbehördliche Erlaubnis«, erklärte Alex ungeduldig. »Du musst sofort zur Unteren Wasserbehörde und das für uns regeln. Wenn die erfahren, dass wir ohne Genehmigung bauen, sind die stinksauer, auch wenn sie den Schacht normalerweise genau so genehmigt hätten, wie er jetzt ist. Und dann machen die so richtig Druck und brummen uns eine Anzeige und ein Bodengutachten auf. Was das kosten würde, will ich dir gar nicht sagen.«

Mir brach der Schweiß aus. Ich hatte so etwas wie eine Behördenphobie. Mein Auto war aus diesem Grund immer noch nicht umgemeldet, und je mehr Zeit verstrich, desto größer wurde meine Angst davor. Aber ungenehmigte Sickerschächte waren noch viel furchteinflößender. Alex sagte, ich solle den Termin verschieben, die Sickergrube habe Priorität.

»Wie soll ich das alles regeln?«, fragte ich schwach. »Ich habe doch keine Ahnung von diesen Dingen.«

»Umso besser«, sagte Alex. »Dann musst du deine Doofheit nicht spielen. Die meisten Beamten haben Mitleid mit dummen Frauchen. Sei nur recht freundlich.«

»Komm nach Hause«, flehte ich, aber Alex sagte, das ginge auf keinen Fall. Er stecke bis über beide Ohren in Arbeit.

»Du schaffst das schon«, sagte er zuversichtlich.

Ich zweifelte daran, suchte aber im Telefonbuch nach der Nummer der Gemeindeverwaltung. Dort erkundigte ich mich nach jemandem, der mir mit Sickerschächten weiterhelfen könne. Schließlich hatte ich einen nett klingenden Mann an der Strippe.

»Ich habe ein Problem«, sagte ich ohne große Umschweife. »Wir setzen gerade einen Sickerschacht auf unser Grundstück, aber unsere Nachbarn sagen, ihr Keller liefe voll, wenn der dort bliebe.«

»Herrgott noch mal«, erwiderte der Beamte heiter. »Es gibt Leute, die monieren wirklich alles. Ein Sickerschacht ist dazu da, dass das Wasser langsam im Erdreich versickert. Wissen Sie, wie viel es regnen muss, damit so ein Ding überläuft?«

»Nein«, antwortete ich wahrheitsgemäß. »Wir haben ja auch noch einen Regenwasserauffangschacht, der fasst sechstausend Liter.«

»Sehen Sie«, sagte der Beamte im Plauderton. »Es muss drei Jahre lang ununterbrochen regnen, bevor der Regenwassertank voll ist. Dann erst wird das überschüssige Wasser zum Sickerschacht hinübergeleitet, und erst, wenn es dann noch ein paar Jahre weiterregnet, läuft bei Ihren Nachbarn der Keller voll.«

»Also doch«, sagte ich erschrocken.

»Nur wenn das Wasser bei der Verrieselung auf wasserdichte Lehm- oder Gesteinsschichten stößt«, versuchte mich der Mann zu beruhigen. »Aber die wird es ja bei Ihnen nicht geben, sonst hätten Sie schließlich keine Genehmigung bekommen.«

»Das stimmt«, sagte ich schwach.

»Sehen Sie, dann ist doch alles bestens. Sagen Sie den Nachbarn, die können Sie mal. Es gibt so Leute, die brauchen Ärger und Streit wie ihr tägliches Brot.«

Ich räusperte mich. »Und wenn, also mal angenommen, man hätte jetzt keine Genehmigung, äh, was …?«

»Moment mal«, unterbrach mich der Beamte. »Bei meinem Kollegen nebenan geht es auch gerade um einen Sickerschacht. Da steht eine ganze Familie vor dem Schreibtisch, die ihre Nachbarn verklagen wollen.«

»So was«, sagte ich.

Der Beamte lachte leise. »Heißen Ihre Nachbarn zufällig Horn?«

»Ja«, schrie ich entsetzt. Horn hatte der väterliche Mann geheißen, der mir gesagt hatte, die Bauaufsicht sei nichts für zarte Frauengemüter.

»Tja. Zufälle gibt's.«

»O nein«, stöhnte ich.

»Mit denen ist wirklich nicht gut Kirschen essen. Hoffentlich haben Sie noch Geld für eine hohe Mauer übrig.« Der Beamte war offensichtlich vergnügt. »Wollen Sie mal hören?«

Im Hintergrund vernahm ich die schrille Stimme von vorhin. Die Frau musste in ihren Wagen gesprungen sein, kaum dass sie den Hörer aufgeknallt hatte.

»Rufen Sie dort an«, verlangte sie gerade von dem Kollegen. »Das möchten wir auf der Stelle klären.«

»Wo soll angerufen werden?«, fragte ich meinen Beamten.

»Bei der Kreisbehörde«, informierte er mich bereitwillig.

»Warum?«

Der Beamte lauschte eine Weile. »Anscheinend wissen die dort nichts von Ihrem Sickerschacht.«

»Wie kann das sein?« Schön doof stellen, hatte Alex gesagt.

»Die Untere Wasserbehörde des Kreises muss die Genehmigung für den Schacht erteilen, bevor die Baugenehmigung erteilt wird.«

»Wir haben doch die Baugenehmigung letzte Woche bekommen.«

Erneut eine Pause. »Ja, aber es scheint so, als hätten Sie noch keine endgültige wasserbehördliche Erlaubnis für den Sickerschacht, höre ich gerade.«

»Nein?«, sagte ich ergeben. »Und was bedeutet das?«

»Das ist nicht legal«, erklärte der Beamte. »Und gerade

das freut Ihre Nachbarn ungemein. Sie sehen jetzt wieder richtig fröhlich aus.« Er lachte.

»Was soll ich denn jetzt tun?«, fragte ich ihn.

Der Beamte senkte seine Stimme. »Tun Sie, was ich Ihnen sage. Fahren Sie, so schnell Sie können, zum Kreisbauamt, Zimmer zweihundertzwei, Herr Roggen. Beeilen Sie sich aber, sonst sind Ihre Nachbarn vor Ihnen da.«

»Und dann? Was soll ich denn sagen?«

»Beeilen Sie sich, machen Sie schon«, raunte der Beamte. »Ich rufe gleich von hier aus bei Herrn Roggen an und sage, dass Ihnen da ein kleiner Irrtum unterlaufen ist. Aber Sie müssen vor diesen Horns da sein.«

»Zimmer zweihundertzwei, Herr Roggen«, wiederholte ich. »Und wie war Ihr Name?«

»Bond«, sagte der Mann und machte eine kurze Pause. »James Bond. Und jetzt beeilen Sie sich gefälligst.«

Ich schmiss den Hörer auf und zog mich in Windeseile an. Zeit nahm ich mir nur für ein kleines Make-up und einen ordentlich geflochtenen Zopf. Dann grapschte ich nach Lageplänen und Handtasche und sprang in mein Auto. In weniger als siebzehn Minuten hatte ich das Kreisbauamt erreicht, meinen Wagen geparkt, war an der Information vorbei zum Aufzug gerannt und in den zweiten Stock gefahren.

Herr Roggen saß alleine hinter seinem Schreibtisch und schaute mir entgegen.

»Die Dame mit dem Sickerschacht?«, fragte er.

»Komme ich zu spät?«, fragte ich atemlos zurück.

Herr Roggen schüttelte den Kopf. »Nun setzen Sie sich doch erst mal. In Ihrem Zustand sollen Sie sich nicht aufregen.«

Ich gehorchte. Herr Roggen beobachtete mich aufmerksam. »Ist es hier vielleicht etwas stickig? Soll ich das Fenster öffnen?«

»Nein, danke«, sagte ich verwirrt.

»Sie sind sehr tapfer«, sagte Herr Roggen. Er hatte unseren Lageplan vor sich auf dem Schreibtisch liegen. »Ich habe mir das gerade mal angeguckt. Da ist soweit alles in Ordnung. Versickern muss das Wasser schließlich auf jeden Fall, und der eingezeichnete Platz scheint mir dafür bestens geeignet.«

»Und der Keller der Horns?«

Herr Roggen lächelte breit. »Das ist technisch kaum möglich, dass der Keller voll läuft. Und wenn doch, dann müssen die Leute ihren Keller eben besser abdichten. Ich finde es eine Unverschämtheit, eine Frau in Ihrem Zustand so aufzuregen.«

»Und die ähm – fehlende Genehmigung? Wir hatten das wohl etwas verfrüht – ähm –«, stotterte ich und sah prüfend an mir herab. Ich musste doch mitgenommener aussehen, als ich dachte.

Herr Roggen hob einen Stempel und ließ ihn auf unseren Lageplan niederknallen. »Da haben Sie Ihre Genehmigung«, sagte er fröhlich und setzte auch noch seine Unterschrift darunter. »Kann doch mal passieren, bei dem ganzen Stress, dass man mal was übersieht.«

Ich war sprachlos. Da sagt man doch immer, Beamte seien stur, faul, umständlich und lahm und wichen keinen Deut von den Vorschriften ab. Welch gemeine Verleumdung!

Herr Roggen lächelte mich an. »Mit solchen Nachbarn ist man wirklich gestraft. Ziehen Sie eine hohe Mauer ums Grundstück, dann haben Sie vielleicht Ruhe.«

»Ja«, sagte ich. »Und vielen Dank für Ihre unbürokratische Hilfe.«

»Aber das ist doch klar«, sagte er und erhob sich. »Die Genehmigung schicke ich Ihnen mit der Post zu, gleich heute noch.« Er schüttelte mir die Hand. »Und viel Glück für das Kind. Hoffentlich geht es diesmal gut.«

»Vielen Dank«, wiederholte ich noch verwirrter und ging rückwärts zur Tür. Ein freundlicher Beamter, sehr freundlich sogar, aber leider verrückt. Vielleicht musste das so sein: Nur verrückte Beamte waren freundliche Beamte.

Erst im Aufzug kam mir die Idee, dass James Bond von der Gemeindeverwaltung Herrn Roggen erzählt haben könnte, dass ich schwanger sei, eine Problemschwangerschaft sozusagen, nach einer Reihe von deprimierenden Fehlgeburten. So musste es gewesen sein. Er hatte Herrn Roggens Beschützerinstinkte geweckt und ihn eindeutig gegen die rücksichtslosen Horns aufgebracht. Sehr pfiffig von James Bond.

Ich legte eine Hand auf meinen Bauch. Wie nett die Männer waren, wenn sie einen schwanger glaubten. Ich hatte richtig Lust, tatsächlich schwanger zu werden.

Im Foyer stand eine junge Frau im dunkelblauen Blazer. Sie fragte mich, ob ich ein wenig Zeit hätte, um an einer Befragung teilzunehmen.

»Es geht um das Image unserer Ämter«, erklärte sie. »Den Service, die Kundenzufriedenheit, Übersichtlichkeit und das alles.«

»Oh, ich bin sehr zufrieden«, beteuerte ich aus vollem Herzen. »Wirklich rundum zufrieden.«

»Könnten Sie uns das vielleicht ein wenig detaillierter erläutern?« Die Dame im Blazer zückte einen Kugelschreiber.

Durch die Drehtür zu meiner Linken kamen zwei Leute herein. Den Mann hatte ich schon mal gesehen, von der Frau kannte ich nur die Stimme. Es waren die Horns, unsere zukünftigen Nachbarn. Ich zog mich unauffällig in den Schatten einer riesigen Hydrokulturpflanze zurück.

»Wie gesagt, sehr zufrieden in allen Punkten«, flüsterte ich der Dame mit dem Fragebogen zu. »Aber jetzt muss ich leider gehen.«

Die Horns standen vor dem Aufzug.

»Einfach ohne Genehmigung bauen«, zischte der Mann. »Das wird die teuer zu stehen kommen.«

Von wegen, haha. Ich lachte lautlos in die grünen Blätter, die mich tarnten.

»Da bist du ja, Klaus«, sagte die Frau. Ich folgte ihrem Blick und erwartete einen kleinen Jungen zu sehen, der in der Drehtür spielte. Stattdessen eilte ein schütter behaarter Mann von Ende Dreißig herbei. Die Frau zupfte seinen Hemdkragen in Form.

Ich trat vor Überraschung einen Schritt aus meiner Tarnpflanze heraus. *Das* sollte der arme kleine Klaus sein, dessen Keller im Falle eines drei Jahre währenden Wolkenbruchs voll liefe?

»Alles klar«, sagte er und rieb sich die Hände. Noch glaubte er, das Unglück verhindern zu können. »Dieser Herr Roggen sitzt in Zimmer zweihundertzwei.«

Unbemerkt schlich ich zur Tür. Draußen klopfte ich mir anerkennend auf die Schulter. Ich war auf dem besten Wege, mir das kampferprobte Männergemüt zuzulegen, von dem Alex gesprochen hatte. Wenn auch nicht ganz ohne fremde Hilfe.

Im Supermarkt kaufte ich eine Flasche Martini für James Bond und fuhr damit zur Gemeindeverwaltung. An der Pforte fragte ich nach einem jungen Mann, der für Sickerschächte zuständig und sehr witzig und nett sei. Die Dame hinter der Glasscheibe wusste sofort Bescheid.

»Das war sicher unser Herr Ehrmann«, sagte sie. »Immer zu Späßen aufgelegt.« Sie beugte sich ein wenig vor und senkte ihre Stimme vertraulich. »Und wahnsinnig gut aussehend, wenn Sie mich fragen.«

Ich fragte sie, ob sie ihm die Flasche Martini geben könne.

»Sagen Sie ihm, er soll sie gerührt und nicht geschüttelt trinken, dann weiß er schon Bescheid.«

»Mach' ich«, versprach sie. »Aber warum tun Sie das nicht selber?«

»Ich heirate in eineinhalb Monaten«, erklärte ich. »Und wenn er so gut aussieht, wie Sie sagen, lerne ich ihn besser nicht kennen.«

Die Dame nickte lächelnd. Sie verstand mich. Aber Hanna, der ich die Geschichte später erzählte, verstand mich ganz und gar nicht.

»Bist du blöd«, sagte sie. Und noch später, sehr viel später, nach dem großen Knall, sagte sie, dass Menschen, die ihrem Schicksal absichtlich aus dem Weg gehen, an ihrem Unglück selber schuld seien.

Kaum war ich wieder zu Hause, klingelte das Telefon. Sicher war das Alex, der wissen wollte, ob ich mich auch doof genug angestellt hatte. Aber es war nicht Alex, sondern Susanna, meine Cousine aus der Pfalz, die mit mir ein Fachgespräch unter Bräuten führen wollte.

»Was zieht denn der Alex an?«, wollte sie wissen. »Ich frage nur, weil ich gern hätte, dass der Bruno zum Frack einen Zylinder trägt. Aber das will er nicht.«

Bruno als übergewichtiger Zirkusdirektor verkleidet? Warum wollte sie sich das antun?

»Weil man dann nicht sieht, dass er so wenig Haare hat«, sagte Susanna. »Außerdem, ich in Gitti Geiger und Schleier, und er bloß im Straßenanzug, das passt doch nicht zusammen.«

»Ich weiß nicht, was Alex anzieht«, sagte ich. »Die Kleiderfrage löst bei uns jeder für sich, das bringt sonst Unglück.«

»Der Bruno hat aber keinen Geschmack«, klagte Susanna. »Die Heiraterei ist sowieso für den Arsch, sagt er. Wir wollten Steuern sparen, sagt er, und jetzt kostet uns das Ganz so viel, dass wir ein Jahr lang nichts davon haben, sagt er. Er hat schon mehrere Beschwerdebriefe an die Bundesregierung geschrieben.«

»Bruno ist selber für den Arsch«, sagte ich.

»Dabei mach' ich des scho so günschtig, wie's ebe geht«, sagte Susanna und verfiel, wie immer, wenn's ums Sparen ging, in den pfälzischen Dialekt. »Mir bekommet die Eheringe vom Bruno seine Eltern, die krieget die net mehr üwwer ihre Finger, weil sie seit damals so viel zug'nomme hen.«

»Genauso wie Bruno«, murmelte ich.

»Aus massivem Gold sind die Ringe, ganz toll«, fuhr Susanna fort. »Wir müssen nur die Gravur ändern. Vom Bruno seinem Bruder kriegen wir ein Festzelt samt Biertischen und -bänken. Das stellen wir bei uns auf dem Dorfplatz auf, kostet uns keinen Pfennig. Der Bruno sagt, wir brauchen keine Tischdecken, das sei Schnickschnack, aber im Großhandel hab' ich so Papierdecken am Meter entdeckt, total günstig. Wenn wir die als Bürobedarf von der Steuer absetzen, kostet uns das auch nur ein paar Pfennige.«

»Wollt ihr ins Guinness-Buch der Rekorde als das Brautpaar mit der preiswertesten Hochzeitsfeier?«

»Warum nicht?« Susanna lachte herzlich. »Statt Einladungen, zum Beispiel, setzen wir eine Anzeige ins Tageblatt«, erläuterte sie dann. »Wir trauen uns, Susanna Becker und Bruno Senfhuhn, Steuerberater, und darunter Adresse und Telefonnummer. Das ist ja gleichzeitig eine super Werbung für den Bruno und bringt dann wieder neue Kunden. Alles in allem kann der Bruno sich nicht beschweren, oder?«

»Nein«, sagte ich. »Der Einzige, der sich bei euch beschweren kann, bist du. Vor allem, wenn du nach der Eheschließung den Namen Senfhuhn tragen wirst.«

»Das werde ich natürlich nicht«, sagte Susanna und lachte vergnügt. »Das macht man heute gar nicht mehr. Becker-Senfhuhn werde ich heißen. Und du wirst sehen, ich schaffe das auch noch, dass Bruno den Zylinder trägt. Er kann ihn nämlich von seinem Bruder haben, für umsonst, nur einmal getragen.«

Kaum hatte ich den Hörer aufgelegt, klingelte es erneut. Diesmal war es Horst, Alex' Vater. »Carola ist am übernächsten Wochenende bei uns zu Besuch«, sagte er, ohne vorher zu grüßen oder wenigstens seinen Namen zu nennen. Carola war Sylvias Tochter aus erster Ehe, die, der er die Hochzeit finanziert hatte.

»Wie schön«, sagte ich freundlich, denn schließlich finanzierte Horst auch unsere Hochzeit.

»Carola ist mit Calvin und Tommy aus Wiesbaden gekommen«, fuhr Horst fort. Tommy war Carolas Mann und Calvin der kleine Sohn. Wir hatten sie bis jetzt noch nie gesehen, aber Horst sagte: »Ich denke, es ist auch in eurem Interesse, Sylvias Familie endlich kennen zu lernen.«

Unsere Interessen lagen im Augenblick wirklich ganz woanders, aber das würde Horst nicht gelten lassen. Er erwarte uns für Samstag in drei Wochen zum Abendessen, sagte er.

»Ich weiß nicht, ob Alex hier sein wird«, wandte ich ein.

»Er wird da sein«, bestimmte Horst. »Er hat Zeit genug, sich auf diesen Termin einzurichten.«

»Aber«, sagte ich, aber da hatte Horst schon aufgelegt.

Alex stöhnte, als ich ihm am Abend davon erzählte. »Ich muss bis mittags auf der Baustelle bleiben, danach vier Stunden Fahrt, und dann auch noch ein Abendessen bei Horst und Sylvia und Sylvias Familie – nein danke.«

»Dann sag halt ab«, schlug ich vor, aber das wollte er auch nicht.

»Das geht nicht«, seufzte er. »Sonst ist er wieder monatelang beleidigt. Außerdem wollte er fünfzigtausend Mark zu meinem Haus beisteuern, und das tut er nur, wenn wir ihn so lange bei Laune halten.«

»*Unser* Haus«, verbesserte ich, und da lachte Alex nervös.

Das Frühjahr begann mit Sonnenschein. Es war noch kein Blatt auf den Bäumen zu sehen, aber die sommerlichen Temperaturen bewegten unseren Vermieter dazu, sein Schwimmbad für die Badesaison klarzumachen. Er ließ eine Poolabdeckung installieren und erklärte Kassandra und mir den Mechanismus der Rollanlage bis ins kleinste Detail.

»Sobald Sie das Schwimmbad verlassen, muss die Abdeckung geschlossen werden«, sagte Herr Meiser eindringlich. »Das Wasser kühlt sonst zu stark ab. Sollte das Schwimmbad über Nacht offen stehen, kann eine Temperaturschwankung von bis zu einem halben Grad Celsius entstehen.«

Kassandra und ich wechselten respektlose Blicke und nahmen uns vor, bei der nächstbesten Gelegenheit ein wenig Eiswasser in den Pool zu gießen.

Alex kam schon um drei Uhr nachmittags nach Hause. Er sah müde aus, richtig erschöpft. Die viele Arbeit und die Fahrerei am Wochenende machten sich allmählich bemerkbar. Ich streichelte besorgt über seine Stirn.

»Schaffst du es, die ganze Wäsche bis morgen zu waschen, zu trocknen und zu bügeln?«, fragte er und zeigte auf seine Reisetasche. »Ich hab' fast nichts mehr anzuziehen.«

»Natürlich. Du solltest dich etwas hinlegen«, sagte ich, obwohl ich tausend Dinge mit ihm zu besprechen hatte. Unter anderem wollten wir die Zeremonie einstudieren, zumindest den schwierigen Teil, in dem wir sagen mussten, dass wir den anderen beziehungsweise die andere vor Gottes Angesicht zum Mann beziehungsweise zur Frau nehmen, ihm beziehungsweise ihr die Treue halten wollten, in guten und bösen Tagen, in Gesundheit und Krankheit, bis der Tod uns scheidet. Aber Alex fand die Idee mit dem Bett besser.

»Allerdings nur, wenn du dich mit mir hinlegst«, sagte er und zog mich zu sich herab.

Ich lachte. »Ich lasse nur schnell die Jalousien herunter.« Schließlich wollte ich nicht, dass Herr Meiser oder Kassandra unsere Wiedersehensfeier durchs Fenster sehen konnten.

Aber als ich Sekunden später zu Alex zurückkehrte, schlief er schon tief und fest. Ich deckte ihn vorsichtig zu und betrachtete seine entspannten Gesichtszüge. Wie schön er doch war. Dichte, dunkle Haare, die ihm in die Stirn fielen, Wimpern, von denen manche Frauen nur träumen konnten, und Grübchen, die dem eckigen Kinn auch noch in fünfzig Jahren jungenhaften Charme verleihen würden. Alex' Nase war lang und schmal, ein wenig nach unten gebogen, wie bei einem Römer. In einem seiner vielen vorherigen Leben sei er ein hochgestellter römischer Offizier gewesen, sagte Kassandra, ein Mann von großem Ansehen. Manchmal malte ich mir aus, in der gleichen Zeit gelebt zu haben, vielleicht als keulenschwingender Germane diesseits der Alpen, und dann war ich immer heilfroh, dass ich Alex ausgerechnet jetzt, in diesem Leben begegnet war. Ich nahm seine Hand und küsste sie vorsichtig.

»Schlaf schön«, flüsterte ich, und Alex lächelte im Traum. Ich setzte die erste Maschine mit seiner Schmutzwäsche an und bügelte ein paar seiner Hemden besonders schön, während er sich ausruhte.

Schweren Herzens weckte ich ihn am späten Nachmittag, weil wir doch bei Horst und Sylvia zum Essen eingeladen waren. Alex nahm eine Dusche und sagte, er fühle sich schon viel besser.

Es war immer noch sommerlich warm, als wir bei seinem Vater ankamen. Durch das Gartentor bot sich uns ein idyllisches Bild. Sylvia hatte den Tisch unter der großen Kastanie gedeckt, weißes Porzellan auf einer blassgelben Leinentischdecke, mit leuchtend gelben Servietten und Körbchen voller Primeln dekoriert. Der Grill qualmte vor sich hin, und unter einem gelbweiß gestreiften Sonnenschirm war ein aufblasbares Planschbecken aufgestellt, in dem ein nacktes Kind saß. Man konnte nicht erkennen, ob es ein Junge oder ein Mädchen war, denn der dicke Bauch verdeckte, was zwischen den Beinen war. Außer Sylvia und Horst stand noch ein jüngeres Paar am Beckenrand, beide mit gleichen dünnen Baumwolloveralls und Kappen bekleidet, deren Schirm sie nach Art der Freizeitradler über den Hinterkopf gezogen hatten. Die Frau hob das dicke Kind aus dem Wasser und wickelte es in ein großes, gelbes Badetuch.

Horst sah grimmigen Blicks auf seine Armbanduhr, als Alex das Gartentor aufschob.

»Guten Abend«, sagten wir.

Horsts Miene verfinsterte sich noch mehr. Es war, als wäre der Winter kurzfristig wieder über den Garten hereingebrochen.

»Ihr seid zu spät«, sagte Horst anstelle eines Grußes. »Jetzt wird Calvin ins Bett gebracht, und ihr habt keine Gelegenheit, ihn kennen zu lernen.«

»Es ist genau sieben Uhr«, entgegnete Alex. »Ich wusste nicht, dass wir früher kommen sollten.«

»Das hättet ihr euch aber denken können«, sagte Horst und presste die Lippen aufeinander. »Dass kleine Kinder nicht so lange aufbleiben, müsst doch sogar ihr wissen. Ihr könnt wohl kaum erwarten, dass Calvin euretwegen länger aufbleibt.«

Alex hatte plötzlich eine kleine, steile Falte zwischen den Augenbrauen, die ich noch nie zuvor an ihm bemerkt hatte.

»Wir wussten nicht, dass Kevin uns erwartet«, sagte er mit kühlerer Stimme.

»Calvin«, verbesserten Sylvia, Carola und Horst im Chor, und ich überreichte Sylvia schnell den Blumenstrauß, den ich am Morgen für sie gekauft hatte. Es war ein besonders schöner Strauß mit Vergissmeinnicht, rosa Bellis und dicken weißen Ranunkeln, ich hätte ihn am liebsten selber behalten. Sylvia gefiel er auch sehr gut. Sie bedankte sich mehrmals und stellte uns dann Tochter Carola und Schwiegersohn Tommy in den Baumwolloveralls vor. Beide schüttelten uns die Hand, ohne zu lächeln. Ich machte ebenfalls ein ernstes Gesicht.

»Und das ist unser kleiner Mann«, flötete Sylvia und zeigte auf ihren Enkel, von dem augenblicklich nur der dicke Kopf und eine unverhältnismäßig große Hand zu sehen waren. Der Rest war Gott sei Dank unter flauschigem Frottee versteckt. »Gibst du dem Onkel Alexander ein Händchen, Calvin?«

Calvin tat das nicht, aber unter Sylvias drängendem Blick griff Alex seinerseits nach der schlaffen Patschhand und bewegte sie auf und ab. Zu einem freundlichen Wort konnte er sich nicht durchringen, nicht einmal zu einem Lächeln.

»Dem Onkel tut es Leid, dass er zu spät gekommen ist und dich nicht kennen lernen kann«, sagte Sylvia an seiner Stelle. »So was Süßes hat er da verpasst, so was Niedliches, was? Ein pfiffiges Kerlchen, unser kleiner Calvin. Sag, dass du nicht böse bist, sonst ist der Onkel Alexander am Ende noch traurig.«

Calvin ließ den Kopf auf die Seite sinken und lächelte. Dabei legte sich seine Wange in zwei dicke Falten. Ich musste schnell weggucken.

»Ja, nachtragend ist er jedenfalls nicht«, meinte Horst und sah nicht mehr ganz so griesgrämig aus.

Carola überreichte das zentnerschwere Frotteebündel ihrem Gatten.

»Wir sind auch nicht nachtragend«, erklärte sie und lächelte nun doch. »Leute ohne Kinder wirken oft so rücksichtslos und egoistisch. Aber in Wirklichkeit ist das nur Gedankenlosigkeit.«

Ich verspürte große Lust, ihr die Schirmmütze über die Ohren zu stülpen. Die Falte auf Alex' Stirn vertiefte sich.

»Ich habe meine Kinder nicht zur Gedankenlosigkeit erzogen«, sagte Horst. Es klang bekümmert.

»Du hast uns überhaupt nicht erzogen«, erwiderte Alex. »Du hast uns dressiert.«

Alle starrten ihn erschrocken an, ich eingeschlossen. Am meisten erschrocken war allerdings Horst. Nach ein paar Sekunden des Schweigens entschloss er sich, die Bemerkung überhört zu haben. Darüber waren alle sehr froh.

»Die Rippchen sind durch«, sagte er.

»Ich leg' Calvin dann schlafen«, sagte Sylvias Schwiegersohn. »Sag gute Nacht, Opa, gute Nacht, Oma, gute Nacht, Mami, gute Nacht, Tante und Onkel.«

Calvin pupste vernehmlich in das Frotteehandtuch. Alle außer Alex und mir lachten darüber. An Calvins angespanntem Gesichtsausdruck sah ich, dass er bereit war, den Lacherfolg zu wiederholen, aber das Ergebnis seiner Bemühungen konnten wir nicht mehr hören, da Tommy ihn ins Haus trug.

»Du hast aber den Tisch schön gedeckt«, sagte ich zu Sylvia. »So frisch in Gelb und Weiß, passend zum Frühlingswetter.«

Sylvia revanchierte sich sofort. »Gestern kam endlich die Einladung zu Eurer Hochzeit. Das Blau sah sehr schön aus zu dem Gold. Edel.«

»Ja«, sagte ich und setzte mich. »Das hat Hilde ausgesucht.«

Sylvia wandte sich abrupt ab. Zu spät bemerkte ich, dass ich gegen die goldene Regel verstoßen hatte, die Existenz der vorherigen Hausherrin totzuschweigen. Die bloße Erwähnung ihres Namens beleidigte Sylvia auf das Heftigste. Horst sah mich vorwurfsvoll an.

»Hilde hilft uns sehr«, sagte ich bockig. »Wir sind beruflich und durch die Bauerei so sehr eingespannt, das könnten wir allein gar nicht schaffen. Wir sind Hilde sehr dankbar.«

Sylvia starrte beleidigt auf Hildes altes Kletterrosenspalier.

»Wir haben unsere Hochzeit ganz ohne fremde Hilfe organisiert«, verkündete Carola ungefragt. »Die meiste Arbeit hat die Sitzordnung gemacht.«

»Die macht auch Hilde für uns.«

»Das kann ja heiter werden«, sagte Horst und erhob sich. »Ich möchte wissen, in welche Ecke wir gesetzt werden. Da ist das letzte Wort noch nicht gesprochen.«

Schlimm genug, dass du überhaupt kommst, dachte ich und trat Alex unter dem Tisch auf den Fuß. Er grinste mich müde an. Für heute hatte er sein Pulver offenbar verschossen.

»Wir haben bei unserer Hochzeit die Sitzordnung zusammen mit den Einladungen verschickt«, erklärte Carola. »Da wusste jeder Gast von vorneherein, wo er zu sitzen hatte.«

Ihr Mann kam aus dem Haus zurück, das dicke Kind war offenbar schnell eingeschlafen. Horst legte frische Rippchen auf den Grill.

»Und wo sitzen wir?«, fragte Carola. »Hoffentlich nicht

in der Nähe von Rauchern. Calvin verträgt keinen Qualm, gell, Tommy?«

»Hä?«, fragte ich. Carola und Tommy standen definitiv nicht auf der Gästeliste. Warum auch? Aber vielleicht hatte ich mich ja nur verhört. Ich starrte Alex an. Er schaufelte sich den Teller voll mit Endiviensalat und schwieg. Dabei hasste er Endivien.

»Ihr sitzt selbstverständlich bei uns«, sagte Horst zu Carola. »Ihr kennt ja sonst niemanden auf der Feier.«

Uns eingeschlossen. Wir sahen die beiden mit den ulkigen Kappen heute zum ersten Mal in unserem Leben. Ich trat unter dem Tisch weiter nach Alex' Fuß. Er sagte nichts, er hatte den Mund voller Salat, den er widerwillig zerkaute. Fast konnte man glauben, er sei mit seinen Gedanken woanders.

»Calvin braucht natürlich einen Kinderstuhl«, fuhr Carola fort. »Wir könnten unseren mitbringen, falls das Restaurant keinen hat.«

Ich trat ein Loch in Alex' Schuh, aber erst als ich mit meinem Absatz loshackte, hob er den Blick. Ich sah ihn auffordernd an.

»Ähm«, sagte ich und räusperte mich ausgiebig.

»Noch ein Rippchen?«, frage Alex' Vater.

Ich verstärkte den Druck auf meinen Absatz.

»Nein, danke«, sagte Alex und sah mich an. »Worum geht es überhaupt?«

»Carola und Tommy wollen bei unserer Hochzeitsfeier einen Kinderstuhl haben«, informierte ich ihn.

»Aber die sind doch gar nicht eingeladen«, sagte Alex unverblümt. »Oder doch?«

Tommy zeigte keinerlei Reaktion, aber Carola zuckte zusammen. Sylvia sah immer noch angelegentlich auf das Rosenspalier. Ich schüttelte schadenfroh den Kopf.

»Carola, Tommy und Calvin gehören zur Familie«, sagte Horst streng.

Alex stützte beide Hände auf die zartgelbe Leinendecke und erhob sich. »Zu deiner Familie, Horst, aber nicht zu meiner. Ich möchte mir die Gäste auf meiner Hochzeit selber aussuchen.«

Der Ausdruck in seinem Gesicht erfüllte mich mit wildem Stolz. Ich erhob mich ebenfalls, ging um den Tisch herum und stellte mich neben ihn, damit Horst sehen konnte, dass ich ganz auf Alex' Seite stand.

»Ich zahle ein Schweinegeld für diese Hochzeit«, sagte Horst. »Da habe ich wohl auch ein Wörtchen mitzureden. Ich kann nur sagen, ich schäme mich für dein Benehmen.«

»Das beruht auf Gegenseitigkeit«, erwiderte Alex. »Wir gehen. Danke fürs Essen.«

Horst machte Anstalten, nach seinem Arm zu greifen, aber Carola, die ihm zur Linken saß, legte ihre Hand auf seine Faust.

»Lass nur«, flüsterte sie leise. »Reg dich nicht auf, Papa.«

Papa! Sie sagte Papa zu ihm, und das, wo seine eigenen Kinder ihn Horst nennen mussten!

»Wenn ihr nicht eingeladen werdet, dann gehen wir auch nicht«, sagte er und presste seine Lippen so fest aufeinander, dass sie ganz grau aussahen. Welch unvorhergesehene freudige Wendung!

Alex tastete nach meiner Hand. »Das ist allein deine Entscheidung«, sagte er und wandte sich zum Gehen, meine Hand fest in seiner.

Im Gleichschritt verließen wir den Garten.

»Auf Wiedersehen«, sagte ich über die Schulter, aber daran glaubte ich im Grunde nicht.

»Du warst toll«, sagte ich zu Alex, als wir im Auto saßen.

»Mir ist einfach nur der Kragen geplatzt.« Alex wandte mir sein Gesicht zu. Er sah immer noch müde aus, aber die steile Falte zwischen den Augenbrauen war verschwunden. Ich fand ihn unglaublich sexy.

»Können wir nicht da vorne auf den Wanderparkplatz fahren?«

Alex grinste und gab Gas. »Im Bett ist es bequemer.«

»DU HAST IMMER noch kein Kleid?«, schrie Susanna mit überschnappender Stimme ins Telefon. »Du hast doch nur noch drei Wochen bis zum Tag X! Diese Kleider passen niemals wie angegossen, die müssen immer geändert werden.«

»O weia.«

Nur noch drei Wochen bis zum Tag X, und Alex war immer noch in Karlsruhe. Seine Anwesenheit auf der Baustelle sei bis Anfang August *unbedingt* erforderlich, hatte er letzte Woche gesagt, und er könne sogar weder den gesetzlich genehmigten Urlaubstag für die eigene Hochzeit nehmen noch Zeit für den Kauf eines Anzugs und neuer Schuhe aufbringen. Die Karriere ginge nun mal vor.

Ich selber hatte mehr als genug damit zu tun, unsere eigene Baustelle zu betreuen – mittlerweile war bereits die Kellerdecke gegossen – und die Hochzeit vorzubereiten, auch wenn Hilde beinahe alles geregelt hatte. Obwohl wir seit dem Desaster in seinem Garten nichts mehr von Horst gehört hatten, hatte er seine Zahlungen auf das von Hilde eingerichtete Konto nicht eingestellt.

Es würde die schönste und prächtigste Hochzeitsfeier aller Zeiten werden. Hilde hatte ein altes Schloss mit See und Golfplatz ausgemacht, in dem ein Menü mit Getränken nicht unter hundert Mark pro Person kostete. Aber erstens lag das gerade noch im Rahmen des Budgets, wie sie sagte, und zweitens konnte nichts das Ambiente des alten Schlosses aufwiegen, das der Hochzeit einer Prinzessin würdig gewesen wäre. Der Spiegelsaal würde nach Einbruch der Dämmerung mit hunderten von Kerzen beleuchtet werden, die in echt silbernen Wandhaltern steckten. Die Kaffeetafel würde auf der eufeuumrankten Terrasse mit Blick auf den Park inklusive zweihundert Jahre alter Kastanien und See gedeckt werden, ganz in Grün und Weiß. Hildes Blumendekoration hatte meine Zustimmung gefunden. Sie war wirklich ein Organisationstalent mit Geschmack, zum Weiterempfehlen tüchtig. Sie war es auch, die das Problem mit Alex' Garderobe löste. Sie kaufte einen hellgrauen Dreiteiler und ein entzückend altmodisches weißes Hemd für Alex.

»Mit einem Vatermörderkragen«, sagte sie stolz. »Von Horst und Sylvia ist noch immer keine Zusage gekommen. Es wird ein wunderschönes Fest werden.«

Hilde hatte auch eine Band organisiert. Es waren die Instrumentalisten von *The Piano has been Drinking*, nur mit einem anderen Frontsänger. Sie kosteten viertausend Mark für den Abend, aber Hilde sagte, sie seien Horsts Geld absolut wert.

Der Hochzeitstisch im Kaufhaus war fast leergekauft. Ich musste hinfahren und ihn ergänzen. Etwas in Eile wählte ich ein schnurloses Telefon, eine blauweiß gestreifte Thermoskanne, einen Rasenmäher, einige Schneekugeln für meine Schneekugelsammlung sowie einen Bildband über Irland.

Mit Erstaunen hatte ich festgestellt, dass sich fast alles auch ohne Alex' Anwesenheit regeln ließ, selbst die kompliziertesten Dinge. Mit den Maurern auf unserer Baustelle war ich mittlerweile per du. Wenn ich vorbeikam, um zu schauen, ob die Fenster an der richtigen

Stelle ausgespart worden waren, tranken wir ein Malzbier aus der Flasche zusammen und hielten Fachgespräche über Ringanker und Moniereisen, und dann lachten die Maurer und sagten, ich sei eine ulkige Marke.

Auch alles andere hatte ich gut im Griff. Die Bank hatte ich ein paar Wochen vertröstet, der neue Notartermin wegen der Grundbucheintragung war morgen, aber damit würde dann auch die allerletzte Formalität geregelt sein.

Der Einzige, der Alex' Anwesenheit in dieser Zeit für unbedingt erforderlich hielt, war der Pfarrer, der uns trauen sollte.

»Wenigstens einmal möchte ich den jungen Mann vorher persönlich sehen«, sagte er streng. »Ich kann Ihnen kein Eheversprechen abnehmen ohne ein vorheriges Gespräch. Und das Hochzeitsprotokoll muss von beiden unterschrieben werden. Das ist eine Vorschrift, die selbst Sie nicht einfach umgehen können.«

»Erklären Sie mir das Notwendige«, bat ich ihn. »Ich werde Alex den Ablauf der Zeremonie rüberfaxen, und er wird alles auswendig lernen, das verspreche ich Ihnen. Und einen Tag vorher kommen wir beide noch einmal vorbei, und dann können Sie ihn ja persönlich kennen lernen und letzte Instruktionen erteilen.«

»Also gut«, murrte der Pfarrer. »Obwohl das ja sehr ungewöhnlich ist, wenn Sie mich fragen.«

Ich hatte also wirklich alles im Griff, das Einzige, was fehlte, war mein Hochzeitskleid.

»Das Ändern kostet nichts extra«, sagte Susanna am Telefon. »Mein Kleid wurde auch geändert. Eigentlich hatte ich vor, bis zur Hochzeit noch fünfzehn Kilo abzunehmen, aber die Frau im Laden sagte, es ist besser, sich nicht darauf zu verlassen.«

»Ich war schon in drei Brautmodengeschäften, und ich habe nicht ein Kleid gesehen, das mir gefallen hätte«, sagte ich nachdenklich. Ich suchte nach etwas ganz Bestimmtem, schlicht und edel, aus cremefarbener Wildseide, ohne Schleifen und Spitze, ohne Puffärmel und Reifrock, ohne Strass und Perlen. Aber was ich suchte, schien es nicht zu geben und niemals gegeben zu haben, wenn man den Auskünften der Verkäuferinnen Glauben schenken konnte.

»Gitti-Geiger-Brautleider gibt es auch in Köln«, rief Susanna froh. »Ich habe mich erkundigt. Bis Größe sechsundvierzig.«

»Ich habe achtunddreißig«, sagte ich. »Und bei Gitti Geiger war ich schon. Da gab's nicht ein einziges schönes Kleid.«

»Doch«, widersprach Susanna. »Meins. Das Modell heißt Herzogin Sarah, und es ist ein Traum. Meinst du, dem Bruno wird es gefallen?«

»Bestimmt nicht, wenn er den Preis erfährt.«

»Man heiratet nur einmal«, sagte Susanna, und: »Die Hochzeit ist der schönste Tag im Leben einer Frau. Außerdem kann ich es nachher wieder verkaufen.«

»Steht euer Termin jetzt fest?«

Susanna bejahte. »Wir heiraten im Juli, weil da Ferien sind, und der Bruno sagt, dann sind die meisten in Urlaub. Je mehr Leute absagen, desto weniger kostet es uns, sagt der Bruno. Die meisten wollen sich doch nur auf seine Kosten satt essen, sagt er.«

»Sind wir auch eingeladen?«

»Ja«, sagte Susanna. »Das hab' ich durchgesetzt. Wir schicken euch eine Kopie von der Anzeige im Tageblatt. Die Kopien und das Porto kann Bruno von der Steuer absetzen, das kostet uns sozusagen keinen Pfennig.«

Mir war auf einmal todschlecht. »Ich weiß nicht, ob wir im Juli Zeit haben«, sagte ich matt. »Durch die Bauerei und so weiter. Und vielleicht holen wir ja auch unsere Flitterwochen nach, wenn noch Geld übrig ist.«

»Den Bruno würd's freuen«, meinte Susanna.

Ich legte eine Hand auf meinen Magen. »Ich glaube, ich muss mich übergeben.«

»Das ist die Aufregung«, sagte Susanna. »Mir wär' auch schlecht, wenn ich an deiner Stelle wär'. Nur noch drei Wochen bis zur Hochzeit und immer noch kein Kleid!«

Am nächsten Tag war mir immer noch schlecht. Ich trank Kamillentee und aß Zwieback, aber das half alles nichts.

»Ich brauche jetzt wirklich ein Kleid«, sagte ich zu Hanna. Sie und ich hatten sämtliche Brautmodengeschäfte der Stadt durchforstet. Dabei hatten wir eine Menge unfreundlicher Verkäuferinnen kennen gelernt, die einem auch das letzte bisschen Spaß an der Sache zu verderben wussten. Bevor man eine der kostbaren weißen Roben anprobieren durfte, musste man sich auf ein Höckerchen stellen und bekam eine Art Duschhaube und Schlabberlätzchen aus Kunststoff umgehängt, damit das gute Stück nicht mit Make-up-Flecken verschmutzt wurde. Nicht mal das Anprobieren machte Freude.

»Ich weiß noch einen Laden mit ausgeflippten Abendkleidern«, sagte Hanna nachdenklich. »Vielleicht haben die ja was in Weiß. Sonst muss ich dir was nähen.«

Am Nachmittag ging es mir ein bisschen besser, jedenfalls gut genug, um mit Hanna einkaufen zu gehen. Der Laden, den sie gemeint hatte, lag abseits der

Ringe in einer kleinen Seitenstraße: *Rebecca Raabe, Modedesign.* Er war klein, aber originell, der ganze Boden mit feinem Quarzsand bestreut, die beiden Umkleidekabinen wie mittelalterliche Rundzelte gestaltet. Auch die Kleider waren sehr ungewöhnlich und trugen ausgefallene, witzige Namen. Eines gefiel mir besonders gut. Es war hauteng und gelb mit braunen Rauten, einem hohen Stehkragen und einem borstigen Mähnenkamm auf dem Rückenteil, und es hieß *Frühstück im Stehen, aus dem Alltag einer Giraffe.* Ein anderes sah aus wie das Kostüm einer Meerjungfrau, über und über mit Schuppen in allen Blau- und Grünschattierungen besetzt und mit einem engen Rock, der in einem angedeuteten Fischschwanz endete. Es hieß *2000 Meilen unter dem Meer* und kostete nur vierhundertfünfzig Mark. Die allerschäbigsten Brautkleider hatten schon mehr als das Doppelte gekostet.

»Wie kann das sein?«, flüsterte ich Hanna zu. »So wenig für so ein wahnsinnig tolles Kleid?«

»Wir fragen, ob die was in Weiß haben«, schlug Hanna vor. Auf dem alten Schreibtisch, der als Ladentisch diente, saß eine junge Frau mit einem Buch im Schoß.

»In Weiß?«, überlegte sie, als Hanna sic nach einem Hochzeitskleid fragte. »Kann es auch cremefarben sein?«

»Ja«, sagte ich. »Das fänd' ich sowieso besser.«

Die Verkäuferin rutschte vom Ladentisch. »In der Vorjahreskollektion gab es ein cremefarbenes Kleid, in dem man durchaus heiraten könnte«, sagte sie. »Es heißt zwar *Champagner nach geglückter Flucht*, aber Sie könnten es ja umtaufen, da hätte meine Schwester sicher nichts gegen.«

Sie verschwand für eine Weile durch die Hintertür.

Hanna und ich sahen uns in der Zwischenzeit weiter um.

»Wenn das Champagnerkleid nichts ist, dann nehme ich auf jeden Fall ein anderes von denen hier«, sagte ich wild entschlossen zu Hanna. »Ich habe noch niemals so lustige und schöne Kleider gesehen.«

»Das sagte ich doch«, meinte Hanna und probierte einen Hut an. Er war feuerrot und rund, und auf seiner Spitze waren aus Filz grüne Blätter und ein kleiner Stiel angebracht. Das Modell hieß schlicht Tomate, und Hanna sah total süß damit aus.

»Dazu gibt es auch ein passendes Kleid.« Die junge Verkäuferin war wieder hereingekommen, ein cremefarbenes Kleid über dem Arm. »Ich hab's gefunden«, verkündete sie lächelnd.

Champagner nach geglückter Flucht war aus grober Wildseide, vorne ganz hoch geschlossen, hinten mit einem Ausschnitt bis fast zum Hintern, darunter ein weiter Ballonrock, der in Knöchelhöhe endete. Die langen Ärmel waren wie Stulpen an der Schulter befestigt, man konnte sie abknöpfen und ärmellos gehen, wenn man wollte. Es war genau das Kleid, das man nach einer unglücklichen Liebesnacht als Seelentrost anziehen sollte, wenn man rechtzeitig die Kurve gekratzt hatte.

»Lieber Gott, mach, dass es mir passt«, sagte ich begeistert.

Die Verkäuferin lächelte. »Probieren Sie's.«

Während ich das wildseidene Kleid anprobierte, nahm Hanna das Modell *Tomate* mit in die Nachbarkabine. Beide Kleider passten wie für uns gemacht.

»Ich nehm' das«, sagte ich glücklich, und Hanna sagte das Gleiche. »Und den Hut auch, natürlich. Ich bin schließlich Trauzeugin.«

»Gut«, meinte die Verkäuferin. »Die *Tomate* kann ich Ihnen nicht billiger lassen, aber das Champagnermodell, na ja, das hat sich im letzten Jahr nicht besonders gut verkauft. Niemand ist auf die Idee gekommen, es als Brautkleid zu tragen. Nehmen Sie's für dreihundert?«

»Ja«, rief ich.

»Fein«, sagte die Frau und packte uns die Kleider in glänzende Tüten aus schwerem Lackpapier. »Viel Spaß bei Ihrer Hochzeit.«

Als ich die Tüte mit meinem wunderbaren Kleid entgegennahm, wurde mir ganz plötzlich wieder todschlecht, und noch ehe ich überhaupt wusste, was ich tat, hatte ich mich vor dem Ladentisch erbrochen. Hanna konnte gerade noch ihre Schuhe in Sicherheit bringen.

»Elisabeth«, rief sie erschrocken. Ich schwankte ein wenig. Die Verkäuferin schob mir wortlos einen Korbstuhl unter den Hintern.

»Tut mir Leid«, flüsterte ich. »Das ist mir noch nie passiert.«

Die Verkäuferin lächelte. »Das ist nicht schlimm«, meinte sie, »das ist ja nur Sand, den kann man einfach wegkehren. Möchten Sie ein Glas Wasser?«

Ich schüttelte den Kopf. »Besser nicht.«

»Das scheint mir aber eine komische Magenverstimmung zu sein«, sagte Hanna skeptisch. »Vielleicht bist du am Ende schwanger.«

Ich starrte überrascht zu ihr hinauf. Es war durchaus möglich. Seitdem Alex so häufig in Karlsruhe war, hatte ich meine täglichen Temperaturmessungen völlig vernachlässigt, und auch Alex hatte aus der Ferne den Überblick verloren. Er war viel zu sehr mit seiner Baustelle beschäftigt, um noch genau zu wissen, der wievielte Zyklustag gerade war. Meine letzte Menstruation lag jedenfalls Lichtjahre zurück.

»Schwanger«, wiederholte Hanna, als ich nichts erwiderte.

Die junge Verkäuferin entsorgte den vollgekotzten Sand mit einer Kehrichtschaufel. »Keine Sorge, das Kleid passt auch noch im vierten Monat.«

»Am besten, du gehst gleich zum Frauenarzt«, schlug Hanna vor. »Dann weißt du Bescheid.«

»Das geht nicht. Heute ist der Termin beim Notar wegen des Grundstücks. Ich habe ihn schon einmal verschoben«, sagte ich.

Hanna klopfte mir leicht auf den Oberarm. »Ich denke, der lässt sich auch noch einmal verschieben.«

»Nein«, seufzte ich. »Das ist wichtig. Wenn wir diese Grundbucheintragung nicht machen, können wir den Kreditvertrag nicht unterschreiben. Von dem Geld, das Alex auf mein Konto überwiesen hat, sind nur noch zweiunddreißigtausend Mark übrig, das reicht nicht mehr weit.«

»Na hör mal, das Kind geht doch wohl vor«, sagte Hanna, und die Verkäuferin nickte dazu.

»Wenn du sofort gehst, schaffst du vielleicht auch noch den Notar«, sagte Hanna und zog mich aus dem Laden.

»Viel Glück«, rief die Verkäuferin hinter uns her. »Wäre nett, wenn Sie mir Bescheid sagen, ob Sie tatsächlich schwanger sind.«

Hanna kutschierte mich mit ihrer alten Ente zum Frauenarzt. Sie fuhr, als hätte ich bereits Presswehen.

»Ist das aufregend«, rief sie.

»Halt sofort an«, schrie ich, und Hanna bremste mitten auf der Kreuzung. Der nachfolgende Wagen fuhr uns um ein Haar hinten drauf. Der Fahrer gestikulierte wild und machte Anstalten, aus dem Wagen zu springen, aber als ich die letzten Reste Zwieback und Kamillentee auf die Fahrbahn kotzte, nahm er davon Abstand.

»Du kannst weiterfahren«, sagte ich zu Hanna und schloss die Tür wieder. »Jetzt ist alles draußen.«

Hanna parkte unmittelbar vor der Arztpraxis im absoluten Halteverbot. »Da wären wir.«

»Den Rest kann ich allein«, sagte ich, aber sie bestand darauf, mich zu begleiten.

»Stell dir nur mal vor, du bist überhaupt nicht schwanger«, sagte sie. »Dann brauchst du jemanden, der dich tröstet und dir Magentabletten kauft.«

Ich kicherte matt.

»Es ist ein Notfall«, sagte Hanna zu der Sprechstundenhilfe. »Meine Freundin ist schwanger.«

Die Sprechstundenhilfe reichte mir mit verständnisvollem Nicken ein kleines Plastikgefäß mit Deckel. »Füllen Sie bitte Ihren Urin hinein, bevor Sie im Wartezimmer Platz nehmen«, sagte sie, und ich tat wie geheißen.

»Soll ich mitkommen?«, fragte Hanna noch, aber es gibt Dinge, bei denen möchte man auch die beste Freundin nicht dabeihaben.

Hanna wartete also brav zwischen schwangeren Frauen und Zeitschriften, bis ich aus dem Behandlungszimmer kam.

»Und?«

Das Gleiche hatte ich den Arzt auch gefragt. Er hatte mich mit unbewegten Gesichtszügen angesehen und geantwortet: »Sie sind schwanger, junge Frau.«

Erst als ich gelächelt hatte, hatten sich seine Gesichtszüge ebenfalls entspannt. Er hatte wohl nicht recht gewusst, ob er ein ernstes oder ein fröhliches Gesicht machen sollte. Aber als ich nicht losheulte, rang er sich sogar zu einem »Gratuliere« durch.

»Schwanger«, sagte ich zu Hanna. »Vierte Woche.«

Hanna strahlte. »Habe ich doch gleich gewusst«, rief sie und: »Ach, ich wünschte, ich wäre auch schwanger.«

Schwanger! Auf dem Ultraschall hatte ich den kleinen Schatten gesehen, von dem der Arzt gesagt hatte, er sei mein Kind. Meine Übelkeit war wie weggeblasen. Ich fühlte mich wie nach zwei Gläsern Champagner, leicht und wie in Watte gepackt.

»Ich fahre dich lieber direkt nach Hause«, sagte Hanna, als wir wieder in der Ente saßen, die entgegen allen Erwartungen und ohne Knöllchen immer noch an der Bushaltestelle stand. »Du kannst dein Auto bis morgen stehen lassen.«

Ich nickte. »Liebe, liebe Hanna, möchtest du Patentante werden?«

Die Ente machte einen fröhlichen Schlenker. »Das müssen wir feiern«, rief Hanna. »Hast du Sekt im Kühlschrank? Ach nein, so was Gutes darfst du ab jetzt nicht mehr trinken. Wir halten am Reformhaus und holen Möhrensaft aus biologischem Anbau.«

»Ein winzig kleiner Schluck Champagner kann wohl nicht schaden«, sagte ich, und Hanna fuhr auf den Parkplatz des nächsten Supermarktes. Wir kauften alles, wonach uns zu Mute war: zwei Flaschen Champagner, frische Erdbeeren, gesalzene Pistazien und einen Tiegel Trüffeleiscreme. Hanna wollte auch ein Glas Essiggurken für mich in den Einkaufswagen legen, aber ich hasste saure Gurken, und daran hatte sich bis jetzt noch nichts geändert.

»Das kommt aber hoffentlich noch«, sagte Hanna enttäuscht und stellte die Gurken zurück ins Regal. »Alle Schwangeren haben Heißhunger auf saure Gurken.«

In Alex' und meiner Wohnung feierten wir eine ausgelassene Party, nur Hanna, das Kätzchen und ich. Wir probierten unsere neuen Kleider an, tranken den Champagner und tanzten zu Eric Clapton unplugged. Gerade als wir uns Sofakissen unter die Klamotten gestopft hatten und den typischen Entengang der Schwangeren übten, huhute Kassandra vor der Tür. Heute war sie ganz in Violett gekleidet, ein dicker Amethyst, von zwei schmalen Lederriemen gehalten, lag auf ihrer Stirn wie ein drittes Auge.

Wir boten ihr ein Glas Champagner und Erdbeeren an.

»Was gibt es denn zu feiern?«, fragte sie.

»Rate mal«, rief ich und drehte mich mit dem Sofakissen unterm Kleid einmal um die eigene Achse.

»Du bist schwanger«, tippte Kassandra, und ich nickte heftig.

»Da siehst du mal, was für eine starke Intuition ich habe«, sagte sie.

Hanna boxte fröhlich auf meinen Kissenbauch. »Und ich erst«, sagte sie. »Du musstest nur mal auf den Boden kotzen, und schon wusste ich Bescheid.«

Plötzlich fiel mir etwas ein. »Was wird Alex wohl dazu sagen?«, fragte ich. Für ein paar Stunden hatte ich ihn wirklich ganz und gar vergessen.

»Sicher freut er sich«, meinte Hanna. »Ruf ihn gleich an.«

Aber das wollte ich nicht. Durchs Telefon, im Hintergrund der Baulärm, sagte frau einem Mann nicht, dass er Vater wurde. So was machte frau stilvoller, das konnte man jeden Tag in der Werbung sehen. Nach einem Spaziergang in den Dünen in dicken wollweißen Zopfpullis im Partnerlook gab es eine gute Tasse Kaffee, und statt Plätzchen wurde dem werdenden Vater ein Päckchen mit niedlichen Babyschuhen überreicht, das Ganze ohne Worte, nur mit mitreißender Musik unterlegt.

»Dünen und Kaffee, du spinnst wohl«, sagte Hanna. »Wo der Kerl nicht mal Zeit hat, am Wochenende nach Hause zu kommen! Nein, den Gag mit den Schühchen musst du dir wohl bis zum zweiten Kind aufbewahren. Vielleicht ist er bis dahin wieder originell.«

»Du könntest nach Karlsruhe fahren und es Alex persönlich sagen«, schlug Kassandra vor. »Das ist auch romantisch.«

»Es ist Mittwoch, und morgen muss ich arbeiten«, wandte ich ein. »Das Hummelchen kann auch nicht alleine bleiben.«

»Die Katze nehme ich«, erbot sich Kassandra.

»Und ich melde dich krank«, ergänzte Hanna. »Nicht mal eine Lüge, so wie du gekotzt hast.«

Ich sah von einer Freundin zur anderen, dachte an Alex' überraschtes Gesicht und hatte keine Gegenargumente mehr.

»Okay«, sagte ich. »Wer fährt mich zum Bahnhof?«

Das Hotel, in dem die Firma Alex untergebracht hatte, war eins von der nobleren Sorte. Es hatte ein wunderschön verziertes Portal, eingerahmt von Säulen und in Stein gemetzelten Statuen. Die Zimmer hatten schmale, hohe Sprossenfenster, die bis auf den Boden reichten und oben mit einem Rundbogen abschlossen.

Zufrieden bezahlte ich den Taxifahrer, nahm meinen

kleinen Lederrucksack und stieg aus. Das war das richtige Ambiente, um einem Mann auf stilvolle Weise mitzuteilen, dass er Vater wurde.

Auch innen sah alles genauso aus, wie ich es mir vorgestellt hatte. Dicke rote Teppiche auf grau gesprenkeltem Terrazzoboden, Säulen und goldgerahmte Bilder, ein riesiger Kronleuchter an der Decke. Der junge Portier hinter dem steinernen Empfangstresen trug eine rotgoldene Uniform, nicht unbedingt bequem, aber ein Augenschmaus.

»Ich möchte zu Alexander Baum«, sagte ich.

»Herr Baum hat Zimmer dreihundertundsieben«, sagte der Portier. »Aber er ist nicht im Haus.«

Ich lächelte. »Ich will ihn überraschen. Ich bin seine – Braut.«

Der Portier hob ungläubig die Augenbrauen.

»Ehrlich«, beteuerte ich. Dann fiel mir etwas ein. Ich trug seit Wochen die Kopien der Standesamtunterlagen mit mir herum. Wenn das kein Beweis war! Ich holte die Papiere aus meiner Handtasche und blätterte sie dem Portier auf den Tresen.

»Sehen Sie«, sagte ich. »Wir heiraten in drei Wochen.«

Der Portier kratzte sich verlegen am Kopf.

»Außerdem bin ich schwanger«, sagte ich und kramte das Ultraschallbild hervor. »Da, sehen Sie? Sie müssen mir einfach glauben.«

»Was wollen Sie eigentlich von mir?«, fragte der Portier.

»Ich möchte, dass Sie mich in seinem Zimmer warten lassen«, sagte ich und lächelte, so charmant ich konnte.

»Warum sagen Sie das denn nicht gleich?« Der Portier nahm den Schlüssel von der Konsole hinter sich.

Ich raffte meine Papiere einschließlich des Ultraschallbildes wieder von der Theke. »Ich dachte, das wäre nicht so einfach«, murmelte ich.

Alex' Zimmer war wie geschaffen für eine romantische Nacht und eine Eröffnung wie die, die uns bevorstand. Es war ganz in dunklen Rottönen gehalten, eine altmodisch gemusterte Tapete, ein Bettüberwurf mit Paisleymuster und Vorhänge aus schwerem Samt. Nicht wirklich schön, aber stilvoll.

Ich sah auf meine Armbanduhr. Zwanzig nach zehn, Alex war sicher irgendwo einen Happen essen gegangen. Seit er im Hotel wohnte, hatte er vier Kilo zugenommen. Ich fand, dass es ihm stand, aber Hilde hatte Angst, er passe nicht mehr in den hellgrauen Dreiteiler, wenn das so weiterginge. Ich selber hatte vor lauter Stress vier Kilo abgenommen. Aber das würde ja nun anders werden. Im Spiegel über dem Waschbecken nebenan sah ich ziemlich mitgenommen aus. Noch war keine Spur von jenem schmelzenden Teint zu erkennen, den Schwangere angeblich bekommen, lediglich das verklärte Grinsen verriet mich.

Ich wusch mir das Gesicht mit eiskaltem Wasser, bürstete die Haare über den Kopf zu einer voluminösen Lockenmähne und legte ein kleines Make-up auf, etwas Rouge, kussechten, karamellfarbenen Lippenstift, Wimperntusche und Kajal. Anschließend gefiel ich mir bedeutend besser.

Vor dem Spiegel übte ich einen angemessenen Gesichtsausdruck, als ich nebenan die Tür gehen hörte. Auf Zehenspitzen schlich ich an die Badezimmertür und öffnete sie einen Spalt weit. Alex zog gerade seine Winterjacke aus und hängte sie ordentlich auf den stummen Diener neben dem Bett.

Gerade als ich der Badezimmertür einen Schubs verpassen und mich lässig in den Rahmen lehnen wollte, klopfte es an die andere Tür.

Alex öffnete. »Es ist spät«, sagte er.

Eine junge Frau mit glänzenden blonden Haaren lehnte sich in den Türrahmen. Sie trug einen blütenweißen Frotteebademantel, der mit einem Gürtel in der Taille zusammengehalten wurde. Ich hatte genau den gleichen.

»Zu spät für was?«, fragte sie und lachte glockenhell.

Ich zuckte zusammen, schloss kurz die Augen und öffnete sie wieder. Die Frau im Bademantel war Tanja Soundso, die Praktikantin, mit der ich ein paarmal telefoniert hatte. Ich kannte ihre Stimme und ihr Lachen.

Aber ich kannte auch ihr Gesicht. Es gehörte der eigenartigen Frau, die vor Weihnachten im Familienbildungswerk aufgetaucht war und ihr noch nicht gezeugtes Kind anmelden wollte. Den Kopf an den Türspalt gepresst, begann ich, unkontrolliert mit den Zähnen zu klappern.

»Tanja«, sagte Alex, »kannst du dir vorstellen, dass ich auch mal ein bisschen Erholung benötige?«

Tanja lachte ihr glockenhelles Lachen. »Wirklich?«

Mit einer einzigen, geschmeidigen Bewegung zog sie den Gürtel ab und ließ den Bademantel über ihre Schulter auf den Boden gleiten. Darunter trug sie schwarze, halterlose Strümpfe und sonst gar nichts.

»Aber gut, wenn ich wieder gehen soll, musst du es nur sagen«, schmollte sie. Ich hielt die Luft an und wartete.

»Komm rein in Gottes Namen«, sagte Alex, aber kein Messer fuhr in mein Herz, keine eisige Hand griff nach meiner Kehle. Ich atmete einfach weiter hinter der Badezimmertür und starrte mit trockenen Augen durch den Spalt. Alex drehte mir seinen Rücken zu, sodass ich sein Gesicht nicht sehen konnte, aber an seiner Stimme hörte ich, wie er lächelte.

Tanja lehnte sich wieder in den Türrahmen, ungefähr so, wie ich es vorhin hatte tun wollen, und räkelte sich lasziv.

»Erst musst du mir sagen, dass du mich liebst«, forderte sie.

»Tanja, nicht schon wieder das Spiel«, sagte Alex. »Komm rein, bevor dich jemand sieht.«

Tanja bückte sich nach ihrem Bademantel. »Dann sag mir wenigstens, dass du mich hübsch findest.«

Alex' Hand streichelte über den zart gebräunten Hintern. Sonnenbankgebräunt, das sah man an den zwei weißen Flecken an der rundesten Stelle. »Sehr hübsch. Komm schon rein, kleine Wildkatze.«

Kleine Wildkatze, das war niedlicher als kleiner Knurrhahn, kleine Wildkatze war der richtige Name für jemanden mit schwarzen, halterlosen Strümpfen. Ich atmete ein und aus und ein und aus, und ich lebte immer noch.

»Hübscher als deine *Elisabeth*?«, fragte Tanja und machte einen kleinen Schritt über die Schwelle. Für den Bruchteil einer Sekunde sah ich aus dem Schatten des Türspaltes direkt in ihre Augen. Hellblaue Augen mit ganz kleinen Pupillen. Keine Frage, sie war die berechnende, eiskalte Frau, die Kassandra in den Karten gesehen hatte.

»Du bist anders«, sagte Alex zu ihr.

Tanja zog einen Schmollmund. »Ich hab' sie doch gesehen. Ich bin viel hübscher. Sag es, oder ich gehe wieder.«

»Du bist viel hübscher«, sagte Alex in leicht leierigem

Tonfall. »Du bist überhaupt die Schönste und die Beste. Du bist meine Wildkatze!«

Er schloss die Tür mit einem lässigen Fußtritt. Ich sah jetzt ganz deutlich das breite Grinsen auf seinem Gesicht. Tanja ließ sich rücklings auf das Bett fallen. Jetzt hatte ich nur noch ihre Beine in den schwarzen Strümpfen auf dem roten Paisleymuster im Blickfeld.

»Warum heiratest du dann nicht mich?«, fragte sie. »Das verzeihe ich dir niemals.«

Alex zog seine Jeans aus. Dabei drehte er sein Gesicht in meine Richtung. Ich erschrak, riss blitzschnell meinen Kopf zurück und lehnte mich an die kühlen Kacheln der Badezimmerwand. Meine Zähne klapperten so heftig aufeinander, dass man das Geräusch meterweit hören musste.

»Hast du vielleicht ein Baugrundstück?«, fragte Alex nebenan. »Verdienst du dein eigenes Geld? Na siehst du! Außerdem liebe ich Elisabeth, auf meine Art. Sie ist ein patentes Mädel.«

»Soll ich gehen?« Tanja klang leicht beleidigt.

»Bloß nicht! Ich dusche nur zuerst«, sagte Alex. Meine Knie gaben nach. Langsam glitt ich an den Kacheln hinab.

»Ich war den ganzen Tag unterwegs.« Alex' Stimme kam näher.

»Zeitverschwendung«, erwiderte Tanja. »Wir duschen nachher zusammen. Miau, miau! Die Wildkatze wartet schon.«

Ich blieb auf dem Fußboden hocken, schlang die Arme um die Knie und schloss meine Augen. Das passiert alles nicht wirklich, dachte ich.

Nebenan knirschten die Bettfedern, das glockenhelle Miauen klang jetzt etwas atemlos. Meine Knie fühlten sich an wie Pudding, nicht mal die Hände konnte ich heben, um sie mir auf die Ohren zu pressen.

»Müssen wir nicht aufpassen?«, hörte ich Tanja nach einer Weile fragen. Ich hob lauschend den Kopf.

»Keine Sorge«, erwiderte Alex. »Heute ist der vierundzwanzigste Tag deines Zyklus.«

Das gab mir den Rest. Alex wandte *Doktor Rötzels natürliche Empfängnisplanung* auch bei Tanja an! Ich weiß nicht, warum ich mich ausgerechnet jetzt daran erinnerte, dass ich das Buch damals bezahlt hatte.

Auf einmal hatte ich wieder Kraft in den Beinen. Lautlos erhob ich mich und schlich zurück an meinen Türspalt. Ich wollte nicht sehen, wie sich Alex' haarige Beine auf den schwarzen Strümpfen ausmachten, ich wollte nur weg hier, ehe mich jemand sah.

Tanja stieß in regelmäßigen Abständen kleine, spitze Schreie aus, ungefähr so: »Iih, iih, iih«, und Alex stöhnte leise. Das Stöhnen war mir sehr vertraut, er atmete dabei durch die Nase und hielt die Augen geschlossen. Ich wusste genau, was jetzt kam, ich kannte sein Timing im Schlaf.

Ohne besondere Rücksicht auf eventuelle Geräusche packte ich meine Bürste und das Make-up-Täschchen in den Rucksack, griff nach meiner Handtasche und öffnete die Badezimmertür. Von hier bis zur Zimmertür hinaus auf den Flur waren es ungefähr viereinhalb Meter. Ich wartete auf den richtigen Zeitpunkt, um loszusprinten, ohne dass die beiden auf der Paisleydecke mich bemerkten.

»Iiihiiiiihiiiihiiiiihiiiih«, schrie Tanja durchdringend, aber Alex war noch nicht so weit.

Sein Stöhnen musste sich erst zu einem Schnauben steigern, danach in ein rhythmisches Röhren übergehen. Tanja kannte sein Timing offenbar auch schon. Nach dem Dauerschrei begann sie erneut mit ihren kleinen, spitzen Schreien, die klangen aber nicht so echt wie vorher. Hoffentlich behielt sie bei ihren gespielten Orgasmen wenigstens die Augen geschlossen.

Als Alex' Schnauben in Röhren überging, die spitzen Schreie immer schneller hintereinander ertönten, rannte ich über den roten Teppichboden, riss die Tür auf und zog sie leise hinter mir ins Schloss, ohne einen Blick auf das Bett zu riskieren. Schwer atmend warf ich mich im Flur an die Wand.

Das schrille »Iihiiiiihiiiihiiiiihiiiih« mischte sich drinnen mit einem sonoren »Öööööööööööööh!« Die beiden waren perfekt aufeinander abgestimmt.

Zur gleichen Zeit kotzte ich auf den dicken flauschigen Teppichboden im Hotelflur. Das Erbrochene zog sofort ein.

VOR DEM PORTAL des Hotels wartete ein Taxi, wie für mich bestellt. Ich öffnete die Tür und ließ mich auf den Beifahrersitz fallen.

»Müller, nach Landau?«, erkundigte sich der Taxifahrer. Er hatte offensichtlich nicht auf mich gewartet. Ich wollte aber um keinen Preis noch einmal aussteigen.

»Ja, Müller«, flüsterte ich. »Aber zum Bahnhof. Ich fahre mit dem Zug.«

Der Taxifahrer gab Gas. Im Außenspiegel sah ich einen Mann mit Koffer vor das Portal treten, der sich suchend umschaute. Herr Müller, dachte ich. Tut mir echt Leid, aber das hier ist ein Notfall. Ich lehnte mich zurück und zählte die vorbeiflitzenden Straßenlaternen, um nicht vor dem Taxifahrer weinen zu müssen. Trotzdem reichte er mir nach einer Weile ein Taschentuch herüber, ohne Worte. Ich schnupfte dankbar hinein, ebenfalls ohne Worte.

Die Fahrt zum Bahnhof kostete nur vierzehn Mark dreißig.

»Wieso habe ich auf dem Hinweg dreiundzwanzig Mark bezahlt?«, fragte ich den Taxifahrer, um wenigstens irgendetwas zu sagen.

Er zuckte mit den Achseln. »Da hat man Sie wohl übers Ohr gehauen.«

Ich gab ihm einen Zwanzigmarkschein.

»Hat Ihnen Karlsruhe gefallen?«, fragte er erfreut.

Ich schüttelte bedauernd den Kopf.

»Kommen Sie trotzdem mal wieder. Tut mir echt Leid für Sie.«

Ich tat mir selber Leid. Kaum war ich aus dem Taxi gestiegen, begannen meine Tränen wieder zu fließen.

»Einmal Köln«, schluchzte ich am Fahrkartenschalter, aber niemand rührte sich. Der Schalter war schon geschlossen, die Lichter im Verschlag hinter der Glasscheibe bereits gelöscht. Der nächste Zug nach Köln fuhr erst wieder um fünf Uhr morgens. Alle Züge, die um diese Zeit noch verkehrten, fuhren Richtung Süden. Ich überlegte, was ein Taxi nach Hause kosten würde, und verwarf diese Idee sofort wieder.

»Achtung auf Gleis drei, auf Gleis drei fährt ein der Zug von Freiburg nach Ludwigshafen über Speyer, Schifferstadt, planmäßige Abfahrt dreiundzwanzig Uhr sechzehn«, sagte eine Lautsprecherstimme auf badisch, und da fiel mir meine Cousine Susanna ein, die mit Bruno in einem Dorf in der Nähe von Speyer wohnte.

Ich stieg einfach in den D-Zug, der an Gleis drei wartete, und schloss mich in der Toilette ein. Bis Speyer musste ich mich viermal übergeben, obwohl mein Magen längst leer war. Zwischen den Brechanfällen hielt ich mich am Waschbecken fest und heulte. Mein Kopf schmerzte zum Zerbersten.

Mein Mann schlief mit einer anderen. Drei Wochen vor der Hochzeit. Er kannte ihren Zyklus so genau, wie er meinen gekannt hatte, bevor unser Kind gezeugt wurde. Heute ist der vierundzwanzigste Tag, hatte er gesagt, also hatten sie schon seit mindestens vierundzwanzig Tagen was miteinander laufen.

Ein Brechanfall würgte mich.

Nein, sie kannten sich schon länger, das alles hatte

schon vor Weihnachten angefangen, vor unserem wundervollen, perfekten Weihnachtsfest. Da nämlich war Tanja bei mir vor dem Schreibtisch aufgetaucht und hatte gesagt, Elisabeth sei ein altmodischer Name, und die Falten um meine Augen verrieten mein Alter.

Alex betrog mich schon länger, vielleicht schon, bevor er mich gefragt hatte, ob ich seine Frau werden wollte. Das hatte er sicher gut durchdacht. Immerhin hatte ich ein Baugrundstück von nicht unbeträchtlichem Wert, außerdem ein festes Einkommen und eine sichere Stelle, Tanja hingegen war eine grundstückslose Praktikantin – oder hast du vielleicht ein Baugrundstück aufzuweisen? – na, siehst du, da war ihm die Wahl wohl nicht so schwer gefallen. Außerdem liebe ich Elisabeth, auf meine Art, hatte er vorhin gesagt. Sie ist ein patentes Mädel.

Mein Magen krampfte sich zusammen. Ich spuckte nur noch Galle. Es war, wie dieser Surffreak namens Björn gesagt hatte, Alex liebte mich nur wegen meines Grundstücks. The gentlemen prefer blondes, Björn hatte es gewusst. Ob Alex vorhatte, die Liaison nach unserer Hochzeit zu beenden? Nach dem Treueversprechen, das ich ihm hinübergefaxt und das er schon beinahe auswendig gelernt hatte? Am Telefon hatte er es mir vorgesprochen. Ich verspreche dir die Treue in guten und bösen Tagen, in Gesundheit und Krankheit, bis der Tod uns scheidet. Ich will dich lieben, achten und ehren alle Tage meines Lebens.

Ein erneuter Brechanfall schüttelte mich.

Vielleicht hatte ihn Tanja abgefragt, ihn verbessert, wenn er sich versprochen hatte. Es heißt, trag den Ring als Zeichen unserer Liebe und Treue, du Dummer, kannst du dir das nicht merken?

Leg den Zettel weg, murmelt er, um sie gleich darauf auf den Rücken zu werfen und mit Küssen zu bedecken. Heute ist der vierundzwanzigste Tag deines Zyklus. Du bist die Beste und die Schönste, kleine Wildkatze.

Ich schluchzte laut. Der Zug legte sich in die Kurve. Matt taumelte ich gegen die Resopalwand und sank in mich zusammen. Mein Leben war zu Ende.

Erst als der Zug in Speyer anhielt und mir auffiel, dass ich keinen Fahrschein gelöst hatte, waren meine Tränen versiegt. Ich hatte das Gefühl, nie wieder weinen zu können. Nur noch ins Warme, irgendwohin, wo ich schlafen konnte. Hoffentlich war Susanna zu Hause.

Der Bahnhof lag schon im Schlaf, als ich mit Rucksack und Handtasche auf den Bahnsteig trat. Ich suchte in der nächsten Telefonzelle nach Susannas Nummer, steckte meine Karte in den Schlitz und wartete.

»Becker-Senfhuhn?«

»Susanna, ich bin's, Elisabeth.«

»So spät? Ist was passiert?«

Ich schniefte. »Ich bin hier in Speyer auf dem Bahnhof. Könntest du mich vielleicht abholen?«

»Was in aller Herrgotts Namen machst du in Speyer auf dem Bahnhof?«

»Ich friere«, sagte ich. »Der nächste Zug nach Köln fährt erst um fünf Uhr morgens, und ich weiß nicht, wo ich die Nacht über bleiben soll.«

»Ich hole dich«, sagte Susanna. »In zwanzig Minuten bin ich da. Schließ dich so lange in der Zelle ein, man weiß ja, was für dunkle, zwielichtige Gestalten sich um diese Zeit auf dem Bahnhof herumtreiben.«

Die Zelle hatte nur einen halbrunden Plexiglashörschutz, nach den anderen drei Seiten hin war sie offen. Man konnte sich darin nicht besonders sicher fühlen, aber in dieser Nacht war mir wirklich alles egal. Ich setzte mich auf eine einsame Bank und wartete. Es geschähe Alex nur recht, wenn man mich überfallen, beraubt und erwürgt in einer dunklen Ecke fände. Aber keine der dunklen, zwielichtigen Gestalten näherte sich mir mehr als auf zehn Meter, als wäre ich von einer Art Bannkreis umgeben, und die Gestalt, die es schließlich wagte, den Bannkreis zu durchbrechen, war meine Cousine Susanna. Sie hatte wirklich nichts Zwielichtiges an sich. Kräftig, groß, mit breitem Lächeln, die dunklen Locken noch schlafzerzaust, war sie genau die Person, in deren Arme ich mich werfen und trösten lassen wollte.

»Um Himmels willen«, sagte sie erschrocken und legte ihre Arme um mich. »Was ist denn passiert? Du siehst ja zum Fürchten aus.«

»Kann ich bei dir übernachten?«

»Sicher«, sagte Susanna und schob mich zum Ausgang. »Komm, mein Auto steht im absoluten Halteverbot. Auch wenn ich nicht glaube, dass nachts noch Politessen unterwegs sind.«

»Hat Bruno auch nichts dagegen, dass ich so unangemeldet bei euch auftauche?«

»Vermutlich schon«, erwiderte Susanna. »Aber noch weiß er ja nichts davon. Er schläft immer so tief, er hat nicht mal gemerkt, dass ich weggefahren bin. Wenn wir nachher daheim sind, könntest du mal mit ins Schlafzimmer kommen, damit du ihn schnarchen hörst. Er behauptet immer, er schnarche nicht, aber das tut er doch. Chchchchchch puh, chchchchch puh, die ganze Nacht durch. Wenn du das als Zeuge bestätigen würdest, könnte er es endlich nicht mehr abstreiten.«

Im Auto fragte sie noch einmal, was ich mitten in der Nacht auf dem Speyerer Bahnhof verloren hätte.

»Alex schläft mit seiner Praktikantin«, antwortete ich knapp. Zum ersten Mal seit dieser Entdeckung spürte ich unter der lähmenden Traurigkeit Wut in mir hochsteigen, ganz zaghaft nur, sich allmählich Bahn brechend.

Susanna wandte abrupt den Kopf zur Seite und starrte mich so entgeistert an, dass ich einfach weiterredete, damit sie wieder auf die Fahrbahn schaute.

»Ich bin nach Karlsruhe gefahren, um ihm zu sagen, dass ich – um ihm was zu sagen. Und während ich im Bad seines Hotelzimmers auf ihn wartete, hat er nebenan die Praktikantin ge … – ähm – Geschlechtsverkehr gehabt.«

»Er hat die Praktikantin *gebumst?*«, schrie Susanna. Jetzt, wo ich es das erste Mal ausgesprochen hörte, fand ich es noch unglaublicher als vorher. Susanna fand das wohl auch. Sie nahm vor Entsetzen sogar beide Hände vom Steuer.

»So kurz vor der Hochzeit einfach abspringen!«, rief sie. »Das kann er doch nicht machen!«

Ich sah sie ärgerlich an. Meine Wut richtete sich aus unerklärlichen Gründen nicht gegen Alex, sondern gegen Susanna, die Hilfsbereite, die mitten in der Nacht ins Auto gestiegen war, um mich aus einer Telefonzelle zu retten. »Alex springt doch nicht ab. Ich springe ab.«

»Aber er hat doch eine andere«, sagte Susanna und packte das Steuerrad im Würgegriff. Ich wurde noch wütender auf sie.

»Eben deshalb will ich ihn ja auch nicht mehr heiraten«, knurrte ich ungeduldig. »Ich will doch keinen Mann, der kurz vor der Hochzeit noch mit einer anderen rummacht, oder was denkst du!«

Susanna starrte schweigend vor sich hin.

»Warum sagst du denn nichts?«, fragte ich.

»Du willst es ja doch nicht hören«, erwiderte Susanna.

»Doch, sag es ruhig!«

»Ich hab' immer gedacht, du hast es mit deinem Alex im Grunde viel besser als ich. Und du, du hast das auch immer geglaubt.«

Ich nickte.

»Siehst du«, sagte Susanna. »Der Bruno ist nicht so schlank wie der Alex, und er hat auch viel weniger Haare – aber wenigstens treu ist er.«

Ich rieb über die aufgestellten Härchen an meinen Armen.

»Entschuldige bitte«, sagte ich aggressiv, »aber da bleibt Bruno auch gar nichts anderes übrig. Hand aufs Herz, wer würde den schon wollen?«

»Ich«, antwortete Susanna. »Ich mach' schließlich seine Buchhaltung!«

»Geld ist noch nicht alles.«

»Bei Bruno schon«, sagte Susanna.

»Das stimmt allerdings«, murmelte ich.

»Ja, du siehst doch, was du davon hast. Hinter den tollen Männern sind doch alle Frauen her. Und früher oder später kommt eine daher, die ist toller als du, und – schwups! – stehst du ohne Mann da. Das kann mir nicht passieren. Der Bruno muss sich ewig fragen, womit er so eine tolle Frau wie mich verdient hat. Dankbarkeit ist eine sichere Basis für eine Beziehung.«

»Und weil er dir so dankbar war, dass du ihn genommen hast, spendiert er dir so eine Wahnsinnshochzeitsfeier, alles vom Feinsten«, höhnte ich. »Haha, der alte Geizkragen benutzt doch sogar das Klopapier von zwei Seiten!«

Susanna sah mich strafend an.

»Von nichts kommt nichts«, ereiferte sie sich. »Sag mir doch mal einen, der mit fünfunddreißig schon sein eigenes Haus, vier Eigentumswohnungen, vierunddreißig Goldbarren, jede Menge Aktien, Bundesobligationen und Eigneranteile an einem Schiff besitzt? Na?«

»Sag mir lieber mal, was du davon hast?«, rief ich aufgebracht zurück.

»Noch nichts«, gab Susanna zu. »Aber das ändert sich. Wir werden tolle Reisen machen, uns die ganze Welt angucken. Pferderennen in Ascot, Olympische Spiele in Sydney und die Zauberflöte an der Met. Ich werde Modellkleider von Kenzo tragen und ein Cabrio fahren.«

»Wann denn?«

»Wenn wir mal reich sind«, trumpfte Susanna auf.

Ich sagte nichts mehr. Hätte ich mir nicht selbst so Leid getan, wäre ich am Ende in Mitleid mit Susanna verfallen. Ihr alter Fiesta blieb in der asphaltierten Einfahrt von Brunos Einfamilienhaus stehen.

»Er schläft noch«, meinte Susanna nach einem Blick hinauf zum Schlafzimmerfenster.

Leise wie die Heinzelmännchen schlichen wir uns ins Haus. Susanna führte mich an Brunos Schlafzimmer vorbei in den Keller, wo das Gästezimmer lag.

»Hast du gehört?«, flüsterte sie. »Chchchchch puh, chchchchch puh!, so geht das die ganze Nacht. Sag mir, kann ein Mensch das aushalten?«

»Was soll's?«, fragte ich zurück. »Denk nur dran, wie schön es sein wird, wenn ihr endlich reich genug seid. Du trägst ein Modellkleid von Kenzo, ihr sitzt auf den teuersten Plätzen der Met, die Ouvertüre der Zauberflöte ertönt, und Bruno hängt neben dir und macht chchchch puh, chchchchch puh. Kannst du dir etwas Schöneres vorstellen?«

Susanna bedachte mich mit einem nachsichtigen Blick.

»Du bist völlig fertig mit den Nerven, kein Wunder, nach allem, was du durchgemacht hast«, sagte sie und streichelte mir über mein Haupt. »Schlaf dich erst mal richtig aus! Morgen früh sehen wir weiter.«

Ich schlief wie ein Stein, zwölf selige Stunden lang. Im Traum war ich glücklich. Ich schritt neben Alex zwischen Kirchenbänken entlang, alle unsere Freunde und Verwandten waren da und schauten bewundernd zu uns auf. Mit strahlendem Lächeln schritten wir weiter vor bis zum Altar. Dort lag Tanja aufgebahrt. Ein Messer steckte in ihrer Brust, sie trug schwarze halterlose Strümpfe und sonst gar nichts.

»Schafft diesen Unrat hier weg«, verlangte der Pfarrer barsch. »Sonst können wir nicht anfangen.«

Und während sich ein schwarzgewandeter Totengräber Tanjas Leiche über die Schulter warf und mit ihr durch einen Seitenausgang verschwand, lächelte der Pfarrer uns strahlend an.

»Liebes Brautpaar«, sagte er, und Alex griff nach meiner Hand. Vor der Kirche erklang ein glockenhelles Lachen, das jäh verstummte. Tränen schimmerten in Alex' Augen, als er mir den Ring überstreifte.

»Ich liebe dich mehr als mein Leben«, flüsterte er. »Ich verspreche dir die Treue in guten und bösen Tagen, in Gesundheit und Krankheit, bis der Tod uns scheidet.«

Als ich aus den Tiefen meiner Träume emportauchte in die harte, gemeine und grausame Wirklichkeit, saß

Susanna an meinem Bett. Sie hielt mir ein Glas Wasser mit einer trüben Flüssigkeit entgegen.

»Ein Kraftgetränk«, sagte sie. »Mit meinem neuen Mixer angerührt. Banane, Orangen, etwas Buttermilch und ein rohes Ei. Vom Bauernhof, von frei laufenden Hühnern.«

Ich setzte das Glas an die Lippen und trank es in fast einem Zug aus. Es war köstlich.

»Ich lebe noch«, sagte ich verwundert.

Susanna nickte zufrieden. »Es ist halb zwei. Ich hab' schon das ganze Haus geputzt und alle Wäsche gebügelt.«

»Ich muss nach Hause«, sagte ich.

»Jetzt nimmst du erst mal ein Bad«, bestimmte Susanna. »Wir haben Whirlpooldüsen in unserer Badewanne, die machen dich munter. Und ein paar kalte Kompressen für dein Gesicht können nicht schaden.«

Sie hielt mir einen Bademantel hin, einen weißen aus Frottee, und ich zuckte zusammen, als ich den Stoff berührte. »Genauso einen hatte diese Tanja an«, sagte ich.

»C & A«, erwiderte Susanna und verknotete den Gürtel vor meiner Taille. »Neunundreißig neunzig. Ich hab' gleich zwei davon gekauft, weil's so günstig war. Von dem Geld, das Bruno mir zu Weihnachten geschenkt hat.«

»Bruno hat dir Geld zu Weihnachten geschenkt?«

Susanna ließ Wasser in die Badewanne ein mit einem rosafarbenen Badezusatz, der nach Himbeeren duftete und feinen, dichten, fluffigen Schaum bildete.

»Ja, fünfzig Mark«, sagte sie. »Das macht er immer so. Damit ich mir was Schönes kaufen kann.«

»Wie schrecklich!«, sagte ich. »Geldgeschenke sind so grauenhaft fantasielos und unromantisch.«

»Ich find's besser als nichts«, sagte Susanna.

»Alex hat mir zu Weihnachten ein Kätzchen geschenkt und ein selbst gebasteltes Miniaturmodell unseres Hauses«, erzählte ich ihr. »Ganz süß.«

»Und das soll romantisch sein?«, rief Susanna aus. »Da hat er doch keine müde Mark für bezahlt! Tu nicht so, als sei dein Alex was Besseres! Schließlich liegt er mit seiner Praktikantin im Bett und nicht der Bruno – oder?«

Ich schwieg. Wo sie Recht hatte, hatte sie Recht.

Susanna drehte energisch den Wasserhahn zu, zog mir den Bademantel aus und stupste mich zum Wannenrand.

»Dünn bist du geworden«, sagte sie kritisch.

»Kein Wunder«, seufzte ich und ließ mich vorsichtig in das Wasser hinabgleiten. »Ich musste mich ständig übergeben.«

»Du hast es gut«, sagte Susanna und kniff sich in die Taille. »So einen Magen-Darm-Infekt könnte ich jetzt auch gebrauchen. Für meine Herzogin Sarah.«

»Das ist kein Magen-Darm-Infekt«, sagte ich. »Ich bin schwanger.«

Susanna nahm die Hände von ihrer Taille und rang sie über dem Kopf. »O nein, o nein«, rief sie. »O nein, o nein.«

»O doch«, sagte ich.

Susanna setzte sich auf den Wannenrand und verlangte eine vollständige Schilderung der Ereignisse. Ich erzählte ihr alles, vom Augenblick des Heiratsantrages bis zu meinem letzten Brechanfall im D-Zug nach Speyer. Als ich fertig war, war auch das Badewasser lauwarm geworden. Susanna rang immer noch die Hände.

»Du musst ihn heiraten, Elisabeth, das ist die einzige Lösung.«

»Bist du wahnsinnig?«

»Sonst stehst du doch völlig mittellos da«, sagte Susanna eindringlich. »Mit deinem Kind! Denk doch nur mal! Wenn ihr heiratet und euch gleich danach wieder scheiden lasst, muss der Kerl dir lebenslang Unterhalt zahlen, und du hast Anspruch auf seine Rente. Und das Haus wird auch durch zwei geteilt. Da stehst du dich auf jeden Fall besser.«

Ich rieb über meine verschrumpelten Finger. »Das Haus können wir nur fertigbauen, wenn wir einen Kredit aufnehmen«, sagte ich. »Ich mache doch keine gemeinsamen Schulden mit so einem!«

»Schulden?« Susanna sprang auf.

»Da kann uns nur der Bruno helfen«, sagte sie. »Schulden sind sein Fachgebiet.« Sie sah auf die Uhr. »Er ist in zwei Stunden zu Hause. Wenn ich ihm was Gutes koche, können wir ihn beim Nachtmahl danach fragen.«

Zum Abendessen gab es Brunos Lieblingsspeise, dicke weiße Würste, Bratkartoffeln und Salat mit einem Dressing aus Essig und Öl, Zucker und Salz. Ich brauchte nichts davon zu essen, sagte Susanna, ich sei ja schwanger. Sie machte mir mit ihrem neuen Mixgerät noch einmal einen Krafttrunk wie am Mittag.

Bruno war alles andere als erfreut, als er mich an seinem Tisch sitzen und eine von seinem Geld bezahlte Speise zu mir nehmen sah.

»Ich dachte, die wär' schon wieder weg«, sagte er zu Susanna.

»Tag, Bruno«, sagte ich. »Meine Güte, du bist ja noch dicker geworden.«

Bruno runzelte die Stirn. »Du siehst auch nicht gerade taufrisch aus«, erwiderte er.

Ich versuchte, ihn anzulächeln.

»Die Elisabeth fährt um halb acht mit dem Intercity von Mannheim«, erklärte Susanna. »Nimm dich wenigstens so lange zusammen.«

Bruno setzte sich. »Ihr heiratet also auch«, sagte er zu mir. »Hat dein Alex es endlich satt, unserem sauberen Staat die Steuern in den Hintern zu schieben, was?«

»Bei uns ist es nicht so schlimm, ich arbeite ja nicht für Alex als Telefonistin, sondern übe den Job aus, für den ich auch ausgebildet wurde.«

»Trotzdem.« Bruno hieb ungerührt seine Gabel in eine Weißwurst. »Als Architekt wird der Alex wohl sehr viel mehr verdienen als du. Und es zählt, was hinterher unterm Strich herauskommt. Unser Staat belohnt das Opfer des Mannes, sich auf ewig zu binden.«

»Gesetzt den Fall, es gäbe eine Frau, die einem Mann dieses Opfer nicht abverlangte«, sagte ich. »Eine Frau, der das Grundstück gehörte, auf dem das gemeinsame Haus der beiden stünde, ähm, also, wenn diese Frau jetzt nicht heiraten wollte, wem gehörte dann das Haus? Ich meine, nur rein hypothetisch, natürlich.«

»Natürlich.« Bruno blickte kurz von seinem Teller auf und musterte mich prüfend. Ich wurde ein bisschen rot. Grinsend stach er in ein weiteres Würstchen.

»Das käme darauf an«, schmatzte er. »Kannst du mir Näheres über diese, ich nehme an, rein hypothetische Frau erzählen?«

»Nun ja«, ich räusperte mich ausgiebig, »die Frau besitzt ein Grundstück von beträchtlichem Wert. Beim Bauantrag werden beide Partner als Bauherren eingetragen.«

»Und wer bezahlt die Rechnungen für dieses, ich nehme an, rein hypothetische Haus?«, erkundigte sich Bruno.

»Die bezahlt der Mann, jedenfalls bis zur Erdgeschossdecke. Danach sollen die Kosten von einem Kredit bestritten werden, den beide bei der Bank aufnehmen«, erklärte ich. Aber dann fiel mir etwas ein. »Halt, nein! Eigentlich ist es so, dass die Frau alle Rechnungen bezahlt, und zwar von dem Geld, das der Mann ihr aufs Konto überwiesen hat.«

»Rein hypothetisch, natürlich«, ergänzte Bruno. »Na, das hört sich alles danach an, als gehörte dieses Haus der Frau. Zumindest bis zur Erdgeschossdecke. Aber besser ist, diese Frau erkundigt sich bei einem Anwalt, wie genau die Besitzverhältnisse aussehen.«

Ich nickte. »Nur so ins Blaue hinein gesprochen: Könnte eine Frau von meinem Einkommen einen Kredit über zweihundertfünfzigtausend Mark bekommen?«

»Bekommen wahrscheinlich, bei den Sicherheiten, die sie zu bieten hat«, antwortete Bruno wie aus der Pistole geschossen. »Aber die Frage ist, ob sie mit den monatlichen Zahlungen klarkommt.«

»Zumal diese Frau schwanger sein könnte«, mischte sich Susanna ein. »Und mit Kind nicht mehr arbeiten gehen kann.«

Ich nickte wieder.

»Schwanger?«, fragte Bruno. »Dann bekommt sie immerhin Unterhalt vom Kindsvater und eine größere Bauprämie vom Staat. Acht Jahre lang fünfzehnhundert Mark jährlich, zusätzlich zum regulären Zuschuss.«

»Gut«, sagte ich und freute mich.

Bruno schüttelte den Kopf. »Aber die Bank wird nicht

so freigiebig mit dem Kredit sein. Obwohl die hypothetische Frau auf jeden Fall Schulden machen sollte. Schulden zu haben ist das einzig Richtige in diesem Staat.«

Der letzte Zipfel Wurst verschwand in seinem Mund.

»Danke für die Auskunft«, sagte ich.

»Gern geschehen.« Bruno rülpste zufrieden.

»Wenn er was Gutes zu essen bekommt, kann er richtig nett sein, mein Bruno.« Susanna strahlte. »Nicht wahr, Bruno? Bei dir geht die Liebe durch den Magen. Übrigens, die Elisabeth hat dich heut' Nacht schnarchen gehört. Chchchchchch puh, chchchchchchch puh, nicht wahr, Elisabeth?«

Ich nickte.

»Kannst ja woanders schlafen, wenn's dich stört«, sagte Bruno zu Susanna. »Ist ja Platz genug in meinem Haus.«

Das Strahlen in Susannas Gesicht erlosch. »Wir müssen jetzt fahren, die Elisabeth muss ihren Zug kriegen.«

»Tschüs auch«, sagte Bruno.

»Ja«, sagte ich. »Ich seh' dich dann im Zylinder.«

Bruno machte ein ärgerliches Gesicht. »Eher siehst du ein Pferd kotzen.«

»Er wird einen Zylinder tragen, und bald ist es auch mein Haus«, sagte Susanna später im Auto mit energisch verzogenen Lippen. »Deshalb heirate ich schließlich, damit er so was nicht mehr sagen kann. Wir machen einen Ehevertrag, der Bruno und ich. Ich wollte Gütergemeinschaft, dann müsste Bruno mir im Falle einer Scheidung die Hälfte von allem geben, was ihm jetzt noch ganz alleine gehört. Goldbarren, Bundesobligationen, Bargeld, Immobilien. Aber der Bruno hat gesagt, das käm' nicht infrage, dann wär' er der Gearschte. Er war für Gütertrennung.«

Sie schnaubte. »Aber da wär' ich ja schön blöd. Wo ich mich all die Jahre nur krumm geschuftet hab', dafür dass der Bruno sich noch besser steht. Jetzt machen wir einen Ehevertrag, in dem festgelegt wird, dass mir im Falle einer Trennung Anteile an den während unserer Verlobungszeit angeschafften Gütern zustehen.«

»Ich dachte, wenn man heiratet, gehört automatisch alles, was man besitzt, beiden Ehepartnern«, sagte ich, wobei ich krampfhaft auf die Fahrbahn blickte. Seit ich im Auto saß, hatte ich wieder mit Übelkeit zu kämpfen.

»Für jemand, der nur noch drei Wochen bis zur Hochzeit hat, bist du ganz schön schlecht informiert«, sagte Susanna vorwurfsvoll.

»Ja«, gab ich bereitwillig zu. »Ich war ein saublöder Trottel.«

»Wenn man keinen Ehevertrag macht, lebt man automatisch in Zugewinngemeinschaft«, erklärte Susanna, »dann wird im Falle der Scheidung alles geteilt, was nach der Eheschließung gemeinsam angeschafft wurde, egal, wer es bezahlt hat, aber alles, was vor der Ehe an Vermögenswerten existierte, wird wieder demjenigen zugeordnet, dem es gehört hat.«

So war das also. Mein Magen schlug einen doppelten Salto. Vorsichtshalber drehte ich das Fenster herab. Die frische Luft half mir, auch den Rest der Fahrt ohne ein Malheur zu überstehen.

»Wie willst du es nennen?«, fragte Susanna unvermittelt, als sie den Wagen auf dem Parkplatz vor dem Bahnhof abstellte.

»Was denn?«

»Na, das Baby doch.«

Ich lächelte. Darüber hatte ich früher oft nachgedacht, nur so zum Spaß. Meine augenblicklichen Favoriten waren Josias für einen Jungen und Florine für ein Mädchen.

»Florine«, wiederholte Susanna. »Das klingt wie selbst erfunden. Wie eine Figur aus *Les Miserables*.«

»Passt doch«, sagte ich nachdenklich. »Ein unglückliches, mittelloses Kind ohne Vater. Obwohl – ich war ja noch nicht beim Notar. Beim ersten Mal kam der Sickerschacht dazwischen, das zweite Mal Baby Florine. Noch gehört das Grundstück mir allein, und damit alles, was drauf steht.«

»Umso besser«, sagte Susanna. Sie brachte mich auf den Bahnsteig, trug sogar meinen kleinen Rucksack, in den sie noch Proviant gepackt hatte, damit ich unterwegs nicht verhungerte. Bruno hatte mit ihr wirklich das große Los gezogen. Ich verweilte sehr lange in ihrer Umarmung.

»Ich rufe dich an«, versprach ich schließlich und legte meine Hand auf den Magen. »Wenn ich diese Zugfahrt überlebe.«

»Tja, dann müssen wir uns wohl für den vierundzwanzigsten was anderes vornehmen«, sagte Susanna betont munter, als der Zug einfuhr. »Aus deiner Hochzeit wird ja jetzt nichts.«

»Das weiß ich noch nicht. Es wird sich zeigen.«

»Sei nicht so blöd, ihn zu heiraten, bevor er dir nicht auf Knien versprochen hat, dich nie mehr zu betrügen«, sagte Susanna. »So was Schlimmes würde ich keinem Kerl jemals verzeihen. Auch nicht, wenn er so gut aussähe wie Alex.«

»Das werde ich auch nicht«, sagte ich.

Und zum Abschied kotzte ich den Krafttrunk in einen Mannheimer Papierkorb.

HANNA HOLTE MICH am Gleis ab. Ich hatte sie von Susanna aus angerufen und ihr die Ankunftszeit mitgeteilt. Zu mehr hatte ich nicht die Kraft gehabt. Hanna sah aber auch so, dass etwas nicht stimmte.

»Mein Gott«, sagte sie, und als sie mich in den Arm nahm, begannen die Tränen, die ich für immer versiegt geglaubt hatte, wieder zu fließen. Während der ganzen Fahrt in der Ente hinaus ins Grüne brachte ich kein Wort heraus, ich heulte laut und gurgelnd, schniefend und schluchzend und war nicht in der Lage, den Tränenfluss zu stoppen.

Hanna stellte keine Fragen. Als wir vor meiner und Alex' Wohnung parkten, suchte sie in meinem Rucksack nach dem Hausschlüssel, stieg aus, öffnete die Beifahrertür von außen und hievte mich am Arm aus dem Wagen.

»Komm schon, bevor uns deine Nachbarin von den Plejaden entdeckt«, zischte sie.

»Die weiß sowieso schon alles!«, schluchzte ich. »Sie ahnt solche Dinge im Voraus. Intuition.«

»Ja, ja«, sagte Hanna und zerrte mich die Treppe hinab. »Die hat's gut. Ich hingegen tappe völlig im Dunkeln.«

Ungeduldig schubste sie mich in die Wohnung. Ich stolperte gleich weiter ins Badezimmer und erbrach Susannas Reiseproviant in die Toilette. Hanna sah mir dabei scheinbar ungerührt zu.

»Schwanger bist du also wenigstens noch«, stellte sie fest.

Der Brechanfall hatte meine Tränen zum Versiegen gebracht. Ich spülte gründlich meinen Mund aus und wusch bei der Gelegenheit auch das Gesicht mit kaltem Wasser. Hanna reichte mir ein Handtuch.

»Und jetzt erzähl endlich!«, verlangte sie.

»Du hattest Recht«, sagte ich. »Alle Männer sind Schweine! Alex schläft mit der Praktikantin.«

»Himmel«, sagte Hanna. »Bist du sicher?«

»Ganz sicher«, bestätigte ich. »Ich habe es mit eigenen Ohren gehört.«

Hanna wollte die Geschichte nicht glauben. Immer wieder unterbrach sie meine Schilderungen mit Fragen, und ich musste die schrecklichen Details über die Vorkommnisse im Karlsruher Hotelzimmer mehrmals erzählen, bis sie sich endlich zufrieden gab.

»Unglaublich«, sagte sie. »Drei Wochen vor der Hochzeit.«

»Männer sind Schweine«, wiederholte ich. »Wie du schon sagtest.«

»Blödsinn«, widersprach Hanna. »Heiko ist ein Schwein, und Alex auch. Aber deshalb sind doch nicht gleich alle Männer Schweine!«

»Aber das hast *du* gesagt!«

»Ja, ja, man sagt viel, wenn man gerade betrogen wurde«, rief Hanna. »Wichtig ist jetzt, dass du nicht den gleichen Fehler machst wie ich. Du musst dich ordentlich aus der Affäre ziehen.«

Mittlerweile saßen wir in unserer Wohn-Schlaf-Küche, aus der ich die rotgrün karierten Elemente entfernt hatte, als der erste schöne Frühlingstag gekommen war. Im Frühling war mir mehr nach gelbweiß gestreift.

»Ich glaube nicht, dass Alex vorhat, die Hochzeit abzublasen«, meinte ich nachdenklich.

»Das glaube ich auch nicht«, stimmte Hanna zu. »Er ist ja auch nicht blöd.«

»Dann gehen wir jetzt und kaufen eine Pistole«, schlug ich vor.

Hanna schüttelte den Kopf. »Nein, du Dumme. Das machen wir nicht. Zuerst machen wir eine Bestandsaufnahme. Eine Schadensmeldung sozusagen.«

»Ich habe mir mein Leben niemals ohne Alex vorgestellt«, erklärte ich. »Ich wollte mit ihm alt werden.«

»Tja, aber jetzt muss er eben ohne dich altern, am besten innerhalb weniger Stunden«, sagte Hanna. »Und du musst das Beste aus deinem Leben machen – ohne ihn. Lass mich zusammenfassen: Die Hochzeit ist in drei Wochen, die Einladungen dafür sind verschickt, alles ist geplant, jede Menge Geld ausgegeben. Außerdem baut ihr gerade ein gemeinsames Haus, das auf deinem Grundstück steht. Und, das kommt erschwerend dazu, du bist schwanger.«

»Bruno sagt, das bedeutet eine Menge Geld mehr. Außerdem sagt er, dass das Haus mir gehört.«

Hanna machte ein zweifelndes Gesicht. »Ganz schön kompliziert, diese Sache. Ich glaube, wir brauchen Hilfe. Professionelle Hilfe. Ein Freund von meinen Eltern ist Anwalt, ich werde ihn gleich morgen früh anrufen. Schadensbegrenzung heißt jetzt die Devise.«

»Sollen wir uns das elektrische Fleischmesser kaufen?«, fragte ich. »Für uns beide würde sich die Anschaffung lohnen.«

Hanna schenkte meinen Worten keine Bedeutung. Sie sah auf die Uhr.

»Jetzt ist es zu spät für Anrufe. Du gehörst ins Bett.

Morgen früh sehen wir weiter, wenn du ausgeschlafen hast.«

Ich sah hinüber zu Alex' breitem Bett und fing wieder an zu weinen.

»Ich kann nicht«, schluchzte ich. »Nicht in unserem Bett.«

»Dann kommst du mit zu mir«, bestimmte Hanna, ohne lange zu überlegen. »Auf meine Schlafcouch. Vorher holen wir noch deine Katze nebenan von den Plejaden. Katzen sind Balsam bei Liebeskummer, das habe ich erst neulich in *Psychologie heute* gelesen. Ich gehe zu Kassandra, damit du nicht wieder einen Dauerheulanfall bekommst. Du kannst in der Zwischenzeit deine Sachen packen.«

Ich trocknete meine Tränen. »Und wenn Alex anruft, und ich bin nicht da?«

»Das wäre natürlich verdächtig«, gab Hanna zu. Sie war schon auf dem Weg zur Tür. »Er soll sich erst mal in Sicherheit wiegen. Am besten, du kommst ihm zuvor und rufst selber an.«

»Ich kann nicht«, jammerte ich, aber Hanna sagte: »Du musst.« Dann verschwand sie nach nebenan.

Zögernd wählte ich Alex' Nummer. Was, wenn diese Tanja gerade neben ihm lag? Vielleicht hatte sie jedesmal daneben gelegen, wenn wir miteinander telefoniert hatten.

Alex war nach dem ersten Klingeln am Apparat.

»Ich bin's«, sagte ich mit brüchiger Stimme.

»Wie schön, mein kleiner Knurrhahn«, rief er und klang so erfreut, dass sich alles in mir zusammenkrampfte. »Wo warst du denn gestern Abend? Ich habe es zigmal bei dir versucht, aber bis nach Mitternacht war keiner zu Hause. Du warst sicher im Kino mit Hanna, stimmt's?«

»Ja«, log ich.

»Sonst alles in Ordnung?«

»Ja«, log ich. »Alles in Ordnung.«

»Wie sieht es auf der Baustelle aus? Heute wollten die Maurer die Erdgeschossdecke einschalen, warst du da?«

»Ja«, log ich. »Alles in Ordnung.«

»Wenn die nächsten zwei Raten an den Bauunternehmer gezahlt sind, geht mir das Geld aus«, sagte Alex. »Dann muss die Bank den Kredit rüberschieben. Warst du beim Notar wegen der Grundbuchumtragung?«

»Ja. Alles in Ordnung.«

»Wunderbar. Dann gehst du mit meiner Vollmacht und dem Wisch vom Notar zur Bank, die wissen Bescheid. Wenn der Kreditvertrag unterschrieben ist, geht's übergangslos weiter. Meinst du, das kriegst du hin?«

»Ja. Alles in Ordnung.«

»Sehr gut. Langsam machst du dich, kleiner Knurrhahn.«

»Ja.« Hanna kam mit dem Kätzchen und dem Katzenklo zurück von Kassandra. Ich legte einen Finger auf die Lippen.

»Ich vermisse dich hier sehr«, sagte Alex. »Es ist so langweilig ohne dich. Vor allem nachts.«

»Ja«, flüsterte ich. »Ich muss jetzt auflegen, mein Essen verbrennt auf dem Herd.«

»Bis morgen, kleiner Knurrhahn. Liebst du mich noch?«

»Ja«, sagte ich. Auf eine Lüge mehr oder weniger kam es jetzt auch nicht mehr an. Außerdem war es nicht sehr gelogen. Leider. Schweren Herzens legte ich den Hörer auf.

»Schadensbegrenzung«, erinnerte mich Hanna hart. »Darauf kommt es jetzt an. Gut gemacht, er hat nichts gemerkt.«

Hummel schnurrte, als ich sie auf den Arm nahm und zum Auto trug. Es war fast, als würde sie sich freuen, mich wieder zu sehen. Die ganze Nacht wich sie nicht von meiner Seite. Ihr Schnurren hatte eine beruhigende Wirkung auf mich. Auf Hannas Schlafsofa, die weiche Katze im Nacken, schlief ich ein paar Stunden tief und traumlos.

Am nächsten Morgen meldete Hanna uns beide krank.

»Ein Magen-Darm-Virus«, sagte sie unserer besorgten Leiterin. »Der Arzt sagt aber, am Montag sind wir beide wieder auf dem Damm.«

»Notlüge«, sagte sie zu mir. »Das ist erlaubt.«

Ich widersprach nicht. Alleine konnte und wollte ich die nächsten Tage auf keinen Fall durchstehen. Es gab eine Menge zu tun. Zuerst sprachen wir mit dem Freund von Hannas Eltern, der Anwalt war. Er sagte uns, es sei sehr wahrscheinlich, dass Alex die dreiundneunzigtausend Mark, die er auf mein Konto überwiesen und von denen ich die ersten Rechnungen für den Bau des Hauses bezahlt hatte, einklagen würde, aber dass ich eine reelle Chance hätte, wenigstens einen Teil davon zu behalten, von wegen gebrochenem Eheversprechen et cetera pp. Weiter sagte er mir, dass das Haus – oder das, was einmal das Haus werden sollte – eindeutig und ohne Zweifel mir allein gehöre. Das Gespräch wurde immer wieder durch Brechanfälle meinerseits unterbrochen, und Hanna musste für mich weitertelefonieren. Am Ende war sie besser informiert als ich.

»Du könntest das Haus also verkaufen«, sagte sie später. »Aber im halbfertigen Zustand wird es natürlich nicht so ohne weiteres gekauft werden, denke ich mal.«

»Außerdem will ich darin wohnen«, sagte ich heftig. »Es wird das schönste Haus der Welt. Keine noch so schmerzhafte Erinnerung an Alex könnte mich davon abhalten, einzuziehen. So ein Grundstück bekomme ich im Leben nicht mehr wieder. Durch einen Zipfel fließt der Dorfbach, und dahinter steht eine uralte Trauerweide. Ich wollte eine Schaukel dort aufstellen, auf der man über den Bach schwingen kann, ohne nasse Füße zu bekommen.«

Ich stockte, obwohl ich diese Sorte Pläne noch stundenlang weiter hätte ausführen können. »Leider kann ich nicht zu Ende bauen, ohne den Kredit von der Bank. Uns fehlten mindestens zweihundertfünfzigtausend Mark«, schloss ich nüchtern.

»Allein wirst du niemals so eine große Summe bekommen, eine schwangere Frau mit deinem Einkommen«, meinte Hanna und lief unruhig in der Wohnung auf und ab. »Schließlich musst du ja auch irgendwo wohnen. Für ein paar Monate ist das hier ganz okay zu zweit. Aber wenn das Baby erst mal da ist …«

Ich seufzte schwer. »Ich kann doch nicht die ganze Zeit bei dir wohnen.«

»Natürlich kannst du. Aber das ist keine Dauerlösung. Hör mal, Elisabeth«, Hanna blieb abrupt stehen, »und wenn wir uns zusammentäten?«

»Wie meinst du das?«

»Na ja, das Haus wäre groß genug für uns beide und ein Kind und eine Katze, vielleicht könnte man sogar zwei getrennte Wohnungen daraus machen.«

»Ja«, sagte ich. »Das würde durchaus gehen. Es hat hundertvierzig Quadratmeter Wohnfläche und einen riesenhaften Keller. Da ist Platz mehr als genug.«

»Also, wenn du dir das vorstellen könntest, dann

wäre es doch möglich, dass wir gemeinsam einen Kredit aufnehmen, nicht mal einen so wahnsinnig hohen Kredit, weil ich doch diese Aktien besitze, mit denen man mich von Baby an zu jedem Geburtstag und jedem Weihnachtsfest erfreut hat. Ich hasse diese Papiere, aber das ist die Gelegenheit, endlich etwas Spaß damit zu haben.«

»Wie viel sind sie wert?«

»Keine Ahnung«, gab Hanna zu. »Aber das werden wir alles rausfinden. Als Erstes gehen wir zur Bank. Wasch dir die Haare, schmeiß dich in das schicke grüne Kostüm und setz deine Lesebrille auf – damit bekommen wir jede Auskunft, die wir brauchen.«

Ich lächelte und erhob mich beinahe tatendurstig vom Sofa.

Hanna sorgte nicht nur dafür, dass ich die nächsten Tage überlebte, sondern sie fand einfach für alles eine Lösung. Ich schaffte es, noch viermal mit Alex zu telefonieren, sagte ihm, dass ich vor lauter Stress kaum zum Schlafen käme und das Telefon deshalb öfter mal aus der Wand zöge – und Alex ahnte nichts von dem, was sich über ihm zusammenbraute.

Auch mit Hilde telefonierte ich mehrmals, und sie merkte ebenfalls nichts. Fast alle Geschenke seien vom Hochzeitstisch gekauft worden, verkündete sie, sogar der echte Gabbeh. Die Vorbereitungen für die Feier seien im Groben abgeschlossen, sie beschäftige sich nun mit notwendigen Details wie dem Blumenschmuck für die Kirche und das Hochzeitsauto, sagte sie. Es sei eine hochvornehme Limousine von einem Oldtimer-Verleih, ein uralter Mercedes mit Trittbrett, perlmuttfarben lackiert. Die kleinen Tüllschleifchen, die jeder Besucher an die Antenne geheftet bekäme, seien bereits in Arbeit. Dies erledige eine ehrenamtliche Truppe aus Tanten und Cousinen, die auch die Tischkärtchen aus blauem Karton gefalzt und mit Goldlack beschriftet hatten sowie die mit Gas gefüllten Luftballons vorbereiteten, die mit den guten Wünschen der Hochzeitsgäste für das Brautpaar in den Himmel steigen sollten.

»Du kannst froh sein, dass ich dich überredet habe, sie alle einzuladen«, sagte Hilde. »Sie sind wirklich eine große Hilfe, besonders Alex' Cousine Dietlinde.«

Fast alle geladenen Gäste hätten zugesagt, sagte sie weiter, die Kirche würde gerammelt voll sein, nur Horst habe sich noch immer nicht gemeldet. Er sei um einiges ärmer geworden, vielleicht sei das der Grund. Ob Alex nicht noch einmal mit ihm telefonieren könne?

»Sicher kann er das«, meinte ich. »Ruf ihn im Hotel an und besprich das mit ihm. Ich muss gehen und die Ringe endlich abholen.«

In Wirklichkeit hatte ich noch gar keine bestellt. Ich kaufte zwei schlichte, breite Silberringe bei Eduscho für insgesamt neunundfünfzig Mark achtzig, Alex würde ich sagen, es sei Platin. Für mich kaufte ich einen echten Platinring mit eingelassenen Brillanten, sozusagen als Trostpreis. Ich zog ihn sofort über.

In den nächsten Tagen machte ich einen Termin beim Friseur, fand nach gründlicher Suche einen Blumenladen, wo man einen Kranz mit Orangenblüten und -blättern sowie kleinen Orangen für mich fertigen konnte, kaufte Schuhe und Strümpfe, passend zu meinem Kleid, besuchte erneut Frauenarzt, Pfarrer und Standesamt, schloss eine Rechtsschutzversicherung ab und ging sogar wieder meiner Arbeit nach.

Die Kindergruppenmütter freuten sich, dass ich schwanger war, die aus der netten Gruppe boten mir Babykleidung und Second-hand-Kinderwagen an, die Mütter aus der dicken Gruppe Literatur übers Stillen, aber richtig. Sonst erzählte ich niemandem davon. Hanna fand, dass Florine und Josias besonders schöne Namen seien, schöne Namen für ein schönes Kind. Sie zwang mich, täglich zwei Gläser frisch gepressten Orangensaft zu trinken und ganz auf Kaffee und schwarzen Tee, Alkohol und Süßigkeiten zu verzichten. Es fiel erstaunlich leicht. Meine Brechanfälle wurden seltener, an manchen Tagen blieben sie sogar ganz aus.

Hanna und ich fuhren mehrmals zur Baustelle hinaus, wo wir mit den Maurern einige bauliche Veränderungen besprachen. Die Erdgeschossdecke war bereits gegossen, und Alex' Geld auf meinem Konto reichte gerade noch für die restlichen Mauern. Für die Zimmermanns- und Dachdeckerarbeiten, Elektrik, Heizung sowie die wunderschönen Holzfenster würde der Erlös von Hannas Aktien herhalten. Für Innen- und Außenputz und Estrich, Dachausbau, Kacheln, Sanitärobjekte, Einbauküche, Fußböden – Hanna wünschte sich sündhaft teures italienisches Terrakotta im Erdgeschoss, ich sündhaft teure kanadische Ahorn-Schiffsplanken im Dachgeschoss – sowie die Außenanlagen benötigten wir noch einmal eine nicht unbeträchtliche Summe von der Bank. Wenn alles reibungslos verlief, konnten wir noch vor Weihnachten einziehen.

Es machte Spaß, mit Hanna Pläne zu schmieden, und glücklicherweise waren wir uns geschmacksmäßig ziemlich einig. Hanna gefiel die ursprüngliche Aufteilung des Hauses gut, sie wünschte sich nur ein eigenes Bad. Deshalb machten wir aus dem riesengroßen Badetempel im Dachgeschoss zwei kleine Bäder, die jeweils von den beiden Schlafräumen zugänglich sein würden. Florine oder Josias hatte ein eigenes Zimmer direkt neben meinem, es war das Zimmer mit Gaube und Abendsonne, das Alex als Arbeitszimmer hatte haben wollen. Das Erdgeschoss wollten wir belassen, wie ursprünglich geplant, Gästebad, Garderobe, Küche und Wohnzimmer konnte man sich problemlos teilen.

»Was Herrenbesuch angeht, werden wir uns schon einig werden«, meinte Hanna und rieb sich vergnügt die Hände.

An dem Tag, an dem wir Bauunternehmer und Maurer vor Ort von den Änderungen unterrichteten, war gerade jemand von der Gemeinde dort, um den Kanalanschluss zu überprüfen. Es war ein junger Mann, höchstens zwei Jahre älter als ich, äußerst gut aussehend, mit beneidenswert braunem Teint und meerwassergebleichten Locken. Vermutlich gerade von vier Wochen Kretaurlaub zurückgekehrt.

»Sind Sie die Bauherrin?«, fragte er mich.

Ich nickte stolz.

»Wir kennen uns bereits vom Telefon«, behauptete der Braungebrannte. »Vielen Dank auch für den Martini.«

»Oh!« Ich errötete ein bisschen. »Sie sind James Bond?«

»Sie sind James Bond?«, echote Hanna neben mir.

»Im wirklichen Leben heiße ich Ehrmann«, lächelte er. »Wie geht es Ihnen denn?«

»Gut soweit, Sie haben mir damals sehr geholfen«, sagte ich herzlich, und noch ehe ich Hannas Ellenbogen zwischen den Rippen spürte, setzte ich hinzu: »Nur, dass ich jetzt wirklich schwanger bin.«

James Bond lachte. »Tatsächlich? Da kann man mal sehen. Wenn ich Ihnen sonst noch irgendwie behilflich sein kann, rufen Sie mich an.«

»Ja, das mach' ich«, sagte ich. »Und noch mal danke.«

»Ein leckeres Kerlchen, dieser James Bond«, meinte Hanna. »Wenn du dem nicht gesagt hättest, du seist schwanger, hätte er dich für heute Abend zum Essen eingeladen.«

Ich sah seinem Wagen hinterher. »So ein Zufall, was?«

»Zufälle gibt es nicht«, sagte Hanna entschieden.

Wir unterschrieben einen Kreditvertrag zu sehr guten Bedingungen, der befreundete Anwalt hatte ihn auf Herz und Nieren geprüft. Hanna meinte, das habe an meinen gekonnt eingesetzten Brechanfällen gelegen, ich tippte eher auf die Wirkung ihres Ausschnitts, aber der Anwalt sagte, die Zeit sei allgemein günstig für Kredite.

Abendelang rechneten Hanna und ich hin und her, wie wir in Zukunft mit dem Geld auskämen, wenn ich den vollen Erziehungsurlaub nähme und dadurch einen Verdienstausfall von drei Jahren hätte. Wie immer wir auch rechneten, es sah gut aus. Mit dem Kindergeld und Alex' Unterhalt würde ich besser leben können als bisher, selbst wenn Alex die volle Summe des Geldes zurückhaben wollte. Die monatlichen Zinszahlungen und die Tilgung, die Hanna und ich uns teilen würden, lagen niedriger als manche Miete, und wie sagte Bruno doch gleich? Schulden sind immer gut. Schulden sind das Beste, was man machen kann in diesem Staat.

Alles war bestens geregelt.

Schließlich blieb nichts mehr zu tun, als darüber nachzudenken, wie ich meine Beziehung zu Alex lösen sollte. Dass ich sie lösen würde, stand eigentlich außer Frage, auch wenn Susanna am Telefon mir gut zuredete, es mir noch einmal zu überlegen.

»Ich habe gerade erst ein Buch gelesen, darin geht der Mann auch fremd«, sagte sie. »Aber die Frau will ihn der Geliebten nicht kampflos überlassen, sie verzeiht ihm und holt ihn sich zurück.«

»Wie?«, fragte ich interessehalber.

»Sie fährt auf eine Schönheitsfarm und nimmt zehn Kilo ab. Anschließend kleidet sie sich völlig neu ein. Der Ehemann staunt Bauklötze, als er sie wieder sieht – sie sieht zehn Jahre jünger aus, und natürlich will er sie jetzt wieder haben.«

Ich seufzte. »Mein Fall liegt etwas anders, Susanna. Ich will Alex nicht zurückhaben, und wenn er auf Knien angekrochen käme.« Obwohl, in diesem Fall vielleicht doch.

»*Eine Frau kämpft* heißt das Buch«, sagte Susanna ungerührt. »Ich könnte es dir zuschicken.«

»Nein, danke.« Beenden wollte ich die Beziehung auf jeden Fall, die Frage war nur wie?

»Dann bleibt nur eins«, fuhr Susanna nach einer Pause fort. »Du heiratest Alex und wirst ihn gleich danach wieder los.«

»Das ist zu umständlich«, warf ich ein.

Susanna senkte die Stimme. »Ich meine nicht Scheidung, da hättest du ja nun nichts davon«, flüsterte sie. »Ich meine – Mord. In diesem Fall würdest du alles erben! Ich habe da gerade ein Buch gelesen, von einer Frau, die das auf ganz raffinierte Weise tut. *Tausche Brautkleid gegen Pistole* heißt das Buch. Sie erschlägt den Mann mit einer tiefgefrorenen Hasenkeule, die sie dem Inspektor von der Mordkommission zum Abendessen serviert.«

»Schon besser«, sagte ich. »Das Buch kannst du mir schicken.«

»Ich könnte dir auch helfen«, erbot sich Susanna geradezu eifrig. »Ich habe ein wunderbares Rezept für Hasenschmorbraten.«

»Nein, danke«, sagte ich wieder. »Umbringen will ich ihn dann doch nicht. Nur loswerden will ich ihn.«

Aber ein nettes Gespräch unter vernünftigen Erwachsenen, das mit dem klassischen Versprechen endete, Freunde zu bleiben, war in diesem Fall nicht angebracht.

»Ich würde auf jeden Fall bis zur Hochzeit dichthalten«, sagte Hanna nachmittags bei Kaffee für sie und Pfefferminztee für mich. Wir saßen auf der Schlafcouch, die jetzt mein Bett war, die Katze jagte Papierbällchen durch die Wohnung, und der CD-Player gab die Jupitersinfonie zum Besten, weil Hanna gelesen hatte, dass der Fötus im Mutterleib am liebsten Mozart höre. Draußen regnete es.

»Erst in allerletzter Minute würde ich ihm sagen, dass aus der Hochzeit vorerst nichts wird.«

Das war genau das, was ich bereits erwogen hatte. Erst in allerletzter Sekunde.

»Ich könnte nein sagen«, schlug ich vor. »Am Altar. Vor allen Leuten. Und dann schlage ich Alex seinen Brautstrauß um die Ohren. Wenn er sich die Dornen aus der Backe gepult hat, geht ihm die ganze Misere auf: Braut weg, Haus weg, Geld weg, Katze weg! Und eine Klage wegen Unterhaltszahlung auf dem Tisch.«

Hanna schüttelte den Kopf. »So geht das nicht. Du

kannst erst in der Kirche getraut werden, nachdem du von einem Standesbeamten rechtmäßig verheiratet worden bist. Das weiß ich definitiv.«

»Oh«, sagte ich enttäuscht. »Die gleiche Szene auf dem Standesamt ist nur halb so wirkungsvoll.«

»Das ist wohl wahr«, stimmte Hanna zu. »Ich habe mir das auch schon tausendmal ausgemalt.«

»Was?«

»Meine Hochzeit«, sagte Hanna. »Sie ist wundervoll. Heiko trägt einen schwarzen Gehrock, seine Katrin hat ihn nach ein paar Tagen zu Tode gelangweilt, er hat erkannt, nur ich bin die Frau, mit der er alt werden will, und deshalb möchte er mit mir den Bund fürs Leben schließen. Auf Knien hat er mich darum gebeten, und schließlich habe ich Ja gesagt, nur um meine Ruhe zu haben. Mein Kleid ist bodenlang und schneeweiß, mit einer altmodischen Korsage geschnürt, in der ich einen richtig üppigen Busen habe, ich trage meine Haare hochgesteckt zu einem Ballettknoten, ganz schlicht, und eine einzige weiße Rose leuchtet in meinem Haar.«

Ich lächelte gerührt. Dass selbst die nüchterne, praktische Hanna Fantasien von einer Hochzeit in Weiß hatte, tröstete mich.

»Der Pfarrer sagt diesen schönen Satz, den er im wirklichen Leben niemals sagt«, fuhr Hanna fort. »Wer gegen diese Verbindung Einspruch zu erheben hat, der tue das jetzt oder schweige für immer. Und dann stürzt jemand in die Kirche, bei mir ist es immer Manfred Biergans, mit dem war ich in der Tanzschule. Er war sehr, sehr gut aussehend, ich war jahrelang in ihn verliebt. Auf jeden Fall, Manfred Biergans steht also auf der Schwelle und ruft: ›Ich erhebe Einspruch. Die Braut gehört mir! Sie ist viel zu schade für diesen Typ.‹ Und dann sehe ich bedauernd zu Heiko auf und sage: ›Sorry, aber Manfred hat ältere Rechte.‹ Heiko verzieht sein Gesicht zu einer weinerlichen Grimasse. ›Bitte nicht‹, flüstert er, ›bitte nicht.‹ Aber Manfred und ich verlassen die Kirche Hand in Hand, und alle meine Freunde applaudieren.«

Sie machte eine kurze Pause. »Wochen später höre ich, dass Heiko von der Brücke springen wollte, erst in letzter Minute konnte er gerettet werden. Jetzt lebt er in einer Nervenheilanstalt, und das einzige Wort, das er spricht, ist mein Name.«

»Schön«, sagte ich. »Wirklich schön. Meinst du, dieser Manfred Biergans stellt sich auch für meine Hochzeit zur Verfügung? Vielleicht, wenn wir ihm was zahlen?«

Hanna kicherte. »Ich habe aufgehört, diese Rolle mit Manfred zu besetzen, seit ich ihn vor kurzem bei der Post hinterm Schalter habe sitzen sehen. Er ist dick geworden und hat kaum noch Haare, und er trug genau die Art von Lederblouson, die ich nicht leiden kann. Nein, da müssen wir uns nach was Besserem umsehen.«

Ich seufzte. »Dummerweise kenne ich keinen anderen Mann. Jedenfalls keinen, der besser aussieht als Alex.«

»Es reicht auch, wenn du einfach nur nein sagst«, meinte Hanna. »Du erfüllst damit die Wünsche mindestens der Hälfte aller Hochzeitsgäste. Jeder zweite Europäer wünscht sich, eine solche Szene einmal live zu erleben.«

»Aber gerade hast du gesagt, man könne nur kirchlich getraut werden, wenn man vorher bereits standesamtlich verheiratet wurde. Also wäre das bloß die reine Show und völlig überflüssig.«

Hanna nickte nachdenklich. »Das stimmt. Dadurch

würde die ganze Sache nur peinlich werden. Aber wenn du schon beim Standesamt Nein sagst, verschenkst du viel zu viel dramaturgisches Potenzial.« Sie griff nach dem Telefonhörer. »Ich werde beim Standesamt anrufen und fragen, welchen Formfehler man begehen muss, der nicht sofort bemerkt wird, aber die Eheschließung ungültig macht.«

Mit offenem Mund verfolgte ich, wie sie bei der Auskunft die Nummer des Standesamtes von Wermelshoven weit draußen in der Provinz verlangte und sich dort mit einem Standesbeamten verbinden ließ.

»Guten Tag, mein Name ist Hanna Braun. Ich bin Schriftstellerin und schreibe gerade einen Roman über eine Hochzeit«, sagte sie. »Ich würde gern wissen, was man machen kann, damit eine Eheschließung nicht rechtsgültig ist. – Ja, genau, Schriftstellerin. Nicht von *Verstehen Sie Spaß*, ich schwöre es. – Oh, der Titel von meinem Roman steht noch nicht fest. – Ja, es soll eine Komödie werden. Eine Tragikomödie, um genau zu sein. – Aha. Bei Ihnen könnte das nicht passieren. Aber es gibt ja auch noch andere Standesbeamte, weniger gründliche, weniger gewissenhafte vielleicht? – Ja, sagen Sie? Für meinen Roman könnte ich ja ohne weiteres ein schwarzes Schaf von Standesbeamten erfinden, nicht wahr? – Aha, ja, das gefällt mir. Das ist eine wunderbare Idee. Und die Ehe ist dann ganz sicher ungültig? – Ja, natürlich. Man möchte ja sorgfältig recherchieren, nicht wahr? Vielen, vielen Dank für diese Auskunft. Sie werden das allererste Exemplar bekommen, handsigniert.«

Glucksend legte sie den Hörer auf. »Wenn das hinhaut, schreibe ich wirklich einen Roman darüber. *Die Braut, die nein sagte.* Der Mann hat einen genial einfachen Vorschlag gemacht.«

»Der Standesbeamte hatte Humor«, sagte ich anerkennend, als ich mir den Vorschlag angehört hatte. »Überhaupt habe ich in diesen Wochen ein ganz anderes Bild von Beamten als solchen bekommen, wirklich. Am nettesten war der Typ von der Unteren Wasserbehörde, der mir wegen des Sickerschachtes geholfen hat. James Bond.«

»Du solltest mal mit ihm ausgehen«, sagte Hanna, aber da musste ich leider aufstehen, den Pfefferminztee erbrechen und die Diskussion auf später verschieben.

Mein freier Tag in der Woche fiel auf den Namenstag der heiligen Sophie, eine der Eisheiligen. Es war tatsächlich empfindlich kalt, aber die Sonne schien, und der Himmel war strahlend blau.

Hanna musste arbeiten. »Leg dich in die Sonne«, sagte sie, bevor sie ging. »Es ist nur noch eine läppische Woche bis zum Tag X, und du hast dringend Farbe nötig.«

Also legte ich mich warm eingepackt auf ihrem Balkon in einen Liegestuhl und las den Text für die Trauungszeremonie noch einmal genau durch. Es gefiel mir, dass der Pfarrer zuerst Alex fragen würde.

»Alexander Baum, ich frage Sie: Sind Sie hierhergekommen, um nach reiflicher Überlegung und aus freiem Entschluss mit Ihrer Braut Elisabeth den Bund der Ehe zu schließen?«

Und Alex musste sagen: »Ja!«

»Wollen Sie Ihre Frau lieben und achten und ihr die Treue halten alle Tage ihres Lebens?« Ihres Lebens, wohlgemerkt, ihres klein geschrieben. Alex musste mir so lange die Treue halten, wie ich am Leben war. Danach konnte er wieder mit Tanja ins Bett.

Vielleicht hatte er vor, mich vom Erkerrand unseres Hauses in die Baugrube zu stürzen, vielleicht würde er deshalb leichten Herzens antworten: »Ja«, und ein listiges Lächeln würde sich auf seine Lippen stehlen.

Aber vielleicht sollte ich, wenn der Pfarrer sich dann an mich wandte, um mir die gleiche Frage zu stellen, tatsächlich zögern und schließlich bedauernd die Schulter heben und »Nein« sagen.

Keine schlechte Idee. Alex würde auf der Stelle um zehn Jahre altern und damit den Altersunterschied zwischen sich und seiner kleinen Wildkatze auf fünfundzwanzig Jahre erweitern.

»Nein, das will ich wirklich nicht«, würde ich sagen, während alle Hochzeitsgäste die Luft anhielten. Und – zack – hätte Alex den Brautstrauß an der Backe.

Aber je länger ich mir diese Szene ausmalte, desto mehr kam ich zu der Überzeugung, es fehle noch das Tüpfelchen auf dem i.

Nach längerem Überlegen ging ich hinein zum Telefon und wählte die Nummer der Gemeindeverwaltung und ließ mich mit Herrn Ehrmann von der Unteren Wasserbehörde verbinden.

»Ehrmann, guten Tag«, sagte James Bond mit schon beinahe vertrauter Stimme.

»Mein Name ist Jensen«, begann ich mutig. »Vielleicht erinnern Sie sich an mich.«

»Ja, natürlich«, erwiderte James Bond. »Jensen, Elisabeth, Parzelle 34235. Schön, dass Sie anrufen. Kann ich Ihnen irgendwie weiterhelfen?«

Ich schluckte schwer. »Ja.« Was soll's – ich hatte nichts zu verlieren. »Sie könnten mir einen ganz großen Gefallen tun.«

»Lassen Sie hören.«

AN MEINEM HOCHZEITSTAG schien die Sonne. Der Himmel war leuchtend blau, die jungen Blätter an Blumen und Büschen wirkten wie frisch gewaschen.

Für das Wetter hatte Kassandra gesorgt; es sei ein hartes Stück Arbeit gewesen, sagte sie. Sie hätte gern auch für schönes Wetter bei unserer standesamtlichen Trauung am Vortag gesorgt, aber dafür sei mehr Energie notwendig gewesen als die einer einzigen zauberkräftigen Person von einem anderen Planeten. Bei unserer standesamtlichen Trauung hatte es deshalb Bindfäden geregnet.

Als Alex Donnerstagabend aus Karlsruhe kam, genervt, aber immerhin mit drei Tagen Urlaub im Gepäck, regnete es auch schon. Nur wenige Stunden vorher war ich mit dem nötigsten Gepäck wieder in unsere gemeinsame Wohnung eingezogen, meinem Waschzeug, etwas Unterwäsche und den Kleidern, die ich in den nächsten zwei Tagen brauchen würde. Meine persönlichen Gegenstände hatte ich längst entfernt, Bücher, Schneekugelsammlung, Buchsbaumkugeln und -spiralen, diverse Küchenutensilien, unter anderem meine Knoblauchpresse, eine vergleichbare gab es nirgends mehr zu kaufen, mein Besteck und meine silbernen Sektkelche, alles war in Kisten verpackt und vorerst in Hannas Keller untergebracht worden.

Ich fand, dass die Wohnung erschreckend kahl

wirkte, aber Alex schien keinen Unterschied zu merken.

»Wie schön, mal wieder zu Hause zu sein«, sagte er. »Gut siehst du aus. Irgendwie dünner.«

»Ich habe vier Kilo abgenommen«, sagte ich wahrheitsgemäß.

»Damit du ins Brautkleid passt, was?« Alex warf seine Reisetasche in die Ecke. Am Schrank hing sein Hochzeitsanzug, Weste, Hose, Sakko und Vatermörderhemd, alles vom Feinsten, mit Hildes Dampfbügeleisen in Hochform gebracht. Es fehlte nur noch die cremefarbene Rose im Knopfloch, aber die würde er am Samstagmittag frisch angesteckt bekommen.

Es war eigenartig, mit Alex an einem Tisch zu sitzen und zu essen. Ich hatte nur eine Tiefkühlpizza für ihn in den Ofen geschoben und knabberte selber an rohen Möhren.

»Ich hatte so wenig Zeit«, sagte ich entschuldigend.

Alex lächelte trotzdem. »Was gibt es zum Nachtisch?«

»Ich könnte eine Dose Pfirsiche aufmachen«, sagte ich.

»Oder?«

Ich schaute unschuldig zu ihm hinüber. »Oder nichts. Sonst haben wir absolut nichts im Haus.«

Jetzt seufzte Alex. »Ich habe dich so vermisst«, sagte er. »Diese Nächte im Hotelzimmer waren die reinste Hölle.«

»Ach ja?«, fragte ich spöttisch und musterte ihn scharf. Aber Alex zeigte nicht die geringste Spur von Verlegenheit.

Er griff nach meiner Hand. »Wenn das verfluchte Kaufhaus fertig ist, kümmere ich mich wieder mehr um dich. Um dich, unser Häuschen und unser kleines Kätzchen. Wo ist die Katze überhaupt?«

»Ich habe sie bei Hanna untergebracht, während des ganzen Trubels hier ist sie da besser aufgehoben«, sagte ich schnell.

»Sehr gut«, lobte Alex. »Überhaupt, für eine Frau hast du das alles ganz toll geregelt. Weißt du noch, wie du dich am Anfang geziert hast? Du hast echt eine Menge von mir gelernt.«

»Ja«, stimmte ich zu. »Wer mich mal heiratet, hat das große Los gezogen.«

Darüber lachte Alex herzlich. Dann kam er um den Tisch herum, umarmte mich, küsste meinen Nacken, pustete in mein Ohr und liebkoste mit der Zungenspitze die kleine Narbe an meinem Hals. Dieses Zeremoniell hatte fast nichts von seinem Reiz eingebüßt. Einen Augenblick lang war ich versucht, noch einmal mit ihm zu schlafen, zum Abschied sozusagen, aber einer der selten gewordenen Brechanfälle machte mir und vor allem Alex einen Strich durch die Rechnung.

»Bist du krank?«, fragte er, als ich nicht aus dem Badezimmer zurückkehrte. Er lehnte sich in den Türrahmen und sah nicht besonders mitfühlend aus, eher ungehalten. »Ich hatte mich so auf unser Wiedersehen gefreut.«

»Ich – das ist wohl die Aufregung«, stotterte ich.

Alex nahm mich wieder in die Arme und machte da weiter, wo er aufgehört hatte. Aber der Moment der Versuchung war vorbei, seit Josias oder Florine sich eingemischt hatte. Ich befreite mich aus der Umarmung, indem ich Alex einen Stoß vor die Brust gab.

»Was ist los mit dir?«, fragte er und machte ein finsteres Gesicht, die Mundwinkel nach unten gezogen. Er erinnerte mich an jemanden, ich wusste nur nicht, an wen.

»Nichts«, sagte ich. »Mir ist bloß schlecht. Vor Aufregung.«

»Na toll«, sagte Alex. »Schöne Wiedersehensfeier. Unheimlich leidenschaftlich.«

»Tut mir echt Leid.«

»Toll«, sagte Alex wieder. Er drehte mir beleidigt den Rücken zu und schlurfte aus dem Raum. Es war genau, wie Hanna gesagt hatte. Sobald unsere Hormone nicht mehr perfekt aufeinander abgestimmt waren, zeigte Alex sein wahres Gesicht.

Ich blieb zurück und putzte mir nachdenklich die Zähne. War er erst seit neuestem so, oder hatte ich es früher nur nie bemerkt? Tatsache war, dass ich mich keiner Situation entsinnen konnte, in der einer von uns keine Lust auf Sex gehabt hatte, vielleicht hatte ich es deshalb nie gemerkt. Jetzt wusste ich auch, an wen er mich vorhin erinnert hatte. Er hatte ausgesehen wie sein Vater, er würde mal die gleichen Falten um den Mund bekommen. Liebe macht blind, sagte Hanna, und sie hatte Recht. Ich war jahrelang blind vor Liebe gewesen.

Diese Zeiten waren nun vorbei. Ich hatte nicht mal Lust, nach nebenan zu gehen und mich neben Alex ins Bett zu legen. Deshalb ließ ich mir spontan ein Bad einlaufen. Im Regal stand noch eine halbvolle Flasche Cremebad *Roma Uomo*, das ich Alex zum Geburtstag geschenkt hatte. Ich liebte den Duft von Roma, und es gab keinen Grund, Alex das Vergnügen zu gönnen, darin zu baden. Also leerte ich die Flasche in die Badewanne, zog mich aus, und ließ mich von Wasser und Schaum zudecken wie von einer warmen Decke. Als ich nach zwei Stunden nackt nach nebenan kam, schlief Alex schon, mit dem Gesicht zur Wand.

Der standesamtlichen Trauung am nächsten Vormittag wohnten nicht viele Menschen bei, nur Hilde und meine Mutter, Hanna und Alex' Kollege Stefan als unsere Trauzeugen sowie die Standesbeamtin. An diesem Tag wurden siebzehn Pärchen getraut, und es hatte bereits Verzögerungen gegeben, sodass ich die Standesbeamtin stark im Verdacht hatte, ihre Ansprache auf mindestens die Hälfte reduziert zu haben. Trotzdem war es eine schöne Zeremonie. Der Regen schlug von draußen an die bleiverglasten alten Fensterscheiben, das Licht war zusätzlich durch das Laub der alten Linden davor angenehm gedämpft, die Stimme der Beamtin melodisch. Ich trug mein rotes Kleid, dazu passende Schuhe und Hannas Tomatenhut. Ich sah sehr gut aus, Alex hatte es mir auf dem Weg hierhin tatsächlich einmal gesagt. Allerdings meckerte er wegen des Hutes, der sei doch wohl mehr was für Karneval. Immerhin war er mit weit besserer Laune aufgewacht, als er eingeschlafen war.

Auch meine Mutter machte mir ein Kompliment, soweit ich mich erinnerte, war das das erste Mal in meinem Leben.

»Wie schlank du aussiehst«, sagte sie, als sie mich vor der Trauung umarmte. »Richtig zart.«

»Das wird sich bald ändern«, sagte ich selbstsicher. »Nach der Hochzeit werde ich aufgehen wie ein Hefekloß.«

»Das muss nicht sein«, sagte meine Mutter, aber sie hatte ja keine Ahnung.

Hanna überreichte Alex die beiden Trauringe von Eduscho für je neunundzwanzig Mark neunzig und flüsterte: »Echt Platin. Lass sie bloß nicht fallen!«

Die Zeremonie für den Staat war nicht halb so kompliziert wie die mit Pfarrer. Wir mussten je einmal ja sagen, uns gegenseitig den Ring anstecken und schließlich unsere Heiratsurkunde unterschreiben. Hilde fotografierte alle wesentlichen Augenblicke mit ihrer praktischen Pocketkamera. Der sündhaft teure Fotograf war erst für morgen engagiert.

Alles klappte völlig reibungslos. Die Standesbeamtin knallte den Stempel unter das Papier und geleitete uns hinaus. Draußen wartete schon das nächste Paar, und das übernächste schritt auch schon im Gang auf und ab.

Ich ließ mich von Alex küssen und über die Wange streicheln. Ich lächelte sogar so strahlend, wie alle Bräute lächeln, wenn sie den Ring am Finger tragen. Hanna zwinkerte mir verschwörerisch zu.

Vor Montag würde niemand merken, dass ich die Heiratspapiere weder mit meinem alten noch mit meinem neuen Namen unterschrieben hatte, sondern mit *Pippi Langstrumpf*, ganz genau so, wie es der Standesbeamte in Wermelshoven Hanna für ihren Roman vorgeschlagen hatte. Damit war unsere Eheschließung in jedem Fall ungültig, das hatte auch Hannas Anwalt bestätigt. Allerdings hatte er auch gesagt, dass das eine Straftat sei, wenn man es denn so auslegen wollte. Ich hoffte, man würde ein Auge zudrücken, wenn es soweit war.

Nach dem Mittagessen im kleinen, aber feinen Restaurant neben dem Rathaus und dem längst fälligen Gespräch mit dem Pfarrer fuhren Alex und ich gemeinsam zur Baustelle hinaus.

Alex war sehr beeindruckt, wie weit der Bau unseres Hauses schon fortgeschritten war. Aber natürlich entdeckte er die Trennmauer im Badezimmer sofort.

»Was ist denn das?«, rief er. »Warum hast du das nicht gemerkt?«

»Das muss heute erst passiert sein«, meinte ich.

Alex befühlte den Mörtel.

»Nein, das ist schon länger her«, sagte er, schenkte mir aber ein nachsichtiges Lächeln. »Na ja. So ein richtiger Fachmann bist du eben doch noch nicht.«

»Möglich«, gab ich zu.

»Die sollen die Mauer wieder wegschlagen«, sagte Alex. »Das regle ich auf der Stelle.« Er nahm sogleich sein Handy aus der Brusttasche. Aber es war später Freitagnachmittag, da ging kein Bauunternehmer der Welt ans Telefon. Die waren jetzt alle auf ihren Wochenendbaustellen. Unserer auch. Ich seufzte erleichtert.

»Dann muss es eben warten«, sagte Alex. »Versprich mir aber, dass du dich gleich Montag früh darum kümmern wirst.«

»Natürlich«, sagte ich.

Alex sah sich um, durchmaß das Wohnzimmer mit langen Schritten. »Und das wird demnächst mein Reich sein, mein Zuhause, das meine kleine Frau gemütlich einrichten wird. Freust du dich?«

»Natürlich.« *Sein* Reich, *sein* Zuhause und *seine* kleine Frau. Ich war froh, mit Pippi Langstrumpf unterschrieben zu haben.

»Keine zweiundzwanzig Stunden mehr, und wir sind auch *im Namen Gottes und seiner Kirche* getraut«, sagte Alex feierlich.

»Du hast die Trauungszeremonie wirklich gelesen«, erwiderte Pippi Langstrumpf. »Wie du das noch geschafft hast bei all deiner Arbeit und dem ganzen Stress! Dafür muss man dich echt bewundern.«

»Irgendwas musste ich ja tun, in den langen, einsamen Nächten im Hotel«, entgegnete Alex dreist. »Ich kann das alles auswendig runterbeten.«

Ja, diese langen, einsamen Nächte in Karlsruhe, die hatten es wirklich in sich gehabt, das wusste ich ja. Ich blickte mit leicht geöffneten Lippen zu ihm auf.

»Lass uns nach Hause fahren und die verpasste Wiedersehensfeier von gestern nachholen«, hauchte ich.

Alex sprintete beinahe zum Auto zurück. Den Rückweg schaffte er in Rekordzeit. Ich hatte während der ganzen Fahrt eine Hand auf seinem Oberschenkel, mit jedem Kilometer einen Millimeter weiter oben. In der Wohnung warf er mich ohne Umschweife aufs Bett.

»Gott, habe ich dich vermisst«, raunte er in mein Ohr, aber Gott schickte keinen Blitz auf die Erde nieder, um ihn für diese Lüge und den Missbrauch seines Namens zu strafen. Das musste ich übernehmen. Ich half Alex aus Hemd und Anzug, schälte ihn vorsichtig aus der Unterhose und bedeckte seinen Bauchnabel mit harten, kleinen Küssen. Als er begann, durch die Nase zu atmen, richtete ich mich atemlos auf. Strafe musste sein.

»Wie spät ist es?«

»Wozu willst du das jetzt wissen?«, fragte Alex und drückte meinen Kopf wieder hinab.

»Na, weil ich doch um sieben bei Hanna sein muss, für meinen Junggesellinnenabend«, sagte ich. »Himmel, es ist schon viertel vor. Ich werde zu spät kommen.«

»Davon weiß ich gar nichts«, sagte Alex, und wieder hatte er diesen verkniffenen Zug um den Mund, genau wie sein Vater.

Ich sprang aus dem Bett und zog meine Schuhe an. »Natürlich, ich habe es dir ganz sicher gesagt. Du musst es vergessen haben.«

»Aber das hier ist der Abend vor unserer Hochzeit«, sagte Alex gekränkt.

»Eben«, erwiderte ich. »Den verbringt das Brautpaar getrennt voneinander, das ist Tradition. Ich dachte, du ziehst auch mit deinen Freunden um die Häuser.«

»Ich habe nichts geplant«, murrte Alex. »Wie sollte ich auch – von Karlsruhe aus?«

»Oh«, sagte ich und schaffte es, dabei ein bedauerndes Gesicht zu machen. »Dann kannst du Hilde und dem ehrenamtlichen Trupp aus deinen Tanten und Cousinen helfen, die kleinen Reissäckchen zu füllen und die Streukörbchen für die Blumenkinder. Sie kommen gleich und wollen das hier erledigen, weil Hildes Wohnung schon hoffnungslos zugestellt ist mit Gästebetten und einem Riesenhaufen unserer Geschenke. Du könntest ihnen Kaffee kochen und so was.«

Er zog einen mürrischen Flunsch. »Na toll. So habe ich mir meine Hochzeitsnacht nicht vorgestellt.« Wieder zog er seine Mundwinkel schmollend nach unten.

»Morgen ist unsere richtige Hochzeitsnacht.« Ich senkte meine Stimme zu einem verführerischen Raunen. »Und ich verspreche dir, dass du die niemals im Leben vergessen wirst.«

Alex' Gesicht hellte sich etwas auf. Ich küsste ihn auf den Mund.

»Bis nachher«, sagte ich fröhlich. »Warte nicht auf mich. Ich weiß nicht, wann ich wiederkomme.«

Ich verbrachte die Nacht bei Hanna auf meinem Schlafsofa, an Hummels weichen, brummenden Körper geschmiegt. Um halb sechs Uhr morgens klingelte der Wecker, ich zog mich leise an, fuhr nach Hause und schlich mich für eine letzte halbe Stunde zu Alex ins Bett. Er lag auf dem Rücken und knirschte leise mit den Zähnen.

Der Radiowecker schaltete sich Punkt drei Minuten nach sieben ein.

»Und nun die Wettervorhersage für heute, Sonnabend, den vierundzwanzigsten Mai«, sagte der Nachrichtensprecher. Sonnabend, der vierundzwanzigste Mai, mein Hochzeitstag. Die Wettervorhersage interessierte mich nicht, Kassandra wollte für Sonnenschein sorgen, und sie hatte ihr Versprechen gehalten. Durch die Jalousien sah ich den blauen Himmel.

Alex drehte sich zu mir um. Er sah verknautscht aus, die Lider ein wenig geschwollen, die Stirn zerfurcht, Mitesser auf der Nase. Dass ich die niemals zuvor bemerkt hatte!

»Wann bist du gekommen?«, fragte er beleidigt. »Die Tanten und Cousinen waren bis nach Mitternacht hier. Irgendwann um drei bin ich eingeschlafen, aber da warst du noch nicht zu Hause!«

Sein Atem roch auch nicht gut. Ich war froh, dass ich nicht für den Rest meines Lebens neben ihm aufwachen musste.

»Guten Morgen«, sagte ich. »Wir müssen aufstehen, das wird ein harter Tag.«

Besonders für dich, Baby. Ein harter Tag mit einem sehr eng gesteckten Zeitplan. Hilde kam bereits zum Frühstück. Während Alex und ich Toast und frischgepressten Orangensaft zu uns nahmen, bügelte sie den Hochzeitsanzug noch einmal auf und putzte Alex' Schuhe. Anschließend fuhr sie mich in ihrem Auto zum Floristen, wo wir den Kranz abholten, aus echten Orangenblüten und -blättern sowie leuchtenden kleinen Apfelsinenkugeln. Er war traumhaft schön geworden.

»Du musst ihn später trocknen«, sagte Hilde auf der Weiterfahrt. »Er ist zu schade zum Verwelken.«

Der Friseur fand das auch.

»So ein schöner Kranz«, sagte er. »Und so schöne Haare.«

Er drehte meine schönen Haare auf große Wickler, die vorderen Partien auf kleine Spiralen, er toupierte, kämmte und sprayte und steckte alles zu einer dieser Frisuren auf, die man immer in Zeitschriften sieht, aber niemals selber hinbekommt. Eine lässig aufgesteckte wuschelige Mähne, aus der sich einzelne Strähnen lösen und gekringelt in die Stirn fallen. Eine junge Visagistin schminkte mich anschließend. Zum ersten Mal in meinem Leben hatte ich einen geraden Lidstrich. Ganz zum Schluss setzte man mir den Kranz ins Haar, meinen Kranz mit echten Orangen und duftenden Orangenblüten. Es war genau, wie ich es mir immer ausgemalt hatte. Selbst jetzt, im vanillegelben Friseurumhang, sah es umwerfend aus. Eigentlich war es richtig schade, dass meine Rolle als Braut nur so kurz sein würde. Vielleicht sollte ich mir das alles noch mal überlegen. Es gab Frauen, die hielten es mit weit schlimmeren Kerlen aus.

Nachdenklich starrte ich mein Spiegelbild an. Ich musste ja nicht nein sagen, noch war es nicht zu spät. Die Pippi-Langstrumpf-Geschichte würde niemand aufdecken, solange ich nicht absichtlich darauf hinwies.

Hilde, die mich nach zwei Stunden wieder abholte, stieß einen Schrei des Entzückens aus.

»Wunderschön«, rief sie. »Wirklich wunderschön. Du siehst besser aus, als ich es je für möglich gehalten habe.«

Bei uns zu Hause wartete der Fotograf für die ersten Fotos, solange Frisur und Make-up noch ganz frisch und vollkommen waren. Alex hatte einen langweiligen Vormittag verbracht. Er hatte sich geduscht, die Haare gewaschen und gefönt, rasiert und manikürt. Den Rest der Zeit hatte er bloß dumm herumgesessen. Er sah jetzt bedeutend besser aus als am Morgen. Sein grauer Anzug stand ihm gut, der Vatermörderkragen verlieh ihm etwas Verwegenes. Wir würden ein hübsches Paar abgeben.

Hanna war auch schon da, im feuerroten Modell *Tomate* mit passendem Hut und Lippenstift, und sie und Hilde halfen mir in mein Kleid, obwohl es keins von der Sorte war, das man nicht allein anziehen konnte. Es passte perfekt, *Champagner nach geglückter Flucht*, ich würde es vermutlich nicht umtaufen.

»Alles verläuft planmäßig«, flüsterte Hanna mir zu, und Hilde, die scharfe Ohren hatte, sagte stolz: »Das will ich meinen.«

Als ich ganz fertig war, trat ich zu Alex hinaus in den Garten, wo der Fotograf sein Stativ aufgebaut hatte. Kassandra, ganz in hellem Orange, eine Karneolkette um die Stirn, unterhielt sich mit ihm über die Lichtverhältnisse unter den Birken.

»Ganz wunderbares Licht, ganz einmalig«, sagte der Fotograf, und Kassandra lachte erfreut.

»Das Wetter haben Sie mir zu verdanken«, sagte sie. »Es war ein hartes Stück Arbeit, aber ich hab's für meine Freunde getan. Eine Hochzeit im Regen, das ist doch nur halb so schön.«

Herr Meiser, unser Vermieter, war auch da und freute sich, dass sein Schwimmbad die Kulisse für unsere Fotos darstellen sollte. Zur Feier des Tages hatte er sogar die Poolabdeckung geöffnet, obwohl er riskierte, dass sich das Wasser um einen halben Grad abkühlte. Ich lächelte ihn gerührt an.

»Wahnsinn«, sagte Alex, als er mich sah.

Ich drehte mich selbstgefällig einmal um die eigene Achse.

»Bringt es nicht Unglück, die Braut vorher zu sehen?«, frage Alex.

»Ja, aber nur dem Bräutigam«, meinte ich.

»Papperlapapp«, rief Hilde.

Alex wollte mich küssen.

Hilde fuhr dazwischen. »Nicht! Der ganze Lippenstift verschmiert sonst! Erst nach der Kirche, hast du verstanden?«

Alex gehorchte resigniert. Der Fotograf verschoss drei Filme. Ich ließ mir sein Kärtchen geben, die Fotos wollte ich um jeden Preis besitzen, was immer auch geschehen würde.

Als der Fotograf schließlich ging, war gerade noch Zeit für einen kleinen Imbiss, dann klingelte auch schon der uniformierte Chauffeur des gemieteten Oldtimers, der mich zur Kirche bringen sollte. Alex würde in einem anderen Auto vorfahren und am Portal auf mich warten. Hanna aber sollte mich begleiten. Sie kletterte vor mir in den breiten Fond der Limousine.

Hilde küsste mich sehr vorsichtig auf beide Wangen.

»Bis nachher, Kind«, sagte sie. »Und denk dran: langsam gehen!«

Ich umarmte sie ohne Rücksicht auf mein Kleid oder das Make-up. »Vielen Dank für alles, Hilde.« Beinahe hätten wir zu einer Familie gehört. Ich wollte nicht, dass sie schlecht von mir dachte.

»Fahren Sie langsam«, sagte Hilde zu dem uniformierten Chauffeur. »Damit wir anderen noch ein wenig Zeit haben, uns vor der Kirche aufzubauen. Hoffentlich sind die Blumenkinder pünktlich.«

Der Chauffeur wartete, bis das Auto mit Hilde und Alex um die Ecke verschwunden war. Dann gab er seufzend Gas und tuckerte in Zeitlupe hinterher.

»Wenn Sie einen kleinen Umweg machen würden, könnten Sie schneller fahren«, sagte Hanna zu ihm. »Wir möchten zuerst noch im Schlosshotel nach dem Rechten sehen, wo nachher die Feier stattfinden soll.«

»Aber gerne.« Der Chauffeur sah angenehm überrascht aus. Grinsend drückte er auf die Tube.

Das Schlosshotel war um diese Jahreszeit wunderschön. Eine Allee aus uralten, rosa blühenden Kastanien führte am See vorbei zum Hauptportal des Schlosses, es war rosafarben und efeuberankt. Wenn ich jemals noch mal heiraten sollte, dann würde es auch hier sein.

Die Besitzerin des Restaurants, die dabei war, persönlich letzte Hand an die kunstvollen Blumen- und Stoffarrangements zu legen, war leicht befremdet, als sie uns sah.

»Wir wollten nur noch einmal nach dem Rechten sehen und Sie von einer kleinen Änderung in Kenntnis setzen«, erklärte ihr Hanna. »Sind die Kanapees schon fertig?«

»Selbstverständlich«, sagte die Besitzerin und wies auf die unter Frischhaltefolie gesicherten Appetithäppchen im Schatten. Ich wusste von Hilde, dass es siebzehn verschiedene Sorten davon gab, mit Shrimps, Kaviar, Lachs, Forellenfilet, getrüffelter Gänseleber, tropischen Früchten und hundert anderen Leckereien. Mir lief das Wasser im Munde zusammen.

»Wir haben beschlossen, aufgrund des unerwartet schönen Wetters den Champagnerempfang unter freiem

Himmel vor der Kirche stattfinden zu lassen. Bitte geben Sie dem jungen Mann, der gleich kommt, den Champagner und die Kanapees mit.«

»Aber wer wird die Gäste vor der Kirche bedienen?«, fragte die Frau. »Ich kann unmöglich meine Leute dort hinausfahren lassen.«

»Das machen wir selber«, erklärte Hanna. »Für Ihre Leute gibt's ja auch später noch genug zu tun.«

»Das stimmt«, sagte die Frau. »Möchten Sie sich auch drinnen noch umgucken?«

Ich nickte. Wenigstens ansehen wollte ich ihn mir mal, den Saal, in dem ich den glücklichsten Tag meines Lebens hätte ausklingen lassen. Ich bewunderte die geschliffenen Spiegel an den Wänden, die edlen Kerzenleuchter, die Tischdekoration, das feine Porzellan sowie die von Alex' Tanten und Cousinen gemalten Tischkärtchen und seufzte.

»Du bist noch jung«, sagte Hanna neben mir. »Sicher wirst du noch öfter Gelegenheit haben, in einem Schuppen wie diesem zu speisen. Komm jetzt, wir müssen uns beeilen.«

Ich folgte ihr zögernd. Auf dem Weg nach draußen kamen wir an einem drei Meter langen Tisch vorbei, auf dem sich ein beeindruckender Geschenkeberg türmte, große Kisten, kleine Kisten, so weit das Auge reichte. Ich blieb davor stehen.

»Eine Schande«, sagte ich zu Hanna. »Eine Schande, dass ich davon auch nichts kriegen soll.«

»Du müsstest es zurückgeben«, sagte Hanna. »Da hast du nichts von.«

»Ich weiß«, seufzte ich und ließ meinen bedauernden Blick ein letztes Mal über die Geschenke streifen. Das alles hätte mein sein können, dachte ich. Alles! »Vielleicht sage ich doch lieber ja«, sagte ich zu Hanna. Da entdeckte ich eine vergleichsweise winzige, längliche Schachtel zwischen zwei größeren Paketen liegen. Ich wusste sofort, das konnte nur der silberne Füllfederhalter sein, den ich mir schon immer gewünscht hatte. Verstohlen sah ich mich um und nahm die Schachtel einfach mit.

In der Limousine las ich die Karte, die dabeigelegen hatte: *»Dem Brautpaar alles Gute von Carola, Tommy und Calvin.«* Wie nett! Dabei waren die nicht mal eingeladen, oder doch?

»Das ist Diebstahl«, sagte Hanna tadelnd.

Ich zuckte die Schulter. »Darauf kommt es jetzt auch nicht mehr an. Außerdem kann mir niemand was nachweisen. Das Päckchen könnte einfach verloren gegangen sein, in diesem Durcheinander, oder?«

Hanna ärgerte sich. »Ich hätte mir auch gern ein Paket mitgenommen. Diese herrlichen Weingläser zum Beispiel, die hätte ich furchtbar gut gebrauchen können!«

»Wir können noch mal zurückfahren«, schlug ich gierig vor. »Ich will auch die Schneekugeln haben!«

»Das geht nicht«, meinte Hanna nach einem Blick auf die Uhr. »Leider.«

»Wir haben ja auch immer noch kistenweise Champagner«, tröstete ich uns.

Der Chauffeur nahm den Fuß vom Gas. »Wir sind gleich da«, sagte er und tuckerte in angemessener Geschwindigkeit weiter. Mir wurde noch eine Spur mulmiger zumute.

Vor uns tauchte die Kirche auf. Sie lag auf einem kleinen Hügel, eine steile, breite Treppe führte bis hinauf zum Portal, und die ganze Treppe stand voll festlich gekleideter Menschen. Ganz oben stand Alex in seinem Vatermörderhemd. Als der Wagen hielt, kam er mir entgegen, die ganzen Stufen herab, half mir aus dem Wagen und überreichte mir den Brautstrauß. Hilde hatte ihn ausgesucht, passend zum Kleid. Cremefarbene Rosen, Ranunkeln und als einzelne Akzente orangefarbene Fresien, Knospe an Knospe, wie ein Wasserfall gebunden. Die Blütenflut reichte von meiner Taille bis zu den Oberschenkeln. Die Gäste auf der Treppe klatschten Beifall, als Alex mich vorsichtig auf die Lippen küsste. Ich fühlte mich wie eine Schauspielerin in einem Freilichttheater, mit Lampenfieber und allem, was dazugehörte. Es war ein tolles Gefühl, so im Mittelpunkt zu stehen. Alex schien es ebenfalls zu genießen.

Auf einen Wink von Hilde strömten alle in die Kirche. Oben warteten nur die Blumenkinder auf uns, zwei blonde Engel, eineiige Zwillinge von Alex' Cousine Dietlinde, in rosa Rüschenkleidern.

Alex griff nach meinem Ellenbogen.

»Und jetzt wir«, sagte er. »Ich bin richtig aufgeregt, du nicht?«

»Doch«, flüsterte ich. »Das ist der aufregendste Tag in meinem Leben.«

An Alex' Arm schritt ich die Treppe hinauf, über die Schwelle und den Gang entlang nach vorne zum Altar. Wir gingen langsam, wie Hilde es uns eingeschärft hatte, die Orgel intonierte »Lobe den Herren«.

Ein paar Schritte lang hielt ich den Gedanken, Nein zu sagen, für völlig absurd. Das hier war so schön, so perfekt, dass ich ganz gerührt war und auf eine eigenartige Weise glücklich. Alle unsere Gäste hielten uns das Gesicht zugewandt, ich blickte lächelnd nach links und rechts. Da war Kassandra mit der Karneolkette auf der Stirn – danke für den Sonnenschein –, dann Carola, Tommy und der dicke Calvin, also doch – danke für den wunderbaren Füller. Davor Horst und Sylvia, für sie würde ich meine Rolle gleich noch eine Spur besser spielen. Danke jedenfalls für den Champagner.

In der dritten Reihe sah ich einen hellblonden Pagenkopf schimmern. Zwei babyblaue Augen musterten mich abschätzend, aber sie konnten natürlich keinen Makel entdecken. Beinahe wäre ich stehen geblieben. Wenn das nicht der Gipfel der Dreistigkeit war! Da saß doch wahrhaftig die Praktikantin Tanja, die nur in schwarzen Strümpfen zu sehen ich bereits das zweifelhafte Vergnügen gehabt hatte.

Ich sah Alex von der Seite an. Auch er hatte Tanja bemerkt, sein Gesicht hatte sich gerötet, er bedachte sie mit einem ärgerlichen Blick. Keine Frage, ihre Anwesenheit hier war nicht abgesprochen. Aber warum war sie hier? Ich hätte es jedenfalls nicht ertragen, die Braut meines Geliebten zu sehen, auf dem Höhepunkt vollkommener Schönheit, hätte es nicht ertragen, zu sehen, wie sie und er den Bund fürs Leben schlössen, für immer und ewig. Vielleicht hatte sie masochistische Neigungen, Alex' kleine Wildkatze. Ich schenkte ihr ein besonders strahlendes Lächeln, und da senkte sie immerhin den Kopf. Meine Patentante Gertrud, meine Mutter, meine Cousine Susanna und Bruno saßen mit Hanna und Hilde und Stefan, dem anderen Trauzeugen, in der ersten Reihe. Sie alle lächelten mir zu, ja sogar Bruno ließ seine Nasenhaare freudig beben.

Für Alex und mich hatte man zwei Stühle direkt vor den Altar gestellt, auf die wir uns niederlassen und die aufgeregt wippenden Kniegelenke entspannen durften.

Der Pfarrer, ein wenig furchteinflößend im schwarzen Talar, hatte eine lange Predigt vorbereitet, passend zur Lesung aus dem ersten Brief des Apostels Paulus an die Korinther (13, 4–8a).

»*Die Liebe höret niemals auf*«, heißt es da. »*Die Liebe ist langmütig, die Liebe ist gütig. Sie ereifert sich nicht, sie prahlt nicht, sie bläht sich nicht auf. Sie handelt nicht ungehörig, sucht nicht ihren Vorteil, lässt sich nicht zum Zorn reizen, trägt das Böse nicht nach. Sie freut sich nicht über das Unrecht, sondern freut sich an der Wahrheit. Sie erträgt alles, hofft alles, hält allem stand. Die Liebe hört niemals auf.*«

Als ich das hörte, wusste ich mit ziemlicher Sicherheit, dass damit nicht dieselbe Liebe gemeint sein konnte, die ich einmal für Alex empfunden hatte. Meine Liebe war weder unendlich noch glaubte, hoffte und ertrug sie alles. Tanja in den schwarzen Strümpfen hatte meine Liebe in Sekundenbruchteilen erschöpft. Aber das konnte der Pfarrer nicht wissen.

Endlich war es soweit. Wir durften uns erheben, die Trauzeugen sich links und rechts neben uns postieren. Ich zupfte nervös Kleid und Strauß zurecht. Noch konnte ich es mir überlegen.

Der Pfarrer räusperte sich feierlich. »Alexander Baum, ich frage Sie, sind Sie hierhergekommen, um nach reiflicher Überlegung und aus freiem Entschluss mit Ihrer Braut Elisabeth Jensen den Bund der Ehe zu schließen?«

»Ja«, sagte Alex, nicht zu laut und nicht zu leise. Tanja in der dritten Reihe von hinten würde es deutlich gehört haben.

»Wollen Sie Ihre Frau lieben und achten, ihr die Treue halten alle Tage ihres Lebens?«

Alex sah mir direkt in die Augen.

»Ja«, sagte er.

Der Pfarrer lächelte leicht. Dann wandte er sich an mich.

»Elisabeth Jensen, ich frage Sie, sind Sie hierhergekommen, um nach reiflicher Überlegung und aus freiem Entschluss mit Ihrem Bräutigam Alexander Baum den Bund der Ehe zu schließen?«

Ich holte tief Luft und zählte in Gedanken die Sekunden, von zwanzig aufwärts. *Einundzwanzig, zweiundzwanzig*, der Pfarrer schaute überrascht von seinen Notizzetteln auf, in Gedanken war er schon beim Schlusssegen gewesen, *dreiundzwanzig, vierundzwanzig*. Alex wandte den Kopf zur Seite und sah mich an, *fünfundzwanzig, sechsundzwanzig*.

»Nein«, rief jemand von hinten.

Alle Köpfe fuhren herum. Auf der Schwelle stand ein Mann, die Nachmittagssonne genau im Rücken. Man konnte sein Gesicht nicht erkennen, nur seine Silhouette, breite Schultern, schmale Hüften, lockiges blondes Haar, das seinen Kopf wie eine Aureole umgab. Er sah aus wie ein Fleisch gewordener Erzengel.

»Tu's nicht«, rief er. »Für den Kerl bist du viel zu schade. Du hast was Besseres verdient.«

Niemand sagte etwas, es war totenstill. Ich wartete noch eine Sekunde.

»Nein«, sagte ich dann zu Alex. Sein Kiefer war heruntergeklappt, die Spitze seiner Zunge hing auf der unteren Zahnreihe wie ein nasser Waschlappen, ansonsten sah er aus wie immer.

»Ich kann es nicht tun. Ich liebe dich nicht mehr«, fügte ich erklärend hinzu.

»Komm«, rief der Erzengel auf der Schwelle, »lass uns gehen!«

Ich schenkte dem Pfarrer ein bedauerndes Lächeln, drehte mich um und schritt leichtfüßig dem blendenden Sonnenlicht entgegen.

»Hier bin ich«, sagte ich und sah, dass der Erzengel menschliche Züge trug, eine kräftige Nase hatte, ein energisch vorstehendes Kinn, dicht bewimperte, schiefergraue Augen. Er war wirklich ein gut aussehender Mann, dieser James Bond von der Unteren Wasserbehörde, das war unbestreitbar.

Seine Hand fühlte sich warm und kräftig an, als er damit meine schweißnasse Linke ergriff und festhielt.

Auf der Schwelle drehte ich mich noch einmal um. Die Gäste saßen auf ihren Plätzen wie versteinert, niemand außer mir hatte sich bewegt. Alle schauten mich an, niemand blickte auf Alex. Auch Tanja nicht, in der drittletzten Reihe. Ihre blauen Augen waren weit aufgerissen. Ich lächelte ihr kameradschaftlich zu, nahm meinen Brautstrauß und warf ihn in einem sanften Bogen über die Köpfe der anderen hinweg in ihren Schoß. Niemals hatte ich einen besseren Wurf gelandet.

»Vielleicht kannst du an meiner Stelle gleich weitermachen, *kleine Wildkatze*«, sagte ich leise. Die Stille trug den Klang meiner Stimme bis in den letzten Winkel. »Nur schade, dass du kein Bauland besitzt.«

Hand in Hand mit James Bond von der Unteren Wasserbehörde schritt ich die Kirchentreppe hinab.

Sein Wagen wartete direkt neben dem blumengeschmückten Oldtimer, aus dem uns der Chauffeur mit offenem Mund begaffte. Es war ein solider, roter Kombi neuesten Baujahrs, sauber geputzt, auf dem Dachgepäckständer war ein Surfbrett festgeschnallt.

»Ich wollte ja ursprünglich am Wochenende nach Holland fahren«, erklärte James Bond, als er mir galant die

Beifahrertür öffnete. »Das war, bevor Sie angerufen haben.«

Ich ließ mich anmutig in den Sitz fallen. »Es tut mir Leid, Ihre Pläne durchkreuzt zu haben.«

James Bond lächelte. Dabei entblößte er eine Reihe schöner weißer Zähne. »Mir nicht«, sagte er, lief leichtfüßig um den Wagen herum und stieg auf der Fahrerseite ein.

»Und jetzt?«

»Nichts wie weg«, sagte ich und blickte über meine Schulter zur Kirche zurück. Immer noch war niemand zu sehen. Niemand, der uns aufhalten wollte.

Während die Kirche im Rückspiegel kleiner und kleiner wurde, überlegte ich, was sich da drinnen wohl abspielen mochte. Sicher verlangte Horst sein Geld zurück, jetzt und auf der Stelle, und Alex war gezwungen, mein merkwürdiges Verhalten zu erklären. Was er nicht sagte, würde Hanna besorgen, denn ich wollte schließlich nicht, dass man Alex bedauerte und mich für ein herzloses Biest hielt. Wenn die Gäste hingegen meine wahren Beweggründe und die Tatsache erfuhren, dass sie um Champagner und Kanapees gebracht worden waren, würden sie sich an Alex und Tanja schadlos halten. Im besten Fall wurden die beiden am nächsten Baum aufgeknüpft. Schade, dass ich nicht dabei sein konnte.

Aber Hanna würde mir hinterher alles haarklein erzählen, und bis es soweit war, musste ich mir eben die Zeit vertreiben.

Mein Blick glitt zärtlich über den Kofferraum hinter mir. James Bond hatte die Sitze ausgebaut, um den Champagner und die ganzen Tabletts mit Kanapees unterzubringen. Das sah ganz nach einem fantastischen Picknick aus. Sonnenschein, Champagner, Luxushäppchen und James Bond an meiner Seite – kann man denn mehr verlangen? Ich betrachtete sein markiges Profil und lachte leise und zufrieden vor mich hin.

»War ich gut?«, wollte er wissen.

»Sie waren einfach umwerfend«, sagte ich.

Er legte sich mit Schwung in die Kurve.

»Du«, sagte er. »Ich finde, wir sollten jetzt wirklich du zueinander sagen. Ich heiße Gabriel.«

Gabriel, wie der Erzengel. Der Name war beinahe schöner als *Josias*. Vielleicht würde ich mein Kind *Gabriel* nennen.

Ich lachte wieder.

»Wo fahren wir jetzt hin, Gabriel?«, fragte ich.

Und er antwortete: »Wohin du willst.«

Die streng geheime Mütter-Mafia schlägt zurück ... Ein Angriff auf Ihre Lachmuskulatur!

Kerstin Gier
IDIE PATIN
Roman
320 Seiten
ISBN-13: 978-3-404-15462-3
ISBN -10: 3-404-15462-2

Wer sagt denn, dass der Pate immer alt, übergewichtig und männlich sein und mit heiserer Stimme sprechen muss? Nichts gegen Marlon Brando, aber warum sollte der Job nicht auch mal von einer Frau gemacht werden? Einer Blondine. Mit langen Beinen. Gestählt durch die Erziehung einer pubertierenden Tochter und eines vierjährigen Sohnes. Und wahnsinnig verliebt in Anton, den bestaussehenden Anwalt der Stadt. Constanze ist »die Patin« der streng geheimen Mütter-Mafia. Gegen intrigante Super-Mamis, fremdgehende Ehemänner und bösartige Sorgerechtsschmarotzer kommen die Waffen der Frauen zum Einsatz.

Bastei Lübbe Taschenbuch

»Witzig und bewegend. Tropper wird wie Nick Hornby die Herzen von Männern und Frauen erobern.«

BOOKLIST

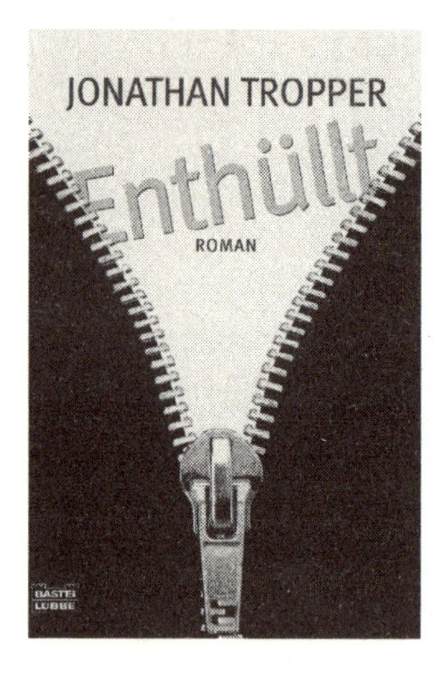

Jonathan Tropper
ENTHÜLLT
Roman
384 Seiten
ISBN-13: 978-3-404-15528-6
ISBN-10: 3-404-15528-9

Zachary King ist eigentlich ein Glückspilz. Er hat einen gut bezahlten Job, ein Apartment in Manhattan und ist mit der hinreißenden Hope verlobt. Doch je näher der Hochzeitstag rückt, desto panischer wird Zack. Denn wenn er ehrlich ist, hasst er seinen Job und ist nicht in Hope, sondern in Tamara verliebt, die Witwe seines besten Freundes, der bei einem Autounfall ums Leben gekommen ist. Dass ausgerechnet jetzt Zacks Vater Norm nach zwanzig Jahren wieder auftaucht, bringt das Fass zum Überlaufen. Denn obwohl Norms haarsträubende Lebensweisheiten Zack schier wahnsinnig machen, beginnt er endlich, sein Leben zu ändern …

Bastei Lübbe Taschenbuch